【評伝】壺井栄

鷺 只雄

翰林書房

評伝　壺井栄◎目次

凡　例

1　本書では、西紀をメインとし、年号も添えた。誤解のおそれのない限り、西紀の最初の二桁（19・20）は省略した。

2　引用は次の通りとした。

（イ）栄作品については『壺井栄全集全12巻』（97・4・1〜99・3・15　文泉堂出版）からとし、全集未収のものについては初出または初収からとした。

（ロ）栄の作品に、同一表題の作品が二つ以上ある場合（栄にはこれが多く、甚だしい場合には、四つあるというものもある）には、区別するために、A・B・C等の表示をした。

例　桃栗三年（A―小説）　桃栗三年（B―随筆）

また、小説あるいは児童文学の場合には、判断の便を考えて次のように表示した。

例　あしたの風（A―児童・夏子もの）　あしたの風（B―小説・百合子もの）

（ハ）栄以外の人の場合には原則として初出からとし、そうでない場合にはことわりを付した。

（ニ）表記は原則として全集に準じて新字新仮名として、それ以外にはことわりを付した。

3　本書で使用している資料はその性質上、関係者・関係機関の特別の許可なく、無断で使用することは禁じられています。従ってもし使用を希望する場合には、事前に使用許可を得てから使用されるようお願いいたします。

4　文中には、今日の人権意識から見て明らかに不穏当な表現が見られますが、作者が故人であることと、作品の真実の姿を伝えることが第一と考えて手を入れていないことを記してご了解を願う次第であります。

評伝　壺井　栄

はじめに

壺井栄の文学は一部の狭い文学愛好家のものではなく、また一党一派に偏するものでもなく、いわゆる純文学から通俗小説、児童文学に至るまで、更に随筆の名手として、また評論・小説・社会的発言・ルポルタージュ・対談・座談会・書評・推薦文・選評等、その多彩多岐にわたる創作活動の広範囲な点において、その幼少の児童から老若男女に及ぶ読者の裾野の広がりにおいて、国民的な文学であり、特に平和運動や護憲運動には積極的に参加し、女性の社会的地位の向上にも尽力した、端倪すべからざる作家というべきであろうが、その研究の内実に関して問うならば児童文学の分野を除いては基礎的な調査さえ整備されていないのが現状である。

そうした背景には無論、近代文学研究の歴史の浅さ、われわれの時代の文学観の偏向によるものなど、さまざまなファクターが絡みあい、作用しあっているのであろうが、栄の場合、何といってもデビュー当時に集中砲火的に浴びせられたお節介な疑問や、はた迷惑な限界説ではなかったか。

デビュー当時の栄のレッテルは「台所からエプロン姿で手を拭き拭き現れたニコニコ顔の善良なおばさん」というものであり、それ故中野重治は「今後小説を書いて行くにはなかなか厭な眼を見て行かねばならぬのではなかろうか」(「春三題(2)壺井栄」39〔本来は一九三九と書くべきだが、凡例にもことわったように誤解のおそれのないかぎり西紀の最初の二桁(19・20)は省略した〕・5・4「都新聞」)といらぬお節介を焼き、丹羽文雄は「壺井栄が作家として大きくなるには生まれつきの良さにうんと邪魔されるにちがいないのだ。奔放とか不逞とか、そういった素質の少しも発見のできない、善良無垢な特質が、小説の世界でも些細な破綻も示さないのである。この感じは作家として無気力にも通じる危険がある。」(「女流作家論(五)」40・3・15「東京日日新聞」)と余計な世話を焼く発言が続いたからである。

即ち、栄といえば「善良無垢なおばさん」というイメージが出来あがっていて、それが全てと思いこんでいる故に、善良でお人好しでニコニコ顔のおばさんの半面に隠された、血で血を洗う地獄の底から這いあがってきたもう一つの顔を想像する者など誰一人いなかったからである。

詳しくは後述するが、作家壺井栄が誕生する背景には、巷間に流布する佐多稲子や宮本百合子の執筆慫慂《しょうよう》によってたまたま文学の世界に入ったというようなキレイゴトや偶然ですまされるものではなかった。

夫に裏切られ、友人に欺かれ、過去一五年余りに及ぶ家庭生活も理想も破壊され、四〇歳を目前にして何の取り柄もない、無能な病気持ちの女として、弊履《へいり》の如く棄てられようとした生き地獄から、すさまじい作家への執念を燃やして這い上がっていったという壮絶なドラマが隠されていたのであって、そういう洞察力をもたない前記の二氏の発言など論外というほかはない。

　壺井栄についての資料を意図的・体系的に収集し始めてから三〇年になり、おそらく全著作の九九％は明らかにすることができたと思う。その総量は従来知られているものの約三倍に達し、その殆どの初出も明らかにすることができたので、その成果を都留文科大学研究紀要に四回に分けて発表[注]すると共に、その補訂を続ける一方、収集した作品を『壺井栄全集全12巻』（97・4・1〜99・3・15　文泉堂出版）として筆者の単独編集で刊行した。更に拙稿「壺井栄論（1）〜（22）」（91・3・1〜10・3・20「都留文科大学研究紀要34集〜71集」）も一往の成稿をみたので、本書ではそれらの資料をフルに使って、これまで論じられること少なく、また断片的な論及にとどまっている壺井栄の文学世界、出発から死に至るまでの文学の全体像について、年代的に紙数の許す範囲でトータルに論じてみたいと思う。

　ただ、あらかじめことわっておかなければならないが、壺井栄については〈ふるさとの文学〉、〈小豆島の文学〉というトレードマークが示すように、彼女が生まれ育った小豆島での二五年の生活がその作品世界を強力に支えている。壺井栄はその実生活、小豆島体験を素材にして私小説を書いているわけではないが、小豆島での生活、体験を軸として、あるいは作品の核として設定し、使うことを生涯にわたって続けており、しかもすぐれた作品、結晶度の高い作品は殆ど小豆島との密接なかかわりをもっている。

　その点彼女の小豆島体験は軽視できない意味をもつわけで、特に栄研究の遅れている現状に鑑みて、可能な限り虚実を明らかにしておくことにも留意してゆきたい。

注　拙稿「壺井栄の著作初出年譜稿(1)〜(4)」（「都留文科大学研究紀要22、24、27、33集」85・3・1〜90・10・1）

第一章　小豆島

出生

　壺井栄は旧姓を岩井といい、一八九九（明治32）年八月五日、岩井藤吉、アサの五女として香川県小豆郡坂手村四拾壱番戸（現在の香川県小豆郡小豆島町坂手甲三百三拾六番地）に生まれた。

　ここで四つほど注記しておきたい。

　一つは栄の生年を長く誤ってきたことである。一九七七（昭和52）年以前に刊行された全集・選集・各種文学全集に付載された年譜はいずれも栄の生年を一九〇〇（明治33）年八月五日とするが、これは一年繰りあがって一八九九（明治32）年八月五日とするのが正しい。戸籍簿の記載がそうなっているからである。にもかかわらず、生年が一年遅れるという重大な誤りが作者の生前は無論、死後一〇年間も訂正されずに放置されてきたのは何故か。

　根本は年譜作成者の怠慢に帰すほかはない。戸籍謄本を入手して確認すれば誤りはない筈なのであるが、実際にはその労を惜しんで先学の孫引きを繰り返すためにこういうことがしばしばある。しかし、それにしても栄の年譜を作成することが多い古林尚氏を始めとして鳥越信、和泉あき、小田切進の諸氏がいずれも同じ誤りをおかしてきたのについてはもう一つ別の事情も加わっているかもしれない。

　公刊された栄の年譜で最初のものは筑摩書房版『現代日本文学全集39　平林たい子　佐多稲子　網野菊　壺井栄集』（55〔昭和30〕・2・5）に収録の「自筆年譜」であり、その一カ月後に角川書店版『昭和文学全集55　平林たい子　壺井栄集』（55〔昭和30〕・3・15）が刊行され、そこにも「自筆年譜」が収められているが、これらは内容体裁ともに全く同じもの（一九五一〔昭和26〕年と五二〔昭和27〕年の記述に一行の増減がある他は異同なし）である。

　この「自筆年譜」は一九五四（昭和29）年　五四歳までを三ページに記した簡略なもので生活的事項にしても、作品の記述にしてもメモ的なもので、アウトラインしか知ることができないが、当時の読者や研究者にしてみれば、この作者自ら記した「自筆年譜」によって初めて人と作品の輪郭を知ることができたのであるから、多年の渇きを癒やした喜びは大きく、また作者自筆という事実への信頼も作用して誰一人生年を疑ってみる者がないという事態がおきたのかもしれない。

　この生年の誤りに気づいたのは管見の範囲では武田寅雄「壺井栄論」（67〔昭和42〕・12「文林」2号　松蔭女子大）が最も早く「戸籍謄本によって、三十二年生まれ」と指摘したが、発表誌の性格もあってか広く知られるに至らず、その後も一〇年程は一向に改められなかったが、戎居仁平治「壺井栄年譜」（『回想の壺井栄』73〔昭和48〕・6・23、私家版所収）、佐多稲子「壺井栄」（日本近代文学館編『日本近代文学大事典第二巻』77（昭和52）・11・18、講談社）などによって訂正され、以後は余程杜撰なものでない限り生年の誤りはないようである。

二つ目に指摘しておかなければならないのは栄の本籍地についてである。従来誰も気づくことなく看過してきているのであるが、除籍の原本には本籍地はこう記されている。

愛媛県小豆郡坂手村四拾壱番戸

つまり小豆島は行政区画としては現在のように香川県ではなく、愛媛県に属していたことになり、従って栄は香川県生まれではなく、愛媛県生まれということになる。そうだとすればこれは新事実ということになるが、本当にそれは正しいのかと言えば、二兒（系図上、長男と思われる弥三郎が、二男

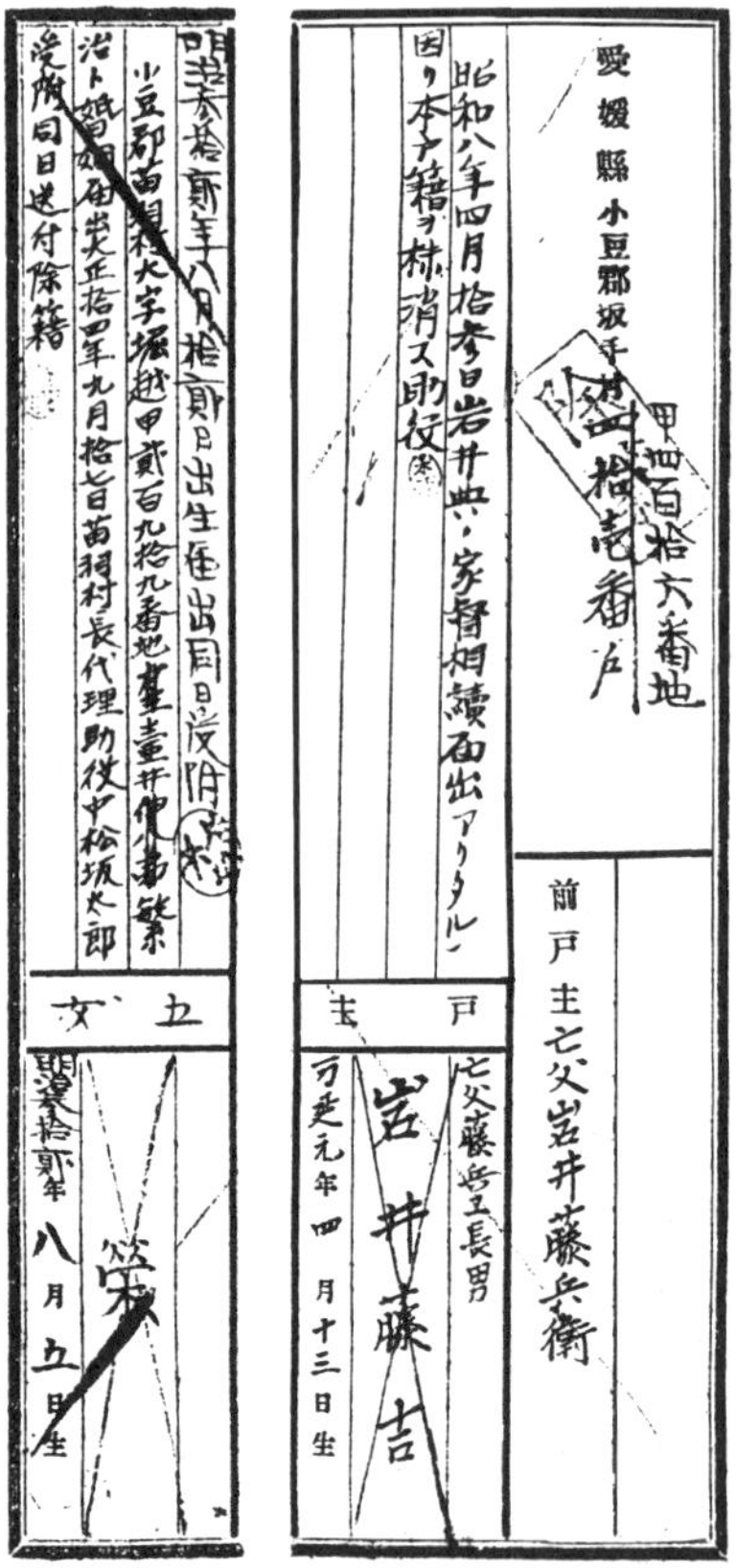

S57.12.22発行の岩井家除籍謄本　部分

と記されていることについては後述）の弥三郎の場合には除籍の原本どおりに愛媛県小豆郡生まれが正しいが、栄の場合には現在の通り香川県小豆郡が正しい。

そのわけは明治維新後の香川県の併合・独立の経緯はまさしく朝令暮改というように複雑怪奇を極め、併合と分離を繰り返してきたために戸籍謄本の改正に不備が起こったと考えられるからである。

即ち香川県の藩県沿革の歴史を示せば次のようになる。*1

次の一二頁に見て明らかなように第一次香川県が成立するのは一八七一（明治4）年一一月一五日、次いで翌年一月二五日に北条県を合併して現在の香川県の輪郭が定まる。しかし一八七三（明治6）年二月二〇日には現在の徳島県にあたる名東県に併合され、これに反対する分離運動の結果一八七五（明治8）年九月五日に第二次香川県が設置された。しかし租税負担能力を重視して広域府県構想をもつ中央政府は、翌九年八月二一日には香川県を今度は愛媛県に併合させるのである。以後自由民権運動の昂まりと共に愛媛県からの分県独立運動が熾烈となって漸く予讃併合の一二年後、一八八八（明治21）年一二月三日に第三次香川県として分離独立して

壺井栄の家系図

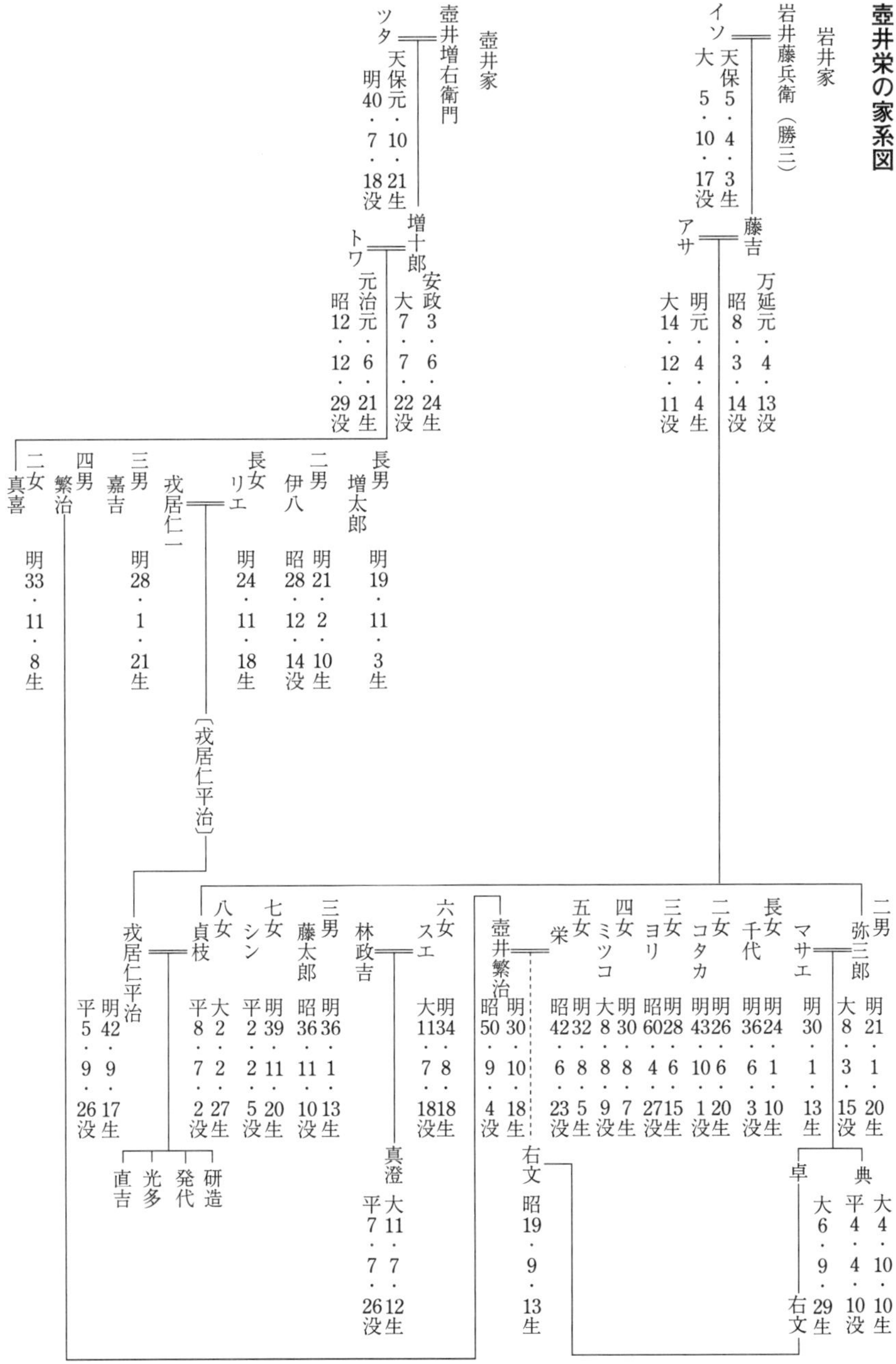
岩井家
岩井藤兵衛（勝三）
天保5・4・3生
大5・10・17没
イソ
藤吉
万延元・4・13没
昭8・3・14没
アサ
明元・4・4生
大14・12・11没
壺井家
壺井増右衛門
天保元・10・21生
明40・7・18没
ツタ
増十郎
安政3・6・24生
大7・7・22没
トワ
元治元・6・21生
昭12・12・29没
長男
増太郎
明19・11・3生
二男
伊八
明21・2・10生
昭28・12・14没
長女
リエ
明24・11・18生
戎居仁一
（戎居仁平治）
三男
嘉吉
明28・1・21生
四男
繁治
二女
真喜
明33・11・8生
二男
弥三郎
明21・1・20生
大8・3・15没
マサエ
明30・1・13生
典
大4・10・10生
平4・4・10没
卓
大6・9・29生
右文
長女
千代
明24・1・10生
明36・6・3没
二女
コタカ
明26・6・20生
明43・10・1没
三女
ヨリ
明28・6・15生
昭60・4・27没
四女
ミツコ
明30・8・7生
大8・8・9没
五女
栄
明32・8・5生
昭42・6・23没
壺井繁治
明30・10・18生
昭50・9・4没
右文
昭19・9・13生
六女
スエ
明34・8・18生
大11・7・18没
林政吉
真澄
大11・7・12生
平7・7・26没
三男
藤太郎
明36・1・13生
昭36・11・10没
七女
シン
明39・11・20生
平2・2・5没
八女
貞枝
大2・2・27生
平8・7・2没
戎居仁平治
明42・9・17生
平5・9・26没
研造
発代
光多
直吉

現在に至るのである。

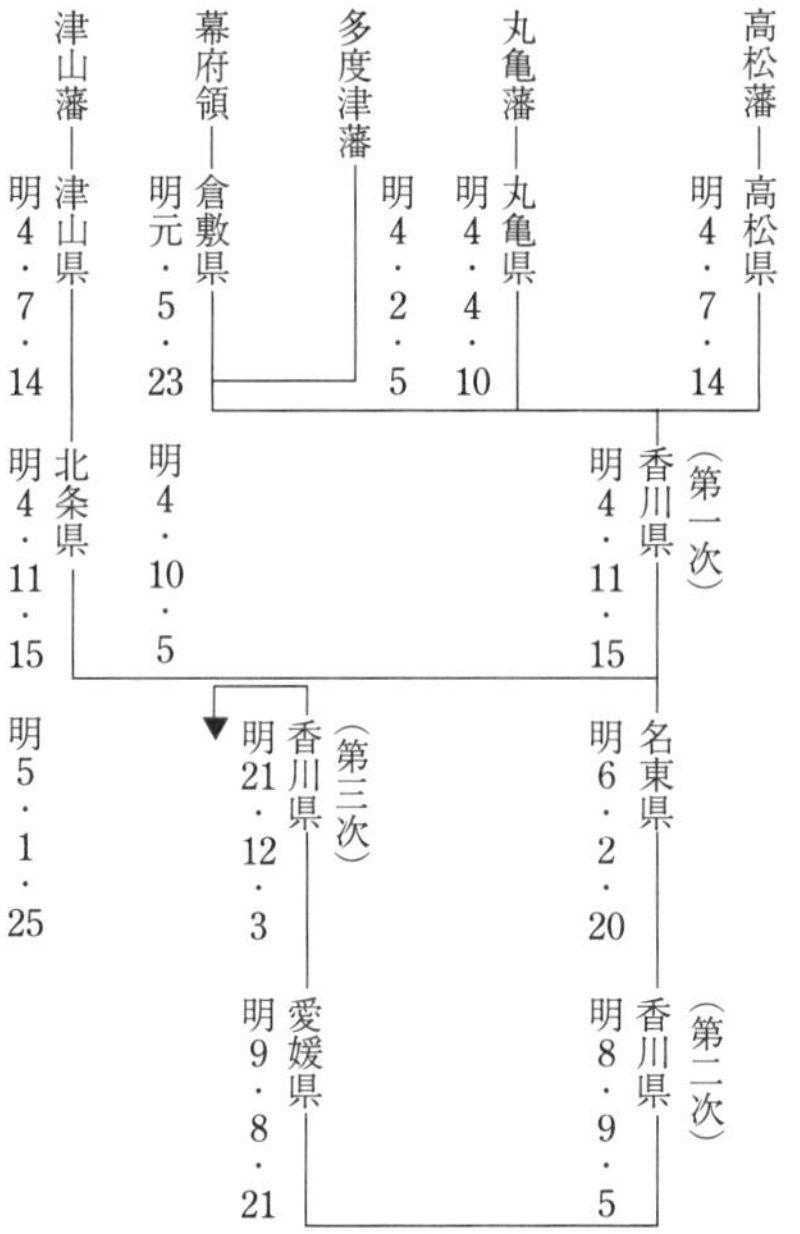

このため栄の兄姉では厳密にいえば原戸籍上、弥三郎は愛媛県小豆郡生まれであり、千代から下のきょうだいは香川県小豆郡生まれということになる。

滝川正巳氏紹介

これから私の小豆島坂手についての最良の案内者としてしばしば登場する滝川正巳氏をここで紹介しておきたい。

氏は生粋の小豆島人であり、しかも栄と同じ坂手村に生まれ、九三（平成5）年一一月で満八〇歳、「栄誕生の地」の看板を掲げる現在の福屋食堂から東へ五軒目の所に在住されており、かつて県立小豆島高校（旧制中学を含む）で物理と数学の教師をされ、今は悠々自適の境涯にある篤学の方で、丹念精細な労作『坂手の屋号』（93・5　私家版）がある。

氏は旧坂手村役場関係を始めとする書類や資料の保管場所・調査にも精通され、調査と教示をお願いすると常に快くお引き受けくださるのみならず、遂には岩井家に関わる資料で現在公民館に残されている資料は悉く精査されて教示されるに至った。従って私からの調査依頼に対して寄せられた氏の回答は依拠文献を明記したもの以外は全て未刊の資料であることをおことわりしておきたい。その間の時間は実質一年二カ月（一九九三・一一～九四・一二）ほどであり、今から思えば神にひきあわされたような奇跡の時間であった。ここに氏のご援助を銘記してあらためて御礼を申し上げるとともに、新しい事実が次々に明らかにされ、共有の知識となったことを喜びたい。あわせて今は亡き滝川氏のご冥福をお祈りしたい。

三つ目は家系についてである。

岩井家の家系

私は以前に栄の生家岩井家について述べた際[*2]に、栄の記す[*3]ところに従って次のように記述した（ここでは事実のみを簡略に記す）。

栄の祖母イソは小豆島の大部村に一八三四（天保5）年に生まれ、船乗りの勝三と夫婦養子で土地の素封家播磨屋藤兵

1912年　坂手村の浜辺（木村勝二氏より恵贈）

衛の家に入り、藤吉（栄の父。一八六〇年生まれ）が生まれるが、藤兵衛を襲名する前に勝三は急死する。航海中、伊勢（稿者注―「志摩」の誤り。現在の三重県志摩郡磯部町的矢）の的矢でコレラにやられたのであるが、その時イソは三〇歳、藤吉は五歳。去就に迷ったがイソは自由な生活を望んで藤吉とそこを出て、息子を樽屋にした。

以上がその概略で系図を図示すれば前掲の「出生」の項で示したようになる。

私が栄の記述によったのは現在までの所それ以外に家系について言及したものは他になかったからである。

これに対して、滝川氏から教示された新資料によれば、岩井家の系図は次のように推定される。

岩井藤兵衛―藤七―多以（長女　寛政12・4・17生）
　　　　　　　　　‖藤五郎
　　　　　　　　　以曽（長女　天保5・4・3生）
　　　　　　　　　‖利吉（文政12年生）
　　　　　　　　　　藤吉（長男　安政6・4・13生）

＊藤五郎・利吉は婿養子

岩井家の屋号は「トウベドン」であり、それはその先祖の名に由来するもののようである。そしてこの藤兵衛の名前は次の二つ[*4]の古文書に記載されていてその存在は確認されている。

①文政一二（一八二九）年、壺井義重「恵比寿講番手」に記載。この講は坂手の西・中・灘江地区の漁師グル

ープのものであったようだ。

②嘉永三（一八五〇）年、辰右衛門（滝川氏の曽祖父）「むねあげ帳」に記載。

ところで、ここで「新資料」というのは何かというと、旧坂手村の戸籍なのである。和紙を約一〇センチの厚さに綴じ、表には毛筆で『明治八年改　戸籍』、裏表紙には同じく毛筆で『坂手村』と書かれた書類である。栄が生まれ育った坂手村は一九五一（昭和26）年四月一日に草壁町・安田村・苗羽《のうま》村・西村（のち福田村も編入）と合併して内海町となり、その際に坂手村役場の心ない職員が書類を焼却処分してしまったために、栄の役場勤務の時期や実態については調査不能で永遠の闇にとざされてしまったのである（内海町は更に二〇〇六（平成18）年三月二一日に池田町と合併して小豆島町となる）。

ところが、滝川氏によれば全てが焼却処分されたのではなく、事の重大性に気がついた他の職員が制止したために、焼却を免れたものもあり、結論から言えば、一九一六（大正5）年〜三〇（昭和5）年度の分が焼却の厄にあったという。そしてその残された資料は現在坂手の公民館に保管されており、その中から発見したものだという。まことに事実は小説よりも奇なり、とはこのことで、以下に記すような新事実が次々に明らかになったのである。

この戸籍は、私が所蔵しているどの除籍謄本とも異なり、その先祖の系譜の記述が詳しいことから判断して、恐らくは壬申戸籍の原簿かあるいはその抄本かとも思われる。

記述を見ると、

多以―曽祖父藤七亡長女
以曽―祖父藤五郎亡長女

とあって、藤五郎・利吉と二代続いて婿養子を迎えていることがわかる。

それにしても、栄の述べるところと、この戸籍との違いは余りにも大きすぎるし、また私の所蔵する除籍謄本の記述ともくいちがっている。私のものには藤吉の父が利吉ではなく、

前戸主　亡父岩井藤兵衛

とあり、藤吉の続柄の欄には、

亡父藤兵衛長男

とあって利吉とはなっていない。もっともこの点からだけで判断するのは早計なわけで利吉が屋号となっている藤兵衛を襲名したのかもしれないし、また当時は改名もしばしばおこなわれていたことからすれば利吉から改名したことも十分考えられるからである。

また、栄の記述も根も葉もないフィクションとは考えにくい。祖母のイソに最もかわいがられ、その話の最もよい聞き手は栄であったわけだから、直接祖母の口から栄はその閲歴を聞く機会もあったろう（祖母が没した一九一六（大正5）年、栄は満一八歳である）と考えられるからである。

もう一つ。藤吉の生年が「新資料」には「安政六」（一八五九）となっているのに対し、除籍謄本では「万延元年」

（一八六〇）と違っている。又、除籍謄本に多以の記述はないが、以曽のそれは、藤吉の「母」「亡父藤兵ヱ妻亡祖父藤五郎長女」とある。
　というように岩井家の家系についてはさまざまの疑問が残されてはいるが、何といっても「戸籍」はよるべき一等資料であることは間違いないところであるから、岩井家の系譜については今後はこれを軸にして考えていくべきものと思う。

生家岩井家の番地の問題

　四つ目は岩井家の番地の問題である。佐多稲子は前掲の「壺井栄」（講談社版『日本近代文学大事典第二巻』）の中で、栄は「香川県小豆郡坂手村甲四一六」に生まれたと記し、私は「壺井栄論（1）」（91・3・1「都留文科大学研究紀要34」）で次のように記した。

　壺井栄は旧姓を岩井といい、一八九九（明治32）年八月五日、岩井藤吉、アサの五女として香川県小豆郡坂手村四拾壱番戸（現在の香川県小豆郡内海町坂手甲四百拾六番地）に生まれた。

　ここで新しく何が問題になるのかと言えば、住所の番地である。
　右の記述を私は除籍謄本に従って記したのであるが、本籍はこう記されている。

　愛媛県小豆郡坂手村四拾壱番戸
　　　　　　　　　　甲四百拾六番地

　この記述はそのまま読めば「四拾壱番戸」はのちに改称されて「甲四百拾六番地」になったもので、表示は変わったが、場所に変更はない、両者はイコールであるとなるであろう。私はまさしく謄本の変更記述をそのように読み、そのように読まれることが当然であると判断してこのように記した（前記の佐多氏も同様であろうと推察する）。ところが、それは誤りで、両者はイコールではないらしい。
　前に滝川氏から紹介された新発見の『明治八年改　戸籍』と現在坂手公民館に保管されている資料によれば、明治初年

『明治八年改　戸籍　坂手村』

の坂手村の戸主のうち、岩井藤吉に関わるものは次のようになるからである。

氏名　　　屋敷　　　番戸　　番地
岩井藤吉　一一四九　四一　　甲三三六[*5]

ここで「明治初年」というのは「壬申戸籍発足当時」のことをさしている。

周知のように、戸籍法が公布されたのが一八七一（明治4）年四月四日（陰暦。陽暦では五月二二日になる）で、施行されたのは一八七二（明治5）年二月一日（陽暦では三月九日。言うまでもなく、この年の干支が壬申であるところに壬申戸籍の由来がある）である。これをもう少し坂手の場合で詳しく言うと、一八七二（明治5）年に屋敷に番号がつけられて、「〇〇番屋敷」「〇〇番邸」などと呼ばれるが、一八七九（明治12）年頃には「〇〇番地」と「〇〇番戸」に変更された。そして前者は土地の売買などに使われ、後者は住居表示に使われたという。しかし、一九二〇（大正9）年二月一〇日からの新戸籍編製により「〇〇番戸」は廃止され、住居表示にも「〇〇番地」が使われることになって、後はこれ一本に統一されることになった。

よってこれに従えば、藤吉の家は、

一一四九番屋敷　四一番戸　甲三三六番地

になるものと考えられる。

ところで一言ことわっておかなければならないが、これまで「らしい」とか、「という」、あるいは「と考えられる」という表現を用いているのは、この種の書類の変更、改正の場合に通有のことであるが、その都度キチッと全てが変えられてはいないからで、そのためどうしても他からの類推、推定の部分を含まざるをえないからである。

それにしてもこれによって、岩井家の本籍地は本来（栄の場合も当然）従来の「坂手村甲四一六」ではなくて「坂手村甲三三六」に変更されることになる。

くどいようだが、これは重要な変更であり、これまでに栄の出生地について記したものは「甲四一六」になっているから、一切それらを改めることになるのでもう少し別な角度からも検討して確認しておきたい。

まず一つは「四一番戸」は「甲三三六」であって、「甲四一六」ではないことをはっきりさせておきたい。

私も含めてこれまでの人々が悉く「四一番戸」イコール「甲四一六」と誤ってきたのは除籍謄本の次のような記載による。

本籍は、

　　　　　　　　甲四百拾六番地
愛媛県小豆郡坂手村四拾壱番戸

とある。誤解のないように言っておくと、謄本にはまぎれもなく「香川県」ではなく、「愛媛県」とある。ならば栄は「愛媛県」生まれなのかと言えばそうではないことについては既に述べた通りである。

これを見ると、どうしても地番の変更・改正によるものと誤解してしまうからである。

　それと、「甲三三六」という番地は除籍謄本のどこにも出てこない、ということにも起因していると思われる。

本籍地の変更

　ところが、実は謄本の藤吉の欄には次のような記述が付されていた。

　　明治五年以前相続印明治参拾弐年八月拾弐日本籍地変
　　　更届出同日受付印

　即ち、藤吉は一八九九（明治32）年八月一二日に本籍地を変更しているわけで、それに伴って「四拾壱番戸」が「甲四百拾六番地」に変更になったということであるが、それをこれまでは誤解してきたのであった。

　それを最も明瞭に証明してくれるのが、次に紹介する「印鑑用紙番戸訂正願」である。

　これは今日で言う印鑑登録の住所変更の届であり、滝川氏が一八九九（明治32）年の旧坂手村役場書類の中から発見されたものである。

　即ち、一八九九（明治32）年八月一七日には、

　　坂手村四拾壱番戸→同甲四百拾六番地

に転居しているのは一目瞭然である。

　ここで栄の誕生日と転居の日の前後関係が微妙になってくる。というのは栄の誕生日は明治三二年八月五日で、出生届を出したのは同八月一二日。藤吉が本籍地の変更届を出したのも同じく八月一二日。印鑑登録の住所変更届は同八月一七日。

　見て明らかなように、誕生日の方が一週間早いが、しかし届は同日であるからその前後関係について疑問をさしはさむ余地が決してないとは言えないであろう。

　そういう問題も含んではいるが、しかしこれ以上に決定的な資料は今の所ないので、今後は栄の出生地についての表示は本章の冒頭に記したように、

　　香川県小豆郡坂手村四拾壱番戸（現在の香川県小豆郡

印鑑用紙番戸訂正願

（この行のみ朱書）→小豆郡坂手村四拾壱番戸
仝郡仝村甲四百拾六番地

右朱書之所ニ居住致居候所今般前記墨書之所へ転住候間印鑑用紙番戸御訂正被相成度此段奉願候也

明治丗弐年八月拾七日
小豆郡坂手村甲四百拾六番地
岩井藤吉 ㊞（藤）←（朱肉でなく墨肉で捺印された実印）

小豆郡坂手村長片山木之松殿

小豆島町坂手甲三百三拾六番地）
としなければならないであろう。
また、滝川氏は前出の『坂手の屋号』の中で、住所にもふれ、岩井藤吉については、
甲（336、416、435—3、816、265？　等を順次移転）
と記し、筆者宛書簡でもその点について検討の要があることを指摘しておられる。
まさしくその通りで、「甲416」が変更された本籍地であり、それ以前に「甲336」が本籍地であり、栄はそこで生まれたことが右に見たように明らかとなった以上、当然その点についての一層の調査確認が今後の課題となる（この調査については後述）。
栄は父岩井藤吉、母アサの五女として生まれ、上に一人の兄と四人の姉があるので六番目の子供である。栄の下にはやがて一人の弟と三人の妹が生まれるので兄弟姉妹は一〇人であり、そのほか祖母、住み込みの職人、引き取って育てた孤児の姉弟など二〇人近くの人たちが同居するにぎやかな大家族の中で育った。

長男兵太郎

前掲の「壺井栄の家系図」の中、「岩井家」の部分を見ていただきたい。藤吉とアサの間に生まれた子供は二男八女の計一〇人である。このことは栄自身何度も繰り返して記している通りであり、また何の留保もなしに弥三郎を長兄、長兄と呼んでいるのだが、厳密に言えばそこには問題がある。

系図の弥三郎の右肩の所に「二男」と書いておいたように、戸籍謄本にははっきり「二男」と記載されていて「長男」とはなっていない。もう一人の男子、藤太郎（一九〇三〜六二）も「三男」と記載されている。ということは、「二男」「三男」という続柄が単純な誤記ではないことは明白である。

また、この続柄記載が誤記でないことは、旧坂手村役場書類の中にある「明治四拾壱（一九〇八）年壮丁名簿」中の岩井弥三郎の欄には「藤吉二男」と記され、同じく「大正拾弐（一九二三）年壮丁名簿」の岩井藤太郎の欄には「藤吉参男」とあることによっても確かめることができる。

ところが、不思議なことに戸籍には長男の記載がない。のみならず、栄も一切それにふれたことはない。普通の人間であればどうということもないのであるが、後に作家となった栄が繰り返し述懐するのは、「私の大学は村の役場に勤めて戸籍係となり、人の世の表裏をつぶさに知って人生に開眼したことである」といい、自分の戸籍だけは表も裏もないきれいなものにしたかったとして異常な程執心し、アナキストの繁治と一緒になると、半年後には自らの手でさっさと入籍をすませてしまうような人間であるからだ。このような処置は当時では考えられないことであり、まして夫がアナキストであれば異例中の異例、信じられないような出来事といってよかった。そういう栄がこの件を知らなかったとは到底考えにくいので、知ってはいたが口をとざしていたというのが実情

であろう。

そこで私は「壺井栄論（1）」（前出）では次のように記した。

> これまでに記された年譜類、栄の書いたものによれば、栄のきょうだいは一〇人で、男は二人、女は八人、更に詳しく言うと男は兄と弟、女は姉四人と妹三人ということになっている。しかし私の入手した除籍謄本によると兄の弥三郎には「二男」、弟の藤太郎には「三男」、と記されており、これから判断すると、もう一人兄があり（おそらく夭折）原戸籍には記されていたと思われるが、戸籍改製の際に削除されたか、もしくは脱落したものと思われる。

ところが私からの調査依頼に対する滝川氏からの報告で次のような新事実が明らかになった。「明治一九（一八八六）年種痘接種者名」という書類が出てきて、この年は二月一九日～三月一三日に実施したのであるが、その三月一日に次の記載がある。

保護者	続柄	接種者名	生後年月
岩井藤吉	長男	兵太郎	二年四ケ月

ここから氏は兵太郎の誕生日を「明治一六年一〇月中旬から一一月中旬」と推定する。これで弥三郎が二男とされる理由がはじめて了解されるのであるが、藤吉には兵太郎という明治一六年生まれの長男があったことは動かせないことになる。但し、その子の母、藤吉からいえば妻がアサであるかどうかは確認できないのであるが、この子はアサとの間に生まれた子ではなくて、恐らくは別の女性との間に生まれた子と考えるのが自然であろう。

無論、私は勝手な妄想を並べ立てているわけではない。典拠なり、証言を得た上でそれに基づいて記しているのだが、かつてこの点について触れた時には拙稿の第一回（「壺井栄論（1）」）ということもあって、暴露的にとられることを危惧して筆を抑えて次のように記した。

> 幼名の福松を成人してから藤吉に改めたのであるが、年季奉公の明けた青年藤吉は腕のいい職人である上に、明るく、おしゃれなため、村の娘たちに大いにもてて、中には藤吉の帰りを待ち伏せて直接行動に出る娘もあった。

これは間接話法に直してあるが、実は栄自身が「私の雑記帖（1）―父のこと」（55・6「新日本文学」）に述べているのを簡約したものであった。原文は次の通り。

> 斬髪令が出て、（中略）頭が軽くなると彼の心もかるくなり、はなやかな艶話も生れてきたらしい。その朋輩の利吉が、父の死後、利吉爺さんとして私たちの前に現

れたとき、彼は歯のない口もとを可愛らしくひろげてのどの奥まで見せながら、若い時の父のことを「なんせ福しゅうときたら、うらら（自分たち）どん百姓とちごうて、手に職があらぁな。そのうえ、てんくろ（おしゃれ）ときとろうが。おなごしゅうにもててもてて、安兵衛どんのおやすやこい道に待ち伏せしと云いよったもんじゃ、うん」

つまり、青年となった藤吉は村の娘たちに大モテで、中にはヤスベドンのおヤスのように藤吉の帰りを待ち伏せして体当たりの行動に出る者もあったことを伝えている。

栄が自身でここまで記しているにもかかわらず、かつて筆を抑えたのは今から考えれば無用の遠慮というべきであろうし、事実から遠ざかることにもなると思われる。本稿では今後、単なる興味本位の暴露に走ることは厳に慎みたいが、岩井家及び壺井家の明と暗、光と闇の部分にも照明を当てて、その全体像なり、生きた人間像を描きあげることに精一杯の努力をしたいと思う。

話を元にもどすが、実は藤吉の長男の件についてかつて坂手在住の久留島久子氏（坂手甲二八五、一九〇七（明40）・7・20生　栄の八歳下　一九九〇年一〇月二日にお宅を訪問して聞書をとらせていただいた。頭脳明晰、記憶力抜群で私の質疑に立ちどころに答えられるのには驚いた。その後肺炎で急逝されたが氏のご冥福を祈りたい）に尋ねたところ氏は言下に答えられた。

藤吉にはアサと結婚する前に、別の女性との間に男子があったこと。入籍はしていないのでその後については消息不明。相手の女性は西浜ヤスといい、生別したという。ついでに言えば、これには更に後日談があって、壺井家から役場に、坂手に残されている岩井シン名義の土地（坂手甲二九〇番地一［一五四・八一㎡］）を寄贈したい旨の話があったが、この男子の消息が不明のため承諾印が得られず、その件は当時宙に浮いているとのことであった。

滝川氏は更に明治三六年前後の「壮丁名簿」を調査したが、兵太郎の名はどこにも発見されないところから、成人せずに夭折したのではないかと推定されているが首肯されるところと思われる。

ところが最近栄の義弟（妹の夫）戎居《えびすい》仁平治の遺稿『壺井栄伝』（95・1・10　壺井栄文学館）が出て、この問題については次のような事情のあったことが判明した。

（藤吉は）やすという筋向かいの家の娘と結ばれ、所帯をもち、一児をもうけたが、その兵太郎は明治一九年七月二十二日、早死にした、やすは間もなく、ある事情で離縁となった。

つまり、藤吉は西浜ヤスと一度結婚して兵太郎をもうけたのち、三歳未満（種痘接種後まもなくである）で早世させ、ヤスとは生別し、そののちアサと再婚したことになる。

とすればヤスとの事はたとえ同棲であったとしても子までなしながら入籍しなかったというのはどうしても不自然であることはまぬかれない。というのは入籍していなければ兵太郎は長男とは記されない筈であり、兵太郎は長男として入籍されていた事実のある時期があったからこそ、弥三郎は二男、藤太郎は三男として入籍したのだと考えられるからである。したがって兵太郎削除の裏には戸籍改製にまつわる何らかの操作があったのではなかろうかと疑わざるをえない。そしてその最も近くにいるのが栄なのだ。

というのは栄は村役場の戸籍係であり、同時に戸籍大好き人間で、暇さえあれば戸籍を繰ってそこから複雑にして奇怪な人間関係の実際を実地に学んでいったわけで、例えば、娘の私生児を親の戸籍に入れているとか、ちゃんとした夫婦だと思っていたら、日露戦争出征兵士の未亡人で、僅かな年金をもらうために再婚はしても入籍せず、生まれた子供は私生児にしておくとか、これはと思うような人が犯罪者であったりとか、普通表からは知ることのできない村の人達の生活の裏、あるいは人生の裏窓をはたち前後からのぞいていたからである。それ故栄は後年、村役場の戸籍係の生活は私の人生勉強の大学であったと繰り返している。[*6]

小豆島と醤油

小豆島は醤油の産地として知られているが、一体、いつ頃から、どうしてそうなったのかについて調べてみると次のように考えられる。[*7]

小豆島を代表する産業を歴史的にみると、塩業、そうめん業、廻船業、醤油業、佃煮業となるが、これらの産業の中、塩や廻船は過去のもので、現在でも島の産業として全国的に知られているのは醤油、そうめん、佃煮である。

醤油醸造が何故小豆島で盛んになったかについては、第一に島に塩があったからである。小豆島の塩の最盛期は一六九〇〜一七九〇年頃にかけての一〇〇年間で、以後は赤穂などの良質の塩に押されて衰退した。そこで塩に代わる産業として登場したのが醤油で、きっかけは塩問屋が塩の商売で大阪や京都に行くと醤油屋があり、そこから衰退の一途を辿る塩を原料にして新しい産業を興す期待の星として醤油業がクローズ・アップされ、醤油醸造のノウハウが学ばれ、やがて大阪方面へ出荷されるようになったのが創業の由来であり、その時期は一八〇〇年頃である。

第二の理由は原料となる小麦、大豆の確保であるが、これは古来、廻船業者が北九州と盛んに通交し、往路にはそうめんを積んで行き、帰り荷に小麦、大豆を持ち帰っていたために原料の入手には事欠くことがなかった。第三に小豆島は天領であったために醤油に税金を課せられることがなかった点もあげられる。

第四に島の人々が進取の気性に富み、明治以後特に醤油の品質改善、品質管理に努力したことが今日サバイバル競争に生き残った所以と言えよう。

左から母・父・叔母

父—樽職人

父藤吉はその醤油の樽をつくる腕のいい職人で、最盛期には三軒の醸造家を得意先に持ち、常時五、六人の職人を抱えて商売は繁盛していた。律儀で仕事が丁寧なところを見込まれて得意先の醤油屋の一人娘アサと結婚した。入籍は一八八七（明治20）年五月一〇日。藤吉二七歳（満年令。ことわりがない限り以下同じ）、アサ一九歳であった。

母—アサ

アサは岡山県吉備郡板倉の出身[*8]である板倉仁左衛門・カジの長女で一人娘、生家は坂手村では五本の指に入る裕福な醤油屋であった。アサは四人きょうだいの末子で、上三人が男でそのあとに生まれた一人娘だったために何不自由なく大切に育てられた。学校が好きで教師志望だったアサは明治の始めでまだ村には学校がなかったため、隣村の神主の寺子屋に通うが、同じ年の女では彼女ひとりであった。しかし父親に妾がいて異腹の姉が一人あり、そこに父は入りびたりであったが、アサが一〇歳の頃に急死した。このため母の偏愛を受け、教師になりたいという、当時は非常に進歩的な考えも頭から無視された。一九歳、美しい娘に成長したアサは同じ醤油屋で裕福な甲家や乙家から嫁にほしいとの話があったにもかかわらず、母や長兄はことわり、一介の出入りの樽職人に強引に嫁がせた。縁組には何よりも家と家との格式、つりあいを重視していた時代にこの結婚は、栄の言葉を借りれば「提灯に釣鐘[*9]」、月とスッポンの観があるものだった。理由は夫の妾狂いで苦労した母親が貧乏でまじめな青年なら妾をおくこともあるまいということが一つ。もう一つは小姑で苦労した母親は藤吉が母一人子一人で係累がなく、娘にはその苦労をさせないですむという計算があったからである。

そのうえこの縁談をまとめるにあたっては母親自身が人を介して藤吉にアサをもらってくれと頼みこんで成立したもので、こういう場合小豆島では「ふづくり嫁」（押しつけ嫁、あるいは押しかけ女房の意）と呼ばれて嫁としては最も不名誉な、肩身の狭いものであった[*10]。つまり「ふづくり嫁」というのは一般に心身に障害があって縁談のない娘に持参金をつけて縁づかせる場合などにいうのであって、アサのように美しく、頭がよく、裕福な家の一人娘には縁談に困ることはないにもかかわらず、敢えて母親が持参金として山と畑を持たせて嫁がせた[*11]ところに、アサに少しでも苦労をさせずにカバーしてやりたいと願う一家の愛情が看取されるであろう。無論、アサは自分がふづくり嫁であるなどとは露しらず、ぜひにと望まれて嫁がされるのだからと、この結婚に相当の不満を持ちながらも従ったのである。それが事もあろうに母親から貰ってくれと持ちかけた「ふづくり嫁」であったと知ったときのアサの驚きと口惜しさは十分想像できる。人一倍勝気なアサは生家にとんで帰って母親に、なんで私をふづくったかとむしゃぶりついたが、既に二人目の子を身ごもっている女の身では泣く泣く婚家にもどるほかはなかったのである。

藤吉—ふところの深い人

父の藤吉は幼名を福松といい、まだ乳呑児だった頃に江戸通いの船乗りだった実父藤兵衛を失い、母のイソの手で育てられ、[*12]八歳の年から魚問屋の丁稚に出され、そこで八寸のお膳に砂を入れ、箸で字を書いて手習いをし、長じては船乗りを希望するが、夫を海で失ったイソから許されず、やむなく樽職人になった。

樽職人としての藤吉は腕ききで、仕事は丁寧、性格は律儀で俗に律儀者の子沢山と言う通り一〇人の子福者で、結婚後は一層信用も増して得意先も順調に増え、三〇代で醤油屋の大口を三軒かかえるまでになった。村の人からは樽屋の愛称で呼ばれ、開放的で淡白な上に、面倒見がよいところから弟子入りを志願する者が多く、常時五、六人の職人を抱えていた。最盛時には二〇人近くの大家族のため、母家、隠居所、浜の家と三軒に分宿していた。（栄の記すところによると父の藤吉は自宅の仕事場で樽造りをしていたと考えられるが、川野正雄氏（家が破産したため栄が小学五年生の時に子守をしたのは氏の妹である）の直話によれば当時樽職人はいずれも醤油工場に所属して工場の中で樽を作っていた樽工、つまり勤め人であったという。そうすると栄が言う三軒の得意先をもつことなどはハナから不可能になり、同様に弟子をかかえることもできないことになるが、とりあえずここではそういう見解もあることを紹介しておくにとどめて詳細は後考をまつことにしたい）

アサとの夫婦仲はよく、妻の方ががっちり主導権を握り、無学な夫に多少の不満はあったようだが、夫の方は宝物にして妻に逆らうことがなく、尊敬していたために波風の立つことはなかった。

それなら唯々諾々、尻に敷かれていたのかというとそうではなく、そこが藤吉のふところの深さというべきであろうが、妻に反対されると思うようなことは相談したり、承諾を求めずに黙って一人でやってのけ、事が露見して叱られると席をはずすというふうに、柳に風の応対であった。

例えば、藤吉は芸事では義太夫が好きで、またうまかったが、義太夫の会があるといつでも普段着のまま、前座をつとめて相当な人気を博していた。それもその筈、定紋入りの裃や見台まで作って立派ないでたちの旦那衆よりも上手いのであるから当然と言えば当然なのであるが、凡帳面で無駄なことの嫌いなアサからは、貧乏人のくせに旦那衆にまじって恥ずかしげもなく、と幾度非難されてもそれだけはこの世の楽しみとでもいうようにあとへは引かなかった。

また浄瑠璃仲間と一緒に自らの豊竹福寿大夫という芸名入りの湯呑みを作らせたことがあって妻に叱られてもテレ笑いをして怒り返すようなことはなかった。

もう一つあげると、村にまだ柱時計のある家はなかった一八九七（明治30）年頃にはじめて柱時計が三つ村に入った。医者と料理屋兼宿屋と藤吉の家の、振り子なしの八角時計がそれであるが、この事実は岩井家の得意絶頂期の暮らしぶりを語っていよう。アサは例によって新しもの好きで、金持ちのまねばかりしたがると愚痴ったが藤吉は言い訳はしなかった。こういう心意気のようなものは逼塞した晩年にも失われなかったようで、一家は借家住まいで五回転居し、食べるのにも精一杯であったにもかかわらず、還暦の記念に村役場に五円の寄付をして、あらためて妻から身分違いのことをすると怒りを買うが、決して反論はしなかったという。[13]

得意先の倒産

日露戦争が終わり、講和条約が締結されたのは一九〇五（明治38）年のことであり、この年栄は学齢より一歳早く坂手尋常小学校に入学した。栄の入学については後でまた詳しくふれることにするが、父の藤吉は男盛り、働き盛りの四五歳で八歳年下のアサとの間に八人の子をもうけていた。無邪気で、お人好しで、誰にでも好かれ[14]、順風満帆で来た藤吉の後半生はこの前後から暗転し、打つ手は悉く失敗し、坂道を転げるように破産への道を辿るのである。

樽を納める得意先の醤油醸造元を三軒抱えていたが、あるものは大きな資本に押されて営業を縮小したり、あるいは新しく台頭した会社に合併され、あるいは倒産するなど、いずれも製品納入先の倒産、縮小によって仕事を失ったからである。

人の良い藤吉は抱えていた弟子たちに僅かに残った得意先を与えたり、また落ち着き先を頭を下げて頼みこんで何とか身の振り方を定めたが、藤吉自身は腕があるだけに人の下で働くこともできず、すすめてくれる人があっても五〇過ぎての親方どりはしたくない[15]とことわって、思い切りよく転業を決意した。

「御破算でゆこう、御破算々々、何もかも御破算[16]」ときれいさっぱり半生の稼業を捨てて米屋と酒屋を始めた。しかし武士の商法ということばがあるように、借主の立場を考えて貸金の催促をすることができない〈職人の商法〉では商売が行き詰まることは目に見えており、次いで文房具類を商うがいずれも失敗し、借財は増える一方でとうとう家も畑も売り払って当時の田舎では肩身の狭い借家住まいとなり、藤吉は二本マストの古船を手に入れて渡海屋（船による海の運送屋。

回漕業）となった。曽て少年の日に船乗りになる夢を母親から許されなかった藤吉がそれを晩年において実現することになろうとは運命の皮肉というほかはない。しかも乗組員はほかになく、一挺の櫓と風まかせの帆をあやつっての一人旅であるから、危険は大きく、仕事はきつく、雨風が激しければ仕事にはならないので当初二、三年は大変だったが、本章で後述する「**岩井家の物質的基礎**」や「（B-1）**岩井藤吉の商業税の変遷**」を参照していただければ明らかなように商業税は全盛期の明治の二倍近くにもなっていて商売が順調に回転していたことを証明していよう。

一歳早い入学

栄は一九〇五（明治38）年に坂手尋常小学校（現在の苗羽《のうま》小学校）に入学し、在学中の一九〇七年に学制改革で尋常小学校の修業年限が四年から六年に延長され、一九一一（明治44）年に卒業した。[17] 小学校の入学に関して栄の語ったものは非常に多く、それらは全て通常より一年早く数え七歳（満五歳）で入学したと記している。その事情については当時早く入学させることが流行したからとも、[18] あるいは五歳で一万を数えられたから[19]ともいわれ、一年落第してもよいから入れてほしいと頼んで他の生徒よりは一カ月遅れて[20]入学したと栄は言うが、しかし詳しくは後述するように栄の出席日数から考えて十分四月入学が考えられるわけで、一カ月遅れの入学は記憶違いであろう。小学校では級長をしていた[21]と自ら記しているところから推して早熟の才に恵まれていたことは確かである。一年早い入学の因について私見を言えば、それだけ早く親が労働力を得たいと望んでいたことの証しといってよいのではないかと思う。

ついでに栄の同級生と、一年早く一緒に入学した友人は栄も入れて四名でその一覧は次の頁の通り。

栄の小学校入学の資料

栄が坂手尋常小学校に通常の学齢よりも一年早く入学したことについては既に本人の回想[22]・同級生の証言[23]・研究者の報告[24]などがあってそのまま確定してよいと思われるが、何といっても学籍簿等の一等資料によって確認されることが望ましいのであるが、これまでの報告では必ずしもその点がはっきりしておらず、またその点に疑義を残す資料も存在するため、後世紛糾する可能性もなしとはしないので、現時点で明らかにできることをはっきりさせておきたい。

（一-A）　まず今日公刊されている資料としては『百年史―苗羽小学校　坂手小学校創立百年記念誌』（77・7・20　百年祭記念誌部編　同上委員会刊）がある。これは苗羽小学校と坂手小学校が共に創立百年を迎えた一九七六（昭和51）年四月に統合合併され、新しく苗羽小学校となったのを記念して両校の百年の歩みを記録したもので、タテ二六・五センチ×ヨコ一八・七センチ、二二一頁、構成は全五部、上製アート

（1－1）明治44年3月坂手尋常小学校6年卒業後、内海高等小学校に進学した同級生の名一覧。

氏名	生年月日	保護者	続柄
相沢仁三郎	30．3．15	藤三郎	
相沢参三郎	31．3．4	藤三郎	二男
田村富三郎	31．4．8	久太郎	
西濱　房次	31．4．21	福　松	
上野　茂一	31．7．3	亦一郎	
竹上　恒次	31．7．8	由　蔵	
川崎　松江	31．8．3	市太郎	長女
徳本スガ子	31．8．8	亀　吉	長女
木下　幸吉	31．8．9	鶴　松	二男
徳本　明治	31．8．9	若　松	
石原　好次	31．8．31	浜　次	
武井　善道	31．10．5	仲　吉	三男
西濱　忠一	31．10．18	房太郎	
岡部コサキ	31．10．—		
山本ツルエ	31．10．—	サ　ヤ	
徳本　テイ	31．10．—		
片山コトヨ	32．1．—		
川野ミサヲ	32．6．17	次郎吉	長女
岩井　　栄	32．8．5	藤　吉	五女
壺井フサノ	32．9．29	八　郎	三女
鹿島マサノ	32．12．23	ツ　ル	長女

1．本表の氏名は生年月日の順に配列。
2．表中、下の川野、岩井、壺井、鹿島の4人が、学齢より1年早く小学校1学年に入学した人達。この様な便法はあと数年実施され、以後中止。滝川氏の調査による。

紙、布装、カラー写真多数を含む豪華本である。

その歴史篇二七頁に坂手尋常小学校一九一一（明治44）年三月卒業生として29名の写真が掲げられ、「二列左より2人め　壺井栄」の注記がある。もう一つ、資料篇一七五頁から坂手小学校卒業生の全氏名が明治42年度（明治43年3月）卒業生から記され、栄は明治43年度（明治44年3月）卒業生27名の中に記されている。これが第一の資料である。卒業生数にはいずれもくいちがいがある。

（1－B）次に「卒業生報告綴」[*25]というのがあって、栄が明治四四年三月二五日に卒業し、「卒業後の目途」欄には「高等小学校入学」と記されている。従ってここから逆算して入学は明治三八年四月となるが、その記録は現在坂手小の後身である苗羽小学校には残されていない。

（1－C）また、「明治三八年三月一〇日坂手村調／明治三九年三月坂手村」と題する「入学児童通知簿」というのがあって、明治三二年八月五日生まれの栄は当然のことながら「入学期日」は「明治三九年四月一日」となっている。この「入学期日」の者は計三〇名で、このうち二九名は明治三二年四月～明治三三年三月生まれ、一名は明治三〇年一月二八日生まれであるが、この生徒は入学を猶予されていた旨の記述がある。しかしこの通知が出た時点で栄は前述のように既に一年生に入学していたわけであるから、これがあることをタテに単純に明治三九年四月入学を主張するのは誤りであることを明記しておかなければならない。はじめに後世紛糾の可能性なしとしない資料があるといった一つはこの点である。

（1－D）もう一つは「学籍簿」で栄の場合第三学年まで

のものが残されている。今必要な事項だけを書き抜くと次のようになる。

学年	修了年月日	出席日数	病欠日数	事故欠日数
第一学年	三九年三月二五日	二五〇	三	五
第二学年	四〇年三月二四日	二五四	／	二
第三学年	四一年三月二三日	二六一	／	／

岩井　栄

生年月日　三二年八月五日

入学年月日　三九年四月二日

卒業年月日　（空　欄）

この栄の「学籍簿」の「入学年月日」に記載されている「三九年四月二日」は誤りである。そのことは右に述べてきた（一-A）～（一-C）までで明らかだと思われるが、この「学籍簿」自身が内部矛盾を含んでいるからである。

即ち、「三九年四月二日」に入学したものがどうして第一学年を「三九年三月二五日」に修了できるのか？　これは全くの矛盾であって、第二学年修了が「四〇年三月二四日」、第三学年の修了が「四一年三月二三日」と順次記されている「修了年月日」の方が正しく、ここに記載されている「入学年月日」が誤記であることを逆に証するものになっている筈である。

従ってここから栄が第一学年を「三九年三月二五日」に修了していることから、入学は明治三八年四月である（出席日数二五〇日というのは十分四月入学が考えられるわけで、栄は「一月遅れ」[*26]で入学したと記すが記憶違いと考えられる）ことが導き出されるわけで、これまでに述べてきたところが動かしがたいものとして証されるであろう。以上煩雑ではあるが念のために付言しておきたい。ついでながら参考までに栄の成績を記しておくと次の通り。

学年	修身	国語	算術	体操	唱歌	操行
一年	九	九	九	八	八	一
二年	六	六	八	七	七	一
三年	八	七	一〇	七	一〇	一

栄の１～３年の成績

（一-E）　坂手尋常小学校の後身である現在の苗羽小学校には、明治四一年度卒業（明治四二年三月卒業）生から前の学籍簿等の資料は一切残されていない。従って栄が自分より上の兄姉たちは高松の学校へ行って勉強したがのちに家計が逼迫したためそれもかなわず、栄から初めて村の小学校に入ったという件[*27]については学校の資料で真偽を確認することはできない。

但し栄のすぐ上の姉ミツコ（四女　明治30・8・7～大正8・8・9）は学齢通り「明治三七年四月一日」に「坂手尋

常小学校」に入学し、[*28]「明治四三年三月二二日」に卒業し、「卒業後の目途」欄には「高等小学校入学」と記されている。[*29]
　ミツコは栄より二歳上であるから本来から言えば二級上の筈であるが、栄が一年早く入学したために一級違いとなったものである。ミツコの例が示すように村の小学校に学んだ者は栄が初めてでないことは明白であり、栄より上の兄姉たちが高松の小学校で学んだ可能性は岩井家の経済力からいって限り無くゼロに近いと思われる。

栄の伝記資料

　一九九二（平成4）年六月二三日に壺井栄文学館がオープンした。場所は小豆郡小豆島町田浦甲九三六番地（電話〇八七九-八二-五六二四）。二十四の瞳映画村の一画にあり、設計は甥戎居研造の属する連合設計社市谷建築事務所で、鉄筋コンクリート平屋建て、銅板葺き、建物面積は二四五・八㎡、総工費一億二六〇〇万円、瀟洒で味わい深い建物である。

　内部には東京鷺宮の自宅から囲炉裏のある茶の間を移築して再現したほか、応接セット・調度品などを配し、展示コーナーには「二十四の瞳」他代表作（約一五点）の生原稿をはじめ、初出誌、初版本、色紙、その他貴重な遺品類を展示している。また、壺井繁治と黒島伝治のコーナーも設けてあって一歳ずつ違う三人の文学者の交渉とその世界も辿れるように配慮してある。

　栄の展示コーナーの中には、尋常小学校と高等小学校時代の賞状・証書などが納められていて伝記的資料になるのでここに記録しておきたい。全部で七枚あり、年代順に整理しておく。

（二-A）　小豆郡坂手尋常小学校
　第六学年　岩　井　栄
成績優秀他生ノ模範タルベキモノ
ト認ム依テ硯箱壱個ヲ賞与ス
　明治四十四年一月一日
香川県小豆郡長　細谷関雄

（二-B）　賞　状
　第六学年　岩　井　栄
品　行　善　良
学　力　優　等　ニ付一等賞ヲ授与ス
出　席　皆　勤
　明治四十四年三月二十四日
香川県小豆郡坂手尋常小学校長　筧康栄

（二-C）　卒業証書
　岩　井　栄
明治三十二年八月生

尋常小学校ノ教科ヲ
卒業セシコトヲ證ス
明治四十四年三月二十四日
香川県小豆郡坂手尋常小学校長　筧康栄
第一九号

（二–D）褒状

一学年
成績優秀　岩井さかえ
前記之廉ニ依リ賞品ヲ授与ス
明治四十五年三月廿三日
小豆郡内海高等小学校長　藤本喜一

（二–E）岩井栄
松組級長ヲ命ス
大正元年九月六日
内海高等小学校

（二–F）小豆郡内海高等小学校
第二学年
岩井栄
成績優秀他生ノ模範タルベキモノト
認ム依テ硯箱壱個ヲ賞与ス
大正二年一月一日
香川県小豆郡長　佐藤忠恕

（二–G）第七〇号
卒業証書
香川県平民
岩井栄
明治三十二年八月生
高等小学校　修業年限二ヶ年ノ
教科ヲ卒業セシコトヲ證ス
大正二年三月廿四日
香川県小豆郡草壁村外四ヶ村立内海高等小学校長
藤本喜一

和田芳恵の発言

参考までに和田芳恵の調査した結果を記してみると次のようになる。

坂手小学校の卒業名簿によると、岩井栄は十九番の成績ですが、一等賞を貰った優等生です。また、小学校四（稿者注—三の誤り）年生の成績を参考にあげると、修身が八点、国語が七点、算術が十点、体操が七点、唱歌が十点で操行は一番です。

（壺井栄作「二十四の瞳」の大石先生　前出）

すでに記したように父の得意先の醤油屋の屋台骨が次々に揺らぎ始め、支払いが滞り、注文が次第に減って家運が傾き始めたのが丁度栄の入学する一九〇五（明治38）[*30]年頃で、遂に借家住まいをするに至ったのは栄が五年生の頃（一九〇九～一〇年）で、他家の子守に雇われながら通学した。当時子守に給金を払うというようなことはなく、晩御飯を食べさせてもらうほかは盆と暮れに古い着物を貰うのがせいぜいであった。

大勢の子供を抱えた岩井家では世間体を考え、家屋敷が人手に渡る前に適齢期に達した子供たちを少しでも条件のよいところへ縁組させようと、栄から上の姉四人をあわただしく結婚させたり、養女にやるなどして縁づけた。

二女コタカは姉妹中群を抜いて聡明、坂手小を優秀な成績で卒業、高小へ進みたいとせがむが許されず、母方の伯父天井の紹介で一九一〇（明治43）年京都に女中となるが、脚気を病んで帰島、一九一〇年、一七歳で没し、四女ミツコは一九〇八年京都市下京区河原町在住のアサの伯父天井仁吉の養女となるも翌年解消して戻り、のち神戸に嫁ぐが、死児を生み、産後の肥立ちが悪く、一九一九年八月九日二二歳の若さで没した。

兄の弥三郎は香川師範を出て附属小の教師をしていたから、栄は五女ではあるがいきおい長女の役割をひきうけることになって、以来母を助けて一人の弟と三人の妹（八女の貞枝が生まれるのはこの時点からもう少しあとの大正二年になってのことではあるが）の面倒をみることになる。

子守をして僅かに子供の食い扶持一食をたすけるというのであるから岩井家の窮境の程が察せられるわけであるが、ゲーテが〈パンを涙とともにかじった人でなければ人生はわからない〉といったように、幼にして否応なく苛酷な人生と向き合って生きることを強いられた栄は、書物や知識や教養といったブッキッシュなものではなく、庶民の日常生活そのもの、彼らの織りなす人生の哀歓の中からいわば素手でつかみとるようにして人間と生の真実、国木田独歩流に言えば〈人生の幽暗悲調〉を体感していったわけで、そこに後年の作家の根が胚胎する所以の一つがあったと思われる。

つまり少々先走って言ってしまえば栄の文学の大きな特徴の一つは何よりも実人生をよく知っているということであり、デビュー作の「大根の葉」以来所謂観念臭、文学臭、文学青年的な青臭さといったものからは全く無縁だということである。その苛酷な生い立ちからして所謂文学修業などはしていないわけで直接的には誰と指摘できるような影響関係にある作家はなく、所謂文学的伝統とは無縁でそれらについては無知ではあるが、しかしながら人生については熟知しているというのが栄の文学の特質であって、そこに彼女の文学を支える読者の広がり、裾野の大きさがあると言ってよいであろう。

そしてその関連から言えば祖母イソの存在は決して看過す

ることができない。栄のいわば文学的基盤をかたちづくる上で最も大きな影響を与えたのは祖母と考えられるからである。

祖母の語り

この祖母はおおらかな、豊かな母性の持ち主で、ほぼ二年おきに生まれる一〇人の孫たちを慈愛深く育んだ。それだけでなく初孫の弥三郎（明治二一年生まれ）が生まれて間もなくの頃に、孤児となって浮浪していた姉弟[*31]をひきとって孫と同じく学校に通わせ、立派に一人前に育てあげた。

無論、そのためには嫁のアサの理解と協力がなければ不可能であったことは言うまでもない。子沢山のアサは「五人育てりゃ五つの楽しみ、七人育てりゃ七つの楽しみ」というのが口癖であったというが、祖母からアサへと続く大地母神ともいうべき、このふところの広さ、深さは、更に受け継がれて、自身の子は一人も無いながら多勢の姪や甥を始めとする縁辺の子供たちを育て続けた栄にも流れている〈血〉といってよいかもしれない。

ところでこの祖母は話が好きで、孫たちを育てながら沢山の昔話や伝説を語り、子守唄を唄って倦むところがなかったという。

そしてその最も熱心な聴き手が栄であり、姉妹のなかでは最もかわいがられて祖母の隠居所で育った。

祖母の話は単に口碑伝説のたぐいばかりでなく、巷間に流布される噂話や世間話、更に自分や夫の身上話も含むというように、素材的にも形式的にも長短自在であり、語りにも巧みで自らリズムがあり、孫たちの心をとらえて離さぬ魅力をもっていた。祖母のレパートリーのうちで最もお得意なものの一つは若くして失った夫勝三（孫たちには祖父に当たる・栄は祖父の名を「私の雑記帖（1）（2）―父のこと」（前出）では「勝三」と書いている）について語る〈イセのマトヤのヒヨリヤマ〉で、それは航海の途次、伊勢の的矢でコレラに倒れ、その地の日和山に葬られた顚末を語って哀切である。

今、それを栄の書いた「伊勢（稿者注―志摩の誤り）の的矢の日和山」（55・1「婦人画報」）から紹介してみよう。

「お前らのじいさんはな、若いとき、船にのっとってな―」

祖母がそう語り出すと、孫たちはそのあとをひったくって代わる代わるにいう。

「知っとらーい。コロリで死んだんじゃ」

すると祖母はにこにこして

「そうそう」

「イセの　マトヤの　ヒヨリヤマ　じゃろう」

「そうそう」

「小ンまい石塔に、小豆島勝蔵いうて刻ってあるんじゃろう」

「そうじゃ、そうじゃ」

「おばあは、よう墓まいりせいで、ほいないことじゃったん」
「そうとも、そうとも」
「大けになったらおばあの代りに、まいってくれいうんじゃろう」
「そうとも、そうとも」
「いせまいりのついでに、墓まいりするんじゃ、のう」

的矢を訪れた栄がこれを書いたのは一九五四年秋のことであるが、この祖母の話が「おとぎばなし」ではなく、まぎれもなく実際にあった事実であり、疑いようもなく真実なのだと確信するに至ったきっかけは小学校六年生の時に地図の上でイセやヒヨリヤマという文字を発見した時からである。

地名が確かに実在すると知った時の驚きは一寸説明のつかない程のものであり、興奮した栄は家にとんで帰るなり、老眼のため見てもわからない祖母に地図をつきつけて的矢の説明をした。

目からウロコが落ちるようにという言葉が示す通り、その時以来栄の中でマトヤが実在し、ヒヨリヤマの存在が確認されたわけで、こうして、祖母の話の真実性が保証され、田舎の貧しい女故に遂に生涯自ら訪れることもかなわず、一〇人の孫たちにそれを託した祖母の悲願が、栄の胸中に引き継がれたのだと言ってよいであろう。

そして栄が実際にヒヨリヤマを訪れるのは少々因縁めくのであるが、一九五四年が初めてではなく、実はそれより一四年前の一九四〇年四月にも一度訪ねているので、再訪ということになる。このことは祖母の悲願が栄の中でいかに連綿として生き続けていたかの証左にほかならないが、一回目の時は「暦」(40・2「新潮」)にはじめて祖母のこの悲願のことを書き、その原稿料が入って一九四〇年四月小豆島に帰省する途中に寄ったものであるが、祖父の石塔を見つけることはできなかった。禅法寺という寺で過去帳を見せてもらうが、一日に一回しかない船便の時間にせきたてられて、名前も見出せぬまま不本意ながら帰途についたのである。この時祖母の没後二四年。

再訪の時は没後三八年、妹貞枝の長男戎居研造(当時東京芸大建築科の学生)を伴い、志摩観光ホテルに宿をとり、遊覧船をやとっての豪華な探索行となったが、禅法寺の住職は一四年前のことを覚えていて、過去帳の中に小豆島勝蔵の名があったことを教えてくれた。

しかし小さい石塔の方は先年無縁仏の石塔を集めて円錐状にセメントで固めて供養塔をつくったためにもはや見つけるよしもなかった。しかし、それをもはや残念にも思わなくなっていた。夥しい海難者と共に眠っている祖父を哀れとは思えなくなっていたからである。

勝蔵じいさん、おばあの代りに、孫とひ孫がまいったぞえ。

いせまいりのついでなく、ここへわざわざまいったぞえ……

無言の言葉をおくりながら卒塔婆を供養塔にまつり、坊さんにお経をあげてもらったのである。

　こうして二度の探索行によって祖父は実に没後九〇年ぶりに孫の栄によって供養してもらうことになるのであるが、この執念とも呼ぶのが最もふさわしい祖母の「悲願」は栄の祖母に寄せる限りない愛情の深さによって果たされたものと言うほかはないであろう。

　そしてこの祖母の存在、祖母の記憶がのちにふれるように、あるいは小説となり、童話となって栄の文学を豊かに彩ることになるのである。

兄による「感情教育」

　栄は作家となってから、ジャーナリズムの要請で〈文学少女の頃〉とか〈文学修業〉について寄稿を求められると、きまってそういうものはないというふうに否定的にしか答えていない。[*32]
　確かにこれまで見てきたように幼少にして極貧の境涯にさらされてきたわけであるから世の常の〈文学少女時代〉がないことは言える。しかし、〈人生〉という普遍的なものは実際には存在するものではなくて、あるのは全て〈私の人生〉であるという意味から言えば栄の場合にも当然のことだが、〈文学少女〉の時代はあった。（〈文学修業〉については以下の章で詳しくふれるのでここでは省くことにする）
　栄が小学校に入る前後から家運が下り坂となり、小学五年生頃に借家住居となり、子守となって夕食一食分の家計を助ける境涯にあったことについては既に記したが、そういう栄にもたった一つの誇りがあった。その点では村一番の金持ちの家の娘にも負けなかった。何か？「少女世界」「少女の友」「少年」「少女」などの雑誌を毎月とっていたことである。[*33]
　どうしてそんなことが可能であったのかというと、兄の弥三郎は香川師範に学び、卒業後はその才能を認められて附属小学校の教師となるが、その兄が毎月これらの雑誌を送ってくれたからである。（栄の記すところはかならずしも厳密ではなく、後述するように筆の走りとみるべきものが多多あるので、これら四誌も全部が毎月送られてきたのではなく、兄の入手の都合で、四誌の中から月に一冊あるいは二冊ぐらいが送られてきたと考えた方がよさそうである）
　「少女世界」（06・9〜31・10）は博文館から巌谷小波の主筆で出ていた一〇〇頁前後の雑誌で明治の良妻賢母を志向した、保守的で、おとぎばなしのイメージの強い雑誌であったが、大正デモクラシーの感覚的反映がみられないこともあって、後発の「少女の友」などにおされてしまった。「少女の友」（08・2〜55・6）は実業之日本社から刊行され、ジャーナリズムにおいて少女雑誌という一分野を開拓樹立した功績は大きい。明治末から大正中期にかけて感傷的で叙情的な少女小説で読者の強い支持を受け、この雑誌の売り物の一つであった竹久夢二はアイドル的な画家として人気を博し、その後には中原淳一などが続いた。「少年」（03・10〜終刊不明）

「少女」（13・1～終刊不明）はともに時事新報社から刊行され、安部季雄が主幹で少年少女向けの小説・童話・詩・童謡・児童劇・名画解説などを主な内容としていた。

ところでこれらの少女雑誌が栄に果たした役割を今日の時代から推量して過小評価してはなるまい。

とにかく明治の末といえば、小豆島では電気もない時代であるから、情報源というのはおそろしく限定されていた筈である。新聞を講読している家も恐らく数える程であったに違いない。だとすれば殆どの情報は往来する人々からの伝聞によるものである。

そういう時代に毎月子供向けの雑誌とはいえ、そのチャンネルを通して伝えられる情報というのは途方もなく大きいものであったことは確かであろう。次に引用する一文は父母を始めとして一家が雑誌をどんな姿勢で待望していたかを語っている。

家（引用者注―貧しい栄の）へ雑誌だけは毎月きちんときちんとくるのです。当時は、娘を高松の女学校へやる程の金持ちの家でも、雑誌はとっていなかったような時代でした。私は夜な夜なランプの下で声を上げて雑誌をよみ、父や母はそれを聞くのを喜びました。そして子供の私たちと同じように次号を待つのでした。その頃、姉たちはそれぞれ結婚して家にいず、私はまるで姉娘か長男のような立場にありました。学校を卒える前後から私は父と二人で小舟に乗り、岬の向う側の山から伐り出した薪を近くの村々へ運搬する仕事をしていました。この時の肉体的な辛さは今でも忘れられません。と同時に仕事を終えたあとの嬉しさも亦忘れられません。私は船に乗りこみ、父の指図に従って舵をとりながら何度も同じ少女雑誌に読みふけり、またある時は海の向うの国々をながめていろんな夢を描き、そのことで辛さを忘れていました。雑誌に投書すると、自分の書いたものが活字になるかも知れないことを知ったのも此の頃です。しかし世の中に原稿紙があることを知らず、二十字詰二十行と言う規定を見て、私は丹念に半紙に罫を引き、原稿紙を作りました。けれど遂に少女雑誌への投書はする時なくすぎました。[*34]

それから右の引用で看過することができないのは、後半の「何度も同じ少女雑誌に読みふけり、またある時は海の向うの国々をながめていろんな夢を描き、そのことで辛さを忘れていました。」という部分である。

つまり兄の定期的な雑誌プレゼントが栄を〈文学少女〉にしたという点にのみ意味があるのではなく、そのことによって知的、観念的に理解する基礎的訓練の機会が与えられ、また現実とはもう一つ別の世界があることを知り、しかもそれは自らの想像力を発動させることによって創造することができるのを知って投稿の企図をもち、結果としてそれが〈描かない画家〉〈歌わない詩人〉に終わって実行に移される機会はなかったようであるが、想像力が紡ぎだす世界の存在とそこに遊弋《ゆうよく》する喜びを知ったことに大きな意味があるわけである。

その意味で兄が栄に施した「感情教育」の意義は決して小さくはない。

なお、この兄は「文章世界」「新小説」「太陽」などの雑誌を購読していて、栄は島崎藤村の「水彩画家」（04・1「新小説」）を雑誌で読んだことを記憶している[*35]と述べていることから推測するとかなりの文学青年でもあったようである。

兄弥三郎の学生時代

前項ではそもそも栄を本好きの人間にし、そのプロセスで「感情教育」した最初の、そして最大の功労者の一人は兄弥三郎の存在であり、兄によって育まれ、導かれ、あるいは刺激されて、それと自覚することなく、彼女の文学へのめざめ、志向が形成されていった経緯について指摘しておいた。従って栄にとって兄弥三郎は常に「精神的な支え」[*36]であったわけで、繰り返しその点について栄は語っているのだが、その事蹟については奇妙なことだが殆ど不明のままになっている。

栄は弥三郎が「高松師範」に学んだことと、卒業後は「附属小学校の教員」になったことは何度も記しているのだが、それがいつのことであるのか、何年間教員をしていたのか等の実態については全くふれていないので、具体的にはその実情がどうなっているのか、知ることができないままに放置されてきた。

岩井弥三郎は一八八八（明治21）年一月二〇日生まれだから、師範学校には一九〇七（明治40）年前後には入学し、順調にいけば明治末年には卒業していると推定される。「高松師範」というのは地元の通称で、正しくは香川師範のことと思われる。

そこで香川師範の後身である香川大学教育学部に問い合わせる必要が生じたが、あいにく伝がなかった。

その後同僚の教授が香川大学の佐藤恒雄教授（藤原定家研究で角川賞・藤原為家研究で日本学士院賞受賞）と親しく、近く一緒に調査旅行に出かけると聞き、紹介の労を取ってもらうことにし、早速お願いの書簡を投じた。

教授からは早速懇切なご教示をいただいて次のような事実が判明したので以下に明らかにしておきたい。

（一-A）まず、香川大学教育学部同窓会編『香川大学松楠会会員名簿』（89・10・1刊行）によって岩井弥三郎は、

香川県師範学校　男子　一部　一九一一（明治44）年三月卒（52名）

の中にその名があり、この年の卒業生であることがわかる。但し、この名簿では卒業年度はわかるが、入学したのがいつであるかはわからない。

そこで学籍簿による確認が最も正確であるが、残念ながら

この一九一一（明治44）年三月卒業生のそれは現在残されていない。一等資料によって正確に確認したかったので、再度佐藤教授に調査の労をお願いし教授がご自身で再度確認して下さったのであるが、この年度のものはやはり保存されていないとのことであった。

ただし、前年度一九一〇（明治43）年三月卒業生の学籍簿は残されており、この当時は修業年限が四年であったことから、おそらく、

一九〇七（明治40）年四月　入学

とみて間違いないと思われる。

（一-B）　学籍簿探索の過程で「本科／第一部　明治二十三年七月二十三日カラ／昭和十七年三月十七日マデ／卒業証書台帳／香川県師範学校」と題する「卒業証書台帳」が出てきた。

但しこの「卒業証書台帳」の表紙がつけられて整理されたのはかなり後年になってからであることがわかる。

校名が「香川県師範学校」と改称されたのは一八九七（明治30）年一〇月六日に公布された師範教育令によってである。[*37]それ以前の一八八九（明治22）年一〇月一日に創立されてからは「香川県尋常師範学校」が校名であった。[*38]

次に「本科／第一部」とあるが、本科に第一部・第二部を置き、それぞれ男女の生徒で構成するようになったのは、一九〇八（明治41）年二月二一日香川県令第九号をもって香川県師範学校学則を定めて以来である。[*39]

「香川県師範学校」を「香川師範学校」と改称し、官立に移管されたのは、一九四三（昭和18）年三月八日に公布された改正師範教育令によってである。[*40]

従ってこの台帳の表紙にはその程度の呼称のフレキシビリティはあるものと考えておく必要がある。

さて、この「卒業証書台帳」は毛筆で記されているものであるが、その中に

第廿一回本科第一部男子卒業生／明治四十四年三月二十日授与

として記される中に

第四百八拾四号　商　岩井弥三郎／廿一年一月二十日生

とあって、同窓会名簿にある通り、一九一一（明治44）年三月二〇日に卒業していることは明らかになった。

（一-C）　従って（一-A）（一-B）で述べたところと『香川県教育史』（注の38〜40はこれに拠っている）を総合すると、ひとまず岩井弥三郎の香川県師範学校の学籍は次のように記すのが現時点では最も正確であろうかと思う。

一九〇七（明治40）年四月　香川県師範学校本科男子に入学

一九一一（明治44）年三月二〇日　同右本科第一部男子卒業

（一-D）これで弥三郎の香川師範在籍の件は判明したのであるが、私にはどうしても腑に落ちない点が一つ残った。それは弥三郎が非常な秀才で師範学校へ進学したと栄は繰り返し記していることで、無論こうした肉親の言は身贔屓の賞賛の分は割り引いて考えなければならないにしても、年齢的にみて一九〇七（明治40）年入学というのは一寸遅すぎるのではないかと思われることである。

そこでこの旨疑問を率直に記して再度調査をお願いしたのである。

すると佐藤教授は私の疑問を諒とされ、快よく再度精査され、次のように意外な新事実をもたらしてくれたのである。

現在学籍簿はこの年度だけ欠けていて前後の年度については保存されていることについては既に記したが、そこで教授はこの件についての何らかの手がかりが得られないかと、残されている前後の年度の学籍簿を調べているうちに、そこに「入学前の履歴」という項目があることに気づいた。

そこには「〇〇高等小学校卒業」というように出身校が必ず記載されていて、更にまた「〇〇尋常小学校准訓導」「〇〇郡教員養成所修了」というのにまじって「本校乙種講習科修了」と記載されてあるのに目がとまった。つまり、岩井弥三郎がストレートに本科学生として入学したのではなく、それ以前に香川県師範学校に設置されていた乙種講習科に学び、そこを経て本科に進むというコースを歩んだ可能性もあるのではないかということに思い至ったわけである。そこで保存されている資料の中に「乙種／講習科／明治二十四年十一月三十日カラ／大正十四年三月二十日マデ／修了証書台帳／香川県師範学校」として毛筆で記されている台帳があり、これを調べてみると予想は見事に的中した。

　第十二回乙種講習員（明治三十八年三月二十日）

　として記される中に、

　香川県平民／第三百四十二号　岩井弥三郎／明治二十一年一月二十日生

とあって乙種講習科に学んでそこを「修了」してから本科に進んだことが判明した。なお、この事実は最近私が入手した前出の『香川大学松楠会会員名簿』にも、

　乙種講習科　明治38年3月修了　(35名)

の中に岩井弥三郎の名があることによって間違いないことが裏付けられた。

ところでここにいう乙種講習科というのは前引の『香川県教育史』によると、第一回の修了生二七名を出したのが一八九一（明治24）年三月二三日で、[*41]以後一九二五（大正14）年三月二〇日修了生を出すまで設置され、以後は廃止された。

その間修了期限・科目等については種々変更、異同があるが、今それを修了期限に限って見やすい形で整理すると次のようになる。

明24・3	修了生	5週間
明24・11	修了生	2カ月
明25・6	修了生	2カ月

明26・11～明31・3　修了生　6カ月
明32・3～明41・3　修了生　1　年
明44・3～大14・3　修了生　2　年

従って、岩井弥三郎は乙講の修了期限が一年課程の時に学んだことになるわけで次のように整理して示される。

一九〇四（明治37）年四月　香川県師範学校乙種講習科入学

一九〇五（明治38）年三月二〇日　同右修了

（一-E）　乙講を修了して、本科一部に進学するまでには まる二年の期間がある。その間教員になったと考えるのが最も自然と思われるが、それを証するものは現在の所何もない。但し教員になったとすれば当時月給は一〇円かあるいは一一円であった。*42

（一-F）　この乙種講習科に入学する以前の弥三郎の閲歴については滝川氏からの調査で内海高小を卒業していることがわかっている。ついでに記せば栄の姉妹ではミツコ（四女）、スエ（六女）、シン（七女）も同校の卒業生である。

弥三郎の教員時代

佐藤教授からの調査結果によると、岩井弥三郎が一九一一（明治44）年三月に香川師範本科一部を卒業後直ちに香川県師範学校附属小学校（現在の香川大学教育学部附属高松小学校。以下附属高松小と略称）に訓導として勤務したことは確かであるが、それを記す資料は附属高松小が一九四五年七月四日に戦災で全焼し、記録類が一部を残して焼失したため残されていない。また大学本部人事課にも明治・大正のものは残されていない。

（二-A）　そこで弥三郎が附属高松小に勤務したことを証明するものとして教授から『七十年誌』（香川大学学芸学部附属高松小学校編　61・3・10）に収録されている開校以来の教職員名のコピーが送られてきた。それによると弥三郎は、「奉職順位」は六六代で、

在職期間　一九一一（明治44）・三～一九一四（大正3）・一

となっている。

一般に優秀な卒業生から順に附属小に採用されるのが通例と聞くが、この年弥三郎と一緒に採用された教員がもう一人あるが、そちらは一九〇一（明治34）年卒のヴェテラン教師であり、少し遅れて一九一一（明治44）年八月にもう一人採用されているが二年前の卒業生である（他に女性教師が二人、この年度に採用されているが松楠会名簿では確認できないので除いてある。以下同じ）。ついでにこの前後の年はどうなっているかを調べてみると、弥三郎の前年度は男が四人採用されているが、一人を除いて他は全て過年度卒業生であり、翌年度も同じく男が四人採用されているが、一人を除いて他は全て

過年度卒業生であり、翌年度も同じく男が四人採用されているが、当該年度卒は一人のみで他はいずれも過年度卒である。但し、弥三郎の在任三年弱、正確には二年一〇カ月というのは意外に短期間であったという感が強い。

将来を嘱望されながら附属高松小の教壇を離れたのは一にかかって経済的な理由による。弥三郎が附属高松小の教壇に立つ前後に醬油樽の製造をしていた父の家業が破産をしたため、一家は家屋をたたんで借家住居となり、父は、酒屋・米屋・文房具屋・海上運送業と次々に転業し、経済的苦境に陥ってゆくのを見かねた弥三郎は、実際上の長男としての責務を強く意識した結果、一家の経済的支柱となるためには、教師の薄給では及びもつかないので、上京して弁護士となる道を選ぶのである。しかし上京してからの無理な生活がたたって、大正八年三月には当時大流行したスペイン風邪にやられてあっけなく他界するが、その経緯については後述する。

（二－B）　ところで弥三郎の月給はどのくらいであったか、かなりのところまで推定することができる。

これまでに何度も引用した『香川県教育史』は資料的にも克明な労作で、香川県尋常師範学校が一八九〇（明治23）年七月一四日に第一回の男子卒業生一四名を送り出すが、その「俸給拾弐円乃至拾四円」と記し、以後も同様に初任給を記載している。

それによると、

一九一一（明治44）年三月第二十一回第一部男子卒業生五十名、俸給十六円、十七円[*43]

とある。

これに従えば弥三郎の初任給は一六円、あるいは一七円ということになる。

但し、ここに厄介な問題がある。「兄弥三郎の学生時代」の（一－D）に記したように、弥三郎は「乙講」を一九〇五（明治38）年三月に修了して二年後の一九〇七（明治40）年四月に「本科一部」に入学していることについては前述の通りである。

ところで「本科一部」に進学するまでの二年間については「兄弥三郎の学生時代」の（一－E）に記したように何をしていたかは不明である。しかし、その後「本科一部」に進学していることからすれば、当然教壇に立っていたと考えるのが最も妥当であろう。とすれば、その時の初任給は一〇円か一一円である。二年間勤めたので昇給もしていると思われる。但し、これらはあくまでも推定であることをことわっておかねばならない。

右の条件をふまえたうえで、弥三郎の附属高松小に勤めた時の月給は恐らく「一六（あるいは一七）円＋アルファ」で、「二〇円」以下であったことは確かであろうと思われる。但し栄は前引の座談会で、[*44]

私の一番支えになったのは、一番上の兄貴ね。これが小豆島でも珍しい秀才といわれて、師範学校出て四級も五級もとびぬけて昇給して迎えられて、新聞にものったの。

と、新聞にものるほど四級も五級も昇給して採用されたと断言しているのだが、それが事実であるのかどうか、目下調査中であるが確認はとれていない。

（二-C）　ところで弥三郎についてこの在職期間だけでは如何にもさびしいのでもう少し資料はないかと思っていると、その後百年史が出たと聞いたので、直接同校にお願いして入手することができた。『香川大学教育学部附属高松小学校百年史』（香川大学教育学部附属高松小学校創立百周年記念事業実行委員会　90・10・21）がそれで、百年史にふさわしく、タテ二六・五センチ×ヨコ二四・五センチの変型判、口絵八頁、全九章、四七七頁、布装、函入の豪華本である。

今、弥三郎に関することで言うと、「第9章資料　(1)　歴代学級担任一覧」があり、次の年度の部分にその名がある。

明治四四年度　高等科一年女子　岩井
〃　四五　〃　〃　二　〃　岩井
大正　二　〃　〃　三　〃　岩井

一九〇七（明治40）年三月二一日の小学校制度の改正によって尋常小学校の修業年限が四年から六年に延長され、高等小学校は二年もしくは三年と定められて、一九〇八（明治41）年四月から実施に移されて制度的に公認されるようになったのであるが、弥三郎の勤めた附属高松小では早くから高等科制を実施し、一九〇一（明治34）年には男女とも高等科四年生がいたことは確かで、一九〇六年、一九〇七年にも男子のみ高等科四年生がいたことは判明しているが、一九〇八年以降は高等科は三年制となり、それ以上は廃止された。

さて、弥三郎は着任早々高等科一年の女子組を担任したわけで、それを持ち上り、生徒たちの最終学年である一九一四（大正3）年一月で退職しているから、卒業直前に辞めているわけで常識的にはかなり唐突なやめ方といわなければならないであろう。この年度の卒業生は前記の『百年史』の「附属小学校卒業生調べ（二）」を見ると、一九一四（大正3）年三月第二二回高等科三年卒業女子は二一名とある。

この時、弥三郎が担任したクラスの中に画家の藤川栄子がいて、のち栄と親しく交際するうちに兄妹であることが判明して、栄は教師としての弥三郎について教え子の立場からいろいろ聞くことができたが、彼は特に音楽指導の面で卓越していたようである。

藤川栄子はのちに栄の第一随筆集『私の雑記帖』（41・12・15　青磁社）の装幀もしているが、こういうエピソードがある。藤川というのは結婚してからで、以前は坪井栄である。ところで壺井栄は「文芸」39年9月号に発表した「大根の葉」によって文壇にデビューし、これ一作で一躍その名を知られることになったのだが、実は本文の作者名を編集部の高杉一郎がうっかり「坪井栄」と誤記するというとんでもない間違いをおこしてしまった（このミスプリントは本文のみで、目次は正しい）そのため、これを読んだ藤川栄子の知人や友人からはお祝いの電報や祝辞が殺到するというハプニング[*45]もあった。

兄弥三郎の教員資格

前稿で栄に大きな影響を与えた兄の弥三郎についてその後の調査で更に若干の傍証となる事実が明らかになったのでつけ加えておきたい。

高松の県立図書館で「香川新報」以来の「四国新聞」の記事を調査した際に次の二件が判明した。ちなみに「四国新聞」の変遷は次の通り。

香川新報（明22・4・10～）→香川日々新聞（昭16・2・10～）
讃岐実業新聞（明35・11・7～）→讃岐日報と改題（大3・11・3～）→四国民報と改題（大7・5・1～）→香川日々新聞
香川日々新聞←四国新聞と改題（昭21・2・11～）

（三-A）「香川新報」の一九〇五（明治38）年三月二三日三面に「香川県公報」として次の記事があり、その中に岩井弥三郎の名が記されている。

●香川県告示第百二号

左記ノ者臨時小学校教員試験検定ニ合格ニ付小学校教員免許状ヲ授与シ登録簿ニ記入セリ

明治三十八年三月二十三日　香川県知事　小野田　元熙

小学校本科正教員[*46]

香川県平民　入江　キヨ

（以下二八名列記　省略）

尋常小学校本科正教員[*47]

香川県平民　石床　菊二

仝　岩井　弥三郎

（以下三二名列記　省略）

前稿で弥三郎が乙講修了後、本科一部に入学するまではまる二年の期間があり、その間の閲歴については不明だが、その後本科に進学していることから考えて当然小学校教員になっていたであろう（ちなみにトップに記されている石床菊二は明治三八年四月から翌年三月まで弥三郎や栄たちの母校坂手尋常小学校に訓導として勤務している[*48]）と推定しておいたが、右の公報によって一層その蓋然性は高まったと考えられる。

（三-B）同様に「香川新報」一九一一（明治44）年三月二一日三面の「香川県公報」欄に弥三郎の名が記されている。

●香川県告示第百三十九号
左記ノ者本月二十日本県師範学校本科卒業ニ付免許状ヲ
授与シ登録簿ニ記入セリ
明治四十四年三月二十一日
香川県知事　鹿子木　小五郎
小学校本科正教員
芳竹岩吉（八名略）　岩井弥三郎
（以下一一七名列記　省略）

以上二件の「公報」を確認したので閲歴の傍証として追加しておきたい。

生家が人手に

前稿で私は栄の父の商売が得意先の醤油屋の倒産・合併・縮小などによって不振となるのは、栄が坂手小学校に入学する一九〇五（明治38）年頃からで、それが遂に破産して家財を人手に渡して借家住まいをするに至ったのは五年生の頃一九〇九～一〇（明治42～43）年とした。

この破産して借家住まいとなったことは岩井家にとっての大きな悲劇であっただけに栄がこれについて記すことは当然多いわけであるが、しかし、その時期がいつであるかを明記しているものは必ずしもそう多いわけではない。今それをもう少し詳しく示すと次のようになる。

「十二歳の時、破産」（「箪笥の歴史」43・1「新女苑」）
「小学校五年生の時（中略）破産し、家財一切を人手に渡し」（「豆自叙伝」51・7・29「週刊家庭朝日」）
「小学校五年生くらいのときに家が破産し（中略）借家住い」（「私が世に出るまで」54・1「新女苑」）
「小学校五年生の時破産し（中略）借家暮し」（インタビュウ「おらが郷土さのこの人を」61・1・20「RNC」9号）

とある。また年譜では、

一九一二（明治45）年十二歳（略）この年父は六百円余の借金のために身代限りをし、肩身せまい借家住居となる（「自筆年譜」55・2・5『現代日本文学全集39　平林たい子　佐多稲子　網野菊　壺井栄集』筑摩書房）。付言すればこの年譜で栄は生年を一九〇〇（明治33）年としているのでこの記述は一年繰りあがって一九一一（明治44）年のこととなる。この他、壺井繁治「壺井栄年譜」（69・1・10『現代文学大系39　網野菊　壺井栄　幸田文集』筑摩書房）、古林尚「年譜」（69・2・10『壺井栄全集10』筑摩書房）、も同様である。

一九一一（明治44）年十二歳（略）父が親類筋の借金の証判をしたために破産、仕事場と住居と隠居所を同時にたたみ、借家住ま居となった（戎居仁平治「壺井栄年譜」87・4・1『壺井栄のしおり（改訂版）』壺井栄顕彰会）。他に戎居は『壺井栄伝』（前出）の年譜でも全く同じ発言を繰り返している。

やや煩瑣にわたったが以上で明らかなように、岩井家が破産して身代限りをし、借家住まいとなったのは栄の記すところによれば「小学校五年生」（あるいは「くらいのとき」）のときということになる。即ち、戸籍が示す一八九九（明治32）年八月五日生まれで、学令より一年早く一九〇五（明治38）年に入学した栄が小学五年生のときというのは一九〇九（明治42）年四月から一九一〇（明治43）年三月までの期間である。従って前回、拙稿では「一九〇九〜一九一〇（明治42〜43年）」としたのである。

但し右の最後に引用した戎居年譜にある「親類筋の借金の証判をしたために破産」というのは、どういう根拠に基づくものなのか記載がないので詳細は不明である。

戎居のいうこの理由自体は分かりやすく納得しやすいものである。しかし決定的な弱点は栄がその事には生涯一言半句もふれていないことである。家の破産という決定的な悲劇であればこそ生涯にわたって繰り返し繰り返し語っているわけだが、その中で只の一度も「親類筋の借金の証判をしたために破産」とは言っていないのは解せない。それが不祥事や不名誉なことであればともかく、借金の保証人という人の嫌がる役を引き受けたが故にその犠牲になってしまったのであれば、これは不面目でも何でもなく、むしろ堂々と胸を張って言える種類のものではなかったか。それは公言してはばからぬほどのものではないにしても、不名誉、不面目ではない故に、栄がその事実を秘して一言ももらさなかったというのは考えにくい事であろう。

ところで破産して家屋敷が人手に渡ったのはいつなのかという最も基本的な事項が不明のままに放置され、誰一人確かめる者がなく孫引きを繰り返しているのが壺井栄年譜作成の現実であり、伝記研究の現状である。

こうした現状を打開するためにいくつかの方策を実行してみたい。

まず家屋敷が人手に渡るというのは、所有権の移動（あるいは移転）を示すわけであるから公的な機関、つまり役場や法務局には当然記録されている筈で、そこから破産の時期がいつであるかを知ることは可能な筈である。この目論見は、ずばり的中して次のような事実が明らかになった。

登録年月日	事由	所有者名
一、西片山甲三三六　四六坪（一畝十六歩）		
明治26年10月28日	書入	岩井藤吉
明治31年3月18日	買得	片山木之松、片山熊吉
二、坂手甲四一六　一五三・八九㎡（四六・六坪）		
明治31年3月18日	買得	岩井藤吉（大空竹蔵から）
明治34年4月27日	所有権移転	横山松太郎
三、中甲四三五—二　二二歩（二二坪）		

明治25年2月6日　誤謬訂正　金田チョウ
明治28年2月15日　売買　岩井藤吉
大正2年3月20日　売買　藤井定治

右に記したように、岩井藤吉名義の土地は三つ（もう一つ岩井シン名義のものがあるが時期的にずれるのでそれについては後述）あって、甲336は最も古く、ここに代々住んできたのではないかと思われ、登記の「事由」欄も「買得」や「売買」・「所有権移転」ではなく「書入」と記されているところにも、登記とは無縁に過してきた前代までの俤がしのばれる思いがする。

甲336を売った日に甲416というほぼ同面積の土地を買っているところから考えて、これは恐らく経済的に困っての売買ではないであろう。

しかし、なぜかそれを三年という短年で手離し、その三年前に手に入れた二二坪の小さな家ではあるが、甲435―2には一九一三（大正2）年まで一八年間住んだ。隣家は同級生として生涯の友となった鹿島マサノ氏宅である。

見て明らかなように岩井藤吉家の崩壊は或日突然家と家財が売られて目の前から四散するというような劇的なものではなく、一つずつ消えていったものなのであろう。

そして最後に来たのが、甲435―2の売却だったのであろう。

つまり、破産ということでそれが不動産の売却の問題とかなり関係が深いのではないかと想像したが、実際には土地も家財もあまり深い思い入れはなく、売買していたと見てよいように思われる。

甲435―2の売却の件が栄の子守事件（明治42〜43年）に一番近いが、直接的にどうこういうことはないようである。

内海高等小学校卒業の前後

一九一一（明治44）年三月に坂手尋常小学校を卒業[*49]した栄は草壁村にある内海高等小学校（課程は二年）に通った。これは共同村立の学校で家からは一里程の距離であったが三五分位で通ったというから[*50]かなりの早足である。

子守りは尋常小学校卒業と同時にやめ、当時県が産業振興策の一つとして奨励していた麦藁細工で帽子をつくる麦稈真田《ばっかんさなだ》の内職をしながら、苦学して大学に行くような悲壮な決意で通学した。尋常小学校六年の時の修学旅行は金比羅詣りで費用は四七銭であったが、兄姉が行かなかったために行かしてもらえず、そのとばっちりが隣家の同級生鹿島マサノにも及んで、学校一番の栄も行かないのだからお前もだめだと行かしてもらえなかった[*51]ほどであるから、精神的には相当追いつめられていた筈で、無論服装などにかまっている余裕はなく、冬には黒い男のマントで、丈のサイズが短いのを着て通ったので〈将校マント〉と皆から笑われもしたが苦にはしなかった。[*52]もっともこれらは母との約束でもあった。アサの思い出を記した「子育て観音」（57・8・28「週刊朝日別冊」21号）によれば高等小学校に進みたいという栄にアサが身分違いだと前置きした上で、麦飯の弁当に文句を言わないこと、着物は何でもいいこと、授業料や学用品代は自分で稼ぐことを条件にして許されたものであったからである。

一九一三（大正二）年二月に末子になる妹の貞枝（八女）が生まれ、この時アサは満四五歳、孫のような一〇人目の子供を産んだことと、年来の過労がたたって、容易に体力が回復しなかったので、栄が母に代わって世話をしながら同年三月には内海高等小学校を卒業した。

当時の小豆島では、娘たちは卒業すれば大阪か神戸へ女中奉公に行くのが普通であったが、栄はどうしてもそれがイヤで、郵便局に単身出向いて雇ってくれるよう頼んだ。字を書いてみろとテストをされ、習字には自信があったので合格するが、事務員がいま一人いて私設の三等局ではもう一人雇う余裕はないので、人員のアキがでるまで待ってくれと言われ、やむなく、父の仕事を手伝うことになる。[*53]

無論、栄は進学して教師になりたかったのであるが、家計の状況は女学校へ進学するどころではないので、せめて通信教育の講義録ででも勉強しようと見本を取り寄せてみても一カ月一円の会費が払える筈もなかった。女学校へ進学する娘たちに負けたくないという一心で本を読みあさった。始めは兄が送ってくれる少女雑誌や文芸雑誌であり、後には自分の小遣いで買う雑誌や単行本である。

商店を始めて次々に失敗した藤吉はその頃小船で海上輸送の仕事をしていた。その主なものは薪炭用の松や櫟の用材を浜辺から積んで醤油工場のある村まで運搬することである。

木出し人夫の仕事なわけで、当然男のする辛いものであった。用材は三尺（九一センチメートル）位の長さであるが、軽いのは栄がかつぎ、重いのは父がかついだ。軽いとは言っても生木の用材であるから肩にめりこみ、骨が折れそうになる重労働で、朝五時には家を出、午後に帰るというパターンであったが、疲れがたまるとぐっすり寝込んで失禁することもしばしばであった。[*54]この生活が一年半ほど続く。

この栄が学んだ内海高等小学校は、その時期同じキャンパス内に併設されていた内海実業補習学校に、壺井繁治、黒島伝治という近代日本文学史にその名を刻する俊秀が相次いで学んだことによって、しかも栄を入れた三人が同じキャンパスに一年間同時に学ぶという天の配剤もあって、その後の栄の人生に大きなかかわりをもつばかりでなく、それが現在の小豆島高校の基礎になったという意味でも重要なので、その変遷を次に示しておきたい（47頁参照）。

郵便局に勤める

一九一四（大正3）年の秋[*55]満一五歳になって間もなく、郵便局長武井平太郎の夫人が局員にアキができたから雇ってもよいと話しに来たので二つ返事で承諾して翌日から住みこむことになった。

栄の村の三等郵便局では女事務員は大抵高等小学校を終えたばかりで入り、結婚を機会にやめるというのが普通で、栄は女事務員の四代目であった（「郵便局随筆」初出未詳、『時計』47・7・10、婦人民主新聞社刊　所収）。

二カ月間は見習で、三カ月目から本雇いで月給二円をもらった。但し見習期間中は一円五〇銭であった。[*56] 仕事は初め郵便・電信・電話を担当し、局長が為替・貯金を受け持ったが、二年後の一九一六（大正5）年七月一〇日に簡易生命保険法（いわゆる簡易保険である）ができ、それが一〇月一日から施行された時に局長が中風で倒れてしまった。[*57]

それまでに局長から為替事務をみっちり仕込まれていた栄は一人で何もかもやらねばならなくなった。

つまり栄の仕事は一九一六（大正5）年一〇月以後は郵便・電信・電話・為替・貯金・保険、それに深夜の電報配達までするというのであるから過重な労働ぶりには驚くほかはない。

加えて郵便局の事務室というのは局長の自宅の一室で、通りに面した日の当たらない北向きの六畳の和室であった。そういう労働環境では病気にならない方がおかしいわけで、たとえ病気になったとしても他に仕事をする者がいない以上仕事をしながら治すほかなかった。

こういう無理がたたって一九一八（大正7）年一八歳の時に肋膜炎を患い、次いで脊椎カリエスとなったが、一家の経済の柱となっていた栄は「それでも働かねばならず」（「私が世に出るまで」前出）、毎週一回高松の赤十字病院に通って下腹部にたまる膿をとってもらっていたが、膿は一回に三合から五合（〇・五四〜〇・九リットル）くらい出て、身体はくの字にゆがんでいた。

そういう生活と病気との悪戦苦闘が続くうち、栄が二二歳になった一九二二（大正11）年全く意外なことからカリエスが治って長年の苦しみから解放されることになった。

その年一一月二一日皇太子（のちの昭和天皇）が小豆島を訪ねるが、折柄、四国地方にはハシカが流行していて忽ち皇太子もハシカにかかってしまった。栄もまた沢山のハシカ患者の一人になった。もっとも栄の場合は高熱で、はじめ医師はハシカではないと誤診したために処置が遅れ、死線をさまよったが、結局ハシカとわかり危うく一命をとりとめた。

ところがハシカが治ってみると不思議なことにカリエスも治ってしまった。どうやらハシカで高い熱を出したことでカリエスには一種の高熱療法を施した結果になったらしい。カリエスの後遺症としては、晩年まで朝起床後に多少の痛みが残る程度で完治してしまったのは、不幸中の幸いというべきであった。[*58]

栄の郵便局勤務時期

栄が郵便局に勤めたのは彼女の生涯を決定する大事件であったわけで、それだけに栄の書くエッセイには数えきれない程その時代の苦労話がでてくるのであるが、奇妙なことに、では肝腎の郵便局に勤めたのはいつからなのか、いつやめた

（1－1）淵崎高等小学校内海分教場～内海実業学校の変遷

明23．10．13（1890）
郡立 淵崎高等小学校内海分教場 4年課程
↓

・坂手、西村等の3年課程の簡易小学校卒業生は入学試験の合格者が、苗羽、安田、草壁等の 4 年課程の尋常小学校卒業生は無試験で入学許可された。極楽寺の仮校舎で発足。

明26．4．1（1893）
郡立 小豆島高等小学校内海分校 4
↓

・明26.10.20 坂手尋常小学校は4年課程となる。（この頃全国的に4年課程に統一）

明27．5．8（1894）
郡立 小豆島第二高等小学校 4
↓

・明29.6.-より片城の新築校舎に移る。（新築校舎は今の大倉食品センターの所）

明32．10．1（1899）
組合立 内海高等小学校 4
↓

・正しくは「草壁村外4ヶ村学校組合立」（大6.1.1 草壁村が草壁町となる）

併設

明41．4．1（1908）
組合立 内海実業補習学校 4年課程
組合立 内海高等小学校 2年課程

・明40.3.21 尋常小学校が6年課程の義務教育に延長され、高等小学校は2年または3年課程となり、逐年実施に改正された。

大3．3（1914）
3・4年生 同時卒業
↓ 3 ↓
↓（大9・3 廃校）（1920）

・明42.4. 初めて尋常科6年生ができた。

大4．5．25（1890）
組合立 内海実業学校
技芸科〔女〕 3年課程
商業科〔男〕 3年課程
↓ ↓

・大9.4『尋常小学校』に高等科が併設されて校名も『尋常高等小学校』となった。

・大9.3 内海実業学校は、商業科の募集を停止し、技芸科を春から高等女学校に昇格した。

大9．5．7（1920）
組合立 小豆島高等女学校 4
↓
（大11．3廃校）（1922）
組合立 小豆島中学校 5 ← ・{大12.3.31 文部省設立許可。大12.4.24 仮校舎の清見寺で開校。
↓

大11．4．1（1922）
県立 小豆島高等女学校 4
↓
県立 小豆島中学校 5 ← ・昭3.4.1 県立移管。（1928）
↓

昭21．4．（1946）
5
↓

昭23．4．1（1948）
県立 小豆島女子高等学校 3
県立 小豆島高等学校 3 ← ・昭23.6.15 定時制課程設置。（1948）

統合
【女子】 【男子】
↓

昭24．4．20（1949）
県立 小豆島高等学校 3
↓
現在

（『小豆島高校50年記念誌』1971.5.1 刊）

のか、についてははっきりしない。
一九九〇年秋に小豆島を訪れたのを契機に客観的な外部資料や残された記録の発掘につとめた結果次のようなことが明らかになった。[*59]
栄が坂手郵便局に在職していた時期は次の通りである。
①一九一五（大正4）年二月～一九一七（6）年三月
②一九二二（大正11）年五月～一九二三（12）年二月
これは誠に意外な事実というほかはない。栄の書いた随筆や回想によれば、美しい着物をほしがらず、紅白粉をつけず、病体に鞭打ってひたすら家ときょうだいのために働き続けた小豆島での一〇年――栄の言葉で言うと「実に『感心』な少女」（「私が世に出るまで」前出）であり、まさしく「二宮金次郎の女性版」（「野そだちの青春」55・1「婦人公論」）の孝行娘であって、センセーショナルな見出し大好きの週刊誌は例えば「この不屈の青春！」（63・1・2「週刊女性」）というタイトルをつけ、「苦の青春……。それこそ、のちに熟れた果実を生む（中略）波静かな小豆島に病苦にあえぎながら家族を養った壺井栄さん」というふうにうたいあげて「不屈の青春」のイメージを強調するのにまさしくぴったりである。

21歳頃郵便局の裏庭で、左栄

しかし、それは一面的に誇張された、言い換えると病苦と一家の経済的支柱という側面を故意に強調し、増幅するために演出されたイメージであることがはっきりするであろう。

勤務記録の開始が一九一五（大正4）年二月となっているのは前述したように本採用になってからと考えられるから、その前の見習期間[*60]の二カ月を加えると栄が局に勤めだしたのは大正三年一二月頃とすべきかと思われる。

そして約二年後の一九一七（大正6）年三月には一旦退職しているが、これは脊椎カリエスで療養のために退職したものであろう。いくら経済的支柱とは言っても、背椎から三～五合の排膿を定期的に続けなければならない状態で局の過酷な勤務を続けることは不可能な筈だからである。

その後五年のブランクがあって一九二二（大正11）年五月から十カ月間局に再び勤務した記録が残されている。従って栄の郵便局員としての在職期間は本採用で三年二カ月、見習の二カ月を合計すると三年四カ月ということになり、意外に短いといわざるを得ない。

それでは一旦退職して再び局に勤めるまでには五年あるが、その間は病気療養につとめていたのかというとそうではない。栄は坂手村の役場に衛生係事務員として勤めていたのである。

私は小豆島在住の歴史家で小豆島の歴史についての著述を数多く公刊され、『内海町史』の執筆者であり、香川県史編纂委員でもある川野正雄氏に坂手村役場の書類は現在どこに保管されているのか尋ねたことがある。栄が一九二〇年代に局をやめてから役場に勤めたと記しているので職員の勤務についての記録を調査する必要があったからである。ところが川野氏の回答は「書類は無し」であった。町村合併があって一九五一（昭和26）年四月一日草壁町・安田村・苗羽村・坂手村・西村の一町四村が合併して内海町が発足した（のち一九五八年に福田村を編入）際に坂手村役場の心ない職員が記録を焼却（正確に言えば実際に焼却されたのは大正五年度〜昭和五年度のもの）してしまったからだという。まことに悔いを千載に残す暴挙で切歯扼腕したがあとの祭りであった。

岩井家の物質的基礎

栄の記すところによれば、藤吉にとっての後半生は失敗の連続で、栄は小学校の高学年になると子守をして食扶持を助けたといい、将来は師範学校に行って小学校の教員になることを望んだが、一家の経済状態は師範へ行くどころか、高等小学校へ行くのさえ、さまざまなアルバイトをして学資を稼ぐことを条件に許されたものであり、そこを卒業すると間もなく、郵便局に勤め、二〇歳前後で一家の大黒柱になったと繰り返し自ら記していることについては既に紹介した通りである。

ただし、こういう栄の言にもかかわらず、果たして、これをそのまま信じてよいのかどうか。例えば高小卒の二〇歳前後の女事務員が一家の大黒柱になっていたというのは、しかも脊椎カリエスの身で膿を毎週一回に約一リットルもとる状態でありながら、大黒柱である故に勤めをやめたり、休むこともできずに働き続けたというのは額面通りに受け取れないことについては、既に指摘したことなので繰り返さない。こういう栄の言い分が一方的におこなわれ、そしてそれが鵜呑みにされる背景には岩井家の経済状態、その物質的基礎についての調査が全くなされていないからにほかならない。

この問題の解決をはかるべく、滝川氏との間でどういう資料をどういう形でまとめるかについて協議を重ねた。問題は要するに、藤吉以外の個人の数値は表面に出さずに、しかも村全体の中での藤吉の位置が明確に出るように可能な限り図表化して提示することであった。

結果として私の要望を満たしてくれたのが、次の整理である。納税面からスポットをあてた（A）戸別割県税、と（B）商業税の整理で、これによって我々は岩井家の経済状況を、具体的な数値によって年代的にその変遷をたどることがはじめてできるようになったわけで、氏の御尽力に感謝したい。

（A－１）岩井藤吉の戸別割県税の変遷（明24年～大正４年度）

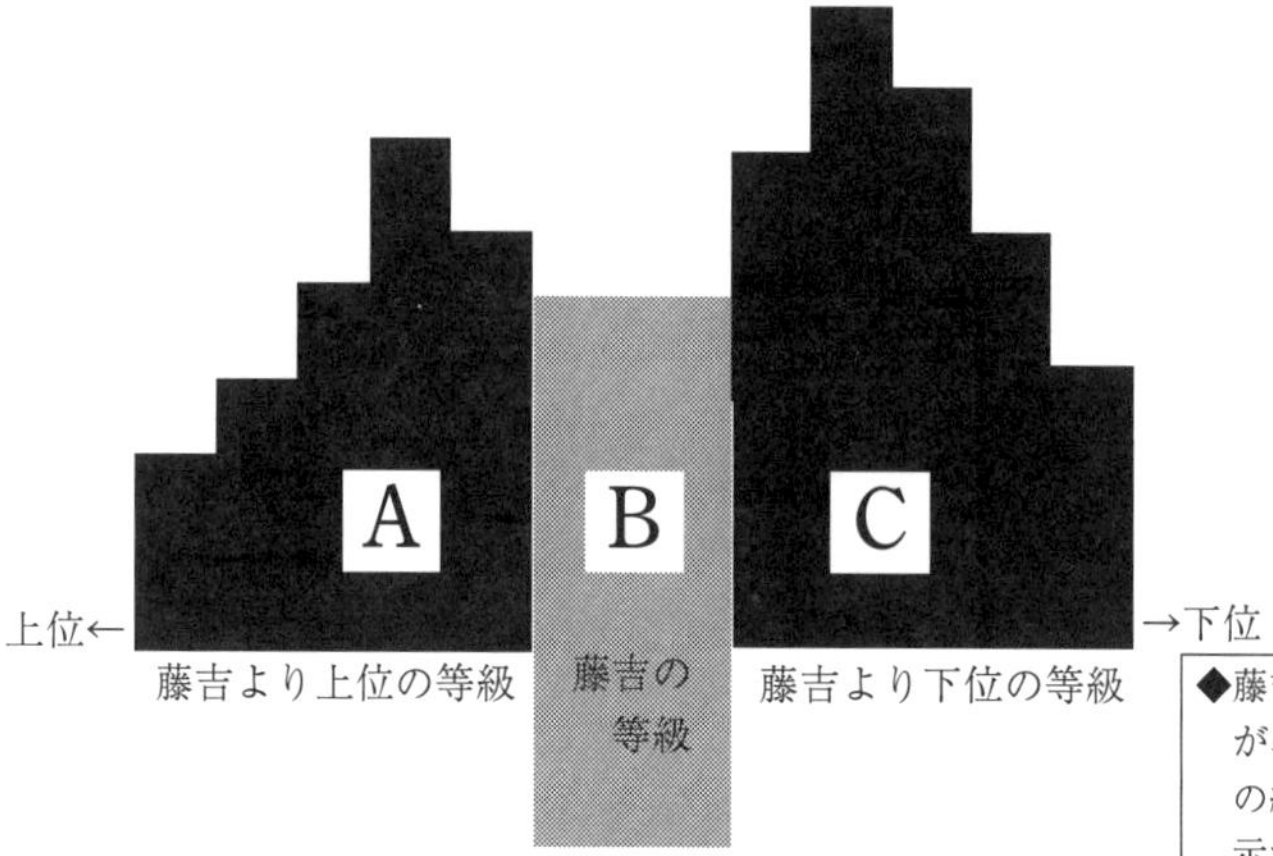

$$S = A + B + C$$

$$X = \frac{B}{2} + C$$

$$P = \frac{X}{S} \times 100\%$$

◆P は近似値で、
P≒100％→最上位
P≒ 50％→略中位
P≒ 0％→最下位

◆藤吉の税額以下の人が、納税義務者全体の約 P%居ることを示す

年度	藤吉の等級	上図各部の納税者数（人）			上式による計算数値（%）		
		A	B	C	S	x	P ％
明治24年	9	66	52	96	214	122	57.0
25	10	95	19	109	223	118.5	53.1
26	10	62	55	99	216	126.5	58.6
27	10	71	26	118	215	131	60.9
28	10	75	24	118	217	130	59.9
明治29年	12	58	28	131	217	145	66.8
30	13	90	22	101	213	112	52.6
31	12	72	25	123	220	135.5	61.6
32	12	74	23	122	219	133.5	61.0
33	11	73	12	135	220	141	64.1
明治34年	11	76	22	122	220	133	60.5
35	11	76	21	124	221	134.5	60.9
36	13	99	20	107	226	117	51.8
37	14	124	30	80	234	95	40.6
38	14	122	27	81	230	94.5	41.1
明治39年	14	125	25	82	232	94.5	40.1
40	14	127	40	77	244	97	39.8
41	14	138	29	77	244	91.5	37.5
42	14	142	32	72	246	88	35.8
43	12	139	45	62	246	84.5	34.3
明治44年	15	122	28	95	245	109	44.5
45	14	123	25	96	244	108.5	44.5
大正２年	14	127	28	84	239	98	41.0
3	14	124	31	83	238	98.5	41.4
4	14	123	32	86	241	102	42.3

（A-2）岩井藤吉の戸別割県税の変遷（明治24年～大正4年度）

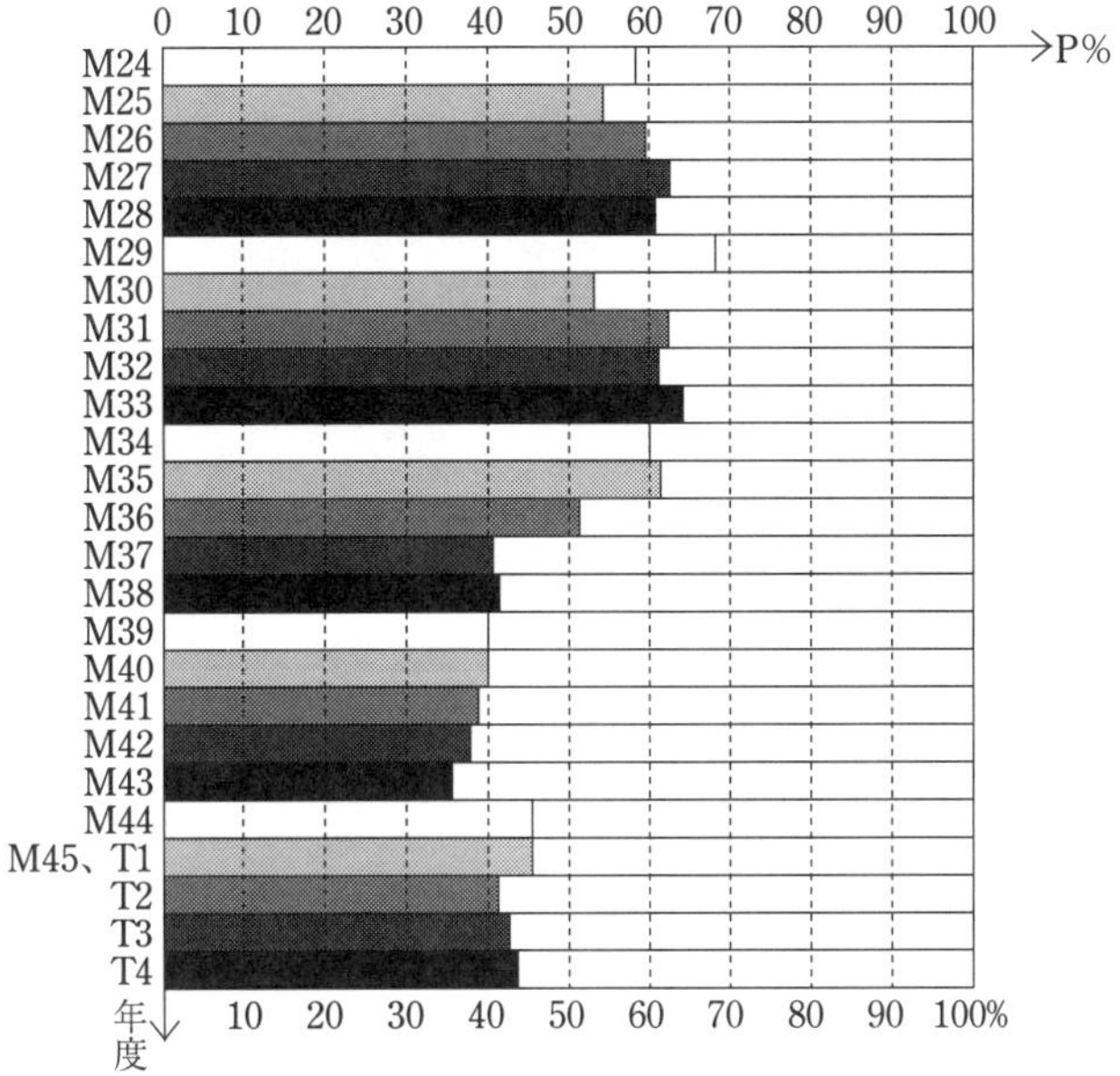

（A-3）岩井家（藤吉からシンへ）の戸別課税の変遷

（昭和6年～20年度）

年度	税	A	B	C	S	X	P％
昭和6年	※	187	22	41	250	52	20.8
昭和7年	※	178	29	50	257	64.5	25.1
以下、家督相続で、名義が岩井藤吉から岩井シンに代わる。							
昭和8年	※	176	28	54	256	68	26.6
昭和9年	※	149	27	90	266	103.5	38.9
昭和10年	※	154	22	87	263	98	37.3
昭和11年	※	155	17	109	281	117.5	41.8
昭和12年	※	155	17	95	267	103.5	38.8
昭和13年	※	156	14	104	274	111	40.5
昭和14年	※	157	17	93	267	101.5	38.0
昭和15年	◉	166	43	70	279	91.5	32.8
昭和16年	◉	162	40	67	269	87	32.3
昭和17年	◉	189	26	60	275	73	26.5
昭和18年	◉	146	36	86	268	104	38.8
昭和19年	◉	123	30	155	308	170	55.2
昭和20年	◉	247	54	39	340	66	19.4

注：税制改革によりA―1、A―2の戸別割県税の代わりに、※印は特別税戸数割賦課額調書を、◉印は村民税賦課額調書を用いた。

（A－4）岩井家の戸別課税の変遷（昭和６年～20年度）

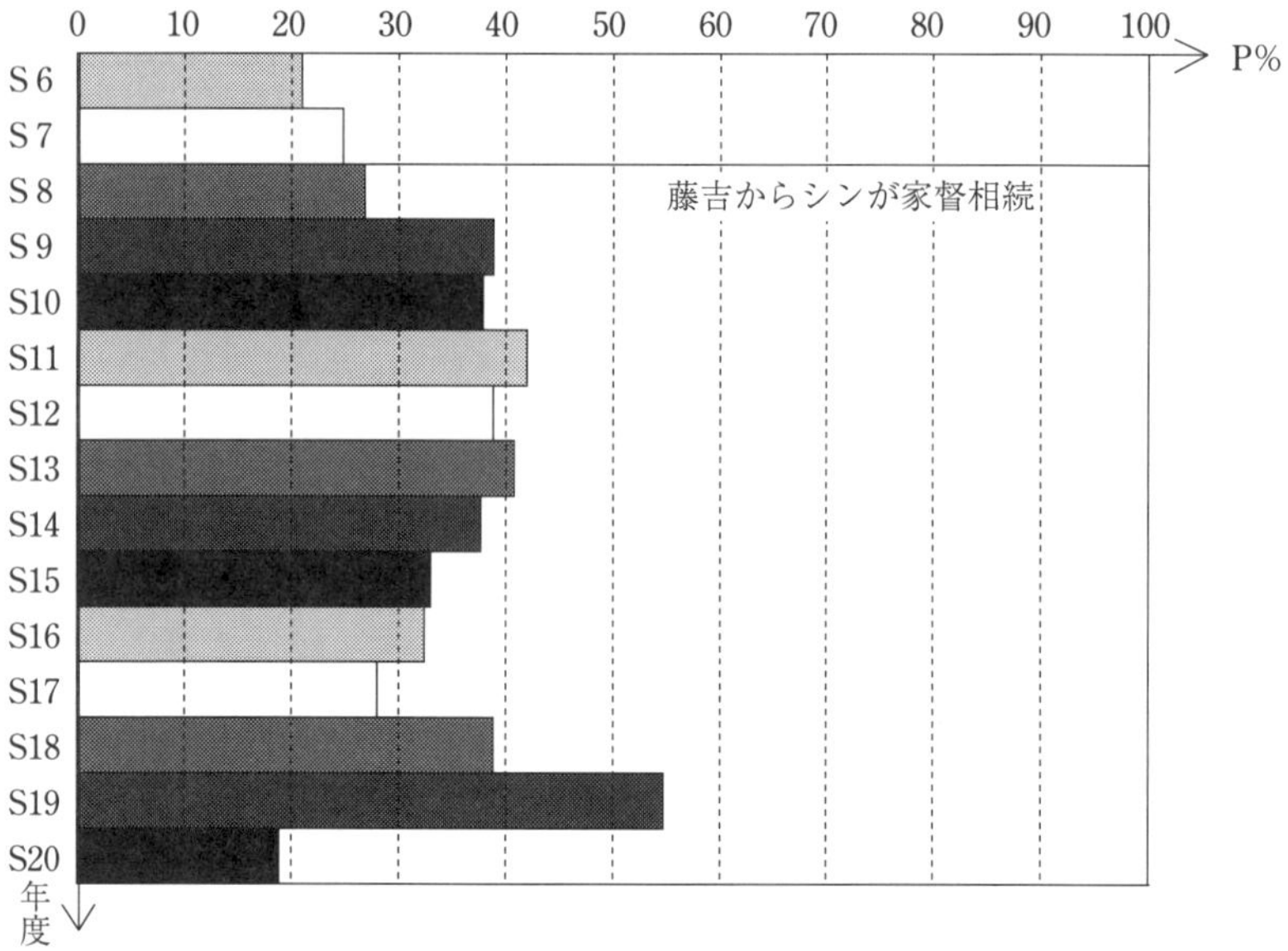

（A－5）当時の戸数割県税額の決定方法

毎年４月又は５月に村会を開催し、各戸の貧富を酌量し、その年度の県税戸数割の各〔等級〕と、賦課標準の負担〔個数〕を決議した。

明治45年度の例（明治45年４月28日決議）

等級	負担個数	１ヶ年の課額	個数	賦課額合計
1	1000	10圓00銭	2	20圓00銭
2	800	8 圓00銭	2	16圓00銭
3	622	6 圓22銭	1	6 圓22銭
4	544	5 圓44銭	1	5 圓44銭
5	450	4 圓50銭	4	18圓00銭
6	380	3 圓80銭	8	30圓40銭
7	330	3 圓30銭	7	23圓10銭
8	278	2 圓78銭	4	11圓12銭
9	240	2 圓40銭	11	26圓40銭
10	180	1 圓80銭	19	34圓20銭
11	140	1 圓40銭	16	22圓40銭
12	110	1 圓10銭	24	26圓40銭
13	80	80銭	24	19圓20銭
14	54	54銭	25	13圓50銭
15	36	36銭	34	3 圓04銭
16	22	22銭	46	10圓12銭
17	19	19銭	16	3 圓04銭
合計			244	297圓78銭

〔賦課額〕＝〔個数〕×〔乗数〕で、この年の乗数は１銭。

年度毎の乗数は、徴収予定総額と個数総計から求めたようである。

（B－1）岩井藤吉の商業税の変遷（明治25年～大正4年度）

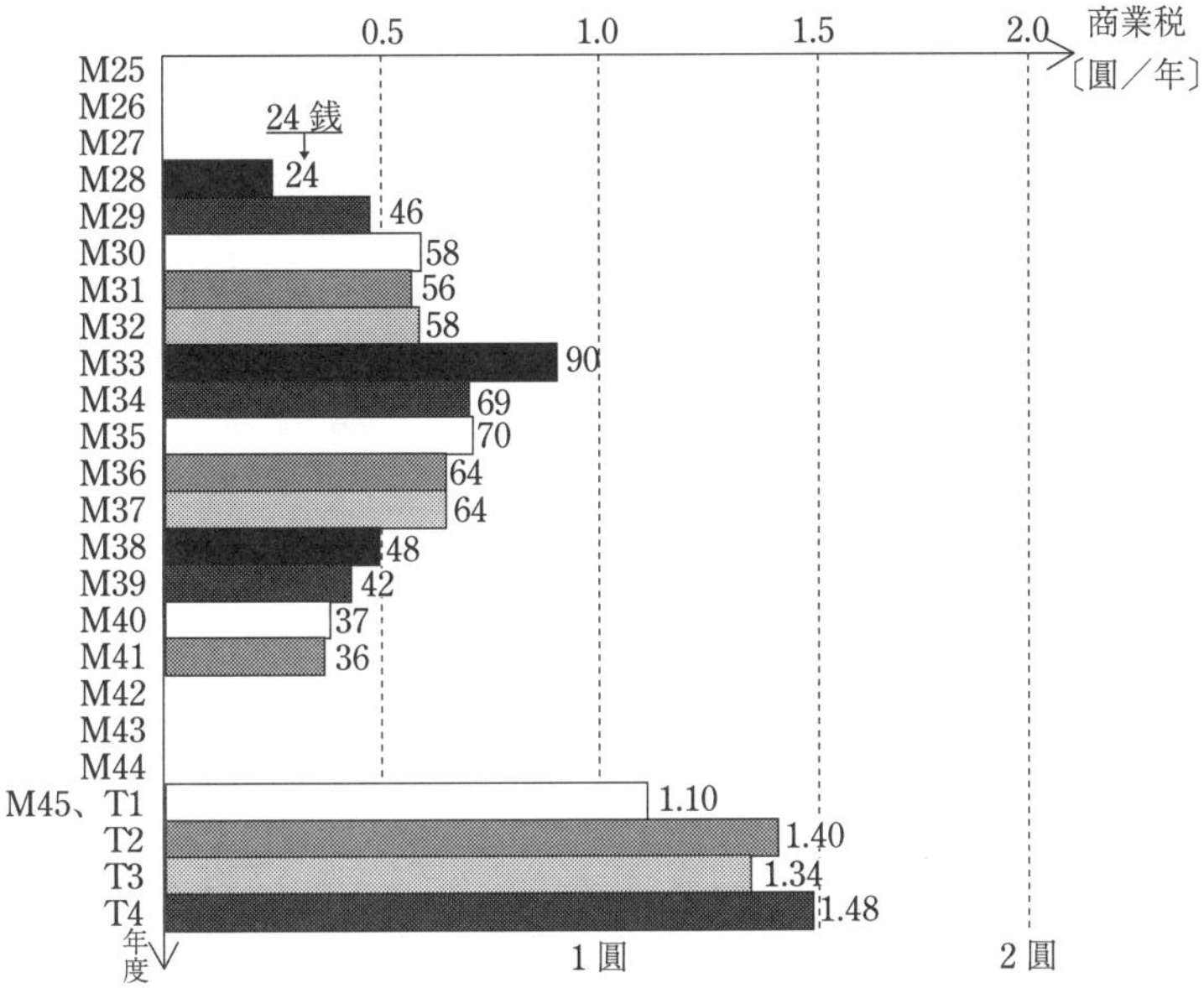

（A－1）から（A－5）および（B－1）の図表の説明

次頁からの（A－1）から（A－5）および（B－1）の表について若干の注記を加えておきたい。これらの資料はこれまで同様公民館に保存されている旧坂手村役場の資料綴りからのものであり、大正五年度～昭和五年度のものは前述の通り例の焼却によって保存されていない。

（イ）指数Pは一〇〇に近い程「金持」、ゼロに近いほど「貧乏」、50前後が「中産階級」を意味する。

（ロ）藤吉の場合、明治二九年度が最も高く三六年度までは半分をこえているが、三七年度からはガクンと下降し、四三年度が最低となり、以後はややもち直す。そのあとは不明だが、昭和期に至っても同様のようである。

（B－1）の商業税の変遷は一層よく岩井家の経済動向を示してくれるようである。

（イ）明治二八年度に初めて二四銭の商業税が岩井藤吉に課せられた。

（ロ）明治四二～四四年度まで税が課されていないのはおそらく、この時期に樽屋が左前となり、やがて米屋、酒屋、文房具屋、小間物屋などを開くがいずれも〈職人の商法〉で失敗したことによるものであろう。

（ハ）大正元年度から税が再び課されるようになるが、これは渡海屋（海上運送業）を始めたことによるもの。滝川氏によれば、以前から坂手にはジザンドン（高橋文吉の戎丸）、ハチロンドン（久留島寅吉の大黒丸）の二軒の渡海屋があって拮抗していたという。ちなみに、明治四五年度の商業税は共に二円三〇銭。それに対して新参とは言え、藤吉は一円一〇銭納めているのは大健闘といってよいように思う。何よりも大正期に入ってからのそれは明治期の樽屋時代よりも―その全盛期時代の二倍もの税を納めていることは注目すべきであろう。ここからハッキリ言えるのは大正期以後の、藤吉の納税負担が樽屋時代よりも倍増していることで、このことはとりも直さず藤吉の商売が順調に回転していたことの証左にほかならない。当然の事ながら収入も従前よりははるかに多くなっていた筈で、この税額から判断して藤吉が一家の大黒柱であったことは栄の言にもかかわらず疑問の余地はない。

というのは栄は何度も繰り返して一家の苦境を語り、郵便局に勤めてその経済的支柱となり、過労からカリエスとなり、脊椎から三～五合の排膿を定期的に続け、身体はくの字に曲がりながらも一家の生計のために局の勤めはやめられなかったと記すのだが、その虚構性については郵便局と役場の栄の勤務の実態から反証をあげておいたのでここでは繰り返さないが、ここにおけるものもその有力な一証となろう。大正四年度の藤吉の商業税は一円四八銭であり、その年郵便局に勤めた栄の初任給は手取り二円である。

栄が「大黒柱」でありえぬ所以である。

相次ぐ不幸

郵便局に勤めだしてから一年後の一九一五（大正4）年一二月に扁桃腺の持病を持っていた栄は思い切って高松市で手術をし、市内の兄の家から通院していた。当時弥三郎は香川師範を優秀な成績で卒業し、将来を嘱望されて附属高松小学校の教師となり、香川郡香西町出身の高浜マサエと結婚し、この年一〇月一〇日には長男典（ツョシ）が生まれていた。（この記述は栄の記憶によって記している。前記の記録によれば弥三郎は一九一四年一月には附属小の教師を退職しているので、そのまま高松市にいたかどうかは疑問が残る）

付け加えて言えば優秀な教師で将来を嘱望されていた弥三郎には縁談は数多くあった。しかし話が進むときまってこわれていった。多くの弟妹があり、破産して小さな借家住まいでかつがつ飢えをしのいでいる老父母の話を聞くと殆どの娘や親たちは尻ごみしたからである。そうしたあとで弁護士の家に女中奉公していた九歳年下の勝ち気なマサエと世帯をもち、乏しい家計の中から時には実家へ送金もしていた。

その兄の家から通院している栄の所へ電報が来て「スグカエレ」という。何事かと驚いて夜中の船で帰ると母のアサが脳溢血で倒れ軽い言語障害もあるようで、うつらうつらしている胸には一番下の妹の貞枝がかじりついて乳を吸っていた。変わり果てた母の姿に驚きながらもあわてて妹を引きのけ、泣き騒ぐのをあやして抱いて寝た。一六歳の栄は局に住みこみで勤めていたが、この事態で当座通勤にしてもらい、夜は母に代わって一歳一〇カ月の赤ん坊を抱いて寝ることにした。

アサの脳溢血は過労から来たものであるが、その日山へ下草を刈りに行こうと朝早く鎌をといでいると、隣家でけたたましい喚び声が起こり、かけつけてみると男の子がヒキツケを起こして失神している。自分の子を一〇人育てたが、そういう経験のなかったアサは慌てて顔に水をかけるやら、大声で呼ぶやら興奮して介抱につとめた結果子どもがやっと気がついてほっとしたとき、急に気分が悪くなり、全身から力が抜けていくのを感じたが、まさかそれが脳溢血とは知らないので石垣につかまりながら家に帰りつくと二度目の発作が起こり寝つくことになった。それから没するまでの一〇年間を左半身不随の状態で過ごすという不幸が重なった。[*61]

この時アサは四八歳であるが、以後堰を切ったように一家に肉親の死が相次ぐ。

まず翌一九一六（大正5）年一〇月一七日に祖母イソが八二歳で没した。丈夫で病気などしたことがなかったが、その死はそういう彼女にふさわしく、たった一日床についただけで枯木が倒れるような大往生であった。[*62] アサにとっては八一歳の姑に家事を任せ、看病をもさせることは嫁としては何としても口惜しく、それだけに病気の身ながらも嫁として後に残った自分に安堵の気持ちを抱いたようである。[*63]

岩井家にとって最も大きな打撃は弥三郎の急死であった。優秀な教師として将来を嘱望されていた弥三郎であったが、教師の薄給では到底両親弟妹の面倒をみることなどはできなかった。

しかし弟妹たちの長兄としての責任を重く受けとめた弥三郎は、経済的には全く無力な教員生活に見切りをつけて辞職し、弁護士を志して上京した。弁護士を志したのは結婚前に弁護士の家で女中奉公をしてその経済的な有利性を目にしていた妻のマサエの勧めによるところが大きかった。それが一九一六（大正5）年頃のことで、妻と二人の子をかかえて明治大学法学部（当時の正式な名称は明治法律専門学校一部法科である）の学生となり、生計は夜間の小学校の教師をすることでかつがつ支えていた。ところが大学卒業を目前にした一九一九（大正8）年三月になって風邪を引いたと思ううちあっという間に衰弱し、三月一五日には三一歳で急死してしまった。[*64]

学生としての勉強と司法試験をめざしての勉強、更に夜学の教師というハードなスケジュールからくる過労が弥三郎の生命を蝕んでいたことは疑いないであろうが、但しこれは栄の書いたエッセイ・回想を総合するとこうなるのであるが、事実はこのようにドラマチックなわけではない。

私の調査したところでは、弥三郎が明治大学の前身である明治法律専門学校一部法科に入学したのは現在残された記録によると一九一八（大正7）年四月のことで、八カ月後の一二月六日には除名され、退学している。その理由は学費滞納及び無届欠席となっている。従って弥三郎は一九一八（大正7）年に入学はしたが、学費が続かず、一年も勉強しないうちに退学となっていたわけで、栄の言う〈卒業目前の死〉というのはロマンチックな幻想にすぎない。それは恐らく長兄として一家の経済的な重責を担おうと決心して上京した弥三郎が、この不名誉な挫折を郷里に知らせたとは考えにくいから、栄一家の者はこうした事実を知らなかったためにつくり出されたものであろう。

実はこのとき彼の引いた風邪というのが唯の風邪ではなかったのである。

風邪には何年かおきに世界的に流行するものがあるが、この時のものはスペイン風邪と呼ばれて一九一八（大正7）年から一九年にかけて全世界で猛威をふるい、患者は世界では三千万、日本では三〇万が厄に遭った。弥三郎と同じ時期に著名な文人では芥川龍之介や久米正雄もこれにやられ、久米は覚悟をきめて遺書を書いたほどで、若さでカバーして辛くも一命をとりとめたが、同じくスペイン風邪にやられて入院していた芥川の実父敏三は、六八歳という年令のせいもあって世を去った。

夫の弥三郎を失い、二二歳で未亡人となったマサエは遺された二人の子―四歳の典（ツヨシ）と二歳の卓（タカシ）の手を引いて小豆島に戻り、今後の身の振り方に困惑した。というのはマサエはソコヒで視力が衰える一方であったが夫の死というショックも重なって一層悪化したために（片目は殆ど見えなかったという）生活の方途を求める手段に窮したからである。

しかし気丈で勝ち気なマサエの決心は果断であった。二人の幼児の世話を二年間お願いするとだけ記した一通の置手紙を残して小豆島を去ったのである。半身不随の不自由な体のアサと栄たち姉妹が面倒を見たが、約束通り二年後に姑の前に戻ったマサエはマッサージ師の免状を示して養育の礼を述べ、二人の子を引きとって広島に渡った。その後のマサエ母子について簡単にふれると、マサエは再婚するが間もなく離婚した。マッサージの仕事は順調に発展して二人の子を育て、典は建築士となり、卓はジャーナリストになった。卓夫妻は第二次大戦末期から敗戦直後にかけて死んだが、その遺児が右文で栄夫婦が引きとって育てることになる。

弥三郎の死のあとには神戸に嫁いだ四女のミツコが死児を生み、続いて産後の肥立ちが悪く一九一八（大正8）年八月九日、二二歳の若さで自分も死んでしまった。

藤吉・アサ夫婦の子供のうち一番早く死んだのは一九一〇（明治43）年に京都で女中奉公中脚気になり一七歳で早世した三女のコタカで、次が一九一九年の弥三郎、次いで四女のミツコ、次が一九二二（大正11）年七月一八日に二一歳で没した六女のスエである。

スエは林政吉（長女の千代の夫、林音吉の弟。小豆島の苗羽村の出身。仕事は丸金醤油関係の樽問屋）の後妻で、前妻の子が二人あった。一九二二（大正11）年六月末に栄は上野で開催されていた東京博覧会（一九二二・三・一〇～七・三一。入場者は一一〇〇万。モデルハウスの赤瓦の洋風文化住宅が人気を呼んだ）見物に出かけてスエの家に滞在し、政吉の所で店員をしていた弟の藤太郎に東京案内をしてもらっていたところ、隣家が火災となり、妊娠七カ月半ばだったスエは、火を見て驚き、俄に産気づいて七月一二日真澄を早産し、尿毒症を併発して、七月一八日に没してしまった。スエは家庭的にも恵まれなかったようで、仲人口を信用して来てみれば政吉には玄人の愛人があり、しかも無口で内気なスエは夫に一言も口答えができずに隠忍自重していたが、死ぬ前には小豆島言葉で憎悪をたたきつけて死んだという。月足らずで生まれた真澄はユタンポを幾つも入れて育て、九月になってから栄は真澄を抱いて島に帰り、母親代わりに養育した。[*65] 真澄は以後栄が繁治と結婚した直後の一〇カ月間と、加藤国夫と結婚して一九五七（昭和32）年二月壺井家を出て同一九六三（昭和38）年一一月に夫の死と共に二人の子供を連れて再び栄の許に戻るが、この二度の期間を除いて終生栄の傍らにあった。

新しく家を買う

一九一四（大正3）年の秋に満一五歳で郵便局に勤めはじめ、一円五〇銭の月給から始まった栄の郵便局員生活はこれまでに記したような過酷な労働条件・病気・家庭的な不幸が相次ぎ、病気で一時退職することはあっても、役場と交互に勤務することで、ともかくも一九二五（大正14）年二月に上京して結婚するまで持ちこたえさせた[*66]ものは何かと言えば、五女ではあるが上の兄姉たちがそれぞれに家を出ていたために栄がおのずから長女の役割をになわされ、下に四人の弟妹をかかえる身としては一時的な感傷に身を任せたり、感情を暴発させることは許されないことだったからであろう。言いかえれば後に述べるように、栄にもカケオチを約束した恋人もありながら結局それを破約して生の羅針盤を狂わさなかったものは、激情的なロマンチストのそれではなくて生活者の感覚―一家の主要な生計維持者、大黒柱としての自覚であったといっていい。

ちなみに月給は半年ごとに五〇銭ずつあがり、その殆ど九五％まで家計に入れていた。

給金が七円ぐらいになったころから、私は両親とはかって娘らしくない大望を抱いたのである。小さくともわが家を持とうというのだった。そして月掛け五円の頼母子講に入り、もとは　物置だった井戸も便所もない六畳二間の古い家を、土地つき四百円で買った。宿なしの辛さが、よほど身にしみていたらしい。

押入れ一つない荒壁のその家に移ったとき、私ははじめて母にほめられた。――お前が働いてくれたからこそ――と。

まず畳を入れ便所を作り、井戸を掘り、押入れをこしらえ、荒壁に紙をはるまでに二年ほどかかったように思う。私ははじめておはしょりをし、メリンスの着物を買った。二宮金次郎の女性版である。

（「野そだちの青春」55・1「婦人公論」）

たとえ二間きりであっても自分たちの家が持てたということは大きな喜びであった。

この土地つき四〇〇円の家を買ったのはいつであるのか、栄ははっきりとは記していないのだが、月給が「七円ぐらいになったころ」というところから判断して前稿ではその時期を「大正七年頃」と推定した。*67

ところでこの点も役場の土地台帳と高松法務局の土地登記簿で確認してみると、この土地は坂手甲二九〇番地一（二五四・八一㎡）で所有権の移転は次の通りである。

昭和五年六月二〇日　売買によって片山明から岩井シンに移転し現在に至る。

まことに意外な事実に驚く。大正何年のことであろうかと思っていると、一九三〇（昭和5）年。しかも所有権者は岩井藤吉ではなく栄の妹のシンというに至っては尚更である。

栄が上京して繁治と結婚し、東京での生活を始めるのは一九二五（大正14）年二月のことであり、母のアサが没するのは同年一二月一一日であって、先程引用した「野そだちの青春」中の文言とのくいちがいはどう解釈したらよいのか、なかなか厄介である。

シンが小学校の教師として勤務しはじめるのは一九二八（昭和3）年頃からの筈であり、新米で当時の安い教師の給料でどうして土地が買えたかは大きな疑問である。

また、栄とは旧知で八歳下（一九〇七年七月二〇日生まれ）の久留島久子氏は（氏の家はシン名義の二九〇番地一の家とは一メートル巾程の道路を隔てた東隣である）前引の「野そだちの青春」に言う栄の記述に異見をさしはさんでいる。要約して示すと

（イ）買った家は山口屋という屋号で、狩猟を家業とし、当時は「シシウチのオッサン」と呼ばれる一家が住んでいた古家で、

（ロ）栄の言に反し、井戸も浅井だけれどもあるし、

（ハ）便所も無論ある

として実際との違いを私に指摘（91・4・8付鷺宛書簡）している。

事の当否をにわかに判断することはむずかしいが、これまでにも指摘してきた通り、栄の小説ではなく、随筆であっても記載の内容をそのまま吟味なしに事実として受けとめることは注意しなければならないことを重ねて言っておきたい。

新しく手に入れた坂手甲290－1の土地についての私の印象を率直に言えば、致命的な欠点は入手時期が一九三〇年とズレていることだ。これでは母の死後五年で、母は喜びようもないし、栄一家はプロレタリア運動の真最中で、土地を買う金などどこにもないからである。ではどこから金が出たかと言えば「**岩井家の物質的基礎**」で前述したように大黒柱である父の藤吉から出たというのが最も自然であろう。ちなみに「妻の座」の前走者である、「秋蒔きの種」にはヒロイン閑子

について次の一節があり参考になろう。

> 今閑子が住んでいる家は、落ちぶれた父がようやく手に入れた家であった。そのほかには薪をとるための山が一枚あるきりの貧乏である。
> （46・10「女性ライフ」）

栄の発言はさらに続く。

第一次大戦後の不況とインフレ、米騒動などがあって栄の月給はあがり、一七円になっていた。

それが間もなく思いもかけず倍増して三六円になった。それというのは香川県下八七の郵便局が一カ月間の無事故競争をして、栄は一等賞を獲得したからである。三六円という月給は通信事務員としては県下一の最高給者であった。*68

その後局長が村長をも兼ねた関係があって村役場の戸籍係に招かれ、大正一四年二月初めに上京するまで勤めた。

栄はここで郵便局から役場に勤めが変ったのは郵便局長が村長になってそちらにスカウトされたからだと記している。

しかしこの栄の発言は今日残されている事実の記録とは明らかに相違しているのでここで訂正しておきたい。

次の（1）（2）の資料を見ていただきたい。

（1）は『内海町坂手年表』（川野正雄監修　87・5・1　坂手自治会発行）三四五頁に掲載の坂手郵便局長一覧である。

これによると栄は武井平太郎と竹内定吉の二人に仕えたことになる。

（1）坂手郵便局長（明治三六年設置）

代	就任	氏名
1	一九〇三（明36）・一二・一〇	武井平太郎
2	一九一七（大6）・四・二三	竹内　定吉
3	一九二六（大15）・九・八	竹内　愿三
4	一九三五（昭10）・九・七	中田　保衛

注1、一九〇三（明36）・一二・一〇～一九〇五（明38）・三・三一の間の坂手郵便受取所の期間を含む。
2、すべて、前任者離任の日と後任者就任の日は同一である。

（2）坂手村歴代村長（抄出）

一九一一（明44）・五～一九一三（大2）二・四	久留島治作
一九一四（大3）・一〇～一九二五（14）・一〇	川野助太郎
一九二五（大14）・一一～一九二六（15）・一二	片山木之松
一九二六（大15）・一二～一九二七（昭2）・三	徳本　平吉

一方、（2）は『内海町史』（川野正雄編纂責任　74・3・30　内海町発行）二七九頁に掲載の坂手村歴代村長のうち、栄に関わる部分を抄出したものである。これによると栄の郵便局時代の村長は川野助太郎である。

（1）（2）を対照してみれば明らかなように局長と村長とは別人であり、また局長から村長になった人物も存在しない。

私のこの質問に対して県史編纂委員であり、『内海町史』の執筆者であり、歴史家として小豆島についての著述を数多く公刊されている川野正雄氏は局長から村長になった人物はないことを資料をもとに証言している。

つまり局長から村長へという栄の発言は事実に反していることをはっきりさせておきたい。

これまで栄の記憶力のよさについてはどうやら事実の裏づけなしに誇大に宣伝され、受けとめられてきたようである。本稿ではささやかながらそうした趨勢に対して事実とフィクションとを峻別する必要のあることを提言してきたつもりであるが、なお今後に好学の士の現れることを期待したい。

郵便局をやめた時の月給は三六円、役場に入った時は三〇円で少し下がった。このことから判断すると局の激務から解放されたメリットはあるものの、事務はこのころはもう二人になっていたわけであるから、請負制の三等局長としては県下一の高級取りは体よくお払い箱にして、安い事務員ですませようとしたのがトレードの真相だったのではないかと思われる。それを裏付けるように栄はその後局の事務員が退職して新人が採用されるたびに、臨時雇いとして局に行って郵便事務の新人教育を五、六人やっているところに明らかであろう。

郵便局と役場勤めの意味

栄は村で約一〇年間勤めたわけであるが、その職場はある意味で村の生活のもとじめであり、人生の縮図を垣間見られるところであり、人生を覗く裏窓でもあった。少し長くなるが栄自身の語るところを引用しておこう。

（注―郵便局と村役場は）官僚的であったわけだが、そこに女の事務員がいることは時に救いにもなっていたようだった。ことに弱味をもっている渡りものの酌婦などは、安心して私に近づいてきた。彼女たちのために、私はいつわりの恋文を書いてやり、酌婦の届を大目に見てやり、身を売ってでも親元へ送金せねばならない彼女たちの境遇に一緒に泣いた。私とは紙一重の女たちばかりだった。私だとて十九の年に脊髄カリエスになり、医者通いをしながら家のため、妹たちのために一枚の銘仙の着物を買いかねているのだった。

しかも好きな人ができても、結婚と結びつけては考えられない。それなのに心ない人たちの中には、生娘の私をいたずら娘のように噂したりした。いつ死ぬか分からぬ病身の私にとって、それは平気であったが、そうはゆかないこともあった。村で漁師の妻になっていた私の姉は、私の噂に興奮して泣いて抗議した。私の兄は兄で、「だからお前は病気などになるのだ」と妙な筆法の手紙をよこした。しかし私の父や母は、困った顔をして何にもいわぬ。

「あーあ。たっしゃになったら、わたしも姫（酌婦）

になろうかな。事務員なんぞやめてしまって」
　ぷいと家を出るのだが、役場に行って戸籍簿を繰っていると、私の気持ちは私の噂どころでなくなる。厳格な筈の戸籍の秘密、一人っ子であるはずの私の同級生の一人に弟があったり、私の姉と同い年の女は未婚なのに養子をもらったりしている。みんなめいめいの事情で生まれた子供なのに。かと思うと、ちゃんとした両親を持っていながら、その子供はみな私生児となって届けられているのもある。母親は日露戦争の未亡人であり、雀の涙ほどの扶助料が再婚で生まれた子供を私生児にしているのだった。
　そういう事情と、その原因について、私は考えるようになっていた。（「野そだちの青春」58・1「婦人公論」）

　こうした環境に幼くして身を置いたところから、栄の人間を見る眼がきたえられ、人生について考える視野が拡大深化されていった筈で、それと自覚することなくして栄は作家という人間研究家の道を歩みだしていたのである。

注
＊1　『角川日本地名大辞典37　香川県』（85・10・8　角川書店）
＊2　拙稿「壺井栄論（1）」（「都留文科大学研究紀要第34集」91・3・1）拙著『人物書誌大系26　壺井栄』（92・10・22　日外アソシエーツ）
＊3　壺井栄「私の雑記帖（1）（2）―父のこと」（55・6〜7「新日本文学」）
＊4　「藤兵衛」の名が見出される最も古い記録は現在までのところ延宝七年（一六七九）の「坂手村検地帳」で、「年貢」は「一斗四升四合」、屋号は「トウベドン」と記されているが、しかし三〇〇年以上も前のことなので今の屋号につながっている可能性は乏しいとされているので、これは除いた。
＊5　滝川氏の調査によれば「明治十二年四月宅地所有者番地・氏名・坪数」を記した書類が公民館にあり（これは草加部村戸長菅原道と坂手村地主代表壺井七郎と連名で愛媛県令岩村高俊宛提出したものの一部）、そこには「岩井藤吉　西片山甲336番地　52坪」と記されている。
＊6　座談会「女流作家の〝はたちの青春〟」（壺井栄・佐多稲子・畔柳二美　58・9「若い女性」）
＊7　川野正雄「小豆島産業史」（83・5『成人大学講座の歩み』（内海町教育委員会刊））
＊8　和田芳恵『壺井栄作『二十四の瞳』の大石先生』（76・5・10『おもかげの人々―名作のモデルを訪ねて』（光風社書店所収。架蔵はその再版で77・8・10刊）
＊9　壺井栄「日本の母性像」（55・6「婦人公論」）
＊10　注9に同じ
＊11　壺井栄「ぼうぶら」（52・3・2「婦人民主新聞」）
＊12　従来イソは藤兵衛と死別後、後家を通し、女手一つで藤吉を育てたとされているが、ここで重要な新事実を明らかにしておきたい。栄の「私が世に出るまで」（54・1「新女苑」）によるとイソは再婚し、しかも後添えの夫は壺井繁治の親戚であったことがわかる。ただし、確認はとれていない。「結婚は、まあ半分恋愛結婚といっておきましょう。というのは、同じ村で、親戚なんです。

私のお祖母さんの後添い……だから私の父の継お父さんが、壺井の親戚から出ているので、そういう関係で小さい時から知り合いだったのです。」

＊13 壺井栄「私の雑記帖」（1）（2）―父のこと」（前出）

＊14 壺井栄「遺伝」（47・7・10『時計』所収）

＊15 壺井栄「岬」（38・9・18、9・25、10・2「婦女新聞」）

＊16 壺井栄「暦」（40・2「新潮」）

＊17 坂手小学校の記録によると栄は一九一一（明治44）・3・25に卒業している。

＊18 壺井栄「昔の友・今の友」（40・9「婦人公論」）

＊19 壺井栄「私が世に出るまで」（前出）

＊20 鹿島まさの「栄様と私」（68・10筑摩書房版壺井栄全集第六巻「月報6」）は、校長に頼んでまさのも一緒に一年早く入学したことを伝えているが、「二カ月ぐらいおくれて」入り、二人とも落第はしなかったが、一年生の修了証書はなかったという。

＊21 壺井栄「小さな自叙伝」（41・11「女性生活」）

＊22 数多くあるが最も早いものでは壺井栄「昔の友・今の友」（前出）

＊23 例えば鹿島まさの「栄様と私」（前出）。なお、同級生の川野ミサヲ氏からも一緒に一年早く入学したとの証言を得ている。これは一九九一年一一月一二日に久留島久子氏のご紹介と木村勝二氏のご案内で小豆島病院に入院中の氏から直接うかがうことができた。

＊24 中西靖忠「壺井栄の誕生」（78・3「高松短大研究紀要8号」）など。

＊25 以下B～Dの資料の閲覧・調査については苗羽小校長平井忠勝氏のご懇篤なご教示・ご協力をいただいた。記して謝意を表する。

＊26 壺井栄「昔の友・今の友」（前出）

＊27 壺井栄「私が世に出るまで」（前出）

＊28 第四学年まで記載した学籍簿が現在残されている。

＊29 坂手尋常小学校「卒業生報告綴（明治四三年三月二一日調）による。

＊30 注27に同じ

＊31 壺井栄「暦」（前出）では姉弟の年令を七歳と五歳、「まつりご」（40・1・1「徳島毎日新聞」）では八歳と七歳にしている。姉弟は父に連れられて他国から小豆島に流れて来たが、父が死んだために浮浪者の境涯にあった。また、「『子育て』が上手だった／十人の実子に二人の養子」（40・11「新興婦人」）では姉弟は「七歳と五歳位」で、ひきとったのは「母が初めての子供を妊っていたまだ二〇歳位」の時の事であり、のちに姉の方は「相当の支度」で嫁にやり、弟の方はのちに樽屋として独立させたと記す。

＊32 一例をあげれば栄は「『文学少女』の頃」（40・6「女子文苑」）でそういう時代がなかったから寄稿をことわった次第を書いている。しかしこの点については後述するように検討すべき問題を含んでいる。

＊33 壺井栄「私が世に出るまで」（前出）。栄は「少年少女」という雑誌をとっていたように記すが、第二次大戦後に同名の雑誌は現れるが、明治、大正期にはない。従って「少年」と「少女」の二誌のことであろうと考えられる。

＊34 壺井栄「小さな自叙伝」（前出）

＊35 注22に同じ

＊36 座談会「女流作家の〝はたちの青春〟」（前出）

＊37 『香川県教育史』（香川大学学芸学部同窓会編著 53・12・15）

＊38　注37に同じ
＊39　注37に同じ
＊40　『近代日本総合年表』（岩波書店　79・8・10　第三刷による）
＊41　前引の『香川大学松楠会会員名簿』にも第一回「乙種講習科　明治24年3月修了（23名）」として氏名が記載（但し人数には若干の異同がある。この点は以後も同じで恐らく受講者と修了者の違いであろう）されているが、前引の「修了証書台帳」にはこの第一回はなく第二回の明治24年11月30日修了生から記録が残されている。
＊42　『香川県教育史』（前出）
＊43　前にも記したが『香川大学松楠会会員名簿』と『香川県教育史』の数字には若干のズレがあり、『名簿』では弥三郎の同期の卒業生は五二名である。
＊44　注36に同じ
＊45　高杉一郎「栄さんの思い出」（73・6・23　壺井繁治編『回想の壺井栄』所収）
＊46　この項に記されている、二九名は全て女性で、一九〇五（明治38）年三月香川県師範学校女子講習科修了生である。
＊47　この項に記されている三四名は同じく同校乙種講習科修了生である。
＊48　百年祭記念誌部編『百年史―苗羽小学校　坂手小学校創立百年記念誌』（70・7・20　同上委員会刊）。これは平井忠勝氏より恵贈されたもので記して謝意を表する。なお、石床菊二はトップに記されているが、「修了証書台帳」の注記によると「本年より席次、イロハ順」とあるので成績順ではなく、イロハ順に記載されていることがわかる。
＊49　注17に同じ
＊50　壺井栄「氷点下への追憶」（42・2「明朗大陸」初出未見）『私の雑記帖』（41・12・15　青磁社所収）
＊51　鹿島まさの「栄さまと私」（前出）
＊52　壺井栄「昔の友・今の友」（前出）
＊53　壺井栄「郵便局にいたころ」（48・1・10「働く婦人」）
＊54　壺井栄「岬」（前出）
＊55　栄がいつから郵便局に勤め始めたかについては自身の記述に混乱があって大正三年〜五年と幅があるが、ここでは「郵便局にいた頃」（前出）の記述を吟味して大正三年の秋に勤め始めたとしておきたい。
＊56　栄は「初任給は二円」というふうに回想記類では記しているが、そうした中で一つだけ「郵便局にいたころ」（前出）は二ヵ月の見習い期間があってその間は一円五〇銭、その後に本雇いになって二円となったことを明らかにしている。従って厳密には初任給は一円五〇銭としなければならない。
＊57　局長が中風で倒れたために栄が一人で局の仕事を全部背負い込むことになるがそれがいつからであるのか、回想記は多いのだが、はっきりしない。そうした中で唯一つ「暫くたって（注―局に勤めだして）始めて簡易保険が生まれた時、局長は中気で倒れてしまった。」（「郵便局にいたころ」前出）と記している文章があって、郵便局でとりあつかう国営の生命保険である簡易生命保険法が施行されたのは一九一六（大正5）年一〇月一日であるからこの記述を信ずれば局長が倒れたのはその直後と特定できるのである。
＊58　壺井栄「私が世に出るまで」（前出）
＊59　坂手郵便局の資料調査を川野正雄氏と滝川正巳氏にお願いしたのに対して寄せられた回答で快く応じて下さっ

た両氏のご厚情に感謝する。というのは、郵便局や役所は部外秘として一切個人情報は知らせてくれないからである。

＊60　「大正時代の郵便局員」（57・5「ぽすとまん」）で栄は当時の郵便局事務員の採用規則では満15歳以上だったので満13歳何カ月の栄は一年以上不足なので、局長は採用届を四〇過ぎの自分の娘の名義で出したというが事実は未確認である。他に坂手郵便局保管の辞令簿には「大正四年二月十九日　逓信事務員ヲ命ズ　月給五円ヲ給ス　岩井栄」があることを戎居仁平治「壺井栄年譜」（95・1・10『壺井栄伝』壺井栄文学館）は伝えており滝川正巳氏は局の履歴書の中に「一九二三（大正一二）二月」まで勤務の旨記してあることを教示して下さっているので有力な一証となるであろう。

＊61　壺井栄「日本の母性像」（前出）

＊62　注61に同じ

＊63　注61に同じ

＊64　壺井栄「わするなぐさ」（52・4・6「婦人民主新聞」）

＊65　スエの項、及び栄のきょうだいについては加藤真澄（旧姓林）氏からの聞書（81・11・28　壺井家にて）によるところが大きい。但し文責は全て私にあることを記しておきたい。

＊66　栄は一〇年間の勤務生活の中、終わりの数年は役場の方に変わり、時に局の方の仕事も手伝った事を回想記に多く記している。局の仕事を手伝うと言っても、女事務員が退職して新しく採用されるたびに、栄は臨時雇いになって新任者に郵便事務を教えた事をさす。一九一九（大正8）年頃からは事務員が二人になり、栄は五、六人の後輩に教えたと「郵便局随筆」（『時計』所収、47・7・10　婦人民主新聞刊）に記している。

＊67　前出の戎居仁平治「壺井栄年譜」は「大正十一年」の項に「月掛五円の頼母子講に入って、土地ぐるみ四百五十円の古い家を買う。」とするが、その根拠は記されていない。

＊68　壺井栄「私が世に出るまで」（前出）。これが事実かどうかは確認できていない。

第二章　結婚

運命的な出会い

小豆島の小豆島町は壺井繁治・黒島伝治・壺井栄という三人の著名な文学者を輩出している点で極めてユニークな町である。単に同じ町から三人の文学者を出したということであれば他にそういう例もないわけではないかもしれないが、この場合は三人がそれぞれ一歳違いであり、同じキャンパスに学んだ幼なじみであったという点で恐らく他に類例がないと思われる。

まず三人の出会いからこの章を始めたい。年令は繁治から伝治、栄へと一歳ずつ年下となる。小豆島町というのはまず一九五一（昭和26）年四月一日に草壁町・安田村・苗羽村・坂手村・西村が合併して内海町となり、ついで二〇〇六（平成18）年三月二一日に池田町と合併してできたもので、三人が生まれた時は男二人は苗羽村、栄は隣の坂手村であった。

三人の中で一番年上の繁治は一八九七（明治30）年一〇月一八日、香川県小豆郡苗羽村大字堀越甲二九九番地に壺井増十郎、トワの四男として生まれ、他に姉と妹があってきょうだいは六人である。家は中流階級の自作農（「自伝」29・1・30『新興文学全集10』平凡社）で他に数軒共同で網元も兼ね、裕福であった。一九〇四（明治37）年四月に苗羽尋常小学校堀越分教場に入学し、五年生の一九〇八（明治41）年四月から本校に進み、一九一〇（43）年三月苗羽小学校を卒業。成績は優秀で、本人は中学への進学を望むが、父から百姓の身分では不要と反対されて、同年四月、五ヵ村組合立内海実業補習学校に入学した。この学校は二年課程の内海高等小学校の校舎の一部を利用して一九〇八（明治41）年四月から創設されたもので、修業年限は年度により若干異なり二〜四年、のちに昇格させて小豆島高等女学校、更に発展して現在の小豆島高校となる。[*1] ところが一九一二（明治45）年春に教師への悪戯事件で濡れ衣を着せられたことに憤激、退学してしまう。繁治は日頃から授業内容のレベルの低さに不満をもっており、そこへ濡れ衣事件がおこったために怒りが一気に爆発して退学[*2]へと進んだのであるが、そこには利害を顧みず、スジを通す後年の繁治の生き方が早くも見られるといってよいであろう。学校をやめた繁治は江田島の海軍兵学校への進学を父に認めさせ、そのため大正二年四月から大阪の私立上宮中学校（現在の上宮学園）に入学して、小豆島を離れるのでそれについては後述しよう。

黒島伝治は一八九八（明治31）年一二月一二日、香川県小豆郡苗羽村苗羽甲二二〇一番地に兼吉、キクの長男として生まれ、弟妹が二人ずついる。家は堅実な自作農で、佐藤和夫氏の調査によれば畑が約6反、山林が7反弱、宅地が241坪（「黒島伝治ノート」84・12・1「親和国文19号」）の〈準上流〉で生活は安定していた。一九〇五（明治38）年四月に、苗羽尋常小学校に入学し、一九一一（明治44）年三月に同校卒業。四月から繁治と同じ内海実業補習学校に進み、成績は一、二を争うほどで師範学校を受験するが失敗し、一九一四（大正3）年三月同校を卒業して地元の醤油会社に醸造工として勤めた。

　従って伝治は繁治の一級下なので、繁治が一九〇八（明治41）年四月に伝治のいる苗羽小学校に進んでから実業補習学校に進むのもコースは一緒であるから、一九一二（明治45）年春に繁治がとびだすまでは常に一年下にいたわけで、田舎の小さな学校で共に秀才であり、通学路も一本路であるから親しく交際はしていなかったが互いに存在は熟知していた。のち上京した二人が早稲田文学社主催の文学講座の会場でほぼ七年ぶりに顔を合わせて奇遇を喜び以後親交を重ねる所以である。

　一方栄は一八九九（明治32）年八月五日生まれであるから当然一九〇六（明治39）年四月入学なのに前述のような事情で一年早い入学となったために、学年進行は伝治と同じとなった。

　栄は一九一一（明治44）年三月に坂手尋常小学校を卒業すると、四月に内海高等小学校に入学し、繁治や伝治の学ぶ実業補習学校は前述のように内海高小の校舎の一部を借りて授業をしていたから、同じキャンパスで学ぶことになったのである。

　即ち栄は同じキャンパスで繁治とは一年間、伝治とは二年間学んだわけでいずれも秀才、才媛として面識があった。

　三人の顔を合わせる期間を図示してみると次頁のようになる。

黒島伝治からの刺激

　栄との交際は繁治ではなく、まず伝治との間から始まった。既に記したように繁治は一九一二（明治45）年春に内海実業補習学校を中退して大阪の上宮中学校（一九一三〜一七）に進み、更に一九一七（大正6）年四月からは早稲田大学英文科（初めは親の許した政経学部に入るが、一〇日後当初からの志望である英文科に無断で転科し、翌年それが発覚して学資がストップされ、自活するが、一九二〇〔大正9〕年一〇月に中退）に進学して小豆島から離れていた（『激流の魚』）から当然であった。

　伝治は一九一四（大正3）年三月に内海実業補習学校を卒業（ちなみに卒業生は一七名[*3]）すると地元の船山醤油株式会社に醸造工として勤めるが、元来が文学志望であり、寡黙で内向的な彼には到底工員ぐらしは性にあう筈もなく、軽い肋膜炎を患ったこともあって一年程で退職した。

　嫌で嫌でしかたのなかった醤油屋勤めをやめた伝治は念願の文学修業に没頭し、日本と世界の名作を読み漁り、次第に習作を始めて短歌・詩・散文を投稿するようになった。

　そのため頻繁に郵便局を利用することになるわけで、局の窓口にいる栄とは交渉が生じるのは自然のなりゆきであろう。

しかしこの二人の交際は栄によれば普通に想像されるような若い男女の、甘いロマンチックな恋というものではなかったという。

伝治が足繁く局に来たといっても一風変っていて、一言もものを言わず、かみつくようなすごい目つきで振替用紙や郵便物を突き出すばかりで、およそこれほど無愛想な男は局に来る客の中にはいないというふうで、対する栄の方も目には目を式に、ぽんぽんと日付印を押して受取証を突き返しておしまいというわけで、局での応対はビジネスだけ、用件だけであった。

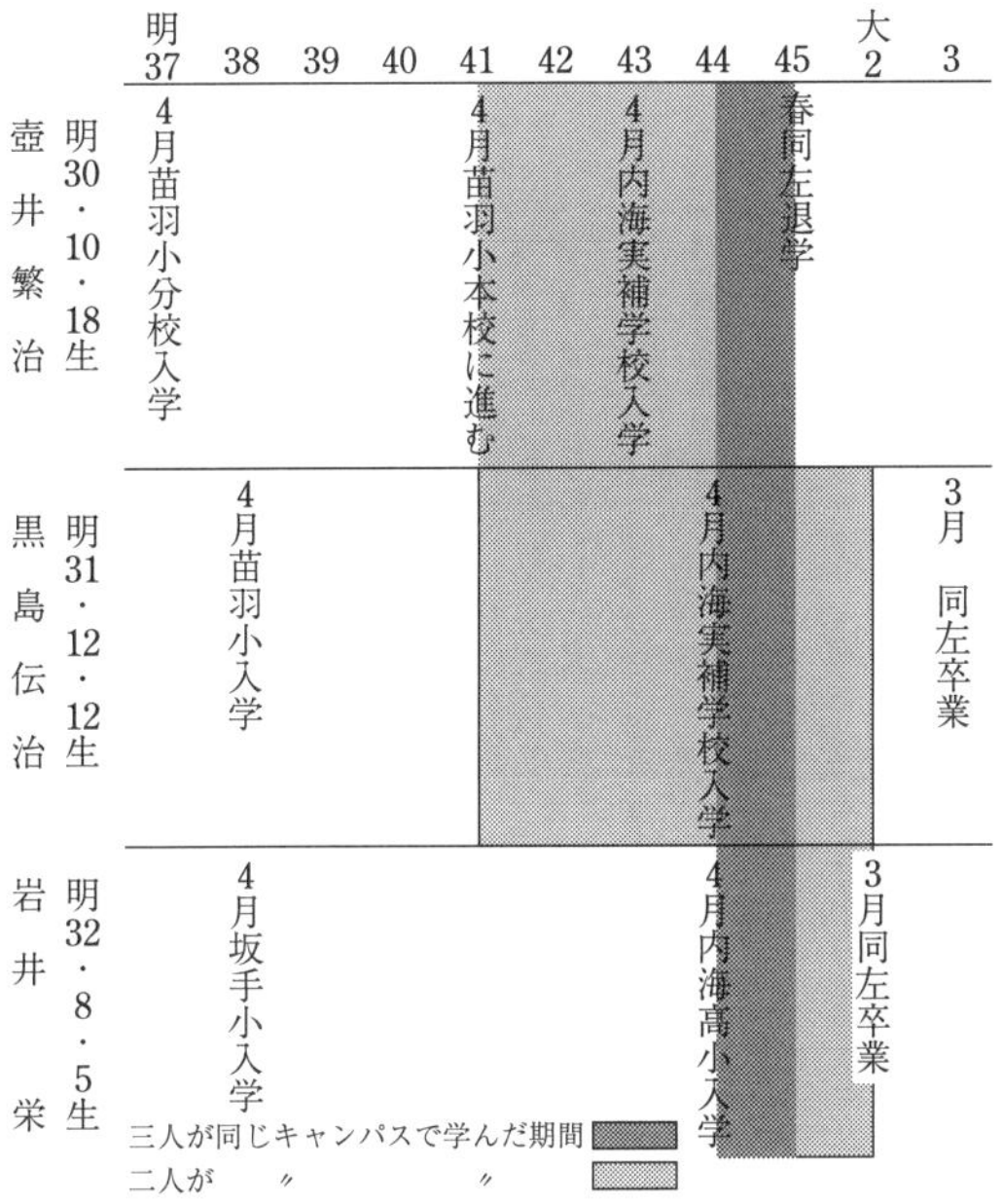

ところが一九一六（大正5）年頃[*4]そういう伝治から突然手紙がきたので局では大騒ぎになる。栄あてのラブレターが入っているという電話がわざわざ本局から入り、やがて来たニキビだらけの配達員はにやにやして見せびらかすばかりで渡してくれず、相手にしなくなってから投げてよこされるという騒動があったが、中味は周囲が期待するようなラブレターではなく、問い合わせであった。
その数日前、栄が局の窓口で回覧雑誌を読んでいたのに目をとめた伝治があの原稿は何かと尋ねてきたもので、それは局長の親戚の大学生が岡山の友人達と一緒に生原稿を綴じて回覧している、三〇枚ほどの無題の同人雑誌で栄がそれを借りて読んでいたのである。栄は伝治が「てっきり私のことを文学少女と思ったらしく[*5]」と謙遜してみせるが、しかし回覧雑誌に興味を寄せたうえ、借りて読むにまで至るのは「文学少女」以外にはないのであって、語るに落ちたと言っていい。
事情を説明した返事を書き、それに対して伝治からは自らのペンネーム黒島通夫の短歌が掲載された四頁の投書雑誌「青テーブル」が送られてきて、それと交換に読ませてくれと重ねていってきたので、打ち合わせて村はずれの墓場の傍らで回覧雑誌を渡すと、すぐ局にもどるというふうにして交渉は始まった。
もっともこの墓場での最初の待ち合わせは大正初めの、狭い村のこととて白昼逢い引きをしていたという噂がたちまち広まって、栄は母から目の玉がとび出る程叱られるのであるが、その後も交渉を続けた。

そうした背景には、伝治が最初に問い合わせてきた封書の裏には、差出人の名前が書かれていなかったのに対して、栄は堂々と署名し、その上封じ目に糊をしないで返事を出すというふうにすることによって、男と女の手紙のやりとりや、関係をすぐに色目でみたがる当時の風潮に対する反発と批判があった。

更にまた、伝治からは三日にあげず手紙が来るが、学校ではとびきりの秀才だった彼の字が右上りの、とびきり下手なことにも幻滅していたし、それ以上に陰気で無口で無愛想で、その上ひどい猫背で、後ろから見ると頭が上半分しか見えない程の風采では、若い娘の心を惑わす危惧は無く、それ故栄は母に、指一本触れ合わぬ公明正大な交際と宣言して、包まずに話していられたという。

従ってこの交際は若い男女の愛の交流ではなく、自らの未来を文学に捧げようとする野心的な青年が辺境の地故に共に語り、共に切磋琢磨する友を得られないままに孤独な文学修業を続けていたプロセスにおいて遭遇した文友であり、文学論をたたかわすべき相手であり、つまるところこれは色恋ヌキの精神的交流であった。（本章の伝治と栄の関係についての記述は既に記したように、栄が書いた二本の文章（注4参照）の他はないため、専らそれによっているので、そのため極めて一方的であり、独断的であり、偏向している面があるかもしれないことに配慮の上でお読みいただくことを特にお願いしておきたい）

この青年の求めに対して、一方栄の方はどちらかと言えばこの時点では明瞭な落差の存在を認めなければならない。

郵便局の過重な労働に尽瘁してカリエスに倒れる直前で、文学少女ではあっても知的に探究する余裕は無く、一家の経済的支柱として情熱の奔騰に身を任せることはできなかったからである。つまり早晩二人の関係は行きづまる状況にあった。

岡部小咲

そこへ岡部小咲（本名はコサキだが、栄は殆ど小咲と書いているのでそれに従う）が登場する。栄の小学校時代の同級生で、大阪の難波病院の看護婦をしていた文学少女で、特に短歌に特別な情熱を傾けて勉強していたので、伝治とは恐らく話が合うだろうと栄が紹介した。

この小咲は栄にとって一種の文学教師の役割を果したようで、「文学」という言葉を教え、[*6]中条百合子の「貧しき人々の群」（16・9「中央公論」）について話し、石川啄木の短歌を紹介してくれたのも小咲であった。ただし、小咲が短歌を数首引用したあとに「啄木の歌より」と記していて、これらの短歌がどうしてキツツキの歌なのかがわからず困惑したというエピソードも残されている。[*7]

紹介した栄の予想通り、二人はすぐ気があい、急テンポで愛し合うようになった。間もなく小咲は肺結核を患って帰郷し、伝治とのデートもできるようになるが、小咲が寝たり起きたりの状態なので、思うように会うことができず、また日程の調整役が必要になって、栄が両者の橋渡しとなり、私設郵便局の役を勤めた。二人とも会いたくなると栄の所へ呼び出し依頼の連絡に来る。大抵は夜だが、休みで自宅にいるとそこへ来て、小咲の方は堂々と栄を連れ出すが、伝治の方はいつも窓の外から口笛で合図し、それを聞くと栄が「小咲さんのとこに行ってくる」と外に出て、暗い軒下で待っている伝治から時間と場所を聞いて小咲に伝えるというパターンである。

このデートで栄が今でも不思議でならないと疑問を呈しているのは、伝治と小咲は二人きりで会ったことはなかったのかということである。[*8] つまり栄が仲介した場合にはいつも小咲は栄の手を離さず握っていて、第三者つきのデートということになって村はずれの砂浜や、丘の上の畑の岸で三人は黙って腰かけていたという。

この疑問に対しては、無論栄無しに二人だけで会っていたであろうと考えることはできる。というのは栄が休みで家にいるときはともかくとして、夜も勤務している（電報があるので局員は住みこみ制であった）以上、デートのたびごとに二人のお付き合いをすることはできない相談だからである。

しかしながらそう考えられるのは健康な人間の場合である。肺結核で帰島し、一九一九年五月には夭折してしまう療養中の娘を、夜な夜な外出するのを家人が許すことはありえないと考えられるからである。

とすれば、栄という第三者を交えたこの奇妙なデートは、小咲の側からすれば男と女の間柄に陥る危険性なしに恋愛感情だけを堪能できるロマンチックな少女趣味の表れであり、一方伝治の側からすれば彼の用心深さの表れ—あとで厄介なごたごたには巻き込まれたくないという強い警戒心から、栄を仲に引き入れて会っていたと考えていいように思う。

というのは、もしそうでなければ伝治が「ぼくの母親はぜったいに自由結婚なんか許してくれないな。長男の僕が結婚するとしたら、やっぱり百姓のできる、親の気に入った女でなくちゃあ、もらわんだろ」[*9]という言葉を言い出すことになった意図が理解できないからである。

伝治は一九一七（大正6）年四月（あるいは五月）頃上京し、[*10]会社勤めをしながら本格的に文学修業を始め、トルストイ・ドストエフスキイ・チェホフ・藤村・白鳥・直哉らに傾倒し、[*11]習作も開始した。同年一〇月一九日、早稲田文学社主催の定期文芸講座に出席すると、偶然早大英文科（予科）の学生であった幼なじみの壺井繁治に再会して、[*12]急速に親しくなり、下宿も繁治の傍らに移した。

伝治はふだん上級学校へ進学できなかった不満から、「田舎では阿呆くらいみたいな奴が、大学どころか中学を出たぐらいで、威張りくさるからなあ。」というのが口癖であった。当時早大には選科という特殊科があり、そこには中等学校卒業の資格がなくても入学試験に合格すれば入学できた。そこで繁治は伝治にすすめると満二〇歳の彼は本気でのってきたが、流石に試験に合格できる自信は無かったらしい。そこで繁治は一計を案じて知り合いの早大理工科の学生栗山に替え玉受験を頼んだところパスしてしまい、[*13]こうして伝治は一九一九(大正8)年四月、早稲田大学英文科高等予科へ第二種生として入学した。

大学生となった伝治は夏に帰省し、その年五月二〇日に死去した岡部小咲の墓参をすべく栄に道案内を頼み、月の美しい夜に丘の上の真新しい墓標に詣でた。そして二人でとうもろこしの葉がさやさやと鳴る畑の岸で久しぶりに話したが、話は小咲のことばかりであった。伝治は悲愴な顔で小咲があとにもさきにもただ一人の愛人だといい、小咲の日記を借り出してくれるように栄に依頼するが、それはすでに小咲の遺体と共に葬られていた。栄が死の床にあった小咲の、看護婦免状を胸に卒業記念の小さな時計を腕に巻いて幼い少女のように小さくなっていた姿を語ると伝治も声をあげて泣いたという。[*14]

伝治はその年の一九一九(大正8)年一二月一日に姫路歩兵第十連隊に入営して衛生兵となり、シベリアに派遣されて、胸を病み、一九二二(大正11)年七月一一日に兵役免除となって、小豆島で療養生活に入った。

再び創作の筆をとり、終身の傷病恩給月額四〇円が支給されていたため、働く必要はなかった。

栄の新出書簡の発見

町村合併により内海町が発足した際に、坂手村役場の心ない職員によって役場の記録や書類が焼却されるという事件があった(幸い事の重大性に気付いて焼却を制止したことにより、被害は大正5年度~昭和5年度ですんだ)ため、栄の役場勤務の実態は遂に永遠の闇にとざされてしまったかと思いはじめていたところ、一九九〇年に至って突然川野正雄氏から栄の新出書簡が発見されて紹介されているという知らせと共に、その掲載誌が送られてきた。それによると彼女の職歴の中で不明になっている重要な部分が明らかになり、また彼女は生前小豆島時代に文学修業の経験はないと繰り返し語っているが、それとは全く逆に同人誌に加わり、創作活動をしていたことを証す重要な書簡で、その後、沢山の関係者の方々の協力を得て急速に調査が進んだので現在までに明らかにできたことを以下にまとめておきたい。

三木はるみ宛書簡への疑問

その栄書簡は「内海町農協だより一一八号」(90・12・5隔月刊)に掲載された三島義雄「異色の女流作家　壺井栄№5」に引用されているもので「葉書き」と記されている。引用されている全文は次の通り。

「前略、ぜひにと申しておきながら、いつぞやの日曜日には参りませず、おわびの手紙も出さないで失礼でした。それも、妹が転宅するはずでしたが家がまたなくなりましてね。それに私のすぐの妹の結婚が急にもちあがって、ずいぶんこのごろは忙しくて、来月（十一月）上旬に妹は上京いたすのです。ですから、それまでは、何だか私までおちつきませんで……。

このごろは、お作り（作詩）をなさっていられますか。私など、どうしたのか、さっぱり筆を持つ気になれなくなりました。いやになってしまって……、体は悪くなるし……。

このごろ、坂手ではずいぶん人がよく死にますよ。衛生の机上事務を受け持ったのですが、一週間に六日とも死亡者があるのです。つづけざまに――。白壺の十月号が参りましたね。私は、もう、のこうかと思っています。自分がいやになってくるのです。私などは、今までのように、やっぱり読んでだけおるほうがよいのですもの。さようなら、事務室にて。」

大正九年十月二十三日

坂手村　壺井　栄

三木はるみ様（ペンネーム）

一読して重要な書簡であることは判明したが、細部に不審な点が多く―例えば「前略」と冒頭にあるが、これは原文にあるものなのか、それとも引用者が省略の意で用いたものなのか？　文中に「……」が三箇所用いられているが、これは原文でもそうなっているのか、それとも引用者が勝手につけたものなのかどうか、またその場合原文で省略されたものはないのかどうか？　発信月日が「大正九年十月二十三日」であるのに「坂手村　壺井栄」となっているのはおかしいわけでここは当然「岩井栄」となっているはずのところである。それをこういうふうに改竄しているとすると他にもそういう部分はあるのかどうか？　等々。また受信人の「三木はるみ」とはどういう人なのか、この書簡の入手経路あるいは閲覧の経緯等についても知りたいので、三島氏の住所を尋ねてもらおうと折り返し川野氏に電話すると川野氏の第一声は三島氏は急逝との報に愕然とする。

千古の闇のかなたにとざされようとしている栄の事蹟に点ぜられた一灯であるだけにぜひその手がかりを三島氏から得たかったのであるが、思いは川野氏も同じで、私に三島氏の一文を紹介する一方で、三島氏の住所を問い合わせてやっと電話が通じた時には三島夫人から氏の急逝を知らされたのであった。

しばらくの間は呆然としてしまったが、一九九一年の新春を迎えて気をとり直し、ともかく調査の鉄則である一つずつ確認することから開始しようと、まず坂出市在住の三島夫人に手紙を書いて事情を説明し、ご存じの範囲でこの書簡と三木はるみと「白壺」等について教示を依頼する手紙を一九九一年一月三日付けで投函した（その後返信はない）。

一方、「内海町農協だより」を発行している農協にあてて、これまで三島氏の稿を連載してきたバックナンバーの入手依頼と氏の急逝による今後の処置についてもついでに尋ねてみた。折り返し、編集担当の炭山九十九氏からバックナンバーと、あとから購入して現在まで岩井シン名義になっている家のカラー写真などの恵贈にあずかった。

とりわけ驚いたのは三島氏は急逝されたが連載は今後も続けるという点である。どうしてそんなことが可能かというと、実はこの三島氏の一文は、「内海町農協だより」のために書きおろされたものではなく、初出は別にあって既に完結しており、それを転載しているからだということがわかったので、早速そのコピーを入手した。

それによって三島氏のエッセイの初出誌は「香川の農協」であり、同誌に一九八三年二月号から四月号まで三回にわたって連載されたことが判明した。

しかも転載文の方は恐らくスペースが足りないせいかと思われるが、初出文のあちこちがカットされている。

三木はるみ・白(い)壺・安藤寿佳波

例えば前引の書簡の「三木はるみ様」(本名は民栄。はるみはペンネームという)の前には初出では「小豆郡淵崎村双子浦」という「はるみ」の住所が一行記されていて、この人物が小豆島在住の女性であることが判明し、また、同じく「白(い)壺」について初出では次のような注記がつけられていた。

「※『白(い)壺』は、豊島文学青年教師、安藤寿佳波編集のガリバン刷りの文集である」とあって、「白(い)壺」はどうやら安藤寿佳波という、恐らく現在の土庄町周辺の小学校教師が主宰する、ガリバン刷りの同人雑誌であったらしいことが判明するのである。

総じて三島氏の一文は栄の生涯と作品を郷土の偉人伝風にスケッチしたもので、最大の功績は栄の小豆島時代の文学的友人であった三木はるみ(春海)宛栄書簡を四通紹介していることにあると言ってよい。一通は前に引用したが、残る三通の書簡はいずれも葉書で、賀状(一九六四年と六六年)が二通と暑中見舞(一九六四年)が一通で、いずれも文泉堂出版『壺井栄全集第12巻』に収録したので参照されたい。

「内海町農協だより」に転載されていたものでは「三木はるみ」も「白(い)壺」も手がかりは皆無でまるで雲をつかむような話であったが、初出誌「香川の農協」文によって、三木はるみが淵崎村(現土庄町)の人であること、「白(い)壺」は同じく現在の土庄町の(小学校)、教師安藤寿佳波が主宰したものであることが判明したのは大収穫で、早速この旨内海町坂手の川野正雄氏に報告して調査をお願いしてその結果を待つこととした。

その後、三島氏のご遺族からは何の連絡も得られないが、川野氏からは懇切な回答が寄せられた。同封の添書によると氏は入院手術され、手術は無事成功したが、八〇歳をこえる寿令のため長期入院となり、調査できずにいる所へ、川西寿一町長が見舞いに来られ、この件を相談したところ、川西氏が代って調査をすることを快諾され、早速現在までに判明したところをまとめられた第一報であるとしてB５用紙五枚にワープロで打った回答書と資料が添えられ、壮健の氏にそのようなことがあろうとは夢にも知らなかった当方としては不明を恥じ、恐縮するほかはなかった。と同時に川野氏に代わって快く調査の労をとられた川西寿一氏に厚く御礼を申し上げておきたい。

氏の調査によって三木民栄は現在の小豆郡土庄町淵崎甲一九四八の一に一八九九年一〇月二一日に生まれ、一九七一年七月三日に没しており、現在は次男の三木慎哉氏が跡をついでおられること。祖父、父ともに医師で、何れも俳句をたしなむ文人趣味の持ち主で、民栄の兄、修三も朱城と号する俳人であること、などがわかった。

そこで早速、慎哉氏と連絡をとり、事情と経過を説明して協力を懇請したところ、即座に快諾され、所蔵される栄書簡の全て、御母堂民栄の詩歌集『蛍能夢』、同じく詩歌・随筆の切り抜きを集めた『春風秋雨』を送って下さり、借覧の機会を得ることができ、またその後もたびたびの質問に回答と資料の恵与にあずかり大いに感謝している。但し、「白(い)壺」はまだ発見されていない。

三木家に現在所蔵されている栄書簡は全部で五通、いずれも葉書である。そのうちの四通は既に三島文の中に紹介されているが、未発表の一通は一九五四年六月四日付けのものでこれらは後に必要に応じて紹介することにしたい。

三木はるみ宛栄書簡

さて、例の一九二〇年の新出書簡であるが、確かに実在し、引用文と原文と比べてみると省略があり、また不正確な引用がされているのでできるだけ原文に忠実に左に写してみよう。なお、これはペン書きである。

逓信省発行印刷局製造の郵便はがき（壱銭五厘）

小豆郡淵崎村／双子浦／三木はるみ様／坂手村／岩井栄

（これらの所・名宛の下部に左から右へ栄の自署で次の西暦の年月日が記載されている）1920・10・23

消印　9・10・23　（他は判読不可）

葉書で御免なさいませ、／其後いかが御暮しなさいますか、御母上様おかへり遊ばしまして？／是非にと申して置きながら、いつぞやの日曜にも参りませず、／御わびの手紙も差出さないで失礼でした、それも妹が転宅する筈でした／のが家がまたなくなりましてね、それに私のすぐの妹の結婚が／急に持ち上つてづい分此の頃は忙しくて、来月上旬に妹は上京致す／のです、ですからそれまでは何だか私までが落ちつきませんで、／此頃は御作をなさつていられますか、私など、どうしたのかさつぱり筆持つ／気になれなくなりました、いやになつてしまつて、からだは悪くなるし／づい分坂手ではこの頃よく死にますよ、衛生の机上事務を受持つた／のですが一週間に（今日まで）一日ぬいて後六日共死亡者があるのです連け／さまに、そばの白花時にはよく死ぬつて言ひますね、全くです／白壺の十月号が参りましたね、私はもう退こうかと思つて居ます、自分が／いやになつてくるのです、私などは今までのやうにやつぱり読んでだけ／居る方が好いやうですもの、さようなら　事務室にて

いかにも書きなれた、ペン書きの達筆な文字を連ねたこの書簡は蝿頭たる細字で書かれていて句読点の別は判読しがたいので全て読点で統一してあることをおことわりしておく。

このハガキには栄の伝記と文学を考える上で沢山の貴重な情報がつまっているので以下に指摘しておきたい。

この書簡は消印から大正九年一〇月二三日付けのものであり、そのことは「表」にある栄の自署「1920・10・23」によって証される。しかも注意したいのは、この自署に見られる年月日表記における西暦の採用で、ハガキの表、下部一杯に左から右へ元号ではなくて、西暦表記になっているところに新しい時代を生きる〈新しい女たち〉の意識がはっきり刻印されていることである。

そのことに気づかされた理由は二つある。

一つは詳しくはあとでふれるが、前述の三島義雄氏の「異色の女流作家　壺井栄」は「内海町農協だより」に掲載されたものは再掲で、初出は「香川の農協」であることについては前述したが、実は甚だややこしいことになるのだが、この「香川の農協」に掲載されたものも実は転載で、初出は

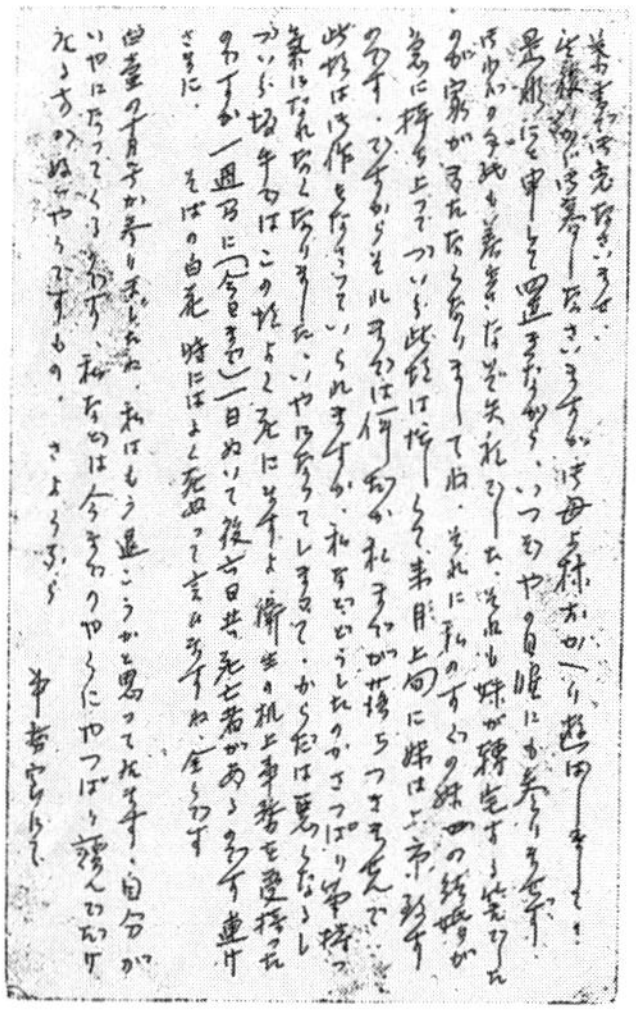

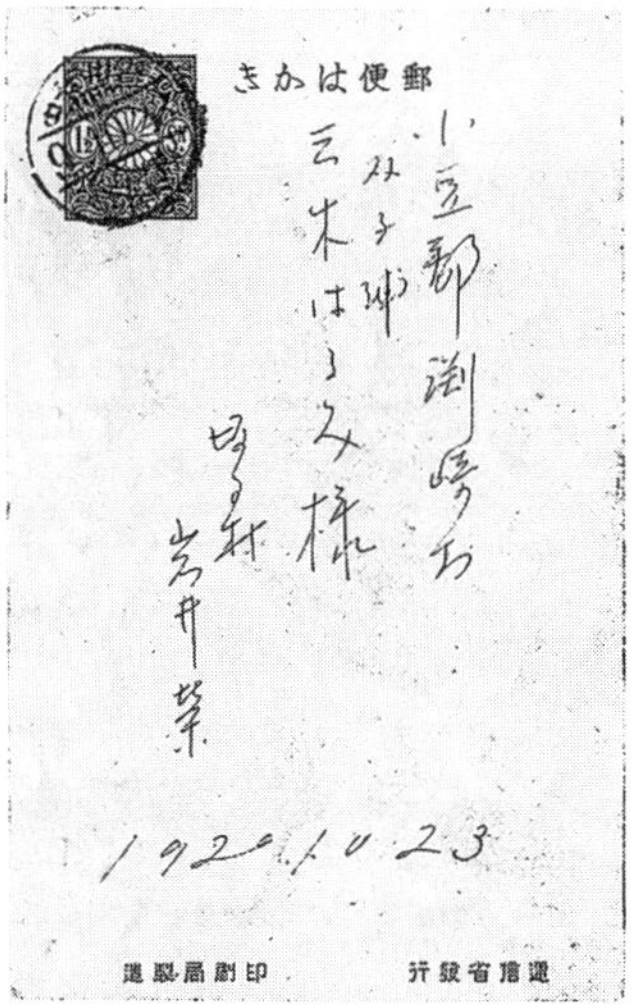

1920.10.23付三木はるみ宛書簡

それ以前に『郷土に輝く人々　第三集』（79・3・20　青少年育成香川県民会議刊）に書きおろしで収録されたものであることが判った。つまり三島氏の一文は一番初めに『郷土に輝く人々　第三集』に発表されたあと、少しずつ削除や修正を加えられながら「香川の農協」から更に「内海町農協だより」へと次々に転載されていったことになる。

このことは前述の川西寿一氏から『郷土に輝く人々』所収の三島文のコピーを紹介者である川野正雄氏を通して恵贈されたことでわかった。その際川野氏は懇切に三島文に傍注を施してくれたので、本文の理解に大いに役立っているのであるが、但し中に次のような傍注があった。

今問題にしている栄書簡の末尾の記載は三島文の引用では、再掲文、三掲文ともに

大正九年十月二十三日／坂手村　壺井栄

となっているが、初出ではこれが

一九二〇・一〇・二三／坂手村　壺井栄

と西暦で表記されていた。無論、この時点では宛名人の三木はるみが何者であるのか、一切が不明の時点であった。

この西暦表記の部分に注して氏は「大正九年十月二十三日が正シカラン」と言い、また壺井は「結婚前ノ手紙故岩井ノ筈」と注してくれた。後者は正しくその通りであるが、既に原文を紹介したように実は年月日の表記の方は、自署が元号表記ではなく、西暦表記であったわけで、その点氏の注記にもかかわらず、初出文の表記の方は栄の意図を忠実に再現したものであったことが判明する。

川野氏は栄より六歳下であるから同世代と言ってよいわけで、この世代の感覚からすれば元号表記を当然として受け入れて怪しむところがない、というのが一般的であって、西暦表記というのは特殊な人々に用いられた、あるいは、限られた用法であったに違いない。そこに注記が生まれる所以があろう。

しかし、明治に生まれ、大正期に青春を迎えたある一群の人たちにとっては、明治末年から始動を開始する新しい生き方が―平塚らいてうらの「青踏」に端を発し、大正デモクラシーの洗礼を浴び、「新しき村」運動に心をゆすぶられ、米騒動や漸く台頭しはじめた社会主義運動に生きる〈新しい女たち〉が視野の中にあり、それに憧れ、やがて自らもそこに身を投じようとする予備軍的存在の一人が三木民栄で、それに魅かれ、憧れて近づいていったのが岩井栄だったのである。従って両者の交流が始まってから栄の結婚前までリーダーシップをとったのは小豆島の〈新しい女・三木はるみ〉であり、以後は逆転するという運命の皮肉がある。

つまり、西暦表記というのは、単なるハイカラ趣味というのではなく、旧習を打破して新しい時代、新しい社会、新しい倫理、新しい理想を希求する〈新しい女たち〉の捲き起した一波に呼応した栄なりの反応だったのであり、小豆島の〈新しい女・三木はるみ〉への接近と交流は未だそれと明確に醒覚したものではなかったが、おのれの歩む道を本能的に

探知したものであることを語るものにほかならないのである。

文中の「来月上旬」に上京して結婚する「すぐの妹」というのは、六女スエ（01・8・18〜22・7・18）のことで、栄の二歳下。丸金醤油の樽問屋をしていた小豆島出身の林政吉（栄の長姉千代の夫、林音吉の弟）の後妻（先妻の子が二人あった）に入ったが、夫には玄人の愛人があって屈辱を味わうが、内気で従順な性格のためひたすら忍従したのち、二年後の一九二二年に早産、尿毒症を併発して没した。その時の遺児が栄の生涯の殆どを共に過ごした加藤真澄氏である。

文中に「衛生の机上事務」を受け持ったとあるので、一九二〇年の一〇月の時点で栄が坂手村役場の事務員となっていたことは明らかで、従来の年譜を訂正することができる。

次に「御作をなさつていられますか」と創作が順調であるかどうかを尋ね、自分の方は創作意欲が起こらず、「いやになり」、「からだ」が悪くなったことも記している。ここに二人が創作を媒介にした友人であったことは明らかで、次の記述がそれを証している。

同人誌「白(い)壺」については前述の項で詳しくふれたので詳細はそれを参照してもらうこととし、栄が生前ひたすら自分には文学少女の時代も、文学修業の経験もなかったと全否定しているが、ここで明らかなように同人誌「白（い）壺」に参加し、創作活動をしていたことをはっきり語っていることを確認しておいて次に進みたい。

安藤寿佳波

その後、川西氏の調査によって、安藤寿佳波の長女、和子氏が土庄町に住んでおられることがわかり、氏から次のような教示があった。

本名は安藤圭一で、寿佳波はそのペンネーム。土庄町豊島甲生の出身で豊島唐櫃《からと》小学校、土庄小学校、戸形小学校に勤務したのち、一九三九年小豆島を離れ、大阪に出て会社員となり、一九四五年五月二二日事故により没した。子供は和子氏を含めて五人、安藤夫人は岡山で現在も健在であるが、大阪の家は戦災で焼失したため、本やその他一切は残されていないという。氏の回想によると進学指導に熱心で生徒たちから慕われ、子供たちにダンスを教えるハイカラ先生でもあり、文学も好きだったので「白(い)壺」という同人雑誌も作っていたかもしれないが、一九二〇年一〇月前後に氏は生まれていない（ちなみに氏は昭和に入ってからの誕生である）ので、回答はできないとの事であった。

川西氏の探索で「白(い)壺」の主宰者が確認され、遺族の方が判明したのは大きな前進で、戦災で資料が焼失してしまったのは遺憾だが、交友の周辺を調査すればまだ発見できる可能性は残されているので、早速安藤和子氏と連絡をとり、尋ねたところ次のような結果が得られた。

安藤圭一氏は一九〇一年七月一五日生まれで、結婚は戸籍謄本によると夫人を一九二六年八月一日に入籍しているので、夫人は恐らく「白(い)壺」のことなどは知らないであろう

（栄の上京は一九二五年二月である。その後、母堂に確認したところ、知らないとの報告を得ている）という。また、十代で死別したため、学歴もはっきりしたことはわからないが青年師範学校ではないか、とのことで、資料は何も残されていないがとして父君のセピア色の写真を四葉貸与して下さった。教え子たちとの写真が二葉（うち一葉は子供たちと軟式テニスをしたときの写真で大正時代に小学生にこれを教えたというところに氏のモダン教師ぶりがうかがえるようである）、土庄小学校時代の同僚との写真が一葉、残る一葉は「師範時代」と記されていて友人三人と一緒に写したもので友人の名が「小笠、山野、真砂」と記してあるもので、どうやら氏は香川師範の出身であると見られるので、ここから「白(い)壺」発見の緒口が見つかりそうな予感が残った。

その後、前述したように『香川大学松楠会会員名簿』を入手したので、早速調べたところ、

香川県師範学校乙種講習科　一九一九年三月修了（二〇名）

の中にその名があった。しかし前述の友人の名がその中に無いので、あるいは同姓異人の可能性（無論、名簿は氏名のみあるだけでそれ以外は空欄になっている）もある。そこでその前後にこれらの名がセットになっているところを調べてみると果たしてあった。

香川県師範学校一部　大正一一（一九二二）年三月卒（五一名）の中に

三木（旧姓真砂）重雄　小豆、池田町
小笠清三郎　東京、小金井市
山野伝一（死亡者の欄に）

とあるので、恐らくこれに間違いないと思われた。

前述したように、乙種講習科の修了年限が二年であったのは一九一一（明治44）年三月〜一九二五（大正14）年三月修了生までで以後は廃止された。

そこで小金井市に在住の小笠氏に電話をしてみて驚いた。九二歳になろうというのに驚く程明快な応答で身体のどこにも異常はないという。予想した通り、山野、真砂は友人だが二人とも没した。ただし、安藤正三という同期生は知っているが、安藤圭一は記憶にないと何度聞いても回答されるのには困惑した。肝腎の圭一氏のことが不明では処置なしなので、こちらもねばって事情を詳しく説明すると氏は事情は判ったが、どうしても思い出せない、だが小豆島在住の親友に高橋関次氏があり、同期生だからそちらに問い合わせてほしい、そうすれば手がかりがえられるのではないか、ということであった。

折角の手がかりがプツンと切れた感じがあったが、いきなり電話での質問でど忘れということも十分あり得るので、安藤和子氏から借覧した写真のコピーがあるのを思い出してそれを見てもらえば記憶がよみがえるのではないかと予測して、手紙に写真を同封して小笠氏に送り、一方高橋氏にも同様写真のコピーも添えて投函して回答を待った。

折り返しすぐ小笠氏から墨痕鮮かな毛筆の回答が寄せられた。予想通り、ど忘れで七〇年前の記憶がよみがえり、確かに安藤圭一と一緒に乙講に入学した。それは一九一七（大正6）年四月のことだが、氏は一年で中退して一九一八（大正7）年四月に本科一部に入学し直したこと、従って在学中から交際があったこと、四人が写っている記念写真は安藤を除く小笠氏たち三人が大山旅行をした時のものであること、「白（い）壺」については知らないが心当りを当ってみようとのことであった。

追いかけるようにして高橋関次氏からも返書が寄せられ、小笠氏が乙講へ安藤と一緒に入ったのは氏のみで、山野・真砂は乙講へは入学せずに直接師範本科一部へ入ったというのに対して、小笠・山野・真砂の三人は乙講から中退して本科へ入り、そこで高橋氏と同期になったという点で食い違いはあるが、その他の点ではほぼ同様の内容であった。

従って「白（い）壺」に関しては同期で現存の親しい友人たちも知らないということなので、残念ながら探索はそこでストップしている。

〈新しい女〉三木はるみ

これまで壺井栄について書かれ、語られた文献のうちで、三木はるみの存在にふれたものは勿論、はるみとの交友、そのコレスポンダンスについて書かれたものは皆無である。そういう中で三島義雄氏の前掲文が三木はるみ宛の栄書簡を紹

「白（い）壺」の同人、三木民栄と

介することによってその名をはじめて公にした功績は賞讃されてよい。しかしながら氏の論考は三木はるみの名を知らせたにとどまって、二人の交友の意味—いつから、どういう契機で始まり、その交友がもつ本質的な意味は何だったのかが問われる必要があったのだが、そういう考察は欠落している。そこでここではまずその輪郭を彼女の詩歌集『蛍能夢』（20・12・22脱稿）と同じく詩歌随筆を集めた『春風秋雨』（一旦一九六五年に収集を完了し、その後一九六七年九月一五日に増補し、更にその後も追補して最も新しい文章は一九六八年二月一〇日「小豆島新聞」発表のものである）を中心にして素描しておきたいと思う。なお、『蛍能夢』は全三〇三頁、タテ二〇・三センチ×ヨコ一六センチ。ペン字による手書きの詩歌集であり、著者の自記によれば「十八才より二十四才まで」（数え年と思われるから従って一九一六年～二二年までとなる。但しこれは前記の脱稿の日付とは矛盾するので、著者に多少の混乱がある事を付記しておく）の作品が集められ、竹久夢二調の挿絵カットが多数はさみこまれている。これに対して『春風秋雨』は新聞・同窓会誌に既発表の詩歌文章のキリヌキを集めたもので、無論『蛍能夢』から抜かれて投稿されたものもあり、最も古いものは一九一七～一八年頃かと推定される。

三木家—医師の家系

さて本題に入る。はるみ*15（のち春海と書く。本稿では併用する）は本名民栄、小豆郡淵崎村（現在の土庄町淵崎甲一九四八—一）に三木方斎の長女（99・10・21～71・7・3）として生まれた。兄妹は他に兄が三人あり、次の通り。

三木良斎（一二三）（東丘）——方斎（蛸洲）—┬方直（双浦）
　├礼二（紫酔）
　├修三（朱城）
　└民栄（春海）

（　）の中は雅号

三木家は春海の記すところによると*16、秀吉に滅ぼされた播洲三木城別所氏の一族の末裔で、旧幕時代は回船問屋を営む豪商であったが、祖父良斎の頃には家産も傾き、三男でもあった彼は見切りをつけて大阪で修業をして漢方医となり、のち郷里に帰って開業した。これが現在に続く医家としての三木家の始まりで、方斎から方直、礼二、更にその子供たちと続き、春海自身も大阪の第一高等女学校を二年で中退して、岡山県衛生会産婆看護婦学校に一九一五年四月に入学し一九一七年三月同校を卒業して、産婆・看護婦の資格を取得している。

父の方斎は蘭医を学び、のち一五代将軍となる一橋慶喜の御典医となった柏原学而に師事して、京都で一七歳から六年間、大名旗本の往診に従うが、一八六八（慶応4）年二二歳の時、辞して小豆島に帰郷、島最初の西洋医学を学んだ医師として腕をふるった。

春海は四人きょうだいの末子であり、しかも一人娘であったから、掌中の珠として、かわいがられた。甘やかされて、わがままいっぱいに育ったようで、春海に対する方斎のそれは兄たちも嫉妬するほどの溺愛ぶりであったことは春海自身の次の言がこれを証している。

> 方斎は慈愛あふれる父で、異常なくらい私を可愛がってくれた。よく兄達から御父さんは民さえいたら、わしらどうでもよいんだからと嫉妬まじりに云われた。
> （「思い出の記（5）」66・1・30「小豆島新聞」）

句作に熱中

裕福な医師の家に一人娘として何不自由なくのびのびと育った春海は一四歳の時に初めて俳句を作り、父に雅号をつけてくれるようにもとめて父から「春の海の如く寛大に静寂たれ」との意をこめてこのペンネームを与えられた。

彼女が句作をするに至ったのは、前に略系図を記した際に注記したように祖父伝来の「俳句党[*17]」の家系の影響ヌキには考えられない。春海の「俳句のページ[*18]」によると、三木家は現在まで（この一文の執筆時点は一九三〇年）四代医師を本業としているが、みんな「本業そっちのけの俳句党」で祖父良斎は「二三（ふたみ）と称して俳句を、東丘と称して詩」をやり、父方斎は「蜻洲と号して専ら俳句」と国内旅行を楽しみ、その血を受けた子供たちのうち、まず長兄は「双浦」の号をもち、三兄は満鉄にあって「朱城」と号して俳句「平原」の主幹として精進し、二兄は学生時代「紫酔」と称して島崎藤村、土井晩翠風の詩を盛んにやっていたが開業と同時にしばらく遠ざかっているが、その長女が大変な「俳句狂」であり、同様に長兄の長男もまた俳句に熱をあげているというふうに一族あげて俳句狂という文芸愛好の家風の中に生育したことが重要である。

従って春海は小学校時代から「十七字を並べ」、一八歳（一九一七年）の時に産婆看護婦学校を卒業して帰郷し、父の双子浦の隠居所に閑居してから、「盛に駄句」を製造し、いろいろな句会に投じて「抜群の成績」を収めるが、あるとき、あれは「お父さんに添削して貰ふからだ」と蔭口を云われたのに腹を立てて以後「スッパリ」句作を廃してしまったというが、このエピソードは負けん気で、潔癖で、猪のように直情径行する彼女の性格のタイプをよく示している。

これは外見的に見れば何不自由ない良家に育ったお嬢さんが嫁入り前のひととき暇つぶしに俳句に頭をつっこんでいる、といった光景が容易に想像されるが事態はそう単純なものではない。

〈新しい女〉をめざす婦人運動への突進と挫折

春海は島崎藤村や与謝野晶子ら明治の浪漫主義文学の中に育ち、森田草平と平塚らいてうの「煤煙」事件に衝撃を受ける文学少女であったが、彼女が普通の文学少女と違っていたところは観念から現実へ、理念から実践へと、勇猛果敢に足を踏み入れて何度も挫折の苦杯をなめながらも結局自立の道を堂々と貫いていったところにある。

即ち、「青踏」（11〔明44〕・9〜16〔大5〕・2）創刊の辞に「元始女性は太陽であった」と主張して、女性の解放と個性の育成をめざす婦人運動の狼煙をあげた平塚らいてうをリーダーとして神近市子・田村俊子・岡本かの子・伊藤野枝らの〈新しい女〉が登場するが、折柄時代は明治から大正へと転換し、吉野作造の唱導する大正デモクラシーの盛行と相まってそれらはやがて婦人参政権獲得運動へと高まってゆくが、春海もまたそういう潮流の中にいた草の根としての〈新しい女〉であった。

春海は良家のお嬢様としての女学校での勉強を二年中退で捨て、岡山県衛生会産婆看護婦学校に入って、産婆と看護婦の資格を取った。これが一九一七年三月のこと。

何故、女学校を中退して産婆看護婦学校だったのかは当時として重大な岐路だったわけであるが、そこに彼女の面目が躍如としている。

一つは男に経済的に依存するのを拒否して生きる自立の問題。

もう一つは新しい生き方としてハンセン病患者救済事業に参加すること。これには彼女自身が小学六年生の時に見たハンセン病患者の悲惨な現実があり、当時四国四県に蔓延し、遂に大島に療養所が開設されてこれに参加することを決意するが、結局家人の猛反対にあって挫折してしまう。

次いで中国の青島に渡り、「気の毒な中国人救済の一端たらん」[19]と志して秘かに青島の病院の許可を手にするが、渡航直前に家人に発覚してこれも挫折。

次に「国禁の書を読みふけり、社会主義思想に共鳴」[20]し、上京しようとして大阪の兄の家でつかまって連れ戻され、その前に大杉栄と神近市子・伊藤野枝との三角関係のもつれから神近市子が大杉に刃傷に及んだ、いわゆる葉山事件（16・11・9）があったあとだけに、父と兄達の必死の阻止にあってまたまた挫折する。挫折の因の一つには喘息の持病をもっていたということもあった。

これらが一九一八年前後のことで春海の〈疾風怒濤時代〉といっていい。そしてこのあとに現実から逃避した前述の俳句作りの時代が来て、思わぬ陰口から句作を廃することになる。そこから岩井栄との交際が始まるキッカケが生まれるのである。

岩井栄との交遊

燃ゆる様な反撥心は、詩へ短歌へと走りました。初めて大阪毎日新聞に与謝野晶子先生の撰に

君に逢ふ夢の数ほど星光り小雨晴れゆく初夏の空

とこの歌が活字になつて来たとき、新聞紙を抱いて泣いたもんです。それから雑誌や田舎新聞に短歌、詩、創作と手当り次第に活字になるのをみて、初めて俳句へのかたきをうつた様に思つたのです。

（原文のまま）

つまり春海は、俳句で受けた屈辱を短歌ではらしたわけで、それ以後は短歌を中心に詩や短篇小説が「香川新報」「四国民報」「中国民報」「山陽新聞」などに掲載されるようになり、それが岩井栄の目にとまって知遇を受けることになるのである。*21

地元のローカル紙の文芸欄にしきりにその名を見るようになった「小豆島　三木はるみ」に関心をもった岩井栄（壺井姓は繁治と結婚後である）は問い合わせて、春海の住所を知り、文通して急速に接近し、春海や安藤寿佳波（圭一）のやっている同人誌に加わって文学修業を始めてゆく。初めて栄が春海を双子浦に訪ねて来たときの印象を春海は次のように、栄の追悼文の中で記している。*22

> 頭は走馬燈の様に廻転する。ああ壺井さん、思へば四十六年前、あなたがはたち、わたしが二十一の時初めてあなたに逢いました。紺がすりの着物にメリンスの赤い帯白モスの衿からのぞいた白いうなじ、それからふくよかな白い円い顔テシマの安藤寿佳波さんは佐藤俊子に似ていると、その外面の印象を「白い壺」（わたしたちの小さい同人雑誌）に書いていたのを記憶している。坂手から双子の浦まで、その岩井栄さんは五里あまりの道を徒歩でわたしに逢いに来られた。
>
> 当時は役場の衛生係をしていらした。当時島バスは坂手まで開通していた。ボンヤリの私はまあ大変な道をあるいてと驚いた。（当時既に生活とたたかつていられたあなたに申しわけなさに頭がさがつた、これはただし後年になつて思つた。当時は何も知らなかつた）どんな話をしたか、私はやたらにしやべつた。森田草平の煤煙について話した気がする。大杉栄、伊藤野枝、神近市子等三人の華やかな青春絵巻の時代だつた。思へばこの当時から二人とも知らずしらずのうちに新しい思想の中に一歩近づいていたとみえる。
>
> ただ白い円い顔と静かな小さい声と、黒曜石の様に真黒な瞳を忘れない。　（仮名づかい・表記は原文のまま）

初対面が栄「はたち」、春海「二十一の時」というので、これは数えであろうから一九一九（大正八）年（満年齢であれば一九二〇（大正九）年）のことと思われる。（ついでに言えば栄は一八九九年八月五日生まれ、春海は同じく一八九九年一〇月二一日生まれで、二人は同い年であるにもかかわらず、栄を一歳下としているのは、既に本稿の第一章でふれたように栄が生年を一九〇〇年八月五日生まれとしていたからである。この頃すでに生年を一年繰り下げていた一証になると思われる）

同人雑誌「白い壺」のことがここにはっきり出てくるが、同誌主幹の安藤寿佳波（圭一）は春海より以前に栄と会ってその印象を佐藤俊子に似ている、と記しているようであるが、このことは『蛍能夢』の序文で寿佳波との問答を記し、彼が栄の「第一印象」を尋ねたのに対して春海が次のように答えているのによっても裏付けることができる。

そうネ　白い壺の主幹の印象記の様に清新溌剌たる林檎の果実ってのがよく当ってゐましたよ、しかし　佐藤俊子女史って様なかんじは受けられませんでした。

その他、五里の道をバスを使わずに歩いてきたこと、役場の衛生係をしていたこと、らいてうや野枝や市子などの〈新しい女〉たちの青春や時代や思想について「一晩」[*23]語り明かしたことを記していてこれまでに述べてきたところを証してくれるであろう。

このあと春海は、一九二一年一月から翌年四月まで請われて母校の看護婦長並に舎監を務めたあと、大阪の繊維会社を経営する富永と結婚して三児をあげるが夫とあわず、一九三一年三児を連れて小豆島に帰郷、産婆を開業して自立（一九三七年正式に離婚して三木姓に戻る）。戦後末子の慎哉氏が大学を卒業して就職するや、子育ては終り、以後の人生は自分の趣味にと、一九四九（昭和24）年、きれいさっぱり産婆を廃業して、風雅を友として余生を終えたという。

キリスト教伝道師・安藤くに子

江戸時代邪教として厳禁されていたキリスト教は明治維新後も同様であったが、一八七三（明治6）年二月にようやくその禁を解かれた。伝道は当初、東京、大阪等の都市を中心にはじめられ、二〇年代ごろには徐々に地方の農村へも浸透していった。

『内海町史』（前出）によれば、小豆島へは一八九八（明治31）年バプテスト教会の第一福音丸（82トン）で、ピッケル宣教師が下村港等を訪れて福音を説いたのがはじめで、その後一九〇二（明治35）年には下村に「福音丸基督教講義所」が設置され、戸田九四郎が責任者となった。その時、いちはやく当時の坂手尋常小学校校長鎌田重吉（青山学院卒業。明治25・4〜同37・5まで坂手小校長）夫妻が洗礼をうけ、世人を驚かせたといわれる。その後一九〇八（明治41）年二月に「福音丸草壁講義所」が設置されるが、伝道ははかばかしくなく、信者は増えなかったため、それらの講義所もいつとはなしに廃されてしまった。しかし、大正の初めごろまでは時折福音丸が入港して、主に子供らを集めて伝道することもあり、その情景を栄は大略次のように紹介している。

明治の末から昭和にかけて瀬戸内海の島々にキリスト教を布教する目的で航行する福音丸という伝道船があった。船体を真白に塗った帆前船でかもめのように見え、乗組員は全員クリスチャン、一年中瀬戸内の島から島へ、村から村へと夢と理想を積んで終りのない航海を続け、坂手の村にその清楚な姿を現すのは一年に一度か二度であったが、子供達にとってはお伽話の役目を果す存在であった。

勿論、ふだんはいくつかの村をかけ持ちで常駐する伝道師[*24]があって日曜学校その他を主催するのであるが、当時坂手村に週一回来るのは安藤くに子[*25]というまだ二〇代半ばの、黒いつやつやとした髪を束髪に結って紫紺の袴をつけて弾むように軽々と歩く若い女性であった。この安藤くに子との接触が栄に強い影響を及ぼし、〈忘れえぬ人〉となる。

時期的には一九一七(大正六)、一八年、栄の一八歳前後の頃で、知的刺激に飢える栄にくに子は、哲学や宗教書を貸してくれるが、とっつきにくくて反応は鈍かったが、西洋文学殊にスタンダールの「赤と黒」や、「恋愛論」はむさぼるように読んで感銘を受け、毎週くに子の来るのを何よりの楽しみに待ち受け、会えば宗教の話はそっちのけで、もっぱら文学の話となった。くに子は栄に接するうち、この少女の裡に本人も自覚しないままに蔵されている鉱脈をいち早く発見、探知したようで「あなたは田舎にゐる人ではありません。折あらば東京へ出て勉強をなさることをおすすめします。」と強く勧め、いつしか栄の心の中に、上京して文学を志す夢がかたちをとりはじめ、実際に後年作家となって実現されるわけであるから、資質の最初の発見者としての安藤くに子の存在は大きい。

ところが間もなく、くに子は突然生まれ故郷の伊豆の伊東に帰ってしまう。後で聞くと、くに子は結婚できない相手と激しい恋愛をして更迭されたのだというが、音信は途絶える。しかしその存在は〈忘れえぬ人〉となって栄の心に生涯残り、機会あるごとに尋ねて少しずつ事蹟が分明になってゆく。

一九四六(昭和21)年二月頃、栄は伊東町の婦人会の集会に出席して座談会をした時に、くに子は左官屋の娘で結婚はしなかったということがわかり、当日その集会に来るかもしれないと聞くが再会することはできず、このいきさつを小説「人生勉強」(46・5「モダン日本」)に書くが反響はなかった。

栄は一九六五(昭和40)年から、肝臓の治療のために伊東市の天城診療所に四回入院するが、その間にも八方手を尽した結果、くに子は安藤左官屋の娘であること、結婚したが、栄が作家として戦前世に出た頃にはすでに他界していたことがわかり、くに子にそっくりの弟にも面会する。遂に再会は叶わなかったが、多年の宿願であった恩人の消息を確認できた栄は喜んで、これを是非一篇にまとめて発表すると繰り返して話していたが、その一週間後には宿痾の喘息で他界してしまった。[*26]

新出の岡部小咲書簡

今度の小豆島訪問では、栄ばかりでなく黒島伝治にもかかわる伝記上の問題で、長い間不明とされてきた件について、これを解決する新資料を入手することができた[*27]のは望外の収穫であった。これを以下に紹介しながら問題点を明らかにしたい。

本章のはじめで栄と黒島伝治との関係についてふれ、更に栄が伝治に紹介した岡部小咲(戸籍上はコサキであるが、栄は小咲と書いているのでしばらくそれに従っておく)と伝治との関係について要約すると大略次のようになる。

郵便局に勤めていた栄は、隣村の幼なじみで文学青年黒島伝治から手紙をもらってから交際が始まり、三日にあげず伝治からは手紙がくるようになったので、一九一六（大正5）年頃としては当然世間から恋人同士と見られるものとなり、母親からは「目の玉がとび出る」ほど叱られるが、栄は「指一本触れ合わぬ仲」と宣言して交際を続けた。将来は文学者になることを夢見て、読書と習作と投稿を続けていた伝治は、栄への手紙でも、顔を合わせてもひたすら文学、文学、文学の話ばかりで、流石の栄も辟易せざるを得なかった。住みこみの郵便局員で一家の経済的支柱となっていた彼女にはこの時点で伝治のように文学一筋にうちこめる余裕はなかったからである。

そこで栄は一策として、大阪で看護婦をしながら短歌に情熱を燃やし、小説も書いていた小学校時代の同級生岡部小咲を伝治に紹介した。すると二人はあっという間に愛し合うようになり、小咲が肺病で帰郷してから栄は双方の連絡係となってデートの仲介役を果たした。

しかし、このデートは甚だ奇妙なもので、小咲はいつも栄の手を握って離さず、第三者つきのデートということになって村はずれの砂浜や丘の上の畑の岸で三人は黙って腰をおろしていたという。帰郷して間もなく、一九一九（大正8）年五月に、小咲は一九歳で夭折するのだが、栄がこの件に関して記したところを総合するとほぼ以上のようになる。

つまり伝治と栄との関係は色恋ヌキの精神的交流であって、小咲と伝治は恋仲になったが自分は無関係。従って三人の間には三角関係というようなものはなかった。ただし四〇年以上たった今でも不思議でならないのは、デートのたびごとに小咲は栄の手を離さなかったことで、ひょっとすると彼らは二人っきりで会ったことはなかっ[*28]たのだろうかと疑問を記している。

恋愛という微妙な問題がからむだけに、栄の記すところだけでは一方的であり、他の二人の発言が聞きたいところであるが、伝治は何も残さず、小咲の日記も棺の中に葬られてしまった今となっては解けぬ謎として残されてきた。

ところがこの三者の関係を明瞭に解き明かす新資料が出現した。縁者の許に保管されてきた岡部小咲書簡がそれである。（注27参照）。

これは小咲が黒島伝治にあてて書いた一九一八（大正7）年八月一九日付のもので、便箋六枚にびっしり書かれている。封筒は失われているが、この便箋は欄外に「大正　年　月　日」と印刷されていてそこに右に記した年月日が記載されており、発信人は「智」（これが二人の間での署名の約束だったと伝えられている）、受信人は「伝二《ママ》様」となっており、内容から検討しても小咲から伝治にあてたものであることは間違いなく保証できる。

ペン書で、以下にその全文を紹介する。誤字、脱字もそのままとし、特に甚しいものに限って「ママ」を付した。改行には「／」、句読点は判別しがたいので全て読点「、」に統一した。文中の岩井は栄の旧姓。

　マア那是でせようネ　貴方の母さんは岩井さんをそんな怖しい方だと思つて居らつしやるのか知ら、／岩井さんはそんな方とは異ひますワ、それは〳〵優しい方ですワ／貴方はよく知つて居らつしやる筈ですワ、私の父も非常に岩／井さんと云ふ方を誤解して居りますの、岩井さんが私の宅を訪／づねて下さる度に、私につらくあたりますの、那是か知りませんが／十七日の午前十時頃に貴方からの御玉章はいたゞきました／御返事書いてましたら、会社から父が帰つて参りまして／何か社長とでも又言ひ合つたのでせよう《ママ》、御機嫌が大変に悪いの／そして亜米利加に手紙を書けつて無理に強いるのですよ（引用者注—ここまでが一枚目。以下「二」「三」のように略記する）／私英語を一寸も知らないの　父は怒るのですもの、／そしてそのまゝ貴方にも御手紙を戴いたきりでご返事を／差上げる時が参りませんでした、／此間から雇人の計算はなんでして大変やかましいもんですから、／叔母の宅に行きました、尤も隠居にも居りましたけど矢張／淋しかつたもんですから、叔母の宅は東の上の方で高谷と云ひ／ますの　小供《ママ》はありませんのでひつそりして居ります、／その夜叔母さんから、色々の話を承りました、私の身上もそれか／ら叔母さんの（オールドミスで美しい母の一番下の妹）悲しい思ひ切り／のいゝロ ーマンスをきゝました、そして十一時頃まで泣きました、（以上「二」）／叔母さんは本当に優しい方ですの、私は世界中の女の中で／賢くてえらい人は私の母と叔母さんとだと思ひますの（今でもで／すの）己ぼれかも知れませんが／伯《ママ》母さんと話して居りましても何故だか貴方が又阪《ママ》手に居らつし／やつて私を待つてゝ下さつたやうに思はれて仕方がありませんでした／…／私は岩井さんから色々の事を承りました、／それで私と貴方とが御逢ひして只二人つ切り話すと云ふ事／は大変悪いことであつて岩井さんに対しても非常にすまない／ことに思ひますの、（以上「三」）／それに貴方だつて吃度苦痛で居らつしやると思ひますワ、／ですから御逢ひしてお話しすることは、取り消しに致しませよう《ママ》／私は只一人そう《ママ》思つて居ります、／夢で逢つて話しませよう　夢で接吻して下さい　そして抱い／て下さいませ、すべて夢で、ネ／皆んな自然や時の力が作つた罪ではございませんワ、／皆んな私自身の作つた罪なんですもの／貴方が岩井さんに対して御自身の重い積《ママ》任を御知りになつた／やうに私も岩井さんに対してつくさなければなりません、／義務を知りましたもの、（以上「四」）／私は貴方の御顔を見る度にいつも堅い決心がゆるんで／しまいますの　丸金会社の前で御逢ひした時にだつて私の決心／はゆるんで居りました、馬木の所で壺《ママ》井さんに逢ひました時に／も、貴方にお渡しする手紙を待つてましたけど……／御帰りになる日が二十三日にならないものでせよう《ママ》か／私は二十五日に帰られませんの　もう病院の方にそう《ママ》云つてやり／ましたから、二十三日ですと船の中でゆつくり御話を致し／ますことが出来ますけど／それに都合よく行きましたら満州の方に行くやうになるかも知れないのでございますよ（以上「五」）／上京することを泣いてたのみましたけど勉強するのなら／上京させない　彼んな看護婦の試験位いで肋膜を疾ふな／んてとても志を貫くことは出来ない／お前には外にまだ使命があるのだと云つてきゝませんのですよ、／全く悲観してしまひます、叔母に相談しましたら叔母は、／まさか満州に行く時になつたら、どうにかしてあげると云つて下さ／るのですよ若い叔母は私に本当に同情して呉れますの、／八月十九日の昼

智　／なつかしい／　伝二《ママ》様

この書簡に付されている小咲の「大正七年八月十九日」の日付はそのまま肯定してよいものと思われるが、そうすると小咲についての従来の記述は若干修正が必要になろう。

現在までのところ伝治について最も詳細なものは戎居士郎「黒島伝治年譜」[*29]で、その大正六年（一九一七）一九歳の項にこの頃栄の友人の小咲と親しくなり、「やがて肋膜を患って帰島した彼女と頻繁にゆききした」とあり、次に小咲の名が出てくるのは、一九一九（大正8）年五月二〇日に肺結核で死去、となっている。

しかしこの書簡で見るように、肋膜は既に治っていた事は確かであり、満州に行くかも知れないと記しているところからも明らかなように、一九一八（大正7）年八月一九日の時点では、大阪の灘波病院に看護婦として勤務に復帰していたことは確実である。

一方伝治はこの年東京・神田で養鶏雑誌を出していた暁声社に勤めて[*30]いたが、小咲書簡の八月一九日の時点では、恐らく旧盆で帰省していたのであろうと思われる。

さて、この書簡の意義の第一は、栄が不思議がっていた風変りな第三者つきのデートが事実として存在していたことが立証されることである。栄の記すところからしか、今日の我々は知ることができないので、栄の記すようなデートが果して本当にあったのかどうか、正直言って従来半信半疑にならざるをえないのであったが、それが間違いなく実行されたものであり、しかもこの書簡によって小咲の申し出から実行に移されたものであることが判明するのである。

第二に伝治と栄との間に小咲が出現したことによって、彼女は心ならずも、親友の栄から伝治を奪うことになってしまった深い罪の意識におののき、「皆んな私自身の作つた罪」だと言い切り、伝治もまたそうなってしまった事態の変化に「自身の重い積任《ママ》」を自覚するに至っていることであり、第三に、従ってこれは当時の時点ではまぎれもなく三角関係なのであって、決して「色恋ヌキの精神的交流」というような

きれいごとではすまされない問題であったことを証している。少なくとも栄を間にして伝治と小咲が逢い続けていた限り、二人は栄の知らない「悪」と「苦痛」と裏切りの「罪」の中に背徳の喜びも味わっていた筈である。

第四にこれは、一八歳の恋する娘の心情を正直に大胆に告白しているわけで、伝治と栄のこれまでのいきさつからすると、小咲がこれに加わるのは栄と伝治のこれまでの関係を破壊する悪であり、裏切りであるから二人っきりのデートはもうやめると宣言する。しかしこれはタテマエであるからすぐホンネが出て「接吻して下さい　そして抱いて下さいませ」と大胆に挑発する。たとえそれが「夢」の中でと留保がつけられていたにせよ、大正初年代の一九歳の男にとってはどれ程の衝撃であったかは想像に難くない。無論それを発した女はその表現によって喚起されるイメージをも享楽している筈である。

しかし我に返れば再び罪深さにとらえられ、「私自身の作つた罪」「重い積任《ママ》」と言うことになるが、しかしそのあとにすぐ続けて「私は貴方の御顔を見る度にいつも堅い決心がゆるんでしまいますの」と矛盾葛藤する心情を正直に告白する。

更に小咲に合わせて伝治の帰京の日を早め、船中でゆっくり話をしながら帰ろうと提案して、はじめに宣言した二人っきりのデート解消などはどこ吹く風といった矛盾撞着を至る所で露呈しているのである。

これは要するに罪の意識を自覚しつつも、抑え難い情熱にひきまわされて動揺する、一八歳の恋する少女の心を正直に率直に告白したものと言ってよいであろう。

以上要するに、当事者の一人である小咲の証言を加えて三者の関係を考えてみれば、栄の証言とは逆に、これは明らかに三角関係であり、幼なじみ同士の恋愛にもう一人の幼なじみが割って入り、男を奪うという裏切りの悲劇が発生しているわけで、「色恋ヌキの精神的交流」などというキレイゴトとは逆の地獄がそこには出現していたのであって、栄は幼なじみ二人からの裏切りによって地団太踏む思いであったのだ。

この時から九カ月後の一九一九（大正8）年五月に、小咲は肺結核で没するが、その間栄は二人の間にそういう黙契があることなどは無論知る由もなかった。（この当時の裏切られた栄の気持は連作小説「花」（昭29・9「群像」）のヒロイン茂緒の中に痛切に描かれている）

文学少女の栄

前項の終りでシベリアに出兵し、胸を病んで一九二二（大正11）年七月に帰島して療養生活に入るかたわら、創作生活に入った黒島伝治と再び交流が復活したことについては、まだ触れていないので新たに一項を設けて述べておきたい。栄は伝治から「トルストイ研究」、モーパッサン、スタンダールなどを借りるが、脳味噌が全く受けつけないので読まずに返してしまい、もっぱら貸本屋に行って「不如帰」「金色夜叉」「曽呂利新左衛門」などを読んでいた[*31]というが、既に記したように詩作を試み、同人誌に加わり、スタンダールの「赤と黒」や「恋愛論」をむさぼり読んでいたわけだから、これを額面通りに受け取ることはできないわけで、おそらく次の記述の方が真実ととるべきであろう。

この頃婦人雑誌の付録に入っていた山本有三の「嬰児殺し」、久米正雄の「地蔵経由来」、菊池寛の「父帰る」を読んで、大衆小説にはない本物の感じに接して感銘を受け、以後、神戸から病を得て帰島した縁辺の者が書物を沢山もっていたので、そこから夏目漱石「坊つちやん」「虞美人草」「吾輩は猫である」「三四郎」「それから」「門」等、徳富蘆花「寄生木」「恩ひ出の記」、尾崎紅葉「金色夜叉」などを借りて読んだ。有島武郎の「或る女」は友だちからもらって読んだが非常に刺激されて他の作品も続けて読みたくなり、なけなしの金をはたいて「宣言」「カインの末裔」などを買い、更に有島の個人雑誌「泉」を半年分前納して注文した。ところが間もなく、有島が心中したので驚くが、「泉」は二冊来て残金は返されてきた。そのあと、田山花袋「蒲団」、武者小路実篤「その妹」等を少しずつ読んだ。月に一度、高松市の赤十字病院に通い、船便を待つ間に市内を歩き、書店宮脇開益堂で新潮社の代表的名作選に入っている芥川龍之介「将軍」(22・3・15初版)、武者小路実篤「その妹」(16・12・20初版)等を買った。これが自分の金ではじめて買った文芸書であるという。[*32]

復活した伝治との交流はもはや以前のようなメッセンジャーではありえず、文学書の貸借を介しての知的なパルスを発信する文学的交流に変わっていた筈である。

そうであるからこそ、伝治は早く一九一七(大正6)年に上京して神楽坂の芸術倶楽部で壺井繁治と再会して共に文学を志している奇遇に感銘して意気投合し、もう一人坂手には文学少女岩井栄もいることを紹介し、やがて両者の間には文通が行われ、繁治は自ら栄の文学少女ぶりを実感するに至るわけで、そういう交感、確信なしに次のような壺井繁治の断言はありえない。

> 私(引用者注―壺井栄)は、折にふれて「私は文学少女ではなかった」とはっきりいいきるのだが、私のつれあいの繁治は、そんなときまって、「いや、文学少女だったよ」と、これもはっきりいいきる。
>
> (壺井栄「文学にたどりつくまで」56・5「文藝」)

初恋の人大塚克三

栄が自分の恋について記している作品は三つある。一つは「昔の唄」(42・1「婦人公論」)で、これは作家の咲子(栄)が男女の作家で四国の各地を講演したあと、同行した親友の和子(佐多稲子)を郷里の小豆島に誘って案内するエッセイ風小説である。この作品の素材はいずれも事実として指摘できるものばかりで、例えば講演旅行というのは文芸家協会主

1923～24頃の栄（後列中央が栄　ハイカラな髪型に注意）

催で一九四〇（昭和15）年八月から始まった文芸銃後運動講演会のことで、正確にはここでのそれは情報局の後援で引き続き行われた第二次の文芸銃後運動講演会四国班に参加した時のことをさし、メンバーは菊池寛、日比野士朗、海野十三、浜本浩、佐多稲子、栄の六人、期間は一九四一（昭和16）年一〇月二八～一一月四日であった。そのあと稲子は栄に誘われて小豆島を訪ねているが、稲子の記すところ[*33]によると、この四国班は稲子を除いて全て四国出身の作家で編成されており、そこに彼女が入ったのは、菊池寛がまだ新人の栄が他の作家となじみがないのに配慮して、栄と親友であるところから誘ったものであり、更に四国班を解散したあと二人で小豆島を旅行してくるようにと、小豆島で講演したことにして旅費やその他の費用を出してくれたものであった。ついでに指摘しておくと「佐多稲子全集18巻」所載の「年譜」（講談社79・6・20　第一刷　架蔵は80・3・20　第二刷）はこの講演旅行を一九四〇（昭和15）年のことと記すが、それは誤りで、前に記したように一九四一（昭和16）年とするのが正しい。同じく栄の「袖ふりあう」（56・9「群像」）もこれを一九四〇（昭和15）年秋とするが同断である。根拠は『二六〇三年版　文芸年鑑』（日本文学報国会編纂　桃蹊書房　43・8・10刊）の「彙報」でその六二頁には講師、演題、場所、聴衆等が詳述されている。

　話をもとへ戻すが、このように「昔の唄」の素材はいずれも事実として指摘できるものばかりであり、エッセイと呼ん

大塚克三

でもいいものであるが、敢て「小説」と呼ぶ所以は既に記したように栄を「咲子」、稲子を「和子」、繁治を「修造」というふうにして仮名にしているからである。

　さて、「昔の唄」の中での咲子のロマンスとは次のようなものである。

　咲子は大阪の料理屋の息子と恋をするが、いざというときになって男は、君に料理屋のおかみはつとまらないと消極的になり、咲子の方は何故彼が家を捨ててでも自分の方へ来てくれないのかと不満があり、もしも男がその積もりでさえあればたとえ料理屋というような自分の性に合わない仕事でもやってみる心構えはもっていて、未練たっぷり、男の方があと一押しすれば恋は成就した筈であるが双方ともあきらめてしまう。それが六、七年前に偶然新聞で男が劇作家になっていることを知り驚くが、更に東京で姉に誘われて入った劇場で男の書いた芝居を観て、胸がどきどきしたというものである。

　以前に佐多稲子氏を別荘に訪ねて聞書をとらせていただいた際にこの恋人の一件についても尋ねたが、佐多氏は次のように答えられた。[*34] 恋人がいたことは確かに聞いた、講演会で四国に往く途中、一行と離れて大阪で下車するからと佐多氏も同行をもとめられ、ついて行くとある劇場の前に行き、そこで栄の恋人の芝居が今上演中だと言ってその前を行ったり来たりするのでびっくりする、繁治氏があるのにそういう行動に出たことで面白い人だと思ったが、その人の名前はわからない、との回答で「昔の唄」に述べられていることは事実であることが確かめられた。

　二つ目は「縁」（初出未詳。『石』42・7・28　全国書房刊初収）。内容は結婚後一〇年のタツエが夫の英吉と東京劇場で観劇した際にプログラムに「舞台装置者　山本信三」という名前があるのを発見して驚く。というのは信三は島でのタツエの初恋の男であったから。夫にその事情を話して互いにひやかしあうというものだが、正確にここで「舞台装置者」と記しており、名前も「克三」に似せて「信三」としていることにも注意しておきたい。

　栄が恋について記している三つ目の作品というのは「ペンペン草の歌」（58・7「平凡」）で、小豆島に転地療養に来ていた大阪の尾山と恋に落ち、家をとび出す覚悟もあったが、結局夜半、汽船の灯が見えなくなるまで提灯を振り続けてとどまり、それっきり。「二十歳の私のある日の姿です」というもので、相手は同一の人物と思われるが、「二十歳」というのは少し早すぎるのでもう少し後と見るべきと考えられるのであるが、それにしてもこの相手はどういう人物であるのか、長年不明であったがつい最近明らかになった。[*35]

この恋人の名は大塚克三《かつぞう》、一八九六（明治29）年八月一七日生まれで、栄の三つ上。大阪道頓堀中座前の芝居茶屋「三《さん》亀《かめ》」の次男であったが、家業を嫌い、画家になることを目ざして毎年春になると小豆島を訪れてデッサンを続け、長い年には数カ月滞在し、常宿は坂手の奥内旅館であった。その隣家の川野コマツは村の娘達に裁縫を教え、栄もその教え子の一人であったところから知り合うようになったという。

ここで私は仮説を一つ提示してみたい誘惑にかられる。栄の読書経歴について前述したときに「神戸から病を得て帰島した縁辺の者が書物を沢山もっていた」のでそこから借りて読んだと栄が記していることを紹介したが、その頃本を貸してくれたのが実はこの大塚克三で、「縁辺の者」云々というのはカムフラージュなのではないかという推定である。

その根拠は「裁縫塾」にある。前引の文章は次のように記されている。

> 神戸に住んでいた縁辺の者が病気で村へ帰ってき、金持だったので書物も大分持っていた。その人から漱石のものを四五冊貸して貰った。「坊っちゃん」「虞美人草」「わが輩は猫である」「三四郎」「それから」「門」等であったが、今考えてみると、恥かしいことに、私の頭は漱石を消化出来なかったと思う。別の意味で「坊っちゃん」には興味を持ったように思う。この人から借りて読んだものに、徳富蘆花の「寄生木」「思出の記」尾崎紅葉の「金色夜叉」などがあった。それらを、お針仲間で夜なべをしながら、代る代る声を出して読み合った記憶がある。ただうかうか手に入ったものを読んでいた。
>
> （「私の読書径路」42・11「新潮」）

問題はこれらの本を次々に「お針仲間で夜なべをしながら代る代る声を出して読み合った」という特殊な読み方をしている点にある。

つまりこういう集団的な読書形態、読み方、というのは当時の栄が置かれていた場が村落共同体としてのムラであったからというふうにも考えられないことはないが、しかしそれにしてはお針仲間が全部文学好きというのは腑におちない、というよりはっきり言って夜なべ仕事をしながら多勢の娘達が小説を輪読し続けたというのはそこに何らかの理由が介在したことを想定しなければ異常であろう。

とすれば村に住み、花嫁修業の裁縫塾に通う若い娘達の心をときめかすのが若い男性であり、それが今問題にしている大塚克三であったと仮定すれば一切は明らかになるのではないか。

当時坂手の普通の村の娘達の嫁ぎ先は決して豊かとは言えない農家や漁師の家であって、それからすれば裁縫塾の隣りの宿に、毎年春になるときまってスケッチに訪れる大阪の料亭のぼんぼんは彼女たちの憧れの的となるのは当然すぎる程当然な話で、しかも雲の上ではなく、すぐ隣りにいるわけであるから、大塚克三に本を借りて次々に皆で輪読するというかたちで娘達はめいめいに心の火を燃やし続け、それぞれの接触をもとめて一喜一憂していたのではなかったか。

話をもとへ戻すが、栄は大塚克三と知り合って愛し合うようになり、「井戸端会議の母親たちのうわさ」[*36]にものぼるが、結局一緒にはならなかった。

しかし栄は一連の別府温泉行きのエッセイを書いていて、その中で数日間ミドリヤという旅館に滞在したことを記しているが、これは私の推定だが、大塚克三との婚約ならぬお別れ旅行[*37]だったと思われる。そういう大胆さ、思い切りのよさも栄にはあった。

その後、大塚は画家ではなく舞台装置家として大成した。大阪では中座・角座・朝日座・新歌舞伎座等を中心とし、東京では新橋演舞場・明治座・東横ホールなどでの舞台を担当し、一九三〇（昭和5）年から約半世紀にわたって二千以上の演題を手がけている。その間演劇協会賞（66）・大阪市民文化賞（70）・伊藤熹朔賞（74）等を受賞している。著書に『舞台美術大道具帳』（76・2・10　浪速社）があり、一九七七（昭和52）年に没した。遺品の中には栄の戦前に刊行した作品集が含まれていた。

最後に大塚が間違いなく栄の恋人にほかならなかった例証を栄の作品から示しておきたい。一九五五（昭和30）年一〇月から「婦人公論」に連載（55・10〜56・12、全13回、休載2回）した小説「草の実」は小豆島を舞台にして本家と分家の葛藤を描いた「ロミオとジュリエット」であるが、その中に次のような場面がある。

ヒロインの景子が小豆島に帰る祖母の小松を見送る途中、新装なった文楽座に幕見で豊沢団平六〇年忌追悼公演を観る場面。

> 「ええな！」
> と小松は何度もためいきをする。はたに遠慮なく涙もぬぐう。その興奮が感染でもしたように景子もだんだんおもしろくなってきた。不思議だった。人形が生きてみえる。大夫の語る言葉が動きと一つのものになり、人形の夫と人形の妻が心を交しあい、喜びあい、泣きあう。やがて人形が三味線をひく。本当の音が出る。
> 更におもしろく思ったのは舞台装置だ。物語は四国の丸亀が舞台だったが、人形たちを抱えた舞台風景は景子たちの見なれた小豆島の海や山の色をしていた。丸亀は小豆島と同じ国とはいえ、小豆島の者がみれば、ふるさとをみると同じなつかしさがそこにはあった。景子はプログラムをひろげ、装置者大塚克三という活字を、珍らしいものをみる時のような新鮮さで、心にとめて眺めた。
> （56・8「婦人公論」連載第九回）

自作に堂々とその名を記しているが、読者にはその関係は全くわからないわけで、その味なやりかたは小面憎い程である。

この時栄は五七歳、三〇年以上も昔の恋人との記憶が、一瞬によみがえっているわけで、恐らくその脳裏には終生克三との記憶が生き続けていたに違いない。

「三亀」訪問

稿者は97（平成9）年3月8日に大阪道頓堀中座前の芝居茶屋、三亀を訪ね、三代目当主の田村二朗氏に面談して話を聞くことができたので、その要点を次に記しておきたい。一部矛盾するところもあるが、そのまま記した。

芝居茶屋というのは芝居の観客に座席の切符の手配と食事の世話をするのが仕事で、一般に誤解されやすいが、客が芸者を連れてくることはあるが、こちらから芸者を芝居茶屋に呼んで接待するというようなことはない。だからいい芝居茶屋というのはお客によい席、希望の席を世話できる店ということになる。しかし、劇場との永年のつきあいでリスクも負っているから経営はむずかしいという。そういう中で、三亀は五百年続くというが、今は（当時）一軒のみだということであった。三亀の二代目には長男の平尾氏、大塚克三氏、と妹の三氏があったが、長男は宝塚の演出家、次男は舞台装置家となったため、やむなく妹があとをついだ。太平洋戦争で焼野原となり、妹夫婦には子供がなかったため、再興の気がなかった。そこで戦前13歳の時から店に奉公していた田村スエが平尾から土地と営業権を買取って三亀をついで現在に至るという。しかしその後稿者の訪問後間もなく中座は廃業した筈なので、三亀も同じと思うが消息は不明。大塚克三は三亀をよく訪ねたが、無口な人であったという。

壺井繁治の青春彷徨

繁治は一九一七（大正6）年早大の政経に進学するが、[*38]これはもともと家人は百姓の倅に学校は不要というのを本人のたっての希望に押し切られ、文科志望というのを政経ならば認めようということで許されたものであった。従って繁治にすれば政経は家の手前そうしたまでのことで、敵は本能寺にあるわけだから、家には内緒でさっさと英文科に転科してしまった。

同級に横光利一、中山義秀、井伏鱒二らがいたが、親交のあったのは富の沢麟太郎と和田伝であった。怠惰で原級留置となり、家からの送金が一七円では本を買うお金もなく、月謝滞納のため家庭に連絡が行って転科がバレ、以後送金はストップするから勝手にせよと放り出され、一九一九（大正8）年夏から自活に追いこまれる。そうした中で、中央郵便局書留課で経験した、劣悪な条件下での労働体験は彼に身をもって社会機構の矛盾に目覚めさせ、労働争議の正当性を訴える教科書となった。そこから学校の意義を疑って一九二〇（大正9）年二月に早大を退学し、同年暮れに姫路歩兵第十連隊へ入隊した。

兵隊とはまさしく〈囚人〉以外の何者でもないことを痛感し、感想文を書かされた際にも正直にそのことを書くと、中隊長から呼び出しがあって、問答を重ねるうち繁治は社会主義への共鳴を率直に語り、これはてっきり怒鳴られると覚悟するが、案に相違して黙って聞き過され、その後目の精密検査をされ、表向き近視のため勤務不能の名目で二カ月足らずで除隊となった。これは恐らく危険分子を厄介払いする措置であったろう。

除隊後、実家の兄の強制で大正一〇年四月から香川県善通寺町の私立尽誠中学校の英語教師となった。最初の時間に生徒から新米教師をいじめようとして「恋愛はしてよいものか、悪いものか」という質問が出され、これに対して彼は恋愛は人間の感情の自然の発露であるから、無理にすすめるべきものではないし、逆にやたらに抑えつけるべきものでもない、言い換えるとこれは善い、悪いの問題ではないと答えたところ、生徒の間に人気が出て下宿に出入りする数が多くなった。彼は当時社会主義思想に近づいていたわけだから、それを生徒に宣伝する意図はなかったが、その片鱗を見てとった生徒からの御注進ということで教頭から注意され、若いだけに自尊心が傷つき、学校がイヤになった。そこへ一学期の期末試験で教室に辞書持ち込みＯＫ、但し問題は教科書以外から出題ということにした。これは実社会では辞書を如何に使いこなすかが肝要というタテマエに立ったものであったが、教頭からかんかんに怒られて以後絶対禁止とされたため、夏休みに上京してそのまま辞職願いを郵送してやめてしまった。

夏休み果ててそのまま
かえり来ぬ
若き英語の教師もありき

啄木の歌に言う教師そのままである。

東京にもどって田山花袋全集刊行会（23・1〜24・3）の口が見つかった。早大時代口述筆記などをして知っていた生方敏郎の紹介によるもので、月給は四〇円、生活は安定した。

当時は民衆詩派の全盛期で、白鳥省吾を何度か訪ねていたが、詩人の熱情に憑かれ、ボルテージは昂まる一方で、とうとう個人雑誌「出発」を一九二二（大正11）年九月に刊行し、早速それを読んだ一人の読者から感動した旨のハガキが来た。唯一の反応に興奮した繁治は早速訪ねて終生の友人となるが、それが岡本潤だった。「出発」は三号まで出したが、一九二二（大正11）年末には刊行会をクビになったためこれを廃して、新しい雑誌を発行することを岡本と相談し、他に岡本の知人の川崎長太郎と、繁治が知人の出版記念会で知り合った萩原恭次郎を誘って四人で創刊したのが「赤と黒」（23・1〜24・6、全四冊、号外一冊）である。資金は有島武郎を初めて訪ね、事情を説明して拠金をもとめたところ、七五円出してくれたので出せたというが、表紙には次のような言葉（繁治の執筆したもの）が印刷されていた。

宣　言

詩とは？　詩人とは？　我々は／過去の一切の概念を放棄して、大／胆に断言する！　『詩とは爆弾で／ある！　詩人とは　牢獄の固き壁と／扉とに爆弾を投ずる黒き犯人であ／る！』

まことに当時他に類を見ない、既存の文学・芸術を一切否定する狂暴・激越な変革の意志を掲げた、このショッキングな詩誌は僅か全五冊しか刊行されなかったが、しかし近代詩から現代詩への転換の中で見逃すことのできないエポックメイキングな役割を演じたのである。

その後繁治は一九二三（大正12）年春から神田神保町の自然社に勤めた。小川未明の紹介によるが、同社は前田河広一郎『三等船客』（22・10）や金子洋文『地獄』（23・5）等のプロレタリア文学書を出版していたが、関東大震災にあって繁治は帰郷したのでそのまま関係は切れた。そしてこの「赤と黒」刊行の過程で繁治は勿論、他の同人である萩原恭次郎・岡本潤・小野十三郎らもそろって思想的にはアナーキズムに走った。

ところで帰郷している間に思わぬハプニングが起こって家人にいささか面目を施すことができた。というのは震災前に「中央新聞」に持ちこんでおいたエッセイ「公園の乞食」が一〇月の同紙に掲載され[*39]、原稿料とともに小豆島へ送られてきたからである。

震災でてっきり焼けてしまったとばかり思っていたのに思いがけず掲載され、しかもこれが生まれて初めてもらった稿料なので（一枚一円の割で計七円か八円であった）感激して家人に見せるとこちらも大いに驚いた。殊に跡取りの兄は文学をやることに一貫して反対し続けてきたので、繁治の文章が活字となり、金になるなどとは夢にも考えていなかったので、多少これまでとは見方を変えるようになった。

これに勢いを得て「村の話」[*40]を送るとこれも同紙に掲載され、更に一〇枚ばかりの評論[*41]も「新潮」に載って、文学の才にも自信が生まれてきた。

この間、黒島伝治から聞いていた幼なじみの文学少女岩井栄とも交際はあった筈だが、詳細は不明である。

繁治は約半年郷里に滞在したのち、一九二四（大正13）年二月に上京、六月に「赤と黒」の号外を出すが、資金がないため同誌はこれで廃刊となった。

その後、その同人を中心に新たに参加した者を含めた一二

大正14年上京の途次　神戸にて

人――萩原恭次郎・橋爪健・林政雄・飯田徳太郎・神戸雄一・溝口稠・中野秀人・野村吉哉・岡本潤・小野十三郎・高橋新吉・壺井繁治――で創刊したのが「ダムダム」（24・11）で、アナキズム・ダダイズム・表現主義を包含する前衛芸術（アヴァンギャルド）誌であった。菊判一二八頁の堂々とした雑誌で、繁治はこれを小豆島の栄に二冊送って定期購読者になり、他にも広めてくれるように頼んだ。[*42] 栄は早速雑誌を手にしたが「最初の頁から最後まで、私にとってはちんぷんかんぷん」でただ恭次郎や潤などの名前を覚えただけであったが、こういう雑誌を出す繁治に敬意を表して三カ月の誌代を前納し、一冊は仲よしの小料理屋の酌婦に買ってもらったがこの雑誌は一号きりで廃刊になってしまった。

その主な理由は、同人が寄り合い世帯のため結束力が弱く、強力な運動の精神に欠けていたのが根本の原因であるが、直接的には会計を担当していた林政雄が資金を持ち逃げしてしまったのがこたえた。

真冬の犬吠埼へ

「ダムダム」が一号きりでポシャリ、同人達がばらばらになっていった頃、同人の飯田徳太郎が彼の故郷の千葉県銚子へ行かないかという話を持ち出した。飯田は銚子の生まれで、元警察署長の息子であったが、社会主義運動に身を投じて捕えられたのち、実践からは身を引いて文学の世界で自己を表現しようとして同人となった。従って銚子は地元であるからよく知っていて、犬吠埼灯台の近くにある海水浴客用の日昇館という貸別荘に冬は誰も客がないから非常に安く借りられるので皆で共同生活をしながら原稿を書こう、米や魚や野菜は俺の地元だから安く調達しようというもので、下宿料を滞納して知友の下宿を転々としていた繁治にとっては願ってもない話であった。

この話に飛びついたのは飯田・繁治の他には、「マヴォ」同人の岡田龍夫・矢橋公麿、安田銀行の行員でクビ寸前の福田寿夫、それに唯一の女性平林たい子の六名であった。一九二四（大正13）年の年の暮れに、東京を食いつめた一行六人は日昇館に着いた。貸別荘と言えば聞えはよいが、どう見ても伝染病患者を隔離する避病院のような感じの建物で、長い廊下の両側に二〇幾つもの部屋が並び、海風をまともに受けるため、どの部屋も雨戸を固く閉ざしているので室内は昼でも暗かった。

犬吠埼行の目的は原稿を書くことであったが、着いてみれば怠惰な彼等の脳裡からそんな考えは雲のように消え、トランプ、花札、散歩にあけくれ、一行は一人、また一人と消えて到頭最後に残ったのは繁治と福田の二人となった。

しかも飯田と平林の二人が東京で金策してくるから旅費を用立ててくれ[*43]というので福田が殆ど有金をはたいてしまったため、食うや食わずの状態で二人はひたすら飯田らの帰りを待ったが何の音沙汰もなかった。まる二日間何も食べるものがなく、敷きっぱなしの布団に横たわって空ろな眼で天井を見ていた時に思いもかけぬ訪問客が現れた。

　岩井栄だった。栄は用意してきた折詰の鮨を二人前出して餓死から救った。翌日からは買い出しをして主婦のようにてきぱき働いた。どうして栄がここを知ったかと言えば繁治は犬吠埼へ来て間もなくの頃「一度遊びにきませんか」という手紙を出したからである。繁治にしてみればこれまで時折手紙をやりとりしたり、「ダムダム」の読者になってもらったことはあるが、ただそれだけのことであって、男女間の愛情にわたることは互に一度も感じなかったし、もらしあったこともなかった。だから、一度遊びに来ませんか、と言ったところで通り一遍の社交辞令にすぎないから彼女がそんな言葉に応じて小豆島からはるばるやって来ようとは夢にも思っていなかった。

　しかし青春は唐突である。事態は一挙に転回する。


　わたしははじめ、岩井栄が休暇を取ってちょっと遊びにきたとばかり思っていたのに、役場をやめて出てきたことを、銚子で数日一緒に暮らしている間に知った。福田を残して二人だけで君ケ浜の砂丘を散歩した時、はじめて彼女の口からそのことを聞いたわけだが、それはいったいどういう意味だろうかと考えずにはいられなかった。散歩の途すがら砂丘に腰をおろしている二人は、別にまだ恋人同志《ママ》ではなかったのに、彼女が長い勤めをやめてまでここに、わたしを訪ねてきたことは、それとはっきり言葉には出していなかったが、わたしへの何かの意志表示に違いないと、わたしはひとりで呑み込んだ。そう思いながらも、自分の今までの根無草のような生活や、現に今自分が立っている生活の地点に考えをおよぼすと、一歩誤れば断崖の底へ転落してしまいそうな危機の中にあることを、あらためて感じはじめた。だから彼女と結びつくことは、わたしにとってこれまでの生活からの一大転換でなければならず、彼女はわたしが新しい生活をはじめようとするための一つの跳躍台として、今わたしの前に立っているような気がした。だがそういう自分のエゴイズムを、一方気にしないわけにもゆかなかった。

「なに、考えていらっしゃるの?」わたしがぎこちなく黙り込んでいるので、彼女はそれを気にしてたずねた。

「いや、ひとりで勝手なことを考えているんですがねえ。でもぼくには深刻な問題なんです。」

「どんなこと?」

「びっくりするといけないと思って、それがなかなかいえないのですけど……」

「いって下さい。」と、彼女にとってもそれを知ることが、何か将来への大きな転換を予期するかのような切実さで促した。

「ぼくはあなたと結婚したいと思っているのです。」

　勇気をふるってこうきっぱりいうと、わたしは彼女の手を握った。あたりには二人以外誰もいないのに、このあけっぴろげの野外のまん中で、多勢の観客に見られているような恥らいで、わたしも彼女も赤くなった。犬吠埼の白い燈台までがわたしたちをじっと遠くから眺めているような気さえした。
（壺井繁治『激流の魚』前出）

二人は早速東京へもどり、新築の二軒長屋を見つけて借りることにした。以後東京で転々と一五回に及ぶ転居を繰り返すことになるが、その最初の家がここで、所は豊多摩郡世田谷町大字三宿一九六番地、[*44]間取りは六畳と三畳、家賃は一五円で敷金は二つ、お金は栄が払ったが、その支払いをすませると財布はカラになり、栄の着物を質に入れて鍋・釜・米・味噌などの世帯道具を買い、貸布団を借りて二人だけの結婚式を挙げた。一九二五（大正14）年二月二〇日のことである。

注

＊1　『内海町史』（74・3・30　香川県小豆郡内海町刊）
＊2　壺井繁治『激流の魚―壺井繁治自伝』（74・4立風書房）。この本の初版は刊年・発行所とも異なるが、引用は架蔵のものによった。以下、ことわりがない限り、繁治についての記述は同書による。
＊3　戎居士郎「黒島伝治年譜」（70・8・30『黒島伝治全集第三巻』筑摩書房）
＊4　本稿の黒島伝治についての記述はことわりがない限り壺井栄「今日の人」（54・1「新日本文学」）及び「半世紀も昔の話―黒島伝治さんのこと―」（63・12・10「四国作家」2号）に拠っている。
＊5　壺井栄「半世紀も昔の話―黒島伝治さんのこと―」（前出）
＊6　壺井栄「文学にたどりつくまで」（56・5「文芸」）
＊7　壺井栄「私の読書遍歴」（54・5・17「日本読書新聞」）
＊8　壺井栄「今日の人」（前出）
＊9　注8に同じ。
＊10　高橋春雄「「潮流」の周辺」（79・3・10「相模国文」6号）浦西和彦「黒島伝治『二銭銅貨』」（81・11・16『読書案内〈中学・高校〉』日本文学協会編　大修館書店所収）
＊11　戎居士郎「黒島伝治年譜」（前出）
＊12　注10に同じ。
＊13　壺井繁治『激流の魚』（前出）
＊14　壺井栄「今日の人」（前出）による。なお、伝治の「軍隊日記」一九一九（大正8）年一月二六日には入隊の準備で帰郷した伝治が夜に坂手の小咲の墓に詣でた事が記されている。
＊15　さまざまなペンネームを使い、初期では、夢島小夜子・三木はるみ・美樹はるみ・浜野撫子・夢鳴渡留美・三木蒼生などを使うが、次第に三木はるみとなり、一九三四年以後はほぼ三木春海と署名するようになったとみてよい。ちなみに「春海」は一四歳の時初めて俳句をつくり、父に雅号をもとめたところ「春の海の如く寛大に静寂たれ」との意をこめてつけてくれたものという（「潮騒」31・10・19　脱稿「同窓会報」）。なお、この「同窓会報」ははるみが卒業した岡山県衛生会産婆看護婦学校が発行したもので、彼女は殆ど毎号詩・歌・句・随筆などを発表している。本稿はそのキリヌキによっているが、奥付がないため刊年不明で、末尾の脱稿の日付

を記しておくことをことわっておきたい。

*16 「明治維新前七世の歴史を秘める三木方斎翁と語る」31・8（全3回連載、新聞紙名不詳だが「四国民報」か）。「思いでの記」65・12・10「小豆島新聞」など。

*17 富永はるみ「俳句のページ」30・10・12脱稿「同窓会報」。なお「富永」は三木民栄の結婚後の姓で一時期これを用いるが、離婚を決意してからは再びもとの三木はるみ（春海）にもどっている。

*18 注17に同じ。

*19 三木春海「春に思う（3）」67・3・20「小豆島新聞」

*20 注19に同じ。

*21 三木春海「春の足音（3）」68・2・10「小豆島新聞」

*22 三木春海「鳴呼壺井さん」67・6・30「小豆島新聞」

*23 三木はるみ『蛍能夢』の「序文」による。

*24 壺井栄「人生勉強」（46・5「モダン日本」）は「伝道師」と記すが、この話を栄から聞いた医師の佐藤清一は「巡回牧師」（「壺井栄先生と伊東」（68・7「壺井栄全集第三巻月報3」筑摩書房所収））と記している。

*25 注24の「人生勉強」は小説なので栄は「斎藤タニ」としているが、佐藤清一のものでは安藤クニ子と本名が明かされている。なお、壺井栄「福音丸と健ちゃんたち」（42・2「文庫」）はやはり「伝道師」としている。

*26 佐藤清一「壺井栄先生と伊東」（前出）

*27 岡部小咲書簡の閲覧にご協力賜った内海町（当時）図書館の吉川照美氏に厚く御礼申し上げる（この書簡は現在壺井栄文学館蔵）。この小咲書簡について私は当時「壺井栄の〝青春劇〟―新発見の岡部小咲書簡は語る」（92・9・3「東京新聞夕刊」）、他の稿を書いて「新発見」と記したが、その後、佐藤和夫氏が〈「黒島伝治文庫」について〉（83・2・25「親和女子大学研究論叢16号」）において既に全文を紹介しておられることが判明したので、「新発見」については訂正しておわびしておきたい。佐藤論文の要旨は小豆島の内海町（当時）図書館に「黒島伝治文庫」を訪ね、伝治の姪になる柴田葉栄子夫妻から文庫寄贈の経緯や伝治の回想などを聞いたのち、文庫所蔵の一六四冊と、柴田家に残る伝治愛蔵の書三七冊の書誌（書名・著訳者名・刊年月日・出版社名・定価・書きこみの摘記）と、その際に見せられた「伝治の恋人、岡部小咲からであろうと思われる人からの文、一通（中略）を紹介」されたものである。但し氏は小咲については手紙を翻刻紹介されたのみで、御説の展開は無く、「岡部小咲なる人物についてはさらに詳しく調べたい」としておられるので、私見とはクロスせず、従って栄をめぐる伝治、小咲との三角関係説は小生の仮説であることを念のため記しておきたい。

*28 壺井栄「今日の人」（前出）、同「半世紀も昔の話―黒島伝治さんのこと―」（前出）

*29 『黒島伝治全集第三巻』（70・8・30 筑摩書房刊所収）

*30 注29に同じ。

*31 壺井栄「私が世に出るまで」（前出）

*32 「年譜」（61・10・20『日本文学全集40壺井栄集』新潮社所収）。無署名であるが、最初の「自筆年譜」（前出）をより詳細にしたもので実質的に自筆年譜と同義と見られる。及び「私の読書径路」（42・11「新潮」）

*33 佐多稲子「壺井さんとの旅」（68・1・10「現代文学大系39月報62」筑摩書房所収。同「小豆島再訪」（87・1・1「四国作家」11号）

*34 佐多稲子氏を追分の別荘に訪問したのは一九八二年八月三一日。懇切にご教示下さった氏のご芳情に深謝する

と共に、ご冥福をお祈りしたい。但し文責は全て私にあることをおことわりしておきたい。

＊35 戎居士郎「今に生きる遠い青春の日々」（88・11・20「硯池」19）。因みに繁治はこの相手のことを栄から聞いて知っており、士郎氏は繁治の姪の長男である。つまり士郎氏から見れば繁治は祖母の弟であり、大叔父である。鹿島マサノは「観光地小豆島を語る」（55・6・14「朝日新聞香川版」座談会）の中で「大阪の歌舞伎座近くの芝居茶屋の息子で舞台装置の人とのロマンスがありました」と述べている。

＊36 久留島義忠「島のむすめ栄さん」（73・6・23『回想の壺井栄』前出）

＊37 壺井栄「私の温泉巡り」（42・4「温泉」）、同「感傷の旅」（60・6「月刊週末旅行」）

＊38 壺井繁治『現代詩の流域』（59・7・20 筑摩書房）。壺井繁治『激流の魚―壺井繁治自伝』（前出）。なお、繁治についての記述は以下特にことわらない限り、同上書による。

＊39 壺井繁治「公園の乞食」（23・10・27〜28「中央新聞」）。『激流の魚』では掲載を「十一月」とするが誤りである。

＊40 「村の話」（23・12・9「中央新聞」）。但しこれは『壺井繁治全集 第2巻』（88・8・10 青磁社刊）の記述によるもので、同紙のこの部分は国会図書館に保存されていないため未確認である。但し分量からいって最低二回に分載されていることは確実であろうと思われる。

＊41 壺井繁治「文芸時評 林葵未夫氏へ」（24・2「新潮」）

＊42 壺井栄「野そだちの青春」（55・1「婦人公論」）

＊43 この部分については平林たい子『砂漠の花 第一部』（57・6・20 光文社）と『激流の魚』（前出）では食い違いがある。

＊44 これに関する記述は多いが壺井栄「転々」（60・1「新日本文学」）、同「風」（54・11「文藝」）、壺井繁治『激流の魚』（前出）などに拠った。記述にはいずれも多少の食い違いがある。

第三章　激流（上）

アナーキストの群れ

栄が壺井繁治と初めて世帯をもったのは前述したように世田谷町の三宿で、一九二五（大正14）年二月二〇日のこと。繁治たちが逗留していた犬吠埼の日昇館の支払いから、初めて新世帯をもつまでの費用一切を栄が支払い、更に不足する分は栄の着物と羽織と時計を質に入れてまかなった。因みに貸蒲団を三枚借りるが、リース料は一枚が一晩一五銭で、二晩借りたあと工面して都合したという。[*1]

食卓を買うまではとても手がまわらないので、当座は栄の持ってきたトランクを食卓代りに使った。[*2]

経済的負担を栄が全てしたのは、当時繁治がアナーキスト詩人で、いわゆる「リャク」と称する会社や銀行などからのお涙頂戴式の哀願的乃至は強要的略取によって辛うじて生をつなぎ、下宿を追われると、知友の間を転々とするという漂浪的状態でお金を持っていなかったからである。

それまでの繁治は何冊かの同人雑誌を出しては（正確には個人誌の「出発」全三冊を除けば「赤と黒」全五冊と「ダムダム」全一冊）つぶしているだけの、殆ど無名といっていい詩人で、新聞や雑誌に寄稿して原稿料を得た回数も、この時までに恐らく十指に満たないものと思われる。

繁治が結婚したというので、早速交際仲間のアナーキスト詩人達（と言ってもまだ無名の文学青年であったわけだが）が次次に訪ねてくると、栄はかいがいしくその応接に努めた。大家族の中に育って大盤振る舞いの生活には慣れているので、何は無くても、借金してでも温かいご飯だけは用意したので壺井の家に行けばメシが食えると訪問客が絶えなかった。これはその後も変らず終生続き、もしそう言ってよければ壺井家の家風といってよいかもしれない。

そういう文学青年達の中で特に印象が深く、密接な交際を続けたのは林芙美子と野村吉哉、平林たい子と飯田徳太郎の夫婦であった。

栄は結婚した時点で満二五歳（無論、戸籍上の一八九九（明治32）年八月五日生まれとしてである）、この時芙美子は四歳下の二一歳（ここでは一九〇三（明治36）年一二月三一日生まれとして考える）、たい子は六歳下の一九歳、一九〇五（明治38）年一〇月三日生まれであったが、二人共に性的にアナーキーで、既に何人もの男と同棲と別離を繰り返していた。無論夫婦とは言ってもこの場合、戸籍上のそれではなく、一時的な同棲相手にすぎない。この二人の女たちからすれば、ずっと年上ではあってもうぶな栄を扱うのなどは、赤子の手をひねるようなものであった。

芙美子とたい子夫婦は栄宅を初めて訪ねて来た日に夜遅くまで話していたため、帰る電車が無くなり、泊まってゆくことになった。しかし客蒲団が無いため途方にくれている栄に彼女達は、気取らなくてもいいのよ、雑魚寝でいいの、と言って驚く栄を尻目に、二組ともさっさと抱きあって床に入り、やがて女達は壺井さんのところは馬鹿におとなしいとか、新婚さんを刺激してやるわ、などと言って殊更に甘えた声を発し、傍若無人の挙に出るが、栄にはこれまでとは余りに隔絶した世界に、唖然とするばかりで、身を硬くして一夜忍び泣くほかはなかった[*3]

そういう栄を面白がって二人は、教育すると称して当時アナーキストや社会主義者の巣窟であった、本郷の南天堂の二階のレストランへ案内し、酒を飲み、煙草を吸い、男達に紹介するが栄には水と油で到底とけこめる世界ではなかった。

約一カ月後の四月、太子堂（現在の世田谷区太子堂町）の森かげの新築の二階屋に移った。間取りは六・三・三畳、二軒続きの棟割長屋で、間も無く隣家に林芙美子と野村吉哉が越して来た。そのあとを追うようにして、平林たい子と飯田徳太郎が畑一枚隔てた、床屋の二階六畳に越して来て、梁山泊のような生活が始まった。

はっきり言うと野村も飯田も無収入、完全なヒモで、芙美子もたい子も一家の働き手であり、その収入源は彼女達の書いた童話や、少女小説を雑誌社や新聞社に持ち込んで売りこむことであったが、買ってもらえることは余りなかった。そのため彼女達はカフェの女給となってそのチップで辛うじて糊口をしのいでいた。

当時の二人の窮迫ぶりを伝えるエピソードを二、三紹介す

世田谷太子堂の家　左端が林芙美子、真中が栄宅

ると、〈新しい女〉に憧れ、目覚めかけていた栄は上京前、小豆島において既に断髪し、右へ七三に分けたヘアースタイルの写真ものこされているが[*4]、時に洋装もするハイカラさんであった。小豆島から繁治の許へ上京する時には、途中立ち寄った神戸の姉ヨリから二〇円で買ってもらったマンドリンを持参し、それを床の間に置いていた。それに飯田徳太郎が目をつけて弾きたいから借してくれと持ち出して質に入れ、流してしまった[*5]。

芙美子もたい子も年中着たきり雀であったから、外出する時にはいつでも栄の着物を借りて出かけ、小柄な芙美子が大柄な栄の着物を上手に着こなしてゆく様は舌を巻くほど巧みであったという。二人が交互に借着するわけであるから、とうとう主客が転倒して「栄さん自身がきるのが恥ずかしいほど」二人の間を往来していたという[*6]。

勿論、人間の関係であるから誤解のないように言っておかなければならないが、「迷惑」や「被害」は決して一方的であったわけではなく、相互通行であり、重層的であり、また彼女達の存在は教訓的でもあった。

つまり栄は一方的な被害者顔をして書いているのではなく、事実を事実として淡々として書いているにすぎない。従って栄は芙美子から教えられたことは沢山あるとして、例えば包丁をとぐのに砥石が無くても、茶碗の糸尻で砥げることを教えられ、或いは納豆の栄養について、また今川焼きの効用[*7]というふうに数えあげており、またこういう窮迫と貧乏と男の裏切りのどん底にありながら、決してそれに圧しつぶされずにはね返し、自分の道を決して見失わずに、せっせと書き続けて、共に昭和に入って才能を開花させた努力と精進に大きな示唆を見出しているのである。殊に栄は両親のモットーであり、庶民の生きる知恵でもある、明日は明日の風が吹くということを信じてくよくよせず、明日に希望を託して生きてきただけに、行商人の子として生まれ、漂浪の境涯を生きてきた芙美子の、更に徹底した生き方を目のあたりにした時には、一通りではない共感と親しみを抱いた筈で、それが終生の親密な交際の基盤にはあったと思われる。

人間コピー機と姪の引き取り

ところで三人の女たちの中で栄の家が結果として一番楽だったのはどうしてかというと次のような事情があった。

アナーキーな生活をしていた繁治も結婚を機に定収入の道を考えなければならなくなり、折良く電通（正確にはその前身の日本電報通信社であるが、いちいちそれを記すのは煩雑なので本稿では誤解の恐れのない限り、この種の現在通行の呼称を用いていることをおことわりしておきたい）に勤めていた川合仁の世話で仕事が見つかった[*8]。それは名士を訪ねて訪問記を書いたり、講演会を聴きに行ってその内容を記事にまとめて主に地方新聞に流すもので、原稿料は四〇〇字詰原稿用紙一枚が五〇銭であったが、定収入が入るので生活のメドはたった。

更に栄も川合の紹介でアルバイトができた。電通が作家から買った小説を、更に地方新聞に流すために必要なコピーを作る仕事で、当時はカーボン紙を三枚使って硬い鉛筆で一度に同一コピーを四枚作った。筆耕料は原稿一枚（15字×20行）四銭。一日に最高の時が九六枚で、この仕事は毎日あるというわけではないが、平均して月に四〇円から五〇円にはなるので、字のうまい栄にはうってつけの「いい収入」[9]の仕事だったので、妹二人を東京に呼んで学校で勉強させることができた。

　但しこの「人間コピー機」とでもいうべき複写の仕事は前述のような収入を得るためには、毎日約四〇枚は硬い鉛筆で筆耕しなければならないから、これは中々の重労働であって手にペンダコができたのは勿論、根をつめて仕事をする時は兎のように目を真っ赤にしてやったという。

　無論、文学少女であった栄はこの仕事を好んだが、それ以上にこの仕事で見逃せないのはコピーした作家は徳田秋声・田山花袋・沖野岩三郎・白石実三・須藤鐘一らで、作品を手写するという得難い体験を約二年間に亘ってお金を貰ってできたということで、それは彼女の作家的形成の上で決して小さくない意味を持っている筈である。実際その事については、彼女自身内職であることを忘れて小説を読み耽ったり、大急ぎでコピーをすませてからゆっくり作品を鑑賞したことを記してもいる。[10]

　ともあれ太子堂に転居したあと、一九二五年の後半頃からはこうして次第に定収入が入るようになり、生活は安定していったようである。

　ところで平林たい子は後に「文学的青春伝」（51・10「群像」）や自伝『砂漠の花　第一部』（57・6・20　光文社）で壺井家には「あずかっている女の子の養育料がくるので、三軒のうちで、生活は一番らくだった」（引用は後者によるが、内容は同じ）と記しているが、それには多分のやっかみが入っていてそのまま事実ではない。事情は本書の第一章に記したので、詳しくはそちらを参照していただくとして、必要な要点のみを記すと次のようになる。

　「女の子」というのは妹スエ（六女）の娘真澄である。スエは妻を亡くして二児をかかえていた林政吉[11]に嫁し、一九二二（大正11）年七月真澄を早産するが、尿毒症で早逝し、一方七カ月で生まれた真澄は月足らずのため、真夏なのにユタンポが何個も要る赤ん坊で、育つかどうか危ぶまれたが、献身的な介護と養育があって無事危機をのりこえる。その世話を一手に引き受けたのが、東京博覧会見物に上京中の栄であった。既に二児があるところに、新たに月足らずの未熟児が増えてはどうにもならないので、やむなく栄が実家に引き取って帰り、当分の間育てることにきめ、九月になって漸く動かせるようになった真澄を抱いて栄は、足かけ四カ月ぶりに帰島した。

　その後は勤めの傍ら、脳卒中の後遺症で半身が不自由な母や妹たちと真澄を育てるが、一九二六（大正14）年二月に上京して結婚してからは、子育てとは縁が切れていた。しかし同年一二月一一日に母のアサが没してみると、母親代わりになるのは栄しかいないので真澄を引き取って帰京した。

この養育に関しては、事前に繁治に相談し、了解を得た上でのことではなかったので、繁治は栄から帰京の日時の連絡を受けて品川駅に出迎えると、子供を背負っているのに仰天。「ワケは家に帰ってから」と説明をさえぎられるが、事情を聞いてみればもっともなので、繁治も納得するのだが、しかし身贔屓を排して客観的に見れば、ここにも栄の性格のひとりよがりのところ、強引な点は表れているように思う。

これが壺井家の「雑居家族」第二号（それ以前には長兄の二児を預かり、更にその前には孤児の姉弟を育てている）で、以後さまざまの縁者が寄寓するが、それらの全ては栄の身内乃至はその関係で占められているところに大きな特徴が表れている筈で、そこには栄の大母性があることは確かで、何人もこれを否定することはできない。

しかし壺井家にはもう一方の当事者である夫の繁治がいるのであって、従来誰一人として繁治の存在について言及した者がないのは明らかに片手落ちと言わなければならないであろう。一組の男女があって夫婦となり、家庭が営まれる以上、異分子の闖入に際しては片一方だけの都合・主張・強要では成立しないのであって、仮に一時的に強行したとしても長続きすることはありえない。

それが壺井家の場合は殆どトラブルなしに「雑居家族」が成立したことについては栄の大母性と同様に、繁治の包容力・寛容さ・フレキシビリティ、栄との対語で言えば大父性があったことを強調しておきたい。

話が少少わきみちにそれたが、右の事情で真澄が壺井家に引き取られたのは一九二五（大正14）年一二月中旬のことで、このとき三歳五カ月。月足らずで生まれたこともあってか、殊に幼時は病弱だったようで手もかかった。真澄の父政吉は築地明石町で手広く醬油樽を商う商人で、小豆島町の丸金醬油の興隆にも一役買ったと自負する程の成功者であったというから、ミルク代や養育料は当然支払われていたと思われる。[*12]

しかし、第一に平林たい子が言うように真澄の養育はそんなに早くからではない。大正一四年一二月中旬からであることははっきりしているので、たい子の発言は記憶違いか、タメにする意図的なものであろう。

第二に三歳の幼児の養育料が一家をうるおした上に、他人に用立てられるほど支払われていたとは考えられない。第一勘定高い商人がそんなことをするとは到底考えられないとするのが自然であろう。

第三に真澄を引き取った翌年三月からは更に妹二人を引き取って学校に出していることから考えて、これは繁治と栄の定収入が平均して入ってくるようになり、生活が漸く軌道に乗って、安定化してきた結果と考えるべきであって、その点から言ってもたい子の発言は妥当性を欠くと思われる。

妹二人を東京の学校へ

右にもふれたが、一九二六（大正15）年三月末にシン、貞枝の二人の妹を東京に引き取って四月から東京の学校で勉強させることにした。

話は前年にさかのぼる。一九二五（大正14）年一二月初め、母危篤の知らせで栄が帰島し、看病に努めるが、そのかいもなく世を去った。あとには父と二人の妹と姪の真澄が残され、今後のことを話し合った結果、父だけが島に残り、三人の女たちは栄の許へ上京することになり、とりあえず、一足先に真澄だけが栄と上京した。二人の妹のうちシン（06・11・20～90・2・5）は坂手小学校を卒業したあと、淵崎村（現在の土庄町）の教員養成所に学んで、一九二二（大正11）年四月から苗羽小学校の教師（准訓導）をしており、[13]末子の貞枝（13・2・27～96・7・2）は一九二五（大正14）年四月に県立小豆島高等女学校に入学し、[14]一年生であった。二人とも向学心に富み、特にシンの教員としての将来を考えて、正規の教員免許状を取らせようと考えたものと思われる。

戸板と常盤松《ときわまつ》

翌一九二六（大正15）年三月に二人は上京し、四月から学校に行くが、それがどこであったのか明記されたものがないので不明であったが、僅かに栄の小説「渋谷道玄坂」に「裁縫の専門学校」と「普通の女学校」に通学したと記されているのを唯一のたよりに、もしやと思って加藤真澄氏に尋ねたところ（何しろ当時氏は四歳になっていないのであるから、万に一つの可能性もあろうかというつもりであった）言下に、シンさんは戸板で、貞枝さんは常磐松の筈という答えが返ってきたのには驚いた。また貞枝氏は常磐松から転校して小豆島高女を卒業した筈ともいうので、早速調査してみるとその通りで、氏の記憶力には舌を巻いた。

東京・三田の戸板女子短大で調査した結果は次の通り。[15]言うまでもなくそれは現在の戸板女子短大の前身である。

シンは戸板裁縫学校中等教員養成科二年課程に一九二六（大正15）年四月に入学し、一九二八（昭和3）年三月に卒業している。[16]戸板裁縫学校は戸板関子によって一九〇二（明治35）年芝公園内に創立された裁縫学校で、一九〇五（明治38）年にはＮＥＣに隣接する現在の三田の地に移り、急速に発展して大正末には東京の「裁縫五校」―戸板・共立・大妻・和洋・女子美―の一つとして評価されていた。

大正末には全部で七科あったが、シンの入った中等教員養成科（一九一二（大正元）年開設）は学校の中核をなす科の一つで、高等小学校を卒業した者が入り、卒業生は高等女学校の卒業生と同じく、「中学教員検定の受験資格がえられ、また成績のよい者には、試験によって小学校の専科の正教員の免許状がえられる」（『戸板学園―八十周年記念誌』82・10・1）特典があった。生徒は全国から集まり、この養成科だけで一〇〇名をこえていた。シンは入学から二年後の一九二八（昭和3）年三月に卒業しているが、その時入学目的であった筈の小学校の裁縫科の正教員の免許状を取得できたかどうかは確認できていない。但しその後『百年史―苗羽小学校　坂手小学校創立百年記念誌』（前出）の「苗羽校歴代奉職・職員一覧」によると、岩井シンは一九三一（昭和6）年三月に再就職し、「職名」欄には「専助」とあるところから判断すると、「裁縫科の助教員」であったかと推定される。*17

貞枝の方は渋谷の常磐松高等女学校の二年に編入したと推定される。というのはこの学校は戦災で一切を焼失したため確認不能となっているからで、同校は現在校名をトキワ松学園と改め、場所も渋谷から目黒に移っている。

貞枝は先程一寸ふれた（注13参照）ように、香川県立小豆島高等学校同窓会の『錦楓会会員名簿』（87・3・7）によると、一九二九（昭和4）年三月に同校を卒業*18（第七回卒業生）しているので、それ以前に常磐松から小豆島に転校していなければならない。そしてその時期は恐らく一九二八（昭和3）年三月で女学校三年を修了した時点ではなかったかと思う。

そう考える根拠は二つあって、一つはこの時点でシンが戸板裁縫学校の課程を修了し、直ちに島に一人残っている父の許に帰ったと思われるので、貞枝もそれに同行したと考えられるからである。

常識的にはあと一年で卒業であるから、東京に置いてやるのが望ましいわけであるが、この時はそのような常識論は通用しない、生命と一家崩壊の危機に壺井家は直面していた。

詳しくは後述するが、壺井家のこの時期の経済生活は、繁治の友人で電通に勤める川合仁の配慮による稿料によって支えられていたことについては前述した通りであるが、これは一面で川合と繁治が同じアナーキズムに属する思想的同志であるという紐帯・結合の表われでもあった。

ところが繁治は次第にアナーキズムを離れ、マルクシズムに転換し、一九二七（昭和2）年末にはそのことが決定的となったために、黒色連盟のテロにあい、全治三カ月の重傷を負うという事件があって、このため川合達とは思想的に訣別してしまった。その結果一九二八年に入ると川合からの仕事は絶たれ、一挙に収入の道を失ってしまったのである。

もともと二人の妹を呼び寄せて学校へやることについては生活費は専ら栄による「人間コピー機」の稼ぎであり、学資の方は神戸でクリーニング屋をやっている姉のヨリが、夫に内緒で月々送ってくれるヘソクリ*19でまかなっていたが、ここでそれが破綻してしまい、一家はあわや路頭に迷いかねない事態に直面したのである。

従ってこういう状況の変化を考えれば二人は一緒にこの時点で小豆島に帰郷したと考えるのが最も自然であろうと思う。

その後「香川新報」大正一四年四月八日（水）に小豆島高等女学校新入生四八名の名前が列記されている中に貞枝の名があり、また、同紙昭和四年三月二四日の小豆島高女第七回卒業生の中にも貞枝の名があることがわかった。

従って貞枝については結論的に一覧表化して示せば、

一九二五（大正14）年四月　県立小豆島高等女学校入学
一九二六（大正15）年三月　同校一年修了で退学
同　（大正15）年四月　私立常磐松高等女学校二年に転入
一九二八（昭和3）年三月　同校三年修了で退学
同　（同　3）年四月　県立小豆島高等女学校四年に転入
一九二九（同　4）年三月　同校卒業

というふうに考えてよいであろう。

実はこの件については（無論他の件も含む）埼玉県熊谷市に在住のご本人に照会して教示を乞うてあるが、何年たっても今なお回答を得られていない（その後、一九九六年には没の由）。

黒島伝治の寄寓

話は一寸前後するが、栄が繁治と一九二五年二月に三宿に世帯をもち、四月に太子堂の森かげの家に転居して間もない五月頃、黒島伝治が上京して繁治に頼み、同居することになった。

伝治は徴兵でシベリアに派遣され、胸を病んで除隊、一九二二（大正11）年七月から小豆島に帰郷し、療養のかたわら本腰を入れて創作に励んだ。傷病兵手当を月額四〇円支給（これは終身）されていたので生活に追われる怖れなしに読書と創作にうちこみ、一九二三（大正12）年秋には上京して文壇で腕試しをする予定であったが、その直前に関東大震災というアクシデントがあったため、その時は一旦上京を断念したが、今度の上京は「電報」他約一〇篇の小説を携えていて愈々作家生活に入る決心であった。

伝治のめざましい活躍

伝治から「電報」を見せられて感心した繁治は、丁度創刊されたばかりの同人雑誌「潮流」に紹介すると、七月号に掲載され、好評で伝治は同人に推薦された。「潮流」はアナーキストの川合仁を中心に、古田徳次郎・土屋長村らによってこの年五月に創刊された文芸雑誌である。今日この雑誌を揃いで見ることは困難で、この雑誌を追跡調査した高橋春雄氏[*20]は一九二五（大正14）年五月〜二六年五月までに七冊を確認して報告しているが、それによればこの間に最も少なくて全一〇冊、最も多ければ全一二冊刊行されて、自然終刊になったのではないかと推定している。

従って未確認の号があるため同人の出入りも正確には把握できないのであるが、黒島伝治は「電報」（25・7　一巻三号）が好評であったため直ちに推薦されて繁治より一足先に同人となって「まかないの棒」（26・9　一巻四号）、「結核病室」（26・10　一巻五号）、「俎板と擂古木」（26・1　二巻一号）、「路傍の草」（26・4　二巻四号）と矢継早に発表して、文壇への足がかりを確保した。他に「潮流」の同人としては一九二五（大正14）年一〇月号から伊藤永之介・壺井繁治らが同人に加わり、後には坪田譲治も参加した。この他に主な寄稿家としては川崎長太郎・中村白葉・今野賢三らがあった。

ところで伝治はこの年、「潮流」の他には「紋」を「東方の星」（25・10）に発表、後に彼の代表作の一つとなる「銅貨二銭」を脱稿、これは翌年の「文芸戦線」（26・1）に発表されて好評を博した。

伝治は一九二五（大正14）年五月に上京して繁治の家に同居後、同年六月二六日には同郷の石井トキエと結婚し、引き続き繁治宅に夫婦で居候し、その年の末[*21]漸く文壇への足がかりをつかむと、繁治夫婦には黙って池袋（といっても長崎村の近くであったらしい）へ転居した。

翌年一月「文芸戦線」に発表の「銅貨二銭」も、繁治の『激流の魚』（前出）によれば[*22]、彼の知り合いで当時「文芸戦線」の編集をしていた山田清三郎に紹介して掲載されたものという。つまり「電報」も「銅貨二銭」も初期の代表作はいずれも繁治の鑑識と推挽があって初めて可能であったことになるが、それが果たしてそのまま事実であったかどうかについては、伝治も周辺の者も何も書き残していないので、実否の程はこれまで確認できないできたが、高橋春雄氏は前出の論文でこれに疑義を呈し、新事実を発掘して「銅貨二銭」もまた繁治の推挽であったということに反論して次のように主張する。

　とすれば、近代文学史上すぐれた農民小説と反戦小説を遺して特異な地歩を築いた黒島伝治の背後には「潮流」から「文芸戦線」に至るまで、常に壺井繁治の存在があったということになる。だがこれらはすべてが事実であるにしても、それは必ずしも事実のすべてではない。

として、繁治の主張する当該文脈の「唐突さ」を指摘すると共に新たに「地方」（25・10〜27・5　帝国地方行政学会刊）という雑誌を発掘して、そこに作品を発表している作家は山田清三郎・金子洋文・前田河広一郎らを始めとする多数の「文芸戦線」系の書き手によって占められ、それにまじって黒島伝治も八篇の創作を発表している事実を明らかにした上[*23]で

　黒島を「潮流」に紹介し、更にそこから「文芸戦線」に送り出したのは壺井繁治であった。が、先にも言ったとおり、たしかにそれはすべて事実であったが、また事実のすべてではなかった。ちょうど時を同じくして、黒島は「地方」との関係からも「文芸戦線」に通じていたはずだったのである。

これは卓見であると思う。そして繁治がこういう発言をする背景には（煩をいとって栄の言は紹介しなかったが、一つだけ「注」[*24]の部分に引用しておくので参照してほしい）死者に口無し、であとに生き残った者の特権を行使できるということもあろ

うが、それ以上に伝治のとった行動―家賃は一銭も払わない、七カ月以上も居候しながら一言の挨拶もなく立去り、転居先も連絡しない、栄一家は窮迫するが、伝治の方は順風満帆で創作集を次々に出しても一冊も贈ってくれない、やがて交際が再開し、繁治が下獄すると栄に、あいつは見込みがないから別れた方がいいと、お節介をやいたことなど―に対する積年のうらみ・つらみ・胸中のモダモダが鬱積していて、実際以上に発言しすぎているところがあるのではないかと考えられる余地が十分にあるからである。つまり客観的に見て壺井夫妻の伝治に対する感情的バランスシートが完全に平衡状態を保っているとは断定できない点があるわけで、その点を考慮に入れる必要があると思われることを率直に指摘しておきたい。

アナーキズムからマルクシズムへ

一九二六（大正15）年か翌年頃、栄には最初の原稿料収入があった。当時毎月「婦女界」を愛読していたが、同誌が廃物利用の懸賞を募集しているのに応じて「古着の繰り廻し法」というアイデアを投稿したところこれが入選して賞金四円をもらったからである。[*25]

これに味をしめて同じく「婦女界」が一九二八（昭和3）年一二月号で「この頃の生活記録」を募集して、入選作品には賞金二〇～四〇円とあるのに魅かれて応募して入選したのが「プロ文士の妻の日記」（29・2「婦女界」）で賞金三〇円をもらって喜んだ。それだけあれば一カ月暮らせたからである。

無論「りつ子（東京府）」のペンネームで誰も知る筈がないと思っていると、案に相違して知っている人があるのに驚くとともに恥ずかしくなって投稿はもう「こりごり」と思った。当時は「婦女界」の全盛期で、社ではこんなにもうかるのは空恐しいというので、全国の女学校の中から選んでピアノを寄贈するという時代で、それだけ広く読者がいたことを[*26]このエピソードは物語っていよう。このあと同誌にはもう一度投稿するがボツになったので以後はやめる。[*27]

この作品については詳しくは後述するので一言だけふれておくと、プロレタリア解放運動者達の生活を一般公開したもので、稚拙ではあるが、具体的に描写的に、場面を変え、人物を変えて、精彩あるタッチで表現して、ともかく読ませるものになっているところがお手柄である。

ところで大正天皇の死によって昭和と改元されたのは一九二六年の一二月二六日であったが、明けて昭和二年は激動の新しい時代であり、漕ぎ出したばかりの二人は一挙に激流の中に呑みこまれてゆく。

一月に繁治は自らが編集・発行人となって文芸雑誌「文芸解放」を創刊した。同人は川合仁・飯田徳太郎・萩原恭次郎・小野十三郎ら一九名のアナーキストで、同誌は彼等によって結成された文芸解放社（事務所は繁治の自宅）の機関誌で、「文芸戦線」に対抗して、文学と芸術の政治従属を否定し、第三インターナショナルの指令によるプロレタリア文学運動に反対して、アナーキズムの立場を最も鮮明にした雑誌であったが、やがて同人内部で思想的対立が起こり、繁治は同誌に「観念的理想主義者の革命理論を駁す」(27・11)、「我等は如何に彼等と対立するか」(27・12)と続けざまにアナーキズムを理論的に批判する論文を発表して、アナーキズムから思想的に転換してマルクシズム支持の立場を鮮明にしたために、大きな波紋が起こり、同人間の対立は深刻となり、外廓団体の黒色青年連盟はテロを加える機会をうかがっていた。

繁治、テロにあう

そのままでは「文芸解放」の分裂は必至であることから同人内部で十分意見をたたかわせて何らかの解決をはかる目的で、外部には秘密で同人会議が持たれた。一九二七年一二月五日[*28]、場所は淀橋柏木の飯田豊二宅二階であったが、同人の麻生義[*29]が裏切って黒色青年連盟に通報していたため、会議中に襲撃されて、繁治はステッキ・梶棒・古釘のついた棒杭で殴られ、靴で踏まれて全治三カ月の重傷を負った。萩原恭次郎の肩に寄りかかって帰るが、栄は夫の変り果てた姿を一目見るやのけぞり、のちに「四谷怪談」のお岩さんを見るようだったと語ったという。

このため「文芸解放」はこの年一二月号、全一一冊で廃刊となった。

栄、事務員になる

この間住居は太子堂から、三回目の代田の畑の中の二階屋に移り、二五円の高い家賃であったが一、二回入れたきりで一年以上滞納したのち、四回目の転居となり、近くの東京府荏原郡世田谷町若林五二七に移り、ここが「文芸解放」の発行所であった。

しかしテロに遭った後は生活を一新するつもりで、一九二八(昭和3)年一月に代々幡町幡ヶ谷三五六に五回目の転居をした。京王線幡ヶ谷駅の六号橋を渡った所で、六・六・八[*30]畳の三間ある平屋であった。

既に記したように繁治はアナーキズムからマルクシズムへと転換し、川合仁らとは思想的に訣別したため、川合仁から世話されていた仕事が絶え、栄の方も同様となったため、妹二人を学校に通わせ、幼い真澄をかかえる一家の経済は忽ち危機に瀕した。

しかし捨てる神あれば拾う神あり、明日は明日の風が吹く、という栄のモットー通り意外なところから救援の手がさしのべられた。

栄の小豆島時代の旧友可祝美枝子[*31]がひょっこり訪ねて来て窮状を知ると「今度は私がご恩返しするわ」と言って忽ち好条件で栄の就職が決まったからである。それにはこういういきさつがあった。

美枝子の家は同じ坂手村で醤油屋を営み、栄の父はそこに醤油樽を納めていた主筋であったが、美枝子の父が死んでからは、商売もうまくいかず、とうとう家も売り、母娘二人は三部屋の小家に逼塞していた。美人の美枝子には縁談が多かったが、旧家の気位が高いため婚期が遅れてしまった。そこへ美枝子には願ってもない相手が現れ、ここを先途と水茎の跡麗しく熱烈なラブレターを十数通送り続けたのが功を奏して、当時百万長者と言われた岡山の旧家の嫁（次男の後妻ではあるが）という玉の輿に乗ることができて、彼女から栄さんのお蔭と大いに感謝された。

　というのは、字も文章も下手な美枝子に代って、栄がラブレターの代筆をしたからである。

　その恩人への恩返しというので、美枝子は早速夫が出資している浅草橋の時計問屋、小川商店の記帳係の話をもってきてくれた。月給は四〇円、交通費と昼夜の二食付きという好条件なので（三〇円あれば暮らせた時代である）即座にOKして、家計は危機を脱して安定した。こうした状況の変化があったので、前にもふれたように、この年三月にシンが戸板裁縫学校を卒業するのを待って、貞枝も常磐松高等女学校から小豆島高等女学校四年に転校し、翌一九二九（昭和4）年三月に卒業した。

　一方、繁治はこの年以後左翼運動にのめりこみ、検挙・拘留・入獄が頻繁になってゆき、家計は専ら栄の肩にかかってきて、否応なしに繁治の動静が一家のありかたを左右するので必然的に繁治の動静を追う必要があるが、それについては自叙伝『激流の魚』（前出）に詳述されているのでそちらを参照願うとして、本稿では栄を追跡する上で必要最小限の範囲で繁治の動向について、記述することをことわっておきたい。

　一九二八（昭和3）年二月五日、繁治が三好十郎・高見順・新田潤らと左翼芸術同盟を結成し、事務所を繁治宅においたので人の出入りが激しくなった。

　その中には窪川いね子（のち離婚後は佐多稲子となるが、本稿ではいちいちことわるのは煩雑なので以後専ら佐多稲子の方を用いることをおことわりしておきたい。宮本百合子の場合も同断である）と名のる女性もあり、これがあの「キャラメル工場から」（28・2「プロレタリア芸術」）の作者かと思って眺めることもあった。[*32] また、出入りする人々のために栄が月八斗（一二〇キロ）の米を炊いて食べさせたのもこの頃と繁治は『激流の魚』で言うが、前述のように小川商店に通勤する身ではそれは不可能であるから、おそらく翌一九（昭和4）年の秋に勤めをやめてから以降のことではないかと思われる。

　この年、栄はメーデーに初めて参加し、セルの着物に断髪姿、[*33]「帯留で鉢巻」をした女性としてその写真が「アサヒグラフ」に載った。

　同盟の機関誌「左翼芸術」（28・5・1）は創刊号を出しただけで、ナップ（全日本無産者芸術連盟）に統一され、一九二八（昭和3）年三月一五日に共産党員を全国的に一斉検挙した三・一五事件に象徴されるように、繁治もしばしば検挙され、[*34] また家宅捜索がしきりに行われた。

栄を特に驚かせたのは、検閲制度改正期成同盟集会で検束された繁治が二九日間拘留されたことで、これほどの長期間は結婚後初めての経験だっただけに、不安と心細さから、小豆島に帰ろうかと思いつめたという。[*35]

一九二九（昭和4）年四月一六日の、いわゆる四・一六事件で繁治が逮捕された時には、玄関で夫が押し問答している間に危機を察した栄が、舌を巻くほどのすばやい機転で「無産者新聞」（25・9・20〜29・8・20）の購読者名簿を巧みに持ち出して、押収されずにすむという芸当もやってのけ、繁治を驚かすまでになる。その時は家のすぐ近くの代々幡署に拘留期限一杯の二九日間留置され、一緒に釈放された松山文雄・江森盛弥・横山楳太郎を連れて家に帰ると、栄は大車輪の活躍で、全員の着ているものを全部脱がせて盥に入れ、熱湯を注いでシラミを退治し、食事をさせたあと、栄特製のジュースで釈放を祝った。[*36]特にこのジュースは、壺井家特製のものとしてファンが多かったようで、これに言及する人が多い。これは夏みかんの袋をむいて実を出し、その中へ生卵を落してよくかきまぜたのを飲ませるというから、極めて単純なものであるが、現在と違って戦前の夏みかんは強烈な酸っぱさであるから、好きな人以外には多く敬遠されがちであったが、それをこのように飲みやすく工夫したところに栄の知恵は働いているであろうし、松山文雄のように、あのうまさは一生わすれられないという人間も現れるに至っている。

この時の拘留で繁治が少し健康を害したので、七月に真澄と三人で小豆島に帰郷し、栄の家に逗留した。繁治は静養しながら前年の三・一五事件で破壊された香川の農民組合の実情をルポして「戦旗」に書くことも考えていて、ルポを開始して間もなく、捕らえられ、平井─高松─志度署とまわされ、四五日目に小豆島に帰った。留守中は大変で、繁治の実家、栄の家が捜索され、「国を盗もうとしたんじゃ」と村中大騒ぎになっていて、九月に入り二百十日が過ぎてから帰京した。

一〇月に入って中野重治と宮木喜久雄が来訪し、「戦旗」の立て直しのため特に経営面を引き受けてくれるよう懇願されるが、繁治は一存では答えられなかった。というのは引き受ければ当然栄の小川商店事務員はやめてもらわなければならないからである。相談を受けた栄は、言下にキッパリ「引き受けなさい。勤めをやめても最低の生活ができるだけ保証されていればかまわない」と答えて時計店をやめた（この間の経緯は壺井栄「二人の客」（48・2・5「文学時標」）に詳しい）。以後繁治は詩作を断ち、「戦旗」の発行、経営、出版事業に没頭し、栄もそれを助ける戦闘的な生活が開始される。ちなみに「戦旗」の発行部数は繁治が引き受けた一九二九年一〇月号は一万六千、以後上昇し続け、一九三〇年八月号は二万六千部となってジャーナリズムからも注目され、これが最高部数となった。

闘う栄─女パルチザンに成長

一九三〇（昭和5）年頃の栄について猪野省三[*37]は、「女パルチザン」の一人で、手編みのセーターに手製のベレーの、活動的な洋装で地下活動のオルグを手伝って、ビラまき、伝単まきもやり、ピケにも立つなど、闘う栄、泣かない女に成長していたことを伝えている。

なお、一九三〇（昭和5）年六月二〇日郷里坂手村で坂手甲二九〇番地一（一五四・八一㎡）を売買によって岩井シン名義で取得している。[*38]

この年八月一六日に治安維持法違反（共産党への資金提供）のカドで逮捕された繁治は、代々幡署・菊屋橋署とタライマワシされて取り調べられた結果、資金提供の事実を認め、拘留されてから二カ月後の一〇月下旬、豊多摩刑務所に入れられるが、これが本格的に下獄した一回目である。[*39]

その間栄はバレリーナ谷桃子の母、上田が経営する洋裁と編物の店「さかえや」（栄の「悪縁」〈57・5・30「産経時事」〉や同じく「木犀のある家」〈60・12「群像」〉によればオーナーの上田は当時雑誌などで盛んに活躍中のデザイナーで、その編物の方の下請を消費組合で結ばれた主婦の幾人かが、普通の内職より割のよい賃金で編ませてもらっていたのだという。器用な栄はその中でもすぐにプロ級の腕をふるったといい、事実「悪縁」では「本職の編物」が今では逆転して「余技」になってしまったと言っている）の内職に通い、そのかたわら端切れで工芸品のような掛布団をつくって繁治の許に送り、監守達の目をみはらせる一幕もあった。[*40]

やがて夫に代わって戦旗社に働きに出て月給四〇円をもらい（のちには遅延し、不払いとなる）、断髪・洋服・モガのスタイルで雑誌の送り先の宛名を書き、全国から寄せられる手紙に返事を書き、発送、お茶くみなどの雑務が主であったが、「泣かない女」に成長し、幼い真澄も一人で留守番し、昼はパン屋で食べ、夜は栄の帰宅が遅くなると玄関近くで眠っていた。繁治が留守中に幡ヶ谷三五六は区画整理となり、東京市から移転料をもらって、代々木初台町六一八に六回目の転居をした。三室ある二階屋で家賃は二一円、これまではガス恐怖症でガスのない家ばかり探してきたが、今度は初めてガスのある家となった。[*41]

戦旗社の内部分裂事件

一九三一（昭和6）年に入って繁治の入獄中に戦旗社にいわゆる内部分裂事件と呼ばれる抗争が起こった。

事の起こりは関東自由労働組合から入ってきた田村や北村らのグループが、自分達の組織拡大のために「戦旗」と戦旗社を乗っ取ろうとしてゴロツキを動員して暴力的に事務所を占拠した事件である。これに対して栄・上野壮夫・井汲花子ら本部派は戦旗社を死守すべく、事務所を代々木の栄宅に移して、ニュースやビラで全国の読者や支持団体に田村らの裏切り行為をアピールし、それが功を奏して占拠派は間もなく消えるという事件である。外からの攻撃に加えて内からの分裂という混乱に乗じて弾圧は一層激しくなり、「戦旗」は殆ど毎号発禁になった。この間逼迫する家計と仕事を助けてもらうため、一時的に繁治の甥で当時早大の学生であった戎居仁平治に同居してもらってその下宿代を家計にまわし、仕事も手伝ってもらうという切羽詰まったこともして切り抜けることもあったようだ。[*42]

一九三一（昭和6）年四月、繁治が九カ月ぶりに保釈で豊多摩刑務所を出たのを機に、家賃滞納で転居を催促されていた代々木の家を出て、六月に淀橋区上落合五〇三に移った。垣根ごしにツツジが満開であるところが気に入って交渉するとあっさり決まり、七回目の転居となる。[*43] 八月に繁治は宮本顕治の推薦で共産党に入党した。

一一月二七日にはナップが解散して、代わってコップ（日本プロレタリア文化連盟）が結成されて繁治はその出版所長に選ばれ、新しく刊行する雑誌「プロレタリア文化」（31・12〜33・8）「働く婦人」（32・1〜33・4　全11冊刊）「大衆の友」（32・2〜33・5）の資金集めに奔走する。

一九三二（昭和7）年三月二四日、コップに対する弾圧で繁治も検挙され、中野署・尾久署・代々幡署と三カ月間タライマワシに留置された後、六月二四日に再び豊多摩刑務所に送られ、一九三四（昭和9）年三月に出所するまで獄中生活を送り、一家にとって最大の苦難の時代を迎える。

雑務係から編集の助手と執筆へ

ところで栄は戦旗社から（「戦旗」は一九三一（昭和6）年一二月で廃刊）から引き続いてプロレタリア文化連盟事務局で働いていたが、専ら宛名書きや発送係、また非常時の救援係であった。次々と逮捕され、留置・入獄する人達にいち早く下着と氷砂糖とを差し入れ、家族の無い人達には引き続いて書物その他を差し入れ、面会に行くもので、要するに雑務を皆ひきうけていた。

そしてこの前後から解放運動犠牲者家族として宮本百合子（夫の顕治は地下活動中）や佐多稲子（夫の窪川鶴次郎も繁治と一緒に逮捕されて獄中にあった）とも親しくなり、稲子から勧められて**「だからこそ」**（四〇〇字詰四枚）を四月八日に書き上げて渡すとそれが「女人芸術」（32・5）に掲載された。[*44] 意識的な文筆活動の始まりである。

この文章は、「私の言い分」のセクションで佐多稲子と並んで載っており、ともに三月のコップ弾圧の不当性を糾弾したものであるが、栄はそれを書簡の形式で、個に即して具体的に、またパターン化されたオウム返しの紋切り型ではなく、自分の言葉で、子供と一緒に夫の意志を継いで、勝利の日まで「ガンバリ競争」を続ける覚悟を述べている点に、ユニークさがあるといっていい。

「働く婦人」編集責任者の百合子が、四月七日に逮捕されたあとはそのポストを稲子が継ぎ、[*45] やがて栄は同誌の編集部にまわされて、稲子に励まされながら「働く婦人」と「文学新聞」（月二回刊）にあわせて七本の署名原稿を書いている。

1　ピオニールよ！　ともに　32（昭7）・9—10　合併号
「働く婦人」

2　家族の愛情　32（昭7）・11・3「文学新聞」
3　白テロに倒れた我等の前衛を悼む・〇〇みち子さん　32（昭7）・12・5「文学新聞」
4　意味深かった婦人の夕　33（昭8）・1・1「文学新聞」
5　婦人と子供の集い　33（昭8）・1「働く婦人」
6　面会通信の自由を戦い取らう　33（昭8）・1・15「文学新聞」
7　同志岩田義道の遺児―労君とミサゴさん　33（昭8）・2・1「文学新聞」

栄の書いた最も早い時期の記事なので、以下に内容を簡単に紹介する。

1の「ピオニール」は勇敢でしっかりしていて、逞しく、頼もしい「幼年闘士」たちの姿を紹介したもので、例えば消費組合連盟事務所で、犠牲者の家族集会の際に、無関係の組合員も連行されたのに対して、一〇歳前後の子供たちが、三時間父を返せと押し問答して譲らない姿を活写。

2では、豊多摩刑務所での面会所風景―今日は関鑑子・蔵原母堂・村山知義夫人・貴司夫人など文化団体犠牲者家族オン・パレードのにぎやかな様子を描き、佐野伝の母は、面会の終わりに伝と握手すると、余りに冷たいので、両手でさすってやったら、看守が激怒したという話を披露し、3は夫を警視庁で殺された「〇〇みち子」にあてた手紙の形式で、二年程の短い期間での交渉を語り、「階級的復讐」のために、12月4日の労農祭当日には、本所公会堂で会いたいと呼びかける。

4の「婦人の夕」は、築地小劇場でのプロット主催の集会の報告で、出しものを列挙し、楽しかったとする。

5は4と同じ内容をとりあつかったもので、より詳細に紹介。プロレタリアは団結して立ちあがれ式のものだが、次第に言葉がこなれ、表現も巧みになっていることは確かである。

6は一九三二（昭和7）年一二月二八日に同盟犠牲者の家族が蔵原惟人の家に集まり、保釈で出た貴司山治の歓迎会を開いた際の話題から主なものを拾ったもの。（イ）手紙の検閲がひどく、内外共に八割が不許可―字が小さいと読むのが面倒というような目茶苦茶なもの　（ロ）差し入れに作家同盟はダメ（ハ）家族のない金龍済は一回も面会なし　（ニ）面会通信の自由をかちとるために立ちあがることを決議し、第一歩として皆で獄中へ葉書を書いた　（ホ）カンパしてモップルへ4円送ることにする。

7は一九三二（昭和7）年一一月三日に殺された共産党中央執行委員会委員長岩田義道の遺児二人のうち、姉のミサゴ（一二歳）さんはモスコーに渡り、労君は日本にとどまり、二人共大きくなったら団結してお父さんの仇をとる―と記しているが、その後の動静については不明であったが、「民報」紙を繰っていたら次のような記述があるのを知った。

その後、第二次大戦後の一九四七年一月に日本に帰国したミサゴは、ソ連の高等専門学校で教育学を学んで二五歳となり、その半生を「ソ連の学生生活」（47・2・11〜15「民報」全五回）と題して記したものがあるので、興味のある方は参照されたい。

栄の文章は、いずれも追いつめられた状況を反映して眦《まなじり》決した勇躍鼓舞調のもので、記事であるからとりたてて言うほどのことはないが、しいて挙げればいずれも具体的、描写的であるところに共通した特徴があると言えるかもしれない。

ともかく栄は百合子や稲子と親しく知り合い、編集の仕事にかかわりだしたことで書きたい気持ちが動き始め、とうとう一晩で[*46]小説を書き上げてしまうほど噴出することもあった。それが「屍を越えて」で、百合子に話すと、「そんなのはホンモノではない」と一言の下に叱責されて縮みあがり、そのため原稿は誰に見せることもかなわず、筐底《きょうてい》深く蔵されて死後に至るまで他人の目にふれることはなかった。栄の死後に発見した夫の繁治は、その稿には「一九三二年一〇月一八日」と脱稿の日付があるが、そういうものを栄が書いたことも、また保存していることも一度も聞いたことはないのでびっくりしたと記して「民主文学」の一九六八（昭和43）年三月号に遺稿として発表した。

繁治は栄がこの作を書いた時期、獄中にあったわけでそのことを知らないのは無理もないことで、しかも百合子から言下にピシャリときめつけられてしまったので、百合子恐怖症、というか、百合子の傍らにいるといつも緊張して、その死まで遂に言いたいことも言えない間柄であった栄としては（誤解のないようにつけ加えておかねばならないが、私は栄が百合子を嫌いであったとか、会うのを嫌がっていたとか、要するに悪い感情をもっていたなどというつもりは全くない。その逆に栄は、百合子のプライベートな部分に最も深く、最も長く関った人間であり、両者の間は深い信頼の絆で結ばれていたと私は思っている。しかし一歩立ち入って両者の関係を見てみると、師匠と弟子、先生と生徒、のようにどんなに深い・親しいつきあいになっても、遂に友人同士のようなつきあいにはなれなかった隔たり・遠慮・気のおける点がつきまとっていたことを指摘しておきたい。別の言い方をすれば、栄の側には百合子に対して、終生タテの関係としての畏敬をヌキに接することはできなかったということである）二度とそれをとり出したり、口にする気になれなかったのは当然であろう。

しかし時間が経過して百合子のプレッシャーが消えれば、おのずと事情は変わってくる筈で、栄は繁治の言うように「屍を越えて」について生前全く沈黙していたわけでは決してない。

「群像」から「初めて書いた小説」というセクションのもとめに応じて「ものにならんワァ」[*47]という一文を草し、前述の百合子からの叱責のエピソードを紹介しているのである。（ついでに言っておけば、表題の「ものにならんワァ」というのは、一九二五年五月から栄宅に同居していた黒島伝治が、栄に何か童話でも書いたら知り合いの養鶏雑誌に売りこんでやるからと勧めるので、めんどりがトキをつくる話を書いたところ、それを読んだ黒島伝治が論外という意味で発した言葉のことである。これまでにも何度も指摘したように、伝治が栄に創作を勧めるこの一事によっても、小豆島時代の栄の文学少女ぶりは明らかであろう）

「屍を越えて」は左翼運動をしている夫は獄中にあり、病身の妻は生活との苦闘の中に倒れ、子供も空腹のあまりリンゴの芯をかじって中毒死し、これを見て姉夫婦に批判的であった妹が立ちあがり闘う決意をするという、まことに図式的というか紋切型のプロレタリア小説で、これを読まずに「そんなのはホンモノではない」と言下にしりぞけた百合子の見識には敬服の他はないが、別の見方をすれば、それだけワンパターンのこうした作品が、当時氾濫していたことの証左にもなるであろう。但し唯一のとりえは、中に出てくる子供がイキイキしていることで、後年子供を描いては名手とされる栄の片鱗がうかがわれることを指摘しておきたい。

繁治の転向と栄

がんばりやの栄も幼い真澄を抱えて、二年を越える繁治の収監には心身共に疲労困憊し、そういう時にはいつも郷里の小豆島に身を寄せて疲れをいやした。母は一九二五（大正14）年の暮れに歿し、健在だった父も衰えを見せ、一九三三（昭和8）年三月一四日に世を去った。あとには苗羽小学校の教員（一九三一〈昭和6〉年三月から）をしている妹のシンと末妹の貞枝がいた。シンは子供相手の先生らしく融通のきかない、杓子定規の、一本気で潔癖な性分だったようで敗戦まで独身を続け、一九四六年八月に徳永直の後妻となるが、「妻の座」に描かれたような事情で僅か二カ月で離婚となった。貞枝は女学校を卒業したあと、手先が器用なところから編物を始め、繁治の甥の戎居仁平治と結婚するが、夫に定職がないため一緒に生活することができず、実家にシンと同居して二児を育てながら（「大根の葉」以後、健と克子のモデルとなる研造は一九三三〈昭和8〉年九月に、発代は一九三五〈昭和10〉年三月に生まれている）約一〇年編物で生計を支えた。

殊に栄の身辺が繁忙であった、一九三三年から三四年にかけては、姪の真澄の世話を妹二人にまかせて、小豆島の坂手小学校に通学させた。

ところで官憲の弾圧は年ごとに苛烈を極め、一九三三年二月二〇日には小林多喜二が築地署の拷問で殺され、遺体を栄たちが清めた。この事実を繁治に知らせるのに、面会の際看守の目を盗んで手帳の隅に「コバヤシコロサレタ」と書いて教えた。[*48] また、「文学新聞」から多喜二追悼の文章をもとめられ、一生懸命に書き、それを読んだ宮木喜久雄から褒められたが、掲載はされなかった。[*49]

小林の虐殺は作家同盟内に激しい動揺を与え、退会する者が出始めた。それに追い打ちをかけるように、六月九日、当時共産党の最高指導者であった佐野学・鍋山貞親が獄中から共産主義を放棄する、「獄中の同志に告ぐる書」という転向声明書を発表したことによって、転向して出獄する者が続出した。

　繁治は第一審で禁固四年を言い渡されるが、控訴した。繁治の長兄伊八が上京して、老母が心痛のあまり発狂したこと（軽症であった）、幹部が次々に転向しているのに、ヒラの繁治ががんばったところで無意味ではないかと説いて転向を勧めた。しかし同道していた栄は、終始無言を押し通すことで屈服することに反対の意思表示をしていた。[*50]

　一〇月七日、繁治は孤独感・孤立感・出所願望から、共産主義運動から一切手を引くとの上申書と保釈願いを裁判所に提出するが、「心証」が認められず却下される。

　明けて一九三四（昭和9）年二月九日、繁治は第二回目の転向上申書を提出し、三月に保釈で出所した。すでに二月二六日に日本プロレタリア作家同盟（ナルプ）は解体し、官憲による圧殺は完了していた。

「中野上高田の、天井の節穴から青空が見える小さなあばら家」（と『激流の魚』は記すのだが、この家が七回目に転居した、淀橋区上落合五〇三の家と同じかどうかは不明。ここでは一応別の家として八回目の転居先としておくことにしたい）に帰るが、栄は転向による出所を喜ばなかった。

　一切非難めいた事は言わないで沈黙していたが、かえってそのことが繁治には挫折と敗北をしたたかに思い知らせ、もし栄が同じ状況に立ち至ったとしたら、決して転向などはしなかったのではないかと思わせるものがあった[*51]と繁治は記している。栄は夫のこの転向による出所をどう受けとめていたのかを考える上で重要なのでこの部分を原文のまま次に引用しておきたい。

> わたしが転向して刑務所からでてきたとき、わたしにとっていちばん痛烈にこたえたことは、わたしを言葉で直接非難しなかった代りに、また久振りで娑婆へ出てきたことを喜びもしなかったということだ。そこには表面控え目であるが、一人の党員として足をさらわれたわたしを無言で叱責する彼女が立っていたからだ。こんな仮定が成り立つかどうかわからぬが、若し彼女が党に入って活動したようなことがあったとすれば、おそらく彼女はわたしのように転向などはしなかったのではなかろうか。

　これはその時から二七年後の回想であるからそこに感傷は無い。

　約一〇年に及ぶ苛烈な闘争のあとで官憲の弾圧によって組織は壊滅され、人々は虐殺され、転向を余儀なくされ、そうした一人として夫の繁治もまた権力に頭をたれて出てきた。それを迎える栄の中には、この闘いは、一〇年に及ぶ生命をかけての我々の闘いは一体何だったのか、こうして獄中から人々は転向を誓って出てくる、無論獄中生活にはそれを送った当人でなければわからない、想像を絶する困苦はあるであろうから、一概に責めることはできないかもしれないが、しかしこれではもとの木阿弥ではないのか、少なくとも人は、理想に燃え、信念をもって行動したのであるならば、こういう終り方はありえないのではないか、というやりばのない思いが、胸中にふつふつとたぎっていたのではないかと思われる。

そうでなければ無言沈黙の栄が繁治の前に壁として対峙し、挫折と敗北をしたたかに味わわせることなどありえよう筈はないからである。

学問も無く、知識もなく、ただ夫を信じ、夫に従い、導かれ、それを助け支えることにおのれの生きがいを見出してきた一〇年の間、栄は、日本国家の意志が、最も尖鋭的に表現される場においてそれと真っ向から対峙し、闘っている間に、自らはそれと自覚しないながら、いつか夫に自らの壁として対峙する重量をもった存在として認識させるレベルにまで成長していたのである。

現実が妻を成長させた点では、親友の佐多稲子の例があるが、栄の場合も時期的には若干遅くなるが、類似の軌跡を辿ることになる。

注

＊1　壺井繁治『激流の魚』（前出）、壺井栄「風」（54・11「文芸」）による。以下特にことわらない限り『激流の魚』「風」に負っていることをことわっておきたい。

＊2　壺井繁治『激流の魚』（前出）

＊3　壺井栄「風」（前出）

＊4　川野正雄氏蔵の写真（90頁参照）を一九九〇（平成2）年一〇月九日に見せていただく機会があった。恐らく友人と思われる若い女性四人と一緒の写真であるが、現在の男性のヘアースタイルと同じ右七三のハイカラぶりは無論栄一人で他は日本髪である。

＊5　平林たい子『砂漠の花　第一部』（57・6・20　光文社）。壺井栄「転々」（59・12「新日本文学」）

＊6　平林たい子『砂漠の花　第一部』（前出）

＊7　壺井栄「はたちの芙美子」（54・2「月報7」『筑摩書房版現代日本文学全集45』所収）

＊8　壺井繁治「川合仁の思い出」（川合仁『私の知っている人達』70・10・30　藤書房所収）によれば川合とは栄と結婚する前後に知りあったのは確かだがどういうきっかけからであったかは「記憶がさだかではない」という。

＊9　壺井栄「私が世に出るまで」（54・1「新女苑」）

＊10　壺井栄「自筆年譜」（55・2・5　筑摩書房版『現代日本文学全集39』所収）、同「私が世に出るまで」（前出）

＊11　栄と同級生の川野ミサヲ氏の証言によると政吉の前妻テイは栄やミサヲ氏の同級生で不審死を遂げ、井戸の底から白骨化した死体で発見されたという（一九九一年一一月一一日の面談）。なお、ここで言う「テイ」は坂手小学校卒業生名簿によれば「森岡テイ」（栄やミサヲ氏と同じ一九一一（明治44）年三月卒）をさすと思われる。

＊12　加藤真澄氏の談によると氏が生前の父政吉からよく聞かされたという。

＊13　『百年史―苗羽小学校　坂手小学校創立百年記念誌』（前出）

＊14　『錦楓会会員名簿』（87・3・7　香川県立小豆島高等学校同窓会）による。名簿を借覧させて下さった石井正治郎氏に厚く御礼申し上げる。

＊15　調査に協力の上、『戸板学園―八十周年記念誌』（82・10・1）を恵贈された同大に感謝の意を表する。

＊16　『千草会会員名簿』（82・3〈日付ナシ〉　戸板女子短大千草会刊）もこれに同じ。

＊17　シンはこのあと敗戦直前まで教員を続けた筈であるが、この「奉職・職員一覧」のシンの「転職年月」の欄は空白になっていてその後の動静は不明である。

＊18　当時の校名は香川県立小豆島高等女学校で同年の卒業生は四三名。

＊19　壺井栄「渋谷道玄坂」（47・5「東北文学」）

＊20　高橋春雄「『潮流』の周辺」（79・3・10「相模国文」6号）。管見の範囲ではこの雑誌についての論及と調査ではこの論文が最も正確で信頼できる。高橋氏はそこで創刊時の同人は七人という古田徳次郎の「推理」を紹介している。なお、この「推理」は古田徳次郎「『潮流』と『単騎』」（『回想・川合仁』〈75・4・20　私家版所収〉）に詳しい。

＊21　黒島伝治「俎板と擂古木」（26・1「潮流」）の記述を信じれば壺井宅から転居したのは一九二五（大正14）年一二月五日の事と記されている。

＊22　他に繁治のものでは「鷺宮雑記」（68・8「月報4」〈筑摩書房版　壺井栄全集4所収〉）など

＊23　高橋春雄「黒島伝治と雑誌『地方』のこと」（70・12・20「季刊文学的立場」3号）、同「黒島伝治『反幹部派』の周辺」（71・3・25「文学的立場」4号）にその詳細な解説と全集未収録作品三篇が再録掲載されている。

＊24　壺井栄「思い出あれこれ㈢―黒島伝治のこと・その他―」（55・6「多喜二と百合子」10号）で次のように記している。「私たちは世田谷である時期黒島夫妻と同居までしていたのだったが、ある気まずいことから、はっきりいえば経済生活の上での経済的バランスの上での不満から発して黒島さんたちは行先も告げずに、引越してしまっていた。その上にめいめいの文学的拠点が、むこうは「文芸戦線」こっちは「戦旗」と分れてしまったことで、よけい遠いものになってしまったらしい。そのころの黒島さんは新人としてめざましい作家活動をしていたし、著書も次々出ているというのに、こっちの亭主はかんごく入りなのである。こんな私たちに、彼は一冊の著書はおろか、一枚のはがきさへもよこさないということで、私たちはまた私たちなりに、肩をいからしていたようなところもあった。」

＊25　壺井栄「文学にたどりつくまで」（56・5「文藝」）、壺井栄・佐多稲子・畔柳二美（座談会）「女流作家の〝はたちの青春〟」（58・9「若い女性」）。ただし前者では「着物のやりくりの記事」と記す。なお「婦女界」を一九二五～三〇（大正14～昭和5）年まで数度にわたって精査したが、これに関する入選発表等の結果は発見できていない。

＊26　平林たい子「文学的青春伝」（51・10「群像」）

＊27　壺井栄「小さな自叙伝」（41・11「女性生活」）

＊28　壺井繁治「自伝」（29・1『新興文学全集10』平凡社初出。但し初出未見。『壺井繁治全集2』による）

＊29　壺井繁治「『文芸解放』のことなど」（68・10・10「素面」27号）。同『激流の魚』（前出）など。

＊30　壺井繁治『激流の魚』（前出）はこう記すが、壺井栄「転々」（59・12「新日本文学」）は「八、六、四・五、三の玄関」のある家としていて間取りに食い違いがある。

＊31　壺井栄「転々」（60・2「新日本文学」）。無論仮名であり、多少のフィクションはあろうと思われる。

＊32　壺井栄・佐多稲子（対談）「女の友情三十年」（61・7「婦人画報」）

＊33　無署名「帝都二万の大衆　メーデーに挙る意気―帯留で鉢巻きをした参加女性」（28・5・9「アサヒグラフ」）。栄の横顔写真が掲載されている。

＊34　繁治が初めて刑務所暮らしをしたのはいつであるかははっきりしない。しかし一九二八（昭和3）年六月一〇日夜に神楽坂署に検挙されて、翌日市ヶ谷刑務所に送られて一五日間獄中生活を送った時の生活体験を物珍しく綴った「市ヶ谷雑記」（78・8「戦旗」）を読むと、あるいはこの時が刑務所暮らし（留置場ではなく）の最初ではないか、少なくとも最初に近い体験であることは確かであるように思う。

＊35　壺井繁治『激流の魚』（前出）

＊36　壺井繁治・松山文雄（対談）「ふるさとのにおい―壺井栄の青春を語る」（71・5「月報39」〔学習研究社版現代日本の文学22所収〕）

＊37　猪野省三「壺井栄」（48・6「日本児童文学」）及び壺井繁治「鷺宮雑記7」（68・11「月報7」〔筑摩書房版壺井栄全集7所収〕）参照

＊38　本書の第一章小豆島参照

＊39　壺井繁治『激流の魚』（前出）

＊40　壺井繁治「鷺宮雑記9」（69・1「月報9」〔筑摩書房版壺井栄全集9所収〕）によると栄が丹誠をこめてつくった工芸品のような布団に看守達が驚嘆して、こんないい奥さんは大事にして二度とこんなところに入るのではないと説教したという。

＊41　壺井栄「私が世に出るまで」（前出）、同「転々」（60・5「新日本文学」）

＊42　壺井栄「転々」（35・6「新日本文学」）

＊43　壺井繁治「四十年間の連れ合い」（64・5「月報」〔講談社版日本現代文学全集83所収〕）

＊44　壺井栄「自筆年譜」（55・2・5　筑摩書房版現代日本文学全集39所収）

＊45　佐多稲子「あとがき―時と人と私のこと（15）」（79・3・20　講談社版佐多稲子全集16所収）

＊46　壺井栄「『ものにならんワァ』」（57・1「群像」）

＊47　注46に同じ

＊48　壺井繁治「小林多喜二の死」（56・2「文藝」）

＊49　壺井栄「自筆年譜」（前出）

＊50　壺井繁治『激流の魚』（前出）

＊51　壺井繁治「三十六年間の同伴者として」（61・5・1「吉屋信子・壺井栄小説読本」）

第四章　激流（中）

壺井家の書簡発見

これまで栄の全集や選集が刊行されても、書簡や日記などが収められることはなかった。唯一、栄の書簡が一通収められたのが、七回忌を記念して編まれた『回想の壺井栄』（壺井繁治・戎居仁平治編　73・6・23私家版）で、これは一九三二（昭和7）年九月六日付で、当時獄中にあった繁治に宛てたもので、巻紙に墨書し、文中の栄の言葉を借りると「おそらくこの手紙、御もと様の御部屋を一まわりして尚あまりある」ほどの長文（五メートル九センチある）で、四〇〇字詰め原稿用紙に換算すると六枚の分量になる。

同書を編んだ繁治は、栄の書簡類が他にもあるのか、ないのかについては一切触れていないので、不明だが、結婚した一九二五（大正14）年から終の栖となる鷺の宮（現在の中野区白鷺）に一九四二（昭和17）年に住むまでに、栄の記すところによれば一五回も転居しており、しかも大半は夜逃げか、家賃を滞納して追い出されるというふうであり、その間昭和初年代には夫婦共にプロレタリア運動に参加し、ために夫の繁治は逮捕、拘留、下獄を繰り返し、家宅捜索や押収は日常化していたこともあって、書簡などは無いと一般には信じられてきた。

吉田精一先生のご推挙で私が栄全集の編集を担当することとなり、壺井家に足繁く出入りしながら私自身もまた無いと思い込んでいたので、著書を初めとする他の資料類は調査し、その過程で日記もあることはわかったが、書簡については迂闊ながらノーマークであった。

ところが実際には膨大な書簡が紐で無造作に束ねられて保存されていた。その事を私が知ったのは一九九二（平成4）年の初めで、たまたまご遺族の加藤真澄氏と談話中にその存在が判明したからであった。

現在壺井家に残されている新発見の書簡は夫妻に宛てたいわゆる宛書簡も含めて三千通を超すが、そのうち栄全集に収録した栄書簡は二一六通であるが、特筆したいのは、戦前に二度治安維持法違反で繁治が合計約三年下獄した時に夫妻の間で往復した書簡が約二〇〇通、四〇〇字詰め原稿用紙に換算すると七〇〇枚をこえる分量の書簡が残されていたことである。

獄中の夫と妻の往復書簡としては既に、宮本顕治・百合子『十二年の手紙』（52　筑摩書房　全三冊。のち筑摩叢書二巻として再刊　65）があり、獄中の夫から妻や子、あるいは父母妹にあてたものとしては中野重治『愛しき者へ』（83〜84　中央公論社　全二冊）があり、いずれもすぐれたヒューマン・ドキュメントとして読む者の心をうつ。

それらと重なりあいながら、これはまた別の魅力と意義をもったものとして貴重な位置を占めるものと信じる。そのような観点から私は「毎日新聞（夕刊）」（97〔平9〕・5・29 8面）に「壺井繁治・栄夫妻の獄中往復書簡の魅力」と題して短い文章を書いたことがあるので次に引用しておきたい。

壺井繁治・栄夫妻の獄中往復書簡の魅力

本紙5月11日付の社会面で報道された壺井夫妻の往復書簡の発見にかかわった者として書簡の魅力・意義などについて紙数の許す範囲で記しておきたい。

発見の契機は小生の編集で97（平成9）年4月から刊行を開始した「壺井栄全集」（全12巻、文泉堂出版）の編集過程で遺族宅から見つけたもので、獄中往復書簡は四百字詰め原稿用紙にすると約七百枚を超え、そのうち栄の書簡は全て全集に収められる。

繁治が獄中にあったのは一九三〇年8月～31年4月と、32年3月～34年3月の2度。年齢で言えば夫は33～37歳、妻は31～35歳、家族は他に養女の真澄8～12歳がいた。

夫からの第一信はまず「暮らしの方は大丈夫か」（9月16日付）であり、やがて獄中で正月を迎え、雑煮の箸をとりながら「お前たちが果たして正月の雑煮を食ったかどうか」（31年1月8日付）を案じるというように、生活との闘いがあった。夫は当時組織の機関誌の発行責任者として活動していたが、給料は最低の生活を保証する程度のものであったから、蓄えなどは無く、夫が入獄するとたちまち一家は生活に窮し、栄は組織に働きに出てかつがつ生活を支えた。

しかし、官憲の弾圧は激烈をきわめ、例えば雑誌「戦旗」は隔月に発禁というすさまじいものであったから、財政は逼迫《ひっぱく》し、月給は減額となって20円（家賃の相場は20～25円）という時もあった。したがって書簡の第一テーマが夫の側からの妻子の生活の心配であり、妻からはウチの差し入れは作家同盟で「一番少ない」（30年12月13日付）という嘆きになるのは当然である。

次に目に付くのは病気の心配である。繁治は獄中で胃や腎臓を悪くしたこともあるが、栄のこまやかな差し入れで事無きを得たが、栄の方は郵便局員時代に過重な勤務から脊椎《せきつい》カリエスを患ったために無理のできない身体になっていた。ところが相次ぐ弾圧で睡眠時間が三時間ぐらいの日が続き「こんなに忙しい私、こんなに弱っている私に、馬鹿のようになって遊べと、誰も言ってくれる人がない。（中略）今東京へとどまっていたら、本当に死ぬんじゃないかと思う」（32年8月3日付）程疲労困憊すると小豆島に帰郷して回復を待った。帰郷は年数度に及び、最も長い時には100日いたこともあった。

だが、弾圧がきびしくなるにつれ、故郷もまた安住の地ではなく、「地獄」になるという問題が浮上してくる。警察につけ回される家との往来は次第に敬遠されたからで、その間の事情にうとい夫は妻の身を案じて帰郷を勧めるが、妻はこれを拒絶して激しくやりあうことになる。

戦後に栄の小説「まずはめでたや」(55年)で痛烈にえぐり出される問題がこれである。

次に注目したいのは栄の急激な変貌である。夫が初めて入獄した30年9月の時点では満31歳、普通の家庭の主婦に比べれば経験的には遥かに修羅場を見てきたことは確かだが、夫によりかかってこれに頼り、リードされることをもとめている平凡な女にすぎない。それが足かけ5年に及ぶ、夫不在期間における内外両面からの弾圧・抗争を通して否応なしにきたえられ、確実にひとまわりもふたまわりも大きく成長してゆくことである。書簡は栄が「あなた!」(32年8月16日付)と呼びかけ、夫が「愛する栄よ!」(8月22日付)と応じ合うに至るが、隔てられることによって一層互いに信じ合い、深く愛し合う姿は感動的である。また栄一流のユーモアが随所にあって楽しませてくれる。

もう一つ、この書簡集の文章のよいことをあげておきたい。紙数の都合で例を挙げられないのは残念であるが、夫は詩人であるから当然としても、栄はまだ作家以前ではあるが、作文ではなく、将来作家になる人間の文体が息づいていて独得の魅力をたたえていることを言っておきたい。

最後に、これは栄に焦点を合わせれば、平凡な主婦が夫との共生を通して社会・人間・自己の資質に目覚め、やがて作家へと変身していく過程が窺《うかが》えるものとして興味深い。また視点を変えれば、弾圧の冬の時代を生きた夫と妻の記録であると同時に、時代を超えたヒューマン・ドキュメントとしてもその存在を十分主張できるものであると思う。

右に壺井夫妻の獄中往復書簡の魅力と意義の一端についてふれてみたが、これだけでもその重要性についてはご理解いただけるものと思う。

従って以下に本章と五章とを使って壺井夫妻の往復書簡を今少し仔細に検討することによって、従来不明であった実生活とその内面が―ある部分はおぼろげだが、ある部分は手にとるようにはっきりと我々の前に示されているので、その実態を解明しておくことにしたい。

これまでは何の資料的裏付けもなしに、臆測や類推によってこの時期の栄夫妻について語られてきたが、夫妻の往復書簡というこの上ない好個の資料の発見によって、実証的に跡づけられることを喜びたい。

但し、あらかじめいくつかのおことわりをしておきたい。ここで検討の対象とする『一九二五(大正14)・8・24〜一九三四(昭和9)・3・3　壺井栄・繁治夫妻獄中往復書簡集』(以下『壺井夫妻書簡集』と略称)に該当する書簡は二〇三通。しかし、この全文を収録するのは量的に膨大なのでそれはやめ、引用にあたっては問題点を明確にし、且つ極力工夫して理解しやすいように努めた。その中には一九二五・

八・二四付からの八通のように、「獄中」ではないが、新婚間もない時期の二人の内面をうかがう上で貴重なものなので、収録したものもある。大正末期と獄中からの繁治書簡は、くずし字のため判読困難な部分がいくつかある。殊に獄中からの郵便書簡（当時は封緘葉書といったが、本書では実体が同じで呼称が変更になったものについては―例えば人名・官庁・学校・社名など、誤解のおそれがない限り、現在通行のものを用い、いちいち全部ことわることはしない）で栄宛に出したものは文字通り蠅頭《ようとう》たる細字で書かれていて、真っ先に困ったのが刑務所の検閲官で度重なるにつれてとうとうネをあげ、もっと大きな字で書くよう命じたというが、見てみると、まさしく検閲官に同情する細字で、栄はこれを「虫メガネの手紙」と繁治にあててからかっているのは言い得て妙である。更に封筒の紛失や消印の判読不能等のため、年時決定が困難という問題もあることを申し上げておきたい。

なお、とくに本稿と次稿では年月日の表記が多く、それにはアラビア数字の方が見やすいことも考慮して併用、あるいは混用を多用したことをおことわりしておきたい。

この『壺井夫妻書簡集』の扱う時期が既に論じた「第三章　激流（上）」と重なっているために起こる重複は極力避けるという方針で述べることにしたい。

新婚六カ月目の二人

書簡の中で最も古く、そして最も珍しいのは25（大正14）年8月24日付から同年9月13日付までの繁治書簡八通である。これは壺井家に現存するものの中で最古であるばかりでなく、新婚六カ月目の夫婦の内面をも垣間見せてくれる上でまことに貴重なものである。

封筒はいずれも失われており、その上、日付の記載も「九月六日夜」の一通を除いては、七通全て「二四日夜」「二日」など、月日のうち日のみしか記載されていないので、年月日の決定には内部徴証及び外部徴証によるほかはないのだが、結論から先に言えば、これは翻刻のように推定して配列したのは正しいと信じている。根拠は、書簡の3及び4に入籍の話題があり、そこでは「入籍の届書はやっぱり一度送って貰うといいな。きのうの手紙では送らなくともいいと書いたが。」「入籍の方は別にそう急がなくたっていいよ。行けるようになって行ったらいいじゃないか。何も目前の大問題と言う訳じゃあるまいし。」とあって、この時帰郷した栄が入籍の手続きの件で相談していることである。

ちなみに二人が結婚したのは25（大正14）年2月20日であり、入籍は同年9月17日（戸籍謄本による）であるから、これら八通の一連の手紙は25（大正14）年8月24日〜9月13日までのものと断じてよいのである。

更に念のためいくつか付け加えておけば、栄の母アサは栄が結婚した25（大正14）年の年末、12月11日に没している。ところで繁治の手紙の中にはアサについて「お母さんの様子はどうだ？」（1）「お母さんも喜んだだろう。みんなみんな

1925、結婚の年

喜んだだろう。」（2）などとあって、結婚後に母が存命であるのはこの時期しかないことである。

もう一つは黒島伝治夫妻の同居していることが繰り返し書かれているが、伝治が結婚したのは25（大正14）年6月26日で、結婚後も妻のトキエと一緒に同年12月5日まで居候していた。従ってこれらの手紙はこの時をおいて他にはない。

書簡の年月日決定の考証の論拠はこのくらいにして次に進みたい。

この八通の手紙の内容は、勿論初めてここで公開されたもので、従来全く知られていない。

これによれば、この25（大正14）年8月下旬頃から母アサの具合がよくなく、加えて小豆島高等女学校一年生の末妹貞枝が大変な高熱におかされている（3の書簡によれば一日に五貫目の氷を使って冷したという）との知らせがあって、その見舞いと看病のために帰郷したもので、期間は約三週間であった。

栄とその肉親へのいたわり

まず第一に目につくのは夫から新妻に寄せるいたわりであり、やさしさである。例えば見送りに行った際の混雑ぶりから、「ずいぶんこんで、神戸までの長い途では苦しかっただろうねえ。汽車に酔わなかったかい。」と1の書簡でのっけからいたわっているのを初めとして沢山あり、引例はこれにとどめるが、新婚気分のぬけきらない、甘さを秘めた書簡として珍重するに足るものと言ってよいのではないか。

これと密接にからむものだが、2の書簡の次の部分はあれこれ想像力を刺激する。

> お前が帰ってから急に家の中がひっそりしたような気がする。それもその筈だなあ、いつもよく笑うお前がいなくなったんだもの。お前の「マアちゃん」はお前が帰ったので、さぞ喜んだだろう。お母さんも喜んだだろう。みんなみんな喜んだだろう。
>
> 今頃、まあちゃんを膝にでも抱いて、片言まじりで話しているような気がする。それともお母さんの腰でももんで上げているかな？　貞枝さんの熱のある頭でも冷して上げているかなあ？

一つは〈笑う栄〉であり、明るい栄、屈託のない、楽天的な栄である。今日の心配は今日だけで沢山であり、母親ゆずりの、明日は明日の風が吹くとしてクヨクヨ、メソメソせずに、ケロッとして明日を迎えるのが庶民の知恵であり、インテリの繁治にはなかったもので、米が一粒もなくても笑っていられる栄にどれほど夫は救われたか、はかりしれないのである。

栄の一連の自伝的な小説、連作の『風』（54・12・5）や「転々」（前出）に描かれる生活はひたすら暗く、いわば一面ベタ塗りにされているといってよいものであるが、それらはあくまでも小説であり、フィクションであることを考慮に入れて読む必要がある。

実際の生活における栄は、それとは全く対照的によく笑い、よく話し、あたかも語り部でもあるような抜群の記憶力と独特の語りのうまさで、繁治を話の中にひきこんでいた。話は一家のこと――父母のこと、兄妹のこと、マアちゃんのことなどであったに違いない。マアちゃんとは前述した通り、妹スエの長女で大正11年7月12日に生まれ、産後、妹は歿したためひきとって育てた。真澄は早産の未熟児だったため、栄は誕生の時から世話をし、真夏なのにユタンポを二つも入れて育てるなどの苦労があり、長ずるまで病弱であった。そのことは右の引用の部分に明らかな筈で、とりわけ「お前の『マアちゃん』」という呼び方には未だ一度も会った事はないにもかかわらず、栄から何度も聞かされているうちにいつのまにか彼の内部でもマアちゃんが愛らしく、いとおしい存在として認識され、実在するに至っていることを物語っているであろう。

その後、真澄は小豆島のアサのもとで育てられるが、その死によって栄が母代わりになるのだが、特筆されるべきはやはり、繁治の大きさ、寛容さであり、やさしく包みこむ包容力であり、言わば〈大父性〉とも言うべきものであってそれは終生変わることはなかった。[*1]

このあとも繁治は一貫して真澄をかわいがり、「マスミを手離すことはどんなことがあろうともしてはならない。」

（33・9・21付栄宛繁治書簡）とする姿勢を崩すことはなく、この血のつながりのない父娘は、生涯を通じて実の父娘以上の強い絆で生きた。

きちんとした戸籍への願望

栄は小豆島で郵便局と役場に勤め、そこが彼女の接した生きた現実であり、そこから社会の実際・実態について学んだ。後年、作家となった彼女が〈私の大学〉と呼ぶ所以である。

殊に彼女が驚いたのは役場の戸籍係になった時のことで、そこには人間世界の複雑さが渦を巻いていた。戦死した兵士の遺族扶助料は雀の涙ほどのものであったが、それさえあてにしなければ生きてゆけないとぼやく、リュウマチの老婆、ある戦争未亡人は再婚しながら戸籍の上では内縁の妻であり、生まれた子供たちが私生子となっているのは公に届けを出せば扶助料は来なくなってしまうため、僅かな扶助料にひかされて戸籍を汚していた。また、友人や知人の母と子が戸籍上では姉妹になっていたり、娘の私生子を親の戸籍に入れたりというふうに、村の戸籍簿を繰るごとにいやでも人生の裏を見せられ、幻滅の悲哀をたっぷりと浴びせられて、栄は本格的な文学修業以前に、したたかに人生修業をしていたといっていい。彼女の文学にある大衆性─文学少女でもなく、文学などとは全く無縁で一向にそんなものは知らないけれど、しかしながら人生は、世の中は、知っているという人々にその文学が支えられているという一面があることは、このことと密接にからんでいる筈である。

ともあれ、栄がそこから望んだことは、自分の戸籍は綺麗にしたい、秘密で汚したくないということであった。これを早速実行に移したのが、結婚して半年後の初めての帰省を利用しての入籍の手続きであった。

繁治が「入籍の届書はやっぱり一度送って貰うといいな。きのうの手紙では送らなくてもいいと書いたが。」（3）あるいは「入籍の方は別にそう急がなくたっていいよ。行けるようになって行ったらいいじゃないか。何も目前の大問題と言う訳じゃあるまいし。」（4）と言って、栄がさっさと入籍をすませてしまおうとするのに対して、さっぱりその気を見せないのは当然すぎるほど当然であった。

この当時入籍するというのは、殆どの場合子供の出生届を出すときというのが普通であったからで、現に栄の末妹貞枝と繁治の甥戎居仁平治との結婚届は長男研造の生まれた33年9月27日（33・9・30付栄書簡）よりも後の33年10月9日（除籍謄本）という具合で、出産の方が結婚よりも早くなってしまっている。

しかもこれが決して珍しい例ではなく、むしろ普通であったので、その点からすれば栄の結婚届が25（大正14）年9月17日─同棲後七カ月弱、別に子供でも生まれたというわけでもないのになされているというのは、極めて異例中の異例であり、制度否定のアナキスト繁治の思惑をよそに、強引に押し進めてしまったのはまさしく栄の戸籍に寄せるあの願望、執念がさせたものだといってよいであろう。

繁治の手紙への偏執

この他には繁治がそれまでの長髪をバッサリ切ったこと（25・9・6付）やそれから手紙の返事を執拗に要求するモノマニアックな〈手紙餓鬼〉の面（6では「お前は俺にばっかり手紙をサイソクして、ちっとも手紙を寄こさないじゃないか。おとといもきのうも今日も！」といい、6でも繰り返し、7では「お前からは七日付の手紙を寄越したきりちっとも便りがないね、一体どうしているんだ?」とカンシャクを破裂させてもう一度同じことを同じ手紙の中で繰り返しているのだが）この手紙への偏執狂ぶりは実はここだけではなく、誤解を恐れずに乱暴に言ってしまえば、繁治に一貫してあったビョーキとよぶのが適切だと思われるのであるが、それについては後述することにして、以上で大正期の八通についての検討は終わりにしたい。

一九三〇年から三四年までの動静

この期の最も古いものは一九三〇（昭和5）年5月27日付栄宛繁治の郵便書簡で、これは当時繁治が「戦旗」の発行責任者として社の経営に没頭していた頃の生活を語るもので、「戦旗」の地方発送はすませたが、「市内配本分をまたまた製本中ごっそり」押収されたため、その対策で昨夜は帰宅できなかったことを報じたものだが、ここで簡単に一九三〇年から三四年までの動静について記しておきたい。

アナーキズムの詩人として出発した繁治は、やがてアナーキズムからマルクシズムへと転じ、一九二八年からはナップ（全日本無産者芸術連盟）の有力メンバーとして活動し、そのためにしばしば拘留され、一九三〇（昭和5）年8月16日に共産党への資金提供のカドで逮捕された時に、はじめて豊多摩刑務所に入れられ、翌年4月まで獄中にあった。出るとやがてナップは解散され、代わってコップ（日本プロレタリア文化連盟）が一九三一（昭和6）年11月に結成されて、その出版所長に選ばれ、新しく刊行する雑誌「プロレタリア文化」（31・12〜33・12）「働く婦人」（33・1〜33・9）「大衆の友」（32・2〜33・5）の資金集めに奔走する。

昭和7年3月24日に検挙され、各署をタライ回しで拘留された後、6月末から豊多摩刑務所に入れられ、昭和9年3月初めに保釈で出獄した。

その間栄は真澄（一九二二年生まれ）をかかえ、脊椎カリエスを患った病身に鞭打って内職をし、一九二九年10月からは、繁治が戦旗社の経営面を担当してくれるよう中野重治らから懇願されると、言下に栄は、引き受けなさい、最低の生活が保証されていればよいといって時計屋勤めはやめた。その後は内職で食いつなぐが、30年に夫が第一回の豊多摩刑務所に入った時から、栄は戦旗社に働きに出て、雑誌の送り先の宛名を書き、手紙の返事をしたため、ビラまきやピケにも立った。

コップでも宛名書きや発送係や、また非常時の救援係を勤めた。次々に逮捕されたり、入獄する人たちにいち早く下着や氷砂糖を差し入れ、家族の無い人たちには引き続いて差し入れや面会に行くのである。

「最低生活」が保証されていればよいといって引き受けた月給がいくらであったかは不明だが、恐らく六、七〇円であったと思う。繁治の努力で「戦旗」（28・5〜31・12）は部数をのばし、創刊号は七千部からスタートし、30年四月号は二万二千部[*2]にまで達したが、この間臨時増刊号を入れて二六冊刊行するが、その中半分の一三冊は発禁になるという弾圧ぶりで、隔月に発禁というすさまじいものであった。

勿論、弾圧は組織全体に及ぶものであったから、年と共に財政は逼迫し、月給は次第に遅配となり、減額となって二〇円位になった時もあった。そして小林多喜二が虐殺（33・2・20）され、転向者が相次ぐ中、最後の拠り所であったコップも34（昭和9）年2月には解散し、3月には転向して繁治も出所する。

栄は乏しい家計の中から差し入れをし、相次ぐ弾圧に目の回るような忙しさで「この四五日夜眠れる時間が約三時間」（32・8・9付栄書簡[*3]）という状態から「本当に死ぬんじゃないかと思う」（32・8・3付栄書簡）程疲労困憊すると小豆島に帰郷して回復を待った。

しかし、弾圧がきびしくなるにつれて故郷の人々の目も険しくなり、警察につけまわされる家との往来は敬遠された。殊に繁治の実家では夫婦の生き方には冷淡で「道楽者以下」の扱いであったようだ。

そうした中で、「あなた！」「愛する栄よ！」と呼びかけるにいたるのだが、そこにおける「詩と真実」――単なるキレイゴトではなしにホンネの部分、あるいは愛と憎しみが激しく交錯する迫真のドラマに焦点をあてながら見てゆきたい。

第一回の入獄

繁治は前述したようにアナキズムからマルクシズムに転じてからは積極的に運動に身を投じ、ために折から弾圧を強化しはじめた官憲によって頻繁に逮捕され、拘留されることを繰り返していた。但し、それまではどんなに長くても拘留期限一杯の二九日以内には帰宅することができたが、初めてそれを超え、約八カ月に及ぶ長期に亘ったのがこの時である。

八カ月というのは、逮捕された（容疑は共産党への資金提供のカドによる治安維持法違反）30（昭和5）年8月16日から代々幡署・菊屋橋署と一カ月間タライ回しされたのち、容疑事実を認めて9月13日から豊多摩刑務所に入るまでの期間を含めてのもので、31（昭和6）年4月までの期間である。

ウチの差し入れは最低

夫が逮捕されてから栄は戦旗社に働きに出て、雑誌類の宛名書きや手紙の返事、逮捕者への差し入れ、面会などの仕事を担当し、給料は当分「従前通り」（30〔昭5〕・10・4付栄書簡）に決まったとあるので、とりあえずここではそれを七〇円と推定しておきたい。根拠は、先程一寸ふれたように、繁治が戦旗社の発行責任者として専従になってほしいと中野重治らから懇望され、そうなると時計問屋に勤めて家計を支えていた栄に勤めをやめて協力してもらわなければならなくなるので相談すると、言下に栄はひきうけなさい、最低の生活が保証されていればよい、という経緯があって夫婦で没頭することになった。その時、栄は月給四〇円、別に交通費と食事が付くという待遇であり、真澄を入れて親子三人が暮す上では七〇円は最低であったろう。

ちなみに、この頃の一家の家賃は二一円〜二五円前後であり、大学卒の初任給は六〇円位であった。

そういう最低の生活をしている一家にとっては、夫に代わって働く妻の給料が命の綱の問題となったことは当然で、手紙を書くごとに夫婦は互いに思いやり、いたわりあっている。

獄中からの第一信で繁治はまず、

「暮らしの方は大丈夫か」（30〔昭5〕・9・16）

と案じ、栄は、

この間作家同盟の奥さんたちが皆集まっての話に、他の人はずい分いろんな差し入れをしているようです。私の方だけ充分の事が出来ないのが悲しくなりました。どうしてうちだけこんなに困るのだろうと思ったりするのですが、貴方は、きっとそれに対して分かってくれると思います。ぜいたくな事は出来ないけれど、然し、不自由のない程度の事はしたいと思います。皆一ヶ月十円から十五円等云っていましたけれど、私の手で、そんな大金はとても出来ません。大体どの位入るものでしょう。

（30〔昭5〕・9・24付）

として不如意な内情をさらけ出して平均して「一ヶ月十円から十五円」という「大金」の差し入れなどはとてもできないと嘆じて不安がるのに対して夫はその心配は無用と応じる。

昨日の手紙に依ると差し入れの充分出来ないことでいろいろ気をもんでいるようだが、そんな心配は入らない。他の連中はどんなに差し入れしているか知らないが、俺はこれで充分だ。（中略）それにしてもここで要る金と云えば大したものではない。月に五六円あれば十分だと思う。（中略）更に倹約すれば二三円でも我慢出来ないことはない。

（昭5・10・10付）

間もなく栄の給料が、「従前通り当分の中はくれる（昭5・10・4付栄書簡）こととなったため、「十円くらい」（同前）の差し入れはできることとなって一旦はホッとする。

しかし弾圧の激化と共に発禁が相次ぎ、当然の結果としてそれは経済的に追いつめられて遅配から減給となり、遂に11月には悲鳴をあげることになる。

　この間作家同盟の人たちに会って聞いたら、貴方が、一番少ないのです。だけど、とにかく先月給料を二十円位しか貰わなかったのですから、貴方も我慢して下さい、その中、又都合もつくようになるでしょうから。

（30〔昭5〕・12・13付）

「悲鳴」と言ったのは誇張でも何でもないわけで、家賃にもならない給料では、飢餓の生命線上をさまよっていると言ってもいい状態であるから、流石に夫は監獄で正月の雑煮を食べながら「俺はここにいて、お前たちが果たして正月の雑煮を食ったかどうか」（31〔昭6〕・1・8付）と本気で心配せざるをえなくなるのであるが、この一回目の入獄の時は期間がトータルで八カ月と短かったこともあって、辛うじてしのぐことができたが、二回目となるとそうはいかない。それについては後述する。

私はどれほど手紙を待っているか

　獄中から出す書簡については当然ながら制約があった。罪の性質、程度により、また、時期によって差があるので一般化しては言いにくいが、この時の繁治の場合は発信回数は一日おきに二通（30〔昭5〕・10・8付繁治書簡　これは二度目の下獄の時も同じ）、年末は12月28日までで、年始は1月8日（31・1・8付繁治書簡。ただし33・1・7付繁治書簡では7日からとある。また、昭8・12・26付繁治書簡では「来年は4日から手紙が書ける」とあって、その都度異なっていたことがわかる）からとなっていた。

　面会は月に二度（30・10・10付栄書簡）。無論、書簡は厳重に検閲され、不適当な部分は墨で抹消され、全体が不適と判断された場合には不許可となった。検閲に要する期間は平均して二週間から三週間であった。

　一回目の入獄の書簡で現存する30（昭和5）年9月16日から31（昭和6）年2月25日までのもので言うと

現存	繁治→栄	22通
	栄　→繁治	20通
不許可	14通（夫婦以外のものも含む）	
紛失	不詳	
期間	160日	

となり、八日に一通はお互いに出していたことになり、その数はほぼ同数である。従ってその限りでは特に双方に著しい非はなかったと思われるのであるが、実際にはそうではなかった。手紙をめぐっての応酬、論戦はすさまじく、互いに相手に手紙を書くことを要求して非を難じる。

　毎日家へ帰る途々、いつも考える事は、今日は郵便が来ているか知らと云う期待です。疲れ切った身体を家まで運んで来ても、待っているものは空腹を抱えた連中ばかりです。（中略）これで、せめて貴方の便りでもあったら、どんなに力づけられるだろうと思うのだけれど、あんたは、書いて書けない筈はないと思うのに、どうして手紙をくれないのです。（中略）私は、知っている人たちの、家庭を愛しているのを見ると、（皆あなたと同じ境遇の人たちで）云い様のない淋しい気持ちになります。私は、あんたの次の便りが来るまで、絶対に面会にも差し入れにも、そうして手紙も書くまいと思うのです。私が、どんなに手紙を待っているのか、分かってくれない筈はないと思うのだけれど、どうして書けないのか理由を知らせて下さい。

（中略）便りがありますかと聞かれて、いいえ、と答える事は堪らない事です。（中略）私は、表面非常に明るいと云われます。今度の貴方の事件に就いても、私の取った態度に就いては、おはるさんからもその他の人からも賞められたのだけれど、私は、恥ずかしい事にそれほどしっかりした女ではないのです。

だから、余計に私を引きずって行ってくれるものを絶えず求めているのだけれど、貴方は、その役目を充分に果たしてくれているとは思えません。そんな所にいても、やはり家にいた時のあなたとして、引っぱって行ってくれなきゃ困ると思うのです。これは私の無理でしょうか。

（30・10・9栄書簡）

この時点での栄はハッキリ言って、外面的にはどうであれ、未だ自立してはいない、弱い女としての存在であることを露呈している。

夫によりかかってこれに頼り、他人をあてにして（中略の部分に妹が来て炊事をしてくれたらどんなに助かることかとある）身勝手な妄想を並べたて、他人からの思惑を気にしてコンプレックスをもち、私は「しっかりした女ではな」く、夫に「私を引きず」り、「引っぱって行ってくれ」ることを求めているからである。

それはこの半月程前に出した手紙の中で栄が、繁治不在の寂しさに堪えきれず、衝動的に保釈を望んで「とにかく早く保釈になってくれる事を待ちます。一札や二札は入れても保釈になる事がいいと皆云って居ります。」（30・9・24付栄書簡）といい、同じことをこのあとすぐの面会でも口走るが、後になって流石に事の重大性に気づいて「保釈の時の一札、あれは正式に決まった事ではないから取り消します」（30・10・4付栄書簡）という一件に見られるように、動揺する心情からの軽率な言動、判断と軌を一にするものであろう。

従ってこのあと、繁治からの手紙が翌日に届くとコロリと態度が変わって「昨夜、あまりシャクにさわって、実にヒステリックな手紙を書いたことを、先ずあやまり」、面会どころか差し入れにもとんで行くことになる。

一九三〇年一〇月の時点で栄は満三一歳。無論、普通の家庭の主婦に比べれば経験的には遥かに修羅場を見てきたことは確かであるが、それまでは夫を助けて内助の功を果たす程度であったから、経験に学んでそれを内面化し、理論的に整序して意識の変革を促すというふうには至っていない。

というよりも先走って言えば、栄の場合左翼理論に限らず、およそ理論化や観念化とは無縁であり、これは終生変わらない。概念化を体質的に受けつけないといってよく、その点で栄は骨の髄から物語作家であったというべきかもしれない。

要するにこの時点での栄は普通の主婦と何ら変わらない、三一歳の、平凡で心弱い、激すると感情をコントロールできずに「カンシャク」(30・10・19付栄書簡)を破裂させる、そう言ってよければ「かわいい女」――感情に正直な妻であったと言ってよいであろう。一、二その例をあげれば平静な時には、

> 私の第一信を受け取ったそうですネ。何だか非常にイライラしている事を書いたようですがもう、どんな事を書いたか忘れました。きっと私の事だから、我がままな事を書いたのだと思います。許して下さい。
>
> (昭5・10・19付栄書簡)

と実に素直であり、また、

> お手紙を書いて下さい。私はまだまだ一人ぼっちに馴れないのです。ですが、貴方の意志をふみにじるような事はけっしてしないつもりです。貴方に向かって投げつけるカンシャクは我慢して下さい。それまでがいけないと云うのなら、一体私は何処へこの気持ちのはけ口を求めたらいいのか。だけど、叱られる事をいやだと云うのではないのです。気のついた事を注意して下さる事によって、私は少しずつでもよくなって行こうと、常に思っているのです。
>
> さよならお父ちゃん! 身体を大事にして下さい。
>
> (同前)
>
> お父ちゃん。今日は涙など見せてすみませんでした。あなたは、胃をこわしているらしいですね。気をつけて下さい。病気にでもなられたら、私は心配のためにどうなるだろうと思います。元気な姿を見、元気な便りに接する時、私は非常に勇気づけられます。あなたの今日の憂うつの責任が私にもあるだろうと思います。私は自分の出した手紙の事など考えると頭が下がります。
>
> (30・10・23付栄書簡)

と実に率直に自らの未熟さ――孤独に徹しきれていない、自立した大人となっていない自分を認めている。同時に愛する夫の身を案じる妻の心情をも隠さない。

わがよき妻であり、よき同志である栄よ！

栄の手紙の特徴の一つはこのように率直にストレートに物を言うところにあり――この点は夫の繁治の場合も全く同じで自分の感情に忠実に、何の斟酌することもなしにガンガンぶつける点で同断である――夫の身を案じる余り、胃が悪いと聞いては病気かと心配し、眠れたと聞けば歓喜する（30・11・12付栄書簡）というように、度を越して心配するために、とうとう周囲から、そんなに案じては第一身体に毒であるし、それから獄中の繁治の方にも余計な心配をかけるからそういう手紙は書かない方がよいと忠告されるに至った（30・11・8付栄書簡）。

当然それに対してストレートに物を言うことを信条にしている栄には抵抗があったが、よく考えてみれば、「あまり私は心配をかけ過ぎている」（同上）ことは事実であり、「もっともっと訓練されて、元気な手紙が書けるようにな」（同上）る必要があることもまた自明の理であるゆえに、鉾をおさめる努力もした。

俺の今の生活にとっては、本の差し入れや、手紙や面会などは、まるで空気のようなもんだ。俺にお前達が空気を送って呉れないと、いわば空気のない水の底にいるような俺は窒息してしまうよ。だから、日々のお前の生活が何だかだと苦しいだろうけれど、お前の足もとの海の底に一人の潜水夫が潜っていると考えて、ポンプを押してくれ。（中略）

社の連中やナップの連中は誰も便りをくれないが、どうしたのだろう。ずいぶんこちらから手紙を出したのだがなア。

（30・11・5付繁治書簡）

一方、繁治もまた手紙を要求し、詩人らしくここでは「潜水夫が潜っていると考えて、ポンプを押してくれ」とシャレた比喩を使っているが、二回目の長期の入獄になるとそういうキレイゴトではすまなくなってくる。一九三〇（昭和5）年12月初めから戦旗社分裂抗争事件があり、その経緯については前述したので省略するが、一時は形勢不明でどうなるか全く分からぬ状態であったので12月から1月にかけては手紙どころではない有様で、この闘いにしのぎを削った。

それが結果としては幸いした。それまでの繁治べったりから、距離ができたからである。夫と妻が相互に対象化し、客観視できる余裕が生まれ「夫べったり」から解放されて「夫離れ」ができたからである。

この頃、本当に私は手紙を書かなくなったわね。書けなくなったのよ。やっぱり忙しくてだけど、一つは、この頃はオヤジの事を時々忘れるようになったのも原因ですね。然し、忘れる事はいけない事じゃないでしょう。あんまり考えすぎるとろくな結果を来さないから。オヤジを忘れる事が出来るようになってから、私は呑気になったのだから、私が呑気になったと云ったら、あんたは喜んで居るのね。

（31・1・13付栄書簡）

逮捕されてから丁度五カ月、それは無用の感傷を捨て、過度に希望をもたず、絶望することもなく、現実とむきあうために必要な時間であったと言えるかもしれない。

そしてそのことは敏感に繁治にも察知されたようで、次のように記す。

この間、加藤喜久代さんから手紙を貰った。その手紙にお前の事を大変ほめてあった。どんなにほめてあったかと云うと、（中略）

「今度、あなたが出て来られたら、あなたはそこに、今までの、明るい、皆の羨ましがる「壺井のワイフ」以外に、実にいい同志を見るだろう。私たちの眼にも、羨ましい程、マダム（お前のこと）は元気で明るくて、仕事に燃えている。」で俺は非常に喜んでいる。たとえ、加藤さんのほめ言葉を何パーセントか割り引きしなければならないとしてもだ！

俺は待っていた、お前が俺にとってよき妻であると共に、更によき同志であることを！

お前はこれまで俺にとって常によき妻であった。だが、不幸にしてよき同志であるとは云えなかった。ところが、今や、お前は　俺にとってよき妻であると共に、更によき同志となったのだ。俺は獄窓からお前に同志としての握手を送る。我々運動にたずさわっている者にとっては、その夫婦関係は、単にお互いがよき夫であり、よき妻である以上に、よき同志でなければならぬ。そうあってこそ、我々の結合は、はじめてしっかりしたものとなるのだ。

（31・2・25付繁治書簡）

はっきり言ってこれは賞めすぎであり、繁治の過剰願望である。加藤喜久代の嘗ての栄の印象―田舎からポッと出の人のよいおかみさんというイメージからすれば、髪ふり乱して運動に従事している姿は、別人のように見えても不思議はないわけで、その点から言えば―誤解のないように言っておかなければならないが、栄に変貌があり、成長があり、精神的な成熟もあったことは確かであり、これは否定しない。しかし、それが繁治が望む「よき妻イコールよき同志」というふうにストレートに結びつくものではないわけで、大分割引して考えなければならないことを指摘しているのにすぎない――割り引きは「何パーセント」かではなく、「七、八〇パーセント」とすべきであったことを指摘しておきたい。

その事は次の二回目の入獄で認識のズレをしたたかに味わされる筈である。

手紙は二、三時間かけて読み返す

ところでついでに言っておくと栄は繁治からの獄中書簡を

どういうふうに読んでいたか、かなり特徴的な読み方をしているので一言ふれておきたい。

十月二十五日に書かれた手紙受け取りました。十七日目につきました。あの、いつか私が怒った手紙を出した時のその返事です。何度も何度も繰り返して、何度も何度も又涙を繰り返したのですよ。本当に、私たちは今手紙による外、お互いの心の中を話す事が出来ないのだ、と思うと悲しくなったりするのです。だけど、たった一枚のこんな薄っぺらなハガキ、そしてそこには言いたい事の凡てを云う事が出来ないにも拘わらず、お互いの気持ちを充分に解り合う事が出来るのだと思うと涙を流しながら、本当は嬉しいのです。辛い事があっても、苦しい事があっても、貴方の便りは充分に私の「苦労」を慰めてくれます。疲れて疲れて社から帰って来ても、手紙が来てると私は御飯の支度もそこのけに暫くの間繰り返すのです。帽子も取らずに坐り込んでるので、時々笑われたりします。（30〔昭5〕・11・12付栄書簡）

栄たちの家には夫婦の人柄もあってよく人が集まり、しばしば同居人、居候もあった。それらは黒島伝治のように借金のカタに居候する夫婦や、押しかけて無理矢理居ついてしまい、電車賃をもらわないと出てゆかないという子連れの夫婦があったり、上部からの指令で居候を引き受けざるをえなかった女性もあれば、詩人の今野大力のように拷問後の病体を横たえるなどさまざまの場合があった。

右の引用の場合もそうした同居人がいた時で、「手紙」と聞くと栄はそれ以外は一切が消え、帽子を取るのは勿論、ご飯の支度も忘れて繰り返し繰り返し読み耽り、別のところでは「私は手紙が来ると二三時間いじくり回して読み返します。」（30・11・25付栄書簡）として、その時には折柄プロキノ（日本プロレタリア映画同盟）の映画を観に行くところであったが、手紙と聞いて「急に行き度くなくなってよ」（同前）すというように、徹底して手紙にこだわり、執着し、あたかも書簡教に帰依している信者のように手紙第一となっている。月に一、二度の短い面会を除けば、お互いの意思を交通させる手段としては手紙しかなかったことを考えれば、手紙への執着・偏執は当然といえば当然ではあるが、それにしてもやはり「二三時間いじくり回して読み返し」するというこの母牛が子牛を舐り、しゃぶり尽くすような、モノマニアックな偏愛ぶりは、栄の繁治に寄せる愛のいかに深いものであるかを示すものとして注目しておきたい。

獄中でドイツ語をマスターする

繁治は一回目の入獄の時に、ドイツ語を独学でマスターしようと決心していたようで、獄中からの第一信に、辞書と本郷郁文堂発行の独逸語講座第一巻を入れてくれと栄に頼み、30年10月2日には第一巻を入手（以後五巻まで全部入っている。

うち一、二は借りたもの、三〜五は買って入れたもの）し、独習を開始した。

俺の独逸語の独習にも大分味が入って来た。始めはあの七六ツかしい虫の這ったような文字を見ただけで全くうんざりし、一体これでドイツ語が分かるのかと心配したもんだが、コツコツとやった甲斐あって、どうやらまあ簡単な文章が読めるようになった。

毎日毎日新しい単語や文章をおぼえ込んで行くのは全く愉快なもんだね。俺はまるで小学生が始めて文字に接するような興味をもって勉強しているが、ついやり過ぎて困る時もある。

（30・1・7付繁治書簡）

この後、グリム童話を辞書を引きながら読み、やがて二回目の入獄の時にはハイネ詩集も読めるようになっているところからすれば、ドイツ語の独習についてはほぼマスターしたと言ってもよいのではないか。

注

＊1　このあとすぐ、栄の二人の妹、シンと貞枝が同居し、のち貞枝の子二人が遺伝によるソコヒで失明状態にあるのを、手術で見えるようにするための少なからざる費用を何度も出してやり、戦後は栄の甥の子右文、貞枝の三人の子を次々に同居させて大学にやり、また、ピアノのレッスンを受けさせている。以上は血縁だが、この他に赤の他人もおいている。

＊2　壺井繁治『激流の魚』（前出）

＊3　以下書簡の引用については次のようにしたい。(イ)年月日は消印ではなく、本人の自記による日付とする。自記がない場合は消印による。(ロ)栄と繁治の往復書簡については「宛」を省略する。例えば「繁治宛栄書簡」とはせず「栄書簡」とする。が「宛書簡」の場合には「栄宛今野大力書簡」のように省略せずに明記する。

第五章　激流（下）

第二回の入獄

はじめにこの時期の動静のアウトラインを記しておくと、治安維持法違反（共産党への資金提供のカドによる容疑）で逮捕された繁治は容疑事実を認めて豊多摩刑務所に入獄していたが、31年4月に保釈で出た。

ナップは解散され、代わってコップ（日本プロレタリア文化連盟）が31年11月に結成、繁治はその出版所長に選ばれ、新しく刊行する雑誌「プロレタリア文化」「働く婦人」「大衆の友」の資金集めに奔走する。

官憲の弾圧は苛烈を極め、32年3月には再び逮捕されて入獄し、34年3月まで獄中にあった。その間栄は幼い真澄（一九二二年生まれ）をかかえ、カリエスを患った病身に鞭打って戦旗社からコップへと働きに出て乏しい家計の中から差し入れをして必死に支えた。

相次ぐ弾圧で目のまわるような忙しさから死ぬかと思われる程困憊すると小豆島に帰郷して回復を待った。しかし、やがては故郷も安住の地ではなくなる。警察につけまわされる家との往来は敬遠されたからである。

酷烈な弾圧の中で33年2月小林多喜二が虐殺され、6月には共産党の最高指導者であった佐野学、鍋山貞親が獄中から共産主義を放棄する「獄中の同志に告ぐる書」という転向声明書を発表したことによって転向して出獄する者が続出した。繁治もそうした中で転向上申書を出して34年3月に保釈で出所するというのがそのあらましである。

栄の才能の第一の発見者―繁治

私は今回発見した壺井夫妻の往復書簡の中で内容から見て、作家としての栄にとって最も重要なのは、習作期の彼女についての記述であると考える。

彼女は後年、作家となってから自らの習作期について尋ねられるたびに、はっきり文学少女ではなかった、従って文学書は読んでいないし、まして習作期などはないということを繰り返し語っており、これは文壇デビュー時から死ぬまで生涯変わっていない。

しかしそういう栄の言にもかかわらず、実際には彼女は小豆島にいた頃に既に「白（い）壺」という同人雑誌に加わり、作品を発表していた文学少女であり、黒島伝治や壺井繁治などの文学青年と交流していたわけで、栄の言は事実に反していることを、これまでに私は指摘してきたのであるが[*1]、そのことが書簡の出現によって、本人自身の口からハッキリ語られることはきわめて意義深いことと思う。

また、それについては繁治の側面からの援助――リードやサジェスチョンもあったようで、その実態はどうであったのか、興味深い所なので併せて明らかにしておきたいと思う。

まず栄宛繁治書簡（以下「繁治書簡」と略称。同様に繁治宛栄書簡は「栄書簡」と略称）から拾ってみよう。

（A）それから作品もドンドン書いて下さい。熱心に努力しさえすれば、あなたは必ず一人前の作家になれる素質を持っています。これはお世辞ではなくほんとのことです。然し、それには僕が前に注文したことを実践に移すことが必要です。道は必ず開けます。然し、それは困難な道であると云うことを身を以て感じなければなりません。

（32・6・23付繁治書簡）

文中の「注文」とは次の事をさす。

あなたはこれまで婦人雑誌などは熱心に読んだが、我々の書物はあまり読みませんでしたね。婦人雑誌を読むのも大いによいが、更にプロレタリア的な書物をも読み、そこから現在の情勢を正当に理解する力を養うことが必要です。それは決してなまやさしいことではありませんが、然しむつかしいからと云ってそれをさけることはよくないと思います。あなたは熱心に読みさえすれば、それらを十分に理解し得ると私は思いますので、特にこのことをすすめます。

　私が今度出るまでに大いに勉強して僕を打ち負かす位の理論を獲得して下さい。僕はあなたに打ち負かされるのをむしろ望んでいます。

（同前）

（B）あなたは作同へ入ったと云うことをいつかきいたが、作同の一員として僕にその後のことをきかして下さい。私には何にも分からないなんて逃げたら、承知しないよ。小説を書いたかね。尤も忙しいから小説どこ（ろ）ではないかも知れないが、いつも云うことだが、その忙しさこそかえっていい小説を書かせる下地に僕はきっとなると思う。

（32・7・13付繁治書簡）

（C）あなたはその後小説を書いたか。是非書くことをすすめる。最初は少々不安でも、とにかく書いてみなければ駄目だ。何にも誤謬を犯すまいとすれば、何にも出来ないからね。それと同じく、まずいものを書くまいと云うようなことばかりに気を取られると、結局何も書けないことになるからね。

（32・7・20付繁治書簡）

（D）おじいさんのねている部屋に廊下が出来、その前が美しい花壇になっていると云うこと、そしてそれがシンさんの丹精の結果であると云うこと、貞枝とシンさんとの対照的な性格、それからオジイサンのことなど、考えてみると、なかなかいい小説の題材になりそうだね。

（32・9・12付繁治書簡）

（E）静岡の話は非常に俺を感動させた。是非それを立派な短編としてまとめるとよい。そしてうまく出来上がったら、文学にでも載せるとよい。しかし、その話はおまえからきいただけでもあまりにまとまり過ぎていて、それだけかえって書くのに骨が折れるのではないかと思う。どこに物語の中心点を置くか、これがなかなかむつかしい。それから単なる悲しい物語に終わらせないように注意しなければならない。それを読む者をして腹の底からの憤激を起こさせるような効果をおさめることが肝心だ。それには先ず作者が腹の底からその事実に対して憤激を感じ、しかもその感情の炎を具体的に客観的に表現しなければならぬ。とにかく、是非書いて見るとよい。うまく出来るよう祈っている。

細田君に原稿をたのんで見ることは一向差し支えないと思う。殊に向こうが好意を示して呉れたとすればなおさら問題はない訳だ。それによって現在の財政困難が幾分でも打開出来ればまことに結構だ。だが、そうは問屋が卸して呉れないかも知れぬが——

（32・11・5付繁治書簡）

（F）昨日、四十何枚とかの小説を書いたときいたが、例のリンゴの話を題材にした分か。俺はお前が小説を書いたときいて誰よりも喜んでいる。これからもどんどん書いて呉れ。而も、望むらくは、傑作ばかりをね、そして俺がここを出る頃には短編集の一冊も出せる位に仕事をして呉れるとよい。

（32・11・8付繁治書簡）

（G）あんまり小説に熱心になってからだをコワさないようにに。しかし、どんどん書くがよろしい。たとえ、失敗しても、それは必ず無駄にはならないと思う。

（32・11・19付繁治書簡）

（H）お前はこの頃、どんな本をよんでいるか？ いつかはシャヴァロフのものにひどく感心していたようだったが、この頃何かよんで感心した本があったらその感想を聞かせてくれ。クルプスカキの『レーニンの思い出』と云う本は、文学的に見てもなかなかすぐれたほんだが、あれなんかまだよんでなかったら是非一読すべきだ。それから、壊滅や一週間や鉄の流なども、これから小説でも書いて行こうと云うのだったら、とにかくロシアの新しい作家のものに目を通すことは是非とも必要だ。それはお前によりしっかりした世界観を与えてくれるに役立つだろう。お前はいろんなものを書いたり、読んだりして非常に感激して泣くらしいが、それは決して悪いことではない。然し、更にその涙を鉄の意志にまできたえることが必要だ。やわらかい心臓と鋼鉄の意志とは決して別々のものではない。

（32・12・19付繁治書簡）

書簡から小説執筆の慫慂に関わる主な部分を摘記してみたのであるが、一読して明らかなように、非常にこの点についての発言が多く、もっとハッキリ言えば執拗に繰り返されていることである。

従ってここからはそれだけ繁治の栄の作家的才能に対する洞察力が鋭く、その才能に対する期待が大きかったのだと一先ずは言っておいてよいであろう。

一般には栄の才能の発見者は佐多稲子であり、宮本百合子であるというふうに言われており、それはそれで十分根拠のあることではあるのだが、時間的には繁治よりもずっと後（後述するように栄が稲子から童話を書くことを勧められたと記すのは33年3月8日付書簡の中においてであり、実際に書きだすのは36年後半の事である）であって、その点からすれば栄の文学的才能の発見者の第一は、文句無しに夫の繁治であるとしなければならない。

そして一層注意されるのは、栄に書くことと同時に、「勉強」を勧め、心構えを説き、題材への切りこみ方から表現効果に至るまで懇切丁寧に作家修業、小説作法を説いていることである。

小説で今にあなたをアッといわせたい

これに対して栄はどう反応したか。

（I）小豆しまへかえったら、本も読もう、「小説」も書いてみよう、なんてたくさんのプランをもってかえったのだけれど、それよりも、小豆しまでは、ただ健康をとりかえすだけに全力をそそがねばならない私である事を知りました。読む事のためにも、書く事のためにも、先ず、私は、健康にならねばならないと思うのです。そして、ここでは完全に早寝早起きを実行しています。

（32・8・20付栄書簡）

（J）夕方、蚊帳をつって、独房の中で、あなたが一日中で一番ゆったりとした気持ちで、いろんな事を考えると云うその時刻には、私も、涼み台の上で、爽やかな夕方の風に吹かれながら、いろいろの事を思い浮かべるのです。

とらわれている同志のこと、島のさまざまの出来事、肉親のいろいろな出来事、東京のこと、そして、これから、本当にペンを持って立ちあがろうと思う私の事、書こうと思っている私の事、書こうと思っているかずかずのこと、そうして、飛んでもない、私がだんだん病気が重くなった時の事など考えると、知らん間に涙が出たりするのですが、そうして、とりとめのない想いにふけりながら、空を見ています。

（32・9・1付栄書簡）

（K）十八日（十月）に面会に行って、その晩、徹夜で、その次の晩も徹夜で、その次の晩も徹夜で、私は四十六枚の小説を書きとばしました。そして、それを清書するまでに、五日間位、私は御飯を食べるのも忘れるほど熱中したのです。とうとう書き上げた時は、あまり疲れて、手がふるえて居りました。これが小説になっているかいないか、始めての私には分かりません。今、それを窪川さんの所へ見て貰うために廻してあります。

（中略）今野さんに云わせると、事件があまり都合よく出来すぎていると云う事、その他筆の足りない感じがすると云うのです。そう云われると、私にもその感じがあります。

（中略）読ませると云う点では最後まで一気にひきずってゆくだけの力はあると、大力さんは云うのですが、とにかく、まだまだ欠点だらけだと思うのです。

　これが出来上がってから私は馬鹿のようになって、ペンを持つどころか、見るだけでも疲れそうな気がして、神戸の姉さんがお金を送ってくれたお礼状もまだ出さないような次第です。だから、少し気の毒だけど、あなたも怒らないで下さい。（中略）

　四十六枚の方のテーマは、この前一寸云ったような、リンゴ事件で結んだもの（そうだ、私は今月一度は手紙を出しているのを思い出した）題は「屍を越えて」と云う、とてつもない固いものですが、内容はセンチなのです。ある一人の処女克子と云う名、その女が、犠牲者の家族である姉の死と、リンゴに殺された甥の死によって、益々意を固めると云ったようなもの。あなたが外にいたら、いいとか悪いとか云ってくれるでしょうに。そして、あと五日の内に、婦人十二月号のために、十五枚の雑文を仰せつかっている。これではまるで文筆業者になったようです。

　「ピオニールよ！　ともに」が非常に評判がよかったのだと云うので、今度は刑務所風景と云ったような、とにかくやわらかいものと云う御注文。こうなると、尚の事あなたの方へ筆不性《ママ》になるかも知れない、と苦笑しています。

　「婦人」は、非常によくなりました。内容が分かりよくて、実際的で、ムダがない。とにかく左翼の雑誌中で一番いいと云う評判。あなたたちがいた頃とダンチです。それに比べると、この頃の文学の淋しくなった事よ、だ。創作方面でもあまり感心したのがないようです。

（32・10・31付栄書簡）
（L）芙美子さんは売れっ子になって、あの鉄兵さんの家があった文化村におさまって、貴婦人のように暮らしているらしいし、（遊びに来いとことずけがあるけれど、そのヒマがまだ私にはない）たい子さんは又それで、いやにおさまっています。（中略）
　私は小説がかきたいけれど、まだかけない。相変わらず短い雑文はやっています。文新には毎号かいています。今に、あなたをアッと云わせたいと考えています。

（33・1・28付栄書簡）
（M）いね子さんや中原さんたちは私に童話を書く事を非常にすすめてくれるのです。私は今まで童話を書けると思った事も、又書こうと考えた事もないのだけれど、外の人たちに云わせると、私のかくものの中には童話的なものがあるし、とにかく一応誰でもがほほ笑むと云うのです。そして、そのやさしさは童話的だし、とにかく、今すぐれた童話作家のない時、大いにかいたくしてほしい、と云うのです。

それに対して、私は確固たる信念がまだ足りないのか、とにかく、全然自信がもてないし、なんだかこうなるとうっかりペンも持てないような気になる事があるのです。

だけども、そう云われて童話に注意して見ると、村山籌子《かずこ》さんの童話などは、私としてはどうもうなずけないし、非常に物足りなさを感じます。だから、一つ書いて見ようと思っていますが、やっぱり六ケしい。勉強の足りなさを痛感します。

（33・3・8付栄書簡）

（I）（J）に見られるように栄は「『小説』も書いてみよう」、「ペンを持って立ちあがろう」とまさしく繁治の期待した通りに舞いあがり、勢いの赴くところ三晩徹夜して四六枚の小説「屍を越えて」を脱稿するに至っている。繁治からの慫慂を受けてから四カ月後という大変な早さである。

脱稿すると当時栄の家に居候して病を養っていた戦旗社以来の盟友で、詩人の今野大力（一九〇四〜三五）や佐多稲子に批正を乞うたようであるが、日の目を見ることはなかった。

ちなみに栄はこの時期（32・9―10（合併号）〜33・2・1）「働く婦人」と「文学新聞」（月二回刊）に合せて七本の署名原稿を書いており、その内容については既に「第三章激流（上）」の項でふれた。

「働く婦人」の初代の編集長だった宮本百合子が、32年4月7日に逮捕されたあとは、佐多稲子がそのポストをつぎ、やがて栄は同誌の編集部にまわされて、編集に従事するようになったところから道が開けはじめたと言ってよいであろう。そして編集の仕事が自分には一番向いているのではないかと思い始めてゆく。

その頃、（L）で言うように、曽て上京直後に世田谷の太子堂で向こう三軒両隣で住んだ林芙美子は『放浪記』（30・7・3　改造社）でベストセラー作家となり、平林たい子もまた作家として世に出ていたわけで、それにひきかえ我が身はどうかと言えば亭主は獄につながれ、子供をかかえて食うや食わずの生活であり、そういう状況では当然のことながらライバル意識もあれば、ジェラシーもあった筈で、たとえ芙美子から遊びに来いと声がかかっても我が身のみじめさをさらすことは到底できなかったであろう事情は容易に想像される。そしてこのことが結果としてその後の芙美子との関係に好い影響をもたらした点については後述する。

とすれば、まだ「小説」はかけず、「雑文」ばかりを書いている栄にとってたった一つのウヌボレ・見栄・空元気は「今に、あなたをアッと云わせたい」（L）というものであったろう。しかし、小説には技術が必要であり、技術には修業が欠かせないから、書く修業を積み重ねない限り、栄には作家の道は開けないはずで、このあと文壇に登場するまでの長いブランクの存在はそのことを明らかに示しているであろう。

童話作家村山籌子《かずこ》

（M）で言うように栄に童話を書くことを勧めたのは佐多

稲子（もう一人の「中原」は未詳）であり、栄にその資質ありと見抜いた炯眼には驚かざるをえないが、当人がそれを自覚するまでには猶しばらくの時間が必要であった。稲子からそう言われて改めて童話界を見渡してみると、当時栄の周辺で活躍していたのが村山籌子（一九〇三～四六）であった。籌子は詩人・小説家・劇作家・演出家の村山知義（一九〇一～七七）と結婚し、童話を書き、戦後病没したのだが、殆ど知られることが少ないのでここに紹介も兼ねて記しておきたい。

村山籌子については地元香川県の山崎怜による調査研究（「ある童話作家―村山籌子のこと」71・11「日本児童文学」、「解説」78・11・30『日本文学大系26　村山籌子　平塚武二　貴司悦子集』ほるぷ出版、「村山籌子（一九〇三～一九四六）をめぐって」92・10「香川大学一般教育研究42号」、「同上続」93・3「同上43号」）がすぐれているが、これを除くと他には木崎君子「村山籌子の童話」（64・6・20「立教大学日本文学12号」）等が散見される寥々たる状態だが、ここではそれらに拠りつつ概括を試みると同時に私見を述べておきたい。

村山籌子は旧姓を岡内といい、香川県高松市に生まれた。栄よりは三歳下の同郷人である。岡内家は千金丹の「オッチニイ」の仁丹売りのように行商を全国に展開した売薬業者で、その全盛期は一八八二（明治15）年頃から一八九七（30）年頃までであったといわれ、籌子が結婚した大正一〇年代にはもう行商はやめた（村山知義「千金丹の行商人」74・5「歴史読本」）が富裕な商家に長女として生まれた。県立高松高女卒業後、創立間もない自由学園高等科に進学し、第一期生として卒業後は学園の羽仁もと子の慫慂で婦人之友社編集部に勤務し、かたわら同社の雑誌「子供之友」に童謡や童話を発表しはじめると好評で、他誌に発表したものも入れると、一九二四（大正13）年から一九四〇（昭15）年までに発表した作品は、山崎の推定によると約二四〇編に達するといわれる。ただし現在までに初出が山崎によって確認されているのは約一五〇編（前出の「紀要42号」参照）である。

籌子の作品の挿絵をドイツから帰国したばかりの村山知義が担当したところから恋がめばえ、一九二四（大正13）年夏に結婚し、翌年一子亜土が生まれた。岡内家ではこの結婚に反対で祖父によって勘当（父は養子だったからであろう）され、一九三二（昭和7）年の母の死まで出入禁止が続いた。反対の理由は夫の村山の左翼思想で、検挙・拘留・入獄の繰り返しで、これが敗戦の一九四五（昭和20）年まで続き、その間に夫の女性問題が絶えなかったようで籌子の苦労は大きかった。

ただし、経済的には壺井家などとは比較にならない程恵まれていた。『ありし日の妻の手紙』（50・1・25重版　桜井書店　これは30年5月22日～46年初夏までの籌子の書簡五一通を夫の知義が妻の死後編集して刊行したもの）によれば、壺井家では栄の月給が20円という月もあった時代に、毎月「差し入れのお金は四十九円ずつ」（30・10・2付）にするとか、今月の支出は「百六十円」（30・10・29付）だが、来月からは「百二十円」でやって行きたいとか、来年は改造社から印税が「約六百円程はいる予定」（30・11・28付）などという数字が示されているからである。

一九三九（昭和14）年肺結核となるが、水泳が得意で、瀬戸内の海を愛して身体に自信のあった彼女はそのせいもあって、わがままな病人であったようで、医者の指示には殆ど従わず、敗戦前後の混乱の中で急速に悪化させて46年8月4日に鎌倉で没した。享年四二歳。村山籌子が世間に知られることの少なかった最大の理由は、生前に一冊の著書もまとめなかったことにあるといってよい。籌子のような童謡、童話作家の場合、「子供之友」や「コドモノクニ」などの限られた雑誌に、月々一～二頁の作品を発表して読み捨てにされるとすれば、一般に広く知られる機会は殆ど期待できないといってよいからである。まして籌子の作品の場合は殆どが見開き二頁で、原稿用紙にすれば一枚からせいぜい五枚になるかならない位の短編であるから、一編の重量がまるでない上に、彼女の文学の独特の個性もまたそれにかかわっていたと考えられるからである。

村山籌子の童話の特徴の第一はナンセンス・テールであることで、ナンセンスのおもしろさで子供の心をとらえるという作家は日本では稀であったわけで、その点では草分けの一人であるといっていい。

一、二具体例をあげると「ライオンの大損」（29・10「子供之友」）ではヒゲが自慢で威張っていたライオンがある日それをなくすと、とたんに皆から馬鹿にされるので、探しまわるが見つからず、一カ月後に無理をして一万円もふんだくられて、つけヒゲを買ってきてつけようとしたら、すでに新しいのが生えていて、大損をしたというもの。「十五夜のお月様」（25・8「子供之友」）は森の向こうから歩いて来るお月様に気がついた小人がお伴をして街に行きながらお月様に、街の灯がきれいに見えることや窓からかわいい女の子がこちらを見て笑っていると話すと、月はあれは私の子供だ、というので聞いてみると、ほんとうです、小さい時にこの家にもらわれてきたのです、と言って自分の頭から赤いリボンをとって月に渡してくれというので月に渡すと、月はそれを頭につける。かわいい女の子そっくりになった月は、その晩中ニコニコ笑っていたというもので、そこには第二の特徴として、舞台は日本と言うよりはどこやら西洋風の匂いのする所であり、明るさとユーモアを指摘することができるであろう。

第三に作品の素材が人間ではなく、動物（アヒル・ニワトリなど）、家庭用品（皿・カーテンなど）、野菜（ジャガイモ・ニンジンなど）、自然や現象（風・月など）等を擬人化して価値の上下をつけずに平等に扱っていることである。

この点も籌子の作品の大きな特徴で、「お鍋とお皿とカーテン」（37・7「コドモノクニ」）の場合は、台所の鍋と皿とカーテンが毎日同じ仕事をしているのがイヤになって三人で逃げ出すが、カーテンだけはいくら待っても来ないので、様子を見にもどると、レールから頭がはずれないのだという。それではジャンケンで負けた方がカーテンをよじのぼってはずしてやろうということになって、負けた鍋がのぼりはじめる。するとカーテンは鍋がのぼるにつれてくすぐつたくなり、我慢できずにふりとばすと、鍋は大きな音をたててころがってゆき、恥ずかしさのあまり戸棚の中にかけこんだきり、いくらよんでもでてこない。それでこの三人は今でも役に立っているというのだが、この三人を主人公にして、一編をつくるというところに奇想天外なおもしろさがあり、幼児に好まれるというのは首肯されるのである。

第四に引例の作品でも了解されるように、籌子の作品は即物的であって、思い入れや感傷性とは無縁なことである。論理的で、上品なユーモアがあって明るく笑えるところが特徴である。

第五にリズムのあること――殊に擬音のリフレーンを巧みに駆使していることがあげられよう。

以上籌子の童話について主な特徴を指摘してみたが、無論長所ばかりではない。というよりも長所は同時に短所でもある。

即物的であり、日本的情緒や感傷性とは無縁であり、作品の舞台は西洋風であって、日本的現実とは切り離されている――ということは換言すれば、籌子の文学は日本の現実の中におかれている子供の姿は描かれていないということにほかならない。現実とはつながっておらず、それとは完全に切れてしまって、超歴史的に、時代性・現実性を切り捨てて、どこの国の話か国籍不明の、抽象的・無機質的な世界を純粋培養的につくりあげているのではないか、という批判も当然あってしかるべきであろう。

私見によれば、実はこの点に栄の籌子の童話に対する不満――前引の（M）にいう「村山籌子さんの童話などは、私としてはどうもうなずけないし、非常に物足りなさを感じます。」と断言する問題の核心があったのだと考える。

つまり、栄の童話を籌子のそれと対置してみると全く対極的といってよいようである。栄のそれは即物的ではなく、常に人間が主人公で擬人法は用いられず、感傷性とは無縁どころか感情移入たっぷりであり、国籍不明あるいは西洋風に対して、舞台は殆ど小豆島であり、一方が都会的で洗練されているのに対して、地方的であり、田舎的であり、土俗むきだしである。

また一方がナンセンス童話であるのに対して、いかに生きるべきかが常に根底に据えられており、籌子の場合「少年戦旗」の編集に深くかかわり、のちには編集長になったにもかかわらず、この種の作品としては僅かに「こおろぎの死」（29・9）一作しか発表せず、41（昭和16）年以後は筆を絶つのに対して、栄は果敢に挑戦し、圧迫が加わってくると昔の回想の世界に逃げ、どうにも逃げられなくなった時には戦争協力物も書くというように、筆を折るというような格好よさはとれない。失業した夫と子供をかかえ、家のローンを払い続けなければならない生活者にとっては、餓死の覚悟をしない限り、やむをえない仕儀であったからだ。

要するに栄の、日常的生活的な現実を、リアリスティックに描いてゆくのが自分の理想とする立場からすれば、籌子のそれは身も蓋もなく、露骨に言ってしまえば、生活感のない、非現実的で空想的で現実と相わたらない、ブルジョワのお嬢様のお遊びというふうにうつっていたといってよいのではないか。

誤解のないように念のために言っておくが、私は村山籌子の童話を否定しているのではなく、ナンセンス童話として高く評価している。

だからたとえば、いぬいとみこが、籌子の手によって「『社会的な視野に立つ幼年文学の主題の選択と新しい文体の確立』とが果されるべきであったのに、戦争はその可能性の芽を、無残にも絶ち切ってしまったのだ」(「児童文学　人と作品―村山籌子」68・1・29「週刊読書人」)として批判するのには賛成できない。

というのはこれはナイモノネダリの典型であって、「社会的な視野に立つ主題」などを探してきたら、籌子の童話のレーゾン・デートルであるナンセンステールそのものがなくなってしまうからである。所謂産湯と一緒に赤ん坊まで捨ててしまうたぐいにほかならないからである。

繁治の思惑と表現の指導

ところで先程繁治書簡を引用しながら、栄の作家的才能の第一の発見者は夫の繁治であり、その繁治からの手紙の中で執拗に繰り返される執筆の慫慂の真因は一体何なのか？　一先ずは栄のもつ才能への期待の大きさからだと考えておきたい、と記したのであるが、この点についてはもう少し別の角度からも考えてみる必要がありそうである。

というのは、獄中にある繁治にとって最も気がかりのなのは一家の暮し向きであり、幼児をかかえた病身の栄が果たして生きてゆけるかどうかであった。下獄した繁治の代わりに栄が勤めに出ても発禁に次ぐ発禁で、組織は財政的に逼迫し、次第に窮地に追いこまれてゆくわけで、「働く婦人」の場合で言えば32(昭和7)年1月1日に創刊され、部数は六千部であり、この年に実質刊行されたのは8冊で、33(昭和8)年は3―4月合併号まで3冊刊行され、5月号は製本前に押収されたために未刊となり、結局「働く婦人」は実質的に11冊刊行され、最後の3―4月合併号は発行部数が三千五百部であり、全冊が発禁の対象にされて押収されるという、異常な状態であったために、そこからが唯一の収入源である壺井家の場合、事態は生存の危機にかかわる深刻なものであった。

組織からの月給が二〇円という月もあった(30・12・13付栄書簡)ようであるから家賃さえ払えない事態も現実には出来するわけでその心配を繁治は次のように記す。

（N）この前の面会の時、一寸家のことをきいたが、どんなに解決つきそうか。又新しく家を見つけるのも大へんだから、出来るだけ家賃を下げさせて、続けて居るようにしては如何？　但し二十何円もの家賃を毎月毎月払って行くことは、現在ではどうも不可能らしいね。どうせ、俺たちは今度は長いのだから、それを考えると、お前たちの今後のくらしが大いに気にかかる。だが、気にかかるだけで、どうにもここにいては仕様がないのだからね。

（32・9・24付繁治書簡）

これは如何にも当然の心配であるわけだが、このすぐあとに続く次の一節に注目したい。

（O）原稿を売るようなことは、うまく行きそうにないか。例の「婦人公論」の分は、まだそのままか？　誰しも、今は非常に困っているだろうね。いつかお前の話していた仕事クラブと云うのは、そのまま立ち消えになったのか？　あれは是非何とかして実現して見るとよいと思うのだがね。――それは単に経済的に助けられると云うばかしではなしに、みんなお互いに力づけ合うことによって、そうした点から云って非常に意義がある仕事だと思う。

（同前）

「原稿を売るようなことは、うまく行きそうにないか。」というのは明らかに栄の原稿を商品として売ることによって生活の手段としたいということにほかならない。従ってそれに続く「例の『婦人公論』の分は、まだそのままか？」というのは恐らく雑誌「婦人公論」への投稿（あるいは応募）原稿があって、それに応募しようかどうしようか夫婦で話し合ったことがあるものをさすと思われる。

投稿については実は栄には前歴があり、29（昭和4）年二月号の「婦女界」に掲載された小説「プロ文士の妻の日記」がある。これは同誌の生活記録募集に応じたもので、今日壺井栄の作品として知られているもののうちでは最初に活字になった小説である。

栄の「小さな自叙伝」（41・10「女性生活」）に記すところによればきっかけは愛読していた「婦女界」の28（昭和3）年12月号で「この頃の生活記録」を募集し、入選者には「二〇円～四〇円」（締め切りは12月10日）の賞金が出るとあったのを見て賞金目当てで応募したものだった。この時期夫の繁治には定職がなく、しかも左翼運動にのめりこんで始終逮捕、拘留を繰り返していたために、いきおい生活費は栄が稼がねばならず、当時栄は時計問屋小川商店に記帳係として勤め、月給は四〇円であったが、それでは一家三人（妹が産後没したためその子真澄を赤ん坊の時から養育していた。真澄は一九二二〔大正11〕年七月一二日生まれ）が生きていく上では最低の給料であったから、のどから手が出るほど欲しいお金であった。入選して賞金三〇円が入り、「りつ子」の仮名なので誰にもわからないだろうと思っていたら周囲の人にはわかってしまい、もう投稿はこりごりという恥ずかしい思いをしたという。

実は栄の投稿はこれが初めてではなく、前掲の「小さな自叙伝」によればこれ以前に廃物利用の懸賞に応募し「古着の繰廻し法」で七円（金額については作者の記憶に混乱があるようで、後には四円とも言っている〔「文学にたどりつくまで」56・5「文藝」〕）の賞金をもらったのが初めてだという。「婦女界」を調査してみると確かに一九二四（大正13）年一〇月号に懸賞募集した「誌上廃物利用展覧会」の発表記事があって一等から五等までの入選作一五点と選外一三点が発表されているが、栄の言う「古着の繰廻し法」は勿論、これに類するようなものは見当らない。また、仮にあったとしても内容からいって文学と関わりのないことは明白であろう。ついでに言っておくと二度目の投稿で周囲に知れて、もうこりごりと思ったにもかかわらず、窮迫して背に腹はかえられなかったのであろう、もう一度投稿するが今度はボツになって以後はやめたという（「文学にたどりつくまで」）。

「プロ文士の妻の日記」は四日間の日記の体裁の中に、夫がとらわれている留守家族の妻と娘が貧窮の中に生きる日々を、裕福な姉と対照的に描き出した作品で、たとえ貧窮に身は置いても〈楽に食べる生活だけではイヤ〉とする信念が一本通った作品である。習作ではあるが、読ませる作品となっていることは確かで、箸にも棒にもかからないレベルの作品というものでは決してない。

こういう賞金稼ぎの経験が過去にあったことを考慮すれば、ここで繁治が「原稿を売るようなこと」をもち出してもちっともおかしくないであろう。そういう点からみてみれば、実は先に引用した（E）の末尾にも既に次の一節があった。

「細田君（引用者注―細田民樹〔一八九二～一九七二〕か、細田源吉〔一八九一～一九七四〕のいずれかは不明」に原稿をたのんで見ることは一向差し支えないと思う。殊に向うが好意を示して呉れたとすればなおさら問題はない訳だ。それによって現在の財政困難が幾分でも打開出来ればまことに結構だ。

これは明らかに細田に栄が原稿の周旋を依頼するのを積極的に推進し、原稿が売れて財政が――念のためにハッキリさせておくがこれは栄一家の家計が助かることであって、組織の財政のことを言っているのではない――少しでも楽になることを企図しての発言であることは明白である。そしてその種の言は実は書簡の端々に現れているのだ。

私の言いたい事はもはや明らかであろう。繁治の栄に対する小説執筆慫慂の動機には、彼女の才能に対する洞察と期待があったことは確かであるが、それと同じく、あるいはそれ以上に彼女が作家として自立することによって、一家の財政を確立しようとする実際的現実的な企図が、そこには働いていたことも見逃してはならないことを指摘しておきたい。

栄の手紙の欠点

ついでにもう一点付け加えておくと、繁治が栄に対して「小説作法」上の熱心な指導者であったことについてはこれまでに引用した部分にもすでに明らかであるが、もう一つ栄の書き方に見られる「一人合点」を指摘して具体的に懇切に客観性、明確性を要求し、指導している部分があるのでそれを引用して次に進むことにしたい。

さて、お前の手紙に対して、少々注意したいと思うが、お前の手紙には一人合点なところがあって困るよ。手紙と云うのは、勿論、小説のように多数の読者を対象として書かれるものではなくして、たった一人の相手を対象として書かれるものだが、一人合点という奴は許されない。一人の相手を対象として書かれる以上、一人合点ではなくして、二人合点出来るだけの客観性がなければならない。でなければ、読む方では戸惑ってしまう。お前の手紙が如何に一人合点であるかの証拠をこの七月十四日付の手紙の中から拾い上げて見よう。

「この間、泉鏡花の『滝の白糸』が映画になったのを見て、いね子さんと二人で泣きました。一田さんは涙腺に故障があるのか、と云って笑いました。」

僕は鏡花の「滝の白糸」と云う作品がどう云うもんだか、第一知らない。しかしこれは誰でも知っている程有名なもの—即ちここで態々説明するに及ばぬ程一般に知れ渡っている作品ならば、まあ、僕の見聞が狭いとして我慢しよう。

それにしても、お前はその「滝の白糸」のどういう点に感動して涙を流したか、それを説明してくれなければ、お前達の泣いた気持ちがこの手紙の文章だけでは、僕にはちっとも理解できない。つまりお前一人だけの合点であって、僕には合点できない。

もし、お前がどう云うところに感動して泣いたか、その説明を与えて呉れれば、泣いたお前たちの涙腺に故障があるか、それとも泣かなかった一田さんの涙腺に故障があるか、僕にもおおよその判断がつくのだが、これでは全くとりつく島もない。

この手紙ばかりじゃなく、これまでの手紙にも、お前はこうした一人合点を度々書いて来たが、今後は一人合点だけではなくして、二人合点の行くように書くことを希望する。

（33・7・25付繁治書簡）

ただし、この場合栄は素直には反応せず、「客観性を欠いた、一人合点」の叙述とする繁治の指摘に感情的に反発して怒りをぶつけている。

（33・8・19付繁治書簡参照）

周囲の無理解との闘い

思想犯として官憲からつけ狙われる者達にとって、この上ないガードとなり、鼓舞し、力をふるいたたせてくれるのは、最も身近な存在としての肉親であろう。

栄夫婦にとっての悲劇は、[*2]栄の側である岩井家は彼女を全面的に信頼し、支持していたのに対して、繁治の壺井家の方では「道楽者以下」（32・8・16付栄書簡）の扱いであったことだ。

これに加えて繁治の甥、戎居仁平治（姉リエの長男。当時早大英文科の学生で、繁治の影響もあって左翼運動に首をつっこんでいたので、戎居家ではその事でも栄夫婦を恨んでいた）と栄の末妹、貞枝が恋に落ちるが、戎居家では猛反対で、結婚式もあげないうちにやがて妊娠し、33（昭和8）年九月には第一子が誕生するという事態に発展して、一層複雑になり、険悪化するに至ったからである。そしてそういう事態は、容易には解決の方途を見出せないために、そのことでいっそうイライラがつのり、感情が暴発して激しい衝突を繰り返すことになる。

東京での多忙な日々に心身をすり減らした栄は、いっさいを放擲して夜汽車にとび乗って小豆島へ向かう。32（昭和7）年八月九日夜のことで、翌日神戸の姉の家に寄ると、途端にそれまでの疲労がどっと出て島へは帰れず、四日滞在して漸く動けるようになり、一三日の夜、三原丸で姪の真澄をつれて三年ぶりに帰郷する。

キットあなたが心待ちしてたろうと思うと、気になったのだけれど、東京にいると、あまりにも忙しい私でした。あなたの想像さえも出来ないほど、多忙な私でした。早く東京を去らねばと、あの時は一すじに考えていました。でないと、私の生命が今にも消えてゆきそうな不安をさえ私は持っていたのです。（32・8・14付栄書簡）

「生命が今にも消えてゆきそうな不安」から東京をのがれて小豆島に帰った栄ではあるが、体調は容易に回復せず、歩くこともできなかったようである。そういう栄に事件は次々に起こり、カンシャクを破裂させる。

何故、あなたの姉さんはあんな分からずやなのです

次に引く手紙の中で「堀越の母」とは、繁治の母トワ、「戎居仁一」は繁治の姉リエの夫で、仁平治の父。「仁平治さんの事」とは仁平治と貞枝は恋人で一緒になるつもりであったが、仁一とリエは反対であったこと、「貞枝」は栄の末の妹、「兄さん」は繁治の兄で実家の跡とりの伊八、「姉さん」はリエをさす。

堀越のお母さんに、とても会いたいのだけれど、歩けないのでまだなかなかです。

今日は戎居仁一氏の葬式です。高知へ出張していて、突然急性腹膜炎で亡くなったのだそうです。お葬式にも

ゆかねばならないと思いますが、これもゆけないのです。死の前に仁平治さんの事で（貞枝をも含めて）だいぶ親類間に問題になった由で、その話を聞くと、私は戎居の人たちはもとより、兄さんにも、とても会う勇気がないのです。

こんなにも真剣になっている私たちを、道楽者以下に見られている事は、実に悲しい事です。（中略）

何故、あなたの姉さんはあんな分からずやなのです。それを思うと、あなたまでが憎らしくなるのです。私の妹たちは、くやしがって、とうとう葬式にゆかなかったのです。それは、あなたの姉さんが意地悪を云うからなのです。だけど、もう泣いてなんかいやしない。私は絶交状を叩きつけようと思っているのです。（中略）

（32・8・16付栄書簡）

繁治の兄姉や親類の者が繁治夫婦を「道楽者以下」とし、妹と仁平治の仲を裂こうと画策するのに腹を立て義兄、義父である仁一の葬儀にも行かず、「絶交状」を叩きつけるとまで興奮していきまくのであるが、ここだけでは具体的な事は（殊に仁平治と貞枝の事に関しては）わからないが、それから半月後の栄書簡（32・8・30付）によると経緯がはっきりする。

兄さんに云わせれば、繁治はかまわないが、仁平は長男だから、気をつけて、学校を卒業すれば中等教員でもさせたい腹なのです。で、チイちゃんの問題を利用して、それを認める事を条件に、どうでも所謂マジメにさせたいと云うのです。（中略）

そんな訳で、仁平さんの今後の学資も、無論壺井の方から出されるのだそうです。仁平さんの言分としては、卒業してもうまく就職できればいいが、そんな事は十中の中《ママ》までダメと見ねばならないし、困る中から無理に学校へ、それも条件をつけてまで行き度くないと云うのです。（中略）

で兄さんはとにかくサラリーマンになること、それを条件にチイ子との結婚をかなえるように必ず解決をつけると云うのです。チイ公は、そんな結婚はふみにじってやると云うのです。

それに、戎居としては、チイ子にはまだまだ不満を持っているのです。つまり、シャツを編んでくれたり、（仁一氏の）くつ下を編んでくれる娘っ子のチイ子は世にも類のない気に入り娘だったのが、一度息子のイキサツが判って来ると、金費のあらい、世にもマレないたずら娘になって来たのです。あんな女を嫁にすれば、一生ウダツが上がらんのだそうです。大阪の仁一氏の弟をして云わせれば、リコーな女を女房にすれば、男として一番それは不幸なそうです。

だから、今二人を別れさせて仁平が学校をサボルと悪いから、学校を出るまでは別れないで（何といやしい言葉でしょう）卒業したら必ず別れてくれ、などと暴言を吐いたりするのです。（中略）

若干の注釈を加えると、「兄さん」は前出の伊八、「仁平」は仁平治、「チイちゃん」「チイ子」「チイ公」は貞枝。仁平治は一九三〇（昭和5）年三月に早稲田高等学院を卒業、四月に早大英文科に進学し、繁治からの感化もあって左傾、一年留年して三四年三月に卒業するが就職はできず、アルバイト的な仕事で辛うじて一人の口を糊するというような状態であったから、妻子とは別居の生活が一九四〇（昭和15）年三月まで続いた。

この手紙は一九三二（昭和7）年八月三〇日付のものであるから、仁平治が早大二年の時のことで、左傾と結婚問題がからんだために複雑になり、仁平治の両親（戎居家）はハナから反対で、貞枝に対しては「図々しい乞食」「いたずら娘」「あんな女を嫁にすれば、一生ウダツが上がらん」を初めとして、今無理に二人の仲を裂くと仁平治が学校をやめると言いだしたりすると大変なので、在学中の交際はよいが「卒業したら必ず別れてくれ」「金づかいが荒い」等々の言いたい放題であったようだ。

無論、戎居家の方がそういう一方的、高圧的な態度をとった背景には、岩井家との家格の問題―藤吉が破産して家屋敷を失い、転職ののち、渡海屋で漸く糊口をしのぎ、昭和五年に至って四六坪の土地に二間《ふたま》のある住居をやっと求めて年来の借家暮らしから脱することができたのであり、従って旧家で事業もしている戎居家とは月とスッポン、提灯に釣鐘との思いから見下した、尊大な態度をとったものであったろう。

夫婦の書簡―心中をストレートに直言

壺井夫妻の獄中往復書簡集を読んで私が最も心をうたれることは、夫婦の互いに寄せる愛情の深さであり、お互いに心中を率直に披瀝しあっている点である。歯に衣を着せずにストレートに直言するというのはアメリカ人の最大の美徳であると思うが、占領軍としてのアメリカ人が来日する遥か以前の昭和初年代に、これだけ率直に内心を吐露しあった夫婦というのは珍しいのではないかと思う。

殊に二度目の獄中から繁治が栄にあてて出す手紙の書き出しは「栄さん―」（32・7・18付）「栄よ！」（32・8・5付）「愛する栄よ―」（32・8・22付）と次第にパセティックになってゆき、これに対して一回目の時には「お父ちゃん」以外には言葉のなかった栄の方も「あなた！」（32・8・16付）と応じてゆくプロセスは感動的であり、この書簡集で最も美しい部分であると思われる。

ただし、この種の指摘をしたり、あるいは論点をとりあげる場合、通常我々は不幸なことに幸福な、美しい、楽しい場面というのはそれ故に問題なしとして切り捨て、代わって不幸・危機・悲劇等にばかりかかずらう習性をもっているというのはまことに因果というほかはない。

ここでもまたそれに従って、遺憾ながら問題点の方に移ることにせざるをえない。

栄は夫の二度目の入獄は二年に及ぶ長期間であったため、何度か帰郷（私の調査では四回。ちなみに第一回の入獄は八カ月であったが一度も帰郷していない）しているが、父の死（33年3月14日）の時を除けば、前述したように東京での過酷な日常の中で「死ぬんじゃないか」と思ったり、「命が今にも消えてゆきそう」な不安から小豆島へ緊急避難したものであった。

従ってそこには生命の危機からの回避という至上命題が存在する以上、好むと好まぎるとにかかわらず、他に選択の余地がない、追いつめられたものであった。

そこから夫婦の認識が如何にズレているか、認識の相違する第一点がまず浮上してきて、迫真の議論を展開することになる。問題はこうだ。

小豆島への帰郷は、栄にとって多忙と過労による生命の危機からの避難所であり、本当は行きたくはないが、他に行くあてはないからよんどころなく行くのであって、行けば二人の妹たちは心から歓迎してくれるが、しかし栄は毎度帰郷するたびそこでは死んだようになってひたすら療養と回復につとめるのみで、上げ膳、据え膳の暮らしであり、上京の際には乏しい妹たちの財布（上の妹のシンは教員歴数年の小学校教師であり、下の貞枝の方は編物の内職で暮らしをたてている）から旅費、お土産までもらって帰るのであってみれば、殊に幼時から妹たちには姉の立場として、一家の経済的支柱として生きてきた栄にとっては何とも屈辱的で情けない、心苦しい限りの居候であった。加えて繁治の実家の方は全く夫婦の生き方に無理解である上に援助などは全く無く、周囲の村人は官憲につけ狙われる家との交際は敬遠するという工合で四面楚歌であったからだ。

繁治の甘え―栄とのズレ

これに対して獄中の繁治の方は、妻子の生活と栄の病身を案じて小豆島行きを勧めているだけで、栄の経済的心理的負担については知らん顔で、その点についての配慮は全くない。だから栄は激しく夫の無責任な甘さ、アナーキスト時代の「リャクの思想」の残滓をこびりつかせて、恬として恥じない態度にかみつく。しかし繁治の反応はズレたままだ。

> お前がいつかの手紙であんまり悲痛な声で唸っているように思われたので、小豆島行きをすすめた次第だが、小豆島なんて、ツバもひっかけたくない、なんて一言の下に片付けられたのでは、俺にも物を云う勇気がなくなってしまう。お前は今までずいぶん小豆島を賛美していたではないか。まるで天国みたいに。それが今度は地獄よりも嫌っているようだから、お前の気まぐれにも少々あきれている。
>
> （33・6・24付）

栄の心象風景の中の小豆島と、現実のそれとの落差が栄の「気まぐれ」としてしか認識されていないわけだから、平行線をたどるほかない。

この金銭的に恬淡として、無心しても罪悪感はおろか、恥じるところが全くないという性癖は、恐らく前述のようにアナキスト時代の残滓といってよいように思うが、次の例も同断とみてよいであろう。

お金は今四十銭あまりある。然し、これでは来月はキングも買えない。お前はそちらでは全く無一文だろうから、僕への差し入れ金も都合つかぬだろう。ほんとうは僕の月々の差し入れ金位は兄貴に出して貰ってもいいのだが、お前は勿論のこと、僕も一文だって出して貰うことをいさぎよしとしない。ほんとに出して呉れる意志さえあれば、こちらが黙っていても出して呉れる筈だからね。お前の方でいよいよ都合つかぬとすれば、すこし無理かも知れぬが百合子さんか、岩本さんに頼んで見ようと思うのだが、どうかね。仁平治が一二円持っていれば寄付して貰ってはどうか？（33・9・29付）

「キング」は大正期末に講談社から刊行された月刊大衆雑誌（25・1〜57・12）で昭和期前半の大衆文化の中心であったが、これを無収入の妻にこういう形で話すところに夫の自己中心性は明白である。

ところでそのあとに（兄貴に差し入れ金を出してもらってもいいが云々の件については後述する）宮本百合子か岩本錦子（知人の洋裁店主で終生交友があった）にカンパを頼めというのだが、まさしく〈雀百まで〉の格言通りアナキスト時代のリャクの思想が依然として消えてはいないというほかはない。

ここで関連して指摘しておきたいのは繁治における甘えの問題である。

二回目の入獄は二年間と長期にわたり、組織も弾圧のために月日を追うごとに弱体化し、一九三四年二月には解散するに至るわけで、栄達の生活自体が危機に頻してゆくのを彼は坐視するほかなかったわけだが、そういう場合に彼の栄に対する勧奨、アドバイスは唯一つ小豆島への帰郷のすすめのワンパターンであり、彼の実家である堀越から援助を受けろの繰り返しであった。

しかし既に見て明らかなように堀越やその親類では繁治らを「道楽者以下」と見ていたことは事実であり、栄の懸命の説得によって漸く兄の伊八はわかった、理解しているというには至ったが、しかしそれは言葉の上のことで現実的な対応の面では何ら従来と変わりはなかった。仁平治と貞枝の結婚の件にしても同様で、子供が生まれるに及んでも、二人で経済的に自立して援助なしにやってゆくのでなければ、認めないという態度を変えることはなかった。

これらの事は全て栄から繁治宛の書簡に書かれていることで繁治は無論知っていた。にもかかわらず、事あるごとに小豆島行きを勧め、島にいて金の入用があるとすぐ兄の伊八の処へ行け、栄と真澄の滞在が長くなり、貞枝に子供が生まれると、食料費も大変だろうから、野菜なんかは堀越からおくってもらった方がいい、と手紙では言ってよこすが自分から一筆実家にしたためて懇願したことは一度もない。

身も蓋もなく言ってしまえば、繁治は双方の実家を完全にアテにしていて、自分の都合でいつでも、いつまでも快適に、都合よく利用できると思っているわけで、これは完全な甘えであり、自立していないお坊っちゃん丸出しの発言であるから、栄が腹を立てるのは当然であろう。

まるで、ふぎをした女房かなんぞのように

第一回の獄中書簡について整理して言うと、この一六〇日間に現存するものは繁治からのものが二二通、栄からのものが二〇通で、平均すれば八日に一通はお互いに出していたことになり、その数はほぼ同数である。その点では双方に非はなかったと見てよいのであるが、実際には双方とも互に相手に手紙を書くことを要求しての応酬、論戦はすさまじく、激しく相手をなじっている。

第二回の書簡は繁治からのものが一〇九通、栄からのものが四二通で、期間は六一五日だから、夫からは六日に一通、妻からは一五日に一通ということで、夫の半分以下ということになる。前回はほぼ同数でさえ互いに非を難じていたのであるから、この状況では血の雨が降るに至るのは火を見るよりも明らかである。33年8月31日、病体に鞭打って真澄を連れて面会に来た栄に、夫は始めから終わりまで、「ガンガン怒鳴り散らし」（33・9・2付繁治書簡）二度と手紙は書かないからと、憎々しく言ってケンカ別れしたからである。栄の手紙からそれを引いてみよう。

あなたは、別れぎわにまで、もう手紙を書かないからとにくにくしそうに云って行ってしまった。仕方がない。私は、今日まであなたの手紙に対して持っていた無条件（虫がよすぎるかも知れないが）の慰め、そうしたものも期待しません。

夫を奪われ、経済的能力を奪われ、健康を奪われ、そして、此間から、子供をさえも奪われようとして、ガムシャラにジタバタしている自分のみじめな姿、あまりにも苦労が多すぎる、せめてそれを、いたわられようと、ますみをつれて行ったのに、まるで、ふぎをした女房かなんぞのように、なぐりつけ、けとばされてかえって来たようなものです。私はあなたに許しなんぞ求める筋がないと思う。

（33・9・1付栄書簡）

結論から先に言えば、夫と妻のどちらかに軍配をあげることはできない。誤解のないようにことわっておくが、栄の手紙をここに引用したからといって私はその肩をもつ気は毛頭ない。

はっきり言っておくと、繁治も栄もともに自己中心的であり、相手に対する発信の要求は過大であり、過剰であって、その点できわめてわがままであり、エゴイスティックであると断言しておかなければならない。その点では双方共に同罪である。

ただ、書く条件に恵まれている点では断然夫の方であるわけだから、その点は割り引いて考える要はある。しかし、だからといって栄の方の怠慢がそれで帳消しになるわけではないし、まして自分の方からは書かずに、一方的に夫に書くことを要求したり、手紙なんてつまらない、というに至っては論外である。

どんなことがあっても真澄は手離してはならぬ

一九三五（昭和8）年の八月前後から年末にかけて思いもかけず、真澄の生みの親が引き取りたいと言ってきたために、夫婦は頭を悩ますことになった。前引の33・9・1付栄書簡中の「そして、此間から、子供をさえも奪われようとして」というのがそれである。

真澄は林政吉と栄のすぐ下の妹スエの娘であるが、スエが早産後、産褥で早逝したために岩井家で引き取ってもっぱら栄が養育し、栄の結婚後も（栄が結婚してからは母が世話をしたが、一年弱で母が没したため栄が引き取った）引き続いて育てていたから繁治にとっても違和感はなく、実の親子として生活していた。

そこへ青天の霹靂のように林の方から返還の請求があったので動転する。一九二二年七月生まれの真澄は満一一歳になっており、それまでの歳月を過ごしてきた夫婦にとっては感情的に離れることはまず考えられなかった。

とすれば返さずにそのまま引き取って養女にすれば（林の方では他にも子供たちがあった）よいわけだが、そうなるとある問題が急に浮上してくることになった。

養育費の問題がそれで、金額がどの位であったかは判然としないが、もらっていたことは事実[*3]のようであり、困った時には融通してももらっていたようだが、その縁が切れるということになれば、僅かではあったとしても養育費が入らなくなるということは目前の生死にかかわる問題とからんでくるものなので深刻なのである。

生みの親に返すことも考えないわけではなかったが、しかし肝心の真澄がそれを嫌がり、繁治もまた「マスミを手離すことはどんなことがあろうともしてはならない。」（33・9・21付繁治書簡）という力強い言葉を与えてくれたのをたよりに、栄は真澄と一緒に生きることを固く決意し、同年末には一〇〇日ぶりに上京し、真澄は小豆島の坂手小学校に通って残り、やがて従来通り三人で生活することで一件は落着する。

夫の愛を独占するには監獄へやるにかぎる！

大分暗い話ばかりが続いてシンドイのだが、往復書簡を読んでいて、時に救われるのは栄流のユーモアがはさまれていることである。ともすれば圧しつぶされそうになる現実の悪条件の中で、それと対峙し、はねかえすには、束の間でも生活の中に、喜びや笑いを見出すことが必要不可欠だった筈で、それらをまとめて以下に列挙しておきたい。

（イ）蒲団の寝心地如何？　あんまり小さすぎたのではないかと心配しています。あれを作っているのを見て、みんなにまるで男の子の蒲団みたいだと笑われました。だが、何と云ってもそこにいる間は頭こそはげていても、完全に「私の坊や」なんだから、気に入らなくても、ガマンしてネンネしなさい。だけど敷き蒲団は、実に可愛い模様でしょう。あれは洋服屋さんでウンとギンミして買ったものなのよ。では今日はこれでサヨナラ。（32・6・23付）

（ロ）中条（引用者注―のちの宮本百合子）さんに云わせると、あの靴下は「カワユクてたまらない」と云う編み方だと云うのです。黒地の中の赤糸が「カワユクテタマラナイ」、「カワユクテタマラナイ」と云う感じだと云うのですが、あなたはそれをどう感じます。（32・6・29付）

（ハ）昨日、私ホリコシ（引用者注―繁治の実家をさす）へ手紙を出したのよ。この原稿紙へ七枚、今考えると、繁治の弁護ばかりのような気がする、ほんとに。もしかこの手紙をあなたが読んだら、「バカだねお前は」と云って、キット愛撫してくれるだろうと、思うわ。どんな事書いたかアテタラ、エーライット。（同前）

（ニ）何から書こうか迷う程、私はあんたから手紙を受取っている。もしも字の細かさが感情のこまやかさをあらわすものなら、この虫メガネの手紙は正に百パーセントでしょうね。

あの荒っぽいあなたが、こんなに細かい字を書くという事は何だか考えられなかった。この前、井汲（引用者注―井汲花子は戦旗社以来の僚友）さんと手紙の競争をした時、手紙の数に於いてダン然勝利だったけれど、結局字数に於いて負けた事を知っているでしょう。これなら、どこへ出してもヒケは取らないだろうと、つまらんところへ鼻を高くしています。ハガキ一枚大に四十七字詰二十三行は、けだしレコードだろうと思うんです。（32・8・24付）

（ホ）奥様方に大評判の特別記事、良人の愛を独占する方法の座談会、良人と情人との手を切らせた妻の深刻な経験談、結婚前の良人の愛人に悩まされた告白、そこで私はひとりで苦笑したのです。もしもこの座談会に私が出席していたら、良人の愛を独占するには、良人をカンゴクへやるに限るとでも言ったろうと。（同前）

（ヘ）ただ、それにつけても、人に指さされないようにと、私はいつも考えて居る次第です。「壺井の細君は変だネ」なんて、考えてもワシャイヤじゃ。（32・9・25付）

これらの手紙に接触した繁治はどれだけ慰められ、励まされ、勇気づけられたかは想像に難くない。そういう繁治の手紙一通をここに引いておきたい。
栄のあたたかい、豊かな心を讃美し、それが如何に周囲の人々を明るく、楽しくさせるものであるかを具休的に周囲の反応を列記して示し、また原稿を書きあぐんだ夫に、一緒に私も徹夜するからがんばって！　と励まして書きあげさせたこと等々、その栄が病床にありながら介抱もできない情けなさ、辛さ、不安、心配、そしてその先に「愛する栄よ！」とほとばしる呼びかけは感動的である。

あなたは誰に対しても非常に明るい健康な感じを与えるらしい。昨日、立野君から手紙を貰ったが、その中でもこう書いてあった。「……君の細君には、時々逢うが、相変わらずふとっていて、いつもニコニコしていて……僕は逢うたびに、非常にゆたかな、あたたかい心を感ずる。いい人だ！　とお世辞なんかではなしに、心からそう思うのだ。君の細君の写真を、誰かが上手に撮って「文新」へのせないかなア、と思っている位だよ。」
僕はこれで思い出した事がある。恰度、あの代々幡警察署にいた頃だ。僕と同じ監房に早大の学生がいた。その学生が高等室で、俺に面会にやって来たあなたに偶然会ったと云って僕に話し、非常に明るい人ですね、と盛んにあなたのことをほめていた。これも口先だけのお世辞ばかしではないらしかった。自分の女房がほめられるのを聞くのはいささかくすぐったい気もするが、しかしまた不愉快なもんでもない。で、僕はその時、非常にうれしかった。実際、あの頃のあなたは、実に明るい、生き生きした顔をしていたよ。僕が捕らえられて監獄へ送られるかも知れないと云うのに。
僕は今、思い出す……あなたが僕をゲキレイして呉れたあの実□を！　あの時のあなたの気持ちは、スパルタの女達――母や妻が自分の息子や夫を戦場へ送り出すに際して、この楯に必ず載ってでなければ帰って来るな、と云って楯と槍を彼らに渡した時のそれよりも、もっと強く美しかったかも知れない。（中略）
しかし、そのあなたが、今、非常に疲れ、衰え、将に床にもつかんほどの状態にあると云うことは、どんなに僕を悲しませることだろう。（中略）
しかし、なんでも負けることの嫌いなあなたの仕事ぶりには、僕も感心せずにはいられなかった。僕が原稿が思うように書けなくて、筆を投げ出そうとしたとき、徹夜してもかまわないから一緒に起きているとあなたに云われて、又ペンを取り直して書き続けたことがよくあったね。こうして、ぼくはあなたのゲキレイによって、どんなに仕事をうまくやり遂げたか知れない。そんなことを考えるにつけても、僕はどんなことがあっても、あなたが元気を取り戻してくれることを切望する。

愛する栄よ！　僕等は幸か不幸か、嵐の時代に生きている。そして、この時代は、我々をして別々の生活をするべく余儀なくした。しかしこれも××《ママ》のためだとすればどうして不平が言えよう。むしろ、喜ばねばならぬ。しかし、この嵐の時代を生き抜くためには、強い肉体と意志とが必要だ。今、あなたはその必要な肉体をそこなわれている。どうか、それを元通りに丈夫にして呉れ。人間はからだが弱く衰えると、つい精神や意志も弱くなるものだ。勝ち気なあなたは決して人に弱みを見せまいとして無理をする。その結果、弱ったからだが益々弱くなる。どうか、ゆっくりと休養して、今度は前よりももっとエネルギッシュに働き得るようになるまで、健康を恢復するための策を取って呉れ。

（32・8・24日付繁治書簡）

注

＊1　本書第二章参照

＊2　栄の岩井家側には全く問題がなかったのかといえば厳密にはそうではない。例えば繁治の書簡（33・8・15付）の中で「朝鮮の兄さんが、お前に東京を引き揚げて小豆島へ帰れと云うのは、どういう意味なのか？　つまり僕なんかに何時までもかかずらっているな、と云う意味からそう云うことを云っているのではないか？　勿論、彼の云うことなんど大して問題にする必要もないが、念の為一寸聞く次第だ。」というように、当時姉の千代の夫、林音吉が朝鮮で旧制中学の教師をしていて、そこからこういうサジェスチョンもあったからである。しかし結果としては、それも一時的な雑音にすぎなかった。というのは、父は中風のため話すことが困難であり、母は既に亡く、家にいる二人の妹のうち、シンは小学校の裁縫の教師をしていたが、その資格は上京して一年後の栄夫婦の家から二年間戸板裁縫学校に通ってとったものであり、貞枝もまた二年間シンと同時期にトキワ松学園に学んで世話になったわけであり、貞枝の場合は更に、そこで生涯の伴侶となる繁治の甥仁平治との出会いということも重なっていて、岩井家を実質的に左右する者で容喙できる者は他にはいなかったからである。

＊3　本書の第三章参照

第六章　文壇登場

繁治の転向と出所

本章では、出所後の生活の困難と、いよいよその中での習作が開始され、佐多稲子・宮本百合子というすぐれた先達の導きによってやがて文壇登場ということになるのであるが、それは決して単純な道のりではなかった。のみならず信頼しきっていた夫と友人の女性との恋愛という青天の霹靂にも遭遇し、夫婦の絆は危殆に瀕していた。そういう修羅場、地獄の中から栄は身を起こしていったのであるが、この愛情の亀裂の問題についてはそれをテーマにして別に「隠された真実――壺井栄における作家転身の意味」（94・2・15「言語と文芸110号」おうふう刊）という私見を既に明らかにしているので、詳細はそちらを参照願うこととして、ここではそれにかかわる部分はエスキスにとどめたことをおことわりしておきたい。

34（昭和9）年3月に保釈で出獄した夫の繁治は、約二年近く獄中で生活したことになるわけであるが、保釈直前の2月20日の判決では、治安維持法及び新聞紙法違反で懲役四年（未決拘留二〇〇日通算）の判決が出され（34・2・21「朝日新聞夕刊」2面8段）、同年6月の判決で禁固二年、執行猶予五年の刑が確定した。この年2月には既にプロレタリア作家同盟は解散し、コップ加盟の諸団体も殆どが相次ぐ弾圧により解体され、繁治の場合も「思想と感情の分裂はげしく、日夜思い悩み、不眠症となる。共産主義思想の正しさを信じながらも、一方一日も早く出所したいとの欲望、次第に頭を抬げる。外部との連帯感崩れ、極度の孤立感に陥る。（二月）九日、共産主義運動より離脱する旨の第二回上申書提出」[*1]し、保釈願いも認められての転向による出所であった。

約二年ぶりに帰った家は、無論繁治には初めての家で「中野上高田の、天井の節穴から青空が見える小さなあばら家」[*2]（『激流の魚』）で、住所は中野区上高田一丁目六三　戎居方であり、このあとすぐに一家は小豆島へひきあげるが、たちまち再上京して同じ家に昭和9年10月末頃まで住んだ。[*3]

身のふりかたの誤算

出所後の身のふりかたについては、夫婦の間に漠然とながら、当分小豆島に帰ってのんびり暮らしたいとする気持ちが[*4]あり、又それを積極的に受け入れて郷里の実兄の伊八からは、より一層具体的に「お前宛鶏の雛も百羽注文致して居ります静かに園芸や養鶏や養豚をやりなさい」[*5]と養鶏などをすすめる声もあって、親子三人で四月（あるいは五月）頃小豆島へ帰郷した。

ところがこれが大変な誤算であった。

田舎の警察は帰郷と聞くや、まるで時限爆弾でもかかえこんだように大騒ぎして、連日押しかけてきては上京してくれの一点張りであった。とうとう根負けして、繁治の母から弁護料として千円を貰って、再び中野上高田の家に、五月末に[*6]夫婦でもどり、真澄は島に残った。[*7]真澄が残ったことについては、繁治が無職であることと、来年女学校受験の年齢であることがあったであろう。

前述のように、帰郷後まもなくあった六月の判決では繁治の禁固二年、執行猶予五年の刑が確定し、以後監視つきの行動となる。[*8]隣家には戦旗社時代以来の友人井汲卓一一家が住んでいた。

七月初旬、黒島伝治が新聞紙法違反での判決を受けるため、小豆島から上京して来泊。[*9]7月7日、東京区裁で禁固二カ月、罰金二〇円、執行猶予四年の刑となる。

百合子の秘書兼家政婦となる

さて、この年一〇月に三七歳となる繁治に定職は無く、生活の資を得るために栄はやむなく宮本百合子の厚意で、秘書兼家政婦のような仕事をさせてもらって、一家の生計を支えることになり、これがおよそ昭和13年いっぱいぐらいまで続くが、そのあとは佐藤さち子に代わった。

仕事は最初、34年6月13日に没した百合子の母、葭江《よしえ》の遺稿集『葭の影』(35・7 私家版)を分類整理の上、浄書して出すことから始まり、毎日駒込林町の百合子宅に通った。

栄は戸籍によれば、百合子と同年の一八九九(明治32)年生まれであるが、自筆年譜を初めとして履歴を示す場合には常に一九〇〇(明治33)年生まれとした。それが何故であるかの説明等は全くない。その為生前は(死後もしばらくの間は)生年を長く誤ってきたということがある。

従って百合子との関係でいうと、年下であるのみならず、あらゆる点から見て存在自体の軽さは一目瞭然である。こういうエピソードがある。

栄はイカを食べるときまって胃痛を起こすイカアレルギーであったが、ある日百合子の家で食膳にイカが出るが、これはダメと言えるような隔てのない仲ではなかったため、心配しながら食べたところ、果たして胃がしくしく痛みだし、顔面蒼白となって昏倒、仕事どころではなくなるという一幕もあった。

ハッキリ言うと、栄には百合子恐怖症とでもいうべきものがあり、百合子の傍らにいると、いつも緊張してその死まで遂に言いたいことも言えない間柄であった[*10]と言ってよい。

両者の関係には、師匠と弟子、先生と生徒、のように、どんなに深い、親しいつきあいになっても遂に友人同士のようなつきあいにはなれなかった隔たり・遠慮・気のおける点がつきまとっていたことを指摘しておきたい。

別の言い方をすれば、栄の側には百合子に対して、終生タテの関係としての畏敬をヌキに接することはできなかったということである。

遺稿集編纂の仕事が終わると、家事の手伝い・口述筆記・

買物のお供の他、宮本顕治が33年12月に逮捕されてから、45年5月網走刑務所に移送されるまでの一二年間、百合子の差し入れ協力者となる。[*11]のちにこの役も佐藤さち子に代わる。

34年11月20日に百合子は上落合2-740に転居するが、栄宅からは歩いて三分の距離であった。[*12]

習作が朝日新聞の時評でとりあげられる

もと国民新聞の学芸部長であった岡田復三郎（建築家岡田正五郎の兄）が雑誌「進歩」を創刊（35年1月）し、当時の進歩陣営の執筆者に多く執筆させた。そして雑誌のほか、単行本の出版にも手を伸ばし、宮本百合子『冬を越す蕾』（35・6・12）などが刊行された。岡田が国民新聞の学芸部長時代、夫の友人の坂井徳三がその下で働き、「進歩」の編集や出版企画にかかわっていた関係で、繁治もその発行元である現代文化社にもぐりこんだ。繁治は岡田を口説いて自らの編集で詩の雑誌「太鼓」（35・11、36・1～2　全3冊　2号からはサンチョ・クラブ[*13]の機関誌となった）も出した。

そういう関係から、栄は小説の寄稿を勧められて投稿、掲載されたのが、「長屋スケッチ」（35・3「進歩」）である。筆名は「小島豊子」で、この一回しか用いられていないが、生前の繁治の証言があり、その指示で筑摩版十巻本全集7（68・11・11）に収録されているので信じてよい（文泉堂出版全集Ⅰに収録）。

これは幸吉と一枝夫婦が引っ越した崖下の四軒長屋の日常をおかみさんと子供に焦点をあてて、一五枚（四〇〇字詰）弱に描いた小品で、子供の描き方には流石にキラリと光るものもないではないが、作品としてはテーマの「店子は家主にいじめられ、家主は地主にいじめられ、世はさまざまか」に余りに引っぱられすぎていて興醒めの感は否定できないであろう。

この前後、宮本百合子や佐多稲子らとの接触が深まるにつれて、二人から栄の豊かな作家的鉱脈が探知されて、執筆を慫慂されて、習作を書き始め、「月給日」ができ、百合子に見てもらうと、どうということもない作品とあっさり評されるが、神近市子編集の「婦人文芸」を紹介されて持参すると掲載（35年4月号）され、その上新聞と雑誌で生まれて初めて批評されることになった。稿料は8円であった。

まず「東京朝日新聞」の「豆戦艦(8)四月の雑誌評」（35・4・14　11面）は「婦人文芸」で「月給日」（壺井栄）と「露店記」（徳久歌子）は「同じ貧窮を描いて、一は切なく、一は明朗であり、ともに或る程度にまとまっており、ともに際だつてぬきん出たものがない。」と評し、武野藤介は「女流作家四月号新人評」（35・5「女性時代」）で

「月給日」壺井栄（婦人文芸）良人は治安維持法違反で入獄している。細君は或る商店の記帳係に働らく、発子という子供が一人ある。細々と暮らし乍ら、良人への、差入物などのことも、考えなければならないのであるが、

たまたまその月給日に、子供を連れて買物に出て、その日に貰ったばかりの月給をそっくり、盗まれると云うような筋である。すりにやられるのだ。一応は書けていると云う程度の作品。可もなく不可もなく、また部分的に光ったようなところも、私には見出せなかった。が、最後の、その憎むべきすりを、この親子が批評して「母ちゃん、労働者でも悪いことしる人あんのね」「そりゃ、あるさ、だけど、いい人でも仕方がなくて悪い事をする人もあるのさ」とだけで片づけているのは、甚だ凡俗「人間」をこんなに簡単に片づけてはいけない。私は、寧ろ、金の有り余っているような者が、こんな場合、盗んだ者のことを同情してみるのが、却って自然であり、且つ「真実」が描けるのではないかと思ったぐらいだ。

と評したが、妥当な見解というべきであろう。

作家修業を自覚的に始めて最初に活字となった習作が「月給日」であれば、作の巧拙は問わず、それへの思い入れの深さは格別のものがあるであろう。実際、晩年——死の三年前に書いたエッセイの中でも「月給日」を評してくれた「豆戦艦の杉山平助氏」のことが「いまだに忘れられない」と記している。（栄「忘れられぬ「豆戦艦」」〈64・8「群像」〉）

編み物と五目鮨的な女の時代

生活は苦しいながら、しかしこれまでと違って、作家として立つという新しい目標をしっかり立てられたことが、栄には何よりもうれしかった。百合子と稲子という敬愛する両先達から資質を認められ、習作の指導を受け、誰憚ることなく作家修業のできる日日はかけがえのないものであった。そういう中から「長屋スケッチ」「月給日」等の習作は生まれていったのであるが、いよいよ本格的に身を入れようという時期になって、百合子が検挙されるという事態が出来する。

34年5月17日、百合子は淀橋署に検挙され、同年10月14日起訴され、15日市ヶ谷刑務所に入獄。翌36年1月30日父の急死で執行停止となり、一旦家に戻ることを許されるが、2月4日市ヶ谷刑務所へ再び戻る。3月下旬になって健康状態が悪化し、同月27日保釈となり、直ちに慶応病院へ入院し、一カ月後に退院。6月に判決があり、懲役二年、執行猶予四年であった。

この間一年余、栄は面会と差し入れ係になって日参し、献身的に尽くしたために創作は中断し、自ら「編み物と五目鮨的な女の時代[*14]」となる。

百合子検挙の際、最も辛い思いをしたのは、その朝折良く行き合わせながら、外部への連絡に気をとられて百合子の日記を押収され、そのため百合子が、栄にあたかもスパイであるかの如く腹を立て、恐い顔でなじり、栄としては全く立つ瀬がなかったと回想[*15]している。

1934、繁治出所の頃　左から中野鈴子・渡辺朝子・繁治・栄

五目鮨というのは栄の作る小豆島風の五目鮨で、それを百合子は好物としていて、栄の家を訪ねるときまってそれとお風呂を所望するのが常であったからである。

百合子は風呂好きで、落合へ越してくると、すぐ栄と風呂桶を買いに行き、店主は最低の二四円の客と見てそれをすすめていたが、百合子は、じゃあ、といって店で一番上等の四二円のを値切らずに買ったので店主は驚き、あわてて簀の子と洗い桶をサービスする一幕も[*16]あった。

以上をひっくるめて言えば「私は、百合子さんの差入係を引きうけて、毎月《ママ》のように淀橋署へ通った。着がえの浴衣をもっていったり、べんとうをつくって運んだり、顕治さんの差入れの相談をうけたりといった具合[*17]」で自ら「編み物と五目鮨的な女の時代[*18]」と称する所以である。

そこへ青天の霹靂のように、繁治の愛人問題が起こったのである。栄には信じられないことであり、しかも相手は最も信頼し、親しくつきあってきた中野鈴子であると知って動転する。

中野鈴子と夫の不倫

ナップ結成以来の繁治の盟友中野重治のすぐ下の妹が詩人の鈴子（一九〇六〜五八）で、郷里の福井で二度結婚に失敗した後、29年に重治を頼って上京し、「戦旗」「ナップ」「プロレタリア文学」「働く婦人」に詩を中心に小説も発表。ペンネームは一田アキを一時用いるが、35年頃からは本名にした。32年一月に「働く婦人」が創刊されると、編集部員として活動するが、生活が経済的に不安定であったため、郷里の福井と東京の間を往復することが多かった。

一つには鈴子には生活者として生きる上で、ある本質的なものが欠けていたようである。中野重治の言葉で言えば、「遺言も詩で書くような人間」[*19]であるために家計から一身上のこと・収入と支出・借金と返済・一年間の農業生産計画から、もろもろに至るまで、鈴子から手紙やハガキで言ってきても「読んでわかったことは殆どない」[*20]という存在自体のもつ欠陥があり、第二にそのために自活することができず、重治に依存するが重治自身が投獄と出獄を繰り返していたために、往還せざるを得なかったという事情もあったかと思われる。

栄は無論、重治や稲子、百合子夫妻とは家族ぐるみのつきあいであったから、小豆島に帰郷している時は、繁治のために鈴子に獄中に差し入れや面会を依頼したり、長期間の留守の間は借家に住んでもらうなど隔てのない仲であり、「働く婦人」の編集部でも一緒に仕事をした同僚でもあって、年齢は六歳下、事件が発覚した昭和一一年春には鈴子は満三〇歳であった。これまで繁治と鈴子のこの事件については一般に知られることなく、半世紀をこえる年月が経過した[*21]。その間触れられることが全くなかったのかといえばそうではない。僅かに次の二氏が次のような形でふれていた。

佐多稲子と澤地久枝

一人は佐多稲子で、その小説「沖の火」(49・12「展望」)の中で「私」の「亡夫と民子」が、かつて二〇年程前に「過失」を犯したことを思い起こして、民子があやまる場面を描いている。このままでは一般の読者にはフィクションなのか、事実なのか、「民子」とは誰なのか不明であったが、それから約三〇年後に刊行された講談社版佐多稲子全集第四巻(78・3・20)の「あとがき」には次の一行を書き加えた。「民子として描いた人は、初期に一田アキの筆名を持った詩人中野鈴子である。」

これによって中野鈴子が「過失」を犯したことは判明したが、その相手が誰であるのかは依然として不明のままに残された。

ところがその後、稲子は「中野鈴子への手紙」(92・9・25「中央公論文芸特集秋季号」32号)で21通を公開し、そのコメントの中で、中野鈴子が「過失」を犯したのは稲子の夫とではない、「別の人」とだと断言するが、その名を明らかにはしていない。

もう一人は澤地久枝で、中野重治『愛しき者へ　上下』(上―83・5・25 下―84・4・30)中央公論社)の下巻の「解説」(71〜72頁)で、澤地は中野重治が36年1月で満三〇歳になる妹の鈴子の自立をうながすべく、経済的援助もしつつ、一人暮らしをさせるが、鈴子はそうした兄の配慮などおかまいなしに「女としての惑いと混乱」を深め、「異性との問題」

を起こし、それは「不行跡」として指弾されるべき事柄であったがゆえに、折柄患った肺結核の「病気療養」という名目で帰郷という「裁断」を重治は下したという。更に鈴子の相手については「具体的に、誰と何があったかは書くことができない。わからないことが多過ぎる」からとしている。

以上この事件に関して、これまで言及しているのは上記の二氏のみであり、しかもいずれも鈴子が一方の当事者であることは明らかにされたが、もう一方の相手については不明のままであった。

鈴子の書簡

それが壺井繁治であると判明したのは、この事件が栄に発覚してからひたすら謝罪を繰り返す鈴子の書簡が壺井家に残されていたのを小生が発見したからである。

私は新版の壺井栄全集の編集責任者として、壺井家のご遺族の加藤真澄氏のご高配により、十数年来栄関係の全著作全資料の調査と整理をさせていただいているが、その過程で明らかになったものである。

書簡は全部で10通ある。うち4通は便箋、6通は原稿用紙であるが、詳しく言えばその6通の原稿用紙というのは、うち5通は反故の原稿用紙のウラを使っている。手紙は発覚直後の惑乱した感情のままに、主観的に綴り、用語表現も特異なものが多い上に、誤記・誤用も多く、加えて表現が独特のため判読するのに難渋した。内容はひたすら謝罪を繰り返すものであるが、そのうちから事件の経緯・大要・心境などがうかがえるもの一通を次に原文のまま引用しておきたい。誤字・脱字不穏当な表現など全て原文のままとする。封筒はあるが投函せず、直接届けたものと思われる。原稿用紙三枚（盛文堂20×20）の裏使用。鈴子から「壺井お二人様へ」。ペン書き。

> もう一度云はせて下さい。お聞き下さい。わたしは、栄さんが壺井さんがそんなに公明正大なのに対して、わたしは何と云ふうそつきで不正直なのでせう。わたしは自分の不正直さをみんなこゝに申し上げまして改めて御了解して頂きたいと思ひます。わたしが中条さんいね子さんに壺井さんを悪く云ふと云ふことを結果においてさうなりましたかも分りません。
>
> わたしは、自分のあの当時のことを正直に告白して、そして、壺井さんを悪いやうに云ふてあることについては徹底的に取り消します。責任をもつて取り消します。そして深くお詫び申し上げます。わたしは昨夜栄さんの正しい潔白なお言葉をお聞きして、自分のかくれてゐた正直なところが出てまゐりました。そこをお信じ下さい。わたしは、こゝに、正直な全部をおはなしいたします。
>
> 最初は、戯れのやうなものだつたと思います。けれども中途からは戯れは何時ともなく真実を求めることになつてゐました。壺井さんはさう云はれますが、わたしも

交互関係でさうなりつゝゆきました。けれども、わたしはその真実になツてゆくことを、一面にはかなしく、苦しゆうございました。私の真実を求める心が本物になつてゆくことを感ずれば感ずるほど、かなしさもつのりました。こんな関係の中で、真実を求めることがかなしかつたのです。それが、わたしの態度が変動する原因であつたと思います。わたしが壺井さんを戯れてゐたと、そんなことはわたしには出きません。たゞ、わたしは不思議に思いましたのは、何して壺井さんはわたしをこんなになさるかと云ふことで、壺井さんは真実のやうに云はれてもわたしは半真半疑でゐたわけです。

そしてまた、わたしは、一方に、人の家庭生活を乱して、栄さんを偽つて、そんなことをしなければ、そんな関係の中で真実を求めると云ふことのかなしみが、わたしを、やけにも落し入れました。

わたしは家庭生活を乱して、なほ人に戯れをしてゐたと、そんなことはわたしにも出きはいたしませんのです。わたしは、その関係を自分と自分で恐れてゐましたのです。人に知れる恐ろしさもありましたが、それよりも、自分を恐れてゐましたのです。

それで、栄さんがお知りになりました時、わたしは一時に我に返りましたのです。わたしは、第一に、栄さんお二人が一日も早く、元にお築きになツて頂かなければと云ふことを考へましたのです。それで、わたしは何も云ふことは無いと申し上げました。

わたしの云ふことはものゝの数ではない問題にはならないと思いましたからなのです。

けれども、特にわたしに対して壺井さんがわたしに何か云ふことはないかと云はれました時、わたしは壺井さんがわたしの気持ちの中をおもいやりして云はれるものと思いましたのです。わたしはそれは、済まなく身にあまる御親切と思いました。わたしは壺井さんが、さう云はれますことに対して、何とも口が利けないほどでした。あの時の気持ちは、苦痛そのものでした。御返事を申し上げねばならないが云はれはしないと思いました。こゝで、わたしがあの時の感情、気持ちは、わたしはかう申し上げる気持ちがしましたのです。

お志ざしはありがたく頂きました。このお志ざしだけで充分です。御親切だけで充分です。今日かぎりお忘れ下さい。わたしをかまはないで下さい。一日も早く、家庭をお築き下さい。今までのことをお許し下さい。

と申し上げたかつたのです。

けれども、わたしはこんなやうに申し上げると、壺井さんは私をかわいさうに思つて気持ちが残ると思いましたのです。

わたしは、このことを重大に考へましたのです。これは、わたしがこれまでに経験がありましたので、窪川さんのことで。気持ちが残ると云ふことは重大なことゝ思いましたのです。それで、わたしは、これまでのことも偽りだと云ふことをあの最後の手紙で書いたのですけど。作りごとがありましたために、ちやんと書けないで誤解をお与へする結果になつたものと思います。

　こんな作りごとの方法を考へなくても、正当に解決がつくことに定まつてゐましたのでせうけれどもわたしは誤まつてゐましたのです。今頃になつてこんなことを申し上げまして却ツて悪いことになりますと思います。お許し下さいませ。

　ありのまゝを申し上げました。この手紙は書きあやまりのないやうに注意をして書きました。この手紙のまゝですと、わたしの気持ちの中には壺井さんに対して心が残ツていると理解になりますかと思います。

　自然な心持ちとしてはのこりますのが本当かも分りません。昨日までは、わたしは残つてゐないと自分に思い込んでゐました。しかし、鏡に映し出されゝばのこつてゐるかも分りません。けれども、これは、わたしは自分の責任として、背負います。と同時に、一日も早く、忘れてしまいたいと思いますし、出発点のことや、自分の犯したことに対する反省と良心とで消し去るものであることを信じます。わたしは改めて、もう決して、不正なことはしない決心でをります。決して、自分をあまやかしたりしないことを誓います。

　栄さんに深くお侘《ママ》び申し上げます。壺井さんにもお侘《ママ》び申し上げます。わたしの正直なところをおみとめ下さいませ。今まで、わたしをかばい下さいましたことに、深く感謝いたします。わたしはみなさんの前に深くお詫《ママ》びします。真実を失なはない人間に立ち返ります。

　栄さん。何卒、お許し下さいませ。ではお二人様の御建設をお祈り申し上げます。

鈴子

壺井繁治様
壺井　栄様

発覚は11年初夏

　この書簡は本文はペンで書かれ、封筒は毛筆で表書は「壺井お二人様」、裏は「鈴子」と記されているのみで、郵便局のスタンプなどはないところから考えて投函せず、直接届けたものと思われる。ついでに言っておけばこの鈴子書簡10通の内訳は

（イ）投函してスタンプのあるもの2通（36・5・17、36・7・1）
（ロ）未投函（直接届けたもの）5通
（ハ）封筒なし　3通

右のようになり、直接届けたものが非常に多く半数を超えることは確実である。それは恐らく事柄の性質上、人目に多く触れることを避けて早朝（あるいは夜分）に直接届けたことを物語るものであろう。

さて、前引の書簡には日付がないが、スタンプのある書簡で最も古いものは、36（昭和11）年5月17日に投函されたものであり、最も新しいものは36年7月1日で、後者の文面には栄と再会して「あんなに和いだ態度」をとってくれた事に感謝し、自宅へも遊びに来るよう誘われたことなどが記されていて、一件は落着したとの感が深いところから推定して、繁治と鈴子との関係が栄に発覚したのは、36年4月（どんなに遅くとも5月初め）頃で7月頃には元のサヤに納まったと考えてよいように思う。

とすれば、二人の恋愛はいつ頃から始まったのかということになるが、証言はないので推定でいうほかはないが、35年の夏から秋にかけての事ではなかったかと思われる。

その根拠は、35年1月に創刊された雑誌「進歩」の編集（その縁で栄の「長屋スケッチ」が同誌3月号に掲載されたことは前述した）にかかわる一方、発行元の現代文化社を口説いて詩の雑誌を出させることに成功。こうして出されたのが「太鼓」（35・11、36・1〜2　全3冊）で編集にあたった繁治（名目上の編集発行人は甥の戎居仁平治）は中野鈴子もひっぱりこんで、創刊号には詩「一家」と随筆「『親父しるす』について」を発表させているからである。

ところで栄が、繁治と鈴子のこの件について気づくのが遅かったのは、既に記した通りこの時期百合子の秘書兼家政婦として生計を支えていたからである。特に百合子が35年5月に検挙されてから翌年3月に自宅に帰るまでは、面会・差し入れ・病気の世話・その他に忙殺されて家にいることは無論、家庭を顧みることも殆どできなかったという事情があった。

離婚の危機

更に栄にとってショックだったのは、繁治と鈴子との交わりが一度や二度の過失と呼べるようなものではなく、かなりの期間にわたるものであり、その交情は深まっていたということである。

引用の書簡で、最初は「戯れ」であったが、中途からは「真実を求め」、二人とも「本物になつて」いったと述べる次第にそのことは明らかである。この点については、別の百合子にあてた鈴子書簡が壺井家に残されているがその中でも、栄に発覚後、繁治・栄・鈴子の三人で話したときにも、繁治は鈴子への愛は「真実」で直線に進んだと言い、鈴子もまた「わたしも真実」であったと断言したことを記していることによっても確認できる。

この時繁治は満三八歳、鈴子は三〇歳。ハシカのようにホレた、ハレたという年齢ではない二人が、互いに栄の面前で、二人の愛は「真実」であり、「本物」であると言い切ったのであるから事態は深刻である。もはや回復は不可能であり、夫婦は離婚に至るのが通常であろう。栄はまさしく絶体絶命の危機に追い詰められていた。

ところが事態は全く意外な展開を見せ、鈴子が身を引くことによって夫婦は元のサヤに納まり、解決を見ることになるのだが、そういう背景、経過には一体どういう事情があったのか。

一つには鈴子書簡に見られる彼女の心情からする決断があったと考えられる。書簡にあるように、鈴子には繁治との愛が「真実」となり、「本物」になってゆけばゆくほど、それが栄を「偽り」、「家庭」を「乱し」、ついに栄一家を破滅させることによってしか成就されない「かなしさ」「苦しさ」に耐えられなくなって身を引いたという事がある。繁治に心は残りつつも、これ以上栄を裏切り、「友情を全部反故にして恩を仇で返す」（別の鈴子書簡中の言葉）ことはできないと翻意して引き下がったということである。

もう一つは栄の方から先手を打つ直接行動に出て鈴子にあきらめさせたのではないかという推定である。

「沖の火」

そう考える根拠は二つあって、一つは前引の佐多稲子「沖の火」の引用文中には、二人の過失がわかった時には「民子に打ってかかったこともあった」と記されるように、女をハリトバスことによって身を引かせるということも十分考えられるからである。もう一つは栄自身の手によって書かれた作品があることである。しかもそれは二つあり、いずれも自伝的作品とされるが、その中にある繁治の愛人事件は果たして事実なのか、フィクションなのか、事情が事情だけに確認されぬまま放置されてきたが、本稿における鈴子書簡の出現によっていずれも事実であったことが確認され、作者はその点で忠実に告白していることが証されるのである。

一つは「遠い空」。これは戦後間もなく新聞「民報」に掲載（47・4・22～7・16　83回連載　途中休載は3回　未完）された小説で、作者の病気により未完中絶となったため一度も再録されず、そのため従来は著作年表にも記されることがなく、稀に挙げられても発表年月は不明とされてきたので、研究者にも殆ど知られていない作品である。

内容は現在四人の子をもつ三〇代の松子の半生を描くもので、モデルは末妹の一家であり、繁治は為一、栄は姉の香代として登場する。

松子には二人目の子供が生まれても夫の正平が余りの薄給のため一緒になれず、東京と小豆島に別れて暮らしている。その香代の所へ時々来る正平に女の影がちらつくのを直感した香代は松子に上京を促し、一緒に住むことを勧めるが、松子はピンと来ないので、夫の為一の例を話すのが次の場面である。松子に為一をどう思うかと香代がたずねるのに対し、

「兄さんはいい人だと思うわ」
「それは私の夫としての意味？」
「うん、それだけではないけど」
「まあかりに夫としてと、この場合限界をつけておいてそれでいい人としよう。ところが、その兄さんに愛そをつかすようなことがあったとしたら、松子どう思う」

「そんなこと、あり得ないと思うわ」

「そう思う？　ところが、あったのよ。女ができていたの」

「まあ、ほんと」

「ほんと。しかも、私の知ってる人だつたの。いやだったからね。ほんとにいやだった。別れようかと思ったくらい。そりゃあね、理くつを云えば私の方ばかりに云い分があったのよ。でも、そんなことって、男にだけ責任があるわけじゃないのよ。だから私はがまんしたの。しかしね不愉快よ。思い出してもいやんなる。

　その人は私より若い。そしてきれいな人よ。私のようにぐずぐず云わないし、やさしくて親切で、おまけに生活に困らない。そんなことさえなければ誰がみたって私より立派な人さ。でも、為一は私の亭主よ。私はだからそれが私に知れて、その人が私にわびにきた時、頰げたをはり倒したのよ。私の手の型がつくほど。それで私たちの問題は解決したのよ。私はずい分野蛮なことをしたと思う。

　今でも思い出すと恥かしいと思う。だから私は、金輪際その時のことを誰にも口に出さなかったのよ。普通なら夫婦別れもしたかもしれないわ。だけどさ、私には、自分の選んだ結婚を、築き上げてゆかねばならないという責任と云ったら偉そうだけれど、くだいて云えば意地もあったろうし、おやじと別れられなかったんだね」


（「遠い空」47・6・26「民報」）


　見て明らかなように、この香代の場合の状況設定は酷似しているというより、鈴子事件そのままである。そして香代は「手の型がつくほど」「頰げたをはり倒」すという「野蛮」な行動に出ることによって、彼女も「知っている」「若い」女に身を引かせたというのである。この「自分の選んだ結婚を、築き上げてゆかねばならぬという責任」あるいは「意地」、と「おやじ」を愛しているから絶対に渡さない、という拒絶の意志をきっぱりと示すことによって、女にあきらめさせたというのだが、栄の激しい気性からすればこれは十分首肯されるところであろう。

　もう一つの自伝的作品というのは「妻の座」（47・7、49・2〜4、7「新日本文学」）。妹のシンを徳永直の後妻として結婚させるが、徳永が美人の先妻の俤を忘れられなかったため、出る入るのトラブルののち結局二カ月で追い出されるいきさつを書いたものだが、この妹の悲劇に涙を流す中で、栄は自分達夫婦に起こった危機を思いおこしてさりげなくこういうのだ

「涙で枕をぬらすなんて、通俗小説の悲劇かと思ったら、ほんとにあるのね。湯のような涙ってほんとよ。こぼれてくるのが本当に湯のようにあついんだもの。それがわき出してくるの。私、生れてはじめてよ。いや。こ

れで二度目だわ、あのときと、ほら」あのとき、それは悠吉（引用者注―繁治をさす）に、女の問題であるつまずきがあったことをさしていた。それをミネ（引用者注―栄をさす）がいうと悠吉はいつもだまって苦笑する。もう十年も前の悠吉たちにとつてはよりどころの見失われそうなけわしい時代のことだった。とはいえ、世間なみの女房でしかなかったミネにとってはそれは大きな打撃にちがいなかった。ミネはよく泣いた。目をつり上げて相手をはりとばし身をひかすことでその問題をのりこえた。本当に勝ったのか負けたのかミネはしらない。永年夫婦であったというつながりが表面ではミネを勝たしたような状態においただけだ。しかしミネはそこから、新しい出発をしたような気がする。ミネが小説を書きだしたのもそのすぐあとだった。そのことで自分の身についた古さの多少を捨てきることができたと考えている。

（引用は『妻の座』（49・10・30　冬芽書房）による）

「もう十年も前」に「女の問題」が起き、そのとき彼女は「目をつり上げて相手をはりとばし身をひかすことでその問題をのりこえた」と。

この危機は時期的にも状況的にも鈴子事件であることは明らかである。

とすれば二つの自伝的作品において相次いで同様の場面が描かれているのは、これが実際に即したものであり、しかも実際を写しとっている蓋然性が極めて高いものであるからと断じてよいであろう。

さて本筋に戻るが、栄にとってこの事件は「大きな打撃」（『妻の座』）であり、「よく泣いた」（同上）とあるように、存在そのものを揺るがすものであったというべきであろう。

既に見てきたように栄は黒島伝治に裏切られ、親友の岡部小咲にも出し抜かれ、申し込まれさえすれば、その胸にとびこんでゆく覚悟であった大塚克三にも裏切られるというように、その青春は無惨な裏切りの連続であり、胸中に刻まれた傷痕は深い。そうした後に強引に押しかけて繁治と一緒になり、言語を絶する生活との苦闘の中で官憲の弾圧に抗して生き、その過程で夫婦は互いに意思を十分に疎通させたと思い、どんなことがあっても「自分の選んだ結婚を、築き上げてゆかねばならぬ」（「遠い空」）と信じ込んでいた栄にとってこの繁治の裏切りはそれを根底から覆すものであった。しかも相手は親しく出入りしていた鈴子と知った時の驚きは察するに余りある。人間への不信と絶望は激しく身を嚙んでいたに相違ない。

それが離婚へと直進しなかったのは右に見たような鈴子側、栄側双方の事情があったことは確かであろうが、その他にもう一つ（そういう個々の問題を超えた）時代的な状況―転向の季節の問題もからんでいたと思う。

彷徨の季節の中で

栄の最も親しい友人である佐多稲子も原政野（原泉）も相前後して深刻な危機に直面していた。32年3月に始まるコップ弾圧で繁治も窪川鶴次郎も中野重治も逮捕され、獄中に送られるが、いずれも転向して鶴次郎は33年10月に出所し、繁治・重治は34年3、5月に出る。しかし彼等が出所する以前に事実上権力の弾圧によってプロレタリア文学運動は壊滅していた。

運動の挫折と組織の解体は彼等に生の目標と共通のよりどころを失わせ、孤立と分裂を強いた。目標の喪失は頽廃を生む。佐多稲子の場合は、夫婦が物書きであることによって妻の立場と作家の仕事を両立させることの困難さに苦しみ、鶴次郎が外に仕事場を持つことによって愛人ができ、離婚寸前のところまで行く事件が、34年の末から35年の夏の終わり頃までに起こった。それを描いたのが周知の通り「くれない」（36・1〜5「婦人公論」、最終回は「晩夏」として38・8「中央公論」に発表）であって、その連載発表中に壺井家でもトラブルが発生したことになる。

中野重治の家でもこの時期（例えば前引の『愛しき者へ下』所収の36年3月26日付重治宛まさの書簡参照）妻の政野は新協劇団員の原泉と、妻政野の矛盾に苦しみ、離婚話を持ち出すというふうに、出口を失った転向の季節の中で、トラブルが同時に多発していたのである。無論、いずれとも親密な栄は二人の口から直接その苦しみ・矛盾・なりゆきを聞き、相談を受けて熟知していた筈である（栄の場合もこの件で稲子・百合子が仲介に立っていることは鈴子の書簡に明かである）。

ところで栄の場合に、この時点で他の二人とは、はっきり違っていたのは、彼女が作家でもなく、女優でもなく、タダの人、平凡な主婦としての自分を発見したことである。習作「月給日」「長屋スケッチ」があるがそれは要するにどうということもない習作であって、おのれはまさしく何者でもなかった。

事態は明瞭であろう。

たび重なる裏切りによって栄が得た傷は文学によるほかは癒やされ得ぬものであり、四〇歳を目前にした栄に自立が可能な道として考えられるのは文学しかなかったのではないか。

触れれば血の噴き出るような、裏切りによる絶望からの再生として作家への転身が企図され、それがおのれにたった一つ残されたレーゾン・デートル、よりすがって生へとよじ登る一本の細い蜘蛛の糸だったのではないか。

温めていた懸案の材料

同時に栄には懸案の材料があった。かつて上京させ、常磐松女学校へ通わせて世話をした末妹の貞枝が繁治の甥戎居仁平治と結婚し、36年の時点で三歳の研造と一歳の発代の二児の母となったが、夫は早大時代に繁治の影響を受けたこともあってアカと見られて定職がなく、東京と小豆島に別居し、貞枝は編み物だけで親子三人の糊口をしのいでいた。そこに思いもかけず発代が遺伝によるソコヒと判る不幸が重なり、早く手術をすれば失明は防げると医者から言われるが、今度はその手術代の捻出に苦慮する。借金に奔走する貞枝に周囲の反応は冷たく、死銭だ、アンマになればよい、子供は一人ではないなどと難じたが、母の一念で手術にもちこみ、弱視程度に見えるようにはなる。そういう不幸は言わば親、大人の中にはあっても子供にはないから、子供は親の思惑とは無関係に日々成長してゆくわけで、却ってそれが親の救いとなり、その動静、日々の哀歓が折にふれ、栄の許に届けられていた。

それをパン種にして栄の内部では、貧しさにめげず、障害をもった子をかかえて健気に生きてゆく母と、その心配をよそに元気に成長してゆく〈健と克子〉の物語が想像力の世界で豊かにふくらんでいったのだった。

誤解のないように重ねて言うが、作品のモデルは栄の末妹貞枝一家のことであるが、あくまでもそれは創作の契機であり、パン種であって、作品は作者の想像力を自在にふくらませてつくりあげられたフィクションであることを忘れてはならない。

かつて稲子から執筆を勧められ、けしかけられて、その時は書くと答えながら結局放棄したままであったのが、再生と自立をかけた作家への転身のこの時期ようやく現実の課題となったのだと思われる。栄は記す。

健と克子のモデル、研造・発代と

その後ずっと家庭の女としてだけの生活を続けている中に、宮本百合子さん、窪川稲子さん達と知り合った。(中略)けれども話が専門的なものでない時には私はよくおしゃべりをした。そのおしゃべりの中から拾い出してある時窪川さんは、「あなたは童話の書ける人だと思うわ、書きなさいよ、きっと書けてよ」とおだてる。その時はいい気になって、書いてみましょう、と答える私ではあったが、一人になるとそんな気は捨ててしまった。夢を持つにはあまりに年をとり過ぎていたのだと思う。

　そうした或日窪川さんは坪田譲治氏の「風の中の子供」を私に貸してくれた。それを読んで私は始めて自分の中に坪田氏とは大変に異っているが風の中の子供が大勢住んでいることに気持をかき立てられた。そうして一方けしかけられながら書いたのが「大根の葉」である。活字になるまでに一年以上転々とし、それの発表を心配して下さった宮本さんは、今に「大根の葉」は干し菜になるだらうとしゃれを云ったりした。そして第二作「海の音」の方が先に昭和十三（38）年二月号の『自由』といふ雑誌に宮本さんの推せんで発表された。

（栄「野育ち―私の文学修業を語る―」40・3「月刊文章」）


「大根の葉」の脱稿後、発表に至るまでの経緯は難産であった。それは全く作品の価値の問題によるものではなく、誠に不運な、不幸なめぐりあわせとでもいうほかはないものであった。

　37年2月初めに「大根の葉」を脱稿すると、百合子の紹介で原稿料の高い「文芸春秋」にすぐ掲載が決まるが、運の悪いことに担当の編集者であった下島連が急に北支へ派遣されたために、後任への引き継ぎを忘れ、栄の原稿は机の中に入れられたまま放置されてしまったことである。

　そのため半年以上たっても掲載されず、しびれを切らした百合子は「これでは大根の葉は『干し菜』になる」と心配して取り返し、稿料よりもすぐ載せてくれるところがよいからと、武田麟太郎の「人民文庫」に紹介してくれて次号掲載となるが、今度は発行直前に雑誌がつぶれてしまい、次の「文芸」が三度目の正直で38（昭和13）年9月号に漸く掲載ということで、約一年半経過したことになる。そのために前述の如くあとから書いた「海の音」の方が先に発表になるという一幕もあった。

固有の世界の発見と定着

「大根の葉」はそれ以前に発表した二つの習作（「長屋スケッチ」「月給日」）とは舞台も登場人物も一変して、壺井栄に固有の世界の発見と定着がなされているのだが、それらを簡潔に整理して次に示してみよう。

　第一にあげられるのは表現の平易さである。かつて「大根の葉」は中学校・高等学校の国語の教科書に教材として採用されていたことが示すように、表現は達意・明快・平易であって抵抗なしに万人に受け入れられるものといってよいであろう。

　第二は内容・素材の庶民性である。栄の作品は主要な登場人物は全て庶民であり、庶民の生活の内実の追究にその特徴がある。殊に、庶民の中でも子供が生き生きと動きまわる場合には秀作が多い。「二十四の瞳」は新任の女教師と十二人の教え子達との戦争をはさんでの二〇年間の交情の物語であるが、これは徹底的に庶民の物語であり、また作品の大半は子供の話である。にもかかわらず、それが我々読者をひきつけて離さない所以なのだ。

第三は二ともかかわるが、童心の的確な定着である。小豆島の豊かな自然を背景に、幼い健の言動が鮮やかに、印象的にとらえられている。

第四は大人と子供との関係が対等であり、平等であって、大人の側からの強制的、一方的、おしつけではないことである。

作品の冒頭から母親の健への留守居の説明と同意――いわゆるインフォームド・コンセントが延々と手を変え、品を変え続けられるところにそれは明らかであろう。根気よく、丁寧に、繰り返し、説明することによって遂に了解が得られる過程は見事である。

第五は動物への眼のやさしさ、温かさである。

親豚は、子牛ほどもあった。子豚が乳房にぶら下がって離れないのを、がむしゃらにふりほどいても、ふりほどいても子豚はキュウキュウ鼻を鳴らして、また、乳房に吸いついて行った。桃色にすきとおった、ころころしたからだを銀色の産毛に包まれた子供は、親豚に似つかぬきれいな、まるでびろうどのおもちゃが生きて動いているようであった。親豚は五つの子豚を乳房にぶら下げたまま、麦飯をうまそうに食べている。健はしゃがんで板と板とのすきまから眺め入った。天井向きになって乳房に吸いついている子豚が、かわいくてたまらなかった。健は目を細くして、声をかわいくした。(「大根の葉」二)

子豚へのまなざしが、あたかも人間に対する慈愛のそれの如く、温かい。生あるものとの共生の観念がそこにはあってそれに発するものと言ってよい。

第六は郷土性である。栄の作品―殊に童話の場合は殆どが小豆島にかかわっているといってよい。いわゆる無国籍童話とは対極である。その点での狭さ、変化の無さ、千篇一律といった批判もないわけではないが、しかしそのことを欠点として言い立てるよりも、方言も含めて郷土のもつあらゆる特質を自家薬籠中のものとして、自在に操ってヨクナパトーファをつくり出して読者を別乾坤に遊ばせる、その妙技の方こそ味わうべきであろう。

第七に小田実の指摘(「大きな小説―壺井栄『大根の葉』〈79・9「文藝」〉」)だが、この作品は「大きな小説―読者の心を解放し押しひろげてゆく力を持っている」とし、その因を登場人物の「対等、平等なところ」にもとめているが、卓見であると思う。

さて、他にも指摘したい点はあるが、以上で切り上げて先へ進むことにしたい。

無論、その脱稿までの過程では、少しずつ書いては稲子や百合子にみてもらって批評や指導をあおぎ、前後八回書き直して、翌年二月初めには脱稿し[*22]、百合子の紹介で「文藝春秋」に掲載[*23]が決まった。

脱稿までに「八回」書き直すというのは、非常に稀な推敲ぶりと言ってよく、それはこの一作に賭けた作者の意気ごみ―自らの存立を賭けた闘いがどれ程激しく、強いものであったかを証するものに他ならない。完成稿を読んだ稲子と百合子が共に完成を祝し、百合子によって「大根の葉」と命名され、早速「文藝春秋」に推薦されて掲載が決まると、明けても暮れても「大根の葉」に精魂を傾けていた半年余りの疲れが急に出たので、2月9日上林温泉に休養に行った。そこは前年の秋百合子に同道して知っていたからで、前年同様せきや旅館に一週間滞在して温泉につかり、それ以外はひたすら眠り続けたというところにこの一作に賭けた不眠不休の闘いぶりがうかがえるであろう。

事実この作品が発表されるや好評をもって迎えられ、一三年下半期の芥川賞候補作品一六篇の中にもあげられたことが示すように、それ以前の作品とは雲泥の差があり、別人の作と言っていい出来ばえなのである。

この、作品の質的な変化、目を見張るような、唐突でドラマティックな作者の変貌ぶりは、そこに以前の栄とは一線を画した或断絶があったことを想定しなければ到底理解することは不可能である。

そしてこの断絶・飛躍を促す契機となった事件こそ繁治と鈴子の裏切りであり、そこから栄はおのれの存立を賭けて作家への転身を企図し、全精魂を傾注した第一作が「大根の葉」となって結実したというのが私見の要点である。従って作家壺井栄誕生の背後には、巷間に流布する稲子や百合子の慫慂によってたまたま文学の世界に入ったというようなキレイゴトや偶然ではなく、夫に裏切られ、友人に欺かれ、過去一〇年余りに及ぶ家庭生活も理想も破壊され、四〇を目前にして、何のとりえもない、無能な病気もちの女として弊履の如く棄てられようとした、血で血を洗う生き地獄から、すさまじい作家への執念を燃やして這い上がっていったという壮絶なドラマが隠されていたのだということを強調しておきたい。

注

*1 繁治の「年譜」(『壺井繁治全集 5巻』〔89・3・1青磁社所収〕。これは68〔昭和43〕年までが最も詳細な自筆年譜なので、以下これに拠ることにする)によれば、34年「五月、保釈出所。」(『激流の魚』も同じ)となるのだが、筆者が壺井家に残されている書簡を調査した中に、実兄伊八から繁治宛の34〔昭和9〕年3月20日付書簡があって次のように書かれている。「出所出来ました事を喜びます。少しく御悪いとの事その後如何ですか〔中略〕良くなり次第一日も早く御帰りなさい〔中略〕お前宛鶏ノ雛も百羽注文致して居ります　静かに園芸や

養鶏や養豚をやりなさい（略）」これから判断すると、3月20日以前に出所して小豆島の兄に通知し、伊八から返事を20日付でもらった事になる。「年譜」の根拠は不明なので、ここでは伊八書簡によって昭和9年3月保釈出所としておきたい。なお、ちなみに判決は34年2月20日（34・2・16付岩本錦子宛繁治書簡）にあり、その際の伊八への第一報に対しての返事は控訴は断念してまじめに「服役し、一日も早く仮出獄の恩典を待つ」（34・3・6付繁治宛伊八書簡）方がよかろうというもので、結局それに従って保釈申請に切りかえて出所となったもののようである。

＊2　壺井繁治『激流の魚』（66・11・10　光和堂）
＊3　詳細については拙稿「壺井栄論（11）―第三章　激流（二）」（96・10・25「都留文科大学研究紀要第45集」）参照
＊4　34・3・1付繁治宛栄書簡（『壺井栄全集12』99・3・15　文泉堂出版）『激流の魚』（前出）
＊5　34・3・20付繁治宛伊八書簡。壺井家蔵
＊6　34・6・1付繁治宛岩井しん書簡。壺井家蔵
＊7　34・7・14付繁治宛岩井しん書簡。壺井家蔵
＊8　34・6・16付繁治宛黒島伝治書簡。『黒島伝治全集3巻』347頁
＊9　34・7・18付繁治宛黒島伝治書簡。同右全集3巻347頁
＊10　栄「『藪入り』のことなど」（宮本百合子追想録編纂会編『宮本百合子』昭26・5・30）
＊11　栄「思い出あれこれ（1）百合子さんと風呂」（54・10・10「多喜二と百合子」）。窪川鶴次郎・壺井繁治・栄「戦争に抗する十二年」（55・4・10　「多喜二と百合子」）
＊12　栄「一枚の写真から」（51・4「新日本文学」）
＊13　プロレタリア文学運動の中で、詩人、画家の一派が諷刺という屈折した方法で時代批判を試みたもので、クラブの名前はドン・キホーテの家来サンチョ・パンザから取った。結成は35（昭和10）年11月4日東京・新宿で、「太鼓」2号（36・1）、同3号（36・2）を機関誌としたが、36（昭和11）年10月30日解散した。メンバーは壺井繁治を中心に小熊秀雄・中野重治・森山啓・村山知義・江森盛弥・坂井徳三・松山文雄・新井徹など。
＊14　栄「宮本百合子を偲ぶ」（51・2・11「出版ダイジェスト」57号）
＊15　注14に同じ
＊16　栄「思い出あれこれ(1)百合子さんと風呂」54・10・10「多喜二と百合子」6号
＊17　栄「宮本百合子さんの背中」（54・8・15「月報16」筑摩書房版現代日本文学全集35巻）
＊18　注14に同じ
＊19　中野重治「一つの生涯」（58・3「婦人公論」）
＊20　注19に同じ
＊21　拙稿「隠された真実―壺井栄における作家転身の意味」（94・2・15「言語と文芸」110号）の発表が事件から58年後、学会（「言語と文芸の会」92・9・15）での口頭発表は56年後になる。
＊22　栄「自筆年譜」（55・2・5筑摩書房版『現代日本文学全集39』所収）
＊23　「大根の葉」の初出は「文芸」（38・9）である。本文に記したようにその掲載の経緯は複雑で、三転した。

第七章　『暦』のころ

繁治、サラリーマンとなる

38（昭和13）年は栄一家の転機となった年である。まず、栄と所帯をもってからまともに勤めたことのない繁治の勤務先が理研（理科学研究所）コンツェルン傘下の富国工業㈱調査課に決まった。[*1] 仕事は国内外の政治・経済・社会に関する情報を収集して重役に報告し、またそれらを翻訳することであった。月給は80円、ただし、7月15日から勤めて、月給日は20日であったが、初月給は50円であったので、[*2] 栄は夫のもらってきたまともな月給は初めての経験故「やはり有りがたい。」[*3] と日記に記しているが、素直な実感であったろう。

入社のきっかけはかつて一緒に活動した小川信一（日本プロレタリア文化連盟書記長。本名は磯野信威、父は理研所長の大河内正敏）が出所後にこの会社の専務となり、その縁で同志の井汲卓一（のち東京経済大学学長）、大塚金之助（のち一橋大学教授）などと一緒に入社させてくれたからである。[*4] その後40（昭和15）年に同じ理研傘下の出版社、科学主義工業社[*5] に変わったが、一家の大黒柱としての繁治が、サラリーマンとしてきちんと毎月一定の収入をもたらしてくれることは一家にとってかけがえのない安定を提供してくれるものであった。

しかし、それも長続きはしなかった。間もなく太平洋戦争へと突入し、世間の目が厳しくなるにつれて、会社の中でもマークされ、特に誠文堂新光社の資本が入ってからは社内の空気が一変し、とうとう42（昭和17）年11月科学主義工業社[*6] を危険分子のカドでくびになった。が、間もなくあるコネで、京橋の北隆館出版部に職を得ることができたが、そこにもかつての元同志、山田坂仁、石原辰郎らが集まってきて、それがやがて社長の耳に伝わったらしく、45（昭和20）年1月25日に反戦運動をやっているとのカドでくびになった。[*7] それを機に家庭菜園作りに精を出し、空地を借り、食料増産をはかって以後勤めに出ることはなかった。

栄、文壇ヲ席捲ス

繁治が勤めに出なくても、お金を稼いでこなくても、一家が餓える心配がなくなったのは、前章で詳述したように「大根の葉」（38・9「文藝」）による鮮やかな文壇デビューによって、ジャーナリズムからの注文が殺到といってもよい程集中したからである。

そのことを何よりも雄弁に語っているのは「引っ越し魔」とでも呼んでもよい程よく引っ越して、上京後初めて世田谷に世帯を持ってから、平均すれば一年に一度は引っ越していた勘定になり、一五回目の引っ越しで、遂に念願の新居を建てて落ち着くことになるのであるが、[*8] その転々と引っ越して歩いていた最後の時期が本章の扱う時期と重なる。

一四回目の転居先は

中野区昭和通一丁目一三番地

で、38（昭和13）年10月初めから、42（昭和17）年9月23日までここに住んだ。

繁治の旧友で風刺漫画家の加藤悦郎が、41年に日本電建から金を借りて中野区鷺宮に家を新築したが、彼が熱心に家を建てることを勧めた。[*9] 夫婦には最初は持ち家など無縁のことに思われたが、加藤の話によると、電建の組合に入って一〇年間毎月月賦で81円ずつ払い、一方一定の建築資金を借用すれば家が建つという月賦住宅である。繁治の月給はその頃「百数十円」[*10]になっており、栄の方も「方々からの原稿の注文があり、単行本も幾冊か出版」[*11]していたので、81円程度の月賦なら支払えぬことはないので建てることに決心し、手続きや土地探しのことは加藤に頼んだ。幸いに鷺宮の八幡様の土地を借地することができて、制限建坪いっぱいの三〇坪の家を建てて、昭和17年9月24日に越した。家は大根畑のまんなかにあり、芋畑や櫟林や小藪にとりかこまれていて、こんなに広い庭をもったのは初めてであった。のち、62（昭和37）年4月中旬にこれを改築した新居が完成[*12]し、

中野区鷺宮二丁目七八六番地

これが終の棲家となる。ところで、文壇デビュー後の栄の活躍ぶりについては、本項の小見出しに用いた「栄、文壇ヲ席捲ス」[*13]という宮本百合子の言葉が端的に意を尽くしていると思われる。そこで百合子はこう記す。

栄さんは本月の新潮「暦」百五十枚ばかり、文芸に「廊下」四十枚ばかり、中央公論に「赤いステッキ」三十枚ほど発表しました。これは順々になる筈だったのに先方の都合でミンナ出テシーイマッタというわけです。栄文壇ヲ席捲スと私たちは云って大笑いなの。「廊下」についてはこの前一寸書きました。三つの中では「暦」が一等でしょう。栄さんのものとしてもこれまでの中で一等でしょう。栄さんもこれからが本当のウンウンです。でも面白いと思います。昔、栄さんのところで御飯たべさせて貰った某女史は、あの栄さんが、と申した由です。文学は普通の人からかかれるべきものです。最も豊富な意味での普通の人から。

文壇登場時の栄のレッテルは、曰く「台所からエプロン姿で手を拭き拭き現れたおばさん」、あるいは「文学とは全く無縁の中年の主婦」、「夫と娘一人の平凡なサラリーマン家庭に暮らす三十九歳のニコニコおばさん」という、とにかくお人好しで善良で、どこにでもいる中年のおばさんというイメージであったから、右の引用の最後の部分で、昔、栄にあたたかい御飯を（恐らく赤貧時代だからおかずもなしに御飯だけを）たべさせてもらった某女史が、あの栄さんが作家になるなんて信じられない！　と叫ぶように、彼女の活躍はめざましく、文壇登場から一年一寸の新人が、40（昭和15）年二月号の「新潮」「文芸」「中央公論」の三誌に作品が同時掲載と

1941.3　第4回新潮社文芸賞を北条秀司と受賞

いう快挙をなしとげたのであるから、「栄、文壇ヲ席捲ス」という大袈裟な表現も、あながち揶揄的表現とのみは言い切れない真実を含んでいることも確かなのである。

「暦」

「暦」は40年2月1日発行の雑誌「新潮」に発表され、第一作品集『暦』（40・3・9　新潮社）に収録された。

この作品は「新潮」の編集者である楢崎勤から、少し長い小説を書いてほしいという執筆依頼があって書いたもので、[*14]栄の記すところによると「最初は七八十枚の予定であったのが、書きあげると百枚になり、二十枚だけ縮めるつもりで書き直したら、今度は百二十枚になった。これではいけないと、うんと削って書き改めたところ、百五十枚を越えてしまった。こうなると、何ともしょうがないと思って、そのことを、はじめ話のあった『新潮』へ申し入れたら、それでもよいと言われたのでほっとした。それにしても私としては惜しくて、思い切り悪く削った部分は今だに心残りである。」とあるように、佐多稲子と宮本百合子に閲読を請いながら、何度も推敲を重ねたもので、発表と同時に新人作家としては異例と言ってよい反響を呼び、新聞・雑誌での書評は二〇を優に越し、いずれも好評で、これを収録した第一作品集『暦』は翌年二月、その年度（40年度）の最もすぐれた新人に贈られる第四回新潮社文芸賞（賞金千円）を受賞して文壇に確固たる地歩を築いた。

事実と虚構

書評についてはあとでふれることにして、この作品は栄の自伝的作品と評されるように、彼女の一家の三代にわたる歴史がモデルにされていることは確かであるが、しかし一体どこからが事実で、どこまでが虚構であるのか、現在のところ、栄研究の立ち遅れから明確にされていないのが現状なので、今後の研究の進展のために、私が現在までに明らかにしたところを――「暦」における詩と真実、あるいは事実と虚構の問題について記しておきたい。

「暦」の日向重吉といねの子供たちは一〇人、一男九女であるが、これはほぼ岩井藤吉とアサの子供たちに重なる。ただし、栄の場合は同じく一〇人兄妹ではあるが、二男八女であり、弟が一人いる。これにはエピソードがあって、「暦」を読んだ友人から、あれを読んであなたの経歴がすっかり分かりましたと言われて面食らい、また別の友人に、東京にいる弟が結婚することを話すと、相手はびっくりして「だって『暦』の中には弟さんはいないじゃないの」と反問されてかえって驚いたという。[*15]

栄には作中の七女琴代の代わりに弟の藤太郎がいる。「一」のクニ子は七女シンがモデルであり、実枝は八女貞枝がモデルである。作品は、この二人の妹が祖母の十七回忌と父の三回忌を計画して一族再会の楽しみを果たすところにあるのだが、法事についてはは実際とは符合しない。

栄の祖母イソは天保五年（一八三四）四月三日に生まれ、大正五年（一九一六）一〇月一七日に数え八三歳で没しており、父の藤吉は万延元年（一八六〇）四月一三日に生まれ、昭和八年（一九三三）三月一四日、数え七四歳で没している。従って、祖母の十七回忌は昭和七（一九三二）年になるのに対して、父の三回忌は昭和一〇（一九三五）年であり、くいちがっていて一緒にはならない。

それともう一つ、法事の時期をいつと考えるかという問題があり、これは仮定で考えるほかはないが、フィクションとはいえ、実際の父がまだ生きている昭和七年に孝行娘の栄が設定したとは考えにくい。

とすれば父の三回忌の方をとって、作品は昭和一〇年を現在の時点にしていると考えるのが穏当であろう。これを基準にして作中人物の年齢を実在のそれと比べてみると、中に二、三年の違いのある場合もある（例えば祖母の死は作中では八五歳、実際は八三歳というようなこと）が、概ね妥当である。例えばいねは四七歳で実枝を二月末の真夜中に産むが、実際もその通り（実際は二月二七日）であり、実枝の二誕生前に半身不随となるのも事実通りである。

作中で全く虚構の人物というのは、四女の八重と生後間もなく死ぬ七女の琴代である。八重は醬油試験場に勤め、カリエスを病んだ経験のある娘で、燈台守の坂田と恋をして結婚し、二年後にはあっけなく死んでゆくのだが、そこにはカリエスを病んだ栄の経験と、栄が島に住んでいる間に見聞した島娘と燈台守との悲喜劇（殆どが娘の悲劇に終わるのだが）が投影されていると思われる。

五女の高子が栄であり、その「思想犯」の夫高本正昭は壺井繁治である。以下に、まだふれていない人物について簡潔に記しておくと、父方、母方の祖父母についての事跡は大筋において事実であり、両親についても同様である。長兄の隼太とその一家(作中では夫の死後妻は再婚して九州に住むことになっているが、実際は再婚して広島に住み、後離婚している)、二女のカヤノ(三女のヨリがモデル)、三女のフサエ(四女のミツコがモデル)、六女のアグリ(六女のスエがモデル)はいずれもモデルを忠実になぞっていると言っていい。その点ではクニ子も実枝も同断で(もっとも二人ともモデルをパンだねに、作中人物としてのイメージを存分にふくらませているわけで、実像と違うことは念のためにことわっておきたい。昭和一〇年という時点で言えば、実枝のモデル貞枝は既に二児の母である)あるが、長女のミチは五児の母で広島在ということになっているがこれは大分違う。モデルの長女千代は隣村の林音吉(青山学院卒)と結婚し、夫が旧制中学の教師をしていたこともあって朝鮮・東京など転々としたらしい。その点で作中では別の人物に造り変えられたようだ。それを示すものとして前出の「作者と作中人物」にある次のエピソード「私の実在の姉は手紙をよこし、すっかり自分から作中人物になり切って(私の創作した事件まで受け入れたかのように)、その娘が『暦』をよんで云うには、お母さんがいるのに自分(その娘)が出て来なかったと云ったと書いて来た。これにもあいた口がふさがらない気持ちがした。私はすぐに返事を書いた。あれは事実ではありません、小説です、と。」は恐らくこの姉一家に関するものであろう。

作品の特徴

「暦」をトーマス・マンの大作「ブッデン・ブロークス」に比するのはスケールの点から言っても、量的な点から言っても、滑稽であろうが、しかし作の基本精神には通ずるものがあると見てよいであろう。一口にいってこれは日向一家の興隆と衰滅の歴史である。子供たちが次々に死んでゆき、親よりも前に半数の五人は死に(実際は四人である)、その祖父母も、両親も、死ぬというように素材的に見れば極めて暗い話なのであるが、それが陰々滅々となっていないのには仕掛けがあるからで、始めと終わりに明るく無邪気なクニ子と実枝のユーモラスな話を置くことによって明に転じている。言い換えれば一二章から成るこの作品は、時間的に見れば「一」「一一」「一二」章が現在で、その間に「二」〜「一〇」章までの日向一家の歴史がはさみこまれていて、入れ子型の重層構造になっていることである。

次に指摘しなければならないのは、庶民の生き死にのありようをたじろがずに見すえていることである。それぞれが生への希望をもちながらも、歴史の流れに流されて生きるのが庶民の生きる姿であり、一〇人の子供が生まれながら、その半分は親よりも先に死んでゆくというのは、その点で象徴的な風景を示すものといってよいであろう。

第三は楽天性である。日向家の人々（それは広く庶民一般の代表といってよい）の生き方の根底にあるものは明日を支えに生きる楽天性・向日性である。今日のわずらいは今日で十分、「明日は明日の風が吹く」（栄の作品に頻出する主人公の愛用語である）、重吉の言葉で言えば「御破算で行かうかいや」（過去は一切捨てて一からスタートすることである）ということにほかならない。考えてみれば、浮世の事をクヨクヨと思い煩い、ままならぬ浮世の事を思いつめ、深刻悲壮になっていたら何度心中しても追いつかぬわけで、楽天的であること、明日に願いをかけて生きることこそ、彼らの生きる知恵なのである。

第四は実枝が結婚した姉達を見て、どの姉も皆結婚に幻滅し、不満をもち、亭主の悪口を並べたてているのを見ると、とても結婚などする気にはなれないし、「一一」で「女がこんな風なのは一体どこが悪く、何がそうさせるのだろうか。」という疑問である。これは当時の、昭和一〇（一九三五）年前後の「家」あるいは「家庭」につきつけられた根本的な疑問であり、それは敗戦後民法が改正され、形式的には消滅したが、しかし今なお生き続けている重要な問題提起である。

従って簡単に解決される問題ではないが、その方向だけを示しておくと、その解決のための方策としては恐らく、(1)男女同権の確立、(2)「家庭」は男女という共同生活者によって営まれるものとする前提の存在、(3)女性の経済的独立、(4)性的分業の廃止などが必要とされるであろう。

しかし、今日ではこの「家」の問題は、鹿野正直[*16]が指摘するように一層複雑になっていることも確かである。家父長イデオロギーの制度は表面的には消滅したが、しかし聖化された「母」のイメージは無傷で残り、むしろ強化されつつあると言ってよいかもしれない。例えば都市では過労死に象徴されるように、過酷な長時間労働が常態化して会社ウィドウとなり、農村では出稼ぎウィドウ、つまるところ夫シッターの役をおしつけられ、又わが子の育児にのみのめりこむ教育ママとなって子供シッターと化し、高齢化社会の到来にともなって更に老人シッターというふうに、総母子家庭化が進行し、「マドンナたちのララバイ」がうたうように〈母性〉へのあこがれが称揚され、美徳とされ、強化されつつあることは否定できないであろう。

とすれば、そこから脱却する道は、おそらく会社人間という名の奴隷から解放されるところから始める以外にないであろうし、閉鎖的なマイホーム意識を解体して、親と子は別の人格であり、子供には子供の人生を選択させる勇気と決断が必要であり、高齢化社会への対応は、少子化の現実を前提にすれば、個人で対応しきれないことは明白であって、社会的なシステム化の実現を期すほかはないであろう。

他に「かやといねと重吉」の三つの死や、セリフのおもしろさ、などふれたいことはおおいのだが、紙数の余裕がないので残念ながら、一つだけユーモアについてふれておきたい。

クニ子が早朝起き抜けに、朝顔の傍らで隣家の小学校時代からの同級生に呼びかけてのやりとり。

「下の小母さん、朝顔の花見に来てつかあされ。コノエさん、朝顔が十三センチ五ミリの花が咲いたんで、来て見い。」

「三十（注―こちらはクニ子）とはたち（注―実枝）をすぎたおなごが二人、起きぬけでべべも着換えんとからに、十三センチ五ミリの朝顔じゃといや、聞いて呆れら。」

クニ子の世間知らず、あるいは幼児性がズバリ白日の下にさらされて笑いをさそうのである。

同時代評

同時代の諸評の中で注目すべきものとしては、石坂洋次郎「文芸時評(3)―壺井栄への関心」[17]が「暦」は「百五十枚の力作」であり、「優秀な作品である。」とした上で、

だが、「廊下」と読み合わせて作者の将来に就いて考えさせられる問題は、これらの作品は作者があまり苦しまずにおおかたは天成の才にたよって書き上げたかのような印象を与えることだ。ひっかかるものが少ない、もっと苦渋の跡が見えてもよい、さきざき伸びていくのに必要な心棒があまり細すぎるようなことはないかどうか…。茲に作者の自重を希うものである。

と言い、高見順は「文芸時評㈢」[18]で「暦」は「堂々たる巧さの点で、新人の作品中、否今月の作品中第一等のものである」と正確に評価。

浅見淵もまた「文芸時評」[19]で、「功利感のない善意の美しさというものを、この作品のように見事に結実さしているのはじつに珍しいと思うが、そして、その点、（中略）今月第一の佳作」とする。

諸評は他にも多数ある[20]のだが、そういう中で、右にあげた諸評は大旨好意的であるが、中にはきびしい批判や意見も寄せられた。その代表的なものは〈限界説〉である。

例えば浅見淵は、[21]

壺井栄は題材的に限界を持っている作家ではないかということである。即ち、飽くまで善意の作家で、その善意を生かし切れる題材でなくては完全に特色が出ないのではないか。その点、題材の拡充乃至発展ということよりも、善意を深化さすことによって独特の持ち味を齎《もたら》す作家である。

と指摘し、「I・S」は「文芸」[22]で、

「暦」は長い間温め醗酵させた作品であるだけに、そういう古くから持っている醗酵し切った材料を出しつくしたときなお多作しつづけねばならないとしたら、どうなるだろうと考えた。そういう場合に、作家が何か主張すべき理念を持たないとすると、毎月数多く見る空まわりした風俗描写だけの作品が次々と作り出される危険があるのだろう。この作者はそういう危険に陥るだろうか、どうだろうと考えた。

と、栄の将来への危惧を強くなげかけている。

更に、栄に対してしばしば言われる「構成力に問題がある」「作品の骨格が弱い」「今後の発展性に疑問がある」等の問題が絶えずまとわりついていて、一見順風満帆のように見えるその裏側にはさまざまな問題が解決を迫って山積していたのである。

「赤いステッキ」と「廊下」

「大根の葉」(38・9「文芸」)から「赤いステッキ」(40・2「中央公論」)に行くのではなく、その前に栄は「風車」(39・3「文芸」)を書いているので、同系列の作品としてふれておきたい。

所謂、「克子」ものの第二作で、先天性白内障で盲目の克子を手術して、水晶体の濁りをとれば見えるようになるという医師の言葉を信じて、手術を重ねた結果、予期した程度よりは遥かに低いが、漸く弱視程度の視力を得た克子の性向と、その日常の哀歓を、主として母親の視点から点描したものである。

克子はともかく気が強く、決して泣かず、一歳上の兄の健と取っ組み合いの喧嘩をして、健を泣かせてしまうのがいつものパターンである。母親はそういう日常を見ていて克子の特徴、あるいは個性は、第一に攻撃性―いきなり噛み付いて歯型をつけたり、ケンカをしかけたりすることにあり、第二に気性の激しさ、強さ――噛みついた口をヒネられても泣かず、罰として庭の梅の木にしばりつけられても耐えて泣かない―そういう強さ、我慢強さ、あるいは忍耐力が、彼女の生きてゆける原動力になっているのかもしれないと改めて思うのである。

第三に健との関係では、女王様、あるいは支配者でいたいという願望が強烈で、例えば健の読んでいる本をいきなり取り上げて、健ちゃんはモタモタしてよく読めていないねえ、どれ私が読んでやるというふうに、うそぶくのである(無論克子は字は読めず、知っているのは暗記している部分のみである)。

第四に頭の回転が早いことで、健が折り紙で遊んでいて、克子に好きなものを折ってやるから何でも言ってごらんと言うと、克子はウソをつくと一〇〇円貰うぞと約束させてから「海、折れ」とせまるのである。

そういう克子を将来どう育てるかについて両親の考えは違

っている。父は克子が障害者であり、厄介者であるから、一生面倒見る健がかわいそうだ、アンマになんかさせたくないというのに対して、母親の方はメクラだから一生厄介者だというふうに受け身で考え、宿命の一生を送らせるのは御免だ。第一メクラと決まった訳ではないし厄介者とどうしてきめてかかるのか？　私はメクラならアンマにさせる。アンマのどこが悪いのか？　昔、神戸で一度頼んだアンマは、兄も義兄も失業中だが、私は立派に働いて食べてゆける、これもメクラのお蔭ですと語っていたではないか？　だから私はメクラであっても幸せになれる子に育てたい、ふさわしい相手をみつけて人並みのしあわせを見つけられる女に育ててやりたい、というところに「風車」一篇の眼目は託されているようである。

とりわけ、作中で健と克子が遊びの中で、時化の様子を再現して見せる場面は生彩がある。子供というものは夢と現実との区別がつかないところに生きているわけで、二人が遊んでいるうちに次第に時化に呑みこまれ、同化して夢中になるシーンはインパクトがある。しかし、全体的な出来ばえからすれば、「大根の葉」より落ちることは認めざるを得ない。

但し、誤解のないようにはっきり言っておかなければならないのは、〈克子もの〉の提起する問題は、一般にそれまでの日本では、障害の子をもった家では、それを恥じて隠そうとし、小さくなってひたすら世間を狭く暮らすのが普通であったが、〈克子もの〉一系の作品では、敢然としてこれに挑戦し、そういう生き方を排して、それを続けている限り何ら問題の解決にはならないことをはっきりと提示した点で、歴史的な意義をもっていることを指摘しておきたい。

この作品についての評は少なく、網野菊[*23]は「新進の壺井栄さんのものは私は「文芸」にのつた「風車」しか読んでいないのだが「風車」の真摯さ、考え方の積極性に感心した。」と評し、大谷藤子[*24]は「素質のよさ」と同時に、「同じ題材」にばかりよりかかる「狭さ」についても指摘しているが、この後者の問題については他の評者からも指摘されていることなので後に論じることにしたい。

「赤いステッキ」

これは「中央公論」に発表された作品で、五歳になる目の悪い（先天性白内障で、これまでに何回か手術をしてようよう弱視程度にまで視力を得ることができたが、普通の生活をするにはまだまだ何度かの手術が必要である）克子が母には心配のタネである。兄の健と克子は互いにはりあってすぐ喧嘩になるのが毎日の事。父は都会で職を探すが何年もの間なく、やっと見つかった仕事は新潟の高田。豪雪地帯なので母はしぶる。結局一家は高田へは行かず、健は村の幼稚園に入り、その日、園であったことを帰宅して話すと、克子はそれを全部自分の経験として母に話す。

母は克子に盲学校行きをすすめ、学校から赤いステッキを貰ってついて歩くと、自動車はよけてくれるし、イジメもなくなるぞと話すと、行くと承知し、その日以来、赤いステッキは「万能の杖」となる。

〈克子もの〉にはモデルがある。母は栄の一番下の妹、貞枝。その夫は繁治の甥戎居仁平治で、一九三〇年早大の英文科に進学する[*25]が、在学中に繁治の影響もあってプロレタリア運動に走り、ために34年卒業後は定職につけなかった。一方、33年貞枝と学生結婚[*26]（しかしこれは親の承諾を得ない、披露宴もないものだったのであとあと戎居家との間でモメる）し、妻は小豆島、夫は東京と別居結婚[*27]になる。同年の9月27日長男研造（健のモデル）が、10年3月7日長女発代（克子のモデル）が生まれ、仁平治に生活力がないため、従来通り別居のまま、貞枝の毛糸編みの内職で糊口をしのいだ。39年から新潟県立高田中学校英語教師[*28]となり、単身赴任。翌年三月、手術で目の見えるようになった克子を連れて貞枝と健が仁平治の赴任先高田へ向かった。栄もそれに同行した。理由は貞枝がまもなく出産をひかえた身重の体であることを案じたからで、二カ月先の5月6日には二男の光多が生まれた。

しかし悲劇は更に続いて、光多もまた発代と同じく遺伝による先天性の白内障であることが判明して、夫婦はどん底につきおとされる。悲嘆にうちひしがれている妹を励ますべく栄は、執筆で忙しい中を、手紙で勇気づけたり、あるいは直接家に訪ねて援助策を協議したりしている。

栄の貞枝一家に対する関心、というよりも愛情といったほうがより適切と思われるが、その間柄は姉と妹というよりも、保護者である親と娘の関係というのがピッタリすると思われる。

実際、発代のこの時の手術費用（39年11月に貞枝・健・発代が上京し、40年3月まで滞在し、三回の手術をして弱視程度に見えるようになる）一切は栄の「赤いステッキ」の原稿料でまかなわれた。

執刀医師にも恵まれ、この話を聞いた中野重治から、大学時代の同級生で池袋に眼科の名医がいるから紹介すると言われ、同郷の知人藤川栄子からも名医を知っているから是非紹介したいといわれ、どちらにしようかと迷ったが、藤川の方が近いのでこちらに頼んだところ、実は双方共推薦していたのは同一人の近藤忠雄医学博士であることがわかって、大笑いとなった。

その後、光多の手術は、栄の第一創作集『暦』（40・3・9　新潮社）が翌年2月10日に第四回新潮社文芸賞（賞金千円）に思いがけず決定し、多額の賞金が入ることになったので、手術を発代の時の近藤医師に頼んだ。昭和16年3月下旬、当時夫の転勤[*29]で熊谷に住んでいた貞枝母子を呼び寄せて手術に入るが、子供の風邪などで入院が二カ月近くになり、その上、消化不良を起こして光多が5月12日に急逝して、徒労に終った。

そのため、このシリーズは「大根の葉」「風車」「赤いステッキ」から「窓」（40・8）「霧の街」（41・9）と続いて一先ず終了する。

同時代評

まず、丹羽文雄[*30]の苦言から。

たとえば「赤いステッキ」の地の文の中で、「お母さん」と書いて母と子を描いているが、わざわざ「お母さん」にしなければならなかったのか。母と書くだけでよい。名前を書くか、または彼女でもいいのだが、特に「お母さん」でつづけなければ味が出せないと思っているなら、困りものだ「暦」にはそんな感じがなかった。小説はそんな「お母さん」から一足ふみだしているものではないか。何でもないようなことだが、その感じが一篇に滲み渡っていることは、危険だ。

こうした批判は他にもあるが、しかしこれには次の大山定一の評[*31]がもっとも正解と考えられるので次に引いておきたい。

誰だったか、或る雑誌の批評で、「お母さんは克子をおんぶして、健の手を引いて出かけた」という壺井氏の文章を非難していたのをみたことがある。「お母さん」など書かずにもっと突きつめて客観化して書かねばならぬというのである。「お母さん」という書きぶりには、何か甘やかされた微笑をさそうものがあるのは事実だし、この非難は尤も千万な申し分にちがいない。しかし僕がすぐそれに首肯できなかったのはそうしたけちけちした批評が従来日本の小説をどれだけいじけさせて来たかということを考えてみたからである。僕は却って「お母さんは――」と書いた筆のむこうに、よごれのない初々しい生きた心情を予感した。それを無残にむしり取るのがまっとうな小説の道であるかどうか。

むしろ、この心情はすくすく自由に伸ばし切らねばならぬと僕はおもうのだ。「暦」という作品を他の初期のものと並べてみると、壺井氏が「お母さん」と書いたやさしい、しとやかな、女らしい心情をどんなにひとりで大切に苦労して育ててきたか、よくわかる気がする。

はげしい運命の変化や狂ったような情熱や、無残に突きとばした冷酷さがなければ、小説を読んだ気持ちがせぬという人もあるにはちがいないが、僕はこのすぐれた短編集の、静謐な、一様な、水のように湛えられた生活と日常の深い心やりを、無邪気なすこしもくもりのない一般小説読者の胸に推したいとおもうのである。

次いで書かれた「窓」(40・8「改造」)は、千枝の一家にとってはここ数年の痛切な苦しみが、克子の手術とその成功によって、眼鏡をかければ、一先ずは見えるところまで行きついたことによって小康状態を保つことになり、加えて夫の就職がきまり、初めてささやかな幸福を手に入れることになったのが、それも束の間、新たに生まれた第三子(幸多)が克子と同様先天性の白内障と気づき、不幸のどん底に突き落とされるわけで、そこから姉のはげましによって、再生のきっかけをつかむまでを描いている。

前半の克子に関わる部分は、これまで同様生彩があるが、後半の千枝が立ち上がる過程については問題があろう。

というのは「大根の葉」では、愛児の目を何とか見えるようにしてやりたいという母の一念から、健の母は行動を起こし、周囲の無理解を打破し、夫の実家から手術費用を出してもらうことに成功する（将来は小さいながらも家一軒分位建てる費用は兄として分けてやるつもりであったが、それよりも眼の手術代の方が急用というのであれば、それに使うのもあなたがたの自由—ということにして財産分与の前払いという形で協力してくれた）わけで、ここに特徴的なのは現実に対する認識力の確かさ、判断力の的確さ、行動力の逞しさであろう。

これが母の一途な愛情とマッチして周囲を動かし、読者を動かす原動力となるものであろう。

ところが、「窓」の場合はこれとは全く対照的なのだ。千枝が妊娠中ということは考慮しなくてはならないにしても、現実と接触するあらゆる局面で、「大根の葉」における認識力・判断力・行動力が眠っていて発揮されず、殊に最も肝腎な幸多のソコヒを知った時の周章狼狽ぶり、完全にうちひしがれてしまって再起不能の態をさらしている姿は、全く別人としか言いようがないからである。はっきり言ってしまえば思考停止、行動忌避、人格崩壊と言って差し支えない状態だからである。

「霧の街」（41・9「知性」）は千枝が東京の姉から思いがけぬお金が入ったからそれで幸多の眼の手術をしようとの誘いで母子三人で上京し、克子の手術をした近藤医博に依頼して手術は成功したのだが、幸多の体調が不良で、その上消化不良をおこしてあっという間に死亡し、故郷に納骨に行く顚末を書いたもので、連作の五作目ということもあって流石に手馴れていて、殊に最終章で、郷里の祖母の孫に寄せる哀悼の風習や言葉は肺腑をえぐって哀切である。

迎えに出てくれていた近所の人たちにききますと、電報が着いた夜、おばあさんは家のまわりをぐるぐるかけまわりながら大声を上げて、

「幸多、幸多、早う戻ってこい、幸多よ。早う戻れ、おお戻ったか、戻ってきたのか。」

と泣き叫んだのだそうです。あまり突然だったので、近所の人たちは、気でもふれたのかとおどろいたそうです。私は知らなかったのですけれど、異郷で死んだ者は、すぐに魂がふるさとへ戻るのだと信じられているようです。そして、迎える者がないと迷うので、そういって雨戸や窓をあけて呼び入れるのだそうです。[*32]

おばあさんは、

「幸多はかわいそうだけど、健や克子に死なれてももっと困る。耕治や千枝だと、とほうに暮れんならん。幸多でよかったというわけではないが、幸多が一ばん軽役

じゃから、あきらめよう。だけども、誰にでもそういってしまわれる幸多であるから、わたしゃなおのこと、かわゆうて、かわゆうて。」
　といって泣きました。私ははじめて満足したのです。[*33]

管見の範囲で、この作品にふれたものは平野謙「教養時評—文芸」[*34]のみである。

　壺井氏の『霧の街』は、『大根の葉』にはじまり『風車』『赤いステッキ』『窓』につづく連作のひとつ、と作者自身で附記しているように、めしいた少女とその哀れな母親の努力を中心にした、あの一連の作品の最後に位置すべき力作である。ますます円熟して来た筆遣いのうちに、生きんとする人間の努力の空しい美しさをみなぎらせて、まさにこの作者の独壇上《ママ》である。何度も取りあげた題材だけに、ともすればマンネリズムに陥りやすい危険からよく救っているものは、この作者独得のはりつめた人生的実感にほかならない。

　平野は栄の出発期からの好意的な批評家で、ここでも「力作」「独壇上《ママ》」「はりつめた人生的実感」等等の評語を用いて賞讃してくれてはいるのだが、率直に言って過褒の言と思われる。そのことを何よりもよく証明するのは作品の末尾に附せられたこの連作の打ち切り宣言である。

作者附記—この一篇は「大根の葉」に始まり「風車」「赤いステッキ」「窓」につづく連作の一つであり、私はこれを以て一応この連作の形式を打ち切るつもりである。[*35]

「大根の葉」以後、このシリーズは回を追うごとに力が落ちてきているわけで、打ち切り宣言は妥当というよりも、むしろ遅きに失した感がないわけでもない。

「廊下」

　最後に「廊下」（40・2「文芸」）について述べておくと、この作品はプロレタリア文学運動をしていた貫治が官憲の拷問によって中耳炎となり、その手当ての不備から悪化して闘病生活を続け、遂に、32年の生涯を閉じるまでを妻シズエの視点から冷静な筆致で描いたもので、膨張する軍国主義の制約の中で一つの達成を示すものといってよい。

　無論、後に掲げるように評家の指摘するさまざまな欠点—主人公の立体感のなさ、生活と心情の造型不足、背景描写の不十分さ等々のあることは十分承知の上で言うのであるが、もし評家から指摘されるような如上の指摘が十分満たされた形で表現されたならば、素材の性格から言って当然国家権力との闘争や政治批判・社会批判が奔出することは必然であって、そうした作品が準戦時下に入っていた商業文芸誌に掲載可能か否かは一目瞭然である筈である。

　当時の良心的な作家にとっては、準戦時体制化で、検閲の網が張りめぐらされている中で、いかにそれをかいくぐって精一杯の表現を獲得して読者に伝えるかに努力を傾注していたのが実情なのであって、次の山室静の前半はよいのだが、後半はその例と断じざるをえないのではないか。

今年度のすぐれた作品に数えられるものと思う。（中略）欲を言えば、もっと主人［公］らの生活と心情の背景が示されなければならない。ここに描かれているだけでは詩人の現在が十分に読みとられ浮び上がってくるとは言えない。従って彼の烈しい慟哭がいくらか唐突に不自然になっている。ある程度読者はそれを想像によって補うことは出来るが、それにも十分な手がかりを与えられていると言えない。闘病生活、病院生活だけが前面に出ているので、それがこの素材の既に持っているものをも却って狭くしている傾きがある。作品としてはこうするのが、纏めやすいのであろうが。*36

実は「廊下」にはモデルがあって、それは宮城県生まれで北海道育ちの詩人、今野大力（一九〇四〜三五）である。彼は初め「文芸戦線」の詩人としてスタートするが、間もなくプロレタリア作家同盟に加入し、「戦旗」などの編集活動に参加し、その責任感の強さ、誠実な仕事ぶりで忽ち戦旗社内で頭角をあらわし、信頼される人物となった。

繁治はその頃戦旗社の経営責任者であったところから関わりが深くなり、やがて宮本百合子が初代編集長（のち佐多稲子）の「働く婦人」（昭7〜8）で精力的に活躍し、まもなく栄もその雑誌を手伝うことになって交わりは深くなり、今野の拷問事件による入院、退院後の壺井家での静養、脳膜炎での慶大病院への入院、退院から結核を再発、小金井の借家住居で療養するも悪化の一途を辿り、35（昭和10）年六月に国立療養所中野病院で三一歳で没した。

プロレタリア運動の冬の時代に闘病生活を送り、病死したために永らく無名のままであったが、戦後再評価された。*37しかし、研究はまだ緒についたばかりである。

私が新編の『壺井栄全集全12巻』（97・4・1〜99・3・15文泉堂出版）を編集、刊行中に新しく発見した新資料中に、今野大力の慶大病院入院中に関する督促状、領収書などが七通壺井家に残されており、また新出の栄書簡によって、新しく判明したところを記すと、今野の慶大入院は32（昭和7）年7月4日（従来は「七月」または「六〜七月ごろ」）で、退院は同年9月27日（従来は不明としてふれていない）であることが実証的に判明するのを初めとして、この前後の事情が手にとるようにわかることである（スポンサーは宮本百合子で、間に立った使者は栄）。

月々の今野大力の生活費・医療費を届けるのが栄の仕事であり、その間の観察・感想・印象、今野の詩の特徴と生涯についてはは拙稿「壺井栄論⒁―第三章　激流（三）」（98・10・20「都留文科大学研究紀要49集」）で論じたので、そちらを参照願うとしてここでは割愛する。

もう一つ「桃栗三年」（A―小説〈昭14・5「新潮」〉）も『暦』収録の一篇で、小さくまとまってはいるが、感銘がない。

〈善意の人〉〈善良の人〉という誤解

最後に、登場期の栄について最も多く発言が寄せられ、そしてその作家としての将来に危惧を寄せられたのは何であったか（極めてお節介な、余計なお世話なのであるが、その将来について危ぶみ、限界を論じて栄が苦労するのを気の毒がる論者が非常に多かったのが特徴である。中村地平[*38]のように「この人は相当の年配になって小説を書き始めた、と聞いていますが、恐らく性格的に話し上手なのでしょう。換言すれば産れながらの小説家なのでしょう。この作家がもつ才能の限界性については二三の人から聞かされていますが、作者自身としてはそういうことを意に介する必要はありますまい。」と言ってくれる人は少数であった）と言えば、〈善意の人〉〈善良の人〉であるが故に、今後小説を書いていく上では苦労するのではなかろうか、というものであった。その嚆矢は中野重治[*39]と言ってよいかと思われるが、ここではそのことをズバリ指摘した丹羽文雄[*40]の言を引いてみよう。

壺井栄は「暦」で力量をいっぺんに見せたが、同時に限界も見せてしまった。私はこの人と真杉静枝が一番好きだが、壺井栄が作家として大きくなるには生まれつきの良さにうんと邪魔をされるにちがいないのだ。奔放とか不逞とか、そういった素質の少しも発見のできない、善良無垢な特質が、小説の世界でも些細な破綻も示さないのである。この感じは作家として無気力にも通じる危険がある。

これは誠に単純素朴な現実反映論というほかはない。悪事や人殺しがでてこないのは、作者自身の善良な資質の反映ときめてかかっているわけで、その根拠を問われれば答えようがない。

作家にとって何が重要かと言えばその一つは想像力であろう。もし、作品中に悪事の場面が必要であれば、それは資質から自動的に出てくるものではなくて、想像力によって組み立てられ、構成されるものであろう。従って、それは、いざその場面になってみなければ発動するか否か、発動するにしても作者が望むようにするか否かはわからないものであろう。ただし、それまでの経験からどういう方面の想像力が、どういうふうに展開しやすいかについてはある程度の推測は可能であろう。このように問題は内部の想像力の発動、展開にあるのであって、決して外面から判断される「善良無垢」な性格の反映にあるのではない。

仮に、百歩譲って反映論を認めるとしても、栄を「善良無垢」とする認識自体が間違っているといわなければならない。

というのは、既に前章で述べたように、栄の作者への転身の背景にはすさまじい生き地獄から這いあがっていったという壮絶なドラマが隠されていたのであり[41]、それは「善良」「善意」などという単純で、単色な世界とはおよそかけ離れた、複雑で奇怪な魑魅魍魎の跳梁する世界であった。そこをくぐりぬけてきた人間に向かって単純・単色を案ずるとは、笑止というほかないであろう。

注

＊1　壺井繁治『激流の魚』（66・11・10 光和堂）
＊2　壺井栄『日記』（99・3・15　壺井栄全集12　文泉堂出版）
＊3　注2に同じ
＊4　壺井繁治『激流の魚』（前出）
＊5　注4に同じ
＊6　壺井繁治『激流の魚』（前出）。繁治の「自筆年譜」（89・3・1『壺井繁治全集5巻』青磁社　所収）では10月退社とするが、未詳。
＊7　繁治「自筆年譜」（前出）は北隆館への勤務開始を42年10月、退社を44年3月と年月を明記するが、壺井繁治『激流の魚』（前出）は年月不詳。ただし、北隆館の退社を「44年3月」とするのは誤り。新編の『壺井栄全集第12巻』（前出）所収の栄「茶の間日記」45年1月25日には「繁治、今日限り北隆館を退職。退職金千七百円程を持ちかえる。別に感激なし。昔なら大金なのだが。」と明記されているからである。
＊8　拙稿「壺井栄論（11）―第三章　激流（二）―」（96・10・25「都留文科大学研究紀要45集」）で、転居の詳細については考証したので参照されたい。
＊9　『激流の魚』（前出）
＊10　注9に同じ
＊11　注9に同じ
＊12　「壺井先生のこのごろ」（62・6「平凡」）
＊13　40・1・25付宮本百合子から顕治宛書簡（のち宮本顕治・百合子『十二年の手紙』上（65・5・30　筑摩書房に収録）
＊14　壺井栄『『暦』その他についての雑談』（40・10・1「三田文学」）
＊15　壺井栄「作者と作中人物」（40・11・1「知性」）
＊16　鹿野正直『戦前・『家』の思想』（83・4・25　創文社）
＊17　40・1・28「読売新聞」5面
＊18　40・2・1「河北新報」4面
＊19　40・3「文学者」
＊20　本書の「参考文献目録」の項参照
＊21　「文芸時評」（40・3「文学者」）
＊22　I・S〈「新潮」「日本評論」作品評〉（40・3「文藝」）
＊23　網野菊「精進する女流作家」（39・5・14「大陸新報」4面）
＊24　大谷藤子「女流作家論(二)―作家について」（39・12・13「河北新報」4面）
＊25　「戎居仁平治略歴」（95・1・10　戎居仁平治『壺井栄伝』壺井栄文学館）
＊26　注25に同じ
＊27　注25に同じ
＊28　注25に同じ
＊29　前引（注25～28参照）の「戎居仁平治略歴」及び「壺

井栄年譜」によれば、仁平治は40年9月高田から埼玉県立熊谷農学校英語教師として転勤(43年には退職追放)し、近くになったのを喜び、栄は以後気安く熊谷へ出かける。

＊30　丹羽文雄「見たもの・読んだもの—壺井栄の『暦』(40・3「文学者」)」

＊31　大山定一「まつとうな小説道—壺井栄氏の『暦』について」(40・5・5「大阪時事新報」4面)

＊32　壺井栄「霧の街」の「五」(41・9「知性」)

＊33　注32に同じ

＊34　平野謙「教養時評—文芸」(41・10「婦人朝日」)

＊35　壺井栄「霧の街」(前出)

＊36　山室静「文芸月評—「文芸」「文学界」二月号」(40・4「現代文学」)

＊37　小説には宮本百合子「刻々」(33・6執筆。没後発表)、同「小祝の一家」(34・1「文芸」)、壺井栄「廊下」(40・2「文芸」)、同「合歓の花」(51・10・14「週刊家庭朝日」)など。作品集・小伝・年譜・解説を収めたものに『今野大力・今村恒夫詩集』(73・9・25新日本出版社)がある。

＊38　中村地平「女流新作家論」(40・5「婦人画報」)

＊39　中野重治「春三題(2)　壺井栄」(39・5・4「都新聞」1面)「ただ私は恐れる、かくも善良な人柄は、今後小説を書いて行くにはなかなか厭な眼を見て行かねばならぬのではなかろうかと。」

＊40　丹羽文雄「女流作家論㈤」(40・3・15「東京日日新聞」5面)

＊41　本書第六章参照

第八章　戦時下の文学（上）

戦時下の栄、追跡

栄が「大根の葉」（38・9「文藝」）でデビューし、第一創作集『暦』（40・3・9　新潮社刊）が翌年2月には一九四〇年度の最もすぐれた新人に贈られる第四回新潮社文芸賞を受賞して、三九歳という非常に遅い出発ながら幸運な、幸先のよい、作家人生をスタートさせることができたのは恵まれていたというべきであろう。

時代は日一日と戦時色を強め、殊に左翼勢力に対する弾圧は厳しさをきわめていたからである。例えば、栄の文学上の師匠とも言うべき宮本百合子の場合で言えば、38（昭和13）年1月から翌年春まで執筆禁止[*1]、39年3月に「その年」を書き上げるが、内務省の検閲で発表不可、41年1月から再び執筆禁止となり、太平洋戦争が勃発すると翌日から検挙され、巣鴨拘置所に送られ、42年7月、熱射病のため昏倒、人事不省となり、死なれるのを恐れた当局は執行停止で出獄させ、百合子は生死の境をさまよう[*2]、というふうに、物心両面にわたる過酷な制裁が待っていたからである。

その戦時下の栄の軌跡をこの章では追ってみることにしたい。

『祭着』

『祭着』は「まつりごと」とよみ、同題の作品が他にもう一つあるので、混同を避けるために、文泉堂版壺井栄全集でしたようにこれは**「まつりご」**（A—児童）と表記することにしたい。ただし、「まつりご」（B—随筆）の方は作者の死の前年に書かれた短い随筆で、引用されたこともないため、「まつりご」（A—児童）と混同されるおそれも余りないと思われるので、本稿では、正式には「まつりご」（A—児童）と表記するが、便宜上「まつりご」と略称したことをお断りしておく。

さて、表題の「まつりご」とは、四国小豆島地方の方言で、村祭の時に子供たちが着る晴れ着のことである。祭は栄の生まれた坂手村の隣り苗羽村にある郷社、八幡神社[*3]の祭礼のことで、旧内海五カ村の氏神として、また江戸中期以降は廻船業が盛んになるとともに海上安全の守護神として信仰を集めた。

祭りの日はもと、旧暦の八月一五日であったが、一九〇八（明治41）年以後は、太陽暦の一〇月一五日に改められ、祭りの圧巻は「太鼓まつり」と呼ばれるように、各部落から奉納される太鼓であった。

それともう一つ、その日は女の子にとっては一年のうちで最も晴れがましい日で、「一張羅のまつりご」[*4]を着飾ってゆく喜びがあった。小豆島ではこの秋祭りを中心にして、ちょうど都会の七五三のお祝いの時のように、女の子の着物を作る風習があり、殊に年ごろの娘をもつと、親も子も気もそぞろに、まつりごに熱をいれ、町の呉服屋は流行の衣装を持ちこむことに忙しい。そしてお祭当日はきそって娘に着飾らせ、母親が付き添って八幡様の高い石段をしずしずとのぼってゆくのだ。

　つまり、これは私の家にはこういう娘がありますよ、どうぞよろしくというお披露目なのであり、立場を変えれば、嫁選びの場であり、見合いの場でもあったというわけなの[5][6]である。

　タイトルの話題から入ったので、「まつりご」(A)を最初に取り上げるが、この作品の初出を従来の年譜では40年1月「同盟通信」とするが、それは誤りである。何故なら、「同盟通信」という刊行物はこの時期存在しないからで、これは同盟通信社がこの作品を買って、その掲載を希望する会社に売ったことを意味するものと思われる。実際にこの作品は私の調べた範囲では「徳島毎日新聞」(40・1・1)と「南支日報」(40・1・20に(上)のみ掲載)に掲載が確認されていることによってもそのことは裏付けられる[7]であろう。

　この作品の梗概は、他国から父に連れられてこの島に来たトシ(八歳)と千吉(七歳)の姉弟が、父に死なれて物乞いのくらしをしていたのを、樽屋のおばあさんに拾われて、子守と雑用をしながら学校にも通学して安住できる話で、元日にふさわしく、ほのぼのとした温かい感情が読者の心に流れてきてホッとさせる作品であり、栄の童話、第一作である。

　栄の童話の最大の特徴は、おばあさんが登場してその人間的魅力——包容力の大きさ・温かさ・人情の手厚さ等々を遺憾なく発揮して見せるところにあるのだが、この第一作においてもそれは既に明らかなようだ。

　夜更けの荒神様の森の方から聞こえてくる不思議な音が、不幸な境遇にある姉弟たちの風船で遊ぶ音であると知った時に発する言葉は「トシ等か、遊びよんのか、夜露は毒じゃで」というもので、そこには疎外し、差別する心情は露見られないのみならず、「夜露は毒じゃで」という言葉には同じ人間としての子供への注意と健康への配慮があり、のちに二人を引き取って「うちの子じゃ」と言うからには「云うことを聞いたら」を条件に、きっぱり「腹一ぱい飯を食べさせてやる」「学校にもやってやる」「秋祭にはまつりごを作って着せ、五銭の小遣いを与えて氏神様へお詣り」をさせてやったのである。

　同時に、きちんとしたしつけも怠らない。「ん」と返事をすると即座に、「ハイ」と直させ、まつりごを翌日も着てくると途端に「常にまつりごを着る者は、祭や旗日に乞食の着物を着にゃならん」と、ハレとケのケジメをきちんとしつける。こうして姉弟は境遇の変化に驚き、喜びつつ、生き生きとした生活を見つけ出してゆくのである。

　これは実話で、やがて成人した姉は相当の嫁入り支度をしてもらって結婚し、弟は樽屋として独立した由[8]であるが、決して豊かというわけではない若い樽屋夫婦が、老母の勧めでみなしごの姉弟を引きとって、互いに助け合いながら共に生きていくという構図は、それだけで読むものの心を打つが、それが金持ちや物持ちで暮らしに不自由しない人々ではなく、その日暮しをする職人一家の人々であった点で感動的であり、この種の問題を考える上で示唆的であるように思う。

この作品における成功が、のちに児童文学界からの執筆依頼を要請し、新たな才能の開発を促すのであるが、その事については後述する。

反戦小説

「海の音」（38・2「自由」）は一二歳をかしらに五人の子持ちである与平の思いを、盆の数日の中に描いた反戦小説の好短編である。「反戦小説」というと、どこが反戦か？　とすぐ反論が来るように、この作品は一種の反戦小説を意図したものだが、一見すると戦争協力の作品としか読めないようにできあがっているわけで、まさしくそれは平野謙が「ここに壺井栄のまぎれもない芸術的資質がある。[*9]」と絶賛する所以であろう。

それを以下に探ってみると、現在の三〇代の与平は妻と五人の子供達との生活を宝物のように大事にしている。それは自らの極貧の幼少期に対する反動でもあって、父は蓄財のためには、妻子も平気で捨てる血も涙もない男であった。与平が船乗りになったのも、父が息子に食わせるのが惜しくて船長にくれてやったからで、そこで船長から初めて人並みに扱われ、教えられて今日の与平ができた。一三年前に父が死んで、六二〇円の大金が残されていたが、与平は一航海休んで酒にそれを全部捨てる、理由は父が金を貯めようとしたばっかりに、極貧と屈辱と不幸があるのだと思えば、金は敵であり、仇だからである。家庭団欒の最中に動員令が出て与平も出征することになり、与平は薪を割りながら「ちき生ッ！　ちゃんころ奴、女房子供と、こんちき生！　生き別れ、さしくさる！　くそッ」とどなる。

与平にとっては妻子との生活が、家族にかこまれての暮らしが生涯の憧れであり唯一の望みであった。それ故にそれをはばむものは敵であり、「こんちき生！」であり、「ちゃんころ奴」であった。敵意むきだしでわかりやすい。しかしそれだけではすまない。当然そのあとの、与平が出征したあとの家族はどうなるのか、どう暮らすのか、という問題があるからだ。八歳の三郎が言う。

「ふうん。――あののうお父つぁん、僕ら兄やんと二郎と三人で約束したんで。お父つぁんが兵隊に行ったら兄やんは学校やめて醤油工場い行くんじゃ。村長さんにたのみに行く云よった。二郎がのう、洗たくしたり、飯たいたりしてお母さんを手伝うてのう、僕はねんねの守をするんで。もう、喧嘩やこいせんのぢゃ。――あののう、うどん屋のばあやんはの、あっこの兄やんが戦争に行ったんで、それから心臓がドキドキしてうどんがこしらえられんのぢゃといの。それからのう、面っ白いんで、さかな屋のばあやんはのう、昨日学校で、私しゃもう嬉して、嬉して、云うてわあわあ泣っきよんで。僕ら泣かせん」

一二歳の長男は退学して働きに出、一〇歳の次男は母を手伝って洗濯炊事をし、三男は子守、というように幼い兄弟たちが知恵を出しあって、協力して一家を支えるから心配いらんと言われて与平は思わず涙をこぼす。子供たちはあくまでも冷静に、感情をコントロールして「喧嘩」はせず、「僕ら泣かせん」と言いきって、与平の場合の「恨み」の感情一筋とは明らかに違っていることを示したからである。

女の自立と子供の死

「たんぽぽ」（A—小説・珊瑚もの（39・9「婦人公論」））は二人の子をかかえた未亡人が産婆の修業の過程で遭遇する〈犠牲〉の問題を扱った作品。

女の自立—特に子供をかかえる未亡人の場合の問題を扱ったもので現代にも通じる重要なものだが、全てが予定調和的に決定されていて、しかも一人合点の、独白が多くて、読者には作品内に入って行きにくいという欠点がある。**「わんわん石」**（39・10「月刊文章」）というのは、小豆島と思われる島の入江の渚にある犬の姿をした岩のことで、その真上の山中に山見場（鰯が沿岸に寄せられてきたのをいち早く判別して村民に知らせ、指図して一網打尽にする見張役の漁師が坐っているやぐら）があり、太郎吉が親子二代で勤める。今年はカラ梅雨と不漁でお手あげ。久しぶりに、太郎吉のホラ貝がひびき渡り、村中こぞって舟を出し、湯をわかし、準備におおわらわとなるが、そこへ太郎吉の三男が、わんわん石の所で溺死したとの知らせが入り、その母は半狂乱、その夜から雨は降り続く、というもので、率直に言って三男を何故殺すのか不明である。久しぶりの大漁の予感に村中が大騒ぎして、母親は子供の事を忘れていた「うかつさ」「人間の薄情」さを反省するのだが、この反省は一体どれだけ意味があるのかと問うて見れば明らかなように、殆ど無意味であろう。大漁に村中が沸き立ったことと、子供の死との必然的な因果関係は何ら見出せないからである。

屈指の名作

次の**「三夜待ち」**（40・5「日の出」）は集中第一の傑作であると同時に、栄の全作品中でも屈指の名作といってよいであろう。

島（小豆島と思われる）育ちのシノは、五五歳。大和屋の主人に信用されて常傭、ミカン畑はシノに任せきりであった。或春の日、シノはミカン畑で仕事中に鳶に弁当を盗られてしまう。するとその日相棒の新六爺さんが白米弁当を半分くれ、おかずの丸いままの沢庵を出して「どうじゃ、おシノさん、両方からかみつくかいの」とおどけながら言って助けてくれたのでその日は大助かり。二人は共に独り身で（新六は「六十過ぎ）それ以来爺さんは足繁く訪ねたので、二人の仲は一挙に深まり、シノはいそいそと迎え、楽しく過ごし、男は結婚を口にするが、内心とは逆に女ははねのけ、後悔する。

シノの過去は無惨であった。器量が悪く、身体が小さいということだけで不縁となり、二五の時に嫁がされたのは酒飲みの舅と気狂いの姑（おしゃれして村内を歩き、やがて着物を脱ぎ捨て、全裸になるまで帰らないのでシノはそれを拾い集めなくてはならない）がある一九の漁師（年上で器量の悪いシノを憎んで口もきかない）というとんでもない一家で、以後二五年間三人が死ぬまでシノの苦闘が続いた。

そして一人になった楽しさ、明るさ——世の中の面白さ、生きていることの楽しさをはじめてシノの知ったのがここ数年のことであり、その胸の奥深くには、たたみこまれたままシノ本人にも忘れられたままになっている若い日の心＝「一生懸命働いてさえいれば、誰かが嫁に貰ってくれるだろうというシノのひそかな願い」がまだ生きていて、「飛び出そう、飛び出そう」としているのに気づかない。

秋の半ばの夜、新六は酒を抱えて訪ね、シノはいそいそと迎えてお菜を用意する。外は婿入りの行列を眺めに行く人々の足音が繁く、折柄、今日は三夜待ち、二人の心が「流れ合うばつの悪さ」にシノは用事ありげに外に出る。

一生を「気狂い」一家の世話に明け暮れ、それで生涯も終わりかと思われたシノに突然降って湧いたように現れた新六爺さんによってもたらされる「ほかの人間と一しょにいることの喜び」「うきうきして来る（中略）心のはずみ」等々、男女間の交際によってもたらされる「愛のときめき」は年令によって変わるものではなく、いつでもどこでも起こりうるものであると同時に、それが人間の生きるうえで、いかに根源的なものであり、それなしの人生はいかに空しい索漠たるものであるかを素朴に語って名品である。

いわゆる大衆娯楽雑誌に初めて書いた作品だが、評判はよく、編集担当者の和田芳恵から、当時花形人気作家の川口松太郎より編集部宛に速達が来て栄の作品を絶賛しているのを見せられ、更に和田は大衆誌の小説でこんなことはめったにないことですが、ともらしたという。[*10]

宙ぶらりんの作品

「ガンちゃん」（40・6「若草」）は二児の子をかかえて働く母親（しかも一人は知的障害）の子供の育て方やそれにまつわるさまざまな不安を母親の立場から提起したもので、小説というよりもナマな材料を出しすぎている時事的な問題なので、これについては栄の姪で目の不自由な発子に触発されての一連の社会的な発言があるので、そこで整理して明らかにすることにしたい。「窓」（40・8「改造」）については前章で既述したのでそちらを参照願うとして、「柳はみどり」（40・9「新潮」）について考えると、これはヒノエウマ受難史の物語である。干支《えと》がヒノエウマの年に生まれた女性は夫を殺すという迷信が、戦前までは強くあって、この年に生まれた女性はそれだけハンディキャップを負わされ、理不尽な悲喜劇の中にさらされたという事実がある。

　しかし、肝腎の作品の骨組みがしっかりしていないから、この先どうなるのかはわからない。つまり、ヒロインの片割れである妹の八重と八郎との関係が六児の子を生《な》しながら、どうなっているのかさっぱりわからない、この妹夫婦の関係がはっきりしなければ、姉の七重も手を下しようがないのではないか？

好短編と母のあせり

「小豆飯」（40・10「会館芸術」）は作者自身の実体験に基づく初期の経験を書いたものと思われるが、一般に性を上手に語ることは至難とされ、大抵は読者にいたたまれない気分にさせるのがオチであるが、本編はその点、実に巧みで、用意周到に仕組んだ好短編となっている。この父を援けての材木運びは、後に栄が病んだカリエスの遠因となるもので、醬油工場の薪材となるだけに肩にめり込み、骨が折れそうになる重労働で一年半続き、疲労がたまるとぐっすり寝込んでしまい、失禁することもしばしば[*11]であったという。そうした不快といらだちを日一日と高め、身体の変調を増幅させて一挙にカタストロフへと持ってゆく手際は、中々のものというべきであろう。

「艪」（40・10「知性」）は四〇歳を過ぎた漁師の茂一は口ごもって話がうまくできないため、漁に出かけるほかは、家にこもってしまうので嫁がこない。二度嫁をもらうがすぐ逃げ出す。そこへ、嫁の話—母は二つ返事でひきうけ、来てさえくれればと大歓迎で、嫁が来たらその日のうちに、通帳も株券も皆嫁に渡して、家の事はまかせようと決心する。

　母の心細さとあせりはよくわかるが、しかしそれは本来息子がすべきものであって母ではない。そこをはっきりさせて息子に人との接触を訓練しない限り、又同じことの繰り返しとなる可能性は、大いにあるといわなければならない。

〈キクもの〉が中心

　次に、刊行されたのは『たんぽぽ』（41・4・25　四六判装幀は松山文雄　高山書院）で、収録作品は、無花果・帰郷・大黒柱・寄るべなき人々・卵・わかれ・船路・柿の木・たんぽぽ（A—小説・珊瑚もの）の九作品だが、「たんぽぽ」は再録であるから初収は八作である。

「無花果」（40・11「文藝春秋」）は一〇歳の時に母の生家に養女に出された萩乃と、その義理の伯母との葛藤を通して、生涯を蓄財のみに生きてしまった伯母の人生の空しさを剔出し（その点でこれは「海の音」における与平の父、銀六の女性版である）、「帰郷」（41・1「新潮」）は芸人の男を追って島を出た三六歳のキクが、男と死別し、娘が私生児の正雄を産んだのをしおに、一八年ぶりに従弟をたよって帰郷するまでを描き、「大黒柱」（41・2「知性」）ではそれを受け、キクは何とか役場の小使いになれて生きてゆくメドが立ち、有為転変はいずこも同じで、嘗ての村一番の金持ちが破産して、その屋敷が今は役場となっている。そしてキクは「寄るべなき人々」（41・1「公論」）でさまざまの不幸な人々―昔羽振りのよかった船長が今は葬式の食べ余りをもらい歩き、書記の秋田は五〇近く、五人の子があり、商売に失敗し、帰郷して独身者よりも低い月給で生活している―人々などを描き、「わかれ」（41・1・1「週刊朝日」）は二〇歳のせい子がひそかに愛していた青年教師への訣別を告げに靖国神社へ詣でる話であり、「船路」（41・2「婦人画報」）は零落した元庄屋一家が家をたたんで島を出るが、その娘の一人が金持ちの家の嫁に迎えられて島に戻り、八人の子を産むが再び破産―なまじ家柄の家に生まれた故に悲劇の道を辿る女を描き、「卵」（41・4「新女苑」）では夫婦相互の不料簡のために、ピンチに陥った家庭の場合を描き、「柿の木」（初出未詳　41・4・25以前に発表）は、柿好きの新三（小学一年生）の柿の木育ての苦心を描くが、このへんでこの作品集について一往整理しておくと、作品集の中心は島（小豆島と思われる）を出て再び島に戻ってきた〈キクもの〉が中心といってよいであろう。

　作者は舞台が勝手知ったる小豆島なだけに、数誌にまたがっての掲載ながら巧みな手さばきで作品を次々とまとめてみせ、その手つきはなかなかに鮮やかである。

　職業作家としては、一往及第といってよいであろう。同時にこの頃から内外の作家の文学伝統に学ぶ〈文学勉強〉[12]を開始するが、漱石・ゴーリキイ・トルストイなどには「呼吸困難」を感じるほどの「根《こん》のなさ」であった。僅かに、志賀直哉・菊池寛・フィリップらにひかれて熱中したようである。中でも偏愛したのはフィリップ（一八七四～一九〇九）で、小さき町に住む、無名の貧しい人々に注ぐ豊かな人間愛に共感した。『母と子』（一九〇〇）、『ビュビュ・ド・モンパルナス』（一九〇一）『小さき町にて』（一九一〇）等の作品の存在があることを知って、所謂学のない栄も、胸を張っておのれの文学のレーゾン・デートル（存在意義）を確認できた[13]ことであろう。そういう背景があることを指摘しておきたい。

　しかし文芸時評はきびしかった。「文芸」（40・12）の〈N・O「文藝春秋」「文学界」作品評〉は、

　壺井栄「無花果」　壺井栄の向日性に魅力が失せてきたことは事実である。パセチックな素材を明るく素直な筆致で表現するところに彼女の健康さが産まれたのであるが、最近のものには、克服された人生苦の陰翳が消えて、凡々と暖かい楽天主義に随《ママ》しているのだ。つまり誠実味がないのだ。当分の間休養を望む。

〈キクもの〉の意味

　確かに言われるような傾向があることは否定できない。しかし栄のためにあえて一言弁護するならば、このように十把一絡げにしてくくられてしまうと、是非善悪の別無く、用不用の詮議も無く、一括して悪傾向と断じられて葬られてしま

う危険がある。

具体的に言えば、〈キクもの〉においては、破綻者列伝とも呼ぶべき人々が登場し、「帰郷」「大黒柱」「寄るべなき人々」と連作形式で語られるのであるが、既に指摘したように、これらの作品は秀作ではないが、決して無くてもよいような駄作、凡作ではない。というよりも、島における生活破綻者、困窮者、底辺生活者を追尋してそのパターンを明らかにし、きっちりと整理してみせているわけで、貴重な試みというべきである。

つまり、これらの中の一人は、役場に向かってはっきりと公的扶助の要請をしているわけで、それが時代の認識よりも先んじていたが故に役場ではいつも一笑に付されてしまっているが、それから数年後の一九四六年には、生活保護法が制定されて公的に生活が保護されることになった。

つまり、戦前と戦後の間五年を境にして、人権という考え方が逆転したのである。これを如実に示しているのが、〈キクもの〉なのであって、その意味は決して小さくない。

身体障害者の問題提起

もう一つの例をあげると身体障害者の問題提起がある。既述の「ガンちゃん」は知的障害の一〇歳の子のかかえる問題を、働く母親の立場から提起したものである。同様の趣旨に基づく発言は、世間の理解や社会的な影響力を考えて、小説ではなく直接に意見として同時代になされてゆく。それらを二、三見てみると、「不幸な子供の為に（為政者へ望む）」[*14]は朝日新聞の「為政者へ望む」のコラムに発表されたもので、「大根の葉」以来のヒロイン〈克子もの〉に関わる、弱視児童のための特殊施設の増加要求を文部・厚生両省に要請したものであり、「特殊児童の作品」[*15]も精神に障害のある子を収容する八幡学園の児童の作品展を見ての感動から、こういう施設がなかったならば、「見出されずに終わるかも知れなかった才能を生かし得たことの驚異」を語って、「この種の施設の拡充」を訴えたものである。「点せ愛の灯を」[*16]は東京郊外にある所謂不良少女、「娘の家」をルポしてその現実―親達は「家には帰ってくるな」と娘を拒絶するという心情に驚き、その逆に親にまさるものはないのだと力説する。

このように栄は、社会的弱者のための代弁を―殊に戦前の日本はあらゆる面で人権意識が欠如していたり、低劣であったために困窮している人に代わって、いわゆるルポルタージュ（略してルポ）や訪問記を多数書いて、その窮状を訴え、問題点を指摘して世間の理解と援助とを積極的に求めたのである。その意味では栄は、ジャーナリズムの果たす役割やその社会的影響力の大きさについては、早くから認識していて、ジャーナリズムからの依頼や要請には可能な限り、積極的に応じていて、その数は戦前一七、戦後三二本を数える（ルポ、訪問記は全てカウントし、対談・座談については主張の強い一部のものに限定し、論説・評論等は採っていない）。

朝鮮への招待旅行

第四作品集は『船路』（41・12・15　有光社名作選集13　B6判　庫田叕装幀　有光社）で、収録作品は、赤いステッキ・三夜待ち・小豆飯・艪・朝・船路・海の音・廊下・無花果の九作品であるが、「朝」を除いて他は全て既刊の三作品集に既収である。「朝」（40・9「観光朝鮮」）は朝鮮に単身赴任した夫が逞しく日焼けし、精悍な姿で再会したのに新鮮な魅力を感じて惚れ直し、そのあとを追う人妻の心情の変化をたどったもので、可もなく不可もない。素材的には40年6月に、朝鮮総督府鉄道局からの招待[*17]で佐多稲子と二人、半月程、京城—開城—金剛山—平壌を旅行した体験が契機となっているであろう。

次に第五作品集として『ともしび』（41・12・26　博文館）があるが、これは〈克子もの〉で前章（第七章『暦』のころ[*18]）で既に論じた。

第六作品集は『石』（42・7・28　全国書房　B6判　国枝金三装幀）で、収録作品は、裁縫箱・縁・風（A—小説・光子もの）・一つ覚え（A—小説）・昔の唄・霧の街・ともしび（これは作品名でこの名称の作品はこれ一作のみ。第五作品集の総題となっている『ともしび』とは無関係である。）で、七作品が収録されているが、「霧の街」は既収。「ともしび」は児童文学としてまとめて後述する。

「裁縫箱」（41・12「婦人朝日」）はヒロイン、ヨシノの一二歳の時の母との別れを語ったもので、自らの死期を覚った母が娘をつれて町へ行き、着物を売り、その金で裁縫箱を買ってくれ、うどんやいなりずしを食べさせてくれた上に、メリンスの小ぎれを見つけてヨシノの前掛けにと買ってくれた——それから数日後に戸板に乗せられて母は帰ってきて死んだ。

母一人子一人でかつがつ暮らしているのに、或る夕、母に突然町へつれだされて外食し、生まれてはじめてあれこれ買ってもらえる驚きと、不安な喜びが丁寧に描かれた佳品である。

大塚克三との愛と別れ

「縁」（初出未詳）と「昔の唄」（42・1「婦人公論」）は同じ素材から作られた作品[*19]で、これについては既に述べたので略記するが、栄自身の実際の経験—娘の頃、大阪道頓堀中座前の芝居茶屋「三亀」の息子大塚克三と愛しあうが、いざというときになって男は、君に料理屋の女将はつとまらないと消極的になり、栄の方は未練たっぷり、たとえ料理屋のような仕事でも男から来てくれと一押しされれば飛びこんでゆく覚悟はあったが、男の方が逃げ腰なのであきらめる。男は後に舞台装置家として大成し、約半世紀にわたって二千以上の作品を手がけ、その間演劇協会賞や大阪市民文化賞等を受賞している。死後、遺品の中には栄の戦前に刊行した作品集が多数含まれていたというが、双方共にのちのちまで心に残る恋であったのだろう。

これを材料にして一編を仕組んだもので、両作共に骨子はほぼ同じ。「昔の唄」で友人の作家和子としているのは佐多稲子である。

コント二つ

「風」（A—小説・光子もの）の初出原題は「柳に吹く風」（41・5「日の出」）。同様にヒロインの名前も咲子から光子に変わる。

東京に嫁した姉が早産で花枝を産んで死に、お産の手伝いに行っていた光子が郷里に連れ帰り、育てる。恋仲の正造は出征するとすぐ戦死し、義兄の元次郎からは花枝と二人で来てくれの催促—何をバカなと反発するが、一年二年とたつうちに恋人の死が実感され、思い出が薄れてゆき、花枝にひかれる心で動いていく——娘心の微妙なところ、すっかり母心を開発されてしまってもはや娘だけの心にはもどれない光子の心中を描いて巧みだが、何分にも作品が軽い。

「一つ覚え」（A—小説）（41・4「新興婦人」）は偏屈な漁師が隣家の五人の娘達に次々に求婚し続けるが全部ことわられるコント風の作品。

池田小菊の斡旋

第六作品集『石』が刊行されるについては池田小菊（一八九二〜一九六七）の斡旋があった。小菊は和歌山生まれで小学校の教師をしたのち、奈良女子高等師範で教えるが、小説への関心が深く、志賀直哉との出会いが決定的となって教職を退き、作家生活に入る。代表作に「奈良」（38・11「文学界」）、『かがみ』（42・8　全国書房）などがある。

この小菊が大阪市南区にあった全国書房の経営者田中秀吉に「女流作家叢書」の人選・執筆を依頼され、推進役となり、まず栄に声がかかり、この時刊行された女流作家叢書は次の六冊である。

池田小菊『来年の春』（41・12・15）網野菊『若い日』（42・3・10）中里恒子『家庭』（42・5・15）壺井栄『石』（42・7・28）窪川稲子『気づかざりき』（43・2・20）真杉静枝『母と妻』（43・4・30）。

栄の『石』というタイトルは、夫繁治の同題の詩にちなんでつけられたもので、この詩は繁治の死後、小豆島の生家の裏手、分教場の跡地に立てられた詩碑に刻まれている。

「垢」—腹の底の抵抗感を

第七作品集は『女傑の村』（43・7・26　実業之日本社　B6判　松山文雄装幀）で収録作品は、女傑の村（針・家・磁石）・垢・坂下咲子・牛のこころ・同い年・五目ずし・名づけ・木の葉のように・剪定鋏・三界一心で、一〇作品が収録され、全部初収。

「女傑の村—物語三つ」（41・8「文藝春秋」）はサブタイトルが示すように、島（小豆島と思われる）を舞台に「針」「家」「磁石」の三つの短編から成る物語である。「針」は隣り合う本家と分家の嫁同士の意地の張り合いを、批評的に描いて笑いをさそい、「家」は夫が借金を作って蒸発したために、妻は家屋敷を失い、掘立小屋に住んで三〇年、やっと念願の家を建てた直後に死に、そのあとには夫が住むというもので、物質のために生きる人生のむなしさを描く。「磁石」はこの島に多い、船員の妻たちの手柄は子供であるために、教育ママの典型になっている彼女たちの言動を、新任教師批判の中に描いて辛辣である。村人列伝、島人列伝であるが、いずれも批評的意識が強くなってきているところに、以前のものとの違いが見られるようである。

「垢」(42・3「現代文学」)は夫に赤紙の来た夫婦(妻は妊っている)が、一夜湯河原でゆっくりしてこようと電車に乗ると殺人的な混みようで、七〇あるいは八〇を超したかと思われる老夫婦が、混雑の渦に巻きこまれて互いの名を呼びあって乗れたかどうかを確認し、安全を確かめるのであった。それを聞いて一部の乗客はひやかし、笑うのであったが、老夫婦は真剣に何度も呼び交わして確かめ「笑いどころじゃない、こちらは気が気じゃない」という老人の言葉に笑いは静まる。夫婦は「いい老人夫婦だったな」と感動しながら、温泉に向かう。

この夫婦、恒子と大吉は結婚して四年とはいえ、縁談がととのったところで赤紙が来たために、大急ぎで式だけあげて、恒子は三年間留守を待ち、夫と一緒に過ごした年月は一年にも足りない。そして漸く子供をみごもったところで夫は「再度の召集」なのである。

1942年冬、自宅の庭で

赤紙一枚で夫婦を引き裂き、親子の間を切り裂く、この無惨な現実への無限の恨み、無限の悲しみが、恒子の胸中にはこめられている。その胸中深く秘められた叫びが電車内での老夫婦の、必死の悲痛な叫びとなって噴出したものにほかならない。老夫婦は物言わぬ大衆のシンボルなのだ。ここまで言えば明らかなように、この作品は容易に戦争批判や反戦小説として批判され、摘発されるシッポを周到に隠して体制内の隠れ簑に納まっているのだ。既に見た「海の音」に続く二作目の反戦小説である。

この作品には大井広介の絶讃[*20]があり、その歴史的意義にまで及んで間然するところがない。少し長いが次に引用する。

> 壺井栄の「垢」は「現代文学」昭和十七（42）年三月号に掲載された。同じ号には、同人だった坂口安吾が「日本文化私観」をかいている。（中略）
> なかんずく、壺井栄が寄稿してくれた「垢」は、十二月八日以後の、十七年三月号という段階では、他のどの小説家もかかなかった短篇として、感銘が深い。十七年にどんな作品が出たか、調べてもらえば、私の感銘した所以が理解されるだろう。この時、この一作によって、私は壺井栄を尊敬した。信用している。
> 没義道な戦争に、赤紙一枚でかりだされて行き、人間的なものと、無惨にひきさかれることへの、悲しみを無限にこめた短篇である。憤りや、はらの底の抵抗感を、十七年三月号という段階で、取締の官憲が眼をとんがらしている時期に、それを通過するギリギリの表現で、オブラートにくるんでいるが、しかも読者の同じ口惜しい思いに、ふれないではおかない、短篇の妙味を発揮した短篇である。（中略）
> 「垢」をかいた壺井栄だからこそ、今日の地位を獲得できたのだ。素性のいい大衆を読者層にすることができたのだ。

よるべなき人と農学校への感動

「坂下咲子」（43・1〜6「職場の光」〔一説に誌名は「日本女性の光」とも〕初出未確認）は燈台守の父（妻と三児が既にある）と島の娘カツとの間に生まれた私生児で、カツの妹として入籍され、赤の他人で他国から流れて来たおふさを祖母として育てられるが、一四の時に死別。以後は醤油屋の御寮人にひきとられ、みこまれて杜氏の青年を紹介されて結婚を決意するまでを描く。考え方の問題としては「私生児」が問題ではなくて、どう生きるかが問題というふうに、咲子の成長過程をたどった人間形成小説といってもよいかもしれない。あるいはこれまでに検討した文脈にそって言えば、老人としてよるべないのではなく、幼くてもよるべない人を如何に導き、育てるか、という問題をあつかった作品と言ってもよいかもしれない。

その意味で極めてまっとうな作品であるのだが、㈠父母の結びつきはどうだったのか、妻子ある男とカツがどうして結びついたのか、㈡今、カツはどうしているのか、というような問題が放置されたままである点などに、作品としてのルーズさがみられるようである。

「牛のこころ」（42・9「新潮」）は〈克子もの〉の終りの方の連作で、新しく生まれた第三子が遺伝性のソコヒで手術の準備をしたところ、思いがけず風邪から消化不良へと進んで短い生涯を終えたことが語られていたが、これはその一家をモデルにした話[*21]である。

さて作品は、島から来た浩一一家がはてしなく広がる関東平野になじめず、落ちつかず、不安がっていたが、夫は連日、トマト・胡瓜・豚肉・ソース・卵・水飴・ハム等いろんな物を、学校からの製造品として持ち帰るのに直子は感激して、学校参観までしてしまう。乳牛の一頭が食べすぎて苦しみ、ガスを出してやるまでの苦闘や、係の人達が寝ずに飲まず食わずでの献身をするのを見て直子は感動する。

関東平野の広さと農学校という場所を初めて見た驚き、珍しさから、ひとかわむけて一段階深いおつきあいに入ったおちつき、安心感とでもいうべきものが漂っている作品といってよいであろう。

「まずはめでたや」の前走者

「同い年」（42・7「中央公論」）は表面的に読めば、作家のミネ（42歳）が帰郷した際の郷里の反応、「出世しておいでるんじゃ」という老婆の言動と同級会の楽しみとを淡々と綴ったものというふうに読めるが、しかし作者の本意・真意はそんなところにはない。

では何を、どう描いているのかと言えば、これは戦後に故郷小豆島への呪詛をあらわに書いて驚かせた「まずはめでたや」（55・1「文藝春秋」）の先蹤であり、前走者の役割を果たすものである。

物語の発端部で、小学生の時ミネの家が左前になり、彼女が夕飯一食の為に子守をした中井家の老婦人が再会したミネに「みいさん、あんたはまあ、東京で出世しておいでるんじゃ云うて」「絹子も、あんたのかいた本を買うとったわな」といってほめてくれたのに対してミネは鋭い違和感を覚える。何故ならミネの村で「出世をした人たち」というのは、唯一絶対の価値基準は「お金」で、その蓄財者が「偉い人」であり、「出世をした人たち」であって、それ以外の作家や学者などの文化人では銅像や記念碑は建たない「出世」であったからであった。

中井老婦人というのは亡母と同年で、その後絹子は女高師を出て女学校の教師をしていた関係でミネが小説を書いていることも知っていて、それを母である中井老婦人に話して聞かせたのである。

しかし、「ミネのこの『出世』を知っているのは、村でもそう沢山いる訳ではない。」だから、お祝いを言ってくれる人も中井老婦人の他には登場しない。まして帰郷を記念して祝宴をなどと言い出す人もない。

ところがである。一夜明けた翌日、料理屋の奥座敷に呼ばれたミネは吃驚する。食料は統制され、配給されている時勢なのに、「嫁入りでも当節こんな御馳走はめったにない」料理が並び、「大きなはんぼには五目ずし」がつまり、「酒の用意」まで出来ていてまるで夢の中にでもいるようであったからだ。

それは村に残っている同級生たちが、ミネの帰郷を待って開いてくれた同年会なのであり、作家としての活躍を祝ってくれるものであった。会するものは八人、少数ではあっても心のかよいあう者同士の宴は尽きなかった。

ここには明らかに栄の演出があると言ってよいであろう。村や村人の公認の「出世」ではないが、それに代わるものとして同年齢八人の祝宴がセットされているからである。

世間のからくりの恐ろしさ

「五目ずし」(42・10「オール讀物」)は23歳の貞子が、夫の戦死、義父の病死と相次ぐ不幸の中で、姑と赤ん坊をかかえて自活の道を探し、軍事保護院のアドバイスで電話交換手になり、家もたたんで六畳一間の遺族母子寮で生活を始めるまでを描く。

栄の作品では五目ずしは切っても切れぬもので、この作品では、舅と夫と二代に亘っての、すし好きのすし談義が、前半の読ませ所であるが、後半は軍事保護院の宣伝紹介に終わる国策協力小説になっている。

「名づけ」(43・7以前)は実話で、妹の第四子の名づけに長男の研造が第一候補の直吉は反対と言い続けるが、決まるとあっさり近所にフレまわる、というもので、子供なりの美学からの真剣さが表れている点(直吉では丁稚か小僧のように思われるのであろう)におもしろさがある。

「木の葉のように」(43・7以前)はイツが夫に死なれてあとに二〇歳過ぎの加代子を頭に三人の娘を残されるが、三人ともに年頃になると母と衝突して家を飛び出す——それは彼女が〈成長しない母〉の典型で、卵を抱いては育てるが、ひよこや親鳥になるのをみとめないからである。

「剪定鋏」(42・2「婦人日本」)は戦前の家中心の結婚故に起きた悲劇。「三界一心」(41・10「文藝」)は若い日の一時のあやまちが女の一生をいかに狂わせるか、そのことが男に頼って生きる女を作らせるが故に、男と生別、あるいは死別すれば、生きるために結婚を何度でも繰り返さなければならない、情無い女のあり方を花枝の生涯を通して追求しようとした作品で、もし作者がこのテーマ——男によりかからなければ暮らしてゆけない無力な女の一生、そしてまた、よりかからせるものを持って、女を一層無力にさせる世間のからくりの恐ろしさを、もっと緊密な構成をもって鋭く剔出したならば、秀作となったことは間違いない作品であるだけに惜しまれる。

次は第八作品集『夕顔の言葉』(44・2・20 紀元社)、九番目に刊行の『海のたましい』(44・6・14 大日本雄弁会講談社)所収の作品であるが、これらは栄文学の中で、小説と並んでもう一つの重要なジャンルを形成する児童文学に属するものなので、あとでまとめてとりあげることにしたい。

国策協力の小説群

次は第一〇作品集『花のいのち』(44・7・25 葛城書店 四六判 松山文雄装幀 収録作品—花のいのち〔A—小説〕・音のゆくえ・提灯・柳はみどり・花ひらく・まないたの歌〔A—小

説・正子もの〕）。六作品を収めているが、「柳はみどり」は再録で、『祭着』に既収。

「**花のいのち**」（A―小説）（43・7～12「青年女子版」〈43・7～10までは初出確認済みだが、11月～12月は推定〉）はその頃転居先の鷺宮で知り合った櫛田ふきが勤めていた雑誌に連載したもので、ふきは経済学者櫛田民蔵の未亡人で、戦中に栄や佐多稲子・宮本百合子らと知り合ったことが戦後のめざましい婦人運動、平和運動への活躍のきっかけとなる。主な役職として、婦人民主クラブ書記長、同委員長、婦団連会長など。

作品は小豆島の自然を背景に、青年学校女子部に学ぶ若い娘たちの群像と、若い女教師との交渉を通して卒業前後の知事賞受賞をめぐる軋轢、卒業後の恋の鞘当て、片足のない傷痍軍人と結婚する娘、軍需工場勤務の娘など、銃後の勤労風景を織り交ぜつつ、若い娘たちの群像を描こうと試みたものだが、根本の認識が〈女は嫁に行き、子供を育てるのが本当〉という限界を一歩も動かないために、古風で従順、伝統的な女性の再生産に終わったと言ってよい。

「**音のゆくえ**」（43・1「婦人公論」）は何不自由ない小豆島の寺に育った二〇歳の一人娘の南枝が、東京鷺宮の寺で鐘の献納式に出合ったことから、一念発起して来年学校を卒業したら、今の時代に即応して学校の先生になって働こうと決心してそれを伝えに島へ帰るまでを描く。緊張した文体でゆるまず書いていて、その限りでは動機も決意も若者らしく一途で純粋、好感が持てるのだが、〈時代への協力〉としての学校の先生というところに限界があろう。当時の教師は戦争協力の先兵であり、宣伝隊、煽動者の役割を負わせられていたからである。

「**提灯**」（43・1「青年女子版」）は青年学校女子部に学ぶ英子が産業報国、女子挺身隊の宣伝と勧誘の話を聞いてまっさきに手をあげて参加する話で、行先の製樽工場は、全部機械化、工場化されているのに驚き続けるというもので完全に国策協力小説となっている。「**花ひらく**」（44・7以前）は女学校を卒業したら結婚する筈だった千枝が破談となり、落ち込むが親友の世話で軍需工場の事務ではなく、現場勤めを始めて「自信と誇り」をもつまでの数カ月を描く。ここでは国策への協力が露骨で、特に女子でも、事務ではなく、工場の現場への参加が奨励され、家庭菜園作りも積極的に勧められている。

「**まないたの歌**」（A―小説・正子もの）（43・8・22「週刊毎日」）は母の死後、再び夫に死別した女中のハマにもう一度もどってもらう事を娘が父に了解してもらう話で、無論ハマが家に入ることは後妻になることを意味する。その点でこの作品の人物の出し入れにはご都合主義の面があることは否定できないが、その事が気になるよりもむしろヒロイン正子の明るさ・積極性・行動力の方に読者を引きつける魅力があろう。

異例の母子情愛小説

第一一作品集は『絣の着物』（所収作品は不明）で満州の毎日新聞社から「昭和17～18（42～43）年ごろ」発行されたというが、大陸での発行のため作者の手元にもなく、入手の協力を「週刊新潮掲示板[*22]」で読者に依頼したが反応はなかった模様で、筆者も未見である。栄は「短編集」と前掲の「掲示板」では記しているので、その収録作品の内容は不明だが、表題になっている「絣の着物」（44・4「文芸読物」）についてのみふれておきたい。

この作品は、冬子が作った絣の着物を愛用していた一人息子の太郎が、学徒出陣の直前に肺炎で死に、その後訪ねてきた甥の中尉に着せると喜ぶので持たせると、間もなく戦死でもどされ、姪にモンペにでもと与えるというもので、絣の着物にまつわる悲しい歴史が語られる。

作品のテーマが絣を愛した二人の若者の追悼であるから、話はどうしても暗くなり、志気は上がらない。そこでそれを忘れるために二度目の隣組長を引き受け、冬子は「熱と誠意」を尽くすのだが、いつも考えるのは若者二人の事というわけで、いつまでも二人の死を引きずっていることを冬子は隠さない。その意味ではこの作品は戦争協力、戦争讃美の国策小説とは逆に、私情を吐露した母子情愛の小説である点で異例といってよいであろう。

船員との結婚と幸福の問題

『絣の着物』と同様の運命をたどったのが『海風』（45・5河出書房刊予定）で、空襲により配本直前の5月25日に見本一冊を残して焼失したという。残念ながら今日、この本は壺井家に残されていないので筆者も未見であり、その意味では「幻の初版」である。「海風」（初出未詳。栄の記憶によれば43・10～12「日本女性」連載[*23]）は「夕焼」（42・2～7「婦人朝日」）の続篇であり、栄にとっては最初の長編小説であった。

その間の経緯については朝日新聞社出版局「婦人朝日」の編集部にいて担当者となった渡辺綱雄「壺井栄の処女長篇小説」（86・6・5「芸文東海」7号）が最も詳しい。それによると、栄の起用は日米開戦を目前にして予定していた阿部知二に急に穴があいて（連載小説の第一回を発表したところで徴用となった）、そのピンチヒッターとしてではあったが、編集部内にも短編作家としては問題がないにしても、長編は見ていないだけに果たして書けるのかと、危惧する声も強かったが、ではネームバリューがあって、短期間に、半年連載で三〇〇枚の小説を書いてくれる作家が他にあるかとなると声がなく、結局栄に依頼することとなって渡辺が使者に立ち、話を聞いた栄の方でも「さあ、私に長編小説が書けるかしら」と即答は避け、数日考えてから決断したものであったという。

作品は故郷の小豆島を舞台に展開、島の男たちの生きる夢は船員であり、女たちは彼らの妻となることで、その間のドラマを追求している。即ち、女の幸福とは何か？　女にとって一年の殆どが夫との別居になる船員の家庭は本当にしあわせなのか？　夫婦が一つ家庭に住めない結婚はふしあわせではないのか？　等々が姉妹、親子、恋人間でなまなましい現実の問題として提起され、議論される。

物語としては、従順でおっとり型の長女松代が、正月の挨拶に来た父の教え子省太郎とあっという間に結婚させられ、一緒に暮らしたのは五日間、妊娠とわかるが四カ月後には遭難で死別という悲劇から始まり、松代は婚家を出て実家にもどるのか、それとも夫の霊を守ってそのままとどまるのか、生計はどう立てるのか、が焦眉の問題として議論される。ところが、それまで、従順で内気でぼんやり派と見られていた松代が、周囲も驚く変身を遂げ、津々木家の主婦として、生まれてくる子の母として、いささかの迷いも動揺も無く跡を守り、生計は養鶏によって立てることとし、資金は保険その他からの三〇〇〇円の中、九〇〇〇円をこれにあてるという資金計画まではっきり示してびっくりさせる。一方すぐ下の次女竹乃は才気煥発、はっきり物を言うタイプで姉の結婚をさんざん批判して松代にとうとう「私馬鹿かしら」と言わせる程だったにもかかわらず、恋人のシアトル航路の高級船員秀一からプロポーズの手紙が来て、父から意思を確認されると、平素の言動とは全く逆に、父母の「哀願」（長女の夫津々木省太郎の遭難死によるショックで船員はこりごりの心境にあった）を忖度して「お断りして下さい」と本心を裏切った宣言をして、家族を唖然とさせるのである。

この姉妹二人の対比的な言動が作の中心となるのであるが、姉のそれは直線的でわかりやすいのに対して、妹のそれは屈折している分モタモタしているのと、議論がスムーズに進行しない憾みが残って、結局連載予定の六カ月では完結せず、初出誌の最終回末尾には「（前篇終り）」という断わり書きがつくことになってしまった。

それから約一年後に後篇となる「海風」が書かれて完結した。

松代は一七歳になる直江と二人暮らしで、女学校を卒業したら婿養子でもとって孫と暮らすのが楽しみだが、娘は働きたいと主張し、郵便局に勤める。同僚の和田は切れ者で三人前を一人でこなす程だが、人柄がよく何でも教えてくれ、姉の様に思う。五男七女の貧しい農家に育ち「きょうだい喧嘩は餅よりうまい、精出して喧嘩せえせえ。」と育てられたことを楽しく回想し、商船学校出の弟（学資は彼女が出してやり、今年二四歳）と結婚してくれないかと切り出す。

前篇と違って舞台が郵便局内に限定され、殆どがヒロイン直江と同僚の和田との対話になっているのでこぢんまりとまとまってはいるが、「夕焼」より格段にパワーが劣るようである。

「特殊衣料配給日」の意味

敗戦後の刊行になるが、もう一冊『松のたより』（45・

12・15　飛鳥書店　A5判　装丁の記載なし　収録作品――松のたより　藪がらし　特殊衣料配給日　大阪の塩　絣の着物　母を背負いて）も見ておきたい。収録されている殆どの作品が戦時中に書かれ、発表されたものであり、「あとがき」によれば「校正にあたつては、気になる部分にもわざと筆を加えないでおいた。」とあって、これを信じれば、戦後になってからの不都合、訂正、変更などは加えていないということなので、これまで本章でとりあげてきた作品と同一平面上でとりあげるのが適切と判断[*24]したからである。六篇収録の中、再録は「絣の着物」一篇のみである。

「**松のたより**」（45・12月以前[*25]）は小豆島のタコの一本松をめぐっての小学校教師朝子の半生の思い出を描き、敗戦一カ月後には、タコの一本松も嵐で折れてしまった次第を、姉に知らせるというものだが、古色蒼然の趣は否定できない。その理由は恐らく次のようなことと思われる。このモデルは文泉堂版壺井栄全集3の解題にも指摘したように、履歴から見て明らかに栄の妹シンであり、しかもその追想が現在や未来につながるものとしてではなく、過去の単なるセンチメンタルな回想のレベルにとどまっているからであろう。「**藪がらし**」（42・11「文藝」）は郊外に我家が建つまでに、髪の毛が三本になりそうな辛い思いと、築後の藪がらしとの闘いをスケッチ風に描いた小品で、この題材は繰り返し以後とりあげられる。「**特殊衣料配給日**」（45・1・7「週刊毎日」）は小豆島が舞台と思われる店での販売風景を描いたものだが、個々のケースに着目してみれば、欲しい人にクジがあたらず、不要の者にあたる不合理さ、大金持ちが金の威力で、理不尽に切符を入手して品物を手に入れる不正や、統制切符販売がいかに不便であり、並ばされ、待たされるものか、等々が克明に描かれていて、宛然一篇全体が統制切符制度批判になっているとも見られる。その意味で「特殊衣料配給日」は既に検討した「垢」「絣の着物」などと並んで、お上のすることには唯々諾々と従ってきた中から、ほんの僅かではあっても、「ノオ」と言ったり、「これではイヤだ」と言ったり、「こんなことが許されてイイのか」「息子と甥と、二人とも若者を戦死させられてはどうやってこれから生きて行けばよいのか」という庶民の声をメッセージとして発信していたというのは、本土決戦が叫ばれていた時代だけに、誠に貴重なものとして記録しておかねばならない。

「**大阪の塩**」（45・12以前　脱稿は「（昭和一九年一一月ごろ）」）は勤めをもつ母と息子、家事担当の娘（二〇歳）の一家に、久しぶりに砂糖の配給があって、母は故郷の小豆島での思い出を娘に語る。隣家のおばさんが砂糖を子供たちに見つけられて大阪の塩だと言ってうまくごまかしたという。やがて警戒警報がなり、防火用水の氷割りから帰宅した娘は「警報が解除になったら大阪の塩よ。母さん！」配給制の中でのささやかな喜びの一コマである。

「**母を背負いて**」（初出未詳。脱稿は「（昭和二〇年七月）」）は私と渡辺、黄江子の三人は女学校四年の仲良し三人組で軍需工場に勤労動員されている。空襲で渡辺の家が焼かれ、足の悪い母を背負って辛くも逃げるが、読書家の彼女は本が焼けてしまったのを残念がり、それを聞いた二人が苦労の末古本を入手して渡辺に贈る。その夜母を背負うとその軽さに驚くというもので、この作品での作者の狙いは、本を入手する過程で知った、本屋に本がないという現実と、たまたま本を売りたいという新聞広告を見て出向くと、岩波文庫をお金ではなく、米か小麦粉との物々交換でなければ譲らないと言う御仁がある一方で、それとは全く逆に、足許を見て安く買い叩く古本屋に腹を立て、二人から事情を聞くと、古本屋よりも更に安い値段で分けてくれる人もあったという、戦時下の世相の一端を提示することにあったと思われる。そして何よりも痛烈な批判は、「本はやせないけど、人間はみんなやせて軽くなったわね。」にこめられているのであろう。表題が啄木の著名な短歌に拠ることは言うまでもない。以上で『松のたより』収録の作品については全て検討したことになるが、次に単行本未収録の戦前の作品を一〇作程新たに発掘した[*26]ので以下にざっと見ておきたい。

もっと評価されてよい作品

「種」[*27]（41・3「文学者」）は33（昭和8）年二月に特高の手で虐殺された小林多喜二の母を描いたもので、栄は多喜二の遺体を清めた一人である。多喜二の命日前後に、毎年母が北海道から上京して、息子の曽ての同志達に手作りの土産を振る舞う、無垢の慈愛の姿を描いて感動的である。しかし、その母を囲む会も参会者が年々減り続けて、気の毒になるような状況と、人情の変化が痛苦の感情でとらえられており、この母の姿に栄の理想とする母の一つのタイプ―約束を忘れず、疑うことを知らず、無垢の信頼と慈愛を捧げる姿が造型されていると考えられる。かえりみられることの殆どない作品だが、もっと評価されてよい作品である。

戦争協力のあれこれ

「リンゴの頬」（42・6「大和《たいわ》」発行は「鉄道大臣官房現業調査課」）は未熟児で三誕生目に歩いた娘が、一九になって結婚話でもおこったら止めなければならぬ程病弱なのに、非常時の時節柄勤めに出たいと言い出して、とうとう幼稚園の保母になって一カ月に一度位帰って来るが、みるみる元気になって「リンゴの頬」になったのに驚く、という話で「世の中になくてはならぬ存在なのだ」という自覚が、彼女を別人のように、生き生きとさせたわけで、モデルは姪の真澄[*28]であろう。

「鷺宮二丁目」（43・1「現代文学」）は戦地の兵隊への慰問文で不適任な所以や、家の位置、福蔵院の鐘の供出などの、鷺宮だよりを記したもので、話題にいくらか作家らしい目新しさ（子供同士の会話など）がないとは言えないが、結論的に言えば、作家としての良心を痛める程ではない程度の戦争協力というべきものであろう。「軍艦献納」（43・5「婦人公論」）も同様に国策協力で、子供の新ちゃんが父の形見の赤銅製の軍艦を写真にとって供出したい、そうすれば船を造る釘になると供出を申し出る話で、これは久米正雄[*29]（日本文学報国会代表）によれば「日本文学報国会小説部会の発案」で「原稿紙一枚」で大政翼賛会の「建艦献金」の運動に協力する「小説・檄文」を募集し、集まった二〇七篇中の一篇だということで、のちにそれらは全て日本文学報国会編『辻小説集』（43・7・18　八紘社杉山書店）に収録された。子供たちの玩具まで供出させてとりあげるというレヴェルの点で抵抗がないわけではないが、よく考えてみれば、大の大人が「協力」に知恵を絞った結果がこの程度であったということからすれば微笑を禁じえないであろう。

「簞笥の歴史」（43・1「新女苑」）はミネとタンスとのかかわりを描いた小説だが、とりわけ印象的なのは、ミネの幼時に一家が破産して引っ越すときに、タンスの環がせわしくカタカタ鳴る音である。それを起点に父母や一家の記憶が一斉によみがえり、往時の貧しい、だが懐かしい風景が思い起こされる点で、詩的喚起力を強く秘めた作品である。

「客分」（43・4「新潮」）は男女のもつれからの別れを女の立場から、女を被害者として執拗に描いたもので、戦前の栄にはこうした愛欲と物欲に狂った男女をシリアスに描いた作品はないだけに、異色の作品である。ただし、八年間同棲して四七歳となった夏江が、同じく三九歳となった愛人の古田を、色欲と打算のエゴイストとして一方的に断罪し続け、非は全て男にありとするのは如何であろう。そのエネルギーとリアリティたるや、すさまじいものがあるが、このように一方的な断罪では男女の生活は成り立たないからである。シリアスではあるが、欠陥があるという認識がその後この作品の再録を望まなかった理由であろう。

「掌」（44・1「文藝」）**「霜月」**（44・2「文庫」）共に隣組から出征した兵士への慰問文で、しかも隣組の動静報告をしているが、それには明らかなフィクションもまじっていることをこの際はっきりさせておきたい。即ちそれは戦場の兵士にとっては戦意高揚であり、銃後の国民にとっては、鼓舞激励をめざすものであってみれば、文章のプロに要請して要所適所にフィクションを配して効果的な一文を期待することは当然だからである。そういう実際的・実務的な用務を帯びたものであるという認識が必要とされよう。一例をあげれば、「掌」では女子青年が樽工場で勤労奉仕をして得られたお金で花かんざしを買ったとか、四月からは引き続いてそこで働くようになったとか、書かれているが、そのような事実はない。また、「霜月」での四人家族というのも、英吉（二一歳航空兵志望）は実際にはいない。

「勝つまでは」（44・4・20「文学報国」23号）のタイトルの右には「決戦非常措置短編」と銘打たれ、末尾には「（大政翼賛会委嘱作品）」ともものしく記されていて、大戦末期の状況を露呈していよう。というのは一九四四年二月二五日の閣議で決定され、三月から実施された「決戦非常措置要綱」

により、官庁の休日廃止・高級享楽店の停止・歓楽場の閉鎖・学校給食の開始などが行われた。これを受けて大政翼賛会は「決戦非常措置」の周知徹底のため、文学報国会に「決戦非常措置短篇」の創作を依頼し、栄が執筆したという経緯がある。[*30]この作品は田口松子一家の耐乏生活―松子流に言えば簡素生活のあれこれを紹介し、更に女学生の娘には「つぎはぎのものを身につけて学校へ通った。そして学校を卒えるとすぐに挺身隊に入って、工場で働いた。ということは、あんたたちの一生を飾るものなのよ。」と説いて得心させ、一家の戦争協力を推進させるものとなっている。栄が書いた戦争協力の作品の中では最も露骨に協力の意図が出た作品といってよいであろう。

最後に「馬糞」（45・1・10「文学報国」44号）はそれにまつわる三題噺めいた体裁で、窮迫した首都東京の食料事情の一端が家庭菜園に支えられ、しかもその肥料は馬が道に落とすものであるとは！　大らかな笑いに包んで、執筆依頼者側の姑息な〈国策協力〉の企図を吹きとばして壮快である。

さて以上で戦時下の栄の作品の検討のうち、小説については一通り終えたが、更に総括と、それから栄の文学のあと半分を形成する児童文学が手つかずに残されており、また、エッセイやルポにも目を通さなければ十全の評価は期しがたい。次章で検討することにしたい。

注

＊1　大森寿恵子「年譜」（大森寿恵子『写真集　宮本百合子―文学とその生涯』76・1・20　新日本出版社）
＊2　注1に同じ
＊3　『内海町史』（74・3・30　香川県小豆郡内海町）323～326頁
＊4　壺井栄「まつりご」（B―随筆）（66・7「婦人公論」）
＊5　注3に同じ
＊6　注4に同じ
＊7　ついでに記しておくと、『祭着』の初版には二種類ある。（　）内はもう一本の方である。（1）奥付の印刷日昭和15年10月11日（昭和15年10月15日）同発行日　昭和15年10月15日（昭和15年10月19日）（2）（イ）装丁　鈴木信太郎と明記（記載なし）（ロ）表紙と裏表紙に信太郎の絵あり（絵なし）
＊8　壺井栄「子育てが上手だった」（40・11「新興婦人」）
＊9　平野謙「壺井栄さんの思い出」（67・6・24「毎日新聞夕刊」5面）
＊10　壺井栄「小さな思い出の数々」（56・5・5『壺井栄作品集3　柳はみどり』筑摩書房）
＊11　壺井栄「岬」（38・9・18、25、10・2　3回連載「婦女新聞」）
＊12　壺井栄「私の読書径路」（42・11「新潮」）、同「私の読書遍歴」（54・5・17「日本読書新聞」5面）
＊13　壺井栄がフィリップの文学を好きであったことについては例えば同郷の知人、福井利夫「手紙二つ」（壺井繁治他『回想の壺井栄』前出）に、「壺井さんはフィリップが好きであった」とある。他に栄「わが文学の故郷」（44・3「早稲田文学」）など参照。
＊14　壺井栄「不幸な子供の為に」（40・2・2「朝日新聞」

5面）
＊15　壺井栄「特殊児童の作品」（39・12・13「朝日新聞」6面）
＊16　壺井栄「点せ愛の灯を―『娘の家』訪問記―」（40・7「婦人朝日」）
＊17　佐多稲子「朝鮮印象記」（41・5『季節の随筆』万里閣）
＊18　本書第七章参照
＊19　本書第二章参照
＊20　大井広介〈「垢」について〉（56・7・20「壺井栄作品集しおり6」）
＊21　壺井栄「窓」（40・8「改造」）
＊22　壺井栄「『絣の着物』についてのお願い」（58・6・30「週刊新潮」）
＊23　壺井栄「『非常時』のころの作品」（56・5・20　壺井栄作品集4『海風』所収　筑摩書房）によれば、初出は大陸講談社「日本女性」（43・10～12）という。この雑誌は稀覯に属し、稿者も未見だが、このたび稿者は栄のこの証言が正しいことを証明する新資料を発見した。壺井家蔵の未発表書簡の中に43（昭18）年9月30日付栄宛大陸講談社からの封筒（中味はなし）が残されていて、その表に〈『海風』ゲラ刷〉〔在中〕と書かれておりその事実が証明されるからである。
＊24　初出と初版の本文を校合して異同を調べてみたが、現在初出の判明しているものについては作者の弁は妥当なものと考えられる。
＊25　初版本末尾の記載には「(昭和二十年九月)」とあり、これは脱稿の年月を示していると考えられる。
＊26　ここで以下に検討する作品は従来未見のもので、いずれも拙編の『壺井栄全集1～2』（97・8・15～10・15文泉堂出版）に所収。
＊27　この作品は戦後に至って単行本としては『渋谷道玄坂』（48・12・20　新日本文学会）に収録されたのみ
＊28　真澄については本書第四章参照
＊29　久米正雄の発言は全て後出の『辻小説集』の「緒言」に記されている。
＊30　岩波書店編集部編『近代日本総合年表』（79・8・10　3刷　岩波書店）桜本富雄『日本文学報国会』（95・12・25　2刷　青木書店）

第九章　戦時下の文学（中）

最初の児童文学創作集

　次に順序は前後するが、第八作品集『夕顔の言葉』（44・2・20 紀元社　A5判　松山文雄の装幀・口絵・挿画　収録作品――港の少女・あひる・甲子と猫・小さなお百姓・小さな先生大きな生徒・おみやげ・餓鬼の飯（A―児童）・夕顔の言葉）は児童文学作品を集めた最初の創作集であるが、本章では以下、栄の戦時下の児童文学についてみておきたい。

　栄は子供のことがわかり、子供のことが書ける資質に恵まれた作家であることについては、デビュー作の「大根の葉」が何よりもこのことを証明しており、実際に児童文学界からの執筆依頼も盛んであったことは、『夕顔の言葉』刊行に明らかであろう。

　無論、発表作品はこれにとどまるのではなく、既に述べたように「まつりご（A―児童）」、「新ちゃんのおつかい」があり、島崎藤村編『新作少年文学選』のために「十五夜の月」を執筆という具合に、45年8月の敗戦前までに発表した児童文学作品は、現在私が確認した限りでは全部で二六作ある。

　しかも戦争が激しくなり、敗戦が近づくにつれて、小説の発表は減少し、代って児童文学の方が量的に増加して、両者の関係は逆転するに至るのであるが、その事情・理由については後述する事として、とりあえず『夕顔の言葉』収録作品から見てゆくことにしたい。

別れの場

「港の少女」（42・7「少女の友」）は小豆島の港の売店ミドリヤで、小学生のケイ子と祖母は商いをして暮らしていた。母はなく、父は二度目の出征中。ケイ子には忘れられない二人の客がある。一人は一級下の春江が祖父母の許で暮らしていたが、祖母の死で高松にいる母の許へ祖父に連れられて行くのを嫌がって柱にしがみつくのを、無理矢理ハガサれるようにして去って行った姿。もう一人は一一歳だというが、七つか八つにしか見えない少年が、首に行き先を書いたボール紙をぶら下げていて、伊賀の上野に行くという。ケイ子のお婆さんは余りのいたわしさに、ウドンを食べさせ、夏みかんを二つもたせ、五十銭札を一枚やり、弁当にとイナリズシをもたせるなどの世話をやいて送り出したことである。

　港は出会いと別れの場であり、人生の縮図であるから、さまざまのドラマがあることは予想されるが、伏線の張り方に不足があるように思う。これを後にうまく使ったのが「二十四の瞳」で、産後の肥立ちが悪くて母を失い、小学五年生になる時に売られた松江の時には、効果的に使われていて衝撃的である。

動物とのふれあい

「あひる」（41・6「こくみん三年生」　初出原題は「親あひる　子あひる」）は村の小学生たちは、おやつのふかしたさつまいもの残りを、校門の橋の下にいるあひるにやるのがいつもの事。秋男がいたずらして、さつまいもをあひるにぶつけたところ大騒ぎ、翌日は六羽いたのが四羽となり、あれで死んだかと心配すると、二羽売ったことがわかりホッとする。子供と動物のふれあいをささいな出来事を通してやさしく描いたもの。

「甲子と猫」（42・2「少国民の友」）は小学生の甲子と、二匹の猫のかかわりを書いたもので、黒猫のエチは引っ越しの時にいなくなり、今度は小犬程もあるトラ猫がいつくが、おしっこのしつけがないので、甲子の留守に原っぱに捨てると、それを知った甲子が余りに悲しむので、女中と母と甲子で行って見ると、半日たっても捨てられたところにすわっていた。淡々と事実を叙述し、感情は排するという突き放したスタイルで書かれている。

農作業の教え

「小さなお百姓」（42・7「少国民の友」）は小学校低学年の夏子が、父の出征のため、母を助けて子守や農業の手助けをする話。そこまではどこにでも、いつでもある話だが、栄は子供に一層やる気を起こさせようと、「夏子の畑」と区切りをしてやり、また農作業の意味を、一つずつ説明して理解させながら進む。例えば、下草《したくさ》をやるのは(1)日照を避けて枯れるのを防ぎ、(2)雑草の生えるのを抑さえ、(3)腐れば肥料になるというふうに、具体的に教える所に示されているであろう。

〈創氏改名〉の問題

「小さな先生　大きな生徒」（41・10「国民六年生」）は禎《てい》子（一二歳）の母に近く子供が生まれるので、人手がほしいのだが、あいにく無くて困っている所へ、朝鮮で暮らしていた叔母（文中では「伯母」と記すが、彼女自身、禎子の母を作中で「姉さん」と呼んでいるので、「叔母」が正しいと思われるので、改めた）の紹介で朝鮮の少女がやって来る。一五歳で身寄りがないというが、明るく素直で、仕事ののみこみが早く、一家は大喜び。その上向上心もあって、仮名は叔母に教わって既にマスターし、今度は禎子に毎日一字ずつ漢字を習うという模範生の話で、絵に描いたような日鮮融和、内鮮一体化の話と、表面的には読めるが、少女の突きつけるものは深く重い。それは名前を問われて「この間まで朴禎順と申しましたけれど、今は創氏しまして、清原と申します」という〈創氏改名〉の問題があり、これこそは「日本の朝鮮支配政策の中でも、もっとも朝鮮人に苦痛を与えたものの一つ」[*1]であったからである。

朝鮮には元来「族譜」なるものがあり、何家の、何代の、何番目、という血統証明書によって一族意識、同族意識が極めて強固であり、加えて朝鮮の家族制度の三大鉄則[*2]「姓不変」（姓は一生変わらない）、「同姓不婚」（同族の者同士は結婚しない)、「異姓不養」(同族でない者は養子にしない)、によって朝鮮の姓は結婚によって変わることなく、戸籍を移動してもそのままであり、一生不変である。

そこへ家族法則の内地化と、徴兵制の実施をめざす皇民化政策が交差した一九四〇年に、創氏改名政策が打ち出され、強力に推し進められていった。法的に強制はなかった。しかし一九四〇年二月に実施が開始され、その月には実施率が〇・三六%であったものが、それから半年後の八月には、全世帯の実に七九%に及ぶ実施率[*3]に至ったという背景には、あらゆる過酷、没義道な手段を使ってでも、押しつけるという凶悪な意図があった。その手口を少し記すと、「創氏改名」の届出をしないと、入学、進学を拒否する、教師が児童に叱責殴打する、総督府機関に一切不採用、現職者も漸次免職、行政機関にかかわる事務を取り扱わない、配給対象からはずす、荷物の輸送を鉄道や運送店で取り扱わない[*4]、等々であった。

ここまで非道の限りを尽くして実施した、この政策の根本的な狙いはどこにあったのかと言えば「朝鮮人の一族意識、同族意識を解体して、天皇家を宗家とする家族制度の確立と徴兵制の充実[*5]」にあったと言われるが、実施後五年、日本の敗戦でもろくも崩壊した。

栄はこの作品の発表される一年ちょっと前、40(昭和15)年6月に朝鮮総督府鉄道局の招待で、佐多稲子[*6]と二人で半月程朝鮮を旅行し、その時の印象を戦前に三つ書いている。いずれも官製の招待旅行であり、宣伝吹聴を期待されたものだけに、みるべきものがないのは当然ながら、しかし露骨に宣伝のピエロ役を演じていたわけではない。というよりも、「創氏改名」について、はっきりこう書いていたことを明らかにしておきたい。「朝鮮の思い出」の中で、朝鮮の変化の激しさについて聞かされ、栄の朝鮮旅行は一年半も前であり、今年もまた朝鮮に足を向けた佐多氏の話を聞いてもそんな気にさせられるが、「京城でお目にかかった女の方たちがみんな日本流に創氏されたということなども、何となく胸にひびくものがあって、例えば新聞の婦人記者をしていられた田さんが、田村芙紀子さんになったと聞かされても、私の頭にはやっぱり以前の田さんとしての姿より浮かんで来ないので、私の頭がおかしいのだろうか。ところが私の小さな感懐になどお構いなく、朝鮮は変化しているのである。進歩であるのかもしれない。」と栄は言う。昭和15(40)年2月11日から8月10日までの6カ月以内に「創氏改名」の届け出はしなければならなかったのであるが、それに対して栄は、ヘンだ、違和感がある、それともそう思う私の「頭がおかしいの」かとハッキリ記している。勇気ある発言と言わなければならない。

この姿勢が「小さな先生 大きな生徒」における朝鮮の少女の「創氏改名」という事実があったのだという発言をさせたものであり、それ以上の発言はタブーであった。

従って、戦争が終ってタブーがなくなった時、栄は掌編小説「みやまれんげ」(52・3・16「婦人民主新聞」)の中で、日本に支配されていた妓生《キーサン》たちについて、次のように言う。

私は、あの時ほど日本人であることに一種のひけめを感じたことはありません。歌を所望すれば歌い、踊りをといえばすぐ踊る彼女たちが、私たちに向ける目は決して歌っても踊ってもいないのです。石のように固い表情、氷のように冷たい目の色、その彼女たちの抵抗を包んで、美しい単色の朝鮮服だけが意志のない踊りを踊っていた、と私は思うのです。そのころ朝鮮を旅した日本の男の人たちはそれに気がついていたでしょうか。あれが女であるための私の思い過ごしであったとは、どうしても思えません。招待された旅であったために、女である私たちの席へまで、妓生を呼ばねばならぬと考える招待者側の歓迎ぶりは(中略)今もって私の記憶の中に辛い思いの尾を引いているのです。まして妓生たちの思いは、火となって燃えるより氷となって沈んでいたろうことを思わずにいられません。

栄の朝鮮におけるこの妓生体験は、その後約一二年経った今でも「辛い思いの尾を引いている」わけで、この点をヌキにしての戦争責任批判は有効ではない。詳しくは後述することになるのでここでは簡潔に述べるが、世間によくある戦中の言動を引き合いに出して戦後のそれを批判するやり方、あるいは戦中の言動には沈黙して口をぬぐってひたすら戦後の時流に乗っているのをあばきたてて批判するやり方には率直に言って賛成できない。勿論、過去の言動の資料収集の意義は重要であり、その点の評価をするのにやぶさかではないが、しかしこれらの方法では結局の所、一億総懺悔になってしまって生産的ではない。

従って、個人としても、あるいは歴史としても、重要なのは戦時中の負の遺産を背負って戦後をどう生きていったか、その軌跡を検証する事であろう。

その点で戦時中に「創氏改名」の理不尽さに憤激しつつも、有効適切な反撃をなしえなかった無念さを、戦後に持続させて作品を成した執念に敬意を表しておきたい。

祖母のお産見舞

「おみやげ」(42・1「こくみん三年生」)は母のお産見舞いに田舎の祖母が、新三とやす子の家に田舎のおみやげをいっぱいもって訪ねて来て、赤ん坊が生まれ、母が丈夫になってから帰るまでを描いたものだが、おばあさんにも、子供たちにも特徴がないため、事のてんまつを記すだけになってしまっているようだ。余談だが、この祖母にはどことなしに栄と親交のあった小林多喜二[*7]の母の面影がある。

少女たちの自立を助ける

「餓鬼の飯(A—児童)」(41・7「少女の友」)は小豆島の風

習を描いたもので、一〇歳から一四、五歳の少女たちが、二、三人から四、五人ずつ組んで、お盆に一日台所をあけてもらって材料を持ちよって料理を楽しみ、大人は口出しをしないという、女の子たちにとっては、大昔から続く楽しい行事。咲子・初代・杉子・正子の四人は、これまでに咲子→正子とまわり、今年は杉子の家の番、咲子は去年病気で参加できなかったので今年は張り切って一番にかけつけると、正子から初代が熱を出して来られないと聞き、がっかり。三人は五目ずしをメーンディッシュに、白玉だんごもつくることにするが、だんごに気をとられてご飯がこげ、水も不足して失敗。杉子の母が消し炭を入れてこげの匂い消しをしてくれるがダメなので炊き直すと、今度は水が多すぎてオカユのよう。母が水気を逃す方法を教えてくれ、三時過ぎに完成。五目ずし・白玉だんご・スイカをもって初代宅に行き、ゴハンがオカユになったとわびると、初代の母は、病人だから助かると言ってくれたので三人はホッとする。

これは少女から大人になるための通過儀礼と言ってよいもので、本人も周囲も大きな楽しみとしているものである。当日は一日台所をあけて娘にまかせ、大人は口出しをしない―そこに献立を考え、材料をととのえ、料理を作る―この年代の背伸びしたがる少女たちの自立を助け、育ててゆく上で最良の教材と言ってよいもので、主題・構成・表現のあらゆる面から見て傑作と評して過言ではない。

鳥越信氏はこの作品に「時代へのプロテスト」[*8]を見、その理由として㈠欲しがりません勝つまでは、の時代に、好きなだけ食材を持ちより、㈡しかも自治遊びをとりあげているところにファシズム批判があるとする。

兄の志も貫く

「夕顔の言葉」(43・3「日本少女」)。前川ヤス子は高等科一年で、将来は師範に行って先生になりたいと思っているが、兄は戦死し、母は魚の行商でかつがつ暮らしている現実から考えて、会社勤めをしようとすると、母は反対し、兄さんは貧しくて自分が勉強ができないのがくやしかったから、ヤス子にはさせたいと言っていたのだからと言われて行くことを決心するという、心やさしき少女の物語であるのだが、肝心のヤス子の決心の部分が弱いというか、モタモタしているのが惜しまれる。次に『石』に収録されていた「ともしび」について見ておきたい。

生命の讃歌

「ともしび」(初出未詳。42年7月以前の作)は島(小豆島と思われる)の漁師の娘ヒサノが小学校六年になる時、神戸の母方の伯父の養女となった一年間を描く。初めは養母の過剰な厳しさ、とりつく島もないあしらいにとまどうが、養父が養母への不満を爆発させてヒサノを島に戻すと言った時に、ヒサノは養母の胸にとびこんで感動させ、以後は、日一日と母娘の関係が深くなり、ヒサノの姉ナミ子が月二回の休みの日を雨の日もいとわず、ヒサノの様子を見にくる（迷惑を考えて逢おうとはしない）情愛の深さに養母は気づいて心うたれる。ヒサノが養女になって一年後、養父がヒサノを島に戻そうとした時には、養母とヒサノの間は磐石となって揺るがず、折から母の妊娠がわかっても同様で、生まれてくる子を一人っ子のわがままものにしたくないからと母に言わせて、ヒサノを島にもどすことを父にあきらめさせるのである。

　これは何の変哲もない作品といってよいであろうが、しかしこれが凡作でない所以はヒロインの素直さと情愛の深さにある。

　これは「もらい子」の話であるから、当然生母の悲しみ、養母のわがまま、伯父の身勝手、級友の意地悪、姉のせつなさ等々がからみあって複雑な展開を示すのであるが、いざという時にそれらを快刀乱麻を断つように、見事に解決してくれるのはヒロインの前述の性情なのである。その意味でこの作品は素直さの勝利、あるいは情愛の頌歌といってもよいかもしれない。

　これまでこの作品は殆ど評価されず、見捨てられたままであったが、大いに評価されてよい作品である。無論、欠点はないわけではない。その最大のものは、養母のヒサノに対する内心の変化の過程がもう少し、具体的な事実に即して描かれればなお良かった、ベターであったといえるかもしれない。現在のままではややご都合主義的との謗りを受けないとも限らないからである。

ところで、この作品を絶讃する評論家に江藤淳がある。栄の死後まもなく書かれたもので、青春期、病中の愛読書であったとして次のように評している。原文は約五枚（四〇〇字詰）のものであるが、抄出した。

　　壺井さんを悼む[*9]　江藤淳

　六月二十三日、永らく病床にあった壺井栄氏が逝去された。（中略）。

　しかし私は、いまだにその壺井さんの名作「二十四の瞳」も「裲襠」も読んでいない。つまり私は、職業的な批評家としてこの女流作家の作品を読んだと言う記憶がない。ただひとつ、私のなかに鮮明な印象をとどめているのは、たしか「灯《ともしび》」という表題の作品である。白っぽいフランス装の本で、中学生だった私はそれをなにかのはずみに古本屋で買った。作者がどういう経歴の人で、文学史的にどういう位置にいるのかということについては、もちろんなにも知るはずがなかった。

　それにもかかわらず、この「灯」（たしかそういう表題だったと思う）は、私には忘れられない本になった。私はそれを幾度もくりかえして読み、特に結核で寝ていて暗い気分になって来ると、熱っぽい身体が清潔なシーツを求めるように、この「灯」の頁を開いて静かな充足した気持をとり戻した。これほど愛読した本をどこかに失くしてしまったのは、私が引越しばかりしていたためにちがいない。しかしなぜこの小説がこれほど心に残っているのかは、いまだによくわからないのである。

「灯」の筋はちょっと「小公女」に似ていて、小豆島の貧しい家の少女が、東京に住んでいる遠縁の親類に引きとられて、子供のない夫婦の養女になるという話である。つまりなんの曲もない家庭小説で、深刻な哲学も人性の危機めかした道具立てもないのであるが、主人公の少女の素直さと適応力が鮮やかに描けていて、ひとりの田舎出の娘が都会のかなり恵まれた家庭の娘に変身して行く過程に、静かな生命の讃歌とでもいうべきものが流れているのである。

私はそのとき、きっとその生命の讃歌を求めていたにちがいない。そしてまた「灯」に、ある澄んだ幸福感がひそんでいるのが好きだったのにちがいない。あまり明るいとはいえない環境で、病を養っていなければならなかった私は、やはり幸福感というものを欲していた。それが実生活から来なければ、文学か音楽から来るほかはなく、「灯」は非常にささやかなものであったが、それを確実にあたえてくれるので、忘れられない本になったものと思われる。

だから壺井さんは、私にとってはこの「灯」の作家であるというほかには、なんの交渉もない人であった。

(中略)

私のなかに「文壇」の習俗に対する抜きがたい偏見があるのは、「灯」のみならず幾人かの作家のいくつかの作品について「文壇」というものの存在すらろくに知らないうちにこれに似た体験をもったことがあるためかも知れない。たとえば谷崎潤一郎の初期の作品や高浜虚子の小説「俳諧師」、あるいは伊東静雄の詩集「反響」などは、いわばなんの紹介もなしにある偶然から私の前にあらわれ、読みかえすたびになにかをあたえてくれた。それはかならずしも幸福感と呼べるようなものではない。しかし文学の本質に触れたなにものかであることはたしかであり、そのことを考えると私はローレンス・デュレルの「クレア」で語られている「ピクウイック・ペイパーズ」の挿話を思い出さぬわけにはいかなくなる。

それは第二次大戦中、北阿戦線の英軍兵士のあいだで、ボロボロになるまで廻し読みにされるディケンズの小説の小型本の話である。この「ピクウイック・ペイパーズ」は兵士たちにとっての唯一の「図書館」であり、彼らは砂漠の星空の下に寝ころがって、お互いに朗読しあっては「死」に直面している自己からの解放を味わう。これは文学が人間の心にあたえ得るものを確認する感動的なエピソードである。

壺井さんの小説が、私がそれを必要としたときに私にとっての「ピクウイック・ペイパーズ」の役割を果たしてくれたということを、この機会に書きとどめておきたいと思う。

江藤淳は中学生時代の記憶というが、記憶は流石であって殆ど誤りはない。ただ、ほんの一、二の記憶違いを正しておくと、「ともしび」が収められている作品集名は『石』である。ヒロインは島（厳密には「小豆島」ではないが）から「東京」のではなく、「神戸」の親類の養女になったというのが正しく、誤りはこれだけである。

「ともしび」を少年江藤淳が「愛読」して「くりかえし読んだのは、作品に流れる「静かな生命の讃歌」を「求めていたにちがいない。そしてまた『ともしび』に、ある澄んだ幸福感がひそんでいるのが好きだった」のにちがいない。特に「結核で寝ていた」少年は「やはり幸福感というものを欲していた」に相違なく、「ともしび」は「ささやかなものであったがそれを確実にあたえてくれるので、忘れられない本になった」のだといってよいであろう。

更に彼は彼と壺井栄の小説との関係が、「文学の本質に触れたなにものか」であり、それはあたかも、デュ（ダ）レルの『アレキサンドリア・クワルテット』の一つ「クレア」の中で語られる、C・ディケンズの小説「ピクウイック・ペイパーズ」と北アフリカ戦線における英軍兵士とのかかわりに見られる感動的なエピソードと同じものであり、「ともしび」は江藤淳がそれを必要としたときに彼にとっての「ピクウイック・ペイパーズ」の役割を果たしてくれたとまで評価しているのが強く印象に残る。

祖母の追想

「新ちゃんのおつかい」（41・8「こくみん三年生」、のち、『朝夕の歌』47・10・15 紀元社刊に所収）はあわて者のおつかいの失敗をユーモラスに描き、「十五夜の月」は島崎藤村編の『新作少年文学選』（52・5・25 新潮社）に書きおろしで収録されたもので、八五歳まで長命であった祖母（実在の祖母は八二歳で没）の思い出を語って余韻嫋嫋たる作品である。栄の人間形成の上で、また作家としての基盤形成の上で最も影響する所の大きかったのは既に何度かふれたようにこの祖母で、話好きで沢山の昔話や伝説を語り、子守唄を唄って倦むところがなく、その最も熱心な聴き手が栄であり、最もかわいがられて祖母の隠居所で育った。従ってその祖母を追想する筆先は限り無く柔らかであたたかい。

小豆島の風習

「大荷はうち」（43・2「少国民の友」）は小豆島（と断じてよい）の節分の風習を描いて簡明である。一つは氏神様はじめ、荒神様、明神様、恵比須様にお参りしていり豆、赤飯、大根なます、ごまめをお供えすること、二つめは棒飴で、氏神様の下の菓子屋から買ってきて、豆まきのあとに、こたつや火鉢にあたりながら大人も子供も細長く延ばしながら食べるのがならわしで、長寿祈願の縁起物であったのだが、戦争が始まってからは飴は無しになってしまったこと。それからもう一つ、復員後に米屋から便利屋（運送業）に転業した父は豆まきの最後に商売繁昌の縁起をかついで、「大荷はうち」と大きな声を出す。いずれも理のある風習で伝来の意義が得心されるのである。

戦時下の子どもたち

「**めがね**（B―児童・克子もの）」（43・5「少国民の友」）はいわゆる〈克子もの〉で何度目かの手術後で虫眼鏡のように厚いレンズの眼鏡をかければ見えるのだが、肩が凝ることと、何よりメクラと言われるのがイヤでメガネをかけないで失敗をくりかえすカツ子の話。泣かずに強情を張り通すところにそのレーゾン・デートルを見出しているわけで、その点で戦後に書かれた〈右文もの〉に共通する性格を持っている（この点についてはのちに〈右文もの〉の項で後述する）。「**おるすばん**」（43・6「少女の友」）は父は船員、母は小学校教師で、和子は祖父に育てられた。毎日授乳のため学校に通い、長じてはドングリの木を植えに行ったり、海水浴中に溺れかけたこともある。夏休みには親子三人の楽しい旅行があり、父は和子に何でも買ってくれた。しかし、和子が六年の時に母は体をこわし、父は船員をやめて看病するが亡くなる。父は応召で再び船に乗り、祖父と和子は父が帰って来た時にはあっと驚く計画をねり始める。―内容は全て回想であり、しかも和子の幼時の船員一家のそれであって、その意味では小豆島ものの典型的なタイプと言ってもよいかもしれない。「**故郷のにおい**」（43・10「少国民の友」）は小五と小一の姉弟を中心に、一家で戦地にいる兄への慰問袋作りの過程を具体的に描き、キーワードは「故郷のにおい」としてひたすら明るい。「**おふねのともだち**」（44・1「コドモノクニ」）は、のぶおの父が戦争にとられない時には村の沖を通ると、汽笛を三度鳴らして通過し、母子は日の丸の旗をふって合図をした。望遠鏡で見ると父もやはり望遠鏡でこちらを見ていた。御用船にとられてからは父の船は一度も村の沖を通らないが、のぶおは沖を通る父の友達船に旗を振り続けた。

船員の家族の心の交流を描いて胸をうつものがあり、父の船が通らなくなってからも旗を振り続けるのぶおの姿には戦争のむなしさが漂っていよう。

働くことの貴さ

「**妙貞さんの萩の花**」（44・3「少女の友」）は女学校二年生の萩江の家には古い巨株の見事な萩があり、茅花（父がハワイ帰りの金持ち）、菊乃（醬油屋で有名な金持ちの家）と萩江（母子家庭で、母は便利屋で辛うじて生計を立てている）は一年生からの仲良しで、それだけに萩江への周囲のねたみは強かった。

秋の学芸会で「妙貞さんの萩の花」という題で作文の朗読をした。今から五、六〇年も昔、ひいおばあさんのいた頃、妙貞さんは村に住みついて無料で産婆の役を果たし、女たちに読み書きを教え、相談ごとに乗り、村人から絶対的な信頼を得ていたので妙貞さんは警察からも守られて他界し、村人は洞窟の入口に墓をつくり、萩を植えてお産の神様としてまつった――萩江の生母は産後三日目に死に、父は戦死、祖母を大きくなるまで母と思って育った。母はもうすぐ六〇になるが、便利屋で疲れて帰る姿を見ると学校などやめて車のあとおしをしたいと思うが、母は学校だけはでてくれといってきかない。貧乏な中で学校に出してくれる母の心を身に沁みて感じて、妙貞さんの萩の花のように大切に育ててゆきたい(嗚咽で読めず、中断して降壇)――校庭で茅花、菊乃が来て妙貞さんも母も皆本当の事と聞いて驚き、三人は次の日曜に妙貞さんの墓参りに行くことにした、というもので、職業に貴賤はなく、働くことの貴さ、大事さというシリアスなテーマを直截に、感動的に表現していて見事である。年頃の女学生にありがちな、お体裁や見栄からの羞恥心を勇敢に、きれいさっぱりかなぐり捨てさせて〈母の仕事は立派だ〉と堂々と主張させ、友人との絆も一層深めさせて畏敬の念を更に強くさせているのも見事である。

次は「海のたましい」(44・6・14 講談社)であるが、長篇であるのと、改作という問題もかかえていて、長くなるので、最後にまわして論じることにしたい。

戦争協力とその手口

「馬追日記」(44・7「少女の友」)は一番初めに飼犬の太郎が軍用犬として召集され、次いで兄の澄夫が子馬の東亜号を飼うと村中の人気者となり、兄が予科練に入ると妹の静子が代わって世話をし、軍馬としての応召を待つ、という典型的な国策小説で、犬でも馬でも何でも戦争に役立つものは片端から徴発、寄付させられたのである。その際、作者の手柄として期待されたのは嬉々として喜んでご奉公にのぞむことであり、その意味ではこの作品はその責を果たしているであろう。「おばあさんの誕生日」(44・10「少女の友」)は村の旧家の祖母がモンペや勤めを毛嫌いするのを、孫娘が弁舌巧みに丸めこんで、工場へ初出勤する日には祖母がモンペをはいて見送るというふうに洗脳するまでに至るプロセスを描くが、その間において新旧思想の対立、考え方の相違等をこえて、父の食料品会社への入社を辞退して、兵器工場に女子挺身隊の幹部として入ることになる。その意味でこの作品はまぎれもなく、戦争協力推進小説であるのだが、しかし次のようなシカケも施していて全面降服ではないことを示しているであろう。

孫娘の挺身隊としての入隊に対して「迪子さんのような村の有力者の家の方が進んで挺身隊に入って下さることで、あとの勧誘がどんなにうまくゆくか知れませんよ」と女子青年団の団長や職業指導所の人から感謝されたと為政者の言動を利用して、その企図を巧みに暴露してみせているからである。

「露草」(44・11「少女倶楽部」)は東京鷺宮(と推定される)の八幡様の森かげの隣組では、老人と子どもが多いところから共同防空壕を造り始め、早朝一、二時間の作業で六〇日間、一〇〇人収容のものが完成し、千代子と勝子は防空壕内で子守をしようと話し合う。

　これは国策協力というよりも、自分たちの生命を守るという、自衛のための共同事業であり、そのための方策――時間のとりかた、労力の提供のしかた等に工夫があってこの種の仕事をする場合には参考となることが多いと思われる書き方であり、その点で単純に戦争協力と素材から断罪できない作品であろう。「鶏と南瓜」（44・7「少女倶楽部」）は正子（小学六年）の母が病気の時、隣家の小母さんから何度も生みたての卵をもらって丈夫になった。その後正子一家は防空用地を作るため酒屋の二階に転居したが、そこで正子は窓の外の出窓に箱畑を作って南瓜を育てたところ大小八つもなり、一番大きいのは七キロもあった。それを半分に切り、卵をくれた小母さんの処に〈特配よ〉と持っていって驚かす。

　戦時下の悲惨な状況―飛行機工場で働く兄は疲れ切って帰り、防空用地を作るために強制疎開があるというように困難な状況の中でも、箱畑のように、工夫しさえすれば七キロの南瓜もできるという見本を示せという注文で書かれた戦争協力作品である。

赤紙の暴力性

　「千代紙」（44・9「少国民の友」）はひろ子の父に召集令状が来て、あさっての朝八時までに入隊しなければならないのだが、あいにく父は今日東京出張で上京中、電報を打っても瀬戸内海のこの島では間に合わないので直接入営ときまったが、果たして間にあうか――テンヤワンヤの一家の騒動の顚末を事実だけを淡々と描いたものだが、おのずからそこには赤紙なるものが、如何に無理無体に国民をひきずりまわし、不合理で、暴力的に駆りたてるものであったかを逐一証拠だてることになっている。

戦時下の生活二つ

　「山茶花」（A―児童・正子もの）（40・1「少国民の友」）は東京から両親の故郷小豆島へ疎開した病身の正子（小学四年）が、裏の同級生の靖子と一緒に遊び、靖子の家は農家なので、その手伝いをするうちに風邪も引かない程丈夫になっていたというもので、疎開のよい一面が出た例。「寒椿」（A―児童・美根子もの）（45・2「少女の友」）は東京郊外に住む一家の銃後の生活を日記の体裁で描いている。父は亡く、母はリューマチで起居が困難、兄は勤めで弟は疎開中なので、今年女学校を出た一八歳の美根子が、主婦と介護と兄の代わりに、隣組防空群長を誠心誠意務めるけなげな働きぶりを描いて、戦争末期の東京郊外の生活を覗かせてくれる。

原爆の惨劇を最も早く訴える

　「石臼の歌」（45・9・1（8月―9月合併号）「少女倶楽部」）は発表の日付から言えば戦後になるが、「8月―9月合併号」となっていて境目になるのでここでとりあげることにした。

　敗戦直前の八月三日、広島から従妹の瑞枝（初出のみ最初に出た時、「たまえ」とルビがある。しかし初版以後は全て「みずえ」とルビがつけられているので、「みずえ」とした）が母に連れられて小豆島の千枝子の家に疎開してくる。それまでに千枝子は祖母のひきうすの相手をさせられてうんざりしていた。叔母は五日に島を発ち、六日の早朝に広島に着き、一家は全滅。石臼の前で精も根も尽き果てたとショックを隠さない祖母に代わって千枝子がひき始めると瑞枝が手伝い、「勉強せえ。勉強せえ。辛いことでもがまんして」と臼が歌いはじめる。

「石臼の歌」は学校の教科書に教材として採用され、しかも原爆をとりあげた作品として最も早い時期に属するものの一つとして高く評価されている作品である。

この作品の急所は、おばあさんの言う「臼はその時その時の人間の心もちをそのまま歌い出すものだよ。」というところにある。だから「団子がほしけりゃ臼まわせ。」、「団子がほしいぞ臼まわそ。」と歌いだすのであって、作品の末尾で臼が「勉強せえ、勉強せえ、辛いことでもがまんして―。」と歌いだすのは「同時代に生きる同胞へ、明るい未来のために、勇気と励ましのメッセージを送ったもの」[*10]なのである。

ＧＨＱの検閲による削除と改稿

ところでこの作品について最近新しい事実が一つ明らかになった。それはこの作品がＧＨＱ（連合国軍総司令部）の検閲によって削除と改稿を余儀なくされていたことである。[*11]

既に記したように、この作品の初出は45年9月1日大日本雄弁会講談社発行の雑誌「少女倶楽部」（8月‐9月合併号、23巻6号）で、そこでは原爆についての記述は、

> 瑞枝がお家の人たちと別れて、はじめて迎へた朝でしたが、それはこんなに楽しい朝だつたのです。しかもその時、瑞枝の両親たちは、戦争の生んだ広島の悲劇の渦の中で、人人の思ひもおよばない苦痛を身にあびてゐたとはどうして考へられませう。あの世界を驚かせた原子爆弾が、この日広島に投下されたのです。そのことの真相を、千枝子たちはずつとあとまで、よく分からないままで、ただ心配をつづけてゐました。そして、いよいよ瑞枝の一家が、広島のたくさんの市民たちと共に、悲しい運命におしつぶされたとわかつたとき、千枝子の一家は急に言葉も出ないほどの悲しみにうちひしがれました。
> （原文のまま、旧かなづかいで引用　漢字は新字　ルビは省略）

このように表現されていた。しかし、連合軍の占領下にあった時期においては「原子爆弾」に関する記述は一切タブーであり、このような表現が許される筈はなかったのであるが、それが検閲の目をスルリと抜けてしまったのは、占領軍が検閲体制を構築するよりも前の、余りに早い時期に発表されてしまったことによるものと考えられる。

壺井栄や夫の壺井繁治が広島に「新型爆弾」が投下され、「相当の被害」があったことを知るのは八月八日の朝日新聞朝刊[*12]であり、更にそれが「原子爆弾」であると判明するのは八月九日朝日新聞掲載の「原子爆弾の威力誇示[*14]」におけるトルーマンの放送演説[*13]であったことは繁治の証言に明らかである。トルーマンはそこで

一、日本国民は米国の原子爆弾が如何なる威力を発揮するかを目の辺りに見た、もし日本が降伏しないならば米国は今後も引続きこの爆弾を日本都市に投下するであろう。

と言い、「原子爆弾」とはっきり書いていた。

ところで問題はそのあとに起こる。初出発表時には、僥倖にも未だGHQの支配体制が未整備であった（例えば、連合軍先遣部隊が初めて厚木飛行場に到着するのは昭和20年8月28日であり、GHQ本部が東京日比谷の第一生命ビルに設置されるのは9月15日。従ってそれより少なくとも半月前の9月1日には初出誌の「少女倶楽部」は既に発行されていた）から、いわばフリーパスに近い状態であったが、一旦体制が整備されると締め付けは厳しく、殊に原爆関係の発表には厳格であった。

そのため、「石臼の歌」を含む童話集『十五夜の月』（昭22・7・10　愛育社）を出版する話が起こった時は、原爆関係の記述が削除乃至改稿されるのは当然という雰囲気であったと推定される。そこで手直ししたゲラをGHQに提出すると、「原爆に関する部分は『delete（削除）』と書き込まれ、削除部分に替えて瑞枝らが楽しく過ごす部分が書き加えられた。[*15]」

そしてこのゲラは、GHQ参謀II部で歴史部長を務めたアメリカ、メリーランド大学のゴードン・プランゲ博士が持ち帰った約八〇万点の「プランゲ文庫」の中にあったのを、北星学園女子短大の谷暎子教授が発見[*16]した。

初出と検閲により改稿された初版

ここでは参考までに初出と、削除改稿された初版の記述を次に引用しておくので、参考にしていただきたい（原文のまま、旧かなづかい表記で引用　ルビは省略）。

昭和20・9・1「少女倶楽部」掲載の本文

瑞枝は、なつかしいおうちを心いつぱいに思ひうかべてゐるやうなまなざしをしていひました。おい、一つパンを作つてくれよ、とお父さんの口調をまねたのがをかしくて、みんなで笑ひました。

瑞枝がお家の人たちと別れて、はじめて迎へた朝でしたが、それはこんなに楽しい朝だつたのです。しかもその時、瑞枝の両親たちは、戦争の生んだ広島の悲劇の渦の中で、人人の思ひもおよばない苦痛を身にあびてゐたとはどうして考へられませう。あの世界を驚かせた原子

爆弾が、この日広島に投下されたのです。そのことの真相を、千枝子たちはずつとあとまで、よく分からないままで、ただ心配をつづけてゐました。そして、いよいよ瑞枝の一家が、広島のたくさんの市民たちと共に、悲しい運命におしつぶされたとわかつたとき、千枝子の一家は急に言葉も出ないほどの悲しみにうちひしがれました。しかし、小さな瑞枝がただしくしくと思ひ出しては泣いてゐる姿をみては、かはいさうであまり泣くこともできませんでした。

「しかしまあ、瑞枝一人でも残つてくれたことは、不幸な中にもよかつたよ。」

たつた一人の弟をなくした千枝子のお父さんがそうおつしやると、お母さんは瑞枝をうしろから抱くようにして

「ほんとよ。瑞枝ちやんは今までよりも、もつともつと大事なからだになつたのよ。これからは、ここを自分のお家だと思つて、よく勉強するのね。」

瑞枝は、だまつてうなずきました。

昭和22・7・10『十五夜の月』愛育社　所収の本文

瑞枝はなつかしいおうちを心一ぱいに思い浮べているようなまなざしをして云いました。おい、一つパンを作つてくれよ、とお父さんの口ぶりをまねたのがおかしくて、みんなで笑いました。

お庭に縁台を持ち出して、そこで食べる朝の食事も、これが瑞枝さんのよ、と決めてくれたお茶わんの梅の花の模様も、柿や栗の青葉の繁つたお庭の景色も、何もかも珍らしくて瑞枝はもう、うきうきしていました。もうすぐお盆がくる。おぼんの朝はまだ夜が明けない中に起き出して、村中の人々が、一ばんいい着物を着てお墓まいりにゆく話や、この日お寺では地獄ごくらくの絵を描いた宝物の六枚屏風が、本堂に出されるので、みんなそれを見にゆく話など、千枝子たちの話は瑞枝にとつて何一つ珍らしくないものはありませんでした。瑞枝がおうちの人たちと別れて始めて田舎でむかえた八月六日の朝はこんなに楽しい朝だつたのです。その時、広島のお家が消しとんでしまつて、瑞枝のお父さんもお母さんもどうなつたか分らなくなつてしまつたなど、どうして考えられたでしよう。空のよく晴れた朝でした。瑞枝たちと同じように瑞枝のお父さんやお母さんも、きつと何にも心配などなさらないで、晴れた朝を迎えたにちがいありません。しかしお父さんもお母さんも、今はもうどこをさがしてもいらつしやらないのです。どうかすると泣きそうになる瑞枝を、千枝子たちは一生けんめいなぐさめました。

「二人で仲よく勉強しましようね」

瑞枝はだまつてうなずきました。

信州の温泉に一夏こもる

さて最後になったが、さきほど長篇なのであとまわしにした『海のたましい』（書きおろし。初出原題は「海のたましひ」。44年6月14日　大日本雄弁会講談社から「少国民の日本文庫」〔国民学校上級・中等学校初中級向〕の一冊として刊行され、表題の勇ましいタイトルは作者のあずかりしらないところで、編集部によってつけられたものと栄は言うが、後述するようにこの作者の言はこの作品の中味によって首肯することができるであろう）は著者はじめての書きおろしで、初版は六千部であった。『海のたましい』以前に栄は前述したように随筆集二冊も加えると、単著だけで既に一〇冊の本を出している（40・3～44・2までの短い期間である）程の売れっ子ぶりであったが、書きおろしで一冊刊行するというのは初めての経験であっただけに慎重を期して、信州のひなびた上林温泉に43（昭和18）年の夏中こもって書き上げた。栄はこの温泉に36年の秋に宮本百合子の静養のお供をしてきたのが初めてで、その時は、せきや旅館。これが大変気に入って翌年二月には一人でまた来たが、三回目の今度は林芙美子の紹介で塵表閣の離れにした。芙美子の夫緑敏と宿のおかみが幼友達であったからで、戦後はこの宿から紹介された山の湯旅館が夏の仕事場になった。

改稿の問題

栄には一度発表したものを、後に全面的に手を入れて改稿し、表題まで変更してしまう作品が珍しくない。思いつくままにあげてみても次のような作品がある。

「海のたましい」→「柿の木のある家」「海辺の村の子供たち」→「母のない子と子のない母と」「孤児ミギー」→「右文覚え書」「童話のある風景」→「りんごの袋」といったぐあいである。

しかも従来は単に「……」の改作（改稿）として殆ど何のこだわりもなしにすませられてきてしまっているために、そこには何の問題も存在しない、少なくともそこに何らかの問題を指摘して論じたものがなかったことは確かである。

しかし果たしてそれでよいのかどうか、そこにはどういう問題があるのか改稿（改作）の問題についても具体的に考えてみることにしたい。

作品の梗概

「海のたましい」は全一一章から成り、物語の舞台は栄の出身地である小豆島の坂手村と明記されている。この本はたやすく手に入る本ではないので、簡単に内容を紹介しておくと第一章「もち草のにおい」では、坂手村の洋一（小学校三年）一家が紹介される。家族は姉のフミエ（小五）母（臨月の身）それに祖母の四人で、父は貨物船の機関長であったが、今はその船が軍用船となったために殆ど家へは帰らない。折から三月末の春休みで、姉弟と祖母の三人でヨモギ摘みに行く。二章の「花の村」では、四月三日の雛祭には桃の花と柳の枝で家々の軒を飾るのが村のならわしで、フミエはその桃の花を農家の三太郎おじさんの家にもらいに行き、ついでに村で一番おいしい引手《ひきて》のみかんもプレゼントされる。三太郎おじさんは母の弟で、その妻であるおばさんは父の妹になる。つまり父と三太郎おじさんは、それぞれの姉妹と夫婦になったわけで、子供がないところからフミエと洋一を我が子のようにかわいがっている。三章に入って、洋一の家には村一番のうまくて大きい柿の木があって、三太郎おじさんはそれには目がなく、いくつでもお腹に入れる。農家なので果物のなる木は何でもおじさんの家にはあるが、柿だけはない。それは昔、柿を食べすぎて疫痢で死んだ子供があり、悲しんだ祖父が孫の仇と伐ってからは、いくら柿を植えても育たないからだという。

ところで洋一の祖父は丈夫だったが、昨年の五月に急逝したのは、前年井戸を掘る時に使った石の残りを、くだんの柿の木の根元に、うっかりおいたために、それが障って柿の花がつかず、慌てて重い石をとりのける作業中に脳卒中で倒れたのだった（以上「柿の木の下で」）。父から電報が来て帰宅するというので姉弟は三太郎と港に出迎える。帰途三太郎は赤ん坊が生まれたら家へもらいたいと頼むが姉弟は反対する（「小さなあるじ」）。夕飯の際父のいる時に明日祖父の一周忌もすることになり、祖母は三太郎家に家の子を一人はやらないと血筋が絶えると言い、母は父がいる時にきちんときめることをもとめるが、父は慌てなくてもいい、万一のことがあってもここに次のあるじがいるからと洋一を抱く。父は生まれてくる子は男なら日出海、女ならヨシ子と命名するよう言い置く。法事の日は船乗りだった祖父の話がいろいろ出た中で、洋一は三歳位の時から祖父に水泳を教えてもらった事を思い出し、自分の体内にも「船乗りのたましい」があることを自覚する（「海のたましい」）。母が今夜生まれるかもしれないといった翌朝双子が生まれていて姉弟は驚く（「ゆびきり」）が、日出海と新之助（こちらは三太郎が命名し、うちに貰うと洋一をからかうとムキになって反対する）と名付けられ、育児にテンテコ舞いの一家を三太郎夫婦は毎日来て手伝い、乳の足しに母山羊も買ってきてくれたのを見て洋一は新之助を三太郎にやってもいいと言いだす（「山羊にひかれて」）。三つ四つの時から祖父に海で育てられた洋一は、やがて弟達が三つになったら二人に泳ぐ稽古をつけてやろうと思う。いわし漁の網引きを手伝って昨年は朝網で一円二五銭もらい、今年は晩網に出て一三円六〇銭もらう。願かけ樽を拾い、祖母からそのいわれや人形浄瑠璃の一座の話を聞く（「海のものがたり」）。フミエは父にあてた手紙の中に洋一たちの出征同盟や近況を報じ（「柿の実はなぜ赤い」）、秋になって近隣五ヵ村の氏神である八幡様の祭礼が、支那事変以来質素になっていたのが、久しぶりに賑やかに催されるというので、洋一たちは喜んで見物に出かけ、鳩笛を買って土産とし、慰問袋にも入れることにする（「鳩笛」）。父から姉弟に手紙があって双子の誕生を喜び、慰問袋の礼のあと万一の時には後を頼むとあり、それから間もなく父の船が沈没し、行方不明の知らせが入る。洋一は将来は日出海と共に船で働き、二人で父の沈められた「海をにらみつけて」こようと思う（「冬きたりなば」）。

作品の特徴

この作品の特徴は第一に作者自身の故郷小豆島の坂手村という固有名詞をもった村を舞台にして、春から冬へのほぼ一年の時間の中に、そこに生きる洋一一家を中心にして描いた物語と言ってよい。舞台に「坂手村」という固有名詞を敢て用いたのは、自ら愛してやまない故郷という特別の思いがあることは確かだが、それ以上に初の書きおろし長篇ということで、自分の最も熟知している場所にそれを設定して、存分に腕を揮いたいという内的要請が、最も大きな理由だったのではないかと考えられる。

第二に物語は洋一一家を中心に展開するわけであるが、それは単純な、直線的なものではない。無論、中心となるのは洋一で父不在の一家の「あるじ」として、土地のさまざまな行事や風習、双子の弟の誕生という事件、叔父夫婦との交流、祖父の訓育と船乗りの血の自覚、父の戦死等等の事件、あるいは経験を契機として次第に成長してゆくわけで、その意味では経糸としての所謂事件、父の帰郷、一周忌、双子の弟の誕生、父の死よりも、緯糸としての風習や行事、村人や叔父との交流が彼の心に与える影響の方がより大きいと言ってもよいであろう。

第三にこの作品で重要なのは右に指摘したように洋一一家を襲った事件ではなく、緯糸として至るところに織りこまれた土地の四季折々の風俗・習慣・行事の豊かさである。それは同時に人の心にけじめをつけ、リフレッシュする知恵をもつものであることだ。

第四に老人の重要性も指摘しておかねばならない。祖父の回想に現れる洋一への訓育やまるで兄弟に寄せると同じようであった柿の木への愛情があり、祖母の場合には、双子誕生という事実に当惑している姉弟に対して「なにしろふたごというものは、かはいいもんでなう。おかあさんはごくらうぢやけども、楽しみもまたふたつぢや。そろひの着物きせてなう、大きうなつたら、そろひの下駄をはかせてなう。そろひのおもちやを買うてやる。二人そろうて歩き出して、そろうて学校へもゆく。そろうて大人にもなる。えめらしいぢやないか。」というふうに語りかけることによって二人の心を開き、「ほんとにかはいく、ほんとにめでたく、ほんとにうれしいこと」と納得させるに至るのである。

これに対して、戦後に改稿された「柿の木のある家」（49・4・20『柿の木のある家』山の木書店）はどう改稿されたかというと「海のたましい」のうち、「柿の木の下で」「ゆびきり」「山羊にひかれて」の各一部を修補し、それに「柿の実はなぜ赤い」の一部に、今日新之助が三太郎の家にもらわれてゆく部分をつけ加えている。つまり内容的には村一番の柿の木の話と双子の一人がもらわれてゆく話に限定され、「海のたましい」全体の約三割弱に縮小されている。

　無論、小豆島や坂手村等の固有名詞はないし、風俗習慣は全部捨てられている。

　換言すればこれは「海のたましい」の縮小版というものではなく、全く別の作品である。

　何故なら「海のたましい」のもつ特徴として指摘したものは全部スッポリ脱落しているからである。

　これを単純に改稿というのは甚しい誤解を招くもので、そういう言い方は今後やめるべき事は明白であろう。もし改作を使うとすれば「海のたましい」の一部を改作して「柿の木のある家」を書いたとでもすべきであろう。

　同様のことは本項の冒頭に掲げた「母のない子と子のない母と」「右文覚え書」「りんごの袋」にも実は言えることであって、そこでは主題、作品の性格、児童文学か否かという問題にも当然かかわっていくわけで慎重に検討を要する課題であることを言っておきたい。

　紙数の制約からふれられなかったが、一言念の為に言っておけばこの「海のたましい」には無論戦争下の時代的制約はある。しかし戦争協力はあっても、露骨な鬼畜米英式の無益な殺し合いの奨励や、復讐の連鎖などがないことは次の一事に明らかである。即ち、作者は洋一に、父の船が沈められた海にいつか弟と行って、憎い父の仇に復讐するとか、報復するなどということは一切言わせず、ただ「海をにらみつけてくる」とだけしか言わせてはいないからである。

注

＊1　宮田節子「はじめに」（宮田節子・金英達・梁泰昊『創氏改名』92・3・31　二刷発行　明石書店）
＊2　金英達「創氏改名の制度」（同上書所収）
＊3　宮田節子「創氏改名の実施過程」（同上書所収）
＊4　梁泰昊「『創氏改名』の思想的背景」（同上書所収）
＊5　宮田節子「『創氏改名』研究の意義と課題」（同上書所収）
＊6　壺井栄「駆け足でみた朝鮮」（41・10「少女画報」）、同「朝鮮の旅」（41・11「大陸」）、同「朝鮮の追憶（のち「朝鮮の思い出」と改題）」（42・1・5「文化朝鮮」）
＊7　壺井栄「種」（41・3「文学者」）
＊8　鳥越信「『餓鬼の飯』鑑賞」（『鑑賞現代日本文学35　児童文学』（82・7・31　角川書店））
＊9　江藤淳「壺井さんを悼む」（67・9「小説新潮」）
＊10　田中実「内奥を描く方法―『石臼の歌』」（『壺井栄全集10巻月報（小豆島10）』98・10・15　文泉堂出版）
＊11　中野彩子「原爆記述　GHQ削除―被爆を初めて取り上げた壺井栄「石臼の歌」（01・9・1「毎日新聞大阪本社版」一面トップ記事）
＊12　壺井繁治「敗戦の日と夜」（『激流の魚―壺井繁治自伝―』74・4・15　立風書房）
＊13　注12に同じ
＊14　注12に同じ
＊15　注11に同じ
＊16　注11に同じ

第十章　戦時下の文学（下）

戦時下のエッセイ追跡

　私は「戦時下の文学（上）」において、栄の戦時下に発表された小説を検討し、前章「同（中）」において、戦時下に発表された児童文学について検討した。それに引き続いて本章「同（下）」では、戦時下に発表されたエッセイ（随筆・評論・ルポルタージュ・他の雑文・座談会等も含めてこれらを総括する時には、本書ではこう呼んでおきたい）について検討しておきたい。これら三つの考察によって栄の戦時下の文学の実態を明らかにしてみたい。

　ただし、小説と児童文学を対象にした前二章では現在知られている作品全てを考察の対象にしたが、エッセイではいわゆる「雑文」が余りに多く、また繰り返しも頻繁にあって、全作品を対象として、同じ比重でとりあげることは必ずしも意味のあることとは思われない。第一、それでは量的にも厖大なスペースが必要となって収拾がつかなくなるので、ここでは栄のエッセイそのものの優劣を評価することは無論であるが、同時に戦時下における戦争協力がいかなるものであったか、その具体的な戦争協力のありかたについて、その実態を明らかにすることにもつとめているので、あらかじめことわっておくならば、結果として栄のエッセイ傑作選、あるいはその評価のゆえんについての論評は、後者よりも若干少なくなるかもしれないことをおことわりしておきたい。

　しかし、そうは言っても、誤解のないように付言しておくが、栄がエッセイの名手との定評はまぎれもない事実であって、かりに本章ではスペースの都合で十分述べられないことがあったとしても、後の章でその責を果たすつもりであるので諒とされたい。

　エッセイの検討に入る前に、前二章で検討したところを、もう一度図表も加えてわかりやすく整理するとともに、問題点の検証を更に深めておきたい。分類の区分については多少の出入りはあろう。

戦争とは無関係の作品の多さ

　次頁以下の表1及び表2を見てまず目につく特徴は、小説・児童文学共に戦争とは無関係の作品が圧倒的に多いことである。数量的に言えば、小説と児童文学の合計が92作品であり、そのうち、素材やテーマから戦争とは無関係の作品は53作品である。

普遍的な人間像の提示

　このこと――時代の刻印をはっきりとは示さない、あるいは現代や時代の枠組みをきっちりとはめて作品を作るようなことはしない――は実は栄の作品の作り方の傾向をはっきりと示していて重要である。つまり、文壇デビュー作「大根の葉」一系の作品にしても、日向一家の盛衰を辿った「暦」や、生涯を苦労の中に送り、あわやそのまま朽ちるかと思われたシノの晩年に訪れた新六爺さんからの求婚による「愛のときめき」を描いた「三夜待ち」にしても、栄の作品にあっては、ある限定された特定の時代を生きた人間を描くことに主眼があるのではなくて、一時代に限らずいつの世にも存在する、普遍的な人間像を提示するところに作家としての狙いがあると考えられるからである。

戦時下の栄の活動の傾向と素材ジャンル

以上を総括してみると、表1、表2に明らかなように、戦時下の栄の作家活動が最も盛んであったのは41（昭和16）年のことであり、この年を分水嶺として左右に減少する。翌42（17）年から戦争協力作品が出はじめて43（18）年、44（19）年と急増するが、全体数としては急減する。これと対照的に、時局とは無関係、あるいは過去や回想を描く作品は急減し、44（19）年以後は殆ど書かれなくなる。

このことの意味は栄の場合、重大である。というのは、時局に無関係な、あるいは過去や回想に材源を求めるのが、彼女の小説作法であり、栄ワールドであったからである。従って、このような制肘は作家としての死を招きかねないものであったが、何とか糊口をしのぐことができたのは、児童文学があったからだと言ってよいであろう。

一般に通説として指摘されるのは、戦争下の文学においてはその激化に比例して小説から児童文学へ、素材的には現代から過去へというものであるが、栄の場合にもその傾向がないとは言えない。

しかし、栄の場合はっきりしているのは、小説においても児童文学においても、時局が下るにつれてその素材は現代中心になっていることで、このことは明確に指摘しておかなければならない。

エッセイの検討

戦時下の小説と児童文学についての概括―とくに戦争協力作品をめぐっての検討については以上にとどめて以下にはエッセイの検討について始めたい。

戦時下のエッセイ集としては『私の雑記帖』（41・12・15 青磁社）と『子熊座』（43・10・10 三杏書店）の二冊があるので、これに収録されているものから見てゆくことにしたい。

『私の雑記帖』に収められているエッセイは69篇、『子熊座』の方は36篇（実際には37篇収められてあるが、うち一篇は『私の雑記帖』収録の「ふるさとの海」の再録である）で、合計105篇。今それを見やすいように図表化して整理してみると表3のようになる。以下この表3に従って検討してゆくこととし、そののちに単行本未収録の作品と単行本刊行後に発表された戦時下の作品を見てゆくことにしたい。

表1　壺井栄の戦時下の小説1938〜1945.8（昭13〜20.8）

＊作品名の次の（　）内は刊行月または月日を示す。●は作品１つを示す

年／項目	1938 昭13	1939 昭和14	1940 昭和15	1941 昭和16	1942 昭和17	1943 昭和18
戦争協力の作品					五目ずし（10） 1 ●	提灯（1）音のゆくえ（1）鷺宮二丁目（1）軍艦献納（5） 4 ●●●●
戦時下の現実の中で、どこに喜びを見つけ、明るく生きるか					リンゴの頬（6）牛のこころ（7） 2 ●●	花のいのち（7〜12） 1 ●
戦時下の苦しみ、悲しみを描く。反戦小説も含む	海の音（2） 1 ●		廊下（2） 1 ●	わかれ（1）種（3） 2 ●●	垢（3） 1 ●	客分（4） 1 ●
戦争とは無関係。過去や回想をテーマとすることが多い。	大根の葉（9）岬（9） 2 ●●	風車（3）桃栗三年（A）（5）たんぽぽ（A）（9）わんわん石（10） 4 ●●●●	暦（2）赤いステッキ（2）三夜待ち（5）ガンちゃん（6頃）窓（8）朝（9）柳はみどり（9）艪（10）小豆飯（10）無花果（11） 10 ●●●●●●●●●●	帰郷（1）寄るべなき人々（1）大黒柱（2）船路（2）卵（4）柿の木（4頃）一つ覚え（A）（4）風（A）（5）女傑の村（8）霧の街（9）三界一心（10）眼鏡（A）（11）裁縫箱（12） 13 ●●●●●●●●●●●●●	昔の唄（1）剪定鋏（2）夕焼（2〜7）同い年（7）緑（7頃）藪がらし（11） 6 ●●●●●●	坂下咲子（?）簞笥の歴史（1）名づけ（7頃）木の葉のように（7頃）まないたの歌（A）（8・22）海風（10〜12） 6 ●●●●●●

1944 昭和19	1945 昭20
掌(1) 霜月(2) 勝つまでは(4・20) 花ひらく(7頃) 4 ●●●●	
大阪の塩(11頃) 1 ●	馬糞(1) 1 ●
絣の着物(4) 1 ●	特殊衣料配給日(1) 母を背負いて(7頃) 2 ●●
	松のたより(12頃) 1 ●

お先棒かつぎは忌避

まず、戦争協力の作品から見てゆくと、最も早いものに「朝鮮の旅」(40・11「大陸」)と「朝鮮の思い出」(42・1・5「文化朝鮮」)がある。朝鮮旅行は普通の旅行ではなく、朝鮮鉄道局の招待によるスケジュールの決まったお仕着せの官製旅行であって、半月程、佐多稲子と二人で行ってきたものである。結果として当局がこうした作家や文化人に期待したものは、彼等がメディアに提供する日鮮融和、内鮮一体化等の具体例であり、統治のうまくいっていることや、現地住民の嬉々とした姿を描いてもらうことによってこの戦争の正当性、合理性を宣伝普及することにあった。

ところで栄の書いたものはそうした思惑を巧みにはずしたものだった。まず「朝鮮の旅」では、ここに描かれているのは前半は疲労を言い訳として朝鮮についての印象、記憶がないことを述べて自らの印象、感想、所懐を明らかにすることを忌避し、隠蔽した。しかしそれだけでは責をふさげないので、古城としての開城を描くことでおさまりをつけたのだ――と思われる。

換言すれば、招待旅行を拒否するのでは角がたつし、あとあと睨まれることにもなりかねないので申し出は受ける。受けはするが、当局の思惑は巧みに回避して、阿諛追従の美辞麗句を連ねてお先棒をかつぐことはしないという、きびしい姿勢がそこには見られるであろう。

もう一つの「朝鮮の思い出」の方も同様で、描写は注意深く避けられて、主観の発動も一貫して抑制されている。

つまりこれら二篇は周到に構成されたもので、時局柄求められれば応じないわけにはいかないから協力はするものの、しかし権力の手先、走狗としての役割を果たしたのではない。この時点ではまだ、そうした余裕はあったと見るべきであろう。

「裏の柿の木」(41・5「日の出」)は出征している郷里の知人の息子にあてた慰問文で、格別目新しいところはないが、

表2　壺井栄の戦時下の児童文学1940～1945（昭15～20）

＊作品名の次の（　）内は刊行月または月日を示す。●は作品1つを示す

年＼項目	1940 昭和15	1941 昭和16	1942 昭和17	1943 昭和18	1944 昭和19	1945 昭和20
戦争協力の作品				故郷のにおい（10） 1 ●	馬追日記（7）鶏と南瓜（7）おばあさんの誕生日（10） 3 ●●●	寒椿（A）（2） 1 ●
戦時下の現実の中で、どこに喜びを見つけ、明るく生きるか			小さなお百姓（7） 1 ●		おふねのともだち（1）海のたましい（6）露草（11） 3 ●●●	山茶花（A）（1） 1 ●
戦時下の苦しみ、悲しみを描く。反戦小説も含む		餓鬼の飯（7）小さな先生大きな生徒（10） 2 ●●		大荷はうち（2）夕顔の言葉（3） 2 ●●	千代紙（9） 1 ●	石臼の歌（8―9合併号） 1 ●
戦争とは無関係。過去や回想をテーマとすることが多い。	まつりご（A）（1） 1 ●	ともしび（昭16～17頃）あひる（6）新ちゃんのおつかい（8） 3 ●●●	おみやげ（1）甲子と猫（2）十五夜の月（5）港の少女（7） 4 ●●●●	めがね（B）（5）おるすばん（6） 2 ●●	妙貞さんの萩の花（3） 1 ●	

1940．6．26旅行の折、朝鮮咸興放送局にて、佐多稲子と

唯一栄らしいところは終わりの部分で繰り返し「無事で帰れる日のために、くれぐれもからだを御大切になさいますよう」と、両親や妹のためにも無事の帰還を果たすよう懇願していることで、一身を投げ打って国家の為に尽くせなどとは決して書かないことである。

「農村訪問記」（41・1「主婦之友」）は東京府下南多摩郡横山村（現在の八王子市散田町・館町・椚田町）――農林省指定の経済厚生村として表彰されたのを機に、その中心となって活動した岡本喜一氏を訪ねてのルポ。岡本氏の献身的な活動――共同で使用できる作業場の建設、電動籾摺機の設置、その借金返済の為に共同農場を経営して来年で完済予定――その間に穀類を一定量ずつ貯えていってそれを万一の時に備えるという相互扶助の精神による積穀制度の開始、それを拡大発展させ、村長から犠牲的好意で土地を借りて一町歩（三千坪）の共同農場を確保し、そこからあがる収益金は部落共有のものとして、肥料・税金・病気等の出費に充当する等等。ただし、ここでは本来の共同を逸脱して、銃後の相互扶助の面が強調されすぎているという偏向は否定できないであろう。銃後一丸、滅私奉公がかけめぐる時代に、そうした言葉をひたすら排して部落のために奔走する愚直な一人の農民を等身大に描いて印象的である。

次に「自分に望む」（42・1・15「日本学芸新聞」）の初出原題は「女の本懐」という勇ましいものであるが、これは文中に作者が記すように編集部が勝手に刺激的な見出しをつけた

〜1945（昭14〜20）〈単行本収録作品〉

内は刊行月または月日を示す。●は作品１つを示す。

年／項目	1939 昭14	1940 昭15	1941 昭16
戦争協力		朝鮮の旅（11） 1 ●	農村訪問記（1）裏の柿の木（5） 2 ●●
時局への提言・注文	こんな闇取引（11・17）特殊銭湯雑感（11・24）児童の作品（12・13） 3 ●●●	不幸な子供の為に（2・2）小豆島の話（6）「娘の家」を訪う（7・1）水（7・7）住宅難（10・16） 5 ●●●●●	興亜奉公日（1・1）御用聞き（1・9）停車場（1・10）隣組のそと（4・26）家主と借家人（4・3、5）生きてゆく喜び（5）不思議な神経（6）女性の手帖1（7）一市民としての言い分（8・10）野菜行列の弁（10） 10 ●●●●●●●●●●
現在の生活の中での感慨	ある日（5・10）生活断片（7）都会の子・田舎の子（8）「一袋の駄菓子」読後感（9・20）時計・その他（10頃）海辺の村（昭14頃） 6 ●●●●●●	うら・おもて（1・31〜2・2）「みかえりの塔」を読みて（2・21）「煉瓦女工」について（4・30）ある日の私（5・5）机（5）門外漢の弁（6）喧嘩（8・8〜10）時計（12）鏡（12）歳末日記（12・25〜26） 10 ●●●●●●●●●●	村の神様（1頃）物乞いさまざま（2）顔を語る（3）もの知らず（3）昭和通り（3頃）これから（4）新潮賞を受けて（4）母子共通の友達（4）煙草買い（5・15）子育て（6・1）写真で見る平沼首相（7・5）女性の手帖2（8）夫を語る（10）作者と作中人物（11）見聞二つ（11頃）紺絣（12）不可解（12）今何が幸福か（12） 18 ●●●●●●●●●●●●●●●●●●
戦争とは無関係に、過去や回想をテーマとしたもの	柄にない話（2・15）稲子さんのこと（5） 2 ●●	野育ち（3）雪の記憶（3・2、3）「文学少女」の頃（6）昔の友・今の友（9）「暦」その他についての雑談（10） 5 ●●●●●	餅の記憶（1）餅で思い出す人（1頃）オリーブ園（3）鹿の角（3頃）私の温泉巡り（4）ふるさとの海（4）ふるさとにて（6）鰮網の思い出（7）佐々木信胤をめぐって（7）小豆島と巡礼（9）女性の手帖3（9）秋の思い出（9・17〜18）遠い記憶（10頃）小さな自叙伝（11）薬の記憶（秋頃） 15 ●●●●●●●●●●●●●●●

表3　壺井栄の戦時下のエッセイ類1939

＊作品名の次の（　）

1942 昭和17	1943 昭和18	昭19	昭20
朝鮮の思い出（1・5）自分に望む（1・15）江田島行（4・28～5・2）海軍兵学校訪問記（6）日本の母㈡（夏頃）我が家の食料体制（8）日本の母㈠（10・2）一本の糸（12） 8 ●●●●●●●●	老婦人に学ぶ（1・23）お釈迦様の言葉（2）母八人（4頃） 3 ●●●		
出来るだけ大事に（1）寒暖計など（8・19）私の好きな着物（9頃）バスの中で（12頃） 4 ●●●●	「女の手」を見て（2頃） 1 ●		
モルトゲ（1頃）机のある部屋（2）若がえる（3）小熊座（春頃）わが家の自慢（8）婚家と実家（12頃）銀杏の葉とふるさと（不詳） 7 ●●●●●●●	夫婦の愛情について（1） 1 ●		
羽根つき唄と手毬唄（1）氷点下への追憶（2頃）鯉の記憶（5）田舎もの（9頃）石臼とトラック（11）私の読書径路（11） 6 ●●●●●●			

もので単行本収録に際して改めたもの。

この時世に生きる女の作家の覚悟はと問われれば、〈戦う国民の姿を直視し、女の柔らかな心で守り、うるおいと調和のある文学を生みだしてゆきたい〉ということになろう。これ自体は言わばタテマエであり、模範答案であるからどうつきようもない。

礼讃一色

「江田島行」（42・4・28～5・2「都新聞」）は広島の海軍兵学校訪問記で旧知の林芙美子の誘いで、他に真杉静栄、山川朱美の四人で行った。

四人とも初めての訪問であったが、違和感や抵抗は全くない。というよりも江田島そのものに一種の礼賛のベールをかぶせて見ている所に最大の特色があると言ってよいかもしれない。書き出しからして海軍兵学校は夫、壺井繁治の「あこがれの的」で「猛烈に勉強」したが体格検査ではねられ、その「口惜しさ」をこれまでに何度も聞かされ、今度の江田島行についても、男の俺が行けなかった所へ女のお前が行けるなんて「妙だ。（中略）よく見て来い。」と応援団の存在から書き始めるところにその肩入れぶりはうかがえよう。

従って校内に足を一歩踏み入れて建物を見ただけで、何かが神がかり的な雰囲気さえただようのである。

靴箱も、寝室内の整理整頓されたもろもろの物品も、「魂」を持ち、兵隊のように「呼吸や感情がこもっている。」と人間化して絶賛しているのだが、そうなるともはや対象への冷静にして客観的、あるいは批判的な目は期待するべくもなく、ひたすら全てが礼讃一色に堕してゆく。栄達の案内係を務めた少佐は「室内正面の箱の中から分隊名簿[*1]をとり出して見せた。毎年卒業生が、この名簿にめいめい署名して学校を去るのだという。語りながら聞かされたそこには、九軍神[*2]の一人岩佐直治中佐の筆の跡が、思い新たにせまってきた。」と栄は九軍神の事実に頭を垂れるのみである。

そこには軍神への疑問や懐疑やましてや批判などはかけらもない。

ひたすら上官の命令に忠実に、命を捨てることをこの上ない名誉とする〈軍神〉を生み出す機構を讃美礼讃するのがここにおける栄の一貫した姿勢であって、これまでのものとは国策協力という点で明確に一線を画するものである。それからついでにここでふれておくと、単行本未収録の**「海軍兵学校訪問記―鍛えられる海軍精神」**（42・6「婦人公論」）は「江田島行」の別稿だが、内容は殆ど同じなので未収録とされたものと思われる。従って中身については繰り返さないが、末尾の部分で栄は「ここの生活を見て女として最も大きく心に浮かぶことは、母たる者の喜びということだった。（中略）この心身ともに選ばれたる若人を子に持つ母を心から称えたいと思う。」と結んでいるのはこれまでにない表現である。つまり、職業軍人になる彼等は太平洋戦争も開戦となった今、まっさきに死の危険にさらされているのであるから、これまでの栄からすれば礼讃することなどはありえない筈である。

従って、この事実が示すところは時世の変化に伴う栄の体制協力の表われとして指摘しておかねばならない。

次の**「我が家の食料体制」**（42・8「女性生活」）は時局に協力した自給と工夫の例として、空地にジャガイモを作り重宝しているので来年はもっとつくりたい。時局柄、「必要なだけの米味噌は配給される」のだから、不足は工夫すべきと耐乏と工夫を説くが、一尺の土地もない家はお手上げであろう。

「日本の母㈠」（42・10・2「読売報知新聞」）は読売新聞社が日本文学報国会と提携して「皇国の伝統に基く一大精神運動を展開」する目的で、「文芸人」五〇人を全国に特派して記事を書かせたもので、第一回は42・9・9三面に全12段で菊池寛のものが掲載され、他には高村光太郎・佐藤春夫等、女流作家では林芙美子・円地文子・岡田禎子・真杉静枝・大庭さち子・野沢富美子等が執筆した。栄の初出原題は「日本の母（21）香川県棚田キノさん」で、高松市から二〇キロ程山に入った東植田村に住む小作農の未亡人（五九歳）である。彼女は小作人の娘として生まれ、小作人の妻となり、夫が28（昭和3）年に死亡した時、一六歳をかしらに六人の男子を残された。4反5畝（一千三百五拾坪、45アール）の小作田にかじりつき、内職で子供らを育て旧制中学を出した子もあり、末子は今農学校へ進み、資産は一坪。その間、五人出征し、二男は戦病死。兄さんが出征したからと弟達は次々に出征し、末子も卒業したら志願すると楽しみにしている。お寺の石段のわきに、まるで物置小屋のように小さなわらぶきの家に、殆ど調度品のない暮らしをしているキノさんを淡々と叙して、美辞麗句は弄していないし、見えすいた紋切型の礼讃の言葉も殆ど見当たらない。

「日本の母（二）」（42年夏頃）は群馬県桐生市に「軍国の母」笠倉とめさんを訪ねたもの。鶏の売買業をしていた夫が37年に出征し、翌年戦死。あとには小四をかしらに五人の子が残され、姑をかかえ、どうやって生きていくか途方に暮れる。その時に地元の織物のハギリ[*3]の内職が見つかり、七人の口を飢えさせまいと必死に働く。今では娘二人が女工として働いて母を助けている――その暮らしを前作同様、淡々と描いて、ほめあげ、うたい上げるふうにはなっていない。栄はこういう事業、イベントには指名されれば協力はする。しかし、その内実は暮らしの苦闘のあとを淡々と辿り、大げさな言葉ではなく事実で示すというふうにこれら二作はなっているようである。なお、同じ素材で書かれたものに「一本の糸」（42・12「少女の友」）があり、内容的には殆ど同じである。

冷静に見つめ、客観的な判断を

「お釈迦様の言葉」（43・2「女性生活」）は釈迦の教えた言葉「誰もみならしくせよ」という一語は今日なお含蓄の深い言葉であり、当然「戦時下」がついて「戦時下の女らしく」となれば、どうすればよいのか。そこで栄の隣組長、六四歳のおばあさんをひきあいに出して、その活発さ、行動力を礼讃し、また、防空演習後の休み時間に着物の話が出た時、この前掛けはお姑さんの浴衣、この着物は息子の着古し等と語った後に、ふと気がついたように笑いだして「女というものはこの年になっても着物の話となると嬉しくて夢中になって」と話されたが、この人は決して「着物のことにわれを忘れる人ではない」し、それを問題にするだけの心のゆとりを持っている点が貴重だ。戦時下の今日、「女の、ちょっとした心づかいで、すべてのことにうるおいをもたせる、これこそ女の受持つべき分野」ではないかと結ぶ。

前引の「自分に望む」では、これと同様の論旨を、「女の本懐」と呼んでいたが、これは栄の中に主調低音として一貫してあったものと言ってよいと思う。ちなみに、この一文は「女性生活」（「スタイル」改題）の特集「女性はいかに挺身すべきか?」のテーマに応じて書かれたもので、この特集のもう一人の筆者は札付きの右翼国文学者藤田徳太郎であり、ファナティックな風潮の中での、栄の冷静な正気の発言が光るであろう。

「老婦人に学ぶ」（43・1・23「朝日新聞」）のヒロインもこの隣組長のおばあさんで、或る時、国債の話が出て、私の家では仕立屋や洗濯屋に出したと思って買っている。それにしても国債のたまるのを見るのはよいが、仕立てや洗濯物は山のように積もっていると楽しく話されるのを聞いて私は忙しがっている自分が恥ずかしくなったとする。時局柄、〈積もり国債〉という処であろう。

何も失うもののない女の強さ

「母八人」（43・4頃「朝日新聞」）は一人六〇〇字前後で、八人の母を描く。うち七人は未亡人で、全て生活との苦闘を強いられている。したがって生活の重みにおしつぶされてしまって一向不思議はないのに、この母達の何と強く、逞しいことか。どこにその秘密が隠されていたのか。

それは恐らく、彼女たちは生活ができるかできないか、生きるか死ぬかの瀬戸際まで追いつめられて、そこから這いあがった、別の言い方をすれば、貧乏の極限まで行ってそこを突き抜けてしまったところに生ずる明るさ、これ以上何も失うものはないという腰のすわりがあるからだと言ってよいように思われる。だから戦死遺族の母を描きながら、淡々と事実を叙するのみで、美辞麗句や、紋切型の讃辞は不要として切り捨てられたのであろう。

時局への提言・注文

次に同じく二冊のエッセイ集に収録されているもののうち、「時局への提言、注文」を寄せた作品が非常に多いのが目につく。それらはどのようなものなのか、なぜ栄が書いたのか、などの問題についても考えてみたい。

最も早いものは「こんな闇取引」（39・11・17「朝日新聞」）で、米の手付金をめぐっての公然たる闇取引の手口を公開し、次いで御用聞きの売り惜しみの例をあげて物価上昇の日々のやりきれなさを訴えている。

「銭湯雑感」（39・11・24「朝日新聞」）は最近のモラルの乱れを指摘—母子二人で六つも桶をかかえこんだり、若い母が赤ん坊の尻を手拭いでくるむのは常識なのに、それをしなかったために浴槽の中で粗相をして大騒ぎになった一幕を紹介し、同時に浄化装置の問題の解決を要望している。

「特殊児童の作品」（39・12・13「朝日新聞」）、「不幸な子供の為に（為政者へ望む）」（40・2・2「朝日新聞」）、「『娘の家』を訪う」（40・7「婦人朝日」）については既に述べた。

「小豆島の話」（40・6「日本短歌」）は久しぶりに亡父の朋輩の利吉爺さんの昔話を聞いて楽しくなり、故郷の懐に抱かれる思いであったが、現実には内海湾を埋めたてて開発し、重工業地帯にする計画が進渉し、二万人位の人口増になると聞いて自然を破壊しての開発に激しく反対している。

「住宅難」（40・10・16「読売新聞夕刊」）は「家はおろか部屋」もない近年の住宅不足の具体例をあげ、「生めよ殖やせよの御時世なのに。」、何たる無策と嘆き、「水」（40・7・7「サンデー毎日」）では早く井戸を掘って水不足を解消せよと訴えている。

「停車場」（41・1・10「読売新聞夕刊」）ではここ一、二年の乗り物の混雑ぶりはひどく、命がけ。ぜひとも乗車整理をしてほしいと要望する。

「興亜奉公日」（41・1・1「日本学芸新聞」）は39年9月1日から41年末まで毎月一日をこう呼んで、食事は一汁一菜、禁酒禁煙、日の丸弁当を推進したのだが、これに対して栄は、翌日は、街に酔っ払いが氾濫し、逆に前日は商品の売れ行きがよいというし、そもそも一汁一菜というのが、ふだんそうである身からすれば納得できない。と公然たる批判をするが、当時としては勇気ある発言というべきであろう。「御用聞き」（41・1・9「都新聞夕刊」）は品物不足につけこんで抱き合わせで買わせる商法の横行を嘆き、「隣組のそと」（41・4・26「都新聞夕刊」）は「この節は到るところで隣組佳話とも云うべき話」を聞くが、妹一家の体験を記して隣組の親切も組内だけの範囲にとどまるのではないかと限界を指摘している。

「家主と借家人」（41・4・3、5「朝日新聞」）では住宅難につけこんでの家主の横暴ぶりをとりあげ、「生きてゆく喜び」（41・5「婦人倶楽部」）は「夫婦喧嘩をしない夫婦と言うものは、よほど仲の悪い夫婦」であり、永い一生の間には「夢や希望」とは異なった生活になっても「その時その折の自分の生活を守ってゆく努力こそ、最も美しい生き方」であり、また「どんな生活の中にも、それに克ってゆく喜びというものはあるのだから、どんなつまらないと見える生活からもつまらなくないものを見出して行くことこそ、生きてゆく喜びと云えるのではないだろうか」と「此の節」の女の生き方を見ていての提言をしている。

「不思議な神経」（41・6「スタイル」）では、最近の乗り物の極端な混雑が因であろうが、知人の勤めている会社では遅刻が二日続くと欠勤一日というひどい条件であり、しかもこれに類した会社はほかにも沢山あるという。近頃の殺人的な乗り物地獄を考えれば、この際30分以内の遅刻は大目に見る位の度胸を示す資本家があってもいいのではないか、と太っ腹の提案をしている。

「女性の手帖1」（41・7「スタイル」）は牛乳泥棒にあって離乳期の甥が消化不良で死に、娘が脚気で倒れ、医者にパン食を勧められるが、今の時世ではお金と時間がかかりすぎ、やっと見つけたパン会社でも数百人の行列。皆でワッと声をあげて「行列はごめん」にしたいと願っている。「一市民としての言い分」（41・8・10「日本学芸新聞」）は物不足対策をしっかりしてほしいという要求を当局にはっきりつきつけ、「野菜行列の弁」（41・10「改造十月時局版」）はその個々の具体例である。

「寒暖計など」（42・8・19「三田新聞」）は今年は例年にな

くきびしい暑さにもかかわらず、新聞などは言い合わせたように全くふれない。それは戦争下の現実を考慮しての事であろうが、「私は、暑い時にはやっぱり暑いという方がいい」、その方が避暑の一つになると思うから。大胆に主張して壮快である。

「出来るだけ大事に―被服点数制について―」（42・1「女性生活」）は切符制になっての心構えといっても〈大事に、最大限に利用〉する〉以外にはなく「私の好きな着物」（44・9「女性生活」初出未見）は若い人達への要望として、赤やでこでこしたものでなく「単純な色や柄の中に溢れる若さを包んだ美」をもっと知る必要があるとし、「バスの中で」（42・12「女性生活」初出未見）はバスの車掌がタバコの火を窓枠で消した学生に、〈煙草盆ではないからなさらないで下さい〉と言って自分から吹き出したので、学生も素直にあやまったが、愛想や笑顔が必要な時、接する者同士がうちとけることで円滑にとりすすめたいと提言する。

「『女の手』をみて」（43・2「演劇」初出未見）は映画は大好きだが、映画評は苦手であった栄が珍しく提言している点がおもしろい。「近頃は芝居も映画も、小説なども恋愛問題を扱うことを何となく遠慮しているようだが、恋愛が生活と離れてふわふわしているようなのでは困るけれど、国民の勤労の場面や日常生活と結びついたものであれば、それは一層色濃くしてもいいのではないか」と提言しているからであり、日本は相次ぐ海戦で敗北、撤退を続け、敗色濃厚になったこの非常時としては非常に勇気ある発言というべきであろう。

さて、以上で表3の栄の戦時下のエッセイ類のうち、〈単行本収録作品〉の項目に属する作品の検討を終え、続いて後半の「現在の生活の中での感慨」と「戦争とは無関係に、過去や回想をテーマとしたもの」に属するエッセイ類の検討に入る（この後半の分類に属する作品は、所謂随筆らしい随筆、もっともエッセイらしい特色を残している栄の作品の、名品たる所以を可能な限り明らかにしてみたい意欲はあるのであるが、なにぶん紙数が大幅に超過していてこれ以上この密度での検討は無理であり、また本章のモチーフが〈戦時下の実態究明〉にあることからしても、後半の二項目はあとまわしにせざるをえないことをご了解いただきたい。）のであるが、前述のような事情であとまわしにして、次には表4に掲載の〈単行本未収録作品〉と、単行本刊行後に発表された戦時下の作品を検討することにしたい。

傷兵と家族の救われない姿

まず、戦争協力の作品から見てゆくと、「傷痍軍人療養所の一日」（42・6「女性生活」）はサブタイトルの「女流作家の傷病兵慰問記」が示すように、女流文学者会の吉屋信子・林芙美子・宇野千代・美川きよ・円地文子・真杉静枝と栄の七人が、軍事保護院の斡旋で、箱根と伊東にある傷痍軍人の療養所を二カ所慰問した時のものである。

箱根の療養所は傷兵の中でも最も重度の人々がいる処で、

脊髄の損傷により下半身が麻痺していて肉体的には再起不能であるが、精神的に再起させるのが目的と聞いて率直に「胸が塞がる思いがした」と記す。長期療養なので、所内に妻子や母と家族で暮らすこともできる。所内発行の雑誌「函嶺」には「山百合は虫に食われて花咲きぬ吾もこのまま朽ちてなるべき」という「雄々しい」歌や、「稲を刈る様のなつかし田の畦に吾子を寝かして刈りし日もある」の如く「ふるさとの土を恋う」歌も多数載せられていて「胸を打つもの」がある。付き添い家族と話したが「この若い奥さんたちの今後の苦労は察して余りあるものがある」。

次に伊東の方に行ったが、こちらは軽症の人ばかりで、帰還も二カ月以内と限定されている。二〇人程の人達と話した結果で言うと、結婚については「非常に慎重に考えている人が多く」、若い娘さんへの要望として出されたのは「結婚をらくなものと思わずに、一苦労して見ようという気になってほしい」ということである。

この訪問記は、表面的には知られざる傷痍軍人の存在とその姿を伝え、「勇士」の加餐を願うものであろうが、空疎な美辞麗句はどこにもない。

というよりもここで栄が企図したことは、戦意の昂揚やお国の為に戦って傷ついた傷兵への感謝の辞を並べることではなく、傷兵たちの姿を淡々と感情を交えずに読者に伝えることであり、そのことで読者の脳裡には傷兵たちの無惨な姿が残り、家族の苦労が思いやられ、行きつくところ戦争はごめんだということであったにちがいない。作品は一貫して傷兵とその家族の救われない「心境」と、今後の「労苦」を写しているところにそのことは明らかであろう。

次は大政翼賛会主催の座談会**「戦争生活と玄米食」**(作家では菊池寛・久米正雄ら、他に翼賛会側から事務局長ら。42・12・29「読売報知新聞」)に栄も招かれて旗振り役をおしつけられるが、殆ど発言していない。

「隣組だより」(43・3「日本婦人」)は栄おなじみの小豆島を思わせる村から出征した兵士にあてた隣組からの慰問文で、こまかく各戸の動静を記している。これを拡大拡張して小説にしたのが既述の**「掌」**(44・1「文藝」)であり、忠君愛国の非常時色はない。

次の**「モンペの弁」**(43・4・21「週刊婦人朝日」)はサブタイトルに「文学報国会に出席して」とあるように、43年4月8日の国内大会に参加しての感想である。

この一文は、当時の参加時の服装は「防空服装」でと女流作家は申し合わせたのでモンペ姿で出かけ「多少のきまり悪さ」はあったが、この「非常時的服装が女の平常着となる日は目前にせまっている」と感じた所以を記す。戦時下の協力体制にのみこまれてしまっていて、それを客観的・批判的に見る視線はない。

「田植の日」(43・7・9~11「東京新聞」)は文学報国会主催の錬成講座田植作業に参加しての一日を、遠足ふうに記したもの。場所は埼玉県鴻巣の農事試験場であったが、参加者

のエッセイ類1940～1945（昭15～20）〈単行本未収録作品〉

品名の次の（　）内は刊行月また月は日を示す。●は作品１つを示す

年／項目	1940 昭和15	1941 昭和16	1942 昭和17	1943 昭和18	
戦争協力			傷痍軍人療養所の一日（6）〈座談会〉戦争生活と玄米食（12・29） 2●●	隣組だより（3）モンペの弁（4・21）田植の日（7・9～11） 3●●●	銃をつくる娘たち（1）偏在を防げ（2・13）工場の少女
時局への提言・注文		通帳制前後（6） 1●	緊張の中にも余裕（1）貯蔵しない悪い癖（2）アパートは便利だが住みたくはない（5）消極的な意見を吐くのをやめて（7）翼賛議員に望む（7） 5●●●●●		
現在の生活の中での感慨	恐く楽しい気持（1・17）柿と老人（3・19～20）純米（7）「子育て」が上手だった（11）豚肉の納豆汁（12） 5●●●●●	経済料理三種（2）ふるさとの海（4） 2●●	日記抄（1）子供たちは五本の指（3）若がえる（3）日々を誠実に、そして積極的に（6）夫婦常会が開きたい（8）小豆島の海（8） 6●●●●●●	女の生活と芝居見物（5） 1●	立札（3・14）第一回一葉賞「馬追原野」選評（6）
戦争とは無関係に、過去や回想をテーマとしたもの			田舎の季節料理（9） 1●		齢かさねて（3）わが文学の故郷（3）
編集の偏向批判・作家の眼批判・ペンを捨ててはならぬ					正直の喪失―筆を捨つること勿れ（9・

表4　壺井栄の戦時下

＊作

1944 昭和19	1945 昭和20
たち（3）職務に例外はない（3・20）〈対談〉次々に変った野菜を！（3・26）貯蓄の父を訪ねて（4・20）三特筆（5・9）新宿界隈（5・12、13）戦う三人の姉妹（8・13） 9 ●●●●●●●●●	
郵便局随筆（8）一輪の薔薇の花（12・18） 4 ●●●●	たぬきばやし（2・25）見えない姿（3） 2 ●●
2 ●●	
1） 1 ●	

は事務局員も入れて全部で一一人。うち女流作家は栄一人という事態が端的に示すように、趣旨とは全く逆に初体験のお遊びであり、小豆を御褒美に帰宅という羊頭狗肉であった。

一葉賞の選評

日本文学報国会の発足に伴い、その中に女流文学者会を設置して、女性的な諸種の文学活動を企画推進しようということが決定され、女流文学者委員会が組織された。メンバーは文学報国会理事長の指名により委員長が吉屋信子、委員には板垣直子・宇野千代・佐多稲子・林芙美子・壺井栄・村岡花子らが就任した。第一回総会を四三年二月六日に開き、第二回を四四年五月二七日に開催し、「時雨賞」「晶子賞」「女流文学者賞」「一葉賞」の設定、生産戦場女性戦士激励慰問等の事業を計画した。第一回の一葉賞は辻村もと子『馬追原野』（42・5・10　風土社）に決定し、栄も選考委員（他に吉屋信子・円地文子・宇野千代・川上喜久子・佐多稲子・林芙美子・真杉静枝）の一人として「『馬追原野』について」と題して選評を書いた。それはもと子の二〇年近い「文学に対する情熱」と「奮闘」と「その結実たる『馬追原野』」への純粋な文学的賞讃であって時局臭とは全く無縁であった。聖戦完遂の為に国民の士気高揚を図る目的で企画された事業だが、見事にそれをはぐらかしている点で巧みなサボタージュというべきであろう。[*4]

工場で働く勤労女子のルポ

続いて戦争の激化と共に女子の勤労奉仕、少女工員の職場進出のめざましさという事態が生じると共に、一体彼女たちは工場でどのような働きをしているのか、また、日々どのような生活をしてるのか、が当然国民の関心事になってくる筈で、そういう情勢からルポを依頼されて書いたのが、**「銃をつくる娘たち―勤労女子寮に見る家風―」**（44・1「婦人公論」）、**「工場の少女たち―○○工場―」**（44・3「少国民文化」）、**「戦う三人の姉妹」―芝浦電気○○工場―」**（44・8・13「週刊朝日」）である。

まず「銃をつくる娘たち」は「○○工場の女子寄宿舎」を訪問してのルポだが、日課は五時四〇分起床、身のまわりの整理、六時二五分朝礼、ラジオ体操等、七時朝食、七時半から一七時までが「み国に捧げた時間」であり、寄宿舎に帰ると、「寮母」が迎え、工員の殆どは青年学校に籍を置いているために生徒としての時間――お習字・裁縫・生け花などの稽古を積む。寮母の他に室長がいて生徒たちは「お姉さん」と呼ぶが、これは母の眼の外に、姉の眼がくばられて、家族的な親しさの中で語りあえるように配慮したものだという。

非常時に「女らしさなどは二の次」という人もあるようだが、そうではないとして栄は「男に代わって労働服を身にまとい、男に代わって旋盤を動かすとも、女には女としてのうるおいを失ってはならない」と強調しているが、これは主張としては既述したように「自分に望む」「お釈迦様の言葉」以来一貫して栄の中に主調低音として流れるものであろう。また、女子工員ひいては女性の情操教育と言うと、生け花や裁縫、習字ときめてかかっているようだが、そうではあるまい。一カ月に一度でもよいから、女の子は自分で料理をし、坐ってご飯を食べることもうれしいであろうし、加えて一尺の土に一株の菜っ葉を作ることも、心にゆとりを与えられるのではないであろうか。

この一文の説くところは女子皆働、勤労奉仕、挺身隊の讃美一色であり、応援歌、宣伝文といってよい。

続く「工場の少女たち」「戦う三姉妹」の二篇は文中にあるように取材源は同じ「芝浦電気○○工場」に働く少女たちのことで、相違は前者が国民学校出の女子工員であり、後者は青年団出身、あるいは女学校卒の挺身隊員に取材して書いていることである。

前者の「工場の少女たち」は日課は五時二〇分起床。六時朝礼、食事。七時三〇分から一七時三〇分まで勤務。一日おきに女子青年としての勉強があり、あとは家庭の子女としての生活。寮には母親役の寮母がおり、各部屋には部屋長がいてお姉さん役をしている。多数の郵便物をこなすために、当番制で配達している。少女たちの出身地は圧倒的に東北で「辛抱強い者が多」く、これは「都会人の真似ねばならぬ長所」である。動機は「国民学校の先生から話を聞き、進んで申出た」という。

彼女達も今は婦人雑誌と新聞を読み、「時局の認識も、家庭にある者をはるかに越えている。私は少女たちの前に心から頭を下げた」。

国民皆働、勤労奉仕、女子工員礼讃一色、受け入れ工場の態勢も至れり尽くせりのように書かれているが、それは一方的な工場側の宣伝広報であって内実は不明である。

「戦う三人の姉妹」は芝浦電気の同じ工場に働く女性であるが、こちらは女子挺身隊の勇ましい面々の紹介がある。秋田の大館高女卒の挺身隊員は病気になり医師から帰郷しての治療を勧められるが、「死ぬまで頑張るのだ」と言って拒否。というのは、彼女は「兄が出征する時、母は死んで帰れ」といって送り出し、自分も兄と同じ心で挺身隊に参加したのだからといって彼女に代わる工員が入社するまで帰郷を三カ月延長した。また、宮城の青年団出身の三姉妹は家が農家なので、隊に出れば家は困るのであるが、両親は娘三人で名誉の兵士を出すことができなかったから、せめて娘達を工場の挺身隊に送って兵器を造らせることを一家の名誉にしたいとして喜んで送り出したというエピソードが次々に記されている。

闇物資への摘発を

「偏在を防げ」(44・2・13「週刊朝日」)は切符制への不平不満はきりのない程あるだろうが、「しかし今はそんな不平や不満をいっている時ではない」と一刀両断に切り捨て、更に「けれども、闇などのために物が偏在することは、それ以上もってのほかです。」と巨悪の存在の指摘と摘発も忘れてはいない。前者に見られるような性急な判断は戦況の悪化が密接に関連しているのであろう。

国民皆働の宣伝

「職務に例外はない―生活の巾の広さを期す―」(44・3・20「文学報国」20号)は国策としての国民皆働、勤労動員の宣伝広報を企図したもので、昨日、隣組長から勤労に対する女性の心構えが足りぬ旨の話があったが、栄はここの所、兵器工場で働く若い女性のルポをしていて感心させられる話を帰宅してから家族に話したところ、工場へ行くのが嫌で女中に来ていた娘が話に感動して私も行きたいといって工場に入った。若い者のこういう解り易さに比べて年配の女性には勤労に対しての解らなさ、「警戒と見栄」がまだあるのではないか。主婦が工場で働かなくても、若い者を工場に送り、女中を工場に出して、自分がその分の主婦としての仕事をするのも勤労動員に応じることだと思うからであるとする。

「次々に変わった野菜を!」(44・3・26「週刊朝日」)は〈食料増産特集〉のセクションで、東京都技師の山本実と対談したもので、家庭菜園の野菜の種類・肥料とその過不足・タネマキの時期・初心者向けの注意などが話されている。

郵便貯金一代男の執念

「貯蓄の父を訪ねて」(大政翼賛会戦時貯蓄動員本部編『銃後の戦果―貯蓄指導者を訪ねて―』44・4・20 大政翼賛会宣伝部)は42年9月、国民貯蓄五〇〇億突破記念式に貯蓄功労者として東条首相、賀屋蔵相から表彰された人物の訪問記を翼賛会がまとめることを企画し、そのために43年3月末に六人の作家の派遣を文学報国会に依頼し、栄はその一人として片山久吉（徳島県那賀郡加茂谷村　七六歳　元郵便局長　訪問時死亡のため息子に聞く）を訪ねてまとめたもの。他に久米正雄「越ヶ谷の白梅」、土師清二「山崎マチヨさん」、岡成志「永江秀視氏訪問記」、湊邦三「富士山麓に咲いた美しい野菊」、辰野九紫「貯蓄土佐日記」がある。

なお、本書は戦争末期に作られ、刊行直前に保管庫の火災により全冊焼失し、関係者に数部を校訂見本として渡したのみにて、物資不足の折柄再版されず、幻の書となった稀覯本である。

香川出身の栄はお隣の徳島だからと気安く引き受けはしたものの加茂谷村への交通の不便さに仰天する。もよりの駅から往復28キロを徒歩で行くしかないという。幸い知人のトラックで何とかなるが、こういう貧乏な村を日本有数の豊かな村に変身させたのが片山久吉で、その因は貯蓄にあった。

片山は最初在郷軍人貯蓄組合を組織して掛金一〇銭から開始、以後あらゆる団体貯蓄組合が結成され、中には氏がポケットマネーで小学校入学の児童全員に一〇銭記入の貯金通帳をプレゼントするなどして幼時から貯蓄精神を涵養することは一九一二年以来続いていることであり、村の六〇〇戸全部が簡易保険に加入して就学・就職・結婚資金となって感謝されており、国債の消化はよくて毎月不足するほどという。

片山は一八六八年生まれ、役場に勤めて村長を三回、07年には初代郵便局長（四二歳）となり、以後天職としてこの道に入り、35年間一日も休まず勤め、総理大臣表彰となった。全体として貯蓄奨励、戦争協力というよりも、あたかも郵便貯金一代男の趣がある仁の訪問記であり、貯蓄に懸けた男の執念のようなものが伝わってくる一文である。

新宿ルポの報告

「三特筆」（44・5・9「東京新聞」）は「わが菜園」のコラムに書かれたもので、隣家の農家のお爺さんの指導と助けでの野菜づくり奮闘記である。

「新宿界隈」（44・5・12〜13「毎日新聞」）は文学報国会主催の「決戦生活実態把握班」に参加して新宿・神田を与えられ、区域が大きすぎて結局新宿のみとなる。駅前には遠距離旅行者の行列。三越側の露店では呆れる程種類豊富なゴムテープと針を売っている。伊勢丹には休憩所がなくなり、二階の衣料リフォーム所は繁昌、四階以上は会社の事務所に縮小。新宿を観察して歩いた時の印象記で、通り一遍のもの。

米穀通帳歓迎の弁

「時局への提言・注文」をしたものについてみてゆきたい。「通帳制前後」（41・6「婦人朝日」）であるが、これは41年4月1日から六大都市で米穀配給通帳制になったことを受けてのもので、これによってさまざまな不都合、不愉快な目にあうことがなくなり—第一あの行列する時間が節約されてありがたい。米に続いてパン、うどん等にもしてほしいと、積極的に歓迎派の弁を述べているが、その裏には米屋の目に余る横暴があったからである。

「緊張の中にも余裕」（42・1「婦人朝日」）は第三次近衛内閣が総辞職し、代わって東条英機内閣が成立（41・10・18）して開いた初の議会が第77臨時議会（41・11・16〜20）であり、戦争開戦前夜であるだけに当然ながら議会への関心は強かったわけで、そうした事情に鑑みて「婦人朝日」が「臨時議会の印象」なるセクションを設けて五人の女性に印象を述べさせた。栄は今後の国民の心構えとしては「ある時には口を開けて自分の歯を見せられるほどの余裕とどんな不消化物にも中毒しない健康な心をもって切りぬけてゆく決意」ではないかとする。換言すれば、非常時としての緊張を要望したものには違いないが、緊張ばかりでは生きてはゆけないから、余裕も必要というふうに、はっきりと対象化して、距離を置いて冷静に見ているところに特色がある――従って広報宣伝や世辞・追従の類は記されることがない。栄の他に、「評論家　波多野勤子」は随喜の涙を流して感激し、「作家　岡田禎子」は「東条三原則という形で、帝国の期するところがはっきりと表された。かうもあろうかとほぼ想像されていたことばかり」と国家との一体化を強調し、「作家　美川きよ」は「ぞくぞくとして人の胸を打つのも、国民達の待望の声だったから」と追従に走るのが一般であった当時の状況からすれば決して姿勢を崩してはいない。

貯蔵は苦手

「貯蔵しない悪い癖」（42・2「女性生活」）は「特輯生活に於ける決戦体制―食糧問題」のセクションで〈わが家の貯蔵法〉について答えたもので、この問いには「不合格」と自ら記す。というのは貯蔵は苦手で、ちなみに今わが家にあるものは、もらい物ばかりだから。

私が家を建てるとしたら

「アパートは便利だが住みたくはない」（42・5「女性生活」）は〈貯蔵法〉と同じく〈特輯生活に於ける決戦体制―合理化・単純化された住居〉のセクションに求められたものである。それまでに結婚以来14回の転居経験をもつ栄にはうってつけのテーマで借家とアパートの功罪を論じてツボをはずさない。ポイントは、アパートは便利に出来ているがこれまで住んだことはなく、また今後も住みたくはないのは、「一尺の隅っこも無駄には遊ばせて置かない（中略）あのせせこましさ」が嫌だからで、借家への不平、不満、不便を論じたのち、私が家を建てるとしたら、玄関は一畳位の板の間とし、奥行き三尺の床の間は一尺五寸にして、半分は反対側の部屋から作りつけの本棚にする。押し入れの上部は袋戸棚とし、出窓を作って部屋を少しでも広くしたい。それと日光を活用して広縁を作るか、布団干場はぜひとも欲しいと述べる。時局を考慮しなくともよいテーマなので、多年の蘊蓄を傾けてのびのび筆が走っている。

買物行列をなくす方法

「消極的な意見を吐くのをやめて」（42・7「女性生活」）は〈買物行列を絶対になくす試案〉のセクションに意見を求められたもので、隣組の常会へ、常会の問題として持ち出して検討してみたらどうだろう、「思わぬよい智慧」が出るのではないか、として常会への提案を提唱しているが、これはお役所の上意下達や、地域ボスの独断専行を排して、衆議一決の精神を基本にしている点で行き詰まり打破の有力な方法になりうるものであったと考えられるが、客観的に見て軍国主義のこの時代には時期尚早というほかはないであろう。

個別具体的な問題の提示

「翼賛議員に望む」（42・7「婦人朝日」）は第21回総選挙、いわゆる〈翼賛選挙〉によって議席466のうち381人が翼賛議員となり、東条英機独裁内閣が確立されたもので、それに対する期待と関心を各界の女性に「ハガキ回答」で求めたもの。栄は、最近の新聞投書欄にあった東京市の国民学校教員が二カ月前から勤務しているにもかかわらず、当局の怠慢のため辞令がおりず、給料が未払いになっているという問題をとりあげて、その影響するところは大きいとして、新しい議員を通じて文部当局へ善処を望むとしている。いわば大問題ではなく、個別具体的な〈小問題〉を提示することで責めをふさぎ、偽善的な言辞を弄する機会を回避していると見られるといってよいであろう。以上で、「時局への提言・注文」のエッセイは終わる。

私たちは、いつの世にも通用する文学を生まねばならない

次には最後になるが、この時代にこんな事を言う勇気ある作家がまだいたのかという事を示す歴史の証人とも言うべき驚くべき発言がある。表4の「編集の偏向批判・作家の眼批判・ペンを捨ててはならぬ」所以を渾身の力を込めて力説した評論が「正直の喪失―筆を捨つること勿れ」（44・9・1「文学報国」34号）である。

第二次大戦中、文学者の戦争協力を意図し、内閣情報局の指導により42年5月26日に発足したのが日本文学報国会であり、小説・劇・短歌・外国文学など八部会から成り、殆どの文学者、研究者を会員として文学による国策の周知徹底と宣伝普及を目的とし、機関誌として「文学報国」（43・8・20〜45・4・10）を発行した。主な活動としては中国・満州・蒙古から代表を迎えての大東亜文学者大会の開催（三回実施）、文芸報国講演、愛国百人一首の選定、文学賞の授与などがあった。

そこで栄は先ず、最近若い人たちの間で新刊よりも古いものの方がひっぱりだこというが、それは何故か、と問いを発して次のように言う。最近の依頼原稿には必ず条件がつき、曰く「明朗なる銃後生活」「闘う少国民の姿」「勤労女性のための勤労を主題にした時局的な小説」「直接工場へ出向き、そこに挺身する女子工員の明朗な姿をみてこい」等々であり、

そういう条件にあてはまらないものは絶対にダメなのかと聞くと、そうだという。これでは紋切型の作品になり、古雑誌がひっぱりだこになるのは当然であり、作家はまるで「仕立屋が裁縫をするように書かされているのではないか」と断じる。

　更にそこから鋭く切り込んで時局小説の欠陥にメスを入れ、「嘘」や「借りものの美辞麗句」を指摘した上で「明朗なる銃後生活」には「作家の正直であるべき眼がそっぽを向いていたりする場合がある。その意味で所謂時局的読物には正直さが欠けていないだろうか。若しくは銃後生活の果敢さや明朗さのみを虫眼鏡で見ている傾向はないだろうか」とたたみかけて批判するが、これこそまさしく正鵠を射た指摘、頂門の一針ともいうべき指摘である。

　更に栄は、こんな制約を受けてまでペンに執着する要はない、いさぎよく捨てるべきとの主張（例えば石川達三）に対して敢然と反対する。その理由は「今日の状態では作家は正直に物をいうこと、即ち文字にすることについては充分の自重を要する。しかし作家が正直な眼で見、まことの心であったならば、その言葉の裏や、文章の行間にあふれるものがある筈である。私たちは、いつの世にも通用する文学を生まねばならない」からであり、「腕をもがれたら足でかき、足をくじかれたら口でかく程のしつこい作家魂をこそ、今こそ培う時ではないだろうか。」と結んでいる。

　末尾の「しつこい作家魂」は夫の繁治の友人であった小熊秀雄の詩の一節に学んだものであろうが、この誰もがひれ伏していた時期に、これだけの首尾一貫した堂々たる論陣を張った栄の毅然とした態度には改めて敬意を表しておきたい。

注

＊1　各学年混合の一組で、一分隊を編成している。

＊2　太平洋戦争開戦の初頭、五隻の特殊潜航艇に乗り込んでアメリカのハワイ海軍基地真珠湾を攻撃して戦死した九人の軍人の名前が42年3月6日に公表され、二階級特進の「軍神」として顕彰された。

＊3　刺繍糸の模様の間の無駄糸を小さな鋏で切る仕事。一ヤール十銭の工賃で初めは三ヤール位しかできず、今は十ヤール以上できると文中にある。

＊4　「第一回『一葉賞』決定・壺井栄『馬追原野』について」（44・6「戦時女性」）加藤愛夫『辻村もと子―人と文学』（79・8・10　いわみざわ文学叢書刊行会）　桜本富雄『日本文学報国会』（95・12・25　二刷　青木書店）

第十一章　敗戦の混迷の中で（上）

占領軍による検閲の復活

一九四五（昭和20）年八月一五日、日本は無条件降伏・ポツダム宣言受諾を発表し、これによって第二次世界大戦は終結した。日本の軍人・一般国民の戦没者は三〇〇万人に達すると推定され、その被害ははかりしれない程大きいものであった。

敗戦による改革・解放はそれまで特高の監視下にあった壺井家にとっては待ちに待った新しい歴史の到来であったが、この時点で満四六歳（繁治は同四七歳）の栄にとっては新時代の到来とは言っても、手ばなしで楽観できるものとは思えず、はしゃぐような気分にはなれなかった。

従ってこの時期、栄が何をどのように考えていたかについてはつまびらかにすることは難しい。ただし、栄の占領軍に対するこうした直感、漠然とした警戒感は間もなく現実のものとなって現われる。一九四五（昭和20）年九月一日から占領軍GHQの民間検閲局CCDは活動を開始し、新聞・出版・放送・映画・演劇から紙芝居にいたるマス・メディアと、郵便・電話・電信などのパーソナルメディアに対する検閲が始まる。[*1] 繁治を初めとする共産党系の人物への書簡検閲がまずあげられる。

占領軍による壺井家に対する書簡検閲は現在同家に残されている書簡に関する限り、繁治に対するものが殆どで、栄については一通のみである。

検閲書簡（封書の下部を開封して検閲、検閲済印を押したセロハンテープで再封印してある）は全二一通。次の通りである。

昭和20・9・23	大島博光	→	繁治宛
昭和21・2・6	松山福太郎	→	同右
昭和21・2・7	江口渙	→	同右
昭和21・3・16	松山福太郎	→	同右
昭和21・4・2	松山福太郎	→	同右
昭和21・5・1	松山福太郎	→	同右
昭和21・7・8	吉塚勤治	→	同右
昭和21・7・13	荒正人	→	同右
昭和21・7・20	坂井徳三	→	同右
昭和21・8・13	広沢一雄	→	同右
昭和21・12・17	広沢一雄	→	同右
昭和22・1・26	近藤東	→	同右
昭和22・5・8	九州評論社	→	同右
昭和22・5・10	吉塚勤治	→	同右
昭和22・6・10	大島博光	→	同右
昭和22・6・11	井上光晴	→	同右
昭和22・8・13	伊藤和	→	同右
昭和22・?・9	九州評論社	→	同右

昭和22・10・17　中村正作　↓　繁治宛
昭和24・6・30　貴田きみ子・より　↓　栄宛
昭和？・6・2　江口　渙　　↓　繁治・栄宛

対日平和条約の調印がされたのが昭和二六（51）年九月八日で、翌年四月二八日には発効し、占領軍による検閲制度がなくなった。しかし、実際にはこれらの検閲作業はもっと早く、一九四九年の一〇月末にはＣＣＤの廃止により終了していたという。[*1]

前述したように、右の検閲書簡は現在壺井家に残されているもので、これ以外にも検閲されたものがあったであろうことは容易に想像されるが、その詳細は不明である。[*2]

現在残されているものについて言えば殆どが私的・個人的な私信であり、新生日本建設に向けての政治的・社会的な提言などは含まれていない。

「石臼の歌」の削除と改稿

次に指摘されるのは出版の検閲である。従来この方面の調査や研究は遅れている。

理由は検閲の過程は無論、検閲を通らない事由が一切明らかにされず、問い合わせも異議申し立ても許されていないという状態であったからである。更に念が入っていたのは、検閲が存在することを示すこと自体が検閲の対象であり、紙・誌面に伏字や空白、頁の脱落等、検閲による削除の痕跡を残すことも許されなかったという悪条件も加わっていたことをあわせて考慮すべきであろう。こういう状況では実証的に検閲の実態についての研究を推し進めることは極めて困難だからである。

それが近年に至って思わぬところから当時の検閲資料が発見され、公開されることになった。いわゆるプランゲ文庫がこれである。

プランゲ文庫は当時ＧＨＱの歴史部長だったゴードン・プランゲ博士が、占領期に検閲用に提出された雑誌・新聞・図書などの資料のうち、占領終了後に廃棄を免れたものをアメリカに持ち帰り、メリーランド大学に寄贈した。

これが近年に至って同大学と国会図書館が協力してマイクロ化事業を行い、推定頁数六一〇万のマイクロフィッシュが国会図書館で公開されることになり、占領期において検閲の強制によって半ば化石化されていた雑誌や作品が蘇生することになった。

また、占領期雑誌記事情報データベース化プロジェクト委員会（代表・山本武利）によって、このプランゲ文庫コレクションの全雑誌、目次等から著者名、タイトル名、小見出し、検閲に関する情報、発行年月日、等の情報が入力されて、ウエブ上で公開されているので次々に新しい情報を入手することができるようになったので、今後の活用に期待したい。[*3]

さて、栄の児童文学作品「石臼の歌」（45・9・1〔8月―9月合併号〕「少女倶楽部」）は小学校の教科書に教材として採用され、しかも原爆の悲劇をとりあげた作品としては、最も早い時期に属するものの一つとして高く評価されている作品であるが、最近この作品について新しい事実が明らかになった。それはこの作品がGHQの検閲によって削除と改稿を余儀なくされた結果発表されたものであるという新事実である（なお、この事実に関しては既に別章で述べた[*4]ので詳細はそちらを参照願うこととしてここでは事実のみを簡潔に述べておきたい）。

朝日新聞社からの教示[*5]によれば、02（平成14）年8月8日時点で、検索可能になった資料の同社による調査結果によれば、栄の小説は四点―「白いリボン」「真垣夫人」「そぶつ」「五厘のパン」、随筆が一点―「桃と柳のひなまつり」であるとの事であるが、私は「五厘のパン」を除いては調査して既知のものであり、小生編集の文泉堂版の新全集にはいずれも収録してある（随筆の「桃と柳のひなまつり」を未収録としたのは、第一に紙数の制約、第二にその内容・風習が栄作品にしばしば登場して周知のことであるからにほかならない）。

新出の「五厘のパン」（46・10・10「カロリー」9月―10月合併号）は発行所が東京神田淡路町にあった食料文化研究所で、この号は一巻四号。「五厘のパン」は戦後の飢餓の中で小学生の語る夢が、「人間の身体よりも大きなパンが五厘」という窮迫した世相を写している。

窮乏生活

敗戦は衣食住全ての面において国民に窮迫を強いた。その一端を示すと、九月一〇日には宮本百合子が疎開していた福島県の郡山市から上京して久しぶりに再会し、一二日には早朝に顕治の実家である山口へ向けて発つのに焼きお握りを持たせる[*6]。

九月二九日には甥夫婦の死によって孤児となった一歳の岩井右文の養育を託され、引きとるが、食料逼迫の折からと、栄の体調の悪さから果たして無事に成人させられるかどうか不安[*7]であった。

一〇月頃には小豆島出身の東京芸術大学の学生横塚繁を食事なしの条件で同居させる。この頃の東京は焼け野原で、四畳半一間に一家四、五人で暮らすというのも珍しいことではなく、この場合も同郷のよしみでと無理に頼まれて置いた[*8]もので、約一年程いたが、後に画家となり、栄の新聞連載小説「あす咲く花」の挿絵なども画いた。

一一月に、「中央公論」からのルポルタージュの依頼で、池袋、熊谷（一泊）、上野、新橋と廻って、戦後の東京とその周辺の飢餓状況を視る機会があった。しかし、そのレポート「飢餓の街」（46・1「中央公論」）は、はっきり言ってこれでは羊頭狗肉と言われてもしかたがない。

第一に、自分の足で繁華街を歩き、自分の目でみた所が余りに少なすぎる。池袋は駅のホームでの一時間の見聞であり、熊谷については一泊したにもかかわらず記述がなく、上野までの車内での見聞にすぎず、上野は駅頭と、お山を歩いてまずまずだが、新橋に至っては、逃げ腰でのおっかなびっくりの、はれものにさわる式の見物で、とても「見た」と言えるしろものではない。

率直に言ってこれでは、高見の見物をしているお上品な奥様の見物記というほかはない。対象に体当たりで入って行く気構えが欠如している所に最大の問題があると言ってよい。

一二月初旬、NHKのラジオ放送に出演して、その出演料の余りの安さに憤慨して**「あてがい扶持」**（46・1「月刊読売」）を書いて糾弾する（高見順「敗戦日記」を読んでいたら、45年3月8日の項に同様の憤慨を記している部分があったので引用しておく。「文芸春秋社に行く（中略）『馬上侯』の稿料を貰う。百八十円。一枚六円だ。一パイやると百円は消えるこの時世に、一枚六円——以前と変わらぬ稿料だ。それから税金が差し引かれる。」）。後述するように、毎日新聞からはすぐに反応があって溜飲を下げるが、肝心のNHKは沈黙・無視を続けるのみで、それは今に至るも基本的には変わっていないのではないか。

冬、飼っていた鶏が大きな卵を産んだ晩に犬に襲われて殺されてしまう。[*9] そのショックで残された大きな卵は食べる気になれず、また鶏を飼うことをすすめられたが、あの鶏が心を去らず飼う気になれなかったという。

「あてがい扶持」と初の新聞連載小説

一九四六（昭和21）年一月に、毎日新聞社が発行している「少国民新聞」（のち、47年5月1日から「毎日小学生新聞」と改題）編集部の井上まつ子が来訪、同紙に児童向けの長篇連載小説の依頼を受け、承諾する。**「海辺の村の子供たち」**[*10]と題して三月一日から七月二〇日まで掲載された初の新聞連載小説である。

NHKの出演料（事前に放送用の原稿を一〇枚提出しているから原稿料といってもよい）の余りに安いことに驚き、「私の最低の原稿料よりもまだ安い」[*11]ことに憤慨して栄がNHKを糾弾した一文をこの月発表したことについては前項で記したが、連載の依頼に来た井上まつ子がいきなりあれを読んだと言い、一枚二〇円ではどうか、とのっけから原稿料の話を切り出されたのには栄も驚く。しかし、「当時のわたしにとって二十円はとびきりだったのでいまでもよくおぼえている。しかしそれよりうれしかったのは、私の作品が新聞にはじめて連載されるということのほうであった。まだなれないわたしは、わたしの能力を総動員して書いた。たしかまだ進駐軍の検閲があったと思う。その枠内で書かねばならないから、なんとなくきゅうくつなものも感じながら、わたしなりの戦争への批判も書いたつもりである。」[*12]

この作品については後に改稿（改作）改題して**「母のない子と子のない母と」**に改めている事実が示すように、作者の言によれば「不満だらけの作品」[*13]ということになり、改稿される。しかもそういう作品が栄の場合珍しくない。

例えば、「海のたましい」→「柿の木のある家」「孤児ミギー」→「右文覚え書」「童話のある風景」→「りんごの袋」といったぐあいにこれが非常に多い。

しかも従来は単に「……」の改稿（改作）として殆ど何の吟味や分析もなしに、すませられてきてしまっているために、そこには何の問題も存在しない、少なくともそこに何らかの問題を指摘して論じたものがなかったことは確かである。

しかし果たしてそれでよいのかどうか、そこにはどういう問題があるのか―改稿（改作）の含む問題についての検討も必要であり、重要であることを提言して、実際に拙稿[*14]で検討してみたことがある。

その結果判明した結論のみを示せば「海のたましい」と「柿の木のある家」とは全く別の作品であり、単純にこれを「改稿（改作）」と呼ぶのは誤解を招くゆえに使用をやめるべきであり、当然そのことは作品の主題、作品の性格、児童文学か否か、等という問題にもかかわってゆくわけで、慎重に検討を要する課題であることが確認された。従ってここでもそのことを念頭におきながら分析を進めることにしたい。

子供の物語

この作品の特徴を一言で言えば、小豆島の子供達の生活を四季の変化の中に描いたものと言うことができる。

視点は子供の視点から（部分的にほんの少しだがそうでない部分も交じっているが、まず子供の目からみたと言ってよい）描かれた小豆島の子供達の冬から夏（二月から七月頃まで）にかけての遊びと暮らしの物語――その上にぜひ牧歌的なと冠したい――その点で、この作品は子供による、子供のための物語と断じてよい。

特徴の第二は、作品の冒頭で作者は、ここには祖父母・両親・作者の少女時代の回想を今日の子供達の動きの中に織込んで話してみたい、としているが、昔の話は全体の二割から三割程度であってほぼ現代の話が主になっていると言ってよい。特に回顧的な姿勢、あるいは話柄は二章の「昔の話」までが露骨であるが、それ以後はとけこませてあると言ってよいであろう。

次に目につくのは、子供も労働と共にある生活である。麦のあいうちや、麦刈り、麦束運びなどの畑仕事を子供達が手伝うのは当然としている生活がそこにはある。その中で子供達は働く喜び、労働して汗を流す心地よさを身をもって体験する、栄文学の基本の生活がそこにはある。

第四に田舎と都会、あるいは島と関東平野を対比させて、相互にその存在を認識させ、驚きや感嘆から敬意を持って相互に接触、交流させる手腕は凡手ではない。

史郎が言わば小豆島＝田舎を代表し、それに対して一郎は熊谷＝関東平野＝都会の代表として対比され、そこに生まれる軋轢を不毛な対立としてではなく、相互に未知の世界を知るきっかけとして交流を深めることが企図されている。

そしておしげおばさんは、一郎の保護者格であり、〈史郎的世界〉と〈一郎的世界〉の仲介者、あるいは調停者の役割を果たすべきなのであろうが、作中では中途半端な脇役に終始しているようで、配役上のミスがあるといわざるを得ない。

最後に戦後の現実として、父の未帰還、夫や父の行方不明や戦死、物不足から、戦争反対の声が静かに浮かびあがってくるしかけになっていて、決して声高に、至る所でわめくわけではない。

二つの作品の違い

それでは次に改稿・改作によって作品がどのように変化したかについて明らかにしておきたい。

先ず、枚数から言うと『海辺の村の子供たち』が約三四〇枚（四〇〇字詰）であるのに対して、『母のない子と子のない母と』は約四一〇枚で、七〇枚ほど分量が多くなっている。

第二に、『海辺の村の子供たち』は子供を中心に、子供の世界を描いたものであるのに対して、『母のない子と子のない母と』ではこれが大きく変化して、中心が一つの円であったのが、中心が二つの楕円に変わっている。即ち、『海辺の村の子供たち』では、作品が子供の世界が中心で、おしげ（改作ではおとら）おばさんは単なる脇役にすぎなかったのに対して、『母のない子と子のない母と』では子供の世界に加えてもう一つ大人の世界が加えられ、改作前には脇役であったおとらおばさんが、一人息子と夫とを戦争でなくしたもうひとりの主役として、しっかり書き込まれて重要な役割を果たしている。

第三に、物語世界の変貌ということがある。『海辺の村の子供たち』は小豆島の伝統的な暮らしや、風習の中に生きる彼らを、四季の変化の中に牧歌的に描いたものであるのに対して、『母のない子と子のない母と』では戦争の悲劇が前面に押し出されている。前者ではそれが作品の一部であり、部分的であったのに対して、後者では特におとらおばさんと捨男一家の設定と描写において、〈戦争は不幸しかもたらさない〉とするメッセージが至る所で強く前面に打ち出され、問題提起的作品に変貌してしまっていると見られる。

〈反戦平和の希求〉という思想は、この作の発表当時、朝鮮戦争や日本の再軍備への始動という動きの中で、栄にとっては抑えようもない思いではあったであろうが、率直に言って客観的に見てベタ塗りの観があるのは否定できないのではないであろうか。

というのは、私見によればこの作品の生命はそういう問題提起的なところにあるのではない。土地の風習の中に生きる子供の遊びの土着性、地域に住むおばさんの、ゴミが目に入った子供への親身な手当てや、おじいさんの役割―栄の作品では通常はおばあさんがこの役を務めるのだが、これはその意味では異例と言ってもよく、史郎を仕込み、みかん山では子供達に善意をきちんと教え、、また麦刈りの指導をする等、しかも冗談を交えながら、子供達にすんなりと受け入れさせるようにはからう点で、おじいさんがしつけ役として重要な役目を果たしている等のところに見られると思われるからである。

妹の破婚の衝撃

一九四六（昭和21）年一月二六日（土）に、戦時中、中国に逃れていた野坂参三が一月一二日に帰国したのを祝って東京日比谷公園の野外音楽堂で開かれた野坂参三帰国歓迎大会に出席し、沢山のなつかしい昔の顔に再会した。[15]

三月から四月にかけて、第一回総選挙（四月一〇日に衆議院議員選挙実施）があり、立候補している共産党の候補のために夫婦で四国に応援に行った。[16]

八月一二日、妹シンが徳永直の後妻になる話がまとまり、同月末結婚するが、ソリが合わず、出る入るのトラブルがあって、結局二カ月後に離婚する。この事件が栄の心身に与えた影響[17]は大きく、疲労甚だしく、創作は大儀となり、一〇歳も老けたようになり、「このあと三年間療養」（自筆年譜）と記すなど困憊した。とりわけ徳永直への不満は消し難く、その思いが後に「**妻の座**」（47・7、49・2〜4、7「新日本文学」）を書かせる発条となる。

身辺小説

昭和二一年の一年間に発表した小説について、これまでにふれたものは除いて概説しておくと、まず〈ミネもの〉とでも呼ぶべき、栄自身を語り手、あるいは主人公とした身辺小説から書き始めていることが特徴の第一にあげられよう。

「**朝のかげ**」（46・1「東北文学」）は新居の地境にあった榎が見事な大樹になって緑陰と涼風を与えてくれるが、戦時中焚き物に困り、一旦は切ることにするが惜しくなって途中で止めるに至った顛末を記し、「**地下足袋**」（46・2「民衆の旗」）は三題噺風に、ミネの家に赤ん坊の右文・下宿生の小山田少年・敗戦で出獄してきた共産党員の水野の経緯を語り、「**表札**」（46・3「思潮」）では谷本謙一（小田切秀雄によれば蔵原惟人[18]だという）が敗戦直後にミネの家を訪問して以来、旧友達が訪ねて来て「永い冬眠からさめた蛙のように活気」づいて新時代の到来を喜ぶ心を、堂々と表札をかけられる所に象徴させている。

「**人生勉強**」（46・5「モダン日本」）は栄の娘時代の回想で、キリスト教の日曜学校の若い女性伝道師斉藤先生[19]の思い出を綴ったもの。「**誕生日**」（46・5・5「心窓」）は家族ぐるみの交際であった櫛田緑の結婚式に際して、初めて会った時の印象からやがて意中の人（伊達康二）と結婚するまでの八年間を記した新しい門出への讃歌である。なお、この作品は未発表で、文泉堂版全集収録により初めて活字にされたものなので若干補足しておくと、緑の兄、櫛田克巳（一九二一〜八五）たちの回覧雑誌「心窓」（46・5・5作成）に寄稿され、回覧されたもので、20×20久楽堂製の原稿用紙三枚半に書かれており、櫛田家蔵。櫛田は経済学者民蔵の子で、朝日新聞社に勤め、大佛次郎「天皇の世紀」などを担当。早稲田大学の学生時代に友人と回覧雑誌をしていた時に寄稿したもの。母は戦後婦人運動家として著名なふきで、戦前はふきが「青年女子版」の編集記者をしていたところから栄と知り合い、住居がすぐ近くでもあったので壺井家とは家族ぐるみの親交があった。克巳の編著には『櫛田民蔵全集』全六巻がある。緑はその妹。この一家をモデル、あるいはパン種としてこの前後にいくつもの作品を書いている。

右文もの―戦争の悲劇

第二の特徴としてあげるべきはいわゆる〈右文《みぎふみ》もの〉の連作執筆であろう。一九四四（昭和19）年二月一三日に岩井卓と吉永順子の結婚式が横浜の伊勢山皇大神宮（横浜市西区宮崎町64に現存）であり、栄は夫婦で仲人として出席した。[*20] 栄の長兄弥三郎は香川師範学校を優秀な成績で卒業し、特に音楽の面で将来を嘱望されていたが、岩井家の破産という経済的苦境を乗り切るには薄給の教師では不可能として思い切りよく辞めて弁護士の道に入ることを決意し、上京、夜間の小学校教師などをしながら苦学中、一九一九（大正8）年折柄世界的に流行したスペイン風邪で急死。あとには失明しつつあった二二歳の未亡人と典（三歳）と卓（一歳）の二児が残された。未亡人は健気にもマッサージ師の免許状をとり、広島で商売を始めるが、順調に発展して長男は一級建築士として広島で、二男の卓はジャーナリストになって東京で勤めていた。

式は時局柄簡素に行われ、新郎新婦・仲人の栄夫婦・吉永のおばさん・親代わりに朝明さん、宴席では戎居仁平治一家五人・林（栄の長姉であろう）、吉永の親戚という少人数のものであったが、兄の典は広島から出席した。[*21]

卓らは横浜市南区庚台53（当時の戸籍の表記。『右文覚え書』で栄は「ここに生まれ、ここに育ちここに青春の喜びの日を迎えた順子は、ここで又短い生涯を終わったのだ。」と記している）に住み、この年四四（19）年九月一一日には長男右文が誕生。しかし、卓はその頃、中国に渡り、上海（南京ともいうが詳細は不明）の新聞社にあって、右文の顔は見ていない。翌四五年四月一五日に死亡。戦後、遺骨は社の同僚の胸に抱かれて帰った。[*22]

順子も当時の食料事情の悪さと腸チフスから四五年一〇月八日に死亡。[*23] 右文は孤児となる。彼女の遺言もあって葬式の九月二九日右文を栄がひきとり、[*24] のち養子縁組をした。[*25]

その第一作が「一つ身の着物」（45・12「平凡」）で、右文を引き取るに至った顛末を記すが、読後の印象としては率直に言って右文の母方から半ば強制的に有無を言わさず押し付けられた事への違和感が強くあり、愛情がわかないままにひきとってきた事への不満――「三分の迷惑と七分の義理」が明記されていることが一つ。もう一つは二三歳になった正子（産後急逝した妹に代わって育てた真澄が立派な娘に成長した）が恩返しにと積極的に育児を買って出てくれていてその助けをあてにすれば乗り切れるかもしれないと心積もりしていることがうかがえる。第二作が**「戦争のくれた赤ん坊」**（46・2「婦人倶楽部」）で末尾には作者の附記があってこれは「小説ではなく（中略）事実」であり、「両親に代わって残しておいてやりたい記録の一部」であると記されていて、栄に〈記録〉として残す意識がこの時点で明瞭となったようである。両親の言行、母の死の前後、ひきとった経緯などが具体的に記されている。**「若い乳房」**（46・2「女性線」）は右文をひきとる前後の鈴子（真澄）の思い―幼時の回想と「母さんにもしものことがあれば、右ちゃんは私が育てるわ」―を彼女の視点から描き、**「地下足袋」**（41・2「民衆の旗」）では全三章のうち、一章を右文の来た由来について記す。**『ベア』ちゃん」**（46・3「フレンド」）は三千子の家に道郎（右文のこと。順子姉ちゃんの遺児）がひきとられて新しい生活がはじまる様子を描いている。

　これらの作品には、若い父親が、「文学を志し」（「戦争のくれた赤ん坊」）ながら「戦争のために、彼の志が通用しない」（同上）故に中国大陸へ赴き、まだ見ぬ子のために「右文という名をおくってよこしたことに、彼の心もちが現われていた。――右文とは文学を尊ぶこと。かつて文学を志した親父の意志である。――彼は妻への手紙にそうかいて」よこした事が示すように、おのれの志とは違って空しく命を落とさねばならなかった無念の思いが繰り返し語られており、また戦後にまで生きのびながら、栄養失調の身にはひとたまりもなかった病気故に、立ち上がれなかった若い母親の無念の死を描いて哀切である。その結果無数の右文たち―孤児が生まれたわけで、かかる戦争の悲劇をまっすぐに見つめて書き続ける作者の怒りは強く激しい。

新社会への胎動

　第三に指摘したいのは、敗戦後の目標やモラルははっきりとは提示できないながら、積極的に忘年会、カルタ会、駅前の道路補修、講演会と、新時代に生きる若者たちの手さぐりの青春を二二歳の娘の日記のスタイルで描いたのが**「嫩草《わかくさ》日記」**（46・3「婦人春秋」）である。

「めがねと手袋」（46・4「革新」）というタイトルの意味は、父亡き跡の一〇年間を母一人で働いて兄妹をそれぞれ大学と女学校にやり、戦後は新聞の隅々にまで目を通し、新しい社会に進んで身を投じる母に、感謝の心を込めて誕生祝いに兄は老眼鏡を、妹は手編みの手袋をプレゼントする所からつけられたもの。

　このモデルは前述の櫛田ふき一家のそれにほぼ重なっている。

　こういう歴史の転換期にあたって、民主日本という新社会建設へのシュプレヒコールを叫んだのが**「こだま―尾崎氏に寄す―」**（46・5「月刊読売」「尾崎」とは明治期に文部大臣となって以来、護憲運動に活躍してきた尾崎行雄をさす）であろう。これは「月刊読売」（46年5月号）のグラビア特集「尾崎さん元気でいて下さい」に寄せられた栄の詩で、極めて珍しく、活字になったものとしては現存する最古の詩[*26]であり、単行本は勿論、これまでの全集にも未収録である。憲法草案も出て、新日本建設をめざす中、「ああ民主戦線結成のその叫び／あなたの叫びは救国の合言葉となって人々の心にこだまする／あなたは国の宝　救国の星」として、〈憲政の神様〉尾崎咢堂（一八五八～一九五四）への讃歌である。以下に全文を引用する（新字・新仮名に改めたほかは、原文のまま）。

こだま—尾崎氏に寄す—

壺井栄

かつての日　あなたは「墓標に代えて」烈々の言葉を吐かれた／しかしあなたの声は砲弾にうち消され／その硝煙の中であなたの墓標は火あぶりの刑に処せられた／馬車馬のようにむち打たれて盲目にされた人民は／今昏迷の十字路に立って敗戦の現実に立ち向かい身をかたむけている／この時あなたの声はさまざまな雑音の中から次第にはっきりと聞こえてくる／人々はあなたの声に耳をかたむけ　あなたの声につづいて叫ぼうとする／ああ民主戦線結成のその叫び／あなたの叫びは救国の合言葉となって人々の心にこだまする／あなたは国の宝　救国の星／あなたの叫びはこだまして人々の胸にひびく／あなたの齢は百年の歴史を重ねつつ　その声は千年の真理に通ず／新たに生まれんとする民主日本と共にすすむあなたの声／あなたの声はとこしえに若く人々の心から心へとこだまする／暁の明星の如きその声

戦争の傷痕

戦争はさまざまな不幸や悲劇をもたらす。それを小民・細民・庶民レベルの生活面での反映として映し出すのが栄の小説と言ってもよいわけであるが、第四にそういう戦争の傷痕を描いたものがある。**「ふたたび」**（初出未詳）は恋人が戦死して一夜妻となってしまった娘と、周囲の出征者は続々復員しているのに、中々帰ってこない息子を待つ母の心中を描き、**「真垣婦人」**（46・8―9月合併号「食と生活」）は夫のプレゼント癖を浪費と思っていたが、急死してみて初めて愛情と気付く過程を、戦後のタケノコ生活の中に辿り、**「五厘のパン」**（46・9―10月合併号「カロリー」）は小学校三年位の子供が「人間のからだよりももっと大きなパンが五厘なんだよ」と語りながら歩いて行くのが耳に入るきびしい現実を描いている。

「秋蒔きの種」（46・10「女性ライフ」）は従来単行本・全集に未収の作品で、「妻の座」の前身となる〈閑子もの〉の第一作である。郷里の小豆島に教師をしながら先祖まつりをしているうちに、婚期を逸してしまった妹の閑子の将来を案じていた「私」は、恩給つくまであと一年の所で辞めてしまったと聞き、東京へ呼び寄せ、夫ともども永いつきあいの労働者出身の作家野村が妻を亡くし、四人の子をかかえて往生し、

「裁縫の出来るやさしい女」を「ただ一つの条件」として妻を求めているのに縁付けようと閑子にはなすまでを記す。これについてはのちに「妻の座」で詳しく述べる。

屈指の名作――「小さな物語」

「花まつり」（46・4「幼年クラブ」）は四月八日にはセツ子の村では花まつりで、山つつじの花飾りをし、お寺に行くと甘茶をたっぷり堪能できる楽しい日であることを語り、「にわとりのとけい」（46・10「フタバ」）はおじさんがつれてきてくれたにわとりが、毎朝ときをつくるのをきいて、まさこが「とりはとけいをここのところにかくしてる」と言うもので、いずれもファンタジックな小品であるが、「小さな物語」（46・7「少女の友」）はその彫りの深さにおいて、あたかもギリシャ悲劇を読むような感動を与える傑作である。物語は一一歳の多市と八歳のキクが、既に母はなく、父は病身故に妹は祖母の許へ行き子守となって生き別れとなり、間もなく祖母も父も死亡―一〇年経って多市がキクを迎えにきてもどるまでの、兄妹の別れと再会を描いたものだが、一切の感情を排して、物語の展開を即物的に叙述して、センチメンタリズムに堕するところがない。従って読後の印象は深く、重い。栄の児童文学作品の中で屈指の名作であろう。

〈克子もの〉とその周辺

この項では一九四七（昭和22）年の児童文学からみてゆきたい。

「お年玉（A―児童・克子もの）」（47・1「こども朝日」）はデビュー作「大根の葉」以来の、例の目に障害のある〈克子もの〉の一つで、今は一三歳に成長し、今年の四月からは盲学校に行かせようかと話しているところへ、東京の伯母さんからお年玉にピアノを贈ってくれるという手紙が来て母子で大喜びの姿を描き、「大きくなったら」（47・7「子供の広場」）も同じく〈克子もの〉で小五のかつ子はピアニストになりたい夢をもっているので、母は盲学校へ行かせながら、あんまはいやがるのでピアノを習わせようと思ういきさつを――人生選択の岐路にさしかかった姿を描く。

「お年玉」（B―児童・大ちゃんもの）」（47・1・2「婦人民主新聞」）はみかんの大好きな七歳の大ちゃんの夢を描き、「朝の歌」（47・1「フレンド」）は幼少時に生家にあった八角の柱時計にまつわる思い出を豊かに語った佳作であり、「あばらやの星」（47・3「銀河」）は「まつりご」の変奏で、みなしごのコマツとサンゾウの姉弟（七歳と五歳）が食を乞うて時に犬のあつかいも受けることのあるのを見かねて工場労働者のおじさんが二人を引き取って育て、人間の尊厳を教える秀作。「白いおくりもの」[*27]（47・7「少女クラブ」）はアメリカ、シアトルに住むおじさんから文子の家に、敗戦後の見舞いに洋服やマントや色々な見舞いが届く中に塩があり、特に文子の母は人間は塩なしでは生きられないからありがたいと泣いて喜ぶ。栄の夫の繁治にはアメリカに渡り、シアトルで帰化して雑貨商を営む兄の嘉吉がおり、日米を往来して栄一家とは親交があり、栄の作品にもしばしば登場する。「あんずの花の咲くころ」（47・8「少国民世界」）は折角田舎のおばあさんから招かれても列車の殺人的な混雑ぶりからはとても無理な話と、世相を反映した作品。

改稿・改題と「りんごの袋」

この年連載された「童話のある風景」（47・12・11〜48・7・15「婦人民主新聞」）は22回連載したところで作者の病気のため未完中絶となり、のち全面的に改稿・改題して「リンゴの袋」として『柿の木のある家』（49・4・20 山の木書店）に収録。のち、『柿の木のある家』（54・7・25 光文社）に収録後、タイトルの表記を「りんごの袋」に改めた。

作品の概要は、東京に近い都市に住む夫婦と三人の子─純（中一）、シズ（小五位、初出では志津）、健介（六歳、初出では直樹）を中心とした話で、次々に話題が変わってゆく。まず母の腕時計が売られて正月の餅にかわり、迷信かつぎの田舎のおばちゃんが来て、健介がカゼを引いたのは神の使いのミミズにおシッコをかけたからとそれを探して洗い清めてお祈りし、健介と喧嘩して出てゆく。母はりんごの袋はりの内職をして家計を助け、シズは欠食児童タケちゃんへのイジメに抗議して組全体へ手紙をかく。健介は三輪車がほしいと夢中になって走りまわって、自転車に衝突して瀬戸物屋の店先に転倒して四、五〇〇円の損害を与え、純がそれを払う。その純のお金は直前に拾った三千円入りの封筒の中にあったもので、そのため交番に届けるつもりが、できなくなる。（ここからあとが未刊中絶後追加された部分）家を出た純は相川君の家（母一人子一人でウドンの闇屋で辛うじて暮らしていたが、先日取り締まりでウドンを没収された母は悄気て気力を失い、代わりに相川君が学校をやめて闇屋になるというので、純ら級友が救援策を考えていた）に行き、中の様子をうかがって二五〇〇円の入った封筒を投げこんで家に帰る。翌日、母に全部打ち明け、母からどうすればよいかと問われて、落とした人にはあきらめてもらい、相川君には封筒入りの二五〇〇円はそのままとし、瀬戸物屋に払った五〇〇円は袋はりで稼いで、今駅前で震災地への募金をしているのに寄付をすると答えると、母は「いい知恵だしたな、小坊主。」とほめてくれる。

両者を比較すると、「童話のある風景」に対して、「りんごの袋」は全七章の章題が全てついていて整理されている。文章表現も同様で、推敲され、吟味されており、随所で適切な追加がなされている。

それから、名前の変更があり、初出の「志津」→「シズ」、「直樹」→「健介」、「フミエ」→「タケちゃん」、となり、丁寧に、より適切に書かれている。

作品の含む問題と解決への疑問

この作品の特徴は第一に、戦後の暗い世相を反映して、暗い素材が次々に並ぶダークサイド小説といってもよいであろう。タケノコ生活・迷信をかつぐ（あるいは新興宗教にすがる）人々・袋はりの内職・欠食児童とイジメ・落とし物、忘れ物がでてこない風潮・闇屋の問題―というように作品ではめまぐるしく問題が登場し、しかもどれ一つとっても大きな問題で、そのうちの一つの問題だけで十分一つの作品のテーマになりうるわけで、それをこのように次から次へと事件の連続というふうに列挙、あるいは羅列してゆくというのは、そこに作者の考えがはっきり出ていることを意味している筈である。

即ち、作者はこの作品では戦後の社会における問題を一つ一つとりあげて、それをいかに解決するかにポイントをおくのではなくて、どういう問題が、いかに山積しているのかを書きたかった、問題を解決するよりも、問題を提示する、提案するタイプの作品を書きたかったということであろうと思われる。

問題があれば当然解決されるのが望ましいが、しかし一千万人が餓死するだろうと予測されているように生存そのものが危機に瀕している敗戦後のような状況ではどう解決しようもない問題が山積しているのは当然で、そこから作家がその時点では問題解決型ではなく、問題提示型の作品を書くことがあっても許されよう。

第二にとりあげたいのは作者の問題解決の方法、仕方への疑問である。

母は純にどう解決するのかと問うたのに対して純は、封筒入りのお金を落した人にはあきらめてもらって、二五〇〇円はあのまま相川君にやり、瀬戸物屋に払った弁償金の五〇〇円は袋はりで稼いで駅前の震災地への街頭募金に寄付する―と答えたのに対して「いい知恵だしたな、小坊主」とほめて終わるのだが賛同しがたい。

純の策は一見、現実的な策として支持を得られるかもしれない。しかも個人的に着服――私した者はいない。

しかし、落とし主が切り捨てられているところが問題である。これでは落とし主は助からない。その事で人生が一変したかもしれないのだから。

落とし物を拾ったら交番に届ける。これがルールであり、人の道。これに自分勝手な屁理屈をつけたり、人助けをしたり、自分のためにも使おうなどと考えること自体がまちがっている。何故かと言えば、そのお金は自分のお金ではない、他人のお金なのだから。封筒入りのお金は、今、純の手中にあり、従ってそれは自分の意のままになるものと思っているけれど、それは錯覚にすぎない。他人のお金を自分の弟の弁償金にまわしたり、友人の生活費に提供することが善となれば、ラスコーリニコフは無罪になってしまう。従って、純の落とし主にはあきらめてもらうというのは、根本的にまちがっている。ひとりよがりの、独善的な考え方なので、これはとれないことをはっきり指摘しておきたい。

右文もの

栄の亡兄の孫右文が両親の相次ぐ死で孤児となり、母順子の遺言で栄が引きとったことについては既にふれたが、戦後の食料事情の悪さから右文は無事育つかどうか懸念されたが、二度目の誕生日前後から初めて歩きだす、と同時にしゃべりだす。丁度一斉に花を咲かす北海道のそれのように。足と言葉の長足の進歩に驚き、かつて栄は右文の父の卓を幼児の三年間育てたが、その笑い声、身のこなしが右文にそっくり伝わっており、まざまざと卓のよみがえりを実感するのが「**北海道の花**」(47・1「新女苑」)。「**ヤッチャン**」(47・2「赤とんぼ」)はおばさん(家主)のところにもらわれてきた三つになるヤッチャンが、オシッコを教えずにたれ流すので、始終叱られて尻を叩かれては泣いているので、一二歳になる康子はおばさんを鬼婆と思っていたが、世話を手伝い、話を聞いてみると、お尻のしつけを受ける時に母が病気で時機を失ったので、今しつけ中だと知り、おばさんの親切と愛情がわかるというもので、これは右文は登場しないが、境遇が同じ状況の子が登場するわけで、右文ものに触発された変形ヴァージョンといってよい。

原点への回帰(一)

「**浜辺の四季**」(47・4・1「別冊文藝春秋」)も「**初旅**」(47・12・25「新文学」)も戦後の出発にあたって自分の出発点はどこなのか、原点はどこにあったのかを今一度慎重に見つめなおし、そこから再出発しようとする試みであったと見られる。そのことを何よりも明瞭に示しているのは「初旅」の初出末尾に付せられた「―『道』のうち―」の注記であろう。結局、その後『道』なる語を冠してまとめられる作品は書かれなかったけれども、両作共に、栄の出発の原点を見すえて書かれている点に注目されるのである。

「浜辺の四季」は全盛期の樽屋では母屋・隠居所・浜の家と三軒の家を持ち、一七、八人の大世帯で賑やかに暮らしていたが、得意先が次々に破産したところから浜の家だけが残り、たえず借金取りに責められてミネはやがて子守にやとわれて夕飯一食分家計を助ける。

細部に濃密なリアリティがあって、丁寧に仕上げた作品で佳作と言ってよいであろうが、いかんせん、これは「暦」の二番煎じであって、どう発展しようもない所に問題があったと言うべきであろうか。高見順「文芸時評」(47・5・13〜15「東京新聞」)は「野心のなさ(中略)精力の浪費、否、生命の浪費がもったいなく思われて仕方ない。」と評している。

「初旅」は父の操る小舟に乗って小豆島から高松までの二泊三日の、島の外へ足を印したミネの初旅の思い出を書いたもので、中心は二つある。

一つは表題にあるように島の外に初めて足を印した初旅の印象であり、興奮である。高松市まで八里の父娘の旅なのであるが、外界の全てに対して感応するふるえるような触覚にとらえられた旅と高松市の印象が新鮮にとらえられている。

もう一つは――辛いことで、こちらにウェイトがあるのだが、香川師範学校を優秀な成績で出て母校で教えている長兄の隼太の縁談が降るほどありながら、片っ端から消えてゆくことで、嫁は未だにない。それはミネの父の樽屋が破産した上に、弟妹が多いからで、両親はそのことで貧乏は親の責任と考えて卑下し、肩身の狭い思いをしていた。

この貧しさ故の辛い記憶も、今から三〇年ほど昔のことなのだが、いまだに「いたわりつづけずにいられない」として回想するのである。

「履歴書」（47・12「サンデー毎日」）はおそらく義弟（栄の妹スエの夫、林政吉と推定される。スエと政吉の子が真澄である）の生涯を辿ったもので、小豆島に生まれてがむしゃらに生き、浜町河岸に立ち並ぶ倉庫の前に醸造元から直通の汽船が横づけされる醤油問屋の旦那として成功するが、しかしその内面の淋しさ、空しさ――四人の妻に死なれ、強制疎開で浜町から荻窪に移され、焼け残った家に長男の嫁と五歳の孫と暮らす（長男と三男は未だ復員せず、二男は戦死）日々のむなしさに、生きながら立ち枯れたように過す多吉の心象を描く。

原点への回帰㈡

それから一般には殆ど知られてはいないが、この年新聞に連載された小説に「遠い空」（47・4・22〜7・16「民報」日刊紙　全83回）がある。この小説は作者の病気（「社告」（47・7・16付「民報」））により未完中絶となり、その後放置されたまま単行本として刊行されたり、全集等に収録されることもなかったために、その存在さえ（最も詳細な年譜でも年月不明とされてきたので、研究者にも殆ど知られていない作品である）未確認の状態であったが、私が東大新聞研究所で未整理の資料の中から発見、確認して、文泉堂版全集第三巻に初めて収録した。[*28] 詳しくは後述するが、この小説は未完中絶とは言っても、日刊紙一回分約三枚として、八三回分、計約二五〇枚の分量があり、内容的に見ても、ここで終わっても不自然、あるいは不都合ではないことを特に指摘しておきたい。

予告の「作者の言葉」（47・4・17「民報」）で「私は一人の女の歩いてきた道筋を描きたいと思う。その道々彼女は何を見、何を感じさせられたか。（中略）少女期から三人の子の母へと彼女の上にくりひろげられた女の歴史を私のペンはどのようにうつしとることができるか、暫くの間を私はこの一篇に精根をつくしたいと思う」と栄は述べているが、昭和の初めから敗戦後の二二年の春までの約二〇年間の女の歴史を、敗戦後の現実と対比させながら描く、言ってみれば重い主題の小説である。それが作者をして「暫くの間を私はこの一篇に精根をつくしたい」と言わせた所以であろう。

更に、この作品にはモデルがあり、栄の末妹貞枝がそうである。ヒロイン松子は一三歳で上京、姉香代の家から女学校に通い、その間に見聞する香代の夫、義郎たちのアナキストの生態に驚き、彼がコミニュストに転向するとテロを加えて腕を折る重傷を与え、後に夫となる正平と出会い、その子を産むが、正平に経済力がないところから東京と小豆島に別れて別居を続ける。二人目が生まれた頃、正平に女の影がちらつくのに気づいた香代の〈夫婦は一緒に住むべし〉との忠告に従って上京、香代から義郎の不倫騒動を聞かされて仰天すると同時に男女の機微についても知る。正平はのち旧制中学の教師になるが、校長から赤い教師として追放され、会社員となり、現在に至っている。戦後のインフレ生活の中、東京近郊の熊谷市に住んで三人の子をかかえてタケノコ生活を内職の袋はりで辛うじて支えて生きている姿を描くのであるが、このヒロインの姿、作品の骨格は全てそのまま末妹に重なり、事実香代・義郎は栄・繁治がモデルであり、その他神戸の安江姉、スポンサーの深川の兄の事跡も作中に忠実に採り入れられている。[*29]

とりわけ重要なのは、義郎の愛人事件でこれはそのまま事実としてあった。[*30] 繁治と中野鈴子（中野重治の妹、詩人、作家同盟での同僚であり、親しい友人であった）との不倫事件で、発覚するや遊びではない、愛しあっているというのに対して、栄は頰に手の型がつくほどハリタオシて身を引かせた。いつ頃の事かと言えば、私の推定では、恋愛が始まったのは一九三五（昭和10）年半ば頃からで、発覚したのは約一年後。何故重要かと言えば、栄が文壇デビュー作となる「大根の葉」（掲載は悪条件が重なって遅れ、38・9「文藝」）を脱稿するのは37（昭和12）年二月初めのことで、この時点ではまだ作家以前であり、いくつかの習作を書き始めたばかりの、はっきり言えば凡庸な作家志望者にすぎないのであるが、それが突然、全く唐突に別人の作といってよいほどの作品が誕生するからである。

この、作品の質的な変化、目を見張るような、唐突でドラマティックな作者の変貌ぶりは、そこに以前の栄とは一線を画した或断絶があったことを想定しなければ到底理解することは不可能である。

そしてこの断絶・飛躍を促す契機となった事件こそ繁治と鈴子の裏切りであり、そこから栄はおのれの存立を賭けて作家への転身を企図し、全精魂を傾注した第一作が「大根の葉」となって結実したというのが私見の要点である。

詳細については前述の拙稿（第六章）を参照願うことにしてこの件は打ち切りにしたい。

作品の問題と欠陥

テーマの設定からすれば、既述したように自らの再生、あるいは出発点を探り、発見しようとする試みであるから当然作品自体は重味や厚味を感じさせるものになる筈なのであるが、この場合はそうならないようである。

ヒロインの松子はいわば田舎からポッと出の、西も東もわからない女学生なのだから、当然あらゆるものに好奇心を持つ。

たとえば、義兄の義郎はアナキストと言い、働かず、時に「リャク」と称して会社から金をゆすり、やがてコミュニストに思想転換すると、かつての仲間からのテロにあって片腕を折られる重傷を負う。やがて弾圧が強化されると、拘留され、更に下獄の身となるが、それらの理由は一切語られない。

また、そういう中で後に夫となる正平とも知り合い、彼は拘留され、教員としては〈赤い教員〉として校長から追い出された経験をもつにかかわらず、何らその経緯が冷静に客観的に突きつめられて描写されることがなく、単に言葉として言われるのみなのである。

つまり、作者の目論見としてはおそらく、末妹を主人公に戦前・戦後の二〇年間の歴史を、姉一家の反戦・平和の闘争と絡めてシリアスに描こうとするものであったに違いない。

しかし実際に出来上がったものは、似て非なるものと言わざるをえない。たとえばこの作品では義兄の義郎なる人物の思想が読者には不明であり、何をどう考えて行動しているのかが伝えられていない。だからその彼がアナキストからコミュニストに転換したとして襲撃され、負傷したと言われても、単に言葉だけの説明であるから内実は全く不明で、理解することもできないし、共感も拒絶されているのである。

言いかえれば、この作品では松子も香代も、その夫である正平と義郎にその存在を支配・左右されているのであるから、当然彼等について、何故そうなったのか、どういう考え方なのか、どうしてそれにかかわり、黙って見過すことができないのか、彼女たちがそこから学んだものは何か等々の、最も肝腎な問題が作品の中で一度も話題にされず、素通りされているという欠陥がこの小説にはある。

もしそれが書かれていれば、義郎（繁治）はその運動の最も中心にいた人物であるから、日本の社会主義運動、共産主義運動の生きた姿、生きた歴史が聞けた筈であるが、この作品ではそういう、人から話を聞く、人と話し合う、人と議論する、そして理解するというパターンが夫と妻の間に存在しない。従って我々は松子や香代やその相手となる登場人物を通して、社会運動についても、その内部分裂や、思想・方針の違い、将来の方向について何ら知らされることはなく、置いてけぼりにされたままなのである。最もひどいのは松子の夫正平で戦前も戦後も何をしたのか、何をしているのか、具体的には一切不明という呆れた事態がそこにある。

後述するが、のちに栄は自らをヒロインにして書いた連作小説『風』（56・8・5　筑摩書房）で自らの青春を描くが、男たちの主義や運動との関わりについては同様に全くふれていない。男たちの思想とは絶縁孤立なのだ。この点に壺井栄における〈思想〉の問題―プラスとマイナスという問題があると見られる。

一般にプロレタリア文学の欠陥の一つは当事者のみがそれにのめりこんで自らを絶対化し、それについてこない、あるいはわからないものは切り捨ててしまうといった独善主義にあると見られるが、ここでも全く同様の一面が露呈されているように見られるのではないであろうか。

「妻の座」前史

すでにふれたようにこの作品には前史とも言うべき二つの作品――「秋蒔きの種」（46・10「女性ライフ」）と「渋谷道玄坂（Ａ―小説）」[*31]（47・5「東北文学」）がある。

「秋蒔きの種」については本章で既述したように、作家のミネが小豆島の故郷で小学校の教師をしながら先祖のまつりをするうちに婚期を逸してしまった妹の閑子を上京させ、二〇年来のつきあいの作家の後妻にどうかと縁談をすすめるまでの話であったが、「渋谷道玄坂」はその話がまとまって結婚式もすみ、半月程たった或一日、ミネと閑子と末妹の千枝の三姉妹が、二〇年ぶりに空襲で焼け野原になった渋谷の道玄坂界隈を歩いて、あまりの変貌ぶりに驚き、往時を回想する。そしてその日一日、ミネは新婚の閑子の様子に何とはわからないが、不安と危惧を持ち続けるというもので、それが結婚当初からであったことが判明する。この作品の発表時点では結婚は既に半年以上前に破局を迎えていて、破綻は既定の事実であったのだが、作品では未定の事柄として扱われている。

なお、同一素材を扱ったものに「宿根草」（48・1「婦人全集3」）があり、こちらのヒロインきく子は破談ののち、郷里に帰って新制中学の教師として再出発するというふうに行動を起こしている。

ところで、「妻の座」についての批評は数多くあり、論点も多岐にわたっているので、以下に主要な問題点にしぼって整理をしながら私見を述べておきたい。

野村の結婚の間違い

敗戦直前の六月に、二一年間連れ添った妻に先立たれ、あとに二〇歳を頭に四人の子供を残された作家の野村は、戦前戦後の配給制で、何を買うにも並ばねばならぬ事にネをあげる。配給の行列に並ばなければ衣食に困窮し、さりとて並んでいたのでは原稿が書けないというディレンマに陥っていたからである。

また、娘たちが「せがむ」ので一周忌が過ぎたら、子供たちのために「お針のできるやさしい人」と結婚したいので世話してほしいと、ミネに斡旋を依頼してきたところから、ミネの妹の閑子との結婚ができたのであるが、まずこの結婚についての考え方そのものが、間違っていたといわなければならないであろう。

というのは、古谷綱武[*32]が言うように「野村がもとめたものは、自分の妻ではなくて、子供たちの第二の母」なのであり、「実際に野村がもとめていたものは、第二の母という地位にすえた無給の家政婦である。そしてその必要をみたすことのできる女に、自分の妻としての役目をも、もとめようとしたのが野村の結婚」であったからである。

つまり、ここでの野村に必要なのは第一に家政婦であり、次に第二の母であって、再婚の理由の中には信じられないことだが、夫が妻を必要としている理由が全くないのであって、その結婚観の異常なことは明白である。

無論、これに対しては当時の五〇歳を過ぎた男やもめには、再婚相手への条件をつけるなどは気恥ずかしくてできるものではない、というような反論もあることは承知しているが、ならばお気に入りの相手が現われるまで待つべきなのであって、おのれを偽って妥協すべきではない筈である。

また、家政婦——配給をとり、炊事・洗濯・掃除等の家事を担当する女性が必要であれば、その労働に対する報酬を支払う家政婦を雇えばすむことである。

「第二の母」、これが最もおかしい。男のいない家に、子供たちの母親になりに行く女がどこの世界にあるか考えてみればよい。

以上の検討から明らかなように、野村は自らの妻となるべき女性についての認識が明確でない以上、結婚する資格のない、相手や周囲に迷惑をかける故に、結婚してはいけない人間であったということになろう。

従って結婚後に「せんの女房は九文の足袋をはく女でした。私の腕の中にはいってしまう女でした。」（「二」）と閑子と比較して愛惜するなどの事は、結婚前に一度も会ったことがないならいざ知らず、閑子の許に足繁く通って彼女の「結婚は秋までのばしたい」（「一」）というたった一つの希望条件も「男の側のせっかちな申出にまけて、八月の暑熱の中式は挙げられた」（同前）以上論外であり、言語道断といわねばならない。

ミネのあやまち

同様に野村が子供のために再婚するなどと、見栄をはった偽りのお体裁を言って、あやまちをおかしたように、ミネの側にも関根弘[*33]が言うように「われ鍋にとじ蓋という庶民の論理」をもち出して、妻のない男と夫のない女とを組み合わせようとしたところに女の涙をみちびく原因もあったのだ。あるいは平野謙[*34]流に「徳永直のほうから嫁さがしをたのまれてそれを引受けた。ところが、ちょうど自分に妹がいる。それを徳永直のところへやったらどうだということになって、嫁さがしが婿えらびにすり変わってしまったわけです。終始一貫して婿えらびで周囲の人たちが押していったのです。それに徳永君自身も押されてしまった。」と言ってもよい。

いずれにしてもミネは、高名で進歩的な作家野村の後妻に自分の妹の閑子をと、一旦思いつくやのぼせあがり、そのあまりの唐突さ、その不自然さ、不似合いさなどは消し飛んで、仲人役を頼んでいた貞子（佐多稲子であろう）が野村に閑子との縁談を躊躇してまだ話さずにいるうちに、ミネが野村と会うやいきなりその話を持ち出すという、なりふりかまわぬあせりや舞い上がりぶりは常軌を逸しているというほかない。

しかもミネはこの、妹を高名で進歩的な作家の後妻にという考えを「妻の座」では隠している。しかし、それを隠しているかぎり、閑子の悲劇の根本原因はあいまいにされ、はぐらかされた地点から出発しなければならなかったのである。

「妻の座」の評価

以上、この作品の否定的な面ばかりを指摘してきたが、それではこれは全くダメな作品かと言えばそんなことはない。今日の歴史的状況から見ても、次のようないくつかの点での先進性は評価されるべきであろうし、またその文学作品としての達成度も評価されるべきものと思う。

まず、作品のタイトルとなっていて、この作品発表後に流行語となり、やがて普通名詞として一般に広く使われることとなった「妻の座」という言葉はこの作品に基づくものであって、新しい戦後の民主主義時代に、社会の最小単位としての家族の中に、夫と並んで妻の存在の主張と認知を求めた先進性、は極めて大きいものとして評価されねばならないであろう。

それと同じく「二」章の中でミネが「女の立場からミネは千恵子（引用者注—モデルは宮本百合子）の創作に現われる女について考え」る場面があり、そこでミネが「些細な不審」をもつこととして「獄中にいたときの高木との手紙の往復に、千恵子の方だけが呼び捨てにされていることである。このごろ雑誌などに発表される高木との往復書簡には、一つとして宛名の千恵子に様がついていない。それはしきたりを無視した現れかもしれないが、みていて自然ではなく、男の方だけが嵩張っている感じだった。それだけではなく、自伝的な作品を通して感じられる千恵子には、古い日本の女のようにかしずいているような感じを時々もたせることがある。」と鋭く指摘しているように、古風で、伝統的な男尊女卑の考え方批判も同根のものである。

また、みめ美しく生まれない女の悲しみ、実用一点張り、働いてさえいればいつか認めてもらえると働くだけの女の不幸、出戻り女のあがき、「夜叉」の如く恥も外聞もなく破天荒に狂奔する閑子の姿を描く作者の筆は、微塵も甘さや弁護はなく、というよりもむしろ残酷なまでに、容赦なく醜態をさらけ出し、圧倒的なリアリティをもって描き出しているところに、この作品の文学的達成は認められるのである。

従って平野謙[*35]のようにこれを「デマゴーギッシュな小説」とする見解もあるが、これは採らない。

注

＊1　川崎賢子「GHQ占領期の出版と文学—田村泰次郎『春婦伝』の周辺」（06・3・1「昭和文学研究52集」）並びに和田敦彦『書物の日米関係—リテラシー史に向けて』（07・2・28　新曜社）参照

＊2　正確に言えば栄には検閲について次の発言が一度ある。「たしかまだ進駐軍の検閲があったと思う。そのわく内で書かねばならないから、なんとなくきゅうくつなものも感じながら、わたしなりの戦争への批判も書いたつもりである」と、「『モデル』ということ」（壺井栄名作集5『母のない子と子のない母と』65・10・30　ポプラ社

所収「あとがき」）に死の直前にちらと一度記しただけで、何故か沈黙している。

＊3　アドレスは次の通り。http://prangedb.kicx.jp/

＊4　本書の第九章参照

＊5　中川正美氏（朝日新聞大阪本社編集委員）からの02年8月8日付時点での同社の調査結果の教示による。及び次の稿参照。同氏「井伏、壺井…未公開作続々―米大学に保管　占領下の雑誌」（02・8・19「朝日新聞夕刊18面6段」）

＊6　昭20・9・14付宮本百合子書簡

＊7　壺井栄「わが家の戦後十年」（55・8・15「朝日新聞」）

＊8　壺井栄「地下足袋」（46・2「民衆の旗」）

＊9　壺井栄「縁起」（46・8「小天地」）

＊10　初出原題は「海辺《うみべ》の村《むら》の子供《こども》たち」。文泉堂版全集9収録。のち、全面的に改稿改題して『母のない子と子のない母と』（51・11・10　光文社）になる。同上全集10収録。

＊11　壺井栄「あてがい扶持」（46・1「月刊読売」同上全集11）

＊12　壺井栄「『モデル』ということ（あとがき）」（前出）

＊13　注12に同じ

＊14　本書の第九、十一、十二章参照

＊15　壺井栄「昔の顔」（46・4「民衆の旗」）

＊16　壺井栄「今昔」（46・6「今昔」）

＊17　壺井栄「花嫁の箸挟」（46・9「令女界」）

＊18　小田切秀雄「解説」（68・12・11『壺井栄全集8』筑摩書房）

＊19　佐藤清一「壺井栄先生と伊東」（『壺井栄全集3月報3」68・6・10　筑摩書房）。なお、斉藤先生の本名は安藤くに子

＊20　栄の書く所謂〈右文もの〉では卓の結婚式の「仲人」（例えば『右文覚え書』）になったと書いているが、新出の44・2・9付壺井繁治宛卓書簡によれば、44年2月13日午後1時30分から横浜の伊勢山皇大神宮で結婚式を挙行、時節柄簡素にということで式場へは「僕たち二人と仲人夫婦―叔父さん達、吉永のおばさん、親代わりに朝明さんたちで済ませる」ことにした旨の報告があるので、「仲人夫婦＝繁治夫婦」という一証になるであろう。「たからの宿」（49・3・25　アテネ文庫）によれば、順子とは社内恋愛で、彼女は同社の女性記者であったという。

＊21　新出の44・3・1付壺井繁治・栄宛卓書簡（壺井家蔵）による

＊22　壺井栄「一粒のぶどう」（初出未詳）

＊23　注22に同じ

＊24　死亡と、葬儀の日にひきとったとする記述には明らかな矛盾があるのだが、栄は全て九月二十九日にひきとったと記しているので、しばらくこのままとしておく。

＊25　戸籍による

＊26　文泉堂版全集刊行後、稲岡勝氏からの御教示による。記して御礼申し上げる。

＊27　表題は次のように三転している。「白い贈物《おくりもの》」（初出）↓「アメリカの塩」（『あんずの花の咲くころ』48・4・15　小峰書店他）↓「白いおくりもの」（『壺井栄児童文学全集2』64・10・15　講談社他）

＊28　現在では「民報」の復刻版〈民報社　民報　東京民報〉が法政大学出版局（91・6・24）から刊行されているので容易に初出紙を手にすることができる。

＊29　ここで言うモデルについて誤解のないように一言しておきたい。ここでモデルと言っているのは、その人物や事件の根本的な設定において同じであると言っているので、何から何まで登場人物とモデルが同じであるということではない。松子の東京遊学にしても、姉の元子と二

人で一緒に香代（栄）の家から、トキワ松学園（現在の校名）と戸板裁縫学校にそれぞれ通学したので、松子一人で来たわけではない。また、姉の安江にしても商人ではあったが、八百屋ではなくクリーニング屋であり、深川の兄にしても同様で、酒屋ではなく醬油屋であるというように細部にフィクションがあることは言うまでもない。

＊30　本書の第六章参照

＊31　「渋谷道玄坂（A―小説）」としたのは同題の随筆があるからで、こちらは「渋谷道玄坂（B―随筆）」（51・11『婦人公論』）として区別した。ただし、2／3頁ほどの戦前と戦後の渋谷の今昔を述べた小品で全集には収録しなかったので、混乱のおそれはない。故に以後は「A―小説」を省略したことをおことわりしておきたい。

＊32　古谷綱武「文学に描かれた一生活―壺井栄の『妻の座』の閑子」（53・6『文芸広場』）

＊33　関根弘「壺井栄小論―探偵の事務所から」（52・9『新日本文学』）

＊34　平野謙・荒正人・平田次三郎・杉森久英「座談会　女流作家を語る」（48・5『女性改造』）

＊35　平野謙・中島健蔵・安部公房「創作合評」（56・10『群像』）

第十二章　敗戦の混迷の中で（下）

混迷する小説の世界

前章では敗戦から一九四七年までの期間に発表された小説・児童文学・エッセイについて検討したので、本章では引き続いてその後の二年間、四九年末頃までをメドに論じることにしたい。

「紺の背広」（47・8「西日本」初出未見）は前章の落穂拾いだが、もうすぐ敗戦という時に、知人からのたっての所望で貸した背広（生地は義姉のアメリカ土産で、当時はもう手に入らないものでほんの数度しか手を通さなかったものであった）が空襲で灰になり、相手に辛がらせないために、平静を装う痩せ我慢の経緯を描いて軽妙である。

「窓口」（48・1「芸苑」「むらさき」の改題）は明治末から大正期にかけての郵便局が、地方の住民にとってどのように受け止められたか、その外見とは裏腹にいかに過酷な勤務があり、それ故に後にカリエスとなった因をたどり、法外なピンハネが公然と行われていたかを、手馴れた筆致で描き、「一夜ぐすり」（48・3「勤労者文学」1号）も同じく、幼時体験に取材し、父の樽屋が破産してのひもじい月日―特に風邪をひいた時にはうどん屋の一杯の熱いうどんを食べて汗を流すのが一ばん効くのだが、これにまつわる思い出を巧みにまとめた小品。「白いリボン」[*1]（48・5「社会圏」）は中国地方の地主の娘が知的障害者の弟をかかえて嫁き遅れ、弟が死んだ時には四〇を超し、戦後の農地法の改正で農地は小作の手に移り、タケノコ生活となり、五五歳の時、六三歳で福島に住む男と結婚することになり、京都で白いリボンを目じるしに会うに至るプロセスを描いて、戦後の世相の一端を示している。「ホクロ」（48・7・1「大衆クラブ」9号　日本共産党出版部発行）は検定試験上がりの旧制中学校教員と結婚した、貧しい左官の娘クリの、爪に火を灯すような辛苦の一生を、彼女のグチの中に描く。

「青い季節」（48・6・7〜12・13「全逓新聞」全16回　月曜刊）は恐ろしく荒っぽいストーリー展開で、戦争直後の〈或る愛の物語〉を描いたものだが、問題はいくつも提出されている―跡継ぎ・タケノコ生活・復員者の荒廃・意識改革の問題等等、沢山出されてはいるが、いずれも出されたままで、問題は深められず、従って解決策はない。以後一度も単行本に収録されなかったことが示すように、失敗作である。

以上がこの年に発表された小説であり、これを見ても栄の小説世界が混迷したままで戦後の文壇に復帰していないことは歴然としていよう。

そういう中、小説に代わって栄を支えたのは児童文学の注文で、従前同様多くの作品が書かれた。それを次に見てゆきたい。

「柳の糸」は秀作

「おべんとう」（48・1「少女の友」）は〈克子もの〉の一つで、前半の弁当泥棒という戦争後遺症の問題と、後半のピアノのレッスンを受けるために東京へ転校するという自立の問題とが異質なため、うまくかみ合っていないのが難点。「捨吉とすて犬」（48・1「子供雑誌[*2]」）は捨吉という自分の名前を嫌がっている捨吉が、拾った犬を連れ帰ると、兄や母が名前や飼うことに文句を言うのに対して食ってかかって皆を黙らせて飼うことにし、しかもこの犬が非常に賢い犬であった事情については次回にというもので、可もなく不可もない作品だが、特に冒頭の厄年の習慣というもののパンチ力の弱さが気にかかる。「柳の糸」（48・3「銀河」初出原題は「ヤナギの糸」）は所謂「魔がさした瞬間」、あるいは「一瞬の出来心の恐ろしさ」を描いて圧巻であり、そこに至る経緯を悠然と記して間然するところがない作品。「赤い頭巾」（48・4「赤とんぼ」）は還暦の祝を迎えた社長と、その小学校時代の同級生で貧しい一社員の家庭を対照的に描き、特に同級生の方は着てゆく紋付も、袴もない貧しさで手織の着物を恥じながら出向くというように、子沢山の一家の反応、波紋に焦点をあてて、描き方としては陰々滅々ではなく、楽天的に（子供の使い方が効果的である）随所に機知を織りこんで暗くならないように配慮して描いている。

「虎狼よりこわいもの」（48・4「少女の友別冊読物集第一集」）は一家の働き手、大黒柱が出征したきり六年間音沙汰なしの母子家庭はどんな苦労を、どういうふうに味わっているかを示し、更に虎や狼よりもこわいものは家に雨がモルことといって自衛策を講ずるのである。「青空草紙」（48・5「銀河」初出原題は「青ぞら草紙」）は書き物で今非常に不自由している紙の歴史を父―私―戦後と辿って見せ、ノートに沢山字を書ける時代の到来を望んでいる。

戦争の傷痕の大きさ

「白い卵」（48・5「童話教室」）は病後のミズエに栄養をつけようと白色レグホンをもらうが、せわをするうちに食べるのはやめて飼うことにし、卵を産むと大騒ぎ。用心して育てるがついに猫（か犬）にやられてしまう。「直吉とねことバラの花」（48・5「幼年クラブ」）は直吉のところに生まれたばかりの猫の子チロがもらわれてきて直吉は大事に育て、近所からもネズミが減ったと喜ばれるが、間もなく病気になり、死ぬ。死ぬ前に母と二人で看病し、童話を聞かせる中でチロは息をひきとるのだが、幼児に死への関心をもたせることをねらって作者は書いたものと思われる。

「窓から見えるお父さん」（48・5「子どもの村」）はノブコと志郎の父は、戦争で片足をなくして帰り、義足でガチャコン音をたてて歩きながら、役場の小使いをしているが、生活に困って子供のない母の実家に志郎を預かってもらうことになり、おばあさんが学生服を買って迎えに来るが、いざとなると柱にしがみついて離れないので、やめにするというもので家族の情愛の深さにポイントが置かれている。**「夏みかん」**(48・6「子ども朝日」)は小学生の朝子と一夫が母の妊娠を知って大喜び、母の二つの願い―お風呂をくみ、かこいの夏みかんを手に入れて家にとんで帰る話で、姉弟の心のはずみがよく伝わってくる。**「八津子」**(48・6「白鳥」)は自分の名前に不満があって、それを父にぶつけると、〈かわいいヤツ〉という意味と、ツには港や海の意味もあって、七つの海にもう一つ津を加えたかったのだと話してくれたが、その父も戦争で死んだ。戦争の傷あとがここにもある。

「腰ぎんちゃく」(48・6・15『小さな物語』桜井書店　書き下ろし)は四つくらいでおくにばあさんにあずけられたタマキは、腰ぎんちゃくのようにくっついて二年たち、再び母が迎えに来ても離れないのでしばらくそのままとなる。母と子の情愛を描いては非凡の腕を揮う栄の手並みの一端が見える作品。**「花はだれのために」**(48・8「子どもペン」)は〈右文もの〉の一つで、おじいさんとおばあさんはもらい子の右文が、咲いても咲いてもむしってしまう庭の花を、花はだれのために咲くのかわかるまでむしらせ、ひっこぬかせるために植えようと結論を出すに至るのだが、この栄のロジックはおかしい。前章(第十一章　敗戦の混迷の中で(上))の「りんごの袋」においてその問題解決のしかたが独善的で間違っていることを指摘しておいたが、ここでも同様である。

花がだれのために咲くのかわかるまで、うちの花とよその花の区別なくむしらせるという考え方は、「自我を尊重[*3]」することではなく、単なる「強情とわがまま[*4]」を容認することにほかならず、それらはすべからく訂正、更改されるべきものであるからである。**「あたたかい右の手」**(48・9「少年少女の広場」)は争いごとが嫌いで、決して人とは争わず、戦後のぎゅうぎゅう詰めの汽車の中で、おされっぱなしでがまんしたために圧死してしまった慈雨(中学一年)ちゃんを、戦争の犠牲者として描いていて、作者の言によれば戦後に実際にあった話[*5]との事だが、観念的にすぎてリアリティに乏しいうらみは否定できないのではないか。**「おたまじゃくし」**(48・9「童話読本」)は戦時中に防火用水として掘られた池が戦後もそのまま残り、危険だから埋めようと話すうちに、五才の男の子が落ちて死んでからはじめて埋められるというもので、これも又、戦争の傷あとということになろう。**「耳からごほうび」**(48・12「童話読本」)は幼児の思い出を三つ―手品でのごまかし、友だちに悪者にされてしまう話、友だちにこの木の葉を煮るとゴム風船になるとだまされる話を巧みに語ってあきさせない。

右文を引き取るまでのいきさつ

「孤児ミギー」(48・5～49・3「P・T・A」全10回連載)は初出誌に連載された時の題名で、単行本として刊行された時には『右文覚え書』(51・6・15　三十書房)と改題されており、同時に中味も表現も全面的に改稿され、増補されて、初出時の枚数(四〇〇字詰原稿用紙換算)は約一〇四枚と推定されるのに対して、初版本刊行時には約一二二枚になっている。

　これまでにもふれたように、右文は栄の甥（長兄の二男、卓）夫婦の子であるが、敗戦前後に相次いで夫婦が死んだため、遺族から養育を託され、母の葬式の日にひきとって育て、のち養子とした。

　当時、敗戦により日本の餓死者は一千万人を超えるであろうと推定され、生存していく上で一番の前提となる食料の危機に脅かされ、作家としては再出発の契機をどこに求め、何を書いてゆけばよいのか、暗中模索の状態であり、加えて「妻の座」事件―プロレタリア作家仲間の徳永直から、妻を亡くして困っているから後妻を世話してほしいと頼まれ、栄の妹との結婚がまとまるが、出る入るの騒動の後僅か二カ月で破婚となり、これによって栄の受けた精神的打撃は大きく、それに更年期症状の肉体的不調も加わって、まず自分自身がこの未曽有の危機を、生きのびられるかどうか危ぶまれる状態であったわけで、その事は次に記す広島の家の話題（右文の父方の祖母〔長兄弥三郎の妻〕と伯父典〔弥三郎の長男・建築士〕は広島に住んでいて、右文を引き取りたいとはっきり栄の方に伝えてきていた）に明らかである。なお、この間の事情については最新の情報によって補っておくと次のようになる。

　壺井栄の事跡を追究する過程で私は広島を訪ねた折、長兄弥三郎の妻方の縁者の方々と接触する機会を得て有益であったが、その縁で思いがけず、かつて典と結婚して二児をもう

右文の生まれた家（矢印の家）1953年春に再訪　玄関前に立つのが栄夫妻

け、73年に離婚された瀬川茅花氏と知り合うことができ、直接種々の教示を得たほか、茅花氏宛の栄書簡九通と、同じく同氏宛の繁治書簡一通の披見を許された上、文泉堂版壺井栄全集12巻への収録を快諾して下さったのは望外の幸せであり、氏に深く感謝申し上げる次第である。

次に右の全集に収録の栄書簡の引用によって広島の岩井家との右文の引き取りをめぐるやりとりの実態を見ておきたい。

書簡(116)の46(推定)年5月30日付典宛書簡では、右文を「今つれにこられるのはどんなものでしょうか。ちょっと無茶ではないかと思うのですが、いかがでしょう。」今すぐにでも引き取りに出向くというのを制して「六月中頃に大阪への用事がありますので、出来れば一度試しに広島までのばしてみようかと思っています。その上で汽車にのせようではありませんか。」と、とにかくはやる気持ちにフェイントをかけて、栄の大阪への旅行というのを持ち出してタイミングをずらす作戦と見てよいようである。

その証拠に、次の手紙(117)の46(推定)年7月18日付茅花宛で「さて、私の旅行ですが、切符まで持って汽車に乗るばかりのところで身体の調子が悪くなりまして、取り止めになっています。(中略)この暑さと交通地獄では秋までのばすより手がないと思います」とあっさり旅行の延期を宣言しているからである。その秋も過ぎて、一向に動かない栄達に対しての広島からの催促に対しては(118)の47(推定)年1月25日付典・茅花宛で「右ちゃんの事につきましての茅花さんのお心づかいのこと、本当にありがたく存じますが、しかし第三者的立場をとって考えますとき、今暫く私のところにいた方がよいと思われます。(中略)右文は大分手のかかる子供です。悧巧な点は悧巧ですが、とにかく発育不良が原因かと思いますが、まだおしっこが云えないのです。そんな子供ですから、一人ならまだよろしいが、三枝ちゃんを抱えての上では、茅花さんの苦労が思いやられますから。」と表向きは丁寧なことわりようであるが、内実は日一日と増してゆく右文への愛情にからめとられて溺愛し、これに溺れて他人からの介入は頑なに拒絶し、にべもなくことわるというスタンスで一貫しており、結局、右文は動かなかった。[*6]

さて、大分長くなったので以下できるだけ簡潔に述べることにしたい。

「右文覚え書」は敗戦直前に父を、直後に母を亡くして孤児となった満一歳の右文を、引きとって帰ってくれと押し付けられて、養子として五回目の誕生日を迎えるまでに成長した右文の成長の記録である。

先に、初出から初版への過程で、改題・改稿・増補があったと指摘したが、その全てについてふれることはできないが、その主な特徴についてふれるところからはじめてゆきたい。

文体の変化・性格の変化

初出の「一」章の冒頭はこうである。

孤児ミギーの本名は右文というのですが、だれもミギフミとよぶものはなく、ミギちゃんだの、ミギーだので通っています。

ところが、初版の「一」章の冒頭は次のように改められている。

日かげの草も時がくれば花が咲く。

右文がようやく子供なみに近所歩きをするようになった。日かげの草どころか、天気さえよければ太陽の光り漬けにして育てて、やっと蕾をふくらませかけたのである。それでもよその子にくらべて、どんなにひいき目にみてもかぼそかった。駈けっこをしても、けんかをしても、後から生まれた子にまけてしまう。泣き虫である。甘ったれである。そのくせ理屈っぽい。

文体が初出の、切口上で端正で不自由な鎧をまとった「です・ます体」から、初版では何の制約もなく、自在な「た・である体」に変わり、そのことで話者の感情というか、溜まりに溜まった思いのたけを吐き出すことが可能になり、そして又自由にもなり、並外れて発育不良で、超未熟児の右文をボロクソに表現する中に浮かび上がらせることに成功したのだと言ってよいであろう。

それから非常に大事なことだが、この文体の変更によって初出の「孤児ミギー」は児童文学であったが、改稿された初版の「右文覚え書」は小説に変わったというように作品の性格が変化していることである。

記録の重視

次に「二」章の改訂・増補の特徴はどこにあるかと言えば、第一に事実をきちんとおさえ、記録を重視している事である。「昭和二十年九月二十九日のお昼すぎ、横浜市庚台五十三番地」で「卓と順子の告別式」があり、「喪主は右文」、「私たち」は亡き人の「叔母夫婦」であり、「仲人」であったと初版は事実の記録にとっては必須の条件―日時・場所・氏名・関係を明記して、万一の場合、後年検証できる手がかりをはっきり残している。これに対して初出では、場所の明示はなく、卓の名も記されず、肝腎の「私たち」は単に「仲人」をした「老夫婦」と記されるのみであってこれでは何故この老夫婦が右文を引きとるのかが納得できるロジックで説明されることはない。言いかえれば、初版の記述は、初出にあった小説性、あるいは曖昧性は排して可能な限り事実に即した記録性に徹したものを目指していると言ってよい。

作品の奥行き

また、告別式の卓と順子の遺影にふれながらこう語る。この写真は卓が南京へ行く直前のもので、妊娠していた順子は夫が先に行き、身二つになってからそのあとを追う予定であったが、夫の死によって一年一寸で二人の生活は終り、やっと戦争をくぐりぬけたのに二三歳でチフスにやられてしまったのだ。

　その順子が最後に栄の家に来たのは死ぬ半月程前の事で（遺骨も届いていない夫の葬式のことで相談に来たのだ）敗戦後の解放感はこの若い未亡人を浮き浮きさせ「空襲がないって、ほんとにいいですね。私、もうじゃんじゃん働こうと思いますの。だって、私なんかまだ二十三ですもの。これからですわね。こんなじゃまっけな荷物なんかどっかへ預けちゃお。坊や、どっかへいっちゃいなさいよ。ハイチャ」と逞しく再生への意欲を語っていて、この言葉とは逆に右文を手放して身軽になって再出発をすすめる周囲には、殊に右文の養子話に対しては手きびしく拒否していた。

　その順子も死のせまった病床では「くりかえし私の名を呼び右文を頼む」と弟に言ったという。

　電報での順子の死のしらせはあまりにも突然であったから、自殺かしら？　それとも交通事故？　とも思案し、右文をひきとってくれと言われる可能性もあるかもしれないとは夫婦で話していたので、曽祖母から到着早々一方的に「二十秒位」の間に今日引き取って連れ帰ってくれと宣言されたのには、おしつけ、口封じの思いはあるが、しかしそれを口に出しても事態は変わらぬ、なら黙って引き取ろうというプロセスを経て実現したものであるのだ。

　右の、若い夫婦の将来の計画や、順子の再生への意欲や、右文を養子に出すことへの拒絶、死の前後の憶測、引き取りの経緯（これについては初出の記述は結果のみ）については初出にはなく、初版で増補されたものであって、それにより家庭の事情が明らかになり、人物の個性が輝き、作品世界の奥行きが深くなっていることは間違いのないところであろう。

平和の訴え

　最後に初版のもう一つの変更を明らかにしてこの作品の検討を終わりにしたい。

　初出の「十一」章は全面的に改稿され、同じく改稿された「十二」章のあとに付け加えて合体されている。

　合体して最後にもっていったのは、右文がしきりにライターや時計をほしがり、次々にこわしているのは何よりも彼の「知識欲」の表れであり、成長の証しにほかならないからであろう。同時に働くものの世の中と、しあわせを祈るメーデーの歌を、右文と歌うことでこの作品のテーマである平和を訴えたかったからであろうが、唐突の感は否めない。

　児童文学ではないが、〈右文もの〉の小説が七篇『右文覚え書』には収録されており、そのうち三篇については既にふれたので、ついでにここで残りの四篇についてふれておきたい。

〈右文もの〉さまざま

「一粒のぶどう」（初出未詳　50・8～51・4以前と推定）は

右文の将来のために、父母の来歴・壺井家に来た経緯・養子縁組のプロセスを記したものでこれまでの繰り返し。**「日が照り雨」**（50・11「女性改造」）は右文の小学校入学を間近にして、栄の体調不良もあって実子・実母でないことを右文が知った時の動揺、不安から回避させようと事実を話す試みであり、**「めみえの旅」**（51・4「小説新潮」）も同じく栄の病弱から万一の場合には後事を託することと、右文の来年小学校入学を前に、真実を直接に知らせるために、広島に住む祖母と伯父一家への訪問旅行記であり、**「朝靄」**（書き下ろし51・4・15『右文覚え書』初収）は一年生になる直前の右文が八幡様の賽銭箱から泥棒したり、友達が盗んできたお金で買い物をして、それを秘密基地に隠しておいたのを見つけて捨てさせる話で、共通して栄の病弱から右文の成人する姿は見届けられないのではないかという生命への不安と、もう一つ、栄母子が実子・実母ではなく、母は死んだのだということを、お節介にも右文に告げて反応を見るという不愉快な事件が近所でおこり、その対策としても事実を実際に話して聞かせたり、祖母や伯父・伯母、従姉妹に実際に会わせて動揺や誤解を回避する努力をしている点で共通している。

　作品の出来という点からきびしく言えば、構成と凝集力の点で七篇共に今一つという所であるが、素材のもつ力という点からすれば「右文覚え書」「めみえの旅」であろうか。

引き揚げ者の窮状

「ちいさなだるまさん」（初出未詳『おみやげ』48・9・15 好江書房に初収）は六〇位のおばあさんと四、五才の女の子が訪ねてきて、身体一つで引き揚げてきて困っているからというので、茶碗と小皿をあげると女の子は受け取り、手から青木の赤い実がこぼれると「あ、ダルマ、ダルマ」とあわてて拾って大事そうにポケットにしまって帰り、私も「あ、ダルマ、ダルマ」とつぶやき、もう一度つぶやいてみると青木の実がダルマになって見えたというもので、典型的な悲しい戦後風景の一つが見事に切り取られて赤いだるまとなって輝いている。**「ろう石」**（初出未詳　同前）では引き揚げ者の窮状と戦災にあわなかった家とが対照的に描かれているが、作者のねらいは引き揚げ者が困窮に負けないで、未来を信じてしっかり生きようとしているのを応援するところにあるのであろう。

生活とのたたかい

　敗戦後三年目になると生活の苦しさは相変わらずではあっても、多少のゆとりはでてきたようで、本稿では随筆のみならず、評論・ルポルタージュ・対談・座談会等の雑文を全てひっくるめてエッセイとよんでいるが、そういう中に批評や映画評もまじるようになってきているが、昭和23年のものとして第一にあげるべきものは**「ルポルタージュ　忘れられた人々―（国立箱根療養所訪問記）―」**（48・6「女性線」）である。

ここは日露戦争以後、傷病兵のための国立療養所として建てられたもので、傷兵の中でも最も重度とされる脊髄損傷によって下半身が麻痺している人達を収容して、精神的に再起させるのが目的で、傷兵85名と付添人の妻や子供たちが、きびしい暮らしとたたかっている。栄がここを訪ねたのは二度目で、前回一九四二（昭和17）年（「傷痍軍人療養所の一日」42・6「女性生活」）に来た時は、軍事保護院の斡旋で林芙美子以下女流文学者会のメンバー七人と一緒で賑やかであり、表面的には知られざる傷痍軍人の存在とその姿を伝え、「勇士」の加餐を願うものであろうが、実際にはそういう空疎な美辞麗句はどこにもない。というよりもここで栄が企図したことは、戦意の昂揚やお国のために戦って傷ついた傷兵への感謝の辞を述べることではなく、傷兵達の姿を淡々と感情を交えずに読者に伝えることであり、そのことで読者の脳裡には傷兵たちの無惨な姿が残り、家族の苦労が思いやられ、行きつくところ戦争はごめんだということであったにちがいない。作品は一貫して傷兵とその家族の救われない「心境」と、今後の「苦労」を写しているところにそのことは明らかであろう。

それでも戦争中はまだいろんな形で生活を保障されていたからよかったが、敗戦を境に急転回し、軍事援護会の補助がなくなり、恩給も打ち切られ、僅かに生活保護法による四、五〇〇〇円が定収という無惨な生活を余儀なくされている。この作品における問題の一つは、明らかにこの無惨な生を生きる傷兵たちの問題である。

「押し殺した本能」の問題

もう一つは妻の「本能」の問題である。ここの傷兵の病状は決してよくはならない、むしろ悪くなり、手がかかるばかりの介護の苦闘を、「献身」と称賛して能事終われりとしている事への疑問が栄にはある。それは質問に出ていて、ストレスやフラストレーションから問題を起こしたり、暴走したりした人はなかったのか？　と。それに対しては、否定はしないが、個人的な事には立ち入れないからと役人的な返事が返ったのみ。

しかし、「死んでしまった本能」と「押し殺した本能」とが「家庭」を作っているわけで、特に女にばかり負担と苦労と犠牲を強いているのが実態であり、それを「献身」の美名ですますのはキレイゴトにすぎよう。その中にあるもの、本音をほじくり出し、その「献身」の中に隠された真実を、白日の下にさらけだすのがねらいであろうが、その一歩手前で終わっているのが残念である。

しかし、栄は戦争中に目にさせられ、書かされた悲惨な現実のショックを戦後も忘れなかったばかりでなく、おそらくは自らの発意でルポに出かけ、その責任をきちんと果たしているのは称賛されてしかるべきであろう。これこそきっかけは戦争協力であったにしろ、自らの戦争責任について自覚しているものの態度というべきではないであろうか。
次にあげるべきは三人の子育てにかかわったことで、「**私の雑記帳から**」（48・1「女性改造」）、「**子そだつ**」（48・4「世界文化」）にはその苦労と喜びが生き生きと述べられ、「**ちぎれ雲**」（48・3「大学」）は幼時の回想の中に浮かぶ三人の女の子の哀切な姿に、掌編小説の味わいがある。

いろいろの試み

次に「**お芝居**」（49・1「新女苑」）は童話作家秋本ミネの家に夜、子連れの女が身上相談に来たのに、一泊させた上で翌日、夫にあやまって家に帰れと汽車賃を与えて帰すというもの。

「**たからの宿**」（49・3・25　弘文堂　書き下ろし）は松太郎・つるえのお人好し夫婦の、昭和初めから敗戦後の48年秋までを―栄一家の半生の歴史を概略たどったものだが、細部には事実と異なるフィクションが随所にはさみこまれていて、これはこれで別の作品という思いがあるのであろうが、緊密な構成に欠ける憾みは否定できない。

「**二人静**」（49・5「女性改造」）は対照的な姉妹を描いた駄作。「**嫁**」（49・6「風雪」）は戦後一〇年位巷間に聞かれた所謂タケノコ生活の苦悶をじかに訴えた作品であるが、この作品のユニークな点は、残された遺族―中風の舅・嫁・四人の小学生―には月三〇五〇円の収入しかないにもかかわらず、税務署は三万円を支払わないと差し押さえると赤紙をよこしたのをきっかけに、舅と嫁は遂に激怒して立ち上がり、理路整然とした嘆願書をつきつけて対抗するところに戦後の強さ、新しさを見ることができよう。「**うつむいた女**」（49・7「小説新潮」）は小豆島に飲み屋の女給の私生児として生まれた真喜の一生をたどったもので、出生故につきまとう差別、偏見、不幸のため郷里の網小屋で野垂れ死にする過程を描くのだが、余りにもそれだけにこだわりすぎる故に、夫も子どもも生きていない憾みがある。

「**シャッポをぬぐ**」（49・7「婦人」）は例の〈克子もの〉で、知り合いから良い条件でピアノが手に入ったところから東京に引き取り、ピアノの練習をさせるが、一四歳の彼女のわがままぶり、女王様然とした独善ぶりに、一家の中で風波が絶えず、遂に実家にもどすまでを描いた作品。作品としてはピアノを買い、姪を引きとる過程に余りにも配慮のなさ、安易さ、幼稚さが露呈されていることは歴然としている。例えば、左の一節。夫がピアノを買うことに難色・不安を表明するのに対して妻はこういうのだ。

「その出来ないところをしようじゃないの。第一、われわれの一生で、たとえがたピアノにしろ、ピアノを買うというのはなかなかいいじゃないの。この貧乏さの中で、盲目の姪にピアノを買ってやるなんて、美談よ。うわあいい気持ちだ」

年譜の上では姪（小学六年）を一九四七年九月から鷺宮小学校へ転校させ、将来の自活を考えてピアノのレッスンを開始させたことは事実であるが、四九年三月には何故か中途でやめさせて実家にもどしているのだが、その事情については不明であった。唯一その事情について明らかにしてくれるのがこの作品で、同時にこの作品がその後単行本や作品集に一切収録されなかったことが、その間の事情を不明にした因であろう。

「村のクラス会」と「二十四の瞳」

この年の小説は以上なので、次に児童文学に移る。「ポケットの中のおかあさん」（49・2「子どもの村」）は〈右文もの〉で、本物とオモチャの対比研究など、その後の成長ぶりを示す話を点綴し、「村のクラス会」（49・4「銀河」）は栄の小豆島への帰郷を契機に小学校卒業後35年ぶりにクラス会をした時の感想―会する者27人中11人（男は6人、女は5人）、一人を除いて皆それぞれに戦争の傷あとを受けていて「戦争はもうごめんじゃ」と異口同音であったが、五〇をすぎたみんなが六年生の昔に返って楽しく騒ぎ、再会を約したのであった。この作品の一番の特徴は登場人物たちの小学生時代と現在の対比が鮮やかなことで、一筆でその人生を的確にとらえて見せてくれることである。栄の代表作「二十四の瞳」を読んだことのある読者ならば、末尾の大石先生の歓迎会は分教場のクラス会であったわけで、その原型は実は「村のクラス会」であったことに気づかされることであろう。

第一回児童文学賞、第二回文部大臣賞受賞

この作品集『柿の木のある家』に対しては一九五一（昭和26）年第一回児童文学者協会児童文学賞が与えられ、次いで翌一九五二（昭和27）年第二回芸術選奨文部大臣賞が『母のない子と子のない母と』と『坂道』に対して与えられ、まず児童文学の世界で復活し、その業績の評価は決定的となった。

『柿の木のある家』に初収で、これまでふれなかった作品に「お母さんのてのひら」（46・12「国民教育・中学年」初出未見）がある。これは働き者であった「田舎の百姓女」母の追想で、おやつがそらまめのいったのを一にぎりずつだったとき、栄と弟が多い、少ないと文句をつけると、「数えてみな」といわれて数えると両方ともピッタリ28粒―えこひいきのない魔法の手であったことがあかされる。

「はるばるのたより」（49・7・15「別冊少年朝日」）は「第十一章　敗戦の混迷の中で（上）」でとりあげた「白いおくりもの」と同じく、〈アメリカもの〉の一つで、アメリカに住む大叔父から母校の小学校にキャンデーのプレゼントが届いて大騒ぎになる話であるが、前作とは違って大叔父の素姓や渡米の経緯、人柄やエピソードなどを明かさず、子供たちに聞書調査をさせて少しずつ明らかにしてゆくところが目新しく、わくわくさせる魅力がある。モデルについては前章参照。

「ヤギ屋のきょうだい」（49・8「銀河」）は　父がソ連に抑留されて未帰還の家族（母と兄、妹の三人）の心情と、やがて病死の公報が入ってからの窮状を描きつつ、母を助けてヤギ屋として明るく生きてゆく兄妹の奮闘ぶりにエールを送っている。

「サツキの歌」（49・8・21〜10・16「なかよし新聞」　週刊全9回）は父の失業で小学生の姉弟の机を売ろうかというところまで追いつめられ、姉のサツキがアルバイトをあれこれ考えた末、父と一緒に納豆売りを始めることに決める。その前夜、売り声の練習をするが声が出ず、踏み切りで電車に向かった時初めて出る、というもので、生活苦を助けるためにアルバイトを開始する小学生という極めてシリアスな話題を、小学生の女の子の目線から追及するという困難な課題に挑戦したものとしてひとまず評価できよう。しかし、そこに至るプロセスは余りにも問題山積で、十分に納得できるものとは言い難いという憾みは否定できない。

「船できた象」（49・12「子どもの村」）は敗戦後タイから日本へ象がくる事を新聞で知って楽しみに待つ一家の話の中に、戦時中軍の命令で動物園の動物を全部殺すことになった時、象は餓死させたのだが、その時飼育係がやせ細った象の傍らに行くと、芋ほしさに逆立ちの芸をしてみせて死んだという戦争の悲劇もおりこんだもので、インパクトは強い。**「みすずの子ねこ」**（49・12「小学五年生」）は子ねこが行方不明になってがっかりしていたみすず。転校してきたすずねは父が戦死して、今は母子で親せきの厄介になっており、大事にしているねこを捨てろと言われて困っており、それを聞いたみすずは貰って育てるというもので、猫好きの人々の交流を描いた佳品であるが、その中に作者は次の一句をさしはさむことを忘れない。すずねの父が戦死して母と二人親戚にころがりこんで「何しろ人の家におるものですから、ねこ一ぴきも気ままにはできないので」という戦争の悲劇を示す言葉をこの前後には必ずといってよい程はさんでいる。

荒療治の提案

次にエッセイ類の中から目立ったものを採り上げてみたい。49年に発表されたものは私の調査した限りでは17篇である。そのうち**「知るべし、よるべからず―妻の責任ということについて」**（49・4「婦人文庫」）は戦後に生きる新しい女性のありかたについて、三人の女性を例に具体的に述べている。第一は典型的な花嫁候補者だが、相手がなくて婿探しに躍起だという。第一に必要な人間的魅力がないからで、稽古事さえ並べれば立派だと思いこんでいる馬鹿さ加減がそこにはあろう。

次は戦後の解き放たれた喜びの中で恋愛結婚した夫婦だが、案に相違してうまくゆかない。原因は酒で、妻が酒を嫌って出さないために夫は夕食に帰らず、月給も殆ど妻の手には渡らないという元も子もない例。

最後の例は三〇過ぎの四児の母で、内職でやっと暮らしているのだが月に二、三度は古着屋に行かなければならない。また、この女性にはふだんは挽肉三〇匁なのに、時にはロースを二〇〇匁買い、ある時は質屋へかけつけて一家総出の芝居見物をしたりという具合に、亭主の言葉を借りれば「彼女のやけくそ的思いつきで、うちの家族は辛うじて文化と栄養を補給されているんです。この方が利口かも知れませんね」という三例を出して、言わばショック療法ともいうべき荒療治もあることを提案する。

譲原昌子を一位に選ぶ

「『死なない蛸』の作者」(49・4・30「民情通信」11号〈譲原昌子追悼号〉)の譲原昌子[*7](11・11・14～49・1・12)は北海道で生まれ、樺太で育ち、29年3月に樺太庁豊原高等女学校補習科卒業後、小学校訓導の資格を得、同地で小学校の教員となり、かたわら「文芸首都」(33・6から掲載)や「樺太」(36・10から掲載)に詩や小説を発表、中に原始・野人の如き出稼ぎ人達の生きざま、死にざまをすさまじい迫力で描いた秀作「朔北の闘い」(39・2「文芸首都」)や継母と娘との間の愛と憎しみ、孤独と嫉妬の三〇年を描いた「抒情歌」(41・3「早稲田文学」)代表作「故郷の岸」(43・1～2「新作家」)などを得、それらが芥川賞候補にあげられたこともあって41年3月教職を辞し、作家を志して上京するも不幸開戦となり、加えて結核を発病、49年1月12日東京清瀬の国立療養所で満三七歳で没した。栄が昌子と知り合うのは第一回新日本文学創作コンクールの選者として彼女の作品を第一位に選んだことによってである。

凄まじい欠乏と憤怒—「死なない蛸」(47・3・6「民衆の旗」)は萩原朔太郎の詩にあるように、飢えの極点で自らを全て食べ尽くして消えてしまった、しかし「物すごい欠乏と不満」をもった存在として「永遠に生きていた」蛸のように、飢餓線上にある津香子も含めた人間がぎっしり乗っている電車自体が、人間が電車に乗っているというよりも「飢えた蛸の如くに、自らの肉体のほかには食うべき何物も持たぬ彼等の、米粒の代わりに詰められた凄まじい欠乏と憤怒ではり裂けそうな胃袋が積みこまれているのだと—」プロテストする鬼気迫る作品である。栄は前記の追悼号の中で次のように言う。

> 新日本文学のコンクールの作品の中から「死なない蛸」を見つけ出したのは一昨年の夏だったと思う。(中略)病気だった私は蚊帳の中で横になって一つ一つの作品を読んでいた。そして幾篇目かに「死なない蛸」にゆき当った。二枚、三枚とよんでゆくうちに、私は起き上がって坐った。自分ひとりで読むのが惜しくなってきた。私は壺井繁治を蚊帳の中へ呼びこんで、始めから朗読した。病人なので声が続かず、繁治に代ってもらったりした。そうして何の躊躇もなくこれを推せんしたのだった。この作品一つを見つけだしたことだけでもコンクールの

意義があったとまで私は考え、そのような意見を出したのだった。

栄の文中、「一昨年の夏」では47年のこととなりあやまりなので、一昨昨年（または、さきおととし）と改めなくてはならない。

あるがままの姿でかがやかせ

『『美貌』へのアンチ・テーゼ」（49・7「婦人公論」）は女の美醜についての断想で格別目新しいことは言っていないが、一、二拾っておくと、「低ければ低い鼻を愛嬌あるものに、細ければもって生まれた細い目を、あるがままの姿でかがやかせることを、どうして考えないのだろうか。」、「精神の眠っている人は美貌も一しょに眠っているし、精神の活動しているものはその美も生きて動いてくる。」といったところが主張のポイントになるであろう。

敗戦の名月の夜の句会

それらとは全く一転して風流なのが「柄にない話（B―随筆）」（49・11・10「風花」発行者は中村汀女）で、小豆島の神懸山頂には芭蕉（初しぐれの句）と尾崎放哉（いれものがないの句）の二つの句碑がある。昔勤めていた郵便局の局長は句会によく顔を出し、「太陽」にも投稿して時に入選すると機嫌がよかった。放哉は新鮮で、栄はつくってみたい気が起こった。敗戦の名月の夜に、佐多・壺井の両家と近所の友人合せて一〇人以上で句会を催し、六〇句程つくって互選を楽しんだことがある―それを中村汀女に話したら、書けの厳命が下り、そのうえめいめいの句も出せとの事だが、すっかり忘れてしまった所以も記す。

注

＊1　この作品のタイトルはこののち次のように変化する。初収作品集『あしたの風』（53・1・20　全日本社会教育連合会）ではこのままだが、『私の花物語』（53・6・5　筑摩書房）と『壺井栄作品集10　私の花物語』（56・12・5　筑摩書房）では「楓」と改題される。しかしこの改題は『花物語』という総タイトルに無理にあわせたものであり、初出・初版の旧題の方がより適切と考えられるので、あえて旧題のままとした文泉堂版全集に従った。

＊2　この雑誌は稀覯に属するものなので付言しておくと、東京都八王子市在住の詩人、小川富五郎が創立した白鳥書院から彼の編集で刊行された児童雑誌である。千家元麿を従兄に持つ小川は詩誌「新領土」の同人で、村野四郎を初め多くの詩人仲間があり、「赤い鳥」のような雑誌をつくりたいとしてプランを練り、前記の千家・村野の他、中西悟堂・水原秋桜子・笹沢美明・城左門・安藤一郎・外村繁・上林暁・壺井栄などのメンバーを選び、表紙は八王子出身の洋画家鈴木信太郎に依頼した。雑誌は毎月二万部の用紙の配給を受け、よく売れたが、大手の出版社や専門の編集者によるライバル誌が次第に勢力を伸ばすにつれ、部数は激減し、倒産した。「こども雑

誌」（46・7〜48・1）は全9冊刊行。うち、最後の二冊は「子供雑誌」とタイトルを漢字に改めたり、判型を大判にして読者増をねらったが、所期の効果は得られなかった。最後に、「金と銀」（48・3）と改題したが、挽回はできず最終号となった。その後、「金と銀」の出版権を文寿堂が買いとり、光吉夏弥の編集で刊行されるが、三号で廃刊となった。以上は主として小島昭男・守屋健・原静雄編「詩人・小川富五郎の生涯と『こども雑誌』展―図録・追悼文集―」（98・10・24 詩人・小川富五郎を偲ぶ会）、松森務「『こども雑誌』のこと―八王子市中央図書館の展示に寄せて」（96・10・15 八王子市中央図書館）による。記して感謝する。

＊3　関根弘「壺井栄小論―探偵の事務所から―」（52・9「新日本文学」）

＊4　注3と同じ

＊5　壺井栄「小さな足あと（あとがき）」（65・10・30『壺井栄名作集3　おかあさんのてのひら』ポプラ社）

＊6　結局、右文は動かず広島へ行くことはなかったのだが、それはつまるところ全集所載の栄書簡が何よりも雄弁に語っているように、栄（あるいは栄一家）が右文を深く愛してしまっていて切り離すことなどできなかったからである。

　その後、典は建築士として独立するが、仕事はうまくゆかず、加えて女性問題が絶えず、お金を家に入れないため、夫人は一九五〇年代後半頃から二人の子を連れて別居。父の仕事（ハンコヤ）を手伝って活計。73（昭和48）年に離婚。その間、栄に相談したが、栄書簡が示しているように〈処置なし〉であったという。

＊7　譲原昌子の以下の記述については『朔北の闘い』（85・11・14 同成社）付載の「研究資料」「作品集によ

せて」及び林真「薄幸の作家―譲原昌子著作年表」（80・8「解釈」）等の記述に負っていることを記して感謝したい。

第十三章　文壇復帰

戦後の文壇復帰作

壺井栄が本格的に戦後の文壇に復帰したのは「屋根裏の記録」（50・1・1「中央公論文芸特集第二号」）によってであり、この作品は発表直後から世評高く、発表後直ちに日本文芸家協会編『昭和二十五年前期創作代表選集6』（50・10・10 大日本雄弁会講談社）に収録された。

> 「屋根裏の記録」にとりかかるまでの三、四年間はいわゆる更年期症状というのであろうか、私は心身ともに疲れはて、殆どねて暮らすような有様で、仕事もあまりしていない。だから、壺井栄は消えてしまったなどといわれたりもした。そんな時「中央公論」から注文がきたのだから、うれしかった。どんなに長くてもよいから力作をと、その時の編集者永倉あい子さんにはげまされながら書いたのがこれだった。それにこたえた力作ですというのは恥かしいが、ともかくここに出てくる女たちのモデルは、私の少女時代から結婚するまで、つまり私が郷里の小豆島にいた時代に接した人たちが多く、その登場人物の中には十五歳の私もいる。妻に逃げられた男が血迷って打った電報を、官報にした無知な少女郵便局員がそれだ。
>
> 「四つの作品の舞台」（51・6・5『壺井栄作品集7 屋根裏の記録』あとがき）

右の回想が示すように、栄にとっては文壇復帰をめざす千載一遇のチャンスであり、少女時代から熟知の素材を対象に、思うさま腕を揮った力作八〇枚（四〇〇字詰）がこの作品である。

「おきん」から「千鳥」へ

時代はおおよそ大正時代の初めごろから敗戦までの約三〇年間。小豆島の南端「S港」（坂手港をさすことは明白）のうどんや「おきん」は五、六人も人が入れば一杯の店であったが、その才覚によって酒を出し、女を置くことによって急成長をとげ、昭和の初めには「御料理　千鳥」と改め、隣家の土地を買い、泉水のある中庭をもつ料理屋として隆盛を誇る過程を詳細に描き、これがこの作の中心となる。結末は娘のコウは母の経営戦略を嫌って、私生児を連れて町工場経営の男と結婚し、おきんの死後は諸悪の根源として千鳥を売り払うが、戦災で夫の鉄工所が焼けたあとに始めたのはおでんやで、母と同じ道を歩んでいることに苦笑するのであった。

次にこの作品が提示している問題について考えてみたい。丼一杯が五銭の「おきん」から、酒を出し、酌婦を置いた「千鳥」へと変わることによってそこにはどういう変化が起きたのか、何が変わったのか、酌婦からの搾取の実態を明らかにしなければならないが、その前に話の都合上、酌婦列伝あるいはそのタイプについて見ておいた方が、わかりやすいと思われるのでそちらから先に見ておきたい。

酌婦のタイプ

最初に来た酌婦ははるみで、高松の小料理屋などを転々としてきたしたたか者。父無し子の私生児で男のバクチの穴埋めに出稼ぎに来たもので、半年後には前借金を払い、高松の男の所に帰ったがヒモつきの莫連女のタイプ。次に来たのが、おりき（30歳位）としいちゃん（15歳）母娘。姉妹のふれこみで特にしいちゃんのあどけない踊りが評判となり、ブローカーに囲われるがひどい性病をうつされ、治療のため高松へ移るが、五年後再び島へ現れた時には、別人の如く大酒飲みとなっていて、前借も一〇〇円あり、こうなると請け出し手はなく、転々として転落の道をたどり、野垂れ死に型となる。

すま子は正直で無知、純情で淫蕩、欲ばりで恬淡、常に現在があるだけの典型的な遊び女で、目に一丁字もなく、代筆はいつもコウで、ある時次のような代筆「わたしゃおまえにほうれん草、はやく、よめ菜に、しとおくれ」とやってコウにペンを投げ出させた。その相手と半年部屋を借りて同棲するが、親があわてて男に妻をあてがったために御破算となり、転落の道を歩む。

貧しい漁師の娘信子は同じく漁師の幸太郎に身請けされ、おきんは五〇円の前借を二度払いにして話をまとめてやり、二人はよく働き、幸せになる。しかし一見幸せで何の問題もないかに見えるこの夫婦にも、次のような問題がいくつもあるのだ。まず、貧しい漁師同士の子が無駄で高価な金と年月をつかって一緒になるという矛盾がある。第二に女の方は貧しいから嫁入り支度をしてやれない家、男の方は貧乏故に嫁にきてくれてがない家という、共に深い傷をかかえこんでいる。第三に男は買い手故その傷はすぐ癒えるが、女は永く、しかも生涯続く、〈徳利握り〉だったと。

おきんの収奪の論理

にもかかわらず、そういう〈幸せ〉にでもすがらなければならないのが酌婦たちの境遇であった。おきんは、千鳥の女たちをあわよくば嫁にしたいという下心をあらわにして、ここに通ってくる常連の男たちの欲望をあおり、一方で女たちには結婚願望をけしかけ、店に通わせるのだ。そのロジックはこうだ、「女は嫁に行ったものが勝ちだ、年をとって唄や踊りはできないのだから。この商売はからだでもうけるほかに手はないのだから、それはしょうがない。けど、こんな商売は千鳥でおしまいにするんじゃ。うかうかしていると〈おふさやおかめ〉（村で最も古い酌婦上がりの女たちで、結婚の機会がなく乞食のように暮らしていた）になるからのう」というもので、この作戦は功を奏し、すが目のしげ子は菓子屋の米吉に、おせいは醤油屋勤めの松造に、キクエは同じく茂三郎に、おけいは出世頭で、収入役の後妻になり、おきんの仲人は忙しかった。中でもおきんを驚かしたのは、いかけやの久介が美人の小染を金の力で請出したことで、半月後には女が家出してちょんとなったが、桃枝という女も変わっていて前借はなく、一カ所に二カ月とはいないで転々として店をまわり、巡査を極度に恐れ、のち警察にあげられるが元元は泥棒であったという。

おきんの娘コウは裁縫女学校を出るが、母に反抗して店には出ず、女たちの縫物をして過すうち、タクシー運転手の川井と恋に落ち、その後は母の采配を一切受けず店に出、酒に酔い、私生児多可史を産む、川井は誰の子か分かったものではないと相手にせず、鉄工所を経営する福山松太郎の許へ多可史を連れて結婚し、千鳥はおきんの死と共に諸悪の根源として処分する。

搾取の実態

次に酒を出し、酌婦を置く千鳥における酌婦からの搾取の実態について明らかにするが、列伝の部分で大要は明らかと思われるので要約的に整理しておきたい。

先ず第一は前借であり、金しばりで身動きをできなくする。但し、余り高額で―例えば一〇〇円になると高すぎて身請けは難しく、移籍も困難となるのでその目利きが大事になる。

次は商売用の着物と装身具でこれは四季によって変わる。着物はおきんが反物で買い、それをコウが仕立て、しかも縫賃は仕立屋の二倍につけて前借の中につけこまれていく。

次は売春で、こうした特殊飲食店の女達にとっては、「食わせてもらうだけが給金で、ちり紙一枚もからだで稼がねばならぬ」状況を強いられており、従って売春料の配分の問題は最も肝要な問題である筈だが、この作品ではそれが娘のコウの視点から描かれ、しかも彼女は母おきんのこの商売を、「諸悪の根源」として毛嫌いしているが故にその数字的実態はつまびらかにはできないが、しかし、千鳥が急成長を遂げて隆盛を極めたということ自体搾取のきびしさを物語るものであろう。

最後に身請け。夢も希望もなく、自堕落に陥っている酌婦たちを〈女は嫁に行ったが勝ち。そうしないと乞食になるぞ〉とおどし、結婚願望をけしかけて稼がせるこのやり方で、店は女と客の両方から二重に儲かる仕組みになっているのである。

ただし、この身請けについては一言付言しておくと、搾取の一手段には違いないが、しかし徹底して暗いこの作品の中で、結果的には一つの救いになっていることも確かである。というのは作品の末尾でコウが二〇年ぶりに小豆島に帰郷して、小学校のクラス会に出席する際に宿として引き受けてもらったのは、かつて千鳥の姫であった信子が嫁いでいる漁師の幸太郎の家であり、温かく迎え入れられているからである。

最後の問題は差別である。コウを幼時から苦しめた「姫」、あるいは「姫上り」とは酌婦を殊更に高貴な呼び方で呼び上げておいて、次の瞬間どん底に突き落とす蔑称であり、「私生児」もまた同様に屈辱のタネであり、さまざまな差別、偏見の中から女達の悲劇が生まれ、コウはそれを見続けながら彼女自身も又呑みこまれていったのである。例えば身を売る女達ということですま子もコウも信用されない、「姫」の信子はとっくりを握った女として生涯の傷を負い、コウのように妊娠を告げても、誰の子かわからんとして相手にされず、自暴自棄になってゆく女もある。

そしてそれらの差別の全てを生み出す根源、あるいは、その象徴として三畳の屋根裏部屋が用いられているのであろう。

コント二題

「晒木綿」（50・1「新日本文学」）は無学故に受けてきた恥ずかしい思いの数々と、戦後の物不足をコント風に描き、「春の雪」（50・3「働く婦人」再刊32号）は家事を全く手伝わない父を、24歳の働く娘の立場からきびしく批判して、父に仕事を割り当てるが、失業中故に娘に批判されて家事の手伝いをしている父の心中をふと思って、以後は追い立てることはやめるというもので、亭主の家事への非協力、あるいは暴君ぶりをユーモラスに取り上げている。

戦争の明暗

「わだち」（50・7「世界」）はある運送店の戦前の苦闘と戦後の繁栄を通して世相の一端を切り取って見せる五八枚（四〇〇字詰）程の作品。

場所はそこと明示してはいないが、栄が住んでいた中野区鷺宮と推定され、そこに37（昭和12）年日本通運を辞めて独立し、田村運送店をはじめた七五郎夫婦が主人公。開店した時は一郎から三郎までは小学生、四郎は五歳であったが、後に五郎が生まれ、子供達が学校を卒業して家業を手伝ってくれる日の来るのを楽しみに夫は大八車を曳き、カミさんはそのあと押しをし、特に妻は真っ黒になり、老けて前歯がなく、三五歳といっても誰も信じない程なりふり構わず働いた。

夫婦が特に苦労したのは子育ての食料の事で、いくら稼いでも食べ盛りの五人の子供達に満腹させるのは、戦争末期と敗戦後は大変で、つい弁当を出してくれるお客の方の荷物を先にしてしまうこともしばしばで、届け先が農家の場合にはしつこくねばって食料を手に入れた。

戦争による疎開と戦後の疎開先からの帰京、更にタケノコ生活は運送業にとって空前の活況をもたらし、食いたいものが食えたわけではないが、貯金は増える一方で、店の二軒長屋一棟と裏の空地を買い、オート三輪の他、リヤカー二台、自転車は五台となっていた。そしてこの仕事の活況を支える原動力はぞっくり揃った男五人の子供達であり、兵隊になった二人の子供達も怪我一つなく無事に帰ってきて両親を助けてくれた事で、この事は大きい。今、母は身体は使わずに、見積もりや采配を振るえばよい。

そういう田村夫婦が見てきた人生哀話の中から、二つ紹介すると、一つはピアニスト井川夏子で、田村運送店のカミさんがまだ繁盛する前に、夏子に生活の苦しさをグチッたところ、ある時払いの催促無しで三〇円を貸してくれ、それを元手に新しい自転車を買った時のうれしかったこと。カミさんには井川夫妻にそういう忘れられない恩義があったのだが、やがて夫が出征し、三人の子をかかえた夏子のピアノ教授生活も行き詰まって岡山の実家に帰ることになり、二台あるピアノのうちグランドの方は送ってもらい、もう一台は送料としてくれるということがあった。送ったピアノは空襲で焼けて届かず、運送代としておいてゆかれたピアノは田村の家の隅にあった。敗戦後三年目に夏子が帰京してきた時七五郎夫婦は「こんちわ。毎度有りがとうございます。お荷物がまいりましたア。」といってピアノを届けると、夏子はカミさんの「首っ玉にしがみついてわあわあ泣き出した。」という一幕もあった。もう一つは没落家族の話で、木田家は七〇近い老人（足腰は立たない）と、息子（戦死）の嫁の清子とその子浩（小学生）の三人が二〇〇坪の土地に三五坪の家に住み、タケノコ暮らし。清子はおとなしい一方のお人好しなので、出入りの古着屋の立田の言いなり放題。フランス製の応接セットで三万円以下ということはないしろものが五千円というありさま。おまけに応接間にあるものは「机も三角棚も全部」運び出させ、清子はそんな約束はしていないと思うがそれを言い出せず持ち出され、とうとう家屋敷も売り、二〇坪の土地に一二坪の家に引っ越してゆく。

以上、田村運送店の歴史を戦前・戦中・戦後とたどり、そこに井川家と木田家を配して明確に浮かびあがって来るものは何かと言えば戦争であり、それは国民の生活をまるごと支配し、一家の浮沈・盛衰・運命を意のままに操る。

戦争によって引き起こされる疎開や帰京等の移動は一般国民にとっては多大の出費であり、負担には違いないが、一方これを運送業者の立場から見れば歓迎すべき商売繁昌、お家安泰の源泉なのである。

また、戦死者、特に一家の大黒柱を失った家は井川家、木田家のように境遇は一変し、転落する。対照的に、戦死者を出さずに働き盛りの復員者を迎えた家は田村家のように繁昌を謳歌することになるわけで、作品は対比的な構図の中に戦争の悲劇、一家の浮沈が描かれるが、瀬沼茂樹が「創作月評」（50・7・12「日本読書新聞」）で「この運送屋は直接人の心に通じるものをもっている佳作」と評したのは適評であろう。

戦前の若者たちの生

「桟橋」（50・9「群像」）は小豆島生まれの柿原千代の半生―大正末から昭和一〇年代を背景に一〇歳で母代わりとなり、弟の兵太を連れて小学校で勉強し、師範に行きたかったが、それもならず、貧乏故に汽船会社に雇われて「チョン」と馬鹿にされながらも成長してゆく。旅館の娘ミユキは成績は一番で女医志望ながら貰い子で、一つ年下の勝治の嫁にと予定されているところから女医はあきらめ、嫁になるかと心をきめた頃義父から迫られ始め、義母からは嫉妬されて島を飛び出し、行方知れずとなる。看護師の姉のあとを追って大阪へ行ったともえは免状はとるが結核となり、死ぬ。弟の兵太は千代の援助で師範学校を出て生徒にしたわれる教師となるが、治安維持法違反で高松の刑務所に送られてしまう。

中村光夫は「創作合評」（50・11「群像」）の中で教員の弟が治安維持法違反で捕まったりするのは取ってつけたような感じでない方がよく「ああいう瀬戸内海か何かの港町の風景、若い女がいろいろに育って行くというそれを書いてもらっただけでいい作品になったのじゃないかと思う」と評しているが、作者にすればそれでは不満で、さまざまの生の選択と挫折こそがめざす所であったろう。

「木かげ」（50・11「展望」）は飼い猫ユキについて、その来た経緯・利口な性質・出産・隣家の息子に空気銃で撃たれて後脚が立たなくなるまでを描いて家族の一員としての愛情を示している。

「羽ばたき」[*1]（50・11「婦人倶楽部」）は新制中学の娘がいる浅江の、若い日の二度の駈け落ちを回想形式で語り、自分の娘たちはもはやかつてのように駆け落ちなどはしそうもない事を痛感する。

「日が照り雨」（50・11「女性改造」）については前章の〈右文もの〉の項で述べたのでそちらを参照願いたい。

戦後の貧しい現実

次に一九五〇年の児童文学についてみておきたい。

「グローブ」（50・2「潮流」）はグローブの置き忘れ騒動から三人の子供が思いがけず皆自分のグローブをもてたという話で、表面的には一往めでたしめでたしであるが、その根本には敗戦後日本の子供たちが皆グローブをもてるわけではない貧しい現実があるからで、手ばなしで喜べないところに問題の根の深さがある。

「木の上でおるすばん」（50・4「少年少女」）は藤男が二歳の時に出征した父が小学二年となった今も未帰還で、女一人縫物で家計を支えてきた母は家計のため昼も富山の置薬をして働き、息子も友達に頼んで置薬を置いてもらって食いつなぐという窮状を描き、**「ひとりっ子と末っ子」**（50・10「小学三年」）は〈右文もの〉の一つで、おとなりのなかよしの友ちゃんとのけんかの一コマをスケッチして見せる。**「鹿太郎」**（50・12・28「神港新聞」）は島の日曜日、郵便局長の家で男の子が生まれ、鹿コレラで絶滅したと思われていたのに折柄灯台に二頭の鹿が現れたと聞いて喜び、局長は鹿太郎と名付ける。

人間の尊厳を問う

「オリーブに吹く風」（64・12・20　本来は50年頃「少女の友」からの執筆依頼で書くが一、二年たっても掲載されないので原稿をとりもどし、児文全集4に初出[*2]）は「少女の友」編集部によってボツにされた作品で、その理由はつまびらかにしないが、後年の作者の推定では「終戦直後のはでになった世相にあわない」と思われたらしい。実は節穴だったのは編集部の方であり、この後世に残る秀作を見落としてしまったのだ。

この作品は中学生の二人の少女の眼を通して描かれ、その眼に映るふるさとの小豆島はオリーブのかおる風光・南欧的な風土・大勢の画家たちが競って画材を求めにくる島・夢の国等々、平和であり、穏和であり、この世の楽園、ユートピアのイメージであり、また、そこに住む人の心は温かく、思いやりがあって、おきのさんのように高齢で天涯孤独、火事で住む家もなくなってしまった人が出た場合には、早速村人の善意によって一夜ごとの宿を提供されるというようにまさしく絵に描いたような善意の救済が行われて一見何の問題もないかに見える。しかし、それはあくまで表面的なキレイゴトにすぎないのであって、善意・善行にひそむ残酷さを節子の母は鋭く指摘するのだ。母は節子にこう言う。

「いっとくけども、おきのさんにこっちから歌をうたえなぞ、いっちゃならんよ。」

思わずだまってうなずかねばならぬほど、おかあさんの目はきびしく、声はひくいのでした。

「ほうぼうで、おきのさんにうたえうたえとゆうとるそうなが、おきのさんはゴゼじゃないんだから、だまってしずかにねたいばんもあるだろうし、ねさせてあげる家もあったほうがええから、な。」

「まるで回覧版のようにつぎからつぎへと送られて、一日ごとに寝床のかわるくらしをせねばならない」おきのさんの境遇を思いやって母はきっぱりと「おきのさんはゴゼじゃない」と断言することによって、村人たちの歌をもとめ、話をせがむ心ない要求をしりぞける。それは何故か。眼が見えなくなり、家が燃えてしまったおきのさんにとって、一夜の宿を与えてくれる村人の要求はことわりたくてもそうすることはできない性質のものである。ゴゼではなくてもゴゼを務めなければならぬ時もあるのだ。言いかえればこの作品は人間の善意に基づく、一夜の宿制度にひそむ残酷さにスポットをあてて、人間の尊厳を問う作品であるからである。

感心した若い人の結婚

次にエッセイや座談会等の雑文も含めたものについてみておくと、この年は余り目立ったものがないが「座談会　小林多喜二の死とその前後　出席者―小林セキ・小林三吾・江口渙・原泉子・壺井栄・貴司山治など15名」（50・2「新日本文学」）は19頁に及ぶ長いものだが資料的な裏付けがなく、各自の記憶に頼っているため、折角大勢生き証人を集めながら所期の成果は上がっていない。

「新婚・銀婚」（50・5「文芸読物」）は昔と今の若者達の結婚式の決め方や進め方を比較して合理的で身分相応なのに気

がついて讃嘆したもので、「楽しみあれこれ」（50・5「新女苑」）は草花づくりや毛糸の編みものや夫婦げんかや親子げんかを徹底的にやるのも楽しみだが、一寸自慢なのが「二八」会で、月の二八日に集まって会場持ち回りで晩御飯を食べる会を披露。「予防注射」（50・9・23「家庭朝日」）ではこの時期丁度モラルの転換期であり、その悩み—旧来のカミナリオヤジ式にすれば子供は反発して家出するし、かといって要領よくやれとも言いにくい。

栄の文壇復帰は一九五〇（昭和25）年からで、その栄をになったのは「屋根裏の記録」であり、続く「わだち」であったことについては前述したとおりであるが、その事を数量的に裏付けるのが執筆量の飛躍的な増加である。文泉堂版栄全集12巻所載の「著作目録」で各年毎に記載されたものを雑文、座談会の類もひっくるめて一点として数えて示してみると、表1のようになる。

若い世代への期待

この再起の年の第一作が「からかねの樋」（51・1・15「別冊小説新潮」）で明治から大正にかけての小豆島を舞台に古着屋の次男春吉は労をいとわぬのを見込まれてからかねの樋は村で一軒という大身上の小判屋の婿となる。実は春吉には将来を誓った豆腐屋の娘おりきがあり、妊娠していたのだが、小判屋の婿の話に色めき立った母と兄の説得に負けてこれを捨てた。妻の小ふねは幼時に脳を患って少々足りない上に身

表1　壺井栄の戦後の作品数の推移

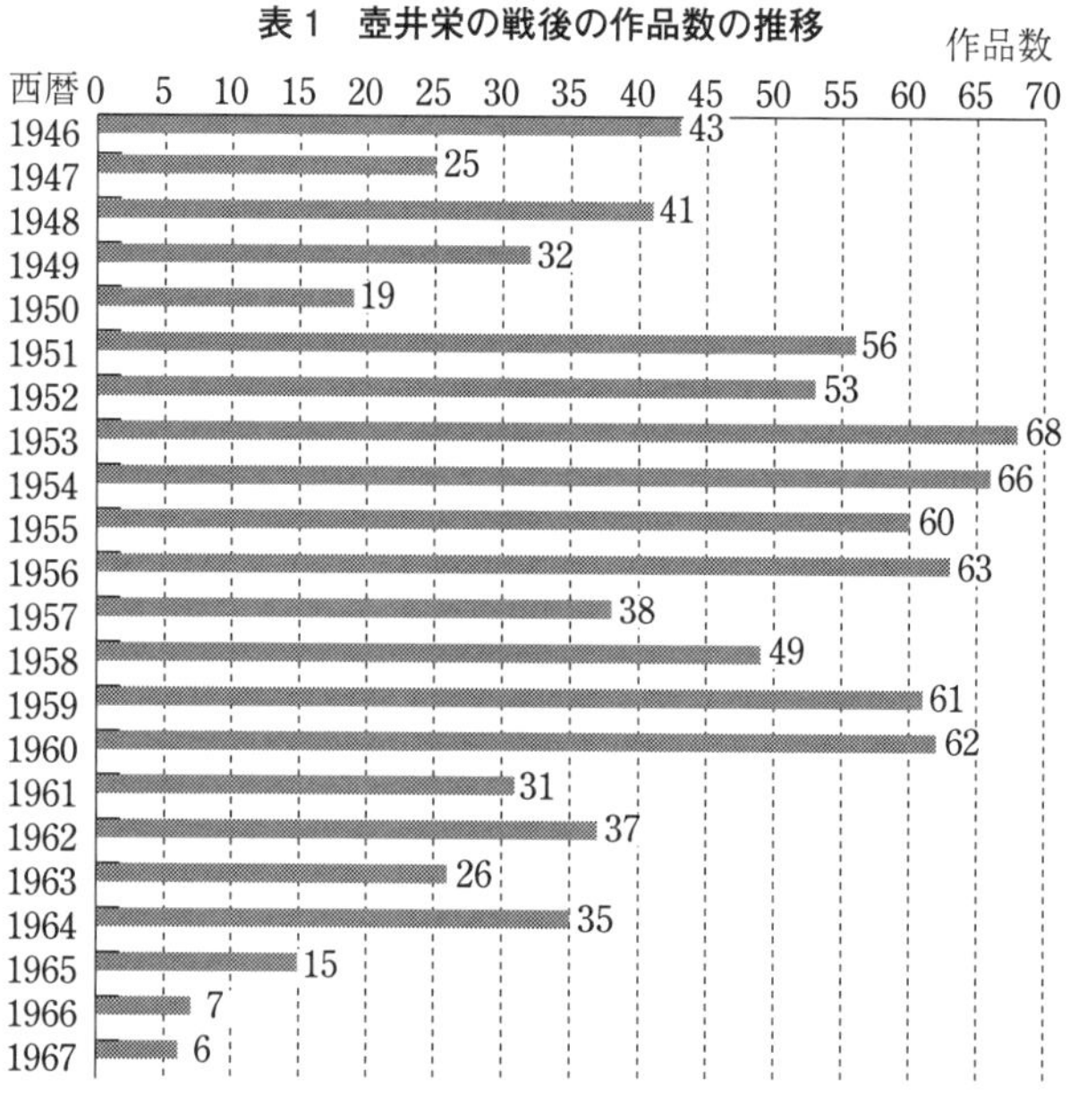

体も弱く、四人子供を産んで死ぬ。
「家」の存続を第一とする考え方の悲劇が春吉とおりきの仲を引き裂き、姉が死ぬとミサオは婚約者があってもそれを捨てて春吉の後妻になるという犠牲を強いられ、養父母は財産を用心深く半分以上は小ふねの名義にしておく―しかしそうした小細工も娘の早死によって烏有に帰し、ミサオも二人の子を産んだあとに死に、春吉は連れ子藤子のあるふさを迎え、その成人を待つがあてにしていた連れ子の娘は長男春樹との結婚を袖にして家を出るという具合に、まるで「家」の思想に挑戦し、これを嘲笑するかのような筋の運びとなっている。

これは勿論、戦後の新生日本を生きる若い世代に作者が期待する願望を寄せたものであろうが、小説としては最後の藤子と節子の家出は唐突で実態のない書き割りと言わざるを得ない。その意味で、この作品は序章であり、のちの「草の実」「柚原小はな」の下書きとみるべきかもしれない。

「振袖と野良着」（51・2「婦人公論」）は新婚にまつわる話題―仲人の花嫁の近所紹介より二人そろってよろしくの方がどうか、「主人」より「つれあい」の方が「男女同権」的ではないか―最後に二組の老人の恋の紹介―既に紹介した「三夜待ち」（40・5「日の出」）と同系統の作品で、ある根源的ななつかしさと大らかさを感じさせるものであろう。

「めみえの旅」（51・4「小説新潮」）については前章で述べた。**「曇り日」**（51・5「日本評論」）は自殺したH（原民喜をさす）の告別式に参列したあとの次々に目にする憂鬱な事件―駅のホームから見たトイレからひきあげられた嬰児の死体、留守に来た小豆島出身の学生が結核で明日帰郷と聞き、両親から預かっていたお金を届けに西荻まで行き、下宿のおかみから亭主のグチ、息子の自殺未遂と陰々滅々たる話のベタ塗りを聞かされて読者に救いはない。

「静か雨」（51・8「新日本文学」）は大正から敗戦後までの三〇年間、七人の子（うち三人の男子は戦死）を育てながら働き続けて死んだカツの生涯を描いたものだが、率直に言って筋書きばかりで、ふくらみに欠ける憾みは否定できない。

＊

花物語の反響の大きさ

栄の作家としての展開、発展を考える上で一九五一（昭和26）年に発表した**「私の花物語」**（51・8・19〜12・23「週刊家庭朝日」）は見逃すことのできない重要な意味をもつ作品である。毎回読み切りで、一回は八枚（四〇〇字詰）の長さという超短編小説で全一九回連載したところ、これが好評ですぐ発表誌を変えて**「続私の花物語」**（52・1・1〜5・4「婦人民主新聞」）として全一五話連載、一回の枚数は更に短く五枚であった。続いて大衆芸能娯楽雑誌「平凡」に**「私の花物語」**（54・2〜55・8　各回八枚前後）全一九回、同誌に**「続私の花物語」**（56・1〜57・3）を全一五回連載し、更に表題を一字改めて**「私の歌物語」**（57・9〜58・11）として全一五回連載した。
その詳細は表2～4に整理したので参照していただきたい。

表2の「週刊家庭朝日」「婦人民主新聞」「平凡」に連載したものは毎回読み切り、一回完結の掌編小説であり、表3の「平凡」連載の「続私の花物語」（全15回連載）はこの形式だけからすると毎回読み切りのように見えるが実際はそうではなく、一人のヒロインが連続し、苦難にめげず成長する物語である。表4は発表時には花物語とは無関係であったが、後に栄が花物語の本を編む際にその一篇として収録したもの。従って作品の分量、長さの点で表2のものとくらべれば四～六倍の違いがあるであろう。

ところで、栄が花物語を書くいきさつとはどういうものであったのか、何故書いたのか、花物語に熱中し、のめりこんだのにはどういう事情があったのか、その点について考えてみることにしたい。まず栄の発言**「花物語の秘密」**（65・10・30　ポプラ社　壺井栄名作集9『私の花物語』あとがき）から見てゆくことにしたい。

> 花物語と言えば、だれでも思いだすのは吉屋信子さんのあのうつくしい花物語の数々であろう。明治から大正、昭和と三代にわたって、若い日本の女性たちに愛読されたときいている。ところが若いころ読書階級でなかったわたしは発表当時にそれを読んでいなかった。この有名な作品を知らなかったのだ。そして五十歳にちかづいた終戦直後になってはじめて読む機会をえた。ラジオでこの作者とおたがいの作品について語りあうことになり、それで本をあたえられたからだ。きけば、吉屋さんはこれを十代のころから書きつづけられ、それをあつめた書物は何十年後の今日まで母子二代にわたっての読者をもっているということだった。わたしはそのことにもおどろいたが、花物語そのものの「あえかな」うつくしさにもびっくりしてしまった。いなか育ちのがさつなわたしなどの、とうてい想像もできない、うつくしい、きゃしゃな女の人たちのことを、豊富なかざったことばでえがいている。たとえば「銀のきざはしをさんごの玉がころがるような声」といったような表現にみちているのだ。戦後のあのはげしい時代に、現実の生活とははなはだしくかけはなれたこの花物語が、またあたらしい読者の心をつかんだということは、わからぬわけではなかったが、国じゅうが飢えや戦争犠牲者にみち、わたし自身もまた戦争のうんだ孤児を育てたりしていたせいか、このたくさんの読者をもっているという花物語を読んだわたしはある意欲をもって『私の花物語』を書きたくなった。書かねばならないと決心したといったほうがほんとかもしれない。
>
> こうしたきっかけで書きだしたわたしの花物語を最初に発表したのは、朝日新聞社からでていた週刊誌「家庭朝日」で、一かい八まいずつ、二十かいの読みきり連載[*3]

であった。この形式で「婦人民主新聞」「平凡」「明星」などにも連載した。（中略）この作品は書きだすまえにひそかにわたしが意図したことが、思いがけず大ぜいの人たちに受けいれられたらしく「二十四の瞳」についで読者の反響がおおかったし、そのいく編かは労働組合の機関紙に再録されたりしたこともあった。はたらいている若い人たちを主人公にしたものがおおかったせいかもしれぬ。わたしがこの物語のなかであつかった女の子たちは、ほとんど中学校だけを出ていきなりはたらいているか、せいぜい定時制の高校生だし、そうでなければなんらかの意味で不幸をせおっている人たちや、それにうちかっていくけなげ者である。現実のうえではそんなふうにははこばなくても、そんなふうにははこばせているもの、はこばせなければならない境遇にいるもの、つまり未来を信じて生きていかねばならないもの、そういったことを書きたかったのだった。

吉屋信子への挑戦

長い引用になったが、本項で問題にしたいポイントを絞って整理してゆくと、栄が花物語を書くきっかけは吉屋信子の花物語であった。吉屋の花物語は一九一六年（大正5年）「少女画報」に読み切り小説として連載が開始され、一九二五（大正15）年まで足かけ一〇年にわたって（末期の数編は「少女倶楽部」に連載）執筆され続け、愛読された。では栄は愛読者であったのかと言えば―この点が大事なのであるが、そうではなかった。それを知らずに、読まずに第二次大戦後まで来る。そして敗戦後の「昭和二十（45）年頃」（栄「生活の雫」56・12・5　壺井栄作品集10あとがき　筑摩書房）ラジオで吉屋信子と対談してお互いの文学について語り合うことになり、事前にNHKから花物語を与えられて初めて読んだからであった。

その印象は

花物語そのものの「あえかな」うつくしさにもびっくりしてしまった。いなか育ちのがさつさなわたしなどの、とうてい想像もできない、うつくしい、きゃしゃな女の人たちのことを、豊富なかざったことばでえがいている。たとえば「銀のきざはしをさんごの玉がころがるような声」といったような表現にみちているのだ。

これはまことにきびしい批判であり、激しい挑戦状である。何故ならここで言われている栄の本音を社交的儀礼をとり払って言えば、信子の花物語は若い女性の弱々しくはかなげな美の姿を描いたものであり、その世界の女性たちは田舎者の栄などには想像もできない華奢な存在で、それをきらびやかな言葉で飾り立てていて、一言で言えば今日的生活現実からは全く遊離した、虚妄の虹の世界であると断罪したものであるからだ。

表2　壺井栄が「私の花物語」と題して連載した毎回読み切りの作品

＊　栄の「私の花物語」で初出以下を確認したものは次の通り。

＊　「全集」は文泉堂版壺井栄全集をさす。

	初出掲載年月日		初出原題	全集タイトル
1	「週刊家庭朝日」 〈私の花物語〉	1951. 8 .19 (昭26)	フレンチ・マリゴールド	フレンチ・マリゴールド
2		1951. 8 .26	花かんざし	花かんざし
3		1951. 9 . 2	ままこのしりぬぐい	ままこのしりぬぐい
4		1951. 9 . 9	美女なでしこ	美女なでしこ
5		1951. 9 .16	ハギ	萩
6		1951. 9 .23	麦の花	麦の花
7		1951. 9 .30	みやまははこぐさ	みやまははこぐさ
8		1951.10. 7	さくら	さくら
9		1951.10.14	合歓の花	合歓《ねむ》の花
10		1951.10.21	ひめゆり	ひめゆり
11		1951.10.28	ゆきわり草	ゆきわり草
12		1951.11. 4	鳳仙花	鳳仙花《ほうせんか》
13		1951.11.11	山茶花	山茶花《さざんか》（B－小説・梅子もの）
14		1951.11.18	うっこんこう	うっこんこう
15		1951.11.25	ばら	ばら
16		1951.12.2	紫苑	紫苑《しおん》
17		1951.12.9	寒つばき	寒つばき（B－小説・房子もの）
18		1951.12.16	尾花	尾花
19		1951.12.23	赤い花	赤い花
1	「婦人民主新聞」 〈続私の花物語〉	1952. 1 . 1 (昭27)	右近の橘左近の柿	右近の橘左近の柿
2		1952. 1 .13	春蘭（ほくり）	春蘭《ほくり》（A－小説）

	初出掲載年月日		初出原題	全集タイトル
3		1952. 1 .20	麝香豌豆 (スヰートピー)	麝香豌豆《じゃこうえんどう》 (スイートピー)
4		1952. 1 .27	のうぜんかつら	のうぜんかつら
5		1952. 2 . 3	たんぽぽ	たんぽぽ (B－小説・私もの)
6		1952. 2 .10	白梅	白梅
7		1952. 2 .17	菜種	菜種
8		1952. 3 . 2	ぼうぶら	ぼうぶら
9		1952. 3 . 9	しのぶぐさ	しのぶぐさ
10		1952. 3 .16	みやまれんげ	みやまれんげ
11		1952. 3 .30	えにしだ	えにしだ
12		1952. 4 . 6	わするなぐさ	わするなぐさ
13		1952. 4 .13	ざくろ	ざくろ
14		1952. 4 .20	芙蓉	芙蓉《ふよう》
15		1952. 5 . 4	しろつつじ	しろつつじ

1	「平凡」 〈私の花物語〉	1954. 2 . 5 (昭29)	福寿草	福寿草
2		1954. 5 . 5	寒 椿《かんつばき》	寒 椿《かんつばき》 (C－小説・三津子もの)
3		1954. 4 . 5	シネラリヤ	シネラリヤ
4		1954. 5 . 5	ねこやなぎ	ねこやなぎ
5		1954. 6 . 5	沈丁花《じんちょうげ》	沈丁花《じんちょうげ》
6		1954. 7 . 5	すみれ	すみれ
7		1954. 8 . 5	矢車草	矢車草
8	初出は「9」と誤記 以下終りまで同じ	1954. 9 . 5	むらさきつゆくさ	むらさきつゆくさ
9		1954.10. 5	われもこう	われもこう
10		1954.11. 5	やぶかんぞう	やぶかんぞう

	初出掲載年月日		初出原題	全集タイトル
11		1954.12.5	オリーブ	オリーブ
12		1955.1.5	南天	南天(なんてん)
13		1955.2.5	ひなぎく	ひなぎく
14		1955.3.5	水仙	水仙
15		1955.4.5	スイートピー	スイートピー
16		1955.5.5	カーネーション	カーネーション
17		1955.6.5	杏《あんず》	あんず
18		1955.7.5	こでまり	こでまり
19		1955.8.5	月見草	月見草《つきみそう》

表3　「花物語」と題して連載するも毎回読み切りではなく、主人公が連続する作品

	初出掲載年月日		初出原題	全集タイトル
1	「平凡」 全15回連載（初出誌は第12回を14回と誤記したため、以下ずれて最終回が17回と誤記）	1956.1.5（昭31）～1957.3.5（昭32）	続私の花物語	小さな花の物語（B－小説・一子もの）

表4　「花物語」とは無関係に当初発表されるが、後に「花物語」の一篇とされたもの

	初出掲載年月日		初出原題	全集タイトル
1	「婦人公論」	1939.9.1	たんぽぽ	たんぽぽ（A－小説・珊瑚もの）
2	「社会圏」	1948.5.1	白いリボン	白いリボン＊
3	「女性改造」	1949.5.1	二人静	二人静《ふたりしずか》
4	「婦人倶楽部」	1950.11.1	羽《は》ばたき	羽《は》ばたき
5	「新女苑」	1951.11.1	竹子	竹

6	「婦人公論」	1952. 3. 1	落花生《らつかしよう》	落花生《らつかしよう》
7	初出未詳		へびのだいはち	へびのだいはち
8	「主婦の友」	1954. 10. 1	山《やま》の宿《やど》— 私《わたし》の花物語《はなものがたり》	山の宿
9	「オール読物」	1954. 10. 1	やまほととぎす	やまほととぎす（B—小説）
10	「週刊朝日別冊」6号	1955. 6. 10	あさがお	あさがお
11	「オール読物」	1955. 10. 1	松葉牡丹《まつばぼたん》	松葉牡丹《まつばぼたん》

注＊初出原題は「白いリボン」で、『あしたの風（創作・随筆集）』（53. 1. 20全日本社会教育連合会）に初収の際は初出のままであるが、『私の花物語』（53. 6. 5筑摩書房）収録時に「羽(は)ばたき」同様便宜的に「楓《かえで》」と改題された。しかし「羽ばたき」同様旧題の方が印象鮮やか故、あえて旧題のままとした文泉堂版全集に従った。

それに続いて言われるように敗戦の破壊と疲弊、混乱と絶望、虚無と頽廃の渦巻く中で至る所に戦争犠牲者があり、日本人の一千万人が餓死するだろうと言われ、栄自身も戦争の生んだ孤児を育てていて、生きるか死ぬかの激しい時代に、現実の生活とは全くかけはなれた信子の花物語の存在すること自体が許せなかった。そのためには「ある意欲をもって『私の花物語』を書きたくなった。書かねばならないと決心した」という。「生活の雫」（前出）ではこの時のことをこう言っている。「私は、一種はげしい思いで、どうしても私は『私の花物語』を書かねばならないと決心した。何もそう対抗的に考えなくてもよかったのだろうが、そのときとしてはたしかにそう思ったのである。」

その結果出来あがった作品はどういうものであったか。

「野の花」へのエール

ヒロインは若い女の子たちで、殆どが中学校だけを出て働いているか、せいぜい定時制の高校生であり、そうでなければなんらかの意味で不幸を背負っている人たちであり、それにうちかっていく健気者たちへのエールであり、応援歌である。現実にはそういう進行にしなければならない境遇にあるもの—つまり未来を信じて生きてゆかねば生きてゆけないものたちのために支えとなり、はげましとなり、生きる目標となるものであった。

吉屋信子の花物語が虹のように美しく、夢のようにあえかな、温室咲きの花々とすれば、栄の花物語は温室ではなく、雨や風に吹きさらされ、そこできたえられる野の花であり、そういう花のたくましさ、美しさを書いたものであった。

人間でいえば、やっと義務教育をおえただけで社会に放り出され、働くしかない貧しい人たちの生きてゆく姿を彼らによりそって支え、はげますものであり、そこに自らのレーゾン・デートル（存在する意味）があると信じた栄の決断と行動が駆りたてたものと言ってよいであろう。

それ故に多くの読者の共感と支持を得て永く各紙・誌に連載されたのだと考えられる。

差別と誤った動物愛護精神

次に51（昭和26）年の児童文学について見ておきたい。数的には少ないが、長編があるので量的には少なくない。まず「みえ子のしっぽい」（51・5・20「婦人と家庭」112号 週刊新潟日報社）は小豆島の坂手村が舞台と思われ、小五のみえ子はいたずらっ子で、何を言ってもケンカにならない同級生のサッチャンを驚かしてやろうと先まわりして家のかげに隠れてウワッとやると、やられたのはサッチャンではなく、その家のおばあさんだったのでカンカンにおこられてサッチャンに手をひかれて帰るという失敗談。珍しいのは、栄の性格からして他人にしかける攻撃性、能動性からの失敗談はないわけで、その点でこれは唯一の異色作といってもよいのであるが、あるいは出入りしていた知人の代作ということも全く考えられないわけではないので、そのことを一言申し添えておきたい。

「坂道」（51・6「少年少女」）は屑屋で生計をたてながら大学の夜間部に学び、将来は弁護士をめざす堂本（二〇歳）が引っ越の時に遭遇した二つの問題—一つは屑屋への差別の問題、もう一つは自分の家の動物さえかわいがればそれでよいとする狭い、誤った動物愛護精神を鋭く批判した作品で、発表当時から話題になり、評価の高い作品である。ちなみに、この「坂道」と「母のない子と子のない母と」に対して翌年四月、第二回芸術選奨文部大臣賞が与えられた。

昔からの風習

「ねずみの歯よりもはやく」（51・10・28「婦人と家庭」135号 週刊 新潟日報社）は幼児の歯が抜けた時に、下の歯は屋根に、上の歯は縁の下に投げて子どもの歯とどちらが先に生えるかを競争させる—昔からの風習で最近はもう殆どないのであろう—を巧みに描いたもので、何げない一瞬の光景が永遠の一瞬になるような錯覚を覚えさせる。

改作の経過

敗戦の翌年に「少国民新聞」（のち「毎日小学生新聞」と改題）に連載した『海辺の村の子供たち』（48・7・1 雁書房）は栄にとってかねてから「不満だらけの作品」[*4]で、折あらば書き直さねばならないと考えていたところへ、光文社の神吉晴夫から長篇の注文があり、信州上林温泉の宿でそれにとりかかった。一九五一年（昭26）七月から九月のことである。[*5]そして出来上がった作品が『母のない子と子のない母と』（51・11・10　光文社）であり、反戦平和へのメッセージが強く訴えられた作品となった。

翌年、これにより昭和二六年度の第二回芸術選奨文部大臣賞を受賞した。両作の分析、検討については既に前章において詳述したのでそちらを参照願うこととし、ここではそこで述べきれなかったことをいくつか指摘しておきたい。[*6]

映画とモデル

「母のない子と子のない母と」は若杉光夫監督、久板栄二郎脚本、北林谷栄（おとらおばさん）・田中晋二（一郎）・宇野重吉（父）・高野由美（母）らの出演で映画化され、一九五二年（昭27）一一月四日に封切られた。これは今日判明しうる限り、栄作品の中で最も早い映画化第一作の作品である。ただし、独立プロの作品であったため、殆ど評判にならなかった。

次にモデルについての詮議がかまびすしいが、それはない。[*7]背景として小豆島と埼玉県の熊谷が出てくるが、これは作者の郷里が小豆島であり、熊谷には親戚の者が住んでいたから便宜的に用いたもの。

受賞にまつわる二つの問題

第二回芸術選奨文部大臣賞受賞については次のような二つの問題があった。一つは『母のない子と子のない母と』（光文社）という長篇と、「坂道」の入った短編集（中央公論社刊）とが偶然、選考委員会で賞の候補になるという結果になり、二つ並べるのもどうかということで、どちらを主にし、どちらをその他にするかで意見が二つに分かれ、文部省では『坂道』を主とし、『母のない子と子のない母と』とをその他にしたことを、坪田譲治は明らかにしている。[*8]

この事と微妙にからんでいるのが第二の問題で、戦争反対をテーマに掲げているこれらの作品が、再軍備を着々と進めている吉田茂内閣の文部大臣から受賞するというのは我々の立場から考えてどうかという意見が強くあった。しかし、これに対しては、確かに純粋には気持ち良いものではないが、しかし戦争反対、再軍備反対の小説に対して授賞するというのはこれはまぎれもなく我々の勝利であって妥協ではないことの証明にほかならないわけで、それ故受賞したが、読者からの共鳴も大きかった。[*9]

宮本百合子の思い出

次にエッセイ類について見てゆくが、この年、栄の生涯で最も大きな影響を与えた二人の作家が相次いで急死した。一月二一日には宮本百合子（五一歳）が、六月二八日には林芙美子（四七歳）が死んだ。芙美子とは栄が一九二五年に上京して世田谷の太子堂に住んだ時、隣人として知り合って以来の友人で、西も東も分からない彼女に芙美子は茶碗の糸尻でも包丁の研げることを教え、今川焼きで食いつなぐ事を伝授し、体当たりで生きれば人生に不可能はないことを身を以て示してくれた先達であった。

百合子は無名時代の栄にとっては秘書兼家政婦の雇い主として生計を支えてくれた恩人であり、文学を志してからは、師匠として原稿の指導と発表誌の斡旋を親身になって世話してくれた忘れえぬ人であった。

従ってこの前後、二人の作家についての追悼・回想は数多く執筆しているのだが、ここではその中から重要と思われる指摘を拾っておくことにしたい。

先ず百合子については、生涯師匠と弟子の関係、あるいは意識から抜け出ることはできなかったようで、林芙美子とのつきあいについても叱られ、大田洋子から百合子に引き合わせてくれと強引に頼まれて紹介すべく案内して行った時も叱られて、師としての尊敬の念は変わらないが、親愛感が薄れてゆく淋しさがあった（「今は亡き人たち」[*10]）と記し、戦時中はお米を二合ほど袋に入れ、牛肉を一切れもって、藪入りよと言って泊まりに来たり（「座談会　情熱の人　宮本百合子さん」[*11]）、去年の秋―それは生前会った最後の時になるが、訪問を喜び、「この顔をみてこれを切らずにいられよか」と中村屋の羊羹の包みを開いて歓待してくれた（「一枚の写真から」[*12]）。また、その時には夕飯をご馳走になり、天ぷらの皿が配られると、百合子は黙って箸をとり、イカ天をとって他のと代えてくれ、顔を見合わせると笑った。それは栄が一八年前百合子の母の遺稿集の編集（『葭の影』として出版）の手伝いをしていた時に、出されたイカに当たって七転八倒したことがあって、それを思い出してくれたからであったが、そういう細かいことも覚えていてくれる人であった。また買物はてきぱきしていて迷いはなく、定価通り買ってまけさせるというようなことはなかった（『藪入り』のことなど[*13]）。もう一つ、百合子には直観的にものを言うことがあり、「口の大きい人は好きで、信用して」いて、今野大力がそうだった。何某は口が小さいから信用できないと言明し、口の小さい右文を見て「困ったような顔」をしていたという（「小さな雑感」[*14]）。

林芙美子の思い出

次に林芙美子については、その文学の特徴を「庶民」と共に嘆いたり、悲しんだり、時には一緒くたに泥んこにもなったり、それが彼女の「本領」であり、誰にも親しまれ、愛される「秘密」（「林芙美子さんの人と作品」[*15]）があるとし、「林さんの死を悼む―その文学の庶民性」[*16]では更にそれを深めて「庶民といっしょにそこにすわって涙を流している文学」であってそれは「決して庶民を立ち上らせる文学ではなかった」として、その文学の限界に厳しい見方と不満をつきつけている。「林芙美子さんの思い出」[*17]（『一本のマッチ』初収）

「はたちの芙美子」[18]は出会った頃から晩年までの思い出を記すが殆どはこれまでに知られたもので、新しくつけ加えられたものはない。

反戦平和へのメッセージ

吉田茂内閣によって再軍備の動きが着々と整備され、朝鮮戦争の始まったのが50年6月、自衛隊の前身である警察予備隊の創設が同年7月と、再び戦争の危険が迫ってきたのがこの年で、栄は小説や児童文学で反戦平和を説くと共に、エッセイ等でも盛んに活動した。その主なものを次に紹介する。

長田新編『原爆の子』についての読後感をもとめられて栄は、ここにある四歳から中学一年までの被爆者の発言は人類の幸福と世界平和への願いをこめたものだけに是非世界中の人々に読んでほしい（「長田新編『原爆の子』―ただ涙だけを流してはいられない」[19]）と訴え、「一本のマッチ」[20]では再軍備に反対し、戦争の惨禍を告発する一人の母として、戦争で父母を殺され、孤児となり、餓死寸前であった右文を何とか生き長らえさせることができた今、彼に向って叫ぶ〈右文よ、平和のために一本のマッチをすれ、一本の灯りをともせ〉と。

また、徴用された沖縄の高等女学校生徒達の悲劇を描いた石野径一郎『ひめゆりの塔』（51・7・15　河出市民文庫）の解説には「平和への希い」と題して反戦を説く。当時しばしばあった夫戦死の公報を受け、夫の弟と逆縁を組んで再婚した妻の前にもとの夫が帰って来て起こる「生還の夫に迷う妻」[21]の問題で栄はそういう逆縁の場合は「一個の独立した女でなくて、家に所属した労働力にすぎない。だから、家に必要だから、その嫁さんを離さないで、弟とすぐ結婚させるわけ」だが、その際に女性に必要なのは「家の結婚」ではなく、「自分の結婚」だという認識を強くもって「自主性のある結婚」をしてほしい――もっと言えば夫の葬式にはワンワン泣いて「一生操を守ります」といいながら、その舌の根も乾かぬうちに、愛人が出来て熱烈な愛の生活を送る女性がいたら、世間は爪はじきするであろうが、栄は「積極的な生活」であり、「再出発」という点で「立派だ」と評価する。

「ローベルト・ノイマン著　阿部知二訳『ウィーンの子ら』をよむ」[22]では戦争で父母兄弟を初め、一切を失った少年や少女達のむごい、過酷な現実を描いているが、これはウィーンだけではなく、戦争のある所、どこにでも生まれてくる子らのことであり、多くの人達に読んでほしいと推賞。

『「基地の子」をめぐり―書評的座談会』[23]、「日本の子供たち」[24]「子供の生活と大人の生活」[25]（中教出版編集部長古川原との対談）の三篇はいずれも話題の中味が既出の『基地の子』（清水幾太郎・宮原誠一・上田庄三郎編。この本は駐留軍のいる基地周辺に住む小中学生が今の日本や基地をどう見ているかについて書いてもらったもの一三〇〇編の中から二〇〇編を選んで編集したもの）を中心に展開されているので、便宜上まとめて述べておくと、栄はこの書に強いインパクトを受け、基地の子は大人と違ってあきらめず、「現実を見つめ、不正なるもの、邪悪なるものに対して激しい抗議を投げつけている」とし、母親は子供の表だけではなく、裏も見抜かなくてはならない、というのは彼らは大人の裏をかくからで、そうでないとおいてゆかれる。また、「戦争玩具」はなくさなくてはならない。それから、子供の問題と大人のそれとは別ではなくて、つながっている。すなわち「アメリカさんに帰ってもらわなければ、これは解決しないとちゃんと結語を出している」。「基地の子供たちは、朝鮮の戦争さえもやめて欲しいといっているのです」。

「子供を守ろう」[*26]という座談会では、「あらゆる女性は母性たりうる」という持論を展開するとともに、それには経済問題がいつもついてまわる故に「子供を守るためには同時に母親も守らなくては母性的な愛情というものに花を咲かせることはできない」と強調し、「教育に対する文学者の発言」[*27]の座談会にも出席して、いわゆる教育の逆コースを批判しており、栄の三著（右文覚え書・母のない子と子のない母と・二十四の瞳）をとりあげての座談会「この本を囲んで」[*28]でも栄は同様に「逆コースに対してのレジスタンス」が三作執筆のモチーフにあることを繰り返し述べている。

「オール読物」[*29]から「ソ連に訊ねたいこと」という課題を求められて、ソ連については何も知らないのだから希望なぞ出せるわけがないが、しいて言えば「戦争など起こさぬよう、世界平和」への尽力を願うことであり、そういう「この小さな国の戦争ぎらいの女は、小さいながらも自分の力の限り、平和をのぞむ気もちで小説や童話を書いています」とおのれのスタンスをはっきりさせている。

「座談会―壺井栄さんに聴く」[*30]、「不安の芽」[*31]でも同様でここを先途という感じで反戦平和を説いている。

文壇復帰への足どり

一九五〇（昭和25）年からの戦後文壇へのカムバックは地味ではあったが着実であり、その年七月には「世界」から注文があって「わだち」を、「群像」に「桟橋」を書き、翌年には「週刊家庭朝日」から全一九回の読み切り連載を依頼されて「私の花物語」という未知の鉱脈を新たに発見してそれを発表すると共に、その続篇を各紙・誌に連載して好評を博することもあった。

その間、受賞に関しては『暦』（40・3・9　新潮社）で一九四一年に第四回新潮社文芸賞を受賞して以来無縁であったが、『柿の木のある家』（49・4・20　山の木書店　九篇収録）が一九五一（昭26）年第一回児童文学者協会・児童文学賞（のち、日本児童文学者協会賞と改称）を受賞、続いて翌年、芸術選奨文部大臣賞を『坂道』（52・3・30　中央公論社　11篇収録）と『母のない子と子のない母と』（51・11・10　光文社）が受賞し、児童文学の世界での地位を揺ぎないものとした。しかし、「母のない子と子のない母と」とそれに続く『二十四の瞳』（52・12・25　光文社）も共に栄にとっては殊更に子供向けに書いた童話という意識はなく、子供から大人まで誰にでも読んで楽しめる家庭小説といった趣の作品であって、そのことはデビュー作の「大根の葉」以来の言わば伝統であり、そこに栄の文学の一つの特徴があることは明らかであるが、世間の評価と栄文学の実態・本質との乖離は後にまた述べるが容易には埋められないものであった。

「二十四の瞳」発表の経緯

栄の名を不朽にした「二十四の瞳」は一九五二年（昭27）二月号から一一月号まで一〇回「ニューエイジ」[*32]に連載された。「ニューエイジ」はキリスト教系の家庭雑誌で、連載のきっかけは、かねて知り合いの著名な児童文学者坪田譲治の依頼によるものであった。その経緯については坪田自身書いたものもあるが、ここでは現在壺井家に残されている坪田自筆の栄宛紹介状[*33]があるのでそれによってみると次のようになる。坪田の三男、理基男は入社早々「ニューエイジ」（この雑誌はキリスト教の伝道雑誌という大前提はあるが、実際は宗教色のすくない、品のいい清潔な雑誌であった。「ニューエイジ」と表記するのが正しく、「ニュー・エイジ」はあやまり）の編集にまわされたが、雑誌の編集経験などは初めての新米社員で、一往六回程度の連載小説の企画は考えたが、さて誰に書いてもらうかという作家の人選の段階で考えあぐねてしまった。というのは、「ニューエイジ」は名のある雑誌ではなく、原稿料も十分なものとは言えず、締め切りも迫っているという悪条件が重なっていたからである。

それで父の譲治に相談すると「それは壺井栄さんが最適」ということで紹介状を書いてもらって原稿を依頼に行き、執筆を快諾してもらった。

紹介状に記すところによれば当初「一回三十枚」、「一回から六回までの間」ということであったようだが、一〇回連載に変わった。

挿絵は栄の希望で森田元子が描き、内容とマッチした郷愁をそそる美しい絵であった。地味で特殊な宗教雑誌が発表舞台ということもあって連載中は限られた読者層にしか読まれなかったわけであるが、回を追うごとに読者から好評を博することになり、連載三回目までは順調に進んだが、四回目の時に体調不良につき休載を申し出られて大慌て、少し締め切りを遅らせて事無きを得たが、以後は毎回遅れがちでかなりきびしい催促をしなければならなかった。後に栄は当時を回顧して「にじり歩くようにしてやっと書き上げた[*34]」と記すように難渋するが、七月末頃には健康をとりもどし、前年同様信州の上林温泉、山の湯旅館にこもってからは創作意欲が旺盛となり、これまでとは逆に書けすぎて困る程で、「二十四の瞳」の最終回は遅くても八月二五日までには書き上げ[*35]て、九月一日からは連載完結後単行本として刊行する約束が、光文社との間に出来ていたため、早速その清書にとりかかっている。

「清書」というのは厳密に言えば正確さを欠くので、冒頭から殆ど毎行改訂され、増補されているのが実態であるところからすれば、正確には初版本の本文は初出の本文を全面的に改稿したものと言わなければならない。

反戦平和への意志が鮮明

問題はその結果である。この改稿によって作品には如何なる変化が生じたのか。

それは改稿によって付加された部分に顕著に出ているわけで、その最大のものは「赤い先生事件」、稲川先生がアカという名で治安維持法にかけられて教育界から葬られた事件である。大石先生はかねて稲川先生が指導した生徒達の文集「草の実」を読んで、すぐれた指導の成果が表れている作文に感動して、その中のいくつかを教室で紹介したこともあったほどであるが、この事件をきっかけにして一挙に人々の意識、風潮は変わり、見ざる・言わざる・聞かざるという小心翼翼たる事大主義が支配的となり、戦争協力一色に塗りつぶされてゆく。その過程で稲川先生の動静を、スポット的に提示して——片岡先生の取り調べや、稲川先生の獄中からの生徒への手紙が彼らに届かず、教師と生徒の間でも秘密をうかがい、探るようになっていくことや、出所した稲川先生は復職できず、養鶏で細々と生きている姿などを点綴して、軍国主義の跳梁する中での個人の生がいかに恣意的に翻弄されるみじめなものであったかを示している。

また、大石先生の父が小学校四年の時に受け持ちの先生に誤解されて激怒し、級友を誘って一日ストライキをし、更に村役場へ押しかけて更迭を要求したというエピソードは、是非善悪をはっきりさせ、直情径行に突っ走る父の性格を示すものであると同時に、その血が娘の大石先生にも流れているものでもあることを語っていよう。

第三に岬の子供たちと先生との再会を語るくだりで、時勢の変化について語り、三・一五事件、四・一六事件、満州事変、上海事変から思想の弾圧にまで及んでいることが示すように世の中の動静、時代背景を明確に作中に書き込んでいて、この作品は単なる超歴史的な童話というようなものではなくて、日本の戦前に起こったまぎれもない、歴史的な事実に基づいた小説であり、社会的な広がりをもった現代小説だということである。

詳しくは後述するように「二十四の瞳」は初出誌の本文を全面的に改稿することによって、作者の反戦への意志、平和への志向がより鮮明になったことは確かである。

大分紙数を費やしたので作品のポイントを整理して示すと次のようになろう。

人物の無名性と場所の無限定の意味

作品は若い一人の女教師と一二人の子供たちの一九二八(昭和3)年から四六年までの歴史を描いたものであり、作品の舞台も「農山漁村の名が全部あてはまるような、瀬戸内海べりの一寒村」とあって特定されてはいない。この登場人物の無名性と場所が限定されないという点が大事なところで、これは戦前の貧しかった日本の地方に住む人々の姿であり、また都会に住んでいる大多数の貧しい庶民の暮らしとぴったり重ね合わされるということである。言いかえれば読者はこの作品の中に、自分たち自身の姿を見、感情を共有し、ささやかな喜びと大きな哀しみの中に過ごしてきた激動期の歴史を確認するということが一つある。

働く者の文学

戦前の庶民は農業や林業や漁業や、あるいは父や夫の稼ぎだけでは生活がなりたたず、内職や副業をすることでどうやらくらしをたてていた。だから大人も子供も皆働いて、仕事を分担することで一家が成り立っていた。作品ではヒロインの大石先生が働くのを初めとして、男も女も、大人も子供も、皆それぞれ家の仕事を手伝い、役に立っていて、遊んでいる者はだれもいない。その点でこれは暮らしに向き合って生きる庶民の文学であり、働く者の文学であると言っていい。

次に生きることに必死な庶民にとって一家の柱となる働き手の父や夫を奪う戦争ほど大きな敵はない。自転車に乗って颯爽と登場してきたヒロインの大石先生も、戦争によって教育界からはじき出され、夫と娘と母を死なせ、二児をかかえて生活のために戦後再び教師として復帰するが、まだ四〇歳であるにもかかわらず、その時には「老朽」のレッテルを貼られた「助教」であり、「臨時教師」というみじめさである。

反戦平和の主張

また、岬の教え子の五人の男子のうち、三人は戦死し、一人は生還はしたものの、失明という悲惨な状況にあり、戦争は人類に不幸しかもたらさないという反戦平和の主張は、理屈や観念としてではなく、個々の人物の描き方を通して全篇にみなぎっている。

このことにかかわって次のようなエピソードが残されている。一九五六（昭和31）年一一月一〇日に、大石先生と一二人の子供たちを彫った「平和の群像」が小豆島の土庄《とのしょう》町にできた時、栄は招かれて除幕式に出席した。招待者は三〇〇人、参列者は三〇〇〇人という盛大なもので、主賓としての

「平和の群像」除幕式、木下恵介・高峰秀子と

挨拶を求められた栄はこれを拒否するというハプニングがあった。

理由は台座の字を揮毫したのが総理大臣で再軍備支持者の鳩山一郎[*36]であることに不満だったからだ。あわてた主催者側がとりなして、何を話してもよいという条件で折り合いがつき、栄は最初にはっきり不満を述べ、反戦平和を願う気持ちを参列者に訴えた。

新童心主義の音楽の実践

大石先生が生徒達の心をしっかりととらえたものに音楽がある。生徒の一人マスノは音楽に生きることをめざすほどになるのだが、これは当時の学校音楽ではなくて、大正期に起こった自由主義者の中から生まれてきた新しい童心主義の音楽であり、唱歌[*37]であった。おそらく栄は音楽におけるこうした新しい動きを、すぐれた音楽教育の指導者でもあった兄の弥三郎から示唆され、それを積極的に受けとめていったものと思われるが、それにしても栄のこの炯眼には驚くほかはない。

「六　月夜の蟹」には小林多喜二の虐殺のことが出てくるが、栄は仲間の一人として実際にその遺体を清めている。

そういう辛い体験がここには至る所にちりばめられているが、しかし読後にやりきれない、じめじめした暗さは残らない。それは庶民の生きる知恵である。栄の母は、明日は明日の風が吹くがモットーであったというが、栄自身にも受け継がれたそういう楽天性や登場人物たちの発するユーモアによるところが大きいのであろう。

大石先生の魅力と不満

大石先生の魅力はどこにあるかと言えば、何と言ってもその豊かで広い母性愛にあるといってよいであろう。子供たち一人一人に寄せる愛情の深さは教師と教え子の師弟愛というレベルをこえて、母親が子供のゆくすえを慈愛の心で生涯いとおしみ続ける大母性といったものを思わせる程である。

これに関連して大石先生批判、あるいは不満があるようだ。作品の冒頭で、洋装の、自転車に乗った新しい女性として登場した彼女が時代に流され、はじき出されて、泣くだけの女になっているのはどうしたことかというものだが、これに対しては最終章「十　ある晴れた日に」で、彼女が二人の子を連れて歓迎会に行く場面のやりとりを思い起こしてもらえば、彼女の若さのよみがえり、潑剌ぶりは了解してもらえるであろう[*38]。

ただし、はっきり言えば大石先生は理想的にきっちりした近代的洗礼を受けて自立した存在ではない。困難な状況に直面すれば、それといかに向きあって状況を打破するかを考えるのではなしに、すぐに涙ぐみ、泣き、それに背を向け、尻尾を巻いて貝のように黙って逃げてしまうタイプである。したがってその点ではいわゆる「新しい女性」などではないのだから、あまり買いかぶらない方がよいようである。逆に大石先生が「新しい女性」ではなく、慈母のように全てを受け入れて泣いてくれる故に憧れの対象になっているとも言えるのである。

亡父嘉吉のモデル

モデルについてはこれまでもいろいろ指摘があるが、まだ誰からも指摘されたことのないモデルを一人紹介しておこう。それは「八」の冒頭に出てくる大石先生の亡父嘉吉《かきち》。先生は父の旧友の船乗りから、若い時に二人は外国船に乗ってアメリカに渡り、シアトルにでも行った時に海へ飛び込んで密入国して一旗あげようともくろんだこともあったと聞かされるが、このアドベンチャーをこの通りそっくりやった人物が栄の身近にいた。夫繁治の兄嘉吉である。その名前までそっくりもらっている所には栄のユーモアがあるが、義兄は首尾よく密入国したのち雑貨商として成功し、市民権をとり、故郷の小豆島坂手から妻を迎えて二人の子に恵まれ、戦前、戦後と日米を往反し、親しく交際した。特に戦後の窮乏期には栄は数多くの物資を送られて助けられた。

〈非責任と被害者〉の設定

川村湊・成田龍一・上野千鶴子他『戦争文学を読む』（08・8・30 朝日新聞出版）は鼎談形式の戦争文学論であり、鋭い新見がいくつも見られる出色の本であり、紹介したい指摘は多いのだが、本稿は余り長くなったのでここでは一つだけ紹介しておくと、ヒロインの大石先生は、「戦争中は、あとになって責任を問われるような行為をせずに無傷であり、しかも被害者であるという位置づけがなされて」（p・64 成田龍一）おり、その意味で「二十四の瞳」という小説の映画化は、戦後の教育者の、戦時教育への非責任と被害者であるという「言い訳」（p・70 川村湊）にほかならないとする断罪はまさしく正鵠を射たものであろう。

注

＊1 のち「楡」と改題されて以下の諸本に収録。『続私の花物語』（55・8・25 筑摩書房）、『壺井栄作品集10 私の花物語』（56・12・5 筑摩書房）、「新女苑」（57・4 再録）、『いのちかなし』（60・5・31 新潮社）。しかし改題の理由について検討してみると、第一にもともとは『続私の花物語』に収録するための便宜的処置にすぎないこと、第二に「羽ばたき」の方がヒロインの積極果敢な行動力をより適切に表現していることから、あえて初出のままとした文泉堂版全集の方針を支持して、初出のままとした。

＊2 壺井栄「ちいさな足あと（あとがき）」（65・10・30『壺井栄名作集3 おかあさんのてのひら』ポプラ社）

＊3 表2に示したように実際は20回ではなく、19回である。

＊4 壺井栄「『モデル』ということ（あとがき）」（65・10・30『壺井栄名作集5 母のない子と子のない母と』ポプラ社）

＊5 前回の宿は林芙美子の夫、緑敏から紹介された塵表閣であったが、今回はその親戚が営む小さな宿、山の湯旅館を紹介されて滞在した。静かで大いに仕事がはかどり、

気に入って以後軽井沢に別荘をつくるまで夏は定宿とする。

＊6　本書の「第十二章　敗戦の混迷の中で（下）」、同じく拙稿「壺井栄―その生涯と『母のない子と子のない母と』をめぐって」（04・10・1　小学館文庫『母のない子と子のない母と』）参照

＊7　注4に同じ

＊8　坪田譲治「母親の肌ざわりを読む」（67・5・10　旺文社文庫『母のない子と子のない母と』）

＊9　壺井栄「私が世に出るまで」（54・1「新女苑」）

＊10　66・10「群像」

＊11　51・4「新女苑」（出席者は栄・佐多稲子・湯浅芳子・粕谷正雄）

＊12　51・4「新日本文学」

＊13　51・5・30　宮本百合子追悼録編纂会編『宮本百合子』岩崎書店

＊14　54・6・10「多喜二と百合子」4号

＊15　51・6・30「東京新聞夕刊」

＊16　51・7・8「婦人民主新聞」

＊17　51・8「文芸」

＊18　54・2・15「現代日本文学全集45　月報7」筑摩書房

＊19　51・11・15「東京大学学生新聞」98―100合併号

＊20　平塚らいてう・櫛田ふき監修『われら母なれば―平和を祈る母たちの手記』（51・12・28〔青銅社・書きおろし〕）に収録。この本は夫や子供を戦争で亡くした未亡人や母たちが、戦後の苦境を必死に生きてゆく中で、再びしのびよる戦争の影に対して、再軍備反対、戦争はいやだと身近な生活の中から反戦平和の声をあげたもので、20名をこえる無名の人達の手記と、栄・柳原白蓮・若山喜志子・佐多稲子・平塚らいてう（まえがき）・櫛田ふき（あとがき）らの文章が収められている。

＊21　51・9「婦人公論」（座談会出席者―田村秋子〔俳優〕・栄・古谷綱武〔評論家〕）

＊22　52・12「図書」

＊23　53・5・4「産業経済新聞」（座談会出席者―栄・古谷綱武〔評論家〕・鍛冶忠〔日販仕入部長〕・上田庄三郎〔編者・司会〕）

＊24　53・6「改造」

＊25　53・8「新しい生活」（中教出版刊　8巻8号）

＊26　52・8「婦人公論」（座談会出席者―長田新〔広島大教授・「子供を守る会」会長〕・清水慶子〔同上会委員〕）・高見順・栄・羽仁説子〔同上会副会長〕・周郷博〔お茶の水女子大教授〕）

＊27　53・3・20「教育に対する文学者の発言」（出席者―中島健蔵・中野重治・椎名麟三・栄）

＊28　53・2・14「図書新聞」182号（出席者―石井桃子・滑川道夫・栄）

＊29　「ソ連に訊ねたいこと」54・1「オール讀物」

＊30　54・4・6「朝日新聞（香川版）」（出席者―栄・前川とみえ〔県議〕他八名の香川県の女性たち）

＊31　54・7「文学界」

＊32　のち誌名が「月刊キリスト」と改題。発行はニューエイジ社。発売は教文館・毎日新聞社。

＊33　昭和26（一九五一）年10月25日付栄宛坪田譲治書簡（本人持参のものだが書簡の形式をとっている）。他に坪田理基男「『二十四の瞳』の思い出」（壺井繁治他編『回想の壺井栄』73・6・23　私家版）も参考にした。

＊34　栄「瞳疲れ」（57・1・15『壺井栄作品集9　二十四の瞳』筑摩書房）

＊35　昭27（52）・8・27日付壺井真澄宛栄書簡参照

＊36　56・11・11「朝日新聞 香川版」は「壺井女史の話」として抄録した中に「書いてもらった方がふさわしかった人」として「南原繁」（香川県生まれ。元東大総長）の名をあげている。

＊37　赤羽学「壺井栄の『二十四の瞳と唱歌』」（56・1・30「文芸研究96集」）

＊38　金井景子「まなざしとことばのキャッチボール」（『真夜中の彼女たち―書く女の近代―』95・6・25　筑摩書房）

第十四章　流行作家

一九五二年後半の小説―さまざまの試み

次に一九五二（昭27）年の残りの小説にふれておくと、「落《らっ》花生《かしょう》」（52・3「婦人公論」）では戦後の若い世代のアプレぶりを挑発的に記して読者を呆れさせ、「若いいのち」（52・3「キング」）では先日見た終電での一コマ――酔った若い男がからみ、窓から顔を出す、その危うさ。せんだっても酔った会社員が犬死にしたというが、もっと生命を大事にしてほしいと呼びかけ、「かんざし」（52・4「群像」）は女流作家であることと主婦であることの相克・矛盾からの夫婦喧嘩や自己嫌悪を指摘して、以後に増えてゆく〈芸術家小説〉のさきがけとなる。「謀反気」（52・7「文藝春秋」）もその周辺にある問題を扱った作品で、一言で言えば男と女との矛盾――一つには夫婦で働いて、夫婦の名義で借金して建てた家でも、出来た家の名義は夫婦二人にはなれぬ不合理さ（戦前の法体系ではそうであった）、もう一つは女流作家三人で銀ブラ後、男なら一杯となるのに、このまま帰るのは癪と謀反気を起こして新宿で電車を降りて飲み屋の一軒に首をつっこむが、「なんですか」と言われて二の句がつげず、ひき下る顚末を通して、古風な女をひきずっている自分をつつき出して苦笑している。

「ピアノ」（52・8・25「別冊文芸春秋」29号）は最近私の家に入ったピアノの入手経過を記す中に、戦争で息子を奪われ、財産を奪われ、今また形見のピアノを奪われる老夫人の悲惨な運命を辿り、他方父から兄、栄へと続く鳴り物好きの家系（父は笛・太鼓・三味線何でもござれの名人で、殊に近村寄りあっての浄瑠璃大会には独学故にいつも露払いではあったが、「父の浄瑠璃が一ばん聞ける」と評判であり、子供たちの中でその血を一番引いたのが長兄であり、彼は音楽学校への進学を希望したが、父・母・きょうだいから村長までが総出で、よってたかって希望の芽をつみとってしまい、夭折してしまった。栄は郵便局に勤めてはじめてためた小遣いで買ったのはハーモニカという、音楽好きの血の中に生まれたのが文吉で目下ピアノの稽古中）を配して血の歴史の正当性を主張し、更に宮本百合子（作中では「M」と略称するが百合子であることは明白）に対する批判（ピアノなんかのあるブルジョア家庭出身で、そういうものばかり書いている百合子の文学は労働者には用がないというもの）に反論する形で「ピアノを私たちのためにも獲得しなくちゃ。そこに今日のたたかいがある」と自己弁護するのだが、そういう弁解自体が不要にもかかわらず、配慮するところにわざとらしさがあり、主題をはっきりさせない憾みを残している。

「『名士』」（52・10〜11、53・1「小説公園」）は島の小百姓の三男丑松が、名門時枝家の跡取りの妹久江の婿になり、時枝醤油の重役、村会議員からやがて県議となる。村会議員の頃から知り合った小料理屋の小竹には、三人の子まで産ませながら認知もせず、金も出さぬため、小竹は産婆となって因島へ行き、再出発を期す。久江はガンで大阪の病院に入院するが手遅れで、今日明日という状態の所へ丑松の電報で小竹が呼び出され、久江が死んだら後へはお前を直すといわれる。しかし、殊勝らしく久江の枕辺を毎日見舞いながら、それ以外の時間は小竹のそばを離れない丑松と、そこから逃げ出しもしない自分にもあいそが尽きた小竹は、久江の遺体を火葬場へ運ぶ留守に因島へ帰る。丑松から後妻に帰れという手紙をもらった時、小竹はつわりで寝ていたが、四人目はもう産むまいと決心する。

ここには貧窮から身を起こす男の屈辱の人生と、性の力と虚名にふりまわされる女の哀れさという二つの主題がどちらもそれ以上深められぬまま、中途半端で放棄されてしまったため、これらの主題は今後の課題として残され、探究されることとなった。

「新陳代謝」（52・11「文藝」）は栄の夏の定宿とした上林温泉の塵表閣と、更にそこから紹介された山の湯旅館とのかかわりを描き、去年、今年と相次いで亡くなった双方のおかみを追想し、わが身の不健康、衰えを痛感するという掌篇。

一九五三年の小説―秀作「月夜の傘」

「『はしり』の唄」（53・4「群像」）の「はしり」というのは小豆島方言で台所の洗い場の意味で、母の時代にはそこは家人に隠れて生卵を飲んで七人の子を産む気力を養った場所

北陸旅行で兼六園にて　左から佐多稲子・芝木好子・栄・原泉

であり、子の時代になると、できのいい三男は東京の学校を出るが、治安維持法違反で警察につけねらわれ、やれ家賃だ、保釈金だと始終無心をそこで繰り返し、嫁の手に金が渡される場であり、三代目の若い孫嫁にとってそこは、坐って仕事をするから腰の曲がる元凶の場所故に、台風でもきて吹き飛んでくれることを願うというように、はしりをめぐる三代の旧家の嫁の意識の変化を辿って不合理なものへの反逆、栄のこの前後の愛用語で言えば、謀反気を引き出している。「手向唄」(53・8「小説公園」)は既出の「村のクラス会」(49・4「銀河」)同様、作者の故郷小豆島の同級会に材を得たものと思われるが、テーマは一人の旧友にまつわる愛と憎しみの情で、クラス会の幹事役をして走りまわったマサエは同級生で従妹の光ちゃんの死を、栄と二人墓前に参り、昔の手毬唄をうたいながら、道楽の一つもさせてやりたかった、何のために生まれてきたのかと嘆くというもので、愛憎入り交じったアンビバレントな感情が印象に残る一篇。

「月夜の傘」(53・8「オール読物」)は四〇そこそこの妻たち四人が、戦争の一番の被害者は私達の世代なのだから、たまには夫に謀反気もおこし、「主人をお尻にしくみたいな会」を作って、月に一度は羽を伸ばそうということになっての内憂外患をユーモラスに描いた秀作で、昭和二〇年代の後半期に確かに存在したある世代の女性達の心情を巧みにすくいあげた作品であり、同時に夫の武骨さ、感情表出の不器用さを排しながらも、愛すべきものとしておおらかに描いていて余韻嫋嫋たる作品となっている。佐々木基一は佐多稲子『黄色い煙』と一緒に栄の『月夜の傘』を評して、二人とも「さいきんいちばん脂ののった仕事をしている作家である。二人ともほとんど円熟期に達したといっていいほどで、どんなに身近な日常の材料でもみんな小説になってしまう」(「読書――佐多稲子『黄色い煙』壺井栄『月夜の傘』」54・10・8「産業経済新聞」)というが、適評である。

脳病院を舞台の力作

「紙一重」(53・10・25「中央公論秋季増刊文芸特集号」)は義甥戎居仁平治が当時勤めていた西熊谷病院(精神科)の巽副院長を紹介されて度々取材に訪れたが、[*1]一年ほど胸の中に抱えて吐き出せずにいた。ところが偶中央公論社を訪ねた時に編集長の藤田圭雄につかまり、そのまま信州の宿、「山の湯」にカンヅメになり、四日間で百一八枚書いた。枚数は勿論栄のレコードなら、二晩の徹夜も初めての経験であった。あとは腑抜けのようになって二三日を寝て過ごした。[*2]初版刊行時(54・12・15『紙一重』中央公論社)に改訂し、一二〇枚が一六〇枚になり、単行本の出版も一年近く延ばしたが、のばし甲斐のある程の変化ではなかったと自ら記しているが、[*3]これは後述するように概ね首肯されるところであろう。

作品は東京近郊のK町(埼玉県熊谷市と思われる)にある脳病院を舞台に展開する。まずそこにおける問題として第一に患者の過剰収容の問題、一人の医師が一〇〇人のもの患者を診ざるを得ないという異常事態をとりあげて、問題を広く世間に訴えると共に、第二に患者の様々なケースを具体的に紹介することで読者にこの病気と病院への理解と関心を身近なものにしていると思われ、その点で作者の準備は周到である。次いで「二」では東大卒ながら失業中で、四二歳、高校生をかしらに小三までの三児をかかえて細君の編み物で生計が支えられている中里一家が点出され、一家の苦労に同情した脳病院の息子夫婦から父の脳病院への就職を紹介されての中里一家の驚き・当惑・見栄・差別等々の葛藤を描いて脳病院に対する当時の偏見・差別的感情をえぐり出し、白日の下にさらけ出している。ここで重要なのは中里の半生を暗黒にした左翼運動への加担の問題があり、それはいわば若気の至りとでも言うべき、はしかの如きものであったのだが、中学教師志望の彼には常にそれが〈前科者〉の烙印として決定的に働き、はじき出すものとして作用したということである。これは後述するように、代議士襲撃事件の容疑者としての逮捕にもつながっている。

もう一つは「四」で院長の人情主義の勝利を示すものとしての前島一家を登場させて、いわばダメ押シとして使っていることである。

「三」では患者のいろいろを再び紹介するのだが、これまでと違うのは発症の原因にまでさかのぼって警鐘を鳴らしていることであり、さらにはこれを逆手にとって道楽者の夫が妻を無理矢理入退院させることによって〈狂人〉の準備工作をし、離婚のための既成事実作りに奔走するという場合や、治っても行先がなく、院長の人情で生涯置いてもらっている者など、単に医療の問題ではなく、尋常一様では解決のつかない、巾の広い問題のあることも示している。

「五」では現金強奪と脱走事件、更に殺人と凶悪な事件が連続して起こり、それまでここは浮世を離れた別世界の如き観があったが、それはあくまで錯覚であって、この世界こそ世俗の縮図であり、また欲望や感情・情念がさえぎられることなくストレートに表出される場所であることをまぎれもなく示している。渡部と中里の逮捕も理不尽な世俗の象徴としてあるのであろう。

図式的に言えばこの作品のテーマは脳病院の置かれている危機的な状況への問題提起であり、小説的な結構としては理不尽な現実とそれに対峙する多木院長の人情主義、博愛主義の敗北を描くものと言ってよいであろう。

その点で作品はほぼ当初の目論見は達していると見られるので、ラストの二人——渡部と中里の逮捕は余りに理不尽にすぎるもので、結末をつけるための口実との非難も甘受せざるを得ないであろう。*4

一九五二年の児童文学—戦争の傷痕

次に一九五二（昭和27）年の児童文学について述べておきたい。

「小犬のぺーちゃん」*5（52・1・13「高知日報夕刊」他）は小

学生の道子が学校帰りに子犬を一匹をもらうことにしてペーと名づけ、乳離れしてから連れてくることにするうち、犬が病気になり、おばさんはほかの犬にしてもよいとすすめるが、母に〈犬の子だからって、かってなことはだめ。うちの犬はペーです〉と叱らせて、人間の身勝手さや御都合主義をいましめている。

「山羊のおよめいり」（52・3・23「小学生朝日」朝日新聞社毎日曜日発行）はチカ子の家の山羊が発情期を迎えて騒ぎだし、父が交尾のために連れてゆくまでの過程を、子供にわかるように説明するのは困難であるのを、栄は実に手際よく、いやらしさは微塵もなく、さらりと述べているのは流石である。**「ネジのゆくえ」**（52・4・22「中国新聞」）は紙面の都合でカットされて前後がつながらなくなった作品。**「金太郎」**（52・5・5「神戸新聞」）は金持ちの神田家の四匹の鯉のぼりがゆったりと五月の空に舞う姿と、対照的に隣家の小さなバラックの家、父が戦死して母一人子一人の八百屋の貧しい行商一家を配して、こちらには子供の描いた用紙ののぼりと金太郎の腹巻姿の幼時の写真を飾って満足する母子の姿を描いて、幸福はどこにあるかを静かに問いかけている。**「たるおけ病院の看護婦」**（52・7・3「時事新報」）は父は戦死、母は小豆島の疎開先で亡くなり、みなしごとなった光子（中一）は血はつながらないが、ひきとって世話をしてくれる樽職人のおじいさんが修繕する、たるおけの配達役を引き受け、その姿を村の子供たちにはやしたてられて恥ずかしいががんばり、将来は看護婦になるつもり。このおじいさんには「おひつや　たらいを　なおします。山田たるおけ病院」と書いた貼り紙を村の辻々にはりだすユーモアのセンスがあり、それが作品の救いになっている。**「文ちゃんと直ちゃん」**（52・9・7「河北新報」）は同い年の小学二年生、しょっ中けんかと仲直りのくりかえしなので、母どうしが話して一週間けんかをしなければ一〇〇円ずつやることにする。七日目の夕方、もう二人とも、がまんできない、一〇〇円なんかいらないというので、母はさあやってらっしゃいと九五円やり、どうしてすくないかは二人で考えなさい、とするのだが、この試みそのものはおもしろく、「けんかって何？」と根本から考えさせるきっかけになるかもしれない。

「カキはみていた」（52・10・21「新聞名不詳[*6]」）は八歳の少年が三つなった柿の実を戦死した父の命日に食べるのを楽しみにしていたところ、その朝戦争で孤児になった少年に三つとも食べられてしまったという残酷な話で、戦争の悲惨さ、その根の深さを訴えたい作者の意図は明瞭だが、明瞭すぎてかえってウソっぽくなっていないであろうか。**「水そうの中の子供」**（52・12・7「神戸新聞」）は小学生の花子が、隣の産婆さんが留守の時には四歳と二歳の子の面倒をみてやるという話であるが、そういう複雑でシリアスな状況を巧みにとりこんで一篇にまとめ上げる手腕は凡手ではない。

一九五三年の児童文学―佳作が多い

このあと栄は流行作家となり、児童文学の方へは手がまわらなくなって急速に児童文学は減るのでそれを先にたどっておきたい。

「千艘万艘《せんぞまんぞ》のおじさん」（53・1・1「信濃毎日新聞」）は当時、正月になると大黒天のいでたちで、打ち出の小槌を手にもって家々の門口に立ってめでたい歌をうたい、舞をまって餅などをもらった人のことだが、戦争がすんでからは彼はそれをやめてしまった。一人息子が戦死して独りぼっちになってしまったからである。しかし、おじさんがまた歌をうたえるような世の中が来ることを望んで終わる。**「遊びにくるクマちゃん」**（53・5「婦人倶楽部」）は母が三歳の幼児タケシをねかす話だが、実に上手に、上品につくってある佳品。**「赤い柄のこうもり」**（53・6・10「神戸新聞」）は幼児の内心の葛藤は爆発させないとおさまらない心中の経緯を描いたもので、よく幼児の心理を辿っている。**「おかしな話」**（53・6・28「日本経済新聞」）は鶏肉の嫌いな文吉に、今日の肉はかしわだと言ってうまくごまかして食べさせてしまう話だが、その手際は鮮やかである。**「雨のふる日」**（53・8・17「時事新報」）はまもなく文吉が一年生になる前に、養子縁組をして正式の親子になっておこうと手続きを進めていたところ、それが認められた日、文吉は朝から大騒ぎして出かけ、無事養子となり、正子とは姉弟となった。三年生になったある日、森君から文吉の母についてしつこく「まま母」「ニセの母」と言われるが、彼にはそれをつっぱねる強さがそなわっていた。「養子」にまつわる永遠の問題が手際よく回避されて、困惑することなく対処されている好例。**「あしたの風」**（A―児童・夏子もの）（初出未詳『あしたの風（創作・随筆集）』（53・1・20　全日本社会教育連合会）に初収）は小六の夏子は弟と母の三人暮らし。父は戦死し、母の編み物で生計を立てるが、生活は苦しく、長ぐつはなかったが、やっと買ってもらってはいて行った日に盗まれてしまい、家に帰れないでいるところへ母が迎えに来て、また買ってくれ、夏子の心配を吹きとばすように「あしたはあしたの風が吹く」と大きな声を出す。庶民の生活の知恵――今日の心配はあしたにはもちこさない、あしたはあしたで、あたらしい気持ちで生きてゆくという気持ち、生活の知恵を一篇にまとめたものだが、余りにもご都合主義のそしりはまぬかれないであろう。**「駅のちかく」**（初出未詳『あしたの風（創作・随筆集）』同上に初収）では郊外の私鉄の駅付近の様子をスケッチする。**「ながぐつ」**（初出未詳『あしたの風（創作・随筆集）』同上に初収）の松雄（九歳）とヨシミ（七歳）は今迄両親と四人で四畳半一間に住んでいたのが、今度六畳と四畳半の、畑の真ん中にある一軒家に越したので、大声を上げて喜ぶ。大人用の自転車をねだると母は銀行のくじびき預金に毎日一〇円ずつ貯めることを提案し、二人も大乗り気。千円たまった日に、母は長ぐつを二足買って来て玄関に並べ、二人に長ぐつが当たったよと言うと、これでいいよとはいて遊びに行った。なかよし一家のおもいやり生活点描といった趣の作品だが、何とも予定調和的でキレイゴトにすぎるであろう。

　次は一九五四（昭29）年から。

一九五四年の児童文学

「さざんかの花咲く道で」[*7]（54・1・1「中国新聞」正月版第三部二面）は母と二人暮らしで保育園に通っているケイコは、大みそかの晩にいなかのおじさんからみかんが沢山届き、お正月の晩に母と競争でミカンを食べ、食べたまま眠って、こたつの中で失敗してしまうが、誰でも一度や二度はあることですから、そっとしておいてあげましょうと大らかに結ぶ。

「えくぼ」（54・1・23「読売新聞夕刊」）は何年も口を利かない重症の患者がいとも簡単に笑い、えくぼを見せるというのは、何と言っても眉唾物の感があってご都合主義の非難は避けられないであろう。**「まないたの歌**（B―児童・文吉もの）」（54・6・8「東京タイムズ」）は昨夜、夜ふかしをしたので母に何度起こされても起きられない文吉はおなかが痛いとうそをつく。すると母は、じゃあ今日はお休みね。けどせっかくおべんとうにサンドウィッチをつくったのに、食べられなくてかわいそうとうそを見抜いている。やがて文吉が起きると、朝ごはんのほかにサンドウィッチまでできていたというもので、一枚も二枚も上手の母にしてやられた文吉を描いてほほえましい。**「黄色い包み」**（55・1・1「河北新報」19面　共同通信から他紙にも配信）は生母をなくし、新しい母を迎えた小三のヒロミがうれしい心を言えないばかりか、おかあさんとも言えずに過ごすうち、はじめて「おかあさん」と呼んだのは二人で買い物に出て電車で帰る時ヒロミが乗るとドアがしまり、母が外にとりのこされて電車が動きだした時であった。ヒロミの心の動きもよく描けていて、状況設定にも無理がなく、うまくできた作品。

一九五七年以降―長篇児童文学の展開

　栄の場合、流行作家であることは同時に長篇小説家であることを意味した。というのは、作品は連載小説であったからだ。それは児童文学の場合も同じで、作品数は激減するが殆どが長篇となるので、以下一九五七（昭32）年以後の作品を一括して見ておくことにしたい。

「まあちゃんのおうち」（57・1～58・6「たのしい一年生」「たのしい二年生」「たのしい三年生」に全18回連載）は独りっ子のまあちゃんの相手にひよこのぴよきちを飼い、ついで犬のモリー、猫の白と次々に飼うことになって賑やかとなり、田舎のおばあさんのお見舞いに行った留守に白が失踪し、やっと見つけて一安心。小三になったまあちゃんの組に、ふじ川ふじ子さんという転校生がきて、隣の席に坐るが口が重く、無愛想。やき芋屋で赤ん坊をおぶったふじ子に会い、並んで帰るとけやき大臣の家に消える。翌日、登校の折に声かけに寄ると、家人からそんな子はいないと言われ仰天するが、門の外でふじ子に会い、両親が病気で死に、おじいさんが植木の職人をしているけやき大臣の家に来た事情がわかり、仲よしになる。

ところでこの作品には、少々誤解を招きやすい厄介な問題がいくつかあるのでそれについてふれておきたい。

表題の変更の問題

一つは雑誌連載中に作品の表題が変更になったことである。すなわち

57・1〜57・11「まあちゃんのおうち」
57・12〜58・6「まあちゃん」

となっているのだが、この改題の理由は不可解である。

この作品は内容的に見れば二つに分けることが可能で、15章（連載年月で言えば58年3月）まではヒロインのまあちゃんと動物たちの物語であり、16章（58年4月）から後は転校生の友人ができるという別の話になっているからである。従ってもし改題するというのであれば16章（58年4月）以後というのであればそれなりの理由があるが、現行のままでは不可解というほかはない。従って「まあちゃん」は独立した作品ではなく、「まあちゃんのおうち」に含まれるものであることをはっきりさせておきたい。

というのは従来の著作年譜などでは初出誌の調査をしていないために、「まあちゃん」は「まあちゃんのおうち」の「続稿」などとする記述もあるが、前述の通りこれは事実誤認であり、あやまりであることをはっきりさせておきたい。

作品の当初の構想

次に作者に次のような発言があって興味深いので引用しておきたい。作者の作品解説「このお話について」（『まあちゃんと子ねこ』〔後出〕）の一節である。

　『まあちゃんと子ねこ』は、このかわいそうな「ひとりっ子」を少しでもさびしさからすくってやりたい願いのようなものをこめて、経験をもとに書いた作品です。しかし、猫や犬を育てたり、鶏を飼ったりすることだけで、ひとりっ子のマイナスがすくわれるとは思っていません。けれどもここではごく単純な意味で、とにかく子猫をひとりの友だちとして「まあちゃん」にあたえたのです。

　この作品はだいぶ前、講談社の子ども雑誌に連載され、子猫のしろが行くえ不明になって、ついにもどってこないまま終わりにいたしました。ところが編集者の意見で、読者対象が幼児なのだから、やはりしろは見つかって、安心する結末にしてほしいと申され、それもそうかと思って書き直しました。けれどわたくしは、やっぱりしろはもどってこなかったほうが、自然であるような気もいたします。それはそれで、「ひとりっ子」の心をきたえることにもなると思うからです。

この作者の自解によれば、作品の当初の構想が編集者の懇望によって変更されたことを明らかにしていて大変興味深い。それを確かに裏付けるものとしては10章にある「白もまあちゃんにだかれて、まあちゃんのかおをみていました。これきりまあちゃんにあえなくなるなど、ゆめにもかんがえていないようなかおをして。」という表現は明らかに当初の行方不明の構想を語っているものといってよいであろう。

　この構想の変化について私見を言えば、無論当初の構想通り行方不明でいくべきで、白がもどってきたのでは甘すぎる。それでは読者の心をきたえることにはならないからである。

『まあちゃんと子ねこ』との関係

　それからもう一つ。先程の引用に『**まあちゃんと子ねこ**』（64・5・10再版　ポプラ社）という作品が出てくるが、これは前出の「まあちゃんのおうち」（57・1～58・6）のうち、初めと終りをカットして57・4～58・3までの部分（4章～15章）を独立させたものである。従ってこれも前の「まあちゃん」と同じく、「まあちゃんのおうち」に含まれるものなので独立した別の作品とはしない。

戦争の悲劇の掘り起こし

　「象の花子さん」（58・1・1「どうぶつえんあんない」1号　上野動物園　月刊）は第二次大戦が終わってインドから象のインディラさんが贈られて、日本中が喜んだが、その裏には悲しい話があった。戦争中、本土が空襲され始まると動物園の猛獣は危険ということで全て殺害ということになり、注射で殺したのだが象だけは針がささらず、食物に薬をまぜると口に入れないので残ってしまった。それで餓死させることにしたのだが、象は飼育係を見ると食物をねだってひょろひょろと立ちあがり、芸をしたが遂に餓死、という戦争の悲劇があるので、平和を願わずにはいられない。反戦・平和を訴える栄には単純にオモテの現象にのみ浮かされていることはできず、常にそのウラにあるもの、歴史の真実を掘り起こして指摘することは避けて通れなかったのである。

　「**すずねちゃん**」（58・4～59・6「たのしい一年生」「たのしい二年生」に全15回連載。のち単行本には収録されず、講談社版『壺井栄児童文学全集Ⅰ』に初収。ただし『児童文学全集Ⅰ』の本文は、文泉堂版全集10巻の455頁下6行から457頁上19行までの部分が編集上のミスで脱落している。ちょうど「たのしい一年生」59年2月号の一回分を脱落させたために、物語の展開上雀とどうして仲よしになったのかが不明になっている）はおばあさんのリードですずめに興味をもった一年生のすずねがエサやりから始めて、脚をケガしている雀に気がつき、仲間はずれにされてエサがとれないのをいろいろに工夫してとれるようにして仲よしになる様子を全15回に巧みに描いてあきさせない。しかし、二年生になっての〈事件〉は余りにあざとさが目についてとれない。

　「**ふたごのころちゃん**」（58・4～59・7「小学二年生」「小

学三年生」に全16回連載し、『ふたごのころちゃん』（60・9・1　実業之日本社）に初収。ただし、初出誌のうち、次の五冊―58・5～6月号、58・9～11月号―は発行元の小学館はじめその他でも披見されず、初出未見）はみこちゃんの家に生まれたふたごの男の子（太郎と次郎）のかわいさ、その天衣無縫ぶりを前半は見事に描いて間然する所がないが、後半のバラ事件になるとまた戦争の悲劇がからんできて、理に落ちて興味半減に堕してしまう所が惜しまれる。

「**帳面を消そう**」（小川太郎・壺井栄編『子どものための一日一言―一日一つのこころの規律―』（58・6・5　麦書房　書き下ろしで初収））は日課のきまりきった事はさっさと片づけてしまおうということで、例によっておばあさんの使い方の巧みなのには驚かされる。

「**風の子**」（58・7～59・7「たのしい三年生」「たのしい四年生」に全13回連載）は「風速百メートル」のあだ名をもつ運動会の人気者、今日子が出合うさまざまの試練―母の死・新しい母の登場・運動会の練習での初めての二等・母の病気から一人静岡のおば宅へ・四人の従弟たちとの出合い・従弟に怪我をさせての動揺・父母の突然の迎えと母の妊娠―というように、次々に事件の連続で読ませるのだが、「風速百メートル」の速さがうまく生かされていないのと、次々と起こる事件が、事件のための事件の感があって、出来ばえはよろしくない。

「**いぬならぽち**」（59・4～60・6「たのしい一年生」「たのしい二年生」に全15回連載）はあけみの家にころがりこんできた犬を飼ううち、やがて成長して子犬を産み、その貰い手とのやりとりを通して大きな問題―私達人間は犬をかわいいから飼うのだが、しかしそれは見方を変えれば人間の勝手な、わがままな、気まぐれでもある、都合なわけで、犬にとっては迷惑千万、親子兄弟離散の、不幸の始まりということになるのであって、こういうふだん我々が何の問題も感じずに通り過ぎている問題について、時に立場を変えて考えてみる、視点転換の重要性を提示した作品になっていると考えられるであろう。

「**ほらほらぼうや**」（59・4～60・2「小学一年生」全12回連載）は「読んできかせる童話」のセクションで、新聞記事から毎回材料を拾って書いたもの。二階から落ちた赤ん坊が通りかかった牛乳屋さんに受けとめられて助かった話や、新しい三輪車を買ってもらった六歳の子がうれしさの余り一〇キロもはなれた町まで走って行った話など、一二の話が幼児によくわかるやさしい言葉で、適切に語られている。特に時事的な話題――ロケットに乗せられて宇宙旅行をしてきた猿や、沖縄の小学校にアメリカ軍のジェット機が墜落して一〇〇人を超える死者が出た話、伊勢湾台風の被害の大きさ、長崎の島では暮らせないとブラジルに移住する人達、北アルプスで遭難して死んだ六人の大学生の話など、日日起こっている生生しい事件を幼児にわかりやすく話す技術は凡手ではなく、栄の健康が許せば児童文学の新しい分野をきりひらいてみせることになった筈で、その死は惜しまれるものであった。

「どんざの子」(65・3・10「びわの実学校」9号)は栄の生まれ育った小豆島の坂手村の貧者を、それぞれ東西の横綱に配して列伝体に記し、彼らのまきおこす笑いを大らかに記して笑わせるのだが、それにしても東西の両家ともそろって坂手の出身ではないよそものであるのはどうしてだろうと疑念をはさんで読者に一考をうながす。最後に最近帰郷の折、港でかつての西の横綱の孫という立派な身なりの青年から、昔祖父母が世話になったと、丁寧な挨拶を受けて恐縮したことを記すが、その感激やもって瞑すべしであろう。

一九五一〜二年のエッセイ

「屋根裏の記録」(50年)で文壇復帰を果たした後は、着実に足どりを固め年を追って新聞や雑誌に登場する機会も増え、小説やエッセイばかりでなく、座談会・コラム・ルポルタージュ・識者としての発言・選評などメディアからのさまざまな要求が堆積して、雪だるま式に流行作家に押し上げられていくことになり、折柄映画が全盛期への道を歩き始め、栄の小説の殆どが映画化されるという全く予期しない事態も出来して、珍妙な人間喜劇も起こるのだが、それについては機会を改めてその節に述べることにしたい。ここでは一九五一(昭26)年以後のエッセイを中心とする座談会などの雑文から主要なもの、あるいは落穂拾い(すでに宮本百合子・林芙美子にふれたものと戦争反対、再軍備反対の主張については主要なものはピックアップした)をしておきたい。

「『戦争はいやだ』という要求」(51・2・25「婦人民主新聞」)はこの時「朝日新聞」(51・2・16)に平林たい子が書いた意見にかみついたもので、戦争中女性は男性以上に「扇動にのりやすい弱点」を示していた。女が男よりも平和的に見えたのは「身辺の問題についてだけ」とたい子が言うのに対して——ならば、なおの事、その克服をしなければならぬ筈だ。一体、彼女は戦争協力なのか、反対なのか、どっちなのだ、とつめよるのだが、これは栄の方がカッカして頭に血がのぼっているというほかないであろう。

「私の旦那」(51・8・17「新大阪」)はかんしゃく持ちで神経質、「一つの時計を三日と無事に持てない」と言い、「習慣」(51・10・15「朝日新聞夕刊」)では法事に赴いた席で夫が灰皿をけとばし、灰をまきちらしてしまい、妻は衆人環視の中あわてて後始末——子供には自分の事は自分でせよと教える親達がなぜそうしないのか——手を出さない男の習慣、自分の事のように始末する妻の習慣、それを自然と見る周囲の習慣にふと疑問を覚えたとするが、この指摘は鋭い。

次に一九五二年(昭27)に移って、「おさつ・そうめん・ごもくずし」(52・1「婦人公論」)は小豆島では幼時さつまいもだけはただのような気がして、ぜいたくに食べていた記憶を語り、ついで気軽な食べ物としてそうめん、ごちそうとしては魚をのせた五目ずしとして得意料理を語り、「小豆島の正月」(52・1「風花」)では今では殆どすたれてしまった幼時の正月行事を追想して語り、中でも門付け万歳の千艘万艘の女は一つでも多く餅を貰おうとして露骨にお世辞たらたらを言うので嫌われていたが、もう一組恵比須人形と打ち出の小槌を持った夫婦者の万歳はお世辞も言わず、バッタのような芸よりしないが愛されていた。ただし実入りはいつも千艘万艘の女の方が、うんさと背負って腰を曲げて帰って行ったというところに、人の世の真実が見えている。

次いで「中央公論」（52・2）の**「特集憲法に云う『健康で文化的な最低限度の生活』と我々の生活」**はこれを検討するために実際の生活はどうなっているのかを、農家・サラリーマン・中小企業者・労働者・主婦・各パート別に五・六名ずつ出席してもらって座談会を開き、実状を検証したもので、栄はまず「主婦の座談会」に出席したのち、まとめの各パートの「司会者の座談会」の二つに出席して主婦たちは「不平満々」「文化生活なんて空手形」「豚や犬と同じみたい」「一日十何時間働かないとやっていけない」「税金が高すぎる」「米の自由販売でかえって米が食べられなくなるのではないか」「再軍備は反対、それよりも学校・託児所・医療の充実に税金を使え」というのがその叫びと報告しているが、以後ジャーナリズムにおけるこうした社会的文化的経済的方面でのコメンテーターとしての発言要請は年を追って増えてゆく。

岩波書店発行の総合雑誌「世界」（52・3）の〈住宅問題―東京の屋根の下〉のセクションに求められて書いたルポルタージュ**「巷の家々を訪ねて」**は東京都荒川区三河島の戦災を免れた都営住宅の惨状に唖然とし、更に通称千軒長屋の有様に呆然とし、荒川放水路近辺の非衛生と悪臭に東京の住宅政策の貧しさを見て言葉を失うのである。

「めでたしめでたし」（52・10「新世紀」創刊号）は『母のない子と子のない母と』（51・11・10　光文社）の結末を「ハッピー・エンド」とする批判に反論したもので、「大学出のインテリが日傭取りになる」というような生活がどうしてハッピー・エンドなのかと問い返している。しかしこの反論は一郎の父とおとらおばさんとの再婚という問題には答えていないわけで、その点では問題のすりかえという批判は依然として残っているであろう。

一九五三年のエッセイ

「小学校を出る人たちへ」（53・3・22「小学生朝日新聞」）では、「正しいことやよこしまを見ぬく目をそらさない」こと、もししあわせなら、その幸福について考えてほしい、もし「不幸」になっているのならその不幸のもとを考えて元気を出してほしいと激励する。

『「むぎめし学園」を訪ねて』（53・5「主婦之友」）は唐池学園（通称「むぎめし学園」）園長を訪ねてルポしたものだが、残念ながら外面的で上っ面だけの、通り一遍のもので、栄のものとしては珍しく不出来である。**「肩させ、すそさせ」**（53・10・4「家庭朝日」）は秋に鳴くこおろぎは冬にそなえて衣の肩やすそをつくろえと鳴くのだと昔の人は言って、女達に針仕事や手先仕事を当然のこととしてさせてきた。しかし、それではいつになっても、余りにドメスティック（家庭内の瑣事）な領域・レベルにとどまり、女性の地位の向上などは望めぬのではないかと問題を提起する。

一九五四年のエッセイ

「お年玉（D—随筆）」（54・1「新刊月報」）では、孫に口説き落とされてお年玉に電気機関車を買ってやったが、そこへ親戚から電話があり、その二人の息子にお年玉の約束をしていたのだが、それを生活費にまわしたいので金で欲しいのだという。二人の子供は間もなくもらいに来るというので、孫には電気自動車をしまわせる次第を描いて明暗の対比が鮮やかな一篇。件の人物は作者の実の弟[*8]で実在する。この前後生活に困窮してありとあらゆる詐欺的手段の限りを尽くして栄から搾取して大いに悩ませた。

「私が世に出るまで—作家壺井栄は語る—」（54・1「新女苑」）は栄の自叙伝中最も詳細で具体的だが、筆の走りもあるので、裏付けをとらないと危険。談話筆記の体裁なのだが、文中どこにも〈談〉や〈文責在記者〉等のことわりがないところから考えて、栄の校閲を経た自伝とみてよいであろう。

「成長しない子供たち—精神薄弱児の実態—」（54・2「婦人公論」）はいわゆる精薄児の実態を都立青島中、代々木西原小、神奈川県立ひばりが丘学園を訪ねてルポしたもので、政府の無為無策に対する栄の憤りがストレートに伝わってくるものとなっている。当時、精薄児の義務教育年齢該当者数は四一万人、そのうち僅か一％の四千人だけが適正な教育を受けるだけであり、残りの四〇万六千人はお客さまとして放置されたままなのだ。それならば約四〇万人を収容する教育施設の費用はどの位かと言えば、保安隊（現在の自衛隊）一五〇人の費用に相当するものという。栄ならずとも関係者の嘆く所以であろう。

次に座談会**「嫁と姑のトラブルは永遠に解決できない問題か」**（54・2「婦人倶楽部」出席者—井村恒郎［精神科医］・土井正徳［医博］・大浜英子［家裁調停員］・栄・丸岡秀子［評論家］）に出席して、〈クサイモノにフタではなく、無邪気にぶつかって互いに言いあうのがよい〉〈嫁・姑共に悪口でもよいから、そのはけ口をつくることが必要〉と説く。

「私の好きな花」（54・4「文芸」）では花好きの所以を「花は私の空想を刺激してやまない」からと言い、**「子どもの日」**（54・5・5「都新聞」）は去年あたりから数え一一歳になる男の子が子供の日が近づくとやたらによろいやかぶとをねだるが、高いし、「戦争道具」だからといって買ってやらぬ。こどもの日を決めたぐらいでは日本の子供は幸せになれないので、「空手形に等しい夢」「物語の児童憲章を少しでも生かすこと」を考えたいと問題を掘り起し、提起している。

こういう身近な日常の中に問題を発見し、自他を含めて何げなく見過してきたところに問題のありかを鋭く指摘するというのが栄の特徴だが、これもそうした彼女の特徴が出たものと言えると思う。「私の読書遍歴」（54・5・17「日本読書新聞」）では若い時に文学修業の時代はないとここでも記すが、栄にも立派に文学少女時代があり、同人誌に加わって活動していた時代があることについては既述した通りである。文学修業を始めたのは一九二五（大正14）年に上京して壺井繁治と結婚し、林芙美子や平林たい子に接し、更にプロレタリア文学運動の中で佐多稲子や宮本百合子に出会って読書と創作を勧められてからである。しかし若い時に読書の習慣を逸したために、組織的系統的読書は遂にダメで、身につかぬと告白。

「えいがの夢」（54・6・13「東京新聞」）は当時最も巨大な娯楽産業の座を占めつつあった映画の世界に栄の作品が次々に買われて映画化され、いずれも好評を博するということがあって虚名がまかり通り、「部屋を探してくれ」「職を見つけてくれ」「結婚相手を探してくれ」「金をかしてくれ」等々、いろいろ悩ます例を記す。ある時、ああ、お金があったらなとこぼすと、居あわせた知人が「映画にまでなっていて」と呆れ顔でいうのにこちらが呆れて、一体映画の原作料はいくらと思うのかと聞くと、一ケタ違うのでふき出す（引用者注——ついでに「二十四の瞳」について記しておくと、夫の繁治は栄の死後、原作料は20万、手取は17万〔「鷺宮雑記6」68・10・8「月報6」筑摩書房〕であったことをあかしている）。こうした周囲からの野次馬根性によるお節介や、はた迷惑な雑音による被害を後に栄は「瞳疲れ」[*9]と呼んでいるが、その数はこれを書いた一九五六（昭和31）年一二月一二日の時点で無慮数千に及んでいるという。

「ふとったおばさん」（54・7「新刊月報」グラビア）では遊びにきた大田洋子がいなりずしを食べながら、あなたは食いすぎるから太ると何度も言うが、家の娘たちに言わせると、栄の半分位のやせっぽの彼女の方が大食いで、二倍は食べたと言う——「アメンボのようにやせた私からは私の小説は生れっこないのだ」と居直って反撃しているところがおもしろい。[*10]

「母親の憂鬱」（54・7「婦人公論」）は当時変質者の犠牲になった小学生の事件があり、その〈鏡子ちゃん事件の反省〉のセクションに意見を求められて、いつでも事件の後をおっかけての膏薬ばりの政治はやめて「子供の問題にこそ再軍備以上の積極性」をもって取り組んでこそ救われようと正鵠を射た指摘をする。

「私の書斎」（54・11・1「中国新聞」）では東京の西郊鷺宮に移ったのは昭和16年のことで、当時は人家もまばらで武蔵野の情趣ゆたかなところだった。最近とみに訪客が多く、仕事が忙しいので信州に行って仕事をしている。これからの仕事の予定は新聞小説（稿者注——「雑居家族」をさす）、半自伝的なものを書くこと（連作小説「風」をさす）、庶民の姿を描くこと（特に何をさすかは不明）——それにしても今の私は、余りにも多忙すぎて編み物や裁縫のできないのが残念として多忙な日常をかこっている。

「文学のほんとうの味わい方」は「内容見本」(54・11『文学の創造と鑑賞』全五巻　岩波書店刊)の推薦文として書かれたもので、文学は今日私たちの精神生活になくてはならぬものとなっている。「だから文学作品のほんとうの鑑賞の仕方は、ただ小説の筋や事件を辿るところにあるのではなく」「作品の感動を、作者があらわそうとした量と、その深さの底にまでじっくりはいりこんで味わうことが何よりも必要で、そこに作品を仲立ちとした作者と読者との深いむすびつきができる。」のであり、それは読者に十分満足を与えるのみならず、やがて「鑑賞者の立場から創造者の立場へまで高めて行く」であろうと、この種の推薦文にありがちな通り一遍のものではなく、珍しく本質にまで踏みこんで論理的原理的に述べている点で本気度が伝わってくるものとなっていよう。同様に『グリム童話全集全五巻　一九五四年　河出書房刊』の「内容見本」の推薦文として書かれたのが「子どもに太陽を」で、そこで栄は「よき童話はよき人間をつくる。」とする。

次の「自覚した若い女性の結婚観が嬉しい」(54・12「スタイル」)は雑誌の特集記事「見合い結婚への新しい光」として最近ふえてきた見合い結婚必ずしも古くない、という結論を得たのだが、その七例のレポートを栄が読んでの感想を記したもの。新時代の結婚のあり方としては、「お見合いで交際のきっかけをつくってもらった二人が、おつき合いをして恋愛関係に入った上で結婚するのが新しい見合い結婚のあり方じゃないか」と提言している。

「稲子さんの昔」(54・12・10「多喜二と百合子」7号)は佐多稲子との交友の始まりからを回想したもので、初対面は三・一五事件のあった一九二八年、その時栄は稲子の印象が「あまりにさわやか」で、これがあの「キャラメル工場から」の作者かという目でながめていた。二度目は山本宣治の葬儀の日で、稲子と出会い、連行される鶴次郎を見て彼女は「今に、きっとずらかってくるわよ。うまいのよあの人」と言う通り、いつの間にか隣に来て歩いていた。十条の家を訪ねた時は大きなおなかをしていてずい分やつれていたが、その後間もなく東中野の駅の傍で会った稲子は「はつらつとしたおかあさんぶり」でその後は「皺のよるのも気づかないような近さ」でくらしている。

佐多稲子は栄にとって生涯の盟友ともいうべき存在なので、ついでにここで最新の文泉堂版全集に収録の二篇も、時期的には若干後のものだが紹介しておきたい。「ほんのささいなかずかずの思い出」(59・3・15「月報8」佐多稲子作品集3筑摩書房)は三〇年に及ぶ交友のうち、着物に絡む思い出を書きたいとして、佐多はまず「見立て上手」で、すすめられた者は「みな満足」し、栄の場合すすめられた帯は「二十年近く、いまだに飽きずに愛用」しており、次に好みにも共通のものが生まれるようで「琉球織物」でお揃いの着物を作った。「裏道づたい」(60・8・5「月報32」『新選現代日本文学全集11　佐多稲子集』筑摩書房）は年齢は栄の方がぐっと「年上」だが、仕事の上では「大先輩」であり、「ものを書くきっかけ」を与えてくれた「たよりになるそしてやさしく、そしてきびしい人」であり、戸塚から戦時中鷺宮の栄宅の近所に越してから「毎日顔を合せない日はない生活」となり、やがて小平から、更に都心へと移っても訪ねあう交友は変わらず、最近は栄夫婦の結婚三五年を「金メッキ婚」と名づけて小さな金メッキのカップを贈ってくれたという。

一九五四年の小説（一）

次に一九五四（昭29）発表の小説を見ておきたい。

「枯野」（54・1「群像」）は明治から昭和の戦後までを生きた姉弟の幸薄い生涯を辿ったもので、古風な筋立ての中に風が吹き抜けるような孤独を見つめた作品である。

「今日の人」（54・1「新日本文学」）は「私」の知っている黒島伝治、「人なみに頰に血のさすようなこともあった」あなたの思い出をかいておきたいとして、書かれた伝治の青春であり、他には栄以上に彼を知る者はいないだけに、貴重なエピソードの宝庫の観があり、伝治の伝記研究中の白眉と言ってもよいかもしれない。

しかし実際は、私の入手した恋人の書簡によれば、肝腎の問題は全く事実に反するものであり、栄の初めての恋は幼なじみの男女二人からの裏切りによって挫折するわけで、この次第については二章で既述したのでこれ以上は繰り返さない。

一九五四年の小説（二）

「南天の雪」（54・2・28「別冊文芸春秋」38号）は当時流行作家であった栄の所に押しかけて何がしかの金を要求する一人の老婆を描いたものだが、一家はもと貴族で、夫も息子も今は亡い。嫁はパン助となって黒い子供を産み、その子守を頼まれるのがイヤで、一七の孫娘と老婆の面倒を見てくれと座りこんで二日間「いくばくの金」を求められて退散してもらうのだが、その間のかつての「品の良いインテリの母」が「鬼婆のようなすごみ」と口元に「意地悪さ」をただよわす変身ぶりを鬼気迫る迫力で描き出して見せる、そのインパクトは強烈である。本来姑・嫁・娘が一体どうして生きて行くのか、家族会議が必要であるにもかかわらず、それがなされていないところに問題があるわけで、その最大の障害となっているのが黒い異民族という人種への差別問題という、戦争がもたらした新たな火種にほかならない。

「お千久さんの夢」（54・3「文藝」）は雑誌の〈特集　現代のおとぎばなし〉のセクションの求めにかかれたもので、安サラリーマンのお千久さん夫婦の夢はフカフカの客蒲団をもつことで、そのために営々と努力し、やっとたまってくると、きまって不時の失費についやされ、遂に脳溢血で倒れ、フカフカトンに寝ている夢を見るというもので、人の世の幸福のありかたを象徴的に示したものといえよう。平野謙「文芸時評（上）」（54・2・27「朝日新聞」）は作者の「むかしからの人柄がなおひとつの魅力となっている」と評し、日野啓三

「読書ノート」(54・11「新日本文学」)は「『お千久さんの夢』という一篇など決してそうそこらにころがっている代物ではない。」と言い、ついでに創作集『月夜の傘』の評も引いておくと「私はふとチェーホフ初期の短編を思い出した。といえばもちろんほめすぎだが、柔かい無理のない筆致、淡々とした話に結構気の利いたオチをつける。達者な技巧、そこはかとないペーソスをたたえる余韻—どうしてなかなか隅におけないばあさんだ(いや失礼)。」とする。

「養子の縁」(54・8・28「別冊文藝春秋」41号)で最も印象的なのは旧友の未亡人中林たか子のことである。彼女は結婚後半年で夫を戦争にとられて死に、今度はじめて遺族への「恩給」というのを貰ったら「主人の生命はどれだけの値打ちに勘定されたものか、試して見とうなって謀反気をおこし」大阪、東京とヤケ食いして歩いてまだ少し残っているので信州まで足をのばしたと語るたか子の無念さ、むなしさ、口惜しさが強く心に残る。

「風」の完成

この年後半に至って栄は流行作家の繁忙に追いまくられていたにもかかわらず、創作意欲は極めて旺盛で、9月から12月までの四カ月間に連作の自伝的小説**「歌」**(54・10「改造」)、**「風(B—小説・茂緒もの)」**(54・11「文藝」)、**「空」**(54・12「改造」)、**「花」**(54・9「群像」)を集中的に発表(ちなみにこれら四作の合計頁数は97頁であり、通常の依頼原稿枚数の約二倍になる)し、その年の内に早々と四作まとめて『連作小説風』(54・12・5 光文社 カッパ・ブックス)として刊行した。ところがその後の経過を見ると、それから三年たたない57年4月20日に『風』として新潮文庫に収められたのだが、それには「花」はカットされて収録されず「歌」「風(B—小説・茂緒もの)」「空」の三篇が収録された。ということは「風」という総題のしばりはきついものではないようなので本稿では「風」の総題でくくることはしなかった文泉堂版全集の編集方針に賛同してこれに従った。

自伝的小説

もう一つ内容について論じる前にふれておかねばならないのは、これら四篇の作品は自叙伝なのかという問題である。この点については栄の「日暮れの道」[*11]と題する文章に次のような言及がある。

この連作小説を私の純然たる自叙伝だと思っている人もあるようだ。そう思われても仕方のない要素が、この四篇にはある。しかし私としてはこれをもって自叙伝ですとはいいきれない。ただ「自伝的小説」という分には、まあまあそんなところでしょうと答えられるかもしれない。(中略)ところがあんまりたてつづけに書きすぎてくたびれてしまい、追っかけるようにして単行本になったのをみると、ますます書き続ける気持が消えてしまった。前に出た単行本のあと書きの中で私は、こうした連

作の形であとの部分も書きつづけると書いているが、おそらくもう書かないのではないかと思う。（下略）
一九五六年七月十四日

つまりここでの問題の第一はこの作品は自伝（自叙伝）なのか、それとも自伝的小説なのかという点であるが、それについて作者はこれを自伝としてみれば「あまりにいいつくしていない（つまりきれいごとすぎる）」し、かと言って作中の事件は「あまりに私の体験に似すぎている」にもかかわらず、「虚構も相当にある」点から言えば、「自伝的小説」と呼ぶ位が妥当なところなのではないかとしている。

たしかに作者の側の立場からすればこうした弁明、ないし言分は当然出てくるであろうが、しかし言うまでもない事ながら、作品は一旦作者の手を離れればその弁明や言い分とは無縁に存在するわけで、従って読者は作者の言い分に従ういわれは全くない。

この連作小説『風』は第七回女流文学者賞を受賞したことが示すように、作品そのものが独立した価値をもつすぐれたもので、作品にフィクションがたとえ含まれていたとしても自伝的な作品として読まれている。なぜならフィクションを全く含まない自伝などというものは存在しないからだ。

仮に問題になることがあるとしても、どういうフィクションが、どの程度含まれているかということが、全体との係わりで問題になるだけであろう。

壺井栄の研究は非常に遅れているのが現状で、作品面、伝記面共に基礎的、実証的な信頼するに足りる調査、研究は漸く緒についたばかりで、多くは今後の課題である。そういう中で稿者も研究をスタートさせ、書誌的な調査、作品研究、伝記考証を総合的に推進してきた。その過程で未知の発見はもとより、栄が殊更に事実を隠蔽し、あるいは歪曲し、またフィクションを加えるなど、事実と異なった操作を行った場面に遭遇することもしばしばであった。

本章ではそれらの指摘も明らかにしながら現在の時点での虚実も確認しておきたい。

執筆意欲の消滅

前引の栄の「日暮れの道」のもう一つの問題は、連作小説『風』の「あとがき」には「この連作四篇が、ながいあいだ、いつかは書きたいと思っていたものの一部分であり、したがってあとの部分もこんな形でつづくだろうということを付記しておきたい。／一九五四年十一月」と記すが、それから二年経った「一九五六年七月十四日」執筆の「日暮れの道」ではもはや続稿を「書き続ける気持が消えてしまった」「もう書かない」と一変してしまったことである。

その理由について作者は読者の関心が専らモデルへの興味、詮索に偏向してその結果大変な誤解を受けたこと、第二に執筆のモチーフは過去の記憶の定着であったが、集中的に書きすぎたためにくたびれてしまい、「追っかけるようにして単行本になった」ことである達成感が生じて「書き続ける気持が消えてしまった」ことをあげているが、述べられている限りにおいてそれは正しいものであろう。しかし実際的、現実的な理由としては、「二十四の瞳」以後売れっ子の流行作家としてさまざまのメディアからの要請に応じていた身には、その余裕がなかったというのが本音といってよいのではなかろうか。

四作の時間・構成・反体制的トピック

さて、前置きが長くなったが、肝腎の中味について検討すると、この四作は時間的にはヒロイン茂緒の誕生した一九〇〇年から、夫が二度目の刑務所入りをして小説を書き始めた昭和の初め頃までの約四〇年間前後の期間を、短篇小説として時間を追って綿密詳細に描くというものではなしに、トピック的に問題をとりあげて問題中心的に配列するという構成をとっているといってよいであろう。

その意味でははっきり言えば長篇小説としての構成、骨格は脆弱で、構造的美観などは当初から眼中にはない。

しかし、その半面層層累累たる長篇などのもち得ない親しみやすさ、部分や断片のもつキラリと光る魅力を随所に発揮して見せるのである。

今、便宜上最初に単行本として刊行された時に『連作小説風』としてまとめられた作品の配列順にしたがって「歌」「風」「空」「花」の順に見てゆくことにしたい。

小田切の指摘

「歌」については小田切秀雄に鋭い指摘がある。

『暦』の場面とはちがって作者自身の自己形成の歴史の追及ということを正面にすえ、自分が現在の自分であることの根拠をさかのぼってさぐってゆこうとしている。貧しくつらいことの多かった既成の秩序のなかには、おさまりきれないだけのつよい人間的なエネルギーが、たんに庶民的な向日性やしっかりした気性（たとえば戦争下の作品『大黒柱』の女主人公のような）というだけでない、自覚的な反逆的なものとして成長してゆくのは、大正後期の時代的な状況との関連においてであり、これは具体的には、修造という名で登場する壺井繁治や倉島という名で出てくる黒島伝治らによる刺激として現れている。（「解説」69・1・10『壺井栄全集9』筑摩書房）

として、さまざまなしかた、かたちで時代が若い女性にまで「既成への反逆と自己解放」の道に進むことを可能にしはじめていたのであり、そういう作者自身を描くとともに、日露戦争での戦死者の母の嘆きや、天皇への恨み、遺族扶助料の支払いにおける階級序列制の問題など反体制的、反戦的な問題につながるトピックをいくつも含むようになっているのは、戦後において栄は一貫して〈戦争は人類に不幸をしかもたらさない〉と反戦平和を主張してきたその発展としてあるものであって、この連作を特色づけるものの一つである。

作品の虚実

作中の虚実について言えば、黒島（文中では倉島）との関係は前述したように色恋ヌキの精神的交流というキレイゴトではなく、岡部小咲書簡が語るように恋愛関係であった。従って灯台守の森田との愛と別れはありえたかもしれない栄の体験であり、別の女性のそれを借りた体験である。繁治（文中では修造）に関わることはいずれも事実であり、ハシカの誤診・カリエスの完治・皇太子の行幸・警察によるM社の朝鮮人一日島流し作戦等はいずれも実際にあったことである。[*12]

上京・結婚・アナーキズムからマルクシズムへ

平野の評ー「風」についてはこの作の概容要約を含めて平野謙「文芸時評」（54・10・27「産業経済新聞夕刊」）が問題を的確に指摘していて便利なので引用しておきたい。

壺井の「風」は大正の終りから昭和の初めにいたるある芸術家のグループの生態を田舎からでてきた新妻の視点から描いたものだ。つまり、作者自身の結婚生活の出発を中心に、林芙美子、平林たい子、黒島伝治らの若き日の面影をうつした、多分に私小説的な作品である。

（中略）

私はこのグッド・オールド・デイズの青春物語を面白く読んだ。のちにそれぞれ文壇に名をなした女流作家たちのアナーキイな青春の一時期も、手にとるようにわかる。作者の人柄のせいで、功なり名とげた出世物語のイヤミもなければ、いわゆる暴露もののいやらしさにも堕していない。しかし、こういう作柄そのものの方法的安易に、疑問をもたざるを得なかったのも事実である。アナーキズムを信奉する一芸術家が次第にコムミュニズムに転換してゆく過程の描写は、単なる文学的興味をこえた今日の主題として、立派に成立し得る。本来芸術家というものはアナーキスティックなものなのだが、それがある時期に共産主義に転換したものの多かった時代の必然は一体どこにあったのか。それは戦後ネコもシャクシも民主主義に鞍がえした一時期を反省するためにも、文学者が本気でとりくむにたる文学的テーマである。

しかし、壺井栄の方法はそのような主題とかかわりあうべく、あまりに自然発生的である。私はこの作品を面白く読んだにもかかわらず、それだけではものたりない不満を、やはり抑えようもなかったのだ。

平野が言うように、「風」は作者自身の新婚物語を中心に、あわせてその周囲にいた若き日の林芙美子や平林たい子らの破天荒な生活を生き生きと描き出して見せている点で出色である。天衣無縫に生きるはたち前後の芙美子やたい子を、これ程に活写した作品は他にあるかと言えば、見当たらないところにその事は明らかであろう。

もう一つはこの作の欠陥である。夫の繁治がアナーキズムからコミュニズムへと転換した思想的必然は何だったのか、一体どこにあったのかが跡づけられていないところに不満をもつというものである。
しかし、はっきりさせておかなければならないことだが、アナーキズムからコミュニズムへの変換・転換という思想上の問題はその問題の当事者によってのみ正確、正当に説明できるものであって、それを当事者に最も近い場所にいたからといって、その妻に説明を求めるというのは筋違いであって、その点で平野は誤りをおかしていることをはっきりさせておかねばならない。（無論、繁治はこの転換について後に『激流の魚─壺井繁治自伝』74・4・15 立風書房で詳述している）

繁治にかけた原点

栄のすることは、あるいはしなければならないことは、夫を口ばかり達者でごろごろしている人間、〈ふよごろ〉のままにしておくのではなくて、そもそも繁治に魅かれ、信頼を寄せた原点は何かと言えば「彼が時代に反逆しようとし、なにかを叩きこわそうとしている意志だけ」は強烈な存在感をもって信じられたからであり、「そこへ希望もつないでいた」身にしてみれば、周辺にいるアナキスト達はそろって働かずに人のふところをあてにし、リャクを後輩に教え、女達には「不当な侮辱」を加え、これを「軽視」することに怒り、それを夫にぶつけるがきちんと答えてはくれない。そのため「美しい未来のために、人間の自由のために、彼らの運動はあるのではないかと素朴に考え、その反逆精神に疑問」をもつことさえもあった。そういう中で夫の思想的転換がおこり、論争となり、黒色青年連盟のテロで重傷を負い、コミュニズムに転じた。

つまり、夫は栄の質問・意見・疑問に対してまともには答えず、不機嫌となり、怒り、皮肉り、きちんと相対していないことがはっきりしている。戦前の左翼主義者によくある夫の、いわれない妻への蔑視、説明責任を果たさない夫の傲慢さがあぶり出されるのであって、妻の立場からすれば説明責任の果たしようはないのだ。

犬吠埼逗留事件

上京して兄の家に身を寄せてから二人で家探しをするというのは実際とは違う。繁治たち東京を食いつめたアナキスト達六人が、その中の一人飯田徳太郎（千葉県銚子の生まれで、土地の警察署長の息子）からの銚子行きの誘いにのって犬吠埼に逗留はしたものの、当初の意気込みとは違って、原稿は書かず、本も読まず、六人いた仲間は次々に去って、とうとう繁治と福田寿夫の二人となり、まる二日間何も食わず、餓死寸前の所へ、栄が現れて救世主となった。彼女はテキパキと動いて食事の支度をし、数日過すうちに繁治からプロポーズされ、その足で貸家を探し、一九二五（大正14）年二月二〇日貸蒲団で初夜を迎えたのである。[*13] これが事実で、繁治が後年自伝の中であかしている。

これにからんで二つの特徴を指摘しておきたい。

栄の上京と繁治の告白

第一は繁治から栄に来た一枚の葉書に遊びに来ませんか（結婚しませんか、ではない）とあっただけなのにもらった栄は舞い上がってトランク一つ（繁治自伝では「風」のバスケットと違ってこう記している）で上京し、それまでに手紙のやりとりは何度かあったにしても、雑誌の予約依頼程度の事務的なものであって、色恋や結婚など一度も口にしたことがなかったにもかかわらず、繁治の許に押しかけ、「恋人同士」ではなかったのに、繁治をして「ぼくはあなたと結婚したい」と告白させるには如何なる事情があったのか。「第二章結婚」のラストの部分、犬吠埼での繁治の告白の場面をふりかえってみていただきたい。

ここにおける繁治の思考過程を辿る限り、相手に深く思いを致し、その心情を忖度し、ひるがえって相手にそう決心させた我が身の責任の重大さにためらいながらもきっぱり決断する潔さと人間的なあたたかみを感じるであろう。

このように見てくると栄と繁治の結びつきは愛の口説の多寡ではなくて、言葉にこそ出さなかったが、本能的、直観的に相互に必要とした者同士のそれと言ってよいのではないであろうか。

もう一つは栄の積極性、行動力には驚かされる。こういう性向をもつ故に林芙美子や平林たい子の方図の無い生き方に驚きながらも自分を見失うことなく、彼女たちを冷静に観察して描き出すことに成功しているものと思われる。

弾圧・転向―おのれは何者か

「空」では以前のアナキスト達とは全くの別世界―労働組合の人々が中心で、皆真黒になって働き、ほころびをみるとつくろってやり、年中腹をすかせてくるので飯を与え、月に八斗の米代を請求された事もあるが、プロレタリア文学運動の昂揚期には生きがいであった。繁治も四年に三回刑務所送りとなり、その間栄は戦旗社に勤めて雑用係となり、預り子をかかえて、月一度の面会に通った。栄の他の、社に来ている女達の殆どは小説家・詩人・役者など有職の才能があり、うらやましかったが栄には何もなかった。弾圧は激化し、やがて夫は権力に頭をたれてもどってきた。

「花」は連作の最初に書かれたものだが、茂緒という名前にまつわるいじめの問題、父の渡海船の荷運びの重労働の手伝いから、郵便局にとびこんで雇ってくれと頼んで初任給二円から三〇円まで一〇年間勤め、その間過労から肋膜で倒れたが、家計のため勤めは止められず、恋人の灯台守森田も親友の美代の体当たりで奪われ、結婚後三年で美代は錯乱し、入院、茂緒は修造のもとに押しかけて結婚するが、今は二回目の刑務所入り、茂緒は小説を書き始めるというのが主要なトピックでそれらは言ってみれば、〈おのれは何者なのか〉を原点に立ちもどって問う試みであったことは十分推定されるのであるが、作者自身、『連作小説　風』（54・12・5　光文社　カッパブックス）として単行本にまとめたとき、その「あとがき」でこの四篇はまとめる順序がきめにくく、「どんなに置きかえてみても、不自然なものを感じる。おもにそれは形式からきている不自然さのように思う。」と自覚しているように、いびつなものとなっているゆえに、その後の展開、発展にも影響して続篇が書かれることはなかったのだと思われる。

「花」の評としては花田清輝の「それにしても、初恋の話を、デコデコと花をあしらってかこうなんて根性は押しがふといね。まるでカルピスにサッカリンをいれたみたいだ。」*14が有名だ。

一九五五年以降の長編小説

前章では一九五四年までの小説、エッセイ、それに作者の死後に至るまでの全ての児童文学について論じたので、本項では主として五五年以後の小説に焦点を当てて論じ、まとめとしておきたい。

栄の場合、流行作家であることは同時に長編小説家であることを意味した。各社は栄の名前を欲しがって、連載小説となったからである。それまでとは大転換であり、短編小説は激減する。

「裲襠」の内実

「裲襠」（55・8、10～12「群像」）――目にもあやな、見る者をして食い裂きたいような衝動を以て迫る、真赤な塩瀬羽二重の総裏をつけた坂手村小判屋の嫁すずの、絢爛豪華な裲襠は、衣裳見物に来た村の女たちの度肝を抜き、それにさわってみることさえもさせなかった。

以後この裲襠は俚謡に「坂手小判屋にゃ箒はいらぬ／おたつ小袖の裾ではく」と唄われるように、庄屋小判屋の巨万の富と勢力のシンボルとして、初代のすずから、たつ、小梅、琴路までの四代にわたって君臨し、単なる憧憬としてではなく、小判屋の血を絶やさぬものとして、さまざまの不合理、悪徳、不法を子孫に強いることになる。

従って作品は小判屋を継承する女たちと「家」との闘い、相克葛藤の歴史になる。

初代のすずは奔放で、幕末の時代には珍しく「お互いの意志をもとにして結ばれた夫婦」であり、父母が反対すると夫

1955年春、金子香川県知事から贈られたオリーブを植える。右端が栄

はさっさと祭りの晩にはすずをおのれの部屋に連れこみ「何さますずはもう月のものもとまりまして…」と無理無体にウソの一計まで案じて強行突破してしまった。安政二年（一八五五）の事である。

それから一八年、三三歳になったすずには子がなく、跡継ぎに実家の兄から二男の力松（五歳）をもらう。節句の宴の夜、すずは夫と一七歳の妹みきができており、妊娠していることを知って衝撃を受け、闘いが始まる。「妹に夫をとられる」と裏切られた事で逆に夫に執着し、ツワリと称して実家に帰り、子の生まれるまでは小判屋へはもどらぬと宣言してとじこもり、夫が訪ねてくるとその体にしがみついて離さず、みきを夫が見舞う時には用心深く見張り、夫のトイレにまでついて行った。稀な難産でみきは命を落とすが、赤子を受けとったすずはみきの生死などは眼中になく、駕籠に乗って小判屋に帰った。明治元年一二月二八日のことで、たつがその子である。

すずの場合は小判屋の血を絶やさぬ事が第一義であって、その大義の前には不倫、不義などは何程のことではないのである。

一七歳でたつは力松と祝言させられる。たつは力松をイヤがっていたが、たつの血があばれ出さぬうちにすずは先手を打って家のための結婚を強いたのである。これに反発したたつは裏の小作人の辰次郎が出征する前夜、物置で抱擁、みごもる。ツワリで苦しむたつは、すずに腹の子は力松の子ではないと告げるが「なにもいうでないぞ」と口を封じる。たつは小梅を産むが、勿論、辰との間に名のりなどはない。二代続いての不義の子であるが、血統の連続を第一義とする「家」の伝統の前には、不義も不倫も洗い流されてしまって跡形もない。

商船出の大島武郎は小梅に惚れてその言いなり放題で結婚し、とにかくここに男女双方の意思の一致での結婚が生まれたわけで、小判屋の人間達も少しずつ変化し始める。やがて琴路が生まれ、洋装、オルガンのくらしとなり、琴路は東京の女医学校に行くが、左翼の学生グループの集会に何度か出たところで警察にひっぱられ、たつが上京して一札を入れて退学、帰島。武郎は間もなく急死し、思想的には目覚めながら、その生活を捨てた琴路は捨て鉢な気分から、縁談が起こると最も貧相な小学校教師菊次郎と結婚し、さやかが生まれる。菊次郎は教師を辞めて百姓となり出征して戦死。

敗戦後の小判屋は売り食いの生活で、さやかの東京の女子大生活も学資がいつまで続くか危ぶまれる程。しかし当のさやかは戦後民主主義の世代で明朗快活、明確に合理的に意思を表明し、小判屋に伝わるあの憧憬の襦袢も、今や見るかげもなく風化し、さやかがそろっとさわっても、べりっといく状態になっていた。

他の作品との違い

「襦袢」がこれまでの作品と珍しく大きく異なる点は参考

資料を座右においてそれを参照しながらこれを書いたことであろう。しかし、とは言っても「暦」の場合のようなモデルがあるわけでは全くない。

参考資料というのは『明治編年史』という大部の本でそうした試みはおそらく、「それによって自分の知らない明治のふんいきをさぐり出そうとした[*15]」試みだったようで、それは成功したと言ってよいようである。

高い評価

「裲襠」の今日までの評価は非常に高く、佐多稲子は「封建制度の下で女の、そして男も悲しかったことを書き、女たちの性格も描き分けられて、栄の作品中、最も優れたものである[*16]」と評し、小田切秀雄は「この五人の気力ある女性たちの、それぞれに血がつながりながら時代的に変わってきている像が見事に描き出され、最初の書き出しのところからこの作品独特の民衆的な語り口のおもしろさが発揮され、また随所に民謡的な歌のしぜんな挿入が行われているなど、『妻の座』での血なまぐさい客観的追及の深化ということを一方にふまえながらも、向日的、民衆的に自己の資質の多くの側面を同時に自在に展開するようになり、作品世界として全く類のないすぐれたものを示すにいたっている。文字通りこの作家の代表的な作品の一つといっていいであろう。[*17]」

他にも高く評価する声は多いのだが、私にはどうしてもそれには同じえない点があるので疑問点を率直に述べておきたい。

まず、第一点、佐多氏は〈男も女も封建制の下で生き辛く、悲しかったこと〉を指摘し、第二に、〈女たちの性格もきちんと描き分けられている〉ことを評価している。

封建制度下での生き辛さとは第一に身分が固定されているが故に職業選択の自由が極度に制限されていたことに起因するものであろうから、その点はよい。

しかし、第二の書き分けの点は必ずしも肯定できない。語り手がすず婆さんを「えらいもののおばさん」「名仲裁家」、などとして口を極めて賞讃するが、その手腕・采配ぶりは聞き手には一向に伝わらない。言葉が具体的でなく観念的・抽象的であり、生き生きとその姿を伝えてはこないからである。換言すれば書き割りなのである。

小田切秀雄のものは抽象的・観念的な表現になってしまっている（おそらく編集部からの字数の制約故であろうと思われるのが残念である。例えば、前引での『妻の座』での血なまぐさい客観的追及の深化ということを一方にふまえながらも、向日的・民衆的に自己の資質の多くの側面を同時に自在に展開するようになり、作品世界としてまったく類のないすぐれたものを示すにいたっている。」という部分では、「客観的追及の深化」と「自己の資質を自在に展開するようにな」った結果、肝腎の内実が「まったく類のないすぐれたものを示すにいたっている」というのだが、読者にはそれが必ずしも明瞭とはなっていない）のが惜しまれる。しかし、書きだし部分の民衆的な語り口のおもしろさ、作中随所にみられる民謡的な歌の挿入、などこの作家独自の表現への指摘が随処にあって有益である。

真の主題

最後にもう一つだけ指摘しておきたいのは、これまで誰も言う人がいないのだが、五人のヒロイン達の性癖、性向、あるいは男を惹きつけるセックス・アピールについてである。

詳しくは後述することになるが、実はこの作品のテーマは一見すると〈家の血筋を残すための女の闘い〉というような、うわべを飾ったキレイゴトのように見えるが、実はそういう外見の下に、真のテーマは隠されているのではないか。

例えば初代のすずは、結婚式前の夜祭りの晩に新郎の手引きするままにその部屋に入り込み、事が露見して呆れた新郎の母の「男が通うとは聞いたこともある話だけれど、女が通ってくるとは聞いたこともない。おそろしや、おそろしや、そんないたずら女をどうしてお前の嫁にもらえようぞ―」、あるいは三三歳になってもまだ子に恵まれぬすずは「―ああ、ややがほしい。今夜あたり、そのややがこの身に宿ってくれないものかなあ……」とせつなく嘆き、酒の上のあやまちからすずの妹のみきが夫の子を宿すと「夫をとられる。妹に夫をとられる―」とすずがノイローゼ状態になる程の狂乱ぶりが示しているように、女（男）をとらえて終生離さず、その鼻面を生涯引きずりまわす〈性の力〉こそ真の主題であるように思われる。

何しろすずとは、娘の夫婦の不仲が心配になると、「二人の寝部屋の軒下に忍んで、様子をうかが」うこともいとわぬ〈異常行動者〉なのだから。

すずからたつの二人のヒロインまでは過激な異常性欲行動が見られ、たつは夫を拒否して小作人の農夫を納屋に誘ってその子を産む。しかし、三代目の小梅は性的にアブノーマルなところはなく、平凡な結婚生活を送り、危険な〈性の力〉はその鉾先をおさめたかに見えるが四代目の琴路に至って再びあばれだし、絶望した彼女は自らを自棄すべく、望みうる最低の結婚をするのだ。

このように「襦袢」はニコニコ顔の善良な小母さんというトレード・マークを持つ栄のイメージとは全く別の相貌を持った作品の観があるのではあるが、シェイクスピアを「千の顔を持った人」と評する言葉もあるように、我々もまたそういう認識を持つ必要があるのではないかということだけを一先ず指摘しておきたい。

「雑居家族」のしかけ

「雑居家族」は一九五五（昭和30）年三月二五日～八月一五日まで「毎日新聞夕刊」に全一四三回連載（途中休載なし）され、翌五六年三月五日に筑摩書房から初版が刊行された。

作品は表題が示すように、サラリーマンの文吉と作家の安江夫婦は「お人好し」がたたって、結婚三〇年の間に実子は一人もないのに、他人の子を次々に育てる破目になって今五人目の子が押しかけてきているところで、その間の経緯、哀歓、憤怒を描いたものである。

こう書けば栄の愛読者にはピンと来るように、栄の作品にはおなじみの登場人物達—姪の真澄・甥の大学生研造・右文・苦学生などがデフォルメされ、かなりおもしろおかしく虚実とり混ぜて造形されて賑やかに登場している。

従って作品は実も蓋もなく言ってしまえば世間によくあるエンターティンメント小説なのであるが、単なる娯楽小説に堕さないために栄はいくつかのしかけ、工夫をしている。

その第一は小豆島出身の同郷人、鷲兵六《わしひょうろく》の造形である。この男は文吉一家にとっての厄病神みたいな存在で、彼が現れると必ず無心されたり、子供を預けられて養育させられたり（音枝も苦学生も兵六から他人の子を押し付けられたのである）、遂には八歳の夏樹の貯金通帳から八千円を巻きあげてしまうに至るのであるが、その天才的な山師の手口、あるいは詐欺師の弁舌の巧みさ、厚顔無恥ぶりには底知れぬものがあって、どこまで落ちてゆくのかわからない人間存在の奇怪さを覗かせてくれる人物なのである。

実はこの人物には作者の身内にモデルがあって、この時期さんざん無心や寸借詐欺で悩まされ、それを「あさがお」（55・6・10「週刊朝日別冊」）や「落ちてゆく」（57・7「文藝春秋」）に書いている。

第二は浜子の創造である。一八歳、同郷の知人の娘で典型的なアプレ。好奇心から文吉を初め家中の男にチョッカイを出し、とうとう見も知らぬ男と交わり、あいこと思ったのが妊娠し、その事で彼女は男女の性はあいこと思いながら、女の側に苦しみ、負担のかかることをしたたかにあじわわされ、そこから彼女の新人生へのきっかけがつかまれることになる。

浜子の問題は二つあって、一つは右に指摘した通り、戦後世代の安易で軽薄な性意識がもたらす悲劇がそれであり、この前後所謂文化人としての栄の発言をジャーナリズムから求められることが年ごとに多くなり、そうした時流の問題への批判ということが一つあるであろう。

もう一つは浜子が妊娠したことによって、その相手は誰

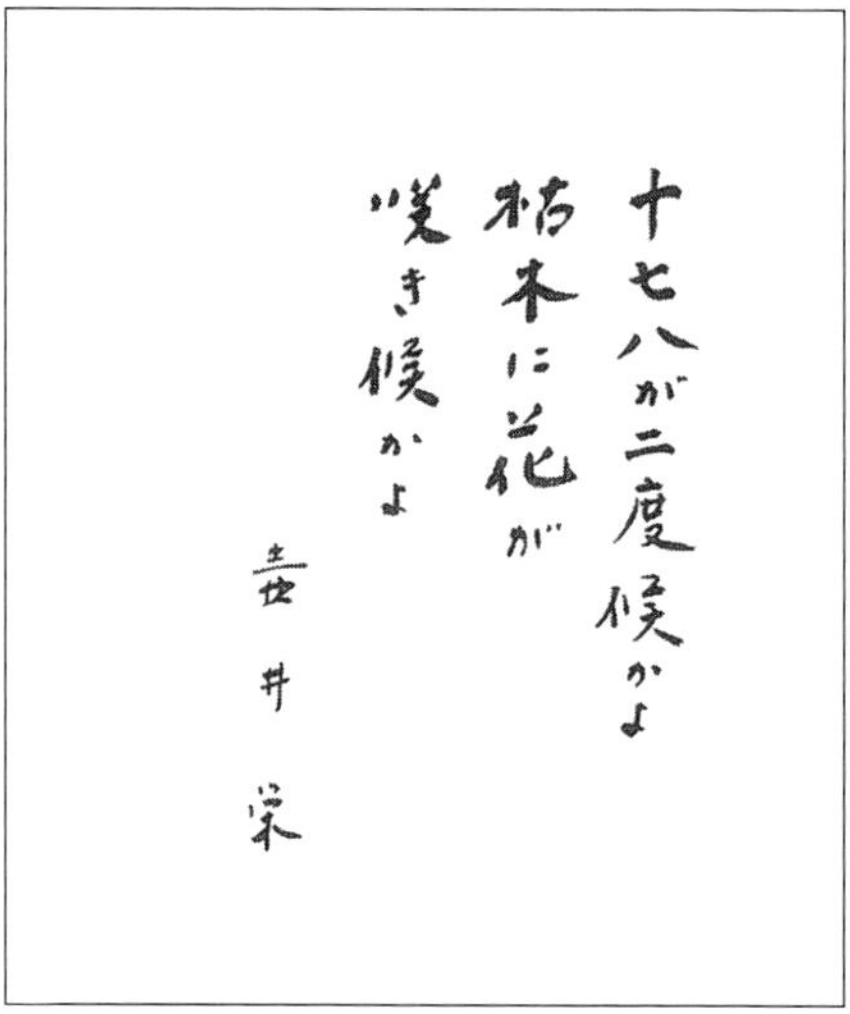
十七八が二度候かよ
枯木に花が
咲き候かよ
壺井栄
栄が好んで書いた色紙の一つ

か？　ということが、文吉一家の中で家族を疑心暗鬼にさせ、犯人探しが始まる。

　妻の安江は夫の文吉を疑い、娘役の音枝も父を信じてはいながら疑惑は拭い切れない。つまり、〈性の問題〉はいつでも、どこでも、誰との間にも起こり得る故に、疑惑を持てば際限が無いという厄介さをかかえている。

　それを栄は自らの小説世界に徐々にしかし着実に採り入れ始めている。

教員における出世と愛情

「忘れ霜」（55・9〜57・3「婦人画報」）は小学校教師であるヒロインの初美とその夫をメインに——特に教育の世界における出世と愛情の問題に切り込んだ作品である。

　夫の佐藤は何事にも要領よく立ちまわって出世をめざすのに対して、妻の初美はそれにふりまわされ、子供は流産し、夫とは別居となって夫婦の間は冷え、あげくの果てに夫は下宿の娘とできて妊娠したからと離婚を切り出される。その彼女は僻地に来て初めて山の子の恵まれない、不幸な状況に身を置いて、彼等の支えとなることに生きがいを見出していく。つまり、山の教師として生き、六年生の炭焼きの子をひきとって大学を出し、この山の分校の先生にしようとの希望に生きようと決意するのである。

　夫の出世欲に幻滅し、結婚生活に挫折した初美は再生への希望を教え子の成長に期待するのだが、これには霜田正次*18に次の批判がある。


　作者は初美に僻地教育への理想をもっと高らかに揚げて示すべきではなかったか？　教育への高い理想と広い視野を初美にもたせることによって初めて結婚の挫折による不幸から立ち直れるのではないか？

　もっともな指摘で、これでは元の木阿弥で初美自身の自立した再生・真の新生にはならないし、教え子の炭焼きの子にしても、ヒロインともう一人同じ先生を再生産することにしかならないかもしれないからである。

義父と養女の場合

　栄の〈性への探求〉は続き、今度は「風と波と」（57・2・9〜9・20「西日本新聞」他二紙　全二二三回　途中休載なし）がその舞台となる。

　南川寅象（五九歳・小さな食品会社の重役）と妻こま（六〇歳）には一人娘の波子（一九歳・美人で積極的、行動的。花嫁修業中。戸籍では南川夫妻の実子となっているが、実はこまの妹夫婦の子供であり、その事を波子は知っているが、こまは知らないと思っている）があり、彼女が花嫁修業を嫌がって、会社勤めを始めるところからスタートし、彼女がまきおこすさまざまな波乱と、彼女が初めて遭遇する人間の現実や人生の真実を知って、驚き、とまどい、動揺しながらも学んで成長してゆく姿を描いて行く。

この作品の意図については次に引用する作者の「あとがき」[*19]が重要である。

余談だが、この小説は「父と娘」と改題され東映で映画化、今上映中である。映画の方はいかにもメロドラマらしく、きれいごとにまとめられているが、微力ながら原作では少しちがった意図をもっているつもりである。表面的なものではなく、人間の裏を書きたかったのだが、

……

栄は端的に「表面的なものではなく、人間の裏」を書きたかったと言うのであるが、それに該当する最も適切な人物は最も紳士的な父親、寅象の存在であろう。

波子にとって最も温和で、親密で、尊敬できる父親にも、箱根の宿の「お精さん」の存在があり、更に愛人としての「シイちゃん」の存在を知り、曽てのように不潔として感覚的に排除するようなことはなく、また、母親が「シイちゃん」のことをお金めあての「芝居」としてとりあわないのに対して、そういう父親を容認し、善処するよう母にもとめてもいる。

しかし次の母子の場面はどうか。

「いろいろ、ごたくをならべてはいたがね。やれ、その女は波子さんにそっくりだの」

「よして、その話」

はげしい波子の声に、こまはぎくりとなり、はじめて寅象の心の秘密がわかったような気が、ふとしたのだ。

―もしかして夫は、波子に心をひかれていたのではなかったろうか。そして波子もそれを知っていたのではないのだろうか……

だが、それだけは口には出せない。

つまりここで男女の性関係は初めて義父と義理の娘、養父と養女の関係にまで拡大発展されようとしているわけであるが、波子の方はその点十分に意識的で、そのサイレンの甘美な誘惑の声に必死で耳を閉ざそうとしている。母親の方は初めて気がついた所でパンドラの箱に手はかからない。しかし、徐徐にではあるが確実ににじりよっていることは確かである。

性の領域の奥深さ

「あす咲く花」（60・7・14～61・3・25「神奈川新聞」他一紙　全二五三回連載　途中休載なし）は小学校入学前後の少年真砂忠義（父は戦死、母は東京で職探し中）の寄留先をめぐって起こる各家々のトラブル――忠義と妻子との相性が悪い場合の夫婦喧嘩やいじめ、そこに若い女性が介入してくると途端に夫婦間に亀裂が生じ、妻は夫を誘惑しようとして接触してくるのではないかと戦戦兢兢として警戒すると言った具

合に忠義の行く所、あたかもトラブル・メーカーの如く事件が発生し、彼は次次に転居していく次第を描くのだが、この作品で作者が狙っているものは「性の力」の大きさであり、男女を結びつけ、また切り離す底知れぬ力であると思われる。

船長の皆川六郎次の場合はこうだ。彼は四五歳、妻と二児があったが、二〇代の戦争未亡人圭子と出会って家族を捨て、忠義の伯父幸次郎の仲人で若い圭子と再婚している。幸次郎は妻の園子と忠義（戦死した弟の子供）の相性が悪く、始終衝突しているのを見かねて、忠義を圭子に見てもらえぬかと相談すると、皆川は月にいいとこ五日しかいないからＯＫと快諾、預かってくれ、忠義も圭子になついて二人共喜ぶ。しかし、園子は夫を圭子にとられはしないかと心配して、忠義をつれ帰る。皆川も又、幸次郎の圭子への接触に疑惑の目を向け、険悪となっている所へ、木彫りの熊事件（皆川が圭子の土産に買ってきた北海道の大きな熊を圭子が忠義に送ったことに関する全くの誤解に基づくトラブル）があって夫婦は深く傷つき、園子は「あの女はね、年とった皆川さんではもう物足りないのよ。」と露骨に毒づき、圭子は家を出て身を隠し、一家は崩壊する。

文恵の反逆の意味

この作品で栄がもっとも力を入れ、その行く末を案じている――その意味ではヒロインと呼んでもいいのが忠義の母、文恵である。彼女は夫の戦死により二三歳で未亡人となり、戦後自立の道を探すべく二年の予定で上京するが、思わしいものはなく、三歳下の茶谷と一緒になるが、ぐうたらでもあり、「――一ぺんだけ、つきあってくれ。……そう言って茶谷は、自分の遊び友だちの相手をさせたこともある。おそらく勝負ごとに文恵をかけたのにちがいなかった。」というヤクザっぽい、ヒモのような男であり、文恵は昔の同級生のみどり（夫は大学教師）を訪ねて相談するとズバリ「あんたの良心は別れる気でも、からだの方が承知するかね。」と痛い所をつかれる。文恵はみどりから紹介された三浦（妻に先立たれた二児の父）と交際するうち二度とない良縁と思うところへ、茶谷がどなりこみ、居合わせたみどりの夫と三浦がうまく追い返す。今後の事については、三浦は変わらぬが、文恵は二転三転して自分で自分の梶がとれなくなった末に、覚悟をきめて宣言する。「私は茶谷につかまるでしょう。そしてずるずるっと引きずりこまれて、泣いたり、笑ったりしてくらすでしょう。それでも、そこらへんのまじめな紳士と結婚なんてぎょうぎょうしいものをして、昔の男におどかされながらびくびくしてくらすよりか面白いことがあるかもしれないわ。あんまり哀れがらないでね。」と自らの将来図を見通して文恵は言うのだが、そのうちに興奮して「こうなったらいいますけどね、三浦さんのような紳士でも、煎じつめれば求めているのは女の体だけよ。だから私いってやったわ。二号さんにしてくれって。あの人がやれ正式の結婚だの、子供のためにどうだのっていってるのは、あれは欲望をただで

1963年頃、子犬を抱く栄

満足させるための方便よ」と毒づくに至る。

　文恵がここに述べている「宣言」、あるいは「将来図」はデビュー以来の壺井栄のヒロイン達のイメージの転換を示唆するものである。

　言い換えれば、従来の栄作品のイメージというのは、ヒロイン達は貧しく辛い環境にありながらもそれに決してめげることなく、頭と身体を使ってけなげに生きてゆく——というふうにパターン化してとらえることができるであろう。同時にそこには向日性、楽天性、健康性、健全性といったモラリッシュな面も付随していた筈である。

　ところが文恵はそれに対して反逆する。それらは世間のお体裁第一主義であり、単なる形式主義にすぎないとしてこれに謀反を起こす。

端的に言ってそれは愛欲の世界であり、ヒロインの運命の転換を通して、作者は性と人間との関わり——そのはかりしれぬ性の領域の奥深さに足を踏み入れることを、この作品では宣言していることをはっきり指摘しておきたい。

　なお、この作品については小田切秀雄「解説」[*20]に秀れた指摘が幾つもあるのだが、紙数の都合で紹介できないのが残念である。それで一点だけ若干の注記をしておきたい。

　この作品に「愛欲の場面がやや多くさしはさまれているのは、広い読者をつなぎとめるための新聞小説のしきたり」であり、それから「作者としての新しい追及の局面を示すもの」とし、それはそれとしてよいのであるが、しかし本稿の私の論旨からすれば、愛欲の場面が多いのは「しきたり」や「局面」のせいではなく、「性の力」あるいは「人間と性とのかかわり」を描くためには、論理的に必然であったことをはっきり認識して強調しておいてほしかったということを指摘しておきたい。

新境地を拓く

「柚原小はな」（63・1・16〜8・21「週刊女性」全32回連載途中休載なし）とその続篇「雪の下」（64・8・5〜65・2・24「週刊女性」全28回連載　途中休載なし、のち『母と娘《こ》』（65・8・5　新潮社）と改題して刊行）は明治生まれのヒロイン小はな——作者はそれと明記していないので推定で言うほかないのであるが、生年は一九〇〇（明治33）年頃で、没年は一九四八（昭和23）年頃と推定しておく――の波乱万丈の生涯を辿ったもので、壺井栄の文業の至りついた極北を示すものとして重要な作品である。

タイトルが示すように、この作品は壺井栄の書いた「女の一生」であり、「アンナ・カレーニナ」である。殊にヒロインの発する人間的な魅力や活力と、ほとばしるような性的エネルギーは長篇小説の主人公としての資質を十二分に備えているといってよい。

両親を幼時に結核で失い、極貧の中、小豆島の祖父に育てられた小はなはその祖父も一四の時に死んで、旧家〈佐衛門〉家に年季奉公の女として雇い入れられる。〈佐衛門〉家の一人息子佐太郎は船員志望で小はなはいつか彼に思いを寄せるようになっていたが、遠洋航海に出かける直前、一七歳の暮れに二人は契り、将来を約す。が、ここに第一の悲劇が生まれる。小はなが身ごもり、男が息子であると知るや〈佐衛門〉家の女主人、波津は機敏にして断固たる処置をとる。事件を闇に葬って息子と切り離すべく、小はなを高松の在に預け、生まれた子は即刻人手に渡したのである。ここから物語は戦前の日本をがんじがらめにした〈家族制度〉の典型といっていい、波津と小はなとの対抗関係の中に展開する。

自活の道を乳母にもとめた小はなはそこで三年の間にかなりの貯えもでき、大阪へと向かう。神戸についた所で佐太郎と偶然にも邂逅（こうした偶然は通俗小説にはつきもので、この場合も露骨にすぎるとの批判があることは百も承知であるが、この作品の場合こうした偶然は意図的、意識的に多用されていて、それによってさまざまな局面を創出して、それを玩味させていると思われる）、世帯を持ち、佐一郎、雪子が生まれ、一〇年がたつ。その間結婚を認めない波津に対抗して佐太郎は一家四人で帰郷、披露目をして入籍、祝宴の夜に心臓麻痺で急死。ここから作品は従来の壺井栄の世界を抜け出して新しい世界に入ってゆく。

愛欲と官能の世界に生きる女を追及

新しい世界とは言うまでもなく、これまでは専ら部分的、断片的にしか描かれなかった愛欲と官能の世界に生きる小はなが描かれ、栄はそうすることによって「母性だけではすまされぬもの、母性を打ち負かしてしまうような愛欲の力のすさまじさというものを、それによって深く傷つけられる子供の側の現実とともども描き出すことによって、新しい人間追及の試みに進み出ている」[*21]のである。

小はなを引きずりまわす性の対手は、夫の墓参に毎日訪ねる菩提寺の小坊主覚道二〇歳。「三日も会わぬとからだじゅうがそわそわとしだして、窓の外ばかりが気になった。五日もたつともうじっとしてはいられず、寺まで走り出」（「柚原小はな　二十」）すしまつで以後、その死まで二〇年間、二人はただれた愛欲の世界からのがれられない。

その間小はなには子どもが宿り、それを産むために須磨に家を借り、ひまつぶしにと始めた生け花に才能のあることがわかって自活の道が開け、多くの弟子が集まってその経済力によって〈佐衛門〉家からの容喙はなくなるのだが、しかしそこに行くまでにはありとあらゆる非難、中傷があったにもかかわらず、それら一切をものともせず「私はわがままはしているがやましいことはしていない」と公言して堂々と突っ走った行動力、あふれんばかりの生命力には敬服せざるをえない。

　しかし、そうした小はなの行動には〈佐衛門〉家の波津からの多年にわたる悪辣な陰謀が功を奏し、波津と雪子は三文判を使って佐衛門の戸籍から小はなの知らない間に彼女を追い出してしまう。また、東京から一五も年上の妻と子をつれて帰郷した佐一郎は、小はなにあなたには佐衛門の家に入る資格がないと門内に入ることを拒否する。

　つまり、小はなは〈佐衛門〉の家から追い出されたのみならず、戸籍上、彼女は佐一郎や雪子の母でさえない者にされてしまったのだ。

　以上で「柚原小はな」は終わり、続篇の「母と娘《こ》と」となる。

「母と娘と」―歪んだ性の世界

　続篇は〈佐衛門〉家の衰亡史であり、簡潔に記すと次のようになる。佐一郎は酒びたりになって財産を蕩尽し、出征して戦死し、年上の妻も病死、残った子を雪子が育てるが、経済的には父の年忌の費用にも困る程。一方小はなは生け花の師匠が盛況で、佐衛門への生計の援助も続けるが、波津が没した処でそれをやめる。

　小はなは覚道と正式に入籍して結婚生活を始めるが、覚道は結核となり、死ぬ。まもなく小はなも脳出血で急死する。

　続篇の最大のポイントは雪子のセックス観にあり、それは母親の行状と周囲からのそれへの非難、中傷、いじめによって羞恥・屈辱の中に形成されただけに、歪んでいる。

　――私も、自分の子を生みたい。

　雪子は、一そうあかくなっていた。誰の子を――と思っただけで、顔に火がついたのだ。広い家の中には誰もいはしない。どんな勝手な想像をめぐらそうとも、だれにもわかりはしない。私は子をはらみたい。そして産みたい。育てたい。だれか私に、子をはらましてくれる人はいないのだろうか。縁談だの結婚だの、そんな形式などどうでもよい。私を引っ転ばして、はだかにして、恥かしめて、泣かせて、嘆かせて、そのあげくに子を生ませられたとしても、このまま、男も知らずに、佐衛門の箱入娘から箱入婆さんに移ってゆくよりは、仕合せなのではなかろうか。母のように、自分から進んで身を持ちくずすなどということは、とうてい出来そうもない自分なのだ。だから、知らぬまに、だれかに、それとも暴力で打ちまかされてもよいではないか。子を生みたい。子を生みたい。私は子を生みたいのだ。……　「九」

旧家・名門の格式と、その中には収まりきれない小はなゆずりの野性の血の叛乱から、雪子は狂気のように〈子を生みたい〉と叫び、それが暴力によってでも悔いるところはないとするのだが、望み通り、呉服屋の番頭――片目、片足の菊二郎によって犯され続け、遂にその子を産み、育てるが父としては認めない。

「子供は、私の子です。私だけが苦労して生んだ子です。かまわないで下さい」

それなのに雪子は、結局また菊二郎に衿がみを引きずられて、奥納戸につれこまれ、自分でもわからぬ時間を過ごしたのだった。つれこまれたというより、そうされることを待っていたようなところもあったのを、ひそかに知っている。しかし彼女はいったのだ。

「私をこんな目に合わして、あんたなんて畜生よ」

すると菊二郎が応じた。

「なにいってるんだい。母親の血をひいているくせに」

その一言は雪子の心を氷らせた。もうもう二度と再び菊二郎の相手になどなるものか。　「二十四」

雪子は結局、母親である小はなの犠牲者であり、小はなが華麗にふるまった分、その反動を余儀なくされたわけで、その青春は暗く、ねじれたまま鬱屈することになった。

かくして「柚原小はな」と「母と娘《こ》と」は晩年の壺井栄のめざした世界と人間とがどのようなものであり、いかなる境地に到達したかを示す重要な作品であることが判明したことと思う。

ここにその一端を述べて、今後の更なる研究をまちたいと思う。

注

＊1　戎居仁平治「壺井栄年譜」（95・1・10『壺井栄伝』壺井栄文学館）

＊2　壺井栄「四つの作品の舞台」（56・6・5『壺井栄作品集7　あとがき』筑摩書房）

＊3　壺井栄「あとがき」（54・12・15『紙一重』中央公論社）

＊4　中村光夫が「壺井栄の『紙一重』」（53・11・6「毎日新聞」）で、この点にふれて「終りの方で急に患者同士の殺人事件がおこったり、共産党と警察がからんできたりするのは一寸唐突で不自然だね。あんな「事件」などださずに、もっとどろ沼のような病院のふん囲気を徹底的に書いた方がよかった。」と指摘するのは正鵠を射たものとして首肯されるのである。

＊5　「小犬」の表記が初出では「仔犬」であるが、『あしたの風（創作・随筆集）』（53・1・20　全日本社会教育連合会）に初収後「小犬」に改められたのでそれに従った。

＊6　壺井家に新聞の切り抜きが現存し、「27・10・21」と日付も判明しているが、紙名は未詳。

＊7　別に「さざんかの道で」（54・1・4「神戸新聞」）と題する作品もあるが、これは「さざんかの花咲く道で」を表題も本文も短縮して掲載した短縮版なので、こちら

1967.6.25　都立青山斎場で無宗教による葬儀

は採らなかった。なお、「児文全集3」は「さざんかの花咲く道で」の存在を知らなかったため、「さざんかの道で」として短縮版を再録しているが、正しく改めるべきである。

＊8　例えば、栄「落ちてゆく」（57・7「文芸春秋」単・作・新全集に収録）

＊9　壺井栄「瞳疲れ」（57・1・15『壺井栄作品集9　あとがき』筑摩書房）

＊10　こうした太田洋子への〈反撃〉、アテツケには当時二人の間にあったトラブルが作用しているかもしれない。佐多稲子氏から小生への直話（前出の軽井沢別荘での栄についての回想談聞書）によれば、この頃洋子は栄から金を借りてそれを返したと言うが、栄は返してもらっていないというモメ事があったという。それが尾を引いているかもしれない。なお佐多氏はこの件についてはおそらく栄は流行作家でバンバン稿料が入ったので返済されたのを忘れたのではないかという立場を示しておられた。

＊11　壺井栄「あとがき」（56・8・5『壺井栄作品集12　風』筑摩書房）

＊12　壺井繁治『激流の魚―壺井繁治自伝』（74・4・15　立風書房）

＊13　注12に同じ。

＊14　花田清輝「文芸時評―シラミつぶしに」（54・10「新日本文学」）

＊15　壺井栄「わが小説―『裲襠』」（61・11・23「朝日新聞」9面）

＊16　佐多稲子「壺井栄」（77・11・18『日本近代文学大事典　第二巻』講談社）

＊17　小田切秀雄「解説」（68・5・10　壺井栄全集　第一巻　筑摩書房）

＊18　霜田正次「古い女と新しい女」（58・4・14「壺井栄作品集しおり17」筑摩書房）
＊19　壺井栄「あとがき」（59・8・15「壺井栄作品集23　風と波と（下）」筑摩書房）
＊20　小田切秀雄「解説」（68・8・10『壺井栄全集　第4巻』筑摩書房）
＊21　小田切秀雄「解説」（68・7・10『壺井栄全集　第3巻』筑摩書房）

第十五章　死とその前後

過労と病死

栄の戦後の文壇復帰は一九五一（昭和26）年からで、そのことは表1（第十三章）の「壺井栄の戦後の作品数の推移」に見たとおりである。

それによると、五一（昭和26）年から六〇（昭和35）年までの十年間は雑文も含め年約60本前後の作品を執筆し、六一年からの四年間は半減し、六五（昭和40）年からは更に半減するというように執筆量は激減する。

理由は過労による病気である。一九五一年（満52歳）からの十年間は常時連載を十本前後かかえ、雑文も入れて年間六十本前後執筆するというハードスケジュールにやがて肉体が悲鳴をあげる。六一年の春、一年半前に風邪から肺炎となり、これがもとで喘息が残り、初めての発作が起こる。[*1] 10月中旬には親友の佐多稲子と軽井沢の別荘へ赴いたところ、激しい喘息の発作が起こったため、東京の慶応大学附属病院に直行して入院、翌年三月まで療養生活を送る。

以後、自宅ではその死までベッドから離れられない生活が続いた。

病名

病名の主なものは、喘息・慢性肝炎・糖尿病・心臓病・尿崩病・プレドニン中毒症などであったが、[*2] 症状としてはプレドニン中毒症の典型として有名なムーン・フェイス（満月のように顔が円くなる）が顕著であった。

入院先の病院としては河北病院（阿佐ヶ谷）・東大病院・天城診療所（伊東市）等に頻繁に入退院を繰り返した。

特筆すべきはそういう病状にもかかわらず、栄は執筆をやめなかったばかりでなく、既に述べたように詳細は巻末の詳細年譜を見ていただくほかはないが、新しい未知の領域に踏み込んで若々しい冒険をする「あす咲く花」（60・7・14〜61・3・25「新潟日報」）、「柚原小はな」（63・1・16〜同・8・21「週刊女性」）、「母と娘と」（64・8・5〜65・2・24「週刊女性」）等の作品群に突き進んでいることを指摘しておかなければならない。

名誉町民

栄の病が篤いことを知った郷里小豆島の内海町（当時）では早急に名誉町民として表彰し、その功績に報いたいとの話がまとまった。もともと、この話は以前からあったが、栄が固辞して受けない為にのびのびになっていた。それが今回は重篤と聞いて地元が周囲を説得し、本人も同意して67（昭和42）年6月10日入院中の天城診療所で内海町（現在の小豆島町）名誉町民章を受理することとなった。栄は町で二人目の名誉町民[*3]であった。

死

一九六七（昭和42）年6月21日、栄は夜少し不安だからと自宅近くの熊谷医院に入院する。翌日、容体が急変し、激しい喘息の発作で、痰が気管につまり、6月23日0時58分死去。享年67歳10カ月であった。

6月25日、都立青山斎場で無宗教による葬儀が行われ、9月30日、東京都東村山市の小平霊園に埋骨された。

没後史については年譜を参照されたい。

注

＊1　栄「因果」（昭37・1・29「週刊文春」）

＊2　佐藤清一「壺井栄先生と名誉町民章」（壺井繁治・戎居仁平治編『回想の壺井栄』私家版　73・6・23）

＊3　『内海町史』（前出）

壺井栄年譜

凡　例

1　正確な事実の調査と裏付けをともなった栄の年譜は遺憾ながらこれまで作成されていない。本稿はそうした現状からの前進を企図して、事実の調査・発掘・確認に努力するとともに依拠した文献・資料を明記した。それによって、今後それらが事実であるか否かが格段に確認され易くなる筈だからである。従って本年譜は現在までのところ、根拠を明示した最も正確な年譜であろうと努力した。大方のご批判とご教示を得たい。

2　依拠した文献は原則として初出誌・紙のものによったが、初出未見の場合には初収の刊本によった。それらはいずれも栄の作品の場合には「初出目録」（文泉堂版全集第12巻収録）、他の人の場合には本書所収の「参考文献目録」で確認できるので、詳しくはそれによって原物にあたっていただきたい。

3　本稿で参照した年譜とその略号は次の通り。記して謝意を表する。

（イ）著者自筆「壺井栄年譜」（筑摩書房版『現代日本文学全集39　平林たい子　佐多稲子　網野菊　壺井栄集』昭30・2・5）→（自）

（ロ）壺井繁治編「壺井栄年譜」（筑摩書房版『現代文学大系39　網野菊　壺井栄　幸田文集』昭43・1・10）→（シ）

（ハ）古林尚編「年譜」（『壺井栄全集10』筑摩書房　昭44・2・10）→（古）

（ニ）戎居《えびすい》仁平治編「壺井栄年譜」（『壺井栄のしおり』昭62・4・1　壺井栄顕彰会）→（戎）

（ホ）拙編「年譜」（拙著『人物書誌大系26　壺井栄』平4・10・22　日外アソシエーツ）

同「壺井栄年譜」（『壺井栄全集12』平11・3・15　文泉堂出版）他には拙稿「壺井栄論(1)—第一章小豆島」（平3・3・1「都留文科大学研究紀要34」）～「壺井栄論(22)—第十章流行作家（1）」（平22・3・20「都留文科大学研究紀要71」）同「隠された真実—壺井栄における作家転身の意味」（平6・2・15「言語と文芸　110号」おうふう刊）によった。

明治32年（一八九九）
8月5日、香川県小豆郡坂手村（現在、小豆島町坂手）甲三三六番地（従来甲四一六とするのは誤り。本書の第一章参照）に岩井藤吉・アサの五女として生まれた。命名したのは長兄の弥三郎。栄が自筆年譜で生年を明治33年と一年繰り下げたこともあって長く明治33年8月5日生まれとされてきたが、これは何ら根拠のあるものではないので、戸籍謄本通り生年は明治32年としなければならない。

藤吉（一八五九〜一九三三）は小豆島の代表的な産業である醤油の樽を造る腕のいい職人で、最盛期には三軒の醸造家を得意先に持ち、常時五、六人の職人を抱えて商売は繁盛していた。陽気、闊達な性分で趣味に義太夫語りを好んだ。

アサ（一八六八〜一九二五）は同じ坂手村で醤油醸造業を営み、村では五本の指に入る裕福な板倉仁左衛門・カジの一人娘で相応の縁談があったが、妾の家に入りびたりの夫の放蕩で苦労した母親が金持ちだと放蕩するからというので、財産のない、係累の少ない、律儀な青年という条件にあった婿として出入りの職人であった藤吉に強引に嫁がせたもの（昭30・6「日本の母性像」）という。アサは大地母神とも呼ぶべき豊かな母性に恵まれ、一〇人の子供を生んで育てたほかに、親に死別して流浪していた孤児の姉弟（昭15・11「『子育て』が上手だった」）を引き取って立派に成人させ、姉は「相当の支度」（同上）で嫁にやり、弟の方は樽屋として独立させた（同上）。更に樽屋としての藤吉の腕と面倒見がよいのを見込んで弟子入りを志願する者が多く、常時五、六人の職人をかかえていたので最盛時には二〇人近くの大家族で、母家、隠居所、浜の家と三軒に分宿する程の大世帯を切り盛りしたわけで、アサは栄が言うように「子育て観音」（昭32・8・28「週刊朝日別冊21号」）と呼ぶのが最もふさわしいかもしれない。

明治33年（一九〇〇）　満1歳
ハイカラ好みの藤吉はこの頃売りに来た八角時計を買った。値段は八〇銭、買ったのは村で三軒だけ、他は医者と隣家の料理屋兼宿屋である（昭30・7「私の雑記帳（2）―父のこと（2）」）。

明治34年（一九〇一）　満2歳
4月27日、内海町《うちのみちょう》（現在は小豆島町）役場の土地台帳によるとこの日、藤吉の住居である坂手甲四一六番地（一五三・八九㎡）の土地は横山松太郎に売られている。しかし、一家はそのまま借家して一〇年住み続け、栄が小学校五年生の時に転居した。無論生後一年の栄は土地売却の話は知る由もなく、回想記は全て小学校五年生の時に初めて家屋敷が人手に渡ったと記しているが、これは上述のように事実とは相違している。ついでに記しておくと藤吉は四一六番地の土地を明治31年3月18日に手に入れている（拙稿「壺井栄論（二）」）。

8月18日、六女スエが生まれる。ついでに栄のきょうだいの生没年を示すと次のようになる。

兵太郎（長男　一九八三〜一九八六　藤吉と西浜ヤスとの子で、のちヤスとは離別し入籍の記録はなし。〔「壺井栄論（1）」〕）

弥三郎（二男　一八八八〜一九一九　戸籍上は二男だが現在の除籍謄本には長男の記載はなく、不明である。栄の記す範囲では実質的に長男である。本書の「第一章小豆島」参照）

千代（長女　一八九一〜一九六一）

コタカ（二女　一八九三〜一九一〇）

ヨリ（三女　一八九五〜一九八五）

ミツコ（四女　一八九七〜一九一九）

栄（五女　一八九九〜一九六七）

スエ（六女　一九〇一〜一九二二）

藤太郎（三男　一九〇三〜一九六一）

シン（七女　一九〇六〜一九九〇）

貞枝（八女　一九一三〜一九九六）

明治36年（一九〇三）　満4歳

1月13日、弟藤太郎が生まれる。栄の人間形成の上でも、作家としての基盤形成のうえでも看過することができないのは祖母イソの存在である。

イソは小豆島の大部村（現在の土庄町大部）生まれで、江戸通いの千石船の船乗りであった勝三と結婚し、播磨屋藤兵衛の夫婦養子となった。勝三は藤兵衛を襲名する前に江戸へ向かう途中、伊勢（正しくは志摩であるが、栄はこう記すのでしばらくそれに従う）の的矢でコレラにかかって客死した。30歳で未亡人となったイソは4歳の藤吉（幼名は福松）をかかえ、去就に迷うがより自由な生き方を求めて播磨屋を去った。藤吉は8歳から魚問屋大東で丁稚奉公を始め、やがて船乗りを志望するが、イソは悲運の夫のことがあって許さず、やむなく一〇歳で方向転換して樽屋に弟子入りした。手先が器用なことと、相弟子が親方の跡とり息子ということで競争して腕を磨き、やがて独立し、明るい性格と腕のよさ、係累のないことを得意先の主婦から見込まれてその一人娘アサと結婚するに至った。イソはおおらかな、豊かな母性の持ち主で、ほぼ二年おきに生まれる一〇人の孫たちを慈愛深く育んだ。それだけではなく孤児となって浮浪していた姉弟をひきとって孫と同じく学校に通わせ、立派に一人前に育てあげた（以上は栄の昭30・6〜7「私の雑記帳（1）（2）—父のこと」によるもので、他説もある）。無論、そのためには嫁のアサの理解と協力がなければ不可能であったことは言うまでもなく、重要なことはそういう母性の血統、あるいは伝統ともいうべきものが「五人育てりゃ五つの楽しみ、七人育てりゃ七つの楽しみ」（「暦」）というのが口癖であったというアサの心意気となって引き継がれ、それが更に自身の子は一人も無いながら多勢の姪や甥や縁辺の子供たちを育て続けた三代目の栄にもまごうかたなく流れ、受け継がれていることは明白であろう。
それともう一つイソは話が好きで、孫たちを育てながら沢山の昔話や伝説を語り、子守唄を唄って倦むところがなかったという。そしてその最も熱心な聴き手が栄であり、最もかわいがられて祖母の隠居所で育った。祖母の話は単に口碑伝説のたぐいばかりでなく、巷間に流布される噂話や世間話、更に自分や夫の身上話も含むというように、素材的にも形式的にも長短自在であり、語りも巧みで自ずからリズムがあり、栄の心をとらえて離さぬ魅力があった。その祖母のお得意の一つは若くして失った夫について語る〈イセのマトヤのヒヨリヤマ〉で、航海の途次、伊勢の的矢でコレラに倒れ、かの地の日和山に葬られた顚末を語り、田舎の貧しい後家故に生涯一度も墓参がかなわず、代わりに一〇人の孫たちにそれを託す哀切な話である。この祖母の悲願は栄の胸中に引き継がれ、昭和15年と29年の二度の探索行によって漸く過去帳にその名が確認され、祖父は実に没後90年ぶりに孫の栄によって供養してもらうことになるのであるが、この執念とも呼ぶべき「悲願」の実現は栄の祖母に寄せる限りない愛情の深さの証左に他ならないものであり、この祖母の存在がいわゆるゆりかごの唄のように栄の文学の基盤を形成したものであって、その記憶が核、あるいはパン種となって小説となり、童話となって栄の文学を豊かに彩ることになる。

明治37年（一九〇四）　満5歳

4月、兄の弥三郎が香川県師範学校乙種講習科（一年課程）に入学し、翌年3月卒業する（「香川県師範学校乙種講習科修了証書台帳」）。祖母の肩を叩きながら数を数えることを教えられ、一万まで数えることができた（昭16・10「小さな自叙伝」　昭29・1「私が世に出るまで」）。隣家のマサノと水泳を覚えるが、中耳炎になり隣村の医者まで4kmを歩いて通院する（鹿島マサノ「思い出」）。

明治38年（一九〇五）　満6歳

4月、坂手尋常小学校に学齢より一年早く入学する。生前栄は自らの生年を戸籍とは違って明治33年8月5日生まれとしていたが、その理由は不明である。そしてこの矛盾は次のようなかたちで現れている。

というのは明治33年8月5日生まれが小学校に入学するのは明治40年4月である。それが明治38年に入学したとすれば一年ではなく二年早く入学したことになるからである。

とすると、ここではっきりするのは明治38年に入学して、それが学齢より一年早いものであったということは、この点に関しては栄は自身の生年を明治32年生まれと認めていたことを証明するものにほかならない。

何故早く入学したかについては栄自身、一万を数えられたため（「小さな自叙伝」など）とも、当時早く入学させることが流行して同年生まれの壺井フサノ、川野ミサヲが一年に入ったと聞いて鹿島マサノの母と栄の母が相談して、落第してもよいから入れてほしいと宮部校長に懇願して一カ月遅れの五月に入学し、無事二年には進級できたが、そういう事情のため一年の修了証はもらえなかった（昭15・9「昔の友、今の友」、鹿島マサノ「栄様と私」昭43・10）ともいう。「一カ月遅れ」で入学したと栄は言うが、「卒業生学籍簿」によると第一学年の栄の出席日数は250日であり、十分四月入学が考えられるのである。因みに栄の二、三学年の出席日数はそれぞれ254、261日である。一年早い入学のワケについて私見を言えば、それだけ早く労働力として使えたからであろう。

父の樽を納める得意先の醤油醸造元は三軒あったが、この前後から相次いで倒産したり、縮小したり、合併されたりして仕事が減り、家運は次第に下り坂となる。

明治39年（一九〇六）　満7歳

4月、二年生に進級できたが、正規の就学ではなかったためか、修了証書はなかった。しかし以後級長をつとめた（「小さな自叙伝」）。

11月20日妹のシン（七女）が生まれる。

明治40年（一九〇七）　満8歳

2月11日の紀元節（建国記念の日）には珍しく大雪が降って一二年生は休校となったために、初めて作ってもらった海老茶袴がはけずに泣きだす（昭15・3・3「雪の記憶」）。

この年学制改正により、尋常小学校の課程は四年から六年に延長され、同時に義務教育となった。その上の高等小学校は二年課程であった（『内海町史』）。

4月、兄弥三郎が香川県師範学校本科一部に入学する。

明治41年（一九〇八）　満9歳

この前後父の得意先の醤油屋の経営が不調となり、代金の回収が困難となったため、家計が逼迫し、家屋敷を出て転業しなければならぬ惧れもでてきたので、肩身の狭くならないうちにと、子供たちを相次いで嫁に出したり、養女に出したりした。

すぐ上の姉ミツコ（四女）が京都河原町三条の伯父天井仁吉の養女（入籍は明治41年8月5日）となり、これで栄より上の姉たちは全て家を出たため、五女の栄が長女の役割を引き受けることとなって、以後母を助けて弟妹の面倒をみることになる。

当時香川県師範学校に在学中の長兄弥三郎から雑誌型単行本『二宮金次郎』を贈られ、教科書以外の単行本を自分のものにしたのは初めてのことなので感激する。

明治42年（一九〇九）　満10歳

小学五年生になるが、家運愈傾き、川野家の子守に雇われて通学した。報酬は夕飯一食と盆、暮れに古い着物をもらうだけであったが、六年の卒業まで続けた（「自筆年譜」、川野正雄「竪て縞のきものと洗面器」など）。

前年京都へ養女に行ったミツコが不縁となり、5月3日養子縁組を解除して家に戻り、同月10日復籍して坂手小学校六年に転入し、翌年卒業。

明治43年（一九一〇）　満11歳

五年生の時（明治42〜43年になるがそれがどちらかは不明）遂に六百円余の借金のために破産し、家屋敷を人手に渡して村では肩身の狭い借家住居となった（昭26・7・29「豆自叙伝」など）。実際は既に明治34年4月の項で述べたように、約一〇年前に家屋敷は人手に渡っていて借家住居をしていたのだが、栄はそうした事実は知る由もなく、始めての転居のショックをこのように述べたものと考えられる。

その後五回転居を重ねる（昭17・11「石臼とトラック」）。

次姉（二女）のコタカが伯父天井仁吉の紹介で、京都で女中奉公をしていたが、脚気になり帰省、療養につとめたが10月1日一七歳で没した。

秋の修学旅行は金比羅詣りで費用は47銭であったが、兄姉が行かなかったため行かしてもらえなかった。

明治44年（一九一一）　満12歳

3月20日、弥三郎が香川県師範学校を卒業し（「卒業証書台帳」）、直ちに香川県師範学校附属小学校訓導となり、大正3年1月まで勤める（『香川大学教育学部附属高松小学校百年史』）。

3月24日、坂手尋常小学校卒業。卒業に際し、一等賞をもらう（賞状）。

4月、内海高等小学校入学。これは五か村組合立の学校で課程は二年、家からは四粁ほどの距離で、草壁村にあった。教師を志望していた栄の計画ではとりあえず高小に行き、その間に家計の好転を期待して、更に師範学校（四年間）に進む予定であった（昭38・12「わが青春時代」）。進学にあたっては母から着物や弁当には文句を言わないこと、授業料や学用品は自分で稼ぐことを条件にして許されたもの（「子育て観音」）。子守は尋常小学校卒業と同時にやめ、麦藁細工で帽子を造る麦稈真田《ばっかんさなだ》の内職をしながらさしずめ苦学して大学に行くようなつもりで通学した（「自筆年譜」）。冬には母が他家からもらってきた黒い男のマントを着て通ったので〈将校マント〉と笑われたが苦にはしなかった（「昔の友、今の友」）。

こういう貧窮の境涯にあった栄にも村一番の金持ちの娘にも負けない誇りが一つあった。それは「少女の友」「少女」などの雑誌を毎月きちんと読んでいたことである。

高松で教師をしている兄が送ってくれたからで当時村では毎月雑誌をとる家はどこにもなかった。この長兄による「感情教育」の意味は見かけよりずっと大きい。というのはそれが「文学少女」にしたということではなく、知的、観念的に理解する訓練の機会が与えられたことと、もう一つ、現実とは別の世界があることを知り、しかもそれは想像力によって創造されるものであり、そこに遊弋《ゆうよく》する喜びを知ったことである（「小さな自叙伝」）。

のちに重要なかかわりをもつと同時に、小豆島出身の著名な文学者となる壺井繁治と黒島伝治は、栄と同じキャンパスで学んでいる。栄の通学しはじめた内海高等小学校のキャンパスには明治41年4月から校舎の一部を利用して五か村組合立内海実業補習学校が創設され（修業年限は2～4年、のちに昇格させて小豆島高等女学校、更に発展して現在の小豆島高校となる〔『内海町史』〕）、ここに壺井繁治は明治43年4月から45年春まで在学し、黒島伝治は明治44年4月に入り、大正3年3月に卒業しているから、二人は一年間同じ学校に学んだ先輩後輩として面識があり、この二人と栄もまた同じキャンパスに学んだわけで、三人一緒では一年間、伝治とは二年間一緒に通い秀才、才媛として面識があった。

明治45年・大正元年（一九一二）　満13歳

この春、同じキャンパスに学んだ一級上の壺井繁治は、学校の授業レベルへの不満と、教師への悪戯事件で濡れ衣を着せられたことに憤激して去った（繁治『激流の魚』）。

大正2年（一九一三）　満14歳

2月27日、末の妹（八女）貞枝が生まれるが、アサは満45歳で一〇人目の子を生んだことと、年来の過労がたたって容易に体力が回復せず、ために栄は母親に代わって妹の世話をする。

3月24日、内海高等小学校卒業。樽屋を廃業したあと藤吉は米屋と酒屋を、次いで文房具類などを商うが、貸金の催促ができない〈職人の商法〉では行き詰まるのは当然で、一転して二本マストの古船を手に入れて渡海屋（海上の運送業）となったが、五〇過ぎての海上労働はきつく、雨風が激しければ仕事にはならないので、一家の家計は栄の期待に反して切迫して、師範へ行くどころではなかった。しかし年を追って商売は好転して行った。

小豆島の娘たちは当時学校を卒業すれば大阪か神戸へ女中奉公に行くのが普通であったが、栄はそれがイヤで、たまたま郵便局の女事務員が結婚してやめると聞いて単身頼みに行くと、字を書いてみろとテストされ、合格するが、請負制の三等局ではもう一人雇う余裕はないので、人員のアキができるまで待ってくれといわれ、父の仕事を手伝う。藤吉はその頃主に薪炭用の松や櫟の用材を運搬していた。当然積込みと荷揚げは男のする仕事で、用材は1m弱の長さだが、骨が折れそうになる重労働。朝五時には家を出て、午後には帰るというパターンであったが、疲れがたまると夜はぐっすり寝込んで失禁することもしばしばで（昭13・9～10「岬」無署名「この不屈の青春」昭38・1・2）この生活が約一年半程続く。

父の船で高松の秋祭り見物を兼ねて市内の兄を訪ねる。これが島の外に出た初めての旅（昭22・12「初旅」）になる。

大正3年（一九一四）　満15歳

1月、弥三郎が香川師範附属高松小学校を辞める（前出『百年史』）。これは長兄として一家の経済的窮境を救うためには薄給の教師では不可能として思いきりよく辞めて、弁護士の道に進み、一家の経済的支柱となるためであったが、この前後の動静については不明の点が多い。

11月、前から就職を依頼しておいた坂手郵便局にアキができ、郵便・電信・電報担当の事務員となった。女事務員の四代目（昭22・7・10「郵便局随筆」）、二カ月間は見習いで、三カ月目から本雇いとなり、月給は見習い期間中は1円50銭、本雇後に2円、いずれも食事つきであった。家から通えば食費として差し引かれる3円がこれにプラスされるが、夜間電報があるために住込みが条件となっていた。仕事は1・3人分あるが請負制の三等局としては人件費を節約して一人しか雇わないので非常な忙しさであった（昭23・1・10「郵便局にいたころ」など）。以後、月給の「9割5分」を家に入れ、なお、当時の局の採用規定では満15歳で初任給5円、年50銭昇給が通り相場であったが、栄は前にも記したように生年を戸籍より一年繰り下げて一九〇〇年としているので大正4年8月以降にならないと規定違反になるため、局長は採用届けを自分の娘の名義で出しておいた。ところでその娘というのが四〇歳を過ぎた料理屋の女将で、丁度郵政省の事務視察があった時には14歳の栄が四〇女になりすますわけにはゆかないので当日は女将が出張し、栄は見習いということで芝居を打つが、忽ちニセモノであることが露見して叱責されたが、しかしそこはさすがに商売柄、視察員をうまく丸め込んで自分の料理屋に案内して帳消しにしてしまったという（昭32・5「大正時代の郵便局員」）。ついでに言っておけば上のエピソードから局に就職する時点では栄は生年をすでに明治33年（一九〇〇）としていたことが判明するであろう。

大正4年（一九一五）　満16歳

2月19日「逓信事務員ヲ命ズ　月給五円ヲ給ス」（戎）という辞令をもらい、「逓信局報」に自分の名がのった時には急に偉くなったように思った（「初任給金二円也」）。

4月28日長兄の弥三郎が高浜マサエとの結婚届けを出す（この年10月10日に長男典が生まれている）。

12月、扁桃腺の手術で高松市の兄の家から通院中、電報で呼び戻されて帰宅すると、アサが脳溢血で倒れて半身不随となり、二歳の妹の世話があったので、当座住込みから通勤にしてもらって、夜は母に代わって赤ん坊を抱いて寝ることにした。以後母は半身不随のため、栄が入学式・運動会・着物のつくろい等の世話をすることになる（「日本の母性像」、戎《えび》居《すい》貞枝「姉と私と」）。

大正5年（一九一六）　満17歳

10月1日、簡易生命保険法が実施となるが、このとき局長が中風で倒れたため、一人で局の仕事全部、即ち郵便・電報・電話・為替・貯金・保険、それに深夜の電報配達から局長会議の代理出席までこなしたというから過重な労働ぶりには驚くほかはない。加えて事務室というのは局長の自宅の一室で通りに面した陽の当たらない北向きの六畳の和室であった。そういう労働環境では病気にならない方がおかしいわけで、病菌はしだいにその体をむしばみ始めていた。

10月17日、祖母のイソが八二歳で没した。枯木が倒れるような大往生であった（昭30・6「母のこと」）。このあと一家には死が相次ぐことになる。

この年か翌年、黒島伝治から突然手紙をもらって文通と交際を重ね、傍目には恋人同志と見られたが、実際には「指一本触れ合わぬ公明正大の交際」で初めは自分の短歌が載った投書雑誌を伝治が見せるのに対して、栄は局長の知人の文学青年たちの回覧雑誌（生原稿を原稿用紙のまま綴じて回覧するもの）を見せるなどの文学的交流であったが、栄が岡部小咲（栄の友人、大阪難波病院の看護婦で短歌に情熱を燃やしていた）を紹介すると二人は忽ち燃え上がり、以後はもっぱら二人のデートの仲介役であった（昭38・12・10「半世紀も昔の話―黒島伝治さんのこと―」、昭29・1「今日の人」）と栄は記すが、新出の小咲書簡はそれとは逆に小咲が栄から伝治を奪ってしまった罪におののく深刻な三角関係があったことを証している（拙稿「壺井栄の〝青春劇〟」平4・9・3「東京新聞」夕刊）。

大正6年（一九一七）　満18歳

3月、郵便局を一旦退職する。過労から肋膜炎を患い、次いで脊椎カリエスとなったからである。週に一度は通院して排膿すると、一度に三合から五合（540〜900cc）のうみが出て、体はくの字にゆがんでいた（「私が世に出るまで」）。栄の郵便局体験を記したものは非常に多く、しかも一様に脊椎カリエスになって排膿しながらも、一家を支えるために勤め続けなければならなかったと記している。しかしたった一つ例外があって「初任給二円也」は「前後十年の間に、病身の私は、やめたり、勤めたりしながら、二十円まで昇給し」と記すが、果たしてこれはどちらが正しいかと言えば後者が正しい。郵便局の記録によれば、栄の在職期間は二度あり、最初は大正4年2月から6年3月まで、二度めは大正11年5月から12年2月までである（拙稿「壺井栄論（二）」）。このうち第一回の採用が大正4年2月（正確には2月19日）からとなっているのは、見習期間の二ヵ月後の本採用の時期を示すものと考えられる。

一旦退職して療養に努め、その後大正9年10月には坂手村役場に勤め、衛生係の事務を担当していた（三木民栄あての大正9年10月23日付書簡）ことは確かであるが、村役場に勤務し始めたのはいつからで、いつやめたのか、そして再度勤め始めた時期も不明であるが、一応現在では次のように推定しておきたい。

大正6年4月〜　8年　病気療養（推定）

大正9年　～　11年4月　役場勤務（一部推定）
大正11年5月～　12年2月　郵便局　（記録あり）
大正12年3月～　14年1月　役場勤務（推定）
黒島伝治はこの年4、5月頃に文学を志して上京し、10月19日夜の早稲田文学社講演会で偶然壺井繁治と再会し、お互いに文学を志していることを知って大いに驚き以後急速に親しくなった（浦西和彦「黒島伝治『二銭銅貨』」）。伝治の口から繁治に文学少女栄のことも当然伝えられたと思われる。

大正7年（一九一八）　満19歳

4月、長兄の弥三郎が弁護士を志して明治法律専門学校一部法科（現在の明治大学法学部）に入学。妻と二児をかかえ、夜間の小学校教師をしながら勉学に励んだ。

12月6日、弥三郎は明治法律専門学校を除籍された。理由は学費の滞納と無届欠席である。

この頃、瀬戸内海の島々を布教する福音丸という伝道船（昭21・5「人生勉強」）があり、その巡回伝道師であった安藤くに子からスタンダールの「恋愛論」や「赤と黒」を借りてむさぼるように読み、会えば宗教ではなく、もっぱら文学の話となり、くに子から島を出て東京で勉強することを強く勧められ、上京して文学を志す夢が心にかたちをとりはじめる。が間もなくくに子は恋愛事件で更迭され、音信不通となったがその存在は永く心に残り、第二次大戦後くに子の郷里伊東を訪れるたびに手がかりを探し続けた結果すでに戦前死亡していて、再会はかなわなかった（前出「人生勉強」、佐藤清一「壺井栄先生と伊東」）。

大正8年（一九一九）　満20歳

3月15日、長兄弥三郎が東京青山でスペイン風邪により急死。享年31歳。22歳で未亡人となったマサエは典（3歳）卓（1歳）の二児を連れて帰郷、ソコヒで急速に視力を失っていたことから将来の自活を考えてマッサージの学校に入る決心をする。そのため二年間二児の養育を懇願する旨の置手紙を残して家を出たため、半身不自由なアサと栄の妹たちが遺児の面倒をみる。約束通り二年後、マサエは鍼灸マッサージ士の免許状をとって帰り、子供たちをひきとって広島市で開業、商売は順調に発展し、のち二人の子はそれぞれ、長男は建築士、次男はジャーナリストになった（昭26・4「めみぇの旅」）。

5月20日、栄の親友で黒島伝治と恋愛関係にあった岡部小咲が肺結核で没した。

12月1日、黒島伝治が姫路歩兵第十連隊に入って衛生兵となった。

大正9年（一九二〇）　満21歳

1月、隣家の爺さんに「とりつけ」（餅のつきたて）をあげたところつかえて死ぬ（昭16・1「餅で思い出す人」）騒ぎがあった。

この頃、大阪から小豆島にスケッチに来ていた大塚克三《かつぞう》と恋に落ち、家をとびだす覚悟もあったが、結局思いとどまって島に残り、恋は終る。大塚は道頓堀中座前の芝居茶屋「三《さん》亀《かめ》」の次男で、栄より三つ年上の明治29年生まれ。家業を嫌い、画家をめざして毎年春になるとデッサンの勉強のため小豆島に滞在し、坂手村の奥内旅館が定宿であった。逗留は長いときには数か月に及び、そこで栄と知り合ったが、のち舞台装置家として活躍し、演劇協会賞、大阪市民文化賞、伊藤喜朔賞などを受賞し、著書には『舞台美術大道具帳』（浪速社　昭51・2）がある。昭和52年7月24日没（戎居士郎「今に生きる遠い青春の日々」（昭和63・11・20）大宅壮一他「観光地小豆島を語る」（昭和30・6・14〜16）栄「縁」同『草の実』など）。

10月23日、三木民栄宛の書簡で、今度役場の衛生係の事務担当になったこと、一週に6日も死者があること、妹のスエ（六女）の結婚が急にきまって妹が11月上旬には上京すること、最近はさっぱり詩作ができないこと、同人誌「白（い）壺」の10月号が来たがもう同人としての創作はやめて一読者にもどろうかと思ってもいること等を伝えている点で極めて重要である（拙稿「壺井栄論（2）」）。

大正11年（一九二二）　満23歳

5月、また郵便局に勤めはじめ翌年2月まで在職する。

7月11日、シベリアで胸を病んだ、黒島伝治がこの日兵役免除となって帰島し、療養につとめるかたわら創作生活に入り、栄との交流が復活する。伝治からは「トルストイ研究」、モーパッサン、スタンダールなどを借りたが、脳味噌が全くうけつけないので読まずに返してしまい、もっぱら貸本屋に行って「不如帰」「金色夜叉」「柳生十兵衛」「曽呂利新左衛門」などを読んでいた（「私が世に出るまで」）というが、栄はすでに大正九年の項でも記したように、詩作を続け、同人誌に加わり、スタンダール「恋愛論」を愛読していたわけだから、これを額面通りに受けとることはできないわけで、おそらく次の記述の方が真実であろう。つまり、この頃、婦人雑誌の付録にはいっていた山本有三の「嬰児殺し」、久米正雄の「地蔵教由来」、菊地寛の「父帰る」を読んで大衆小説にないほんものの感じにはじめて接して感激。以後神戸から病を得て帰島した縁辺の者が書物を沢山持っていたので、そこから、夏目漱石「坊っちゃん」「虞美人草」「吾輩は猫である」「三四郎」「それから」「門」など、また、徳富蘆花「寄生木」「思い出の記」、尾崎紅葉「金色夜叉」などを借りて読んだ。有島武郎の「或る女」は友だちからもらって読んだが、非常に刺激されて有島のものを続けて読みたくなり、なけなしの財布をはたいて「宣言」「カインの末裔」などを買い、更に有島の個人雑誌「泉」を半年分前納して注文した。ところが間もなく自殺して驚くが、そのあと、田山花袋「蒲団」等を買って少しずつ読んだ。月に一度、高松市の赤十字病院に通い、船便を待つ間に芥川龍之介『将軍』等を買った。

（「年譜」昭36・10・20『日本文学全集40壺井栄集』新潮社所収。「私の読書経路」昭17・11）。

7月初旬、平和記念東京博覧会見物に上京、京橋の妹スエの家に滞在して弟藤太郎（当時スエの夫政吉の店で修業中）の案内で見て歩いた。その間、隣家に火事があり、それに驚いて身重のスエは7月12日真澄を早産し、自身は産褥熱で尿毒症を併発して7月18日に急逝した。享年二一才。真澄は早産のため、ユタンポを幾つも入れて育てた結果漸く育ち、9月になって真澄を抱いて帰郷した（(戎)をもとに増補）。

11月上旬、ハシカにかかり医者の誤診で死線をさまよう一幕もあったが、回復してみるとカリエスが好転しているのに気づき大いに喜ぶ。

大正12年（一九二三）　満24歳

2月、郵便局をやめる。3月にはおそらく役場に勤めはじめ、14年2月の上京まで勤めたと思われるが、記録は残されていない。

ここで栄の月給についてまとめておくと、見習いの二カ月間は1円50銭、本雇いになって2円（本俸5円だが、住み込みのため食費として3円差し引かれた）、以後年50銭（「初任給二円也」）か1円（「郵便局にいたころ」）ずつ昇給し、17円（「私が世に出るまで」）か20円（「初任給二円也」）になったとき、香川県下郵便局七三の一カ月間無事故競争があって一等賞をとり、17円の給料が36円になった（「私が世に出るまで」）とも、20円の月給が30円になった（「初任給二円也」）ともいう。役場に変わった時には月給30円（「自筆年譜」）であった。郵便局から役場へのトレードについて栄は局長が村長になったから（昭33・9「女流作家の〝はたちの青春〟」）というが、局長が村長になったという事実は坂手村にはない（『内海町史』『内海町坂手年表』）。

大正13年（一九二四）　満25歳

11月、それまで文通のあった東京の壺井繁治から「ダムダム」（大正13年11月創刊、同人は萩原恭次郎、高橋新吉、壺井繁治ら12人）を二冊送ってきて定期講読者になり、他の人にもすすめてほしいとの依頼があり、読んでもちんぷんかんぷんながら誌代の三ヵ月分を前納したが、一号しか出なかった（昭和30・1「野そだちの青春」）。繁治と栄は隣村同士、学年は一級違い、学校は違うものの同じキャンパスで一年間学んだ間柄であって、その上栄の祖母の後添えは繁治の親戚であったこと、直接交渉のあった黒島伝治を通して栄の文学少女ぶりは繁治にも伝えられていて、ときおり両者の間には文通が交わされていた。

大正14年（一九二五）　満26歳

2月中旬、千葉県銚子の犬吠岬に逗留中の繁治から「一度遊びに来ませんか」という手紙をもらったのを頼りに上京、一旦深川の義兄の家に旅装を解き、そこから繁治のいる日昇館に向かった。繁治は当時アナーキズム詩人でいわゆる「リャク」と称する資本家からの掠奪で辛うじて生活していたが、銚子出身の飯田徳太郎の発案で犬吠崎にある夏の貸別荘を安く借りられるからそこで共同生活をしながら原稿を書く、という目的で六人（飯田、繁治の他に岡田龍夫、矢橋公麿、福田寿夫、平林たい子）が集まったのだが、実際には花札とトランプに明け暮れて1行も書かず、次々に去って最後に残ったのは繁治と福田の二人きりとなった。そこへ栄が現れ、かいがいしく世話をしながら数日間を過ごす中に、彼女の意志表示をみた繁治は君ヶ浜を散策中にプロポーズし、受け入れられたのである。

家は二人で探して豊多摩郡世田谷町字三宿（現在の世田谷区三宿町）に新築二軒長屋を見つける。2月20日のことで、貸蒲団を借りて二人だけの結婚式を挙げた。家財道具は何もなく、当座は栄のトランクを卓袱台《ちゃぶだい》にして食事をし、家賃も敷金も栄が払い、栄の着物を質に入れて炊事道具を買う生活であった（繁治『激流の魚』）。

一ヵ月後の4月、太子堂（現在の世田谷区太子堂町）の森かげの新築の二階家に移った。間もなく林芙美子と野村吉哉が隣家に、平林たい子と飯田徳太郎が近所の床屋の二階に越してきて、アナーキスト系詩人達の文学的雰囲気にはじめて接した。しかし堅実な生活をしてきた栄には彼らの価値観、社会観、生活観、男女観にはどうしてもなじめなかった。結婚を機に繁治は知人で電通に勤めていた川合仁の世話で名士の講演会の速記や訪問記をまとめる仕事（原稿用紙1枚50銭）で定収入が入るようになり、栄も川合の好意で筆耕のアルバイトをした。電通が作家から買った小説を更に地方新聞に流すためにカーボン紙を使って固い鉛筆で一度に同一コピイを4部作る仕事で原稿一枚（15字×20行）のコピイ料が4銭、一日に最高の時が96枚でこの仕事はいつもあるというわけではないが、平均して月に40円から50円にはなるので字のうまい栄にはうってつけのアルバイトであった。更にこの「人間コピー機」という仕事で見逃せないのは、扱った作家が徳田秋声・田山花袋・沖野岩三郎・白石実三・須藤鐘一らで作家の作品を手写するという得難い体験をお金をもらって体験できたということである。（繁治『激流の魚』、栄「私が世に出るまで」）。

初夏、黒島伝治が上京し、同居する。黒島は傷病兵手当を月額40円支給（終身）されていたので、除隊後本腰を入れて創作に励み、「電報」他何篇かの小説を携え、作家生活に入る決意であった。6月26日に同郷の石井トキエと結婚後もひきつづき止宿した。「電報」が繁治の紹介で9月号の「潮流」（川合仁・古田徳次郎らが出していた同人雑誌）に掲載されて好評を博し、同人となり、続いて「まかないの棒」（「潮流」9月号）、「結核病室」（「潮流」10月号）と発表し、繁治の紹介で「銅貨二銭」が「文芸戦線」（大15年1月）に掲載が決まって文壇での足がかりをつかむと直ちに居候していた壺井夫婦には行先も告げずに池袋に移り、約一年後には全く疎遠となった（繁治「鷺宮雑記4」、戎居士郎「黒島伝治年譜」）。

12月初め、長らく中風を患っていた母のアサが危篤との報に帰島し看病するが11日没した。享年五八歳。姪の真澄が満三歳で、病気の母が没した今となっては栄が引き取って育てるほかはないので繁治にも納得してもらう（繁治『激流の魚』）。

大正15・昭和元年（一九二六）　満27歳

3月末、郷里の二人の妹シン、貞枝を東京にひきとり、それぞれ三田の戸板裁縫学校中等教員養成科二年課程（昭3・3卒業『千草会会員名簿』『戸板学園八〇周年記念誌』昭57・10・1刊）と渋谷の常磐松高等女学校（現在は目黒にあるトキワ松学園　トキワ松は戦災で一切を焼失したため不明だが昭3・3には帰郷し、県立小豆島女学校に転校し、昭和4・3同校卒業『錦楓会会員名簿』）に通学させる。学資の方は栄の姉（神戸在のヨリ）が夫に内緒で月々送ってくれた（昭22・5「渋谷道玄坂」）が、生活費は専ら栄の「人間コピー機」による稼ぎであった。

このころ「婦女界」を愛読していて同誌の廃物利用の懸賞に応募して「古着の繰り廻し法」で7円もらい、これが原稿料収入の最初という（昭33・9「若い女性」）。

昭和2年（一九二七）　満28歳

1月、繁治が編集、発行人となって文芸雑誌「文芸解放」1月号を創刊し、12月まで全11冊を刊行。川合仁、飯田徳太郎、萩原恭次郎、小野十三郎ら一九名のアナーキストによって結成された文芸解放社（事務所は繁治の自宅）の機関誌で、「文芸戦線」に対抗して、文学と芸術の政治従属を否定し、第三インターナショナルの指令によるプロレタリア文学運動に反対してアナーキズムの立場を最も鮮明にした雑誌であったが、やがて同人内部で思想的対立が起こり、繁治は同誌の11、12月号にアナーキズムを理論的に批判する二つの論文を発表してマルクシズム支持の立場を鮮明にしたために、12月5日夜、外廓団体の黒色青年連盟のテロにあい、左手にヒビが入るなど全治3ヵ月の重傷を負った。同人のうちマルクシズムへ転換したのは繁治を入れて四人であったが、川合仁とは思想的に訣別したため栄のコピーの仕事も来なくなった。

昭和3年（一九二八）　満29歳

1月頃、東京府下代々幡町幡ケ谷三五六へ転居（それまでは荏原郡世田谷町若林五二七）する。三間（6・6・8）ある平家で、京王線幡ケ谷駅のすぐ近くであった（『激流の魚』）。同時に栄の同郷の女友達の世話で浅草橋近くの時計問屋、小川商店に記帳係として勤め、月給は交通費・食事付きで40円。妹のシンが3月に卒業するのを待って貞枝も帰郷し、小豆島女学校に転校し、昭4・3に卒業。

2月5日、繁治が三好十郎、高見順、新田潤らと左翼芸術同盟を結成し、その事務所を繁治宅においたので人の出入りが激しくなり、その中の一人窪川稲子を、これがあの「キャラメル工場から」の作者かと思って眺めることもあった（昭36・7「女の友情三十年」）。機関誌「左翼芸術」（昭3・5・1）は創刊号のみで、ナップ（全日本無産者芸術連盟）に統一され、繁治はしばしば検挙、家宅捜索がしきりに行なわれた。栄が出入りする人々のために月8斗（120kg）の米を炊いて食べさせたのはこの頃のことという（『激流の魚』）。この年、栄はメーデーに初めて参加し、セルの着物に断髪姿、「帯留で鉢巻」をした女性としてその写真が「アサヒグラフ」（5月9日）に載った。

この年栄を最も驚かせたのは検閲制度改正期成同盟集会で検束された繁治が29日間拘留されたことで、結婚後始めての経験だっただけに不安と心細さから、栄は小豆島に帰郷しようかと思いつめた（『激流の魚』）。

昭和4年（一九二九）　満30歳

2月1日、「プロ文士の妻の日記」が「婦女界」（2月号）に掲載され、30円貰う。これは愛読していた「婦女界」の生活記録募集に応じたもので、活字になった最初の作品。「りつ子」という名前で出たが周囲の人にはわかってしまい、恥ずかしい思いをする（「小さな自叙伝」）が、もう一度投稿するとボツになったのであとはやめる（「文学にたどりつくまで」）。

4月16日、いわゆる4・16事件で逮捕にきた刑事と繁治が玄関で押問答している間に、栄が舌を巻くほどのすばやい機転で「無産者新聞」の購読者名簿を巧みに隠し、繁治を驚かす。夫は29日間拘留後釈放される。この時一緒に留置場から出てきた松山文雄・江森盛弥・横山楳太郎らも繁治宅に寄ると栄は早速食事をさせ、着物を全部脱がせて熱湯で虱を退治してやるが（『激流の魚』）、松山文雄はこの時の事で最も忘れられないのは栄が夏ミカンの袋をむいてその中へ卵を入れ、かきまぜて作ったミカンジュースを飲ませてくれたことで、あのうまさは一生忘れられないと言う（昭46・5・1「ふるさとのにおい―壺井栄の青春を語る」）。

7月、繁治が拘留で健康を少し害したので真澄と3人で帰郷し、栄の家に逗留。目的は静養と前年の3・15事件で破壊された香川の農民組合の実状をルポして「戦旗」に書くことであった。ルポ中高松で捕らえられ、平井署―高松署―志度署とまわされ、45日めに小豆島に帰る。留守中、繁治の実家、栄の家が捜索され、「国を盗もうとしたんじゃ」と村中大騒ぎになっていた。

9月、二百十日が過ぎてから帰京。

10月頃、中野重治と宮木喜久雄が来訪、繁治は「戦旗」の特に経営面を引き受けてくれるよう懇願され、そうなると栄に時計屋勤めをやめてもらわなければならないので栄に相談すると、言下に栄はひきうけなさい、勤めをやめても最低の生活ができるだけ保証されていればよいと承諾し時計店をやめる。以後、繁治は詩作を断ち、「戦旗」の発行、経営、出版事業に没頭し、栄もそれを助ける生活が始まる。

昭和5年（一九三〇）　満31歳

この頃、栄は〈女パルチザン〉の一人で（猪野省三「壺井栄」昭23・6）手編みのセーター、手製のベレーの活動的な洋装で地下活動のオルグを手伝って、ビラや伝単まきもやり、ピケにも立った（繁治「鷺宮雑記7」）

5月20日、繁治が100人程と一緒に日比谷署に検束されるが夕方には釈放となる。繁治たちは早晩再逮捕あるのを覚悟して身辺整理を進める。

6月20日、坂手甲290番地1（一五四・八一㎡）を岩井シンの名義で入手する（拙稿「壺井栄論（二）」）。

8月16日、繁治が治安維持法違反（共産党への資金提供）のカドで代々幡署に逮捕され、菊屋橋署にまわされて取調べを受け、資金提供の事実がガリ版で印刷され、繁治に関する限りそれらが事実と符合し、何百日でも留置すると脅されて事実を認め、拘留から2ヵ月後の10月下旬豊多摩刑務所へ初めて入獄（『激流の魚』）。その間栄はバレリーナ谷桃子の母が経営する栄屋（洋裁・編物店）の内職に通ってその端切れで工芸品のような掛蒲団を送って監獄の看守達の目をみはらせる（繁治「鷺宮雑記9」）が、のちには夫に代わって戦旗社に働きに出て、雑誌の送り先の宛名を書き、手紙の返事をしたため、「泣かない女」に成長し、真澄も一人で留守番し、昼はパン屋「ライオン」で食べ、帰宅が遅くなると玄関近くで寝ていた（「私が世に出るまで」）。

昭和6年（一九三一）　満32歳

繁治が拘留、入獄中に戦旗社内部での分裂・抗争事件があり、栄は上野壮夫・井汲花子らと戦旗社を死守する。すなわち、関東自由労働組合から入ってきた田村や北村らが自分たちの組織拡大のために「戦旗」と戦旗社を乗っ取ろうとして暴力的に事務所を占拠した内部分裂事件である。こうした混乱に乗じて弾圧は激しくなり、「戦旗」は殆ど毎号発禁にあった（「自筆年譜」『激流の魚』）。

4月、繁治が保釈で豊多摩刑務所を出る。

6月、代々木から住居を淀橋区上落合503に移す（『激流の魚』）11月27日、ナップが解散され、代わってコップ（日本プロレタリア文化連盟）が結成されて繁治はその出版所長に選ばれ、新しく刊行する雑誌「プロレタリア文化」（昭6・12〜8・8）「大衆の友」（昭7・2〜8・5）「働く婦人」（昭7・1〜8・9）の資金集めに奔走する。

昭和7年（一九三二）　満33歳

3月24日、コップに対する弾圧のため繁治も検挙され、中野署・尾久署・代々幡署・警視庁と3ヵ月間タライ廻しに留置された後、6月24日に再び豊多摩刑務所に入獄（9年3月まで）。後出の「だからこそ」によれば栄は父の容体悪化の為3月に帰郷していたが、コップ弾圧、繁治逮捕の報道に急ぎ帰京した模様である。このころから解放運動犠牲者家族として宮本百合子（夫の顕治は地下活動中）、窪川稲子（夫の鶴次郎も入獄中）と親しくなり、稲子から勧められて「だからこそ」四枚（400字詰）を4月8日に書きあげて渡すと、それが「女人芸術」（昭7・5）に掲載された（「自筆年譜」『激流の魚』）。意識的な文筆活動の始まりである。この一文は「私の言い分」のセクションで窪川稲子と並んで載っており、ともに3月のコップ弾圧の不当性を糾弾したもので、栄はそれを書簡体で個に即し、あくまで具体的にしかもパターン化されたオウム返しの教条的な戦闘話ではなく、自分の言葉で明確に自分の意志——子供と一緒に夫の意志を継いで勝利の日まで「ガンバリ競争」を続ける覚悟を述べている点でユニークなものである。ところで栄は戦旗社から引続いてプロレタリア文化連盟で働いていたが、もっぱら宛名書や発送係であり、また非常時の救援係であった。次々と逮捕され、入獄する人たちに、いち早く下着と氷砂糖を差し入れ、家族のない人たちには引続いて書物などを差し入れ、面会にいくのである（「自筆年譜」）。

宮本百合子が4月7日に逮捕されたあと、「働く婦人」の編集責任者は窪川稲子となり、やがて同誌の編集部にまわされて短い文章を書き、それが稲子に注目されて以後励まされながら同誌に署名原稿を2本、「文学新聞」に同じく五本書いている。いずれも眦《まなじり》決した勇躍鼓舞調のものだが、常に具体的、描写的であるところに特徴がある。

5月28日、名古屋の川瀬書店に集金に行き、20円受け取る（戸台俊一「ある年輪」）。

9月、健康を害したのと父の病気見舞いを兼ねて小豆島に帰郷（昭7・9・6付繁治宛書簡）。

冬、帰郷する。このころは、来訪した客を本物そっくりに造られたリンゴ型菓子器でからかう茶目っ気もあり、夫が入獄中の暗さは見せなかった（久留島義忠「島のむすめ　栄さん」）。

この年、東中野駅近くで洋裁店をやっていた岩本錦子を知り、終生の友となる（戎）。

昭和8年（一九三三）　満34歳

2月20日、小林多喜二が築地署の拷問で殺され、留守宅に運ばれた遺体を栄たちが清めた（戎）。その数日後、繁治の面会に行き、看守の目を盗んで手帳の隅に「コバヤシコロサレタ」と書いて知らせる（繁治「小林多喜二の死」）。

3月14日、父藤吉没。栄は急ぎ帰郷した。

9月27日、戎居仁平治（繁治の甥）と貞枝（末の妹）の第一子研造が小豆島で生まれ、お祝いに帰郷する。

佐野学が「獄中の同志に告ぐる書」（昭8・6・9）で転向声明を出してから、転向して出獄する者が続出し、繁治の兄伊八も上京して繁治に面会、転向をすすめるが、同道していた栄は終始無言を押し通す事で屈服することに反対の意思表示をしていた（『激流の魚』）。

昭和9年（一九三四）　満35歳

3月、繁治が保釈で出獄する。これは相次ぐ弾圧で運動が急速に退潮し、プロレタリア作家同盟（この年2月22日に解散）をはじめ各組織が次々に解散し、コップが解体したことを知って、今後共産主義運動から一切手を引くことを条件とした転向であった。中野上高田の天井の節穴から青空の見える小さなあばらやに帰ったが、栄は転向による出所を喜ばず、一切非難めいた事は言わないで沈黙していたが、そのことが繁治には挫折と敗北を痛切に思い知らせ、もし栄が同じ状況に立ち至ったとしたら決して転向などはしなかったのではないかと思わせるものがあった（『激流の魚』、繁治「三十六年間の同伴者として」）。

出獄後の夫と真澄の3人で小豆島に帰り、養鶏でもして暮らすつもりであったが、田舎の警察はまるで時限爆弾でも抱え込んだように一日も早く上京するよううるさく言ってくるのに根負けして、繁治の母から裁判の弁護料として千円程をもらって上京し、淀橋区上落合二―五四九（宮本百合子書簡）に住んだ。隣家には戦旗社時代の友人井汲卓一一家が住んでいた。

6月初め頃、繁治が禁錮二年、執行猶予五年の判決を受け、以来保護監察所の監視つきの行動となる（『激流の魚』昭9・6・16付黒島伝治書簡）。

7月初旬、黒島伝治が新聞紙法違反で判決（7月7日東京区裁で禁錮二ヵ月、罰金20円、執行猶予四年）を受けるため上京、来泊（昭9・7・18黒島伝治書簡、戎居士郎「黒島伝治年譜」）。

7月下旬、このころから宮本百合子の母葭江の遺稿集『葭《よし》の影』（昭9・6・13没）を出す手伝いで毎日林町21の百合子宅に通い、昼食に出されたイカの煮付けを食べて顔面蒼白となることもあった。これはイカアレルギーのため。遺稿集編集の仕事が終ってからも百合子の秘書兼家政婦のようなかたちで家事・買物のお伴・口述筆記などのアルバイトをさせてもらって定職のない繁治に代わって生計を支え、これがおおよそ昭和14年半ばごろまで続く。また、宮本顕治が昭和8年12月に逮捕されてから昭和20年5月網走刑務所に移送されるまでの12年間、百合子の差し入れ協力者となる（昭29・10・10「百合子さんと風呂」『激流の魚』）。

8月下旬、栄病臥する（昭9・9・4付黒島伝治書簡）。

12月7日、山口県から上京してきた宮本顕治の叔父と二人、上落合の百合子宅でスキヤキの夕食。夜に入って顕治のシャツ類の編み上がったのを百合子宅に届ける（昭9・12・7付百合子書簡　宮本顕治・百合子『十二年の手紙（上）』）。百合子が11月20日に転居した上落合二―七四〇の家は栄宅からは歩いて3分の距離であった（昭26・4「一枚の写真から」）。

12月24日、宮本百合子宅に行き、顕治の面会は年内は無理と知らせる（昭9・12・24付百合子書簡）。

この年、宮本百合子や窪川稲子らとの接触が深まるにつれて二人から栄の豊かな作家的鉱脈が探知されて、執筆を慫慂され、習作をはじめる。

昭和10年（一九三五）　満36歳

1月、お年玉に宮本百合子から精工舎の目覚時計をもらう（昭15・12「時計」）。この頃から繁治が現代文化社に勤めて「進歩」の編集を始め、その関係で小説の寄稿を勧められ、執筆にとりかかる。

2月11日、神田の大雅楼での小林多喜二を偲ぶ会に夫婦で出席した（筑摩書房『日本現代文学全集70　中野重治　小林多喜二集』所収写真アルバム）。

3月1日、「進歩」にはじめての小説「長屋スケッチ」を小島豊子のペンネームで発表。

3月7日、戎居発代が小豆島で生まれる。のちに「大根の葉」系列の作品のヒロインとなる克子もののモデルである。

3月末、出産した妹貞枝の祝いも兼ねて小豆島に帰り、4月初めに隣村で喀血臥床中の黒島伝治を見舞い、土産にカステラを持参する（昭10・4・17付黒島伝治書簡）。

4月1日、「月給日」（小説）を「婦人文芸」に発表。これはひったくりにあって月給をとられた経験をもとに前作よりは小説らしく書いたもので、宮本百合子に見てもらうと、どうということもない作品とあっさり評されるが、神近市子編集の「婦人文芸」を紹介してくれたので持参すると掲載され、「東京朝日新聞」（4月14日「豆戦艦・四月の雑誌評」）で「際だってぬきん出たものがない」が「或る程度にまとまっているると評の対象にのぼったことがうれしく、終生この評（栄は「豆戦艦」の筆者を杉山平助と記している）を「天にも上る気持ち」で「いまだに忘れられない」としている（昭39・8「忘れられぬ『豆戦艦』」）。

5月中旬、宮本百合子が検挙されたため、面会と差し入れ係りになって日参し、以後約二年間は創作が中断され、自ら〈編物と五目ずし的な女の時代〉（昭26・2・11「宮本百合子を偲ぶ」）となる。百合子の検挙の際、最も辛い思いをしたのは、その朝行き合わせながら外部への連絡に気をとられて百合子の日記を押収され、そのため百合子が栄にスパイであるかの如く腹を立て、恐い顔でなじり、栄としては全く立つ瀬がなかったとのちに回想している（「宮本百合子を偲ぶ」）。

6月19日、今野大力が小金井村施療院で没。今野は詩人で、戦旗社時代から行動をともにし、結核で臥床後は栄が百合子からのカンパ金を届ける役を引き受けていた。そうしたある日、忘れ霜に痛められた桑の葉が陽に当たっていっせいに驟雨のように散り始めた情景を目撃してショックを受け、不吉な予感を覚えるが今野の死はそれから間もなくであった。（『激流の魚』）。ちなみに今野は「廊下」（昭15・2「文芸」）のモデルである。

10月、百合子は共産主義宣伝のカドで起訴、市ケ谷刑務所に送られ、翌年3月まで入獄。

昭和11年（一九三六）　満37歳

1月30日、百合子が父中条精一郎の死で三日間仮出獄し、林町の家で百合子と寝るが、寝息がとだえるのでその都度死んだかと驚いて眠れなかった（昭26・4「情熱の人　宮本百合子さん」）。

2月3日、大雪で交通機関は未曽有の混雑となり本郷の百合子宅から東中野の家に帰るのに8時間もかかり、ショールも無くす（昭15・3・2〜3「雪の記憶」）。

3月28日、市ケ谷刑務所を出て慶応大学病院に入院中の宮本百合子を見舞い、新しく買ったテーブルが低いので足の工夫を頼まれる（「宮本百合子日記」）。

5月頃、栄には悪夢のような事件が起こる。夫と中野鈴子（重治の妹）の不倫の愛（10年夏頃から続いていた）が発覚し、激怒した栄はハリタオスことで身を引かせた。この事件は長く秘されてきたが、しかし見かけ以上に栄にとって重大な意味を持つものと思われる。年来の僚友に裏切られ、夫に背かれるという地獄を見た衝撃は大きく、それは恐らく作家となるほかには癒されない性質のものであった筈であり、とすれば栄の作家への直接の転身の契機は、ここにあったと見て良いように思う。（拙稿「隠された真実――壺井栄における作家転身の意味」）

9月5日、百合子「『或る女』についてのノート」（昭11・10「文芸」）の口述筆記をするが、百合子は床の上でカンフル注射をしながらであった（「百合子日記」）。この日記が示すように出獄後健康をそこなっていたので百合子の執筆にはこうしたかたちでの栄の協力が欠かせなかった。

10月2日、百合子が静養のため信州の上林温泉に赴くのに同行し、せきや旅館に滞在。10月15日には帰京したと思われる（昭11・10・12付百合子書簡。中に10月16日には顕治に面会できるとある。但し栄は昭14・2・15「柄にない話」で三週間滞在と記している）。

この年、小豆島にいる末の妹貞枝の長女発代が遺伝によるソコヒで失明状態にあり、手術を何度繰り返しても見えるようにしてやりたいと願う貞枝の母性愛に感動、励ましの手紙を書く。一方貞枝からは発代は勿論、長男の研造の言動を伝える手紙が折りにふれて寄せられ、そこから幼い健と克子の物語のイメージがふくらみ、それを聞いた窪川稲子から面白い、そのまま書けば小説になる、と繰り返し勧められ、更に坪田譲治『風の中の子供』をサンプルとして示され、「大根の葉」の執筆にとりかかる。少しずつ書いては窪川稲子・宮本百合子にみてもらい、前後8回書き直して翌年春頃に脱稿（「自筆年譜」（戎））。

昭和12年（一九三七）　満38歳

2月初め頃、「大根の葉」を脱稿し、発表誌等については窪川稲子の勧めで宮本百合子に周旋してもらうこととし、宮本百合子が題名を付け、同時に「入江さわ」というペン・ネームを考えてくれたが、後者は窪川稲子の「栄さんはやっぱり壺井栄ですよ」の反対でとりやめになりほっとする。「入江さわ」では落ち着かなかったからである（昭26・4「一枚の写真から」）。「大根の葉」は宮本百合子の手で「文芸春秋」にもちこまれ、掲載を約束されたが、八ヵ月たっても載らず、これでは「大根の葉は干し菜になってしまう」と宮本百合子は気をもんで原稿をとりもどし（「文芸春秋」にしたのは勿論原稿料が高かったからで、延引の因は編集者の下島連が急に北支へ派遣されて引継ぎに手違いがあったためという（『激流の魚』））、稿料はあてにしないですぐ出した方がよいからと武田麟太郎に推薦状を書いてくれて「人民文庫」へ栄が持参した。編集担当の那珂孝平から次号に掲載の手紙が宮本百合子にきてホッとする間もなく、「人民文庫」は昭和13年1月号で廃刊となり、割付けの朱筆が入ったままの原稿が戻ってきた。余りの難産にがっかりした栄を慰めながら、百合子は改造社の「文芸」に紹介、掲載ときまった（「自筆年譜」「一枚の写真から」）。

その間、次のようなエピソードもあった。2月9日、「大根の葉」の「文芸春秋」掲載が決まり、脱稿までに八回改稿してたまった疲れをとろうと、前年宮本百合子に同道した上林温泉に行き、同じせきや旅館に一週間滞在し、温泉につかってはひたすら眠った。宿の爺さんにせがまれて生まれて始めて画帳に「寝てよし　さめてよし　山の宿」と書く（「柄にない話」）。

7月、小豆島にいる妹のシン（小学校教師）がインチキ結婚にひっかかりそうになったため、それをこわしに帰郷し、月末帰京（昭12・7・26付宮本百合子書簡）。

8月、シンが変な男にたかられて困惑し、それを追い払うために再度小豆島へ行く（昭12・8・8付宮本百合子書簡）。

12月21日、午前窪川稲子宅を訪ね、二人で銭湯に行き、互いの小説の話などをする（窪川稲子「五日間の日記」昭13・2「新潮」）。

12月28日、繁治の母トワ危篤の電報で繁治が帰郷するが、29日没。

昭和13年（一九三八）　満39歳

1月1日、小雨の中、宮本百合子宅に雑煮を食べに行く（「百合子日記」）。

1月2日、朝から宮本百合子宅に赴き編物をし、夕食後帰宅（「百合子日記」）。

この年、1月から翌年5月頃まで宮本百合子（中野重治らも）が実質上執筆禁止となり、経済的に不安定となり、精神的にも打撃を受ける。

2月1日、小説「海の音」（「自由」）を発表。冒頭に宮本百合子の三行にわたる「女の人でも子供の生活を描くのにふさわしい筆致をもつ人は多そうで実際には少い。栄さんの筆は健康で平明で情緒をもつてゐて将来に望んでゐる子供の話の書きての一人と思つてゐる。（宮本百合子）」という推薦文がついたもので、これは「大根の葉」に次ぐ第二作であるが、前記のような事情でこちらの方が早くなってしまった。初めて25円の稿料（「一枚の写真から」）をもらう。

9月1日、「大根の葉」（「文芸」、作者名が本文では「坪井栄」と誤記される。目次は正しい）が発表されると好評でこの年下半期の芥川賞候補作品16篇の中に入り、出世作となった。以後、ジャーナリズムからの注文が多くなり、作家生活に入る。

秋、繁治が富岡工業（株）調査課の社員となり、月給80円をもらう。この会社は理研コンツェルン傘下にあり、入社のきっかけは小川信一（日本プロレタリア文化連盟書記長。本名は磯野信威、父は理研所長）が出所後にこの会社の重役となり、同志の井汲卓一、大塚金之助などと一緒に入社させてくれたからで、仕事は国内外の政治・経済・社会に関する情報を収集し、また翻訳して報告することであった。結婚以来初めて繁治が堅気のサラリーマンになり、栄にジャーナリズムから注文がくるようになって家計は漸く安定する（『激流の魚』）。

昭和14年（一九三九）　満40歳

1月2日、慶応大学病院に入院中の宮本百合子を夫婦で見舞いに行く（宮本百合子書簡）。

1月8日、慶応大学病院へ宮本百合子の見舞いに行く。

2月1日、宮本百合子を訪ね、原泉（中野重治夫人）が産気づいて一昨晩から大塚病院に入院してまだ生まれないことを知らせる。そして原稿（小説）の閲読を依頼して帰る。

（「百合子日記」）。

5月19日、黒島伝治から「大根の葉」「風車」には「たくましい点」があり、「その点をのばすと、女としては珍しい、大きな作家となるのではないかと思う」という手紙をもらう。

7月1日、十数年来の脊椎カリエスは今でも毎朝さまざまな苦痛を訴える（昭14・7「生活断片」）と記す。

11月、貞枝の長女発代のソコヒ手術のため母子3人で小豆島から栄宅に上京。これは中野重治と東大で同期で、藤川栄子の知人でもあった名医と評判の近藤忠雄医師（都内池袋で開業）を二人から紹介され、手遅れにならぬうちに一刻も早く手術を受けさせたいというせっぱつまった願いと、折から小説の注文が相次ぎ、来春には新潮社から単行本出版の話も来て、稿料と印税で治療費支払いの心配が無くなったことによる。発代は翌年3月までに三回手術し、弱視ながら次第に見えるようになる（「雪の記憶」）。猶、この時、妹が小豆島から衣類を一切合財蒲団袋に詰めて送ったところ大晦日になっても届かず、とうとう駅から紛失したらしいから品物と値段を書き出せば弁償すると言われ、がっかりする（昭15・1・17「恐く楽しい気持ち」）。12月、築地小劇場へ「石狩川」（新協劇団公演）を観に行く。

この年、ジャーナリズムから注目され、発表した小説4篇、エッセー一〇本以上を書き、この他翌春発表の小説3篇を脱稿するなど才能一気に開花の時期を迎える。

昭和15年（一九四〇）　満41歳

1月25日頃、宮本百合子の誕生日（2月13日）のプレゼント（先渡し）に新村出『辞苑』を贈る。

2月1日、「暦」（「新潮」）、「赤いステッキ」（「中央公論」）、「廊下」（「文芸」）を発表、いずれも好評で百合子は「栄文壇を席捲す」（昭15・1・25付書簡）とユーモラスに評した。

2月2日、姪発代の不幸な体験に触発されて、「東京朝日新聞」の「為政者へ望む」のコラムに弱視児のための施設の増加を訴える「不幸な子供の為に」を発表。

3月9日、第一作品集『暦』（収録作品は6篇）を新潮社から刊行　3月、昨年末から白内障の手術を三度受けて弱視ながら見えるようになった克子と研造を連れて新潟県高田の中学校の教師となった夫の許へ行く母子に同行する。妹の貞枝は身重で、間もなく（同年5月6日）光多が生まれるが、この子も遺伝による先天的な白内障で、かくして不具の子をもつ母と子の物語は「大根の葉」「風車」「赤いステッキ」から更に「窓」（昭15・8）「霧の街」（昭16・9）「眼鏡」（昭16・11）と続き、光多は一年後に消化不良で没し、このシリーズは一先ずここで終了する。

4月、印税が入ったので小豆島からの帰京の途中、祖母から託された悲願である伊勢（正しくは志摩）の的矢に祖父の墓を訪ねるが、交通が不便なため十分な探索の時間がとれず、墓石を見つけることができなかった（昭15・6「ふるさとにて」）。帰郷してみると坂手湾が埋立てられて重工業地帯になり、浜辺が無くなると聞き、地団駄踏む思いをする（昭15・6「小豆島の話」）。

また、『暦』の印税で机を買うつもりで出かけたところ下駄箱に変わってしまったと書いて（昭15・5「机」）、高見順からそういう素人意識を標榜するのはよくないと批判される（昭15・7「文芸時評」）。4月29日、『暦』出版記念会が新宿のレストラン宝亭で行なわれた。出席者は六〇名をこえ、司会は江口渙で盛会であった（網野菊「壺井栄さん」）。

5月17日、不良少女収容施設「娘の家」を京王線柴崎の傍に訪ね、ルポ「『娘の家』を訪ふ」（昭15・7「婦人朝日」）を書く。

6月、朝鮮総督府鉄道局の招待で佐多稲子と二人で朝鮮を半月程過密スケジュールで旅行する。その時買ってきた朝鮮服が気に入って写真にとり、人にも見せる（昭15・11「朝鮮の旅」、昭17・春「朝鮮の思ひ出」）。

10月15日、第二作品集『祭着』（収録作品は一〇篇）を河出書房から刊行。

晩秋、南多摩郡横山村の散田と館（現在の八王子市散田町と館町）の農村を訪問、経済更正村の取材をし、「農村訪問記」（昭16・1「主婦の友」）を書く。

12月、松竹から「祭着」の、南旺から「赤いステッキ」の映画化の話が相次いで入り、原作料が入るが（昭15・12・25「歳末日記」、昭16・3「もの知らず」）、実際に映画化された確認はまだとれていない。

この年、繁治が富国工業㈱から同じ理研傘下の科学主義工業に変わった。日本橋兜町にある科学・技術の出版社だが、経済・文化方面の出版にも手を拡げていた。

昭和16年（一九四一）　満42歳

2月10日、『暦』が第4回新潮社文芸賞（賞金千円）に決定。

3月頃、中野区昭和通一―一三に転居。同月下旬、新潮文芸賞で千円という思いがけぬ金が入ったので、甥の光多の白内障の手術をするために、当時熊谷に住んでいた貞枝母子を呼び寄せる。手術は発代と同じ近藤医博で一カ月の予定が子供の風邪などで二カ月近くになり、その上消化不良で5月12日急逝し、徒労に終る。

10月28日、文芸家協会主催の文芸銃後運動講演会四国班に参加し、菊地寛・日比野士朗・海野十三・浜本浩・佐多稲子・栄の六人で講演し、解散後佐多稲子を小豆島に案内し、療養中の黒島伝治を見舞った（『文芸年鑑二六〇三年版』、佐多稲子「小豆島再訪」）。

11月、繁治の義姉（アメリカ在住）と二児が日米開戦の危惧からこの年春に一時帰国し、小豆島の小学校に入っていたが、トラブル続出ですっかり嫌気がさし、11月に入ってから帰国した。この時義姉は3万ドル（6万円）持参し、オーバー生地やウォルサムの時計を土産にくれた（『激流の魚』）。

12月15日、第4作品集『船路』（9作品収録するが、うち8篇は再録）を有光社から有光社名作選集13として刊行。

12月15日、最初の随筆集『私の雑記帖』を青磁社から刊行。

12月26日、第5作品集『ともしび』（6作品収録するが、うち4篇は再録）を博文館から刊行。

昭和17年（一九四二）　満43歳

1月1日、熊谷の妹貞枝から二尺程の大きなコイをもらうが殺すにしのびず、モルトゲと名づけて飼っていたところ、折り好く乳の出が悪くて困っていた知人に乳の足しにとモルトゲを贈る（昭17・5「鯉の記憶」）。

1月3日、繁治が古本屋から掘出物だと見つけてきた菊地寛『啓吉物語』（大13・改造社）をお年玉にもらい、読み耽る（昭17・3「若がへる」）。

1月末から仕事で伊東に行くが、外米のためジンマシンになり、その上隣室の騒音にたまらず、2月早々に帰京する。

2月1日、「婦人朝日」に7月迄の約束で長篇小説「夕焼」の連載（全6回）をはじめ、長篇でしかも連載というのは初の体験ということで編集部も作者も不安があったが無事クリアーする（渡辺綱雄「壺井栄の処女長篇小説」昭61・6）。

2月頃、栄の作品も紙芝居化され、紙芝居を楽しむ（昭17・春「紙芝居」）。

3月1日、林芙美子の誘いで八王子市へ車人形を観に行く（昭17・9「バスの中で」）。3月20日、繁治の第一詩集『壺井繁治詩集』が青磁社から刊行された。これは栄の『私の雑記帖』を前年暮れに出した縁で、急に話がまとまったもの。

4月中頃、林芙美子に誘われて女流作家数人と江田島の海軍兵学校を訪ね、その印象を「江田島行」（昭17・4・28〜5・2「都新聞」）「海軍兵学校訪問記」（昭17・6「婦人公論」）に書く。完全に国策協力の作品である。

5月20日、一時の特急カモメで小豆島に赴き、疲れが出て30日に島を出て、特急ツバメで帰京。

5月25日、島崎藤村から童話の新作を依頼されて「十五夜の月」を執筆、この日島崎藤村編『新作少年文学選』に収録されて新潮社から刊行された。

7月28日、第六作品集『石』（7篇収録、うち再録は1篇）を全国書房より刊行。これは「女流作家叢書」の4冊目で、この企画の推進役であった池田小菊と知る。

夏、桐生市に笠倉とめを訪問し、その訪問記を書く（「日本の母（二）」）。

9月頃、香川県東植田村棚田キノ宅を訪問して取材し、「日本の母」（昭17・10・2「読売新聞」）を書く。

9月24日、借地に前年から着工していた家が完成、東京市中野区鷺ノ宮二―七八六の新居に移る。一五回目の転居という。日本電建の81円の月賦で、郊外の畑の真ん中に建てられ、庭は櫟林に接し、雉の親子連れがゾロゾロと庭へ遊びにやってくるような牧歌的風景の中にあった（繁治「鷺宮二十年」、繁治「小さな感想」）。宮本百合子から新築祝に北斎の「山下白雨」の複製を額入りで、栄の書斎用に春信の複製版画をもらう（「『薮入り』のことなど」）。近所の三岸節子、常安田鶴子、土屋喬雄、櫛田ふき等と知り合い、親交を深めた（同上、「鷺宮二十年」）。

11月頃、繁治が科学主義工業社を危険分子のカドでクビになる（『激流の魚』。「自筆年譜」繁治全集5所収では昭和17年10月退職とする）。

昭和18年（一九四三）　満44歳

4月8日、文学報国会の国内大会にモンペ姿で出席（昭18・4・21「モンペの弁」）。

7月1日、この月から「青年女子版」に小説「花のいのち」を連載し始める。この雑誌の編集部にいた櫛田ふきは近所に住み、前年に原稿依頼にきた時に知り合ってから急速に親しくなり、親戚以上のつきあいとなる（櫛田ふき『たくさんの足音』）。

7月3日、文学報国会主催の錬成講座、田植作業に参加するため、埼玉県の鴻巣試験場へ行き、一時間半田植をする。前日の新聞報道では40人出席の予定が実際に来たのは一一人。しかも女性は事務局の他は栄だけであった。（昭18・7・9〜11「田植の日」）。

夏（或は翌年の夏カ）、栄宅に櫛田ふきと娘がいるところへ、宮本百合子が来合せ、栄が双方を紹介する。これがのちに宮本百合子がふきを「婦人民主新聞」の初代編集長に推薦するきっかけとなった（宮本百合子「その人の四年間」昭25・3〜4）。

7月26日、第7作品集『女傑の村』（10篇収録、再録はなし）を実業之日本社から刊行。

夏、講談社から依頼のあった「少国民の日本文庫」の一冊を書き下ろしで刊行するために上林温泉に行き、塵表閣の離れで二カ月間滞在して『海のたましひ』（命名は編集部）を書き上げる。挿絵を担当した松山文雄は小豆島の坂手を中心とする一帯をスケッチした。なお、この時泊まった塵表閣は林芙美子の紹介によるもので、おかみは夫緑敏の幼友達。以後もこの宿を気に入って贔屓《ひいき》にする（昭29・8・28「養子の縁」）。

10月10日、第2随筆集『子熊座』を三杏書院から刊行。

10月、古くからの友宮木喜久雄・光子の結婚式に夫婦で出席（佐多稲子『夏の栞』）。

10月16日、黒島伝治が病状悪化して芦ノ浦の自宅で没した。享年44歳10ヵ月。

12月、ラジオの仕事で彦根に行き、風邪を引くがそれを押して小豆島へ行ったため回復が長引き、年末ぎりぎりになってから漸く帰京する。

この年、7月中旬頃（栄宛橋本英吉書簡18・8・28付、栄宛繁治書簡　18・8・26付によると）繁治が北隆館出版部に勤める（『激流の魚』）。この頃芝木好子と知り合う（シ）。

昭和19年（一九四四）　満45歳

2月13日、甥の岩井卓と吉永順子の結婚式に仲人を頼まれ、横浜市南区庚台五三の卓宅に行く。この年9月13日に生まれたのが右文で、翌年両親が没したため、ひきとって育てることになる。

2月20日、最初の童話集『夕顔の言葉』（8篇収録）を紀元社から刊行。

6月14日、書きおろしの長篇童話『海のたましひ』を講談社より刊行。作者の原題は「柿の木のある家」であったが時局にあわないとして編集部の命名で改題されたという（戦後大幅に改稿して原題にもどしている）。

7月25日、第8作品集『花のいのち』（6篇収録、再録は1篇）を葛城書店より刊行。

10月中旬、移動劇団と一緒に四国旅行をし、留守番の繁治が宮本百合子宅に遊びに行くと、獄中の顕治の誕生祝に栗御飯を炊いたといって夕食をご馳走になる（昭19・10・17「百合子日記」、昭19・10・18付宮本百合子書簡）。

栄が旅行から帰ってみると、近所の農家から5円で買って新築記念に植えた柿の木が今年は最初の当たり年で一〇〇個程成っていたのが、一夜で盗難にあい、がっかりする（昭21・11「秋」）。

昭和20年（一九四五）　満46歳

1月25日、繁治が北隆館を退社する（栄「茶の間日記」）。

3月9日、午後、繁治が小豆島へ出発し、着いたところで同夜の東京大空襲を知り、切符発行停止のなか、八方手を尽くして3月25日に帰宅し、家の無事を知る（『激流の魚』）。

4月、離婚した佐多稲子が栄の世話で二児を連れて鷺宮二丁目に転居する（「鷺宮二十年」）。

5月25日、第9作品集『絣の着物』（収録作品不詳）を毎日新聞社出版部から、長篇小説『夕焼』を河出書房から刊行するが、『夕焼』は見本として一冊受取ったものの、『絣の着物』は一冊も手にしないまま、配本直前に5月25日の空襲で焼失する（自筆年譜）。

6月26日、櫛田克巳（ふきの息子）の結婚式に繁治の新調した紺の背広を新郎に貸すが、空襲で克巳は命からがら逃げたため焼けて無くなる（『激流の魚』、櫛田ふき『たくさんの足音』）。

7月、栄も、近くへ越してきた佐多稲子も、宮本百合子から「昨今は収入がないから大変」といわれる状態であった（昭20・7・14付宮本百合子書簡）。実際、戦況が悪化するにつれ、発表する場所がなくなり、昭和19年、20年は児童雑誌が主な収入源であった。繁治は北隆館出版部を退社後は勤めず、畑を4アール程借りて食料増産に励んでいた。

8月13日、敗戦を知り、知人の佐々木克子と添田知道に教える（佐々木克子「想い出の写真に寄せて」、添田知道「ちゃぶ台作家」）。9月10日、宮本百合子が福島県の郡山から上京して来訪し、12日早朝に山口の顕治の実家へ向けて発つので焼きお握りを持たせる（昭20・9・14付宮本百合子書簡）。

9月29日、甥の岩井卓の子右文を引き取り、育てる。卓は長兄弥三郎の次男でジャーナリストになり、戦時中上海に渡ったがそこで没し、妻の順子は昭和19年9月13日に右文を出産、敗戦前後の混乱の中でチフスにかかって昭和20年9月8日に死亡して孤児となったため、養育を托され、この日順子の葬式で横浜に赴き、ひきとる（昭30・8・15「わが家の戦後十年」、昭22・1「北海道の花」）。

10月頃、同郷の芸大の学生横塚繁を食事なしの条件で同居させる。昭和20年10月から約一年程（昭21・2「地下足袋」）であるが、のちに画家となり、栄の小説「明日咲く花」の挿絵なども画いた。

11月、「中央公論」のルポルタージュ依頼で、池袋、熊谷（一泊）、上野、新橋と歩いて戦後の東京とその周辺の飢餓状況をつぶさに視る（昭21・1「飢餓の街」）。繁治が4アール程の薩摩芋の畑をつくり、375kgほどの収穫を予想するが、芋泥棒にあって実際には100kgほどしかとれなかった（同上）。

12月初旬、NHKのラジオ放送に出てその出演料の余りの安さに憤慨して「あてがひ扶持」（昭21・1「月刊読売」）を書いて糾弾する。この年の冬、熊谷の妹から鶏をもらうが夜、犬に殺されてしまう（昭21・8「縁起」）。

12月25日、第10作品集『松のたより』（収録作品は6篇、全部初収）を飛鳥書店から刊行。

昭和21年（一九四六） **満47歳**

1月、毎日新聞社発行の「少国民新聞」編集部の井上まつ子が来訪して同紙に連載小説の依頼をされ、承諾。「海辺の村の子供たち」(昭21・3・1〜7・20　全121回　休載なし。後全面的に改稿改題して「母のない子と子のない母と」になる)を同紙に発表する。これには一つのエピソードがあって、執筆依頼にきた井上はまず栄の「あてがひ扶持」を読んだとして稿料から切りだし、一枚20円ではどうかといった。これは当時としては「とびきり」の値段で20年後の今でも忘れられないものとして逆に栄のほうが驚いたという(昭40・10・30「『モデル』ということ」)。

1月26日、戦時中、中国に逃れていた野坂参三が1月12日に帰国し、日比谷公園の野外音楽堂で開かれた野坂参三帰国歓迎大会に出席する(昭21・4「昔の顔」)。

3月から4月、第一回総選挙(4月10日)に立候補している共産党の候補のために四国に応援に行き、小豆島にも寄って疎開してあった衣類を持ち帰るが、重いので散々苦労する。(昭21・6「今昔」)。

インフレがひどく、4月に中学に入った甥の研造は学帽が120円もするのでとても手がでず、小学校のに徽章をつけかえて使っていた(昭21・6「今昔」)。

7月5日、第11作品集『ふたたび』(収録作品5篇、うち4篇は再録)を万里閣から刊行。

夏、雉が隣家との境の繁みに巣をつくり、庭の畑を親子5、6羽で歩く(「縁起」)。

8月12日、妹シンが徳永直の後妻になる話がまとまり、同月末結婚するが、ソリが合わず、出る入るのトラブルがあって心痛するが、結局2カ月後に離婚する。この事件が栄の心身に与えた影響は大きく、疲労甚だしく、創作は大儀となり、十歳も老けた(昭21・9「花嫁の箸挟」)ようになり、自筆年譜に「このあと三年間療養」と記すなど困憊した。とりわけ徳永直への不満は消し難く、その思いが後に「妻の座」(「新日本文学」昭22・7、24・2〜4、7)を書かせる発条となる。

9月7日、『海風』(前篇の「夕焼」と共に収録)を新日本文化協会から刊行。

10月25日、作品集『大根の葉』(6篇収録、すべて再録)を新興出版社から新日本名作叢書の一冊として刊行。

昭和22年(一九四七)　**満48歳**

1月20日、作品集『三夜待ち』(6篇全て再録)を新紀元社から刊行。

4月25日、作品集『霧の街』(3篇全て再録)を北桜社から刊行。4月22日、「民報」(日刊新聞)に小説「遠い空」を連載し、第82回(7月16日)で未完中絶となる。社告によれば肋膜悪化し、執筆禁止のためとある。

4月、櫛田緑(ふきの娘)と伊達康一の結婚式に夫婦で出席(櫛田ふき『たくさんの足音』)。

インフレで古着の高騰に溜息をつく。二十歳前の女中に盆暮れの着物を一枚買おうと思っても垢で汚れたものさえ、小学校教員の二ヵ月分の月給に相当するほど(昭22・9「私の雑記帳から」)であった。

5月15日、作品集『赤いステッキ』（4篇全て再録）を「少年のための純文学選」の一冊として桜井書店から刊行。

7月10日、随筆集『時計』を婦人民主新聞社から刊行。

7月10日、童話集『十五夜の月』（7篇収録、うち再録は2篇）を愛育社から刊行。

9月、小学校六年生になった姪の発代をひきとり、鷺宮小学校へ二学期から転校させ、将来の自活を考えてピアノのレッスンを始めさせる（昭23・1「おべんとう」、戎居発代「壺井の母と私」）。

10月15日、童話集『朝夕の歌』（9篇収録、うち6篇は再録）を紀元社から刊行。

11月、日比谷公園での大山郁夫帰国歓迎国民大会に櫛田ふきをさそって出席（櫛田ふき『たくさんの足音』）。

12月11日、「童話のある風景」を「婦人民主新聞」（週刊）に連載開始するが、病気のため22回で未完中絶となる（のち大幅に改稿改題して「りんごの袋」となる）。

昭和23年（一九四八）　満49歳

昭和24年いっぱいまでは栄の低迷期といってよい。ピアノのレッスンを始めた発代の練習は冬でも早朝にさせた。夜は夫婦の執筆の邪魔になるからである（昭23・4「子そだつ」）。

4月15日、童話集『あんずの花の咲くころ』（9篇収録、再録はなし）を小峰書店から刊行。

5月1日、「孤児ミギー」を「P.T.A.」（昭24年3月まで全10回）に連載開始。これは孤児としてひきとった右文の将来のために、そのいきさつと成長の記録を残しておいてやろうと考えたためである。

5月4日、ルポルタージュの仕事で小田原の国立箱根療養所に傷病兵を訪ねる（昭23・6「忘れられた人々」）。

6月15日、童話集『小さな物語』（3篇収録、再録はなし）を桜井書店から刊行。

7月1日、長篇童話『海べの村の子供たち』を雁書房から刊行。

9月1日、童話集『柳の糸』（9篇収録、うち再録は5篇）を東西社から刊行。

9月13日、右文の五回目の誕生祝いを乏しい家計の中からせいいっぱい祝う。その時の寄せ書きに繁治は「戦争がくれた赤ん坊／右文よ／お前は／俺の夢であり／現実なのだ」と記す（昭23・12「孤児ミギー」）。

9月15日、童話集『おみやげ』（15篇収録、うち再録は9篇）を好江書房から刊行。

仲秋名月、須山計一と松山文雄が来訪し、今夜は月見だという話になるが、焼酎を買う金が足りないので二人にカンパしてもらって宴となる（須山計一「仲秋名月」）。

12月、帰郷した際に急にクラス会の話が起こって、小学校を卒業して35年ぶりにクラス会が同級生の家であり、27人中一一人集まる（昭24・4「村のクラス会」）。

12月20日、作品集『渋谷道玄坂』（6篇収録、うち再録は1

篇）を新日本文学会から刊行。

昭和24年（一九四九）　満50歳

3月25日、書きおろしで『たからの宿』（アテネ文庫）を弘文堂から刊行。

3月、寄留していた姪の発代が実家の熊谷に戻り、富士見中2年に転校する。

4月20日、童話集『柿の木のある家』（9篇収録、うち再録はなし）を刊行。この作品集により昭和26年、第一回の児童文学者協会・児童文学賞を受賞。

5月、佐多稲子・宮本百合子らと女性20名で声明書「平和を守り教育を憂うる女性の皆様へ」を発表（佐多稲子年譜）。

この前後、5月以来病気で机に向えず、発熱して遺言めいた事も口走る（昭24・7「小さな窓」）。

10月30日、文庫版『暦』（5篇収録、全て再録）を光文社から刊行。

10月30日、作品集『妻の座』（2篇収録、再録は1篇）を冬芽書房から刊行。

昭和25年（一九五〇）　満51歳

1月1日、「中央公論文芸特集第二号」に「屋根裏の記録」を発表して、戦後の文壇に復帰する足場を確保する。続いて「わだち」（「世界」7月号）、「桟橋」（「群像」9月号）、「木かげ」（「展望」11月号）などを発表する。

この頃、佐多稲子らと二八会（会費制の持回り夕食会で毎月二八日が定例）をつくってささやかな楽しみとした（昭25・5「楽しみあれこれ」）。

10月6日、満六才になった右文をひきあわせるため、祖母と伯父一家のいる広島へ夫婦で赴く。周囲のお節介が入る前に右文に直接真実を知らせるのが目的で、旅費の不足は繁治のオーバーと栄のコートを売って補った（昭26・4「めみえの旅」）。

秋、しばらくぶりで宮本百合子宅を訪ねると大喜びで、とっておきの中村屋の羊羹の包みを開いてご馳走してくれた（「一枚の写真から」）。この年は単行本が一冊も刊行されなかった。

昭和26年（一九五一）　満52歳

1月21日、宮本百合子が急逝し、大きな衝撃を受ける。

4月、右文が小学校に入学。

5月17日、林芙美子と千葉県へ旅行に行き、浦安から木更津へまわって、22日に帰宅するが、いつもの芙美子にも似ず心臓が弱っているなどと弱音をはいたのが気になるが、一カ月後の6月28日に急逝するとは思いもよらなかった（昭26・6・30「林芙美子さんの人と作品」）。

6月15日、連作小説集『右文覚え書』（7篇収録、うち2篇は再録）を三十書房から刊行。これは「孤児ミギー」を改稿改題して「右文覚え書」としたものを中心に、一連の右文ものを集め、更に書きおろしの「朝靄」を加えて一本とした。

夏から秋にかけて、病気療養と執筆をかねて信州の上林温泉に赴き、塵表閣に滞在する。以後昭和31年夏に中軽井沢の別荘が完成するまで毎年出かけるのが恒例となる（昭29・9・18「やまほととぎす」）。この時の仕事はかねて不満だった『海べの村の子供たち』を全面的に改稿することで、夏中かかって漸く終え、表題も『母のない子と子のない母と』と変えて反戦の意図を明確にし、11月10日光文社から刊行した。

8月25日、三色文庫版『港の少女』（3篇収録、全て再録）を西荻書店から刊行。

昭和27年（一九五二）　満53歳

1月1日、長篇童話『柿の木のある家』を暮しの手帖社から刊行。1月、松谷みよ子の『貝になった子供』（昭26、あかね書房　これが第一作品集で同時に第一回（昭26年）児童文学者協会・新人賞受賞）の出版記念会に出席してスピーチし、若い女性が次々と物怖じせず堂々と話す態度に戦後の女性の頼もしさを感じる（昭27・5「あなたの足もとに」）。

2月1日、「二十四の瞳」を「ニューエイジ」（2月～11月号）に連載し、全面的に改稿の上、12月25日光文社から刊行。

3月5日、童話集『花はだれのために』（9篇収録、全て再録）を東洋書館から刊行。

3月30日、童話集『坂道』（11篇収録、うち9篇は再録）を中央公論社から刊行。

4月、昭和26年度の第2回芸術選奨文部（科学）大臣賞を神西清とともに受ける。これは『母のない子と子のない母と』『坂道』が評価されたもので、賞をもらうことについては雑音がないわけではなかった。再軍備を進める吉田茂内閣の文部大臣から賞をもらうというのは革新の立場からどうかというものであったが、友人とも相談して賞をうけることにした。というのは戦争や再軍備に反対する小説に文部大臣が授賞したのは勝利だと考えたから（「私が世に出るまで」）。

11月4日、「母のない子と子のない母と」が民芸で映画化、北林谷栄、宇野重吉、田中晋二主演でこの日封切となる。監督は若杉光夫、脚本久板栄二郎。これが現在までに判明している映画化された作品の第一作。

12月30日、松竹の木下恵介（映画監督）から映画化申込みの長文の電報をもらい、承諾の電話をする（木下恵介「私を駆りたてたひたむきなもの」）。なお、この時の映画化に際しての原作料は20万（手取りは17万）であった（壺井繁治「鷺宮雑記6」）。

また、この時この作品を読んで感激した女優の有馬稲子が映画化したいと申込んだが、一足違いで木下恵介に行ってしまったあとだったというエピソードもある（有馬稲子「『二十四の瞳』を読んで」）。

昭和28年（一九五三）　満54歳

旺盛な執筆活動を展開するとともに、その作品が脚光を浴び、とりわけ庶民性・大衆性をもつところから映画化の申込が年を追って多くなる。

1月20日、『あしたの風』（小説と童話と随筆21篇を収録。再録は3篇）を全日本社会教育連合会から刊行。

1月30日、『暦　妻の座』（5篇収録。再録は4篇）を「現代日本名作選」の一冊として筑摩書房から刊行。

4月1日、「岸うつ波」（「婦人公論」4月〜12月号）の連載を始める。「妻の座」をより客観化したかたちで男性の横暴・エゴイズムを剔抉《てきけつ》し、徳永直への不満・批判が根強く残っていて追及の鉾先を緩めない。

6月3日、人形作家布士富美子が一週間程前に初めて訪ねてきて、人形を贈ってくれたのに対し、この日の再訪を喜んで『母のない子と子のない母と』を贈る（布士富美子「私の壺井栄様覚え書第一章」）。

6月5日、『私の花物語』（37篇を収録。再録はなし）を筑摩書房から刊行。

8月1日、「月夜の傘」（「オール讀物」）を発表。

9月30日、角川文庫から『妻の座・暦』を刊行。

10月25日、「紙一重」（「中央公論秋季増刊文芸特集号」）を発表。これは戎居仁平治（繁治の甥）の勤務する病院の精神科から取材したものという（戎）。

昭和29年（一九五四）　**満55歳**

春、佐多稲子、芝木好子ら女流作家五、六人と伊豆へ一泊旅行し、宿の春蘭を譲り受け、雨と吹雪の中を大切に持ち帰って病床にある上林暁に贈る（畔柳《くろやなぎ》二美「春蘭」）。

3月26日、松竹映画「二十四の瞳」のロケ隊との打合せのために帰郷し、午後3時すぎ高松到着、古新町の一丸旅館に入る。27日、午前は栗林公園を散策。午後2時から5時まで「婦人公論」愛読者グループ高松支部の三月例会に出席して会員と懇談した（昭29・3・27〜28「四国新聞」）。

4月、在米の義兄夫婦（繁治の兄嘉吉が戦前渡米して帰化した）が里帰りして栄宅にも滞在し、デパートなどを案内する（昭29・5・5「子供の日」、昭29・6・1「王女と皇太子」）。

6月29日、「暦」が新東宝で「女の暦」のタイトルで映画化されこの日封切られて好評。監督は久松静児、出演は田中絹代（ミチ）花井蘭子（カヤ）轟夕起子（高子）杉葉子（クニ子）香川京子（実枝）などであった。

夏、上林温泉の塵表閣の離れで、のち『風』に収められる連作小説4篇（「花」「歌」「風」「空」）を書く（芝木好子「たのしかった歳月」）。

7月25日、作品集『柿の木のある家』（4篇とも全て再録）を光文社から刊行。

8月10日、作品集『月夜の傘』（13篇収録。再録はなし）を筑摩書房から刊行。

9月15日、「二十四の瞳」が木下恵介監督、高峰秀子主演でこの日封切られ、全国的に大ヒットして、小豆島と壺井栄の名が一躍クローズアップされ、流行作家におしあげられる。

9月30日、新潮文庫から『暦』を刊行。

秋、甥の研造を連れて伊勢の的矢に祖父の墓を訪ねる。昭和15年の春に訪ねているのでこれで二度目。今回は「婦人画報」の〈写真小説〉という企画の作品なので写真家の浜谷浩も同行した。禅法寺の住職は前回尋ねた時のことを覚えていて過去帳の中に「小豆島勝蔵」の名前があったというが、墓石の方は先年無縁仏を一ヵ所に集めてコンクリートで固めて共同の墓としたために見つけるわけにはいかなかったが、多勢の人々と一緒に眠っているのを見てかえって安心する（昭30・1「伊勢の的矢の日和山」）。

12月5日、連作小説『風』（4篇収録。全て初収）を光文社から刊行。

12月10日、カッパ・ブックス版『二十四の瞳』を光文社から刊行。12月15日、作品集『紙一重』（4篇収録。うち2篇は再録）を中央公論社から刊行。

昭和30年（一九五五）　満56歳

1月5日、野間仁根の紹介で伊豆の嵯峨沢温泉の嵯峨沢館に5月まで長期滞在した。その間、3月初めに四国で、4月末に前橋で講演した（昭30・9「旅から旅への暮し」）。

2月15日、新書判『妻の座』（「渋谷道玄坂」も収録）を河出書房から刊行。

3月5日、カッパ・ブックス版『連作小説　霧の街』を光文社から刊行。

3月初め、「婦人公論」愛読者大会講演で、清水幾太郎・藤田圭雄と四国へ行き、松山・高松・高知・徳島で講演したが病身のため、親戚の若い女性がつきそっていた（藤田圭雄「オリーブの思い出」）。3月25日、「毎日新聞夕刊」に「雑居家族」（8月15日まで）の連載を開始する。

4月、香川県知事金子正則からオリーブの苗木が1ダース届く（藤田圭雄「オリーブの思い出」）。

4月11日、『風』（光文社刊）が第7回女流文学者賞に決定（昭30・4・12「朝日新聞」）。

4月末、前橋市で講演し、伊香保温泉に泊まる（「旅から旅への暮し」）。

6月、上林温泉の塵表閣に滞在（10日ほどか）し、あいまになじみの若い女将と志賀高原に遊ぶ（「旅から旅への暮し」）。

6月13日、毎日新聞社の招待で上京し、歌舞伎座の円地文子脚色「武州公秘話」を観る。

6月中旬～28日、箱根の翠松園に滞在（「旅から旅への暮し」）。

6月28日、盛岡に「忘れ霜」の取材で赴き、ついでにかつて愛読した啄木の澁民村を訪ねて7月2日まで滞在し、同日箱根翠松園にもどる（同前）。

7月30日、作品集『まないたの歌』（11篇収録。うち初収は1篇）を「角川小説新書」として角川書店から刊行。

8月1日、「裲襠《うちかけ》」を「群像」（8、10～12月号）に連載を開始。これは明治から戦後まで四代にわたる女の物語。

8月21日、「月夜の傘」が日活で映画化され、監督久松静児、主演田中絹代、宇野重吉でこの日封切られた。

8月25日、新書版『続私の花物語』を筑摩書房から刊行。

9月1日、「忘れ霜」を「婦人画報」(9月〜昭32年3月号)に連載し始める。舞台が初めて東北となり、僻地教育に携わる女教師の愛と生き方を追求した。

10月1日、「草の実」を「婦人公論」(10月〜昭31年12月号)に連載、これは村のロミオとジュリエットを明るく描いたもの。この他に「平凡」に「私の花物語」の連載をかかえ、月月、単発の小説や雑文を五〇本弱こなしていたのだから驚異的というほかはないし、当然こうした過労は徐々に健康を蝕んでゆく。

11月15日、随筆集『一本のマッチ—私の人生遍歴』を朝日新聞社から刊行。

11月23日、東京発22時30分発「瀬戸」で高松へ向かう。「小説新潮」の依頼で「香川風土記」を書くための取材旅行で編集部の丸山に甥の研造も同行させた。

11月24日、13時45分に宇野着、写真家の小石清と落合い、船で高松へ向かい、花束での出迎えのため最後に下船して記念撮影となり、定宿の「川六」に入る。役所や新聞社などとのスケジュールの打合せをして、夕食後アンマを頼み、うつらうつらしているところへ妹のシン(再婚して当時大川郡引田町に住んでいた)が訪ねてきて泊まり、夜更けまで話す。

11月25日、高松市とその周辺をまわる。菊地寛の生家跡から栗林公園、屋島で昼食、瞰跡亭主人の瓦投げの妙技と案内の名調子を堪能する。鬼ヶ島の洞窟内までは無理なので若い者に任せて浜辺で待ち、高松へ戻って小豆島へ渡る船を待つ間旧知の金子正則知事と話す。

11月26日、昨日から醤油と瀬戸内海の魚のうまさを喜ぶ。今日は尾崎放哉の句碑、渕崎村の八代田植物馴化園、オリーブ園とまわり、寒霞渓《かんかけい》入口の愛相嶺では馬の背に乗せられて写真をとられ、丸金醤油、坂手の鹿島屋で級友のマサノ達と昼食、久留島久子の案内で生田春月の詩碑を訪ね、黒島伝治の墓に参るが、このすぐれた文学者の墓地には未だに墓石がなく、これは何としても墓石をつくってほしいと広く訴えようと思う。八人石から観海楼へ帰り、予定では高松へ戻ることになっていたが気分が悪くなり、研造と残る。

11月27日、女神丸で昼過ぎに高松着、引田のハマチとタイの養魚場を訪ね、夕食後旧知の前川とみえと高松の夜の町を歩き、娘時代におなじみのお洒落の店が今も残っていて懐かしい気分に浸る。

11月28日、琴平へ行くが、石段は代参を頼み、善通寺、丸亀、宇多津の塩田を廻る。

11月29日、午前に玉藻城へ行き、午後1時の船で高松を発って帰京の途につく(昭31・2「帰郷日記」)。

12月5日、『美しい生き方を求めて』を学風書院から刊行。

この年、畔柳二美『姉妹』(昭29・6・30 講談社刊 毎日出版文化賞受賞）の出版記念会でスピーチをする。

昭和31年（一九五六）　満57歳

1月初め、箱根小涌園の定宿翠松園（もと三井財閥の別荘）で知合った見習いマッサージ師の笹春子（16才）をひきとり、マッサージ学院に二年間通学させる。昭和28年頃から箱根の翠松園に滞在して仕事をするようになり、流行作家になって連載を何本もかかえるようになってからは一層長逗留になったが、ひどい肩こりであんまは欠かせず、そういう時に見習いの春子を知った。「豆ちゃん」の愛称で呼ばれるとおり小柄だが、勉強家で先の見込みがあり、昭和20年3月9日の東京大空襲で浅草の彼女の一家は全滅した戦災孤児という境遇に心動かされて一日も早く一人前のマッサージ師になれるよう援助するためで、午前中通学し、午後は女中とマッサージをするきまりであった（昭30・10「松葉牡丹」、昭31・10・7「里親冥利」、昭35・9「豆ちゃん頑張る」）。

1月6日、この日から「朝日新聞」のコラム「きのうきょう」に週一回執筆（6月29日まで）。

1月25日、ミリオン・ブックス版で『裲襠』を講談社から刊行。（この異版として上製本で内容頁数も同じだが、函入りの限定版も1月31日に同社から刊行されている）。

1月、「雑居家族」が新派初春興業で水谷八重子・伊志井寛・大矢市次郎・京塚昌子・市川すみれらによって産経ホールで上演される。

3月5日、『雑居家族』が筑摩書房から刊行。

3月10日、作品集『裾野は暮れて』（9篇収録。全て初収）新書版で筑摩書房から刊行。

5月、「裲襠」が前進座によって河原崎しづ江・瀬川菊之丞・大山なつきらの出演で俳優座劇場で上演。

5月3日、日活映画「雑居家族」が監督久松静児、轟夕起子（安江）織田政雄（文吉）新珠美千代（音枝）伊藤雄之助（兵六）左幸子（浜子）らの出演でこの日封切となる。

5月5日、新潮文庫版『寄るべなき人々』（10篇収録）が刊行。

5月10日、新書版の「壺井栄作品集全15巻」（以下作品集と略称）が筑摩書房から、毎月2冊ずつ刊行され、壺井栄ブームが頂点に達する。この月は10日に作品集第14巻『雑居家族』、20日に作品集第4巻『海風』を刊行。

6月5日、作品集第7巻『屋根裏の記録』、20日、作品集第8巻『右文覚え書』刊行。

6月14日、「屋根裏の記録」が大映で映画化され、「屋根裏の女たち」のタイトルで監督木村恵吾、主演川上康子・望月優子でこの日封切りとなる。

7月5日、作品集第1巻『霧の街・暦』、20日、作品集第3巻『柳はみどり』刊行。

8月、中軽井沢上の原に別荘を新築する。設計は甥の戎居研造。以後毎年5月から11月位までここで仕事をするのがならわしとなる。

8月5日、作品集第7巻『風』、20日、作品集第5巻『母のない子と子のない母と』刊行。

8月、上林温泉の宿で仕事をしているところへ右文交通事故で重傷の電話にすぐ上京。3度の手術をし、全治4ヵ月。近所で本を読みながら歩いていてオート4輪にはねられたもの（昭31・10「感傷―右文覚え書―」）。

9月5日、作品集第2巻『柿の木のある家』、20日、作品集第13巻『浜辺の四季』刊行。

8月～9月号の「新潮」に徳永直が「草いきれ」を発表して栄の「妻の座」「岸うつ波」に反論したため、〈草いきれ〉論争がおこる。

10月5日、作品集第6巻『妻の座』刊行。

11月5日、作品集第11巻『岸うつ波』刊行。

11月（日の記載なし）、「二十四の瞳」の中国語訳『二十四顆眼珠』孜青の訳で上海の新文芸出版社から刊行。

11月10日、小豆島の土庄町にできた「平和の群像」除幕式に出席。主賓は他に木下恵介、高峰秀子らで、招待者は三〇〇人、参列者は三〇〇〇人。栄は主賓の挨拶を求められるが拒否する。台座の題字が再軍備支持者鳩山一郎の揮毫であることに不満であったから。あわてた主催者側がさまざまにとりなし、言いたいことを言ってよいという条件で、不満の理由を最初に述べ、反戦平和を願う気持を訴える。このエピソードはあくまで筋を通し、自らの主張を曲げない、栄の面目を彷彿とさせるものであろう。栄は揮毫を南原繁（元東大学長）にと望んでいたという。

冬から翌年にかけて、定宿の箱根小湧谷の翠松園に逗留して執筆し、越年する。

12月5日、作品集第10巻『私の花物語』を刊行。

昭和32年（一九五七）　満58歳

1月1日、『現代女流文学全集2　壺井栄集』を長嶋書房から刊行。

1月15日、作品集第9巻『二十四の瞳』を刊行。

1月30日、『中学生文学全集27　壺井栄集』を新紀元社から刊行。2月15日、作品集第15巻『裲襠』を刊行。これで当初の予定である15巻は完結するが、好調な売行きのため、これを第一期とし、更に第二期10巻が昭和33年3月から刊行された。

2月18日、作品集『小さな花の物語』（15篇収録。うち初収は6篇）を平凡出版から刊行。

2月28日、養女の真澄と加藤国夫の縁談がまとまり、遠地輝武・佐多稲子の媒酌で結婚する。加藤は栄が弘文堂から『たからの宿』（昭24）を出した時の編集者で、壺井家に親しく出入りしていた。夫婦は遅かった真澄の結婚を喜ぶが、一方で繁治が「長年苦楽をともにした彼女と離れ、暫くの間、ぽんやりする」（シ）と記すように空白の思いも消えなかった。

4月15日、『草の実』を中央公論社から刊行。

4月20日、新潮文庫版『風』を刊行。

4月30日、角川文庫版『海風』を刊行。

5月27日、名古屋市の「くらしの友の会」結成大会（中部日本新聞社内）に招かれて講演する（昭32・7「くらしの友」）。

7月10日、『忘れ霜』を角川書店から刊行。

9月5日、新潮文庫版『二十四の瞳』を刊行。

9月30日、「二十四の瞳」の英訳が三浦昭により『Twenty-four Eyes』として研究社から出版される。

10月20日、作品集『極楽横丁』（10篇収録。再録は1篇のみ）を筑摩書房から刊行。

秋、かねてから面談の機会を得たいと思っていた柳田国男に布士富美子の紹介で会うことができて感激し、話がはずんで3時間も話す。小豆島の旧知の川野正雄の名前が柳田の口から出てびっくりする（昭38・12「二度の出会い」）。

12月5日、角川文庫版『岸うつ波』を刊行。

この年繁治の詩集『風船』（昭32・6・20、筑摩書房刊）の出版記念会に、大阪から栄は次のような祝電を寄せた。

「シボンダラフクラマセ、ヤブケタラツクロエルフウセン、マズハゴクロウサマ、ナガネンノケンカアイテ、トクトウノシジンニ、アカイハナトハクシュヲオクリタクオモウ、オオサカニテ、シラガノツレアイヨリ」（無署名「やさしい万人の母」昭33・1）

昭和33年（一九五八）　満59歳

1月30日、角川文庫版『雑居家族』を刊行。

2月20日、長篇小説『あしたの風』（B―小説・百合子もの初出原題は「あすの花嫁」）を新潮社から刊行。

2月8日、『新日本少年少女文学全集33　壺井栄集』をポプラ社から刊行。

3月10日、作品集第19巻『草の実』を筑摩書房から刊行。

3月20日、新潮文庫版『壺井栄童話集』（12篇収録）を新潮社から刊行。

3月、2年前から同居させて、マッサージ学院に通学させていた笹春子が卒業、検定試験にも合格、4月から浅草のマッサージ師のところで実地修業に入り、二年後に独立する（「豆ちゃん頑張る」）。

3月25日、新潮文庫版『母のない子と子のない母と』を新潮社から刊行。

4月1日、「すずねちゃん」を「たのしい一年生」に（34年6月完結）、「ふたごのころちゃん」を「小学二年生」に（34年7月完結）連載。

4月15日、作品集第20巻『忘れ霜』を筑摩書房から刊行。

4月30日、『風と波と』を文芸春秋新社から刊行。

5月1日、エッセイ「お話の原っぱ」を「明星」に連載（34年12月まで）。

5月15日、作品集第16巻『絣の着物』を筑摩書房から刊行。

6月15日、作品集第18巻『赤い頭巾』を筑摩書房から刊行。

7月1日、「雨夜の星」を「婦人倶楽部」に（34年12月完結）、「風の子」を「たのしい三年生」に（34年7月完結）連載。

7月15日、長篇小説「おこまさん」を「産経新聞」に連載（34年5月22日完結）。

7月15日、作品集第17巻『鹿の角』を筑摩書房から刊行。

8月10日、角川文庫版『裲襠』を刊行。

9月10日、岩波少年文庫版『坂道』（17篇収録）を刊行。

9月10日、角川文庫版『忘れ霜』を刊行。

10月15日、作品集第21巻『花の旅路』を筑摩書房から刊行。

11月15日、作品集第24巻『あしたの風』（B—小説・百合子もの　初出原題「あすの花嫁」）を筑摩書房から刊行。

12月10日、『潮時計』を実業之日本社から刊行。

昭和34年（一九五九）　満60歳

4月1日、「ほらほらぼうや」を「小学一年生」（35年2月まで）に、「いぬならぽち」を「たのしい一年生」（35年6月まで）に連載。

7月7日、「風と波と」が東映の斉藤良輔監督により「父と娘」のタイトルで映画化され、薄田研二、東山千栄子、中原ひとみ主演でこの日封切りとなる。

7月30日、作品集第22巻『風と波と（上）』を筑摩書房から刊行。7月30日、『おこまさん』を中央公論社から刊行。

8月1日、随筆集『柚の大馬鹿』を実業之日本社から刊行。

8月15日、作品集第23巻『風と波と（下）』を筑摩書房から刊行。8月30日、「潮時計」が松竹の川頭義郎監督により「手さぐりの青春」のタイトルで映画化され、鰐渕晴子、織田政雄主演でこの日封切りとなる。

9月5日、「小さな物語」を「平凡」（38年6月まで）に連載。

10月10日、作品集第25巻『潮時計』を筑摩書房から刊行。

秋、改築のため、仮住居の本郷東片町に移る（繁治「年譜」）。

11月、佐多稲子・芝木好子・原泉の4人で北陸三県観光課の案内で立山、黒部、金沢、能登、福井の各地を一週間旅行する（「女の旅」、昭37・4「〈対談〉文学する女性」）。

11月20日、『雨夜の星』を講談社から刊行。

11月、NHK朝のラジオ小説に「どこかでなにかが」を書きおろし、翌年7月まで181回放送される。

昭和35年（一九六〇）　満61歳

1月11日、「あの人この人」の総タイトルで読切連載小説を「日本女性新聞」に連載（3月21日まで）。

2月20日、『新選現代日本文学全集5　壺井栄集』を筑摩書房から刊行。

5月31日、作品集『いのちかなし』（13篇収録。うち再録は2篇）を新潮社から刊行。

6月、笹春子がマッサージ師として独立し、開業の電話をかけてくる（「豆ちゃん頑張る」）。

7月7日、この日から「東京新聞」のコラム「石筆」に週一回執筆（9月29日まで）。

7月14日、「あす咲く花」を「新潟日報」（他数紙）に連載（36年3月25日まで全253回）。

9月1日、『ふたごのころちゃん』を実業之日本社から刊行。

9月20日、角川文庫版『大根の葉』を刊行。

11月13日、小説「愛らしき人」を「婦人民主新聞」に連載（38年3月3日まで全105回）。

11月25日、『どこかでなにかが』を中央公論社から刊行。

12月20日、甥研造の設計した「小豆島ユースホステル」が土庄町四方指に完成し、栄も研造と訪ねる（昭35・12・21「産経新聞香川版12面」）。

昭和36年（一九六一）　満62歳

春、初めて喘息の発作が起こる。一年半前に風邪から肺炎となり、これがもとで喘息が残ったと医師に言われる（昭37・1・29「因果」）。

5月1日、「若い樹々」を「地上」に連載（37年5月まで）。

6月10日、繁治が江口渙を団長とする訪中日本文学代表団の一員として参加するのを羽田に見送る（シ）。

夏、過労から最初のジンマシンをおこす。やがてこれが喘息に変わる（芝木好子「たのしかった歳月」）。

9月、ＮＨＫラジオ芸術劇場のために、「高窓のある部屋」を書きおろす。

9月15日、角川小説新書版で『雨夜の星』を刊行。

9月30日、角川文庫版『二十四の瞳』を刊行。

10月中旬、佐多稲子と軽井沢の別荘へ行き、激しい喘息の発作を起こしたため、26日慶応大学病院に直行して入院。薬で発作をおさえ療養生活を送る。

10月20日、『日本文学全集40　壺井栄集』を新潮社から刊行。

12月5日、午後、佐多稲子が三度目の見舞にくる。稲子は栄から発作が恐ろしいので廊下にも出ないで用心していると聞かされる。（佐多稲子「壺井栄さんの見舞いに」）。入院中のつれづれに窓辺にパン屑をまいて鳩にやる。パン屑は食堂から届けてもらうもの（池田みち子「芝木さん　壺井さん」）。

この年、チェコ語訳「二十四の瞳」が出る。

12月25日、「小さな花の物語」が松竹の川頭義郎監督により同題で映画化され、嵯峨美智子・川津祐介・朝丘雪路・桑野みゆきらの出演でこの日封切りとなる。

昭和37年（一九六二）　満63歳

2月10日、「雨夜の星」が「明日ある限り」のタイトルで東京映画で映画化（東宝配給）され、監督は豊田四郎、出演は香川京子、星由里子、佐野周二、杉村春子らでこの日封切りとなる。

2月20日、ロマン・ブックス版『おこまさん』を講談社から刊行。3月20日、角川文庫版『草の実』を刊行。

3月29日、青山葬儀所での室生犀星の告別式に病院から抜け出して参列する（「室生犀星氏のこと」）。

4月2日、この日から朝のＮＨＫテレビ小説（8：15〜8：30）で「あしたの風」が一年間放映（38年3月30日まで）される。獅子文六「娘と私」につぐテレビ小説第二作で栄の「雑居家族」「右文覚え書」「母のない子と子のない母と」「風」などをもとに肉づけしたもので、脚本は山下与志一、演出中山三雄、出演は渡辺富美子（安江）、増田順司（文吉）、橋本隆之（右文―少年時代）、植竹修三（右文―青年時代）、小畑絹子（音枝）ら。

3月、慶応病院を退院。

4月2日、「名古屋タイムズ夕刊」のコラム「夕閑」に週一回執筆（6月25日まで）。

4月中旬、かねて改築中の新居完成（昭37・6「平凡」）。

5月、喘息悪化し、阿佐ケ谷の河北病院に入院し、7月退院。

5月9日、「草の実」が東映で映画化され、監督村山新治、出演佐久間良子、水木襄でこの日封切りとなる。

5月10日、角川小説新書版で『どこかでかにかが』を刊行。

5月15日、『あすの花嫁』を東方社から刊行。これは新潮社から初版刊行時に『あしたの風』（Ｂ―小説・百合子もの）と改題刊行したが、東方社版を刊行する時点でＮＨＫテレビが毎日「あしたの風」を放映しているためそれとの混乱、誤解を配慮して初出原題にもどしたもの（同書「あとがき」）。

6月30日、『あす咲く花』を新潮社から刊行。

7月1日、小説「母と子の暦」を「美しい十代」に連載（38年6月号まで）

8月10日、『若い樹々』を講談社から刊行。

9月8日、「どこかでなにかが」が東宝で久松静児監督により「早乙女家の娘たち」のタイトルで映画化され、香川京子、白川由美主演でこの日封切りとなる。

9月9日、初出原題の「あすの花嫁」のタイトルにもどして、「あしたの風」（Ｂ―小説・百合子もの）が日活で野村孝一監督により映画化され、吉永小百合、浜田光夫主演でこの日封切りとなる。

9月10日、『若い娘たち』（初出原題「小さな物語」として「平凡」に連載）を角川小説新書版で刊行。

10月、ＮＨＫ高松放送局のテレビ開局記念「私の秘密」に出演して、坂手郵便局時代の同僚小柳亀美子と四〇年ぶりに会ってピタリと当てる（昭38・1「平凡」）。

11月末、新築祝いをする。寿司屋に出張してもらっての寿司パーティーでにぎやかであった（昭38・2「平凡」）。

12月25日、『草の実』を東方社から刊行。

昭和38年（一九六三）　**満64歳**

1月16日、長篇「柚原小はな」を「週刊女性」に連載（8

月21日まで。全32回）

3月15日、角川文庫版『あしたの風』（B―小説・百合子もの）を刊行。4月1日、「嫁さん」を「マドモアゼル」に連載（39年3月1日まで。全12回）。

4月14日、「若い樹々」が大映で映画化され、監督原田治夫、主演姿美千子、本郷功次郎でこの日封切りとなる。

5月、喘息の発作で阿佐ケ谷の河北病院に入院し、7月退院（シ）。

7月15日、『潮時計』を東方社から刊行。

8月1日、連載随筆「女のしあわせ」を「女学生の友」に連載（39年7月1日まで　全12回）

9月10日、ロマン・ブックス版『若い樹々』を講談社から刊行。

この頃、自らの病気に加え、真澄の夫加藤国夫がガンで入院、大きな衝撃を受ける。

9月、『まあちゃんと子ねこ』をポプラ社から刊行。

11月、加藤国夫死去。真澄が二人の子を連れてもどってくる。

この月、来日中の中国代表作家団の巴金、謝冰心ら一行が壺井宅訪問、歓迎する（戎）。

昭和39年（一九六四）　満65歳

3月10日、『随筆・小説　小豆島』を光風社から刊行。随筆42篇と小説9篇を収録したもの。

3月20日、作品集『日めくり』（8篇収録。全て初収）を講談社から刊行。

3月20日、『柚原小はな』を新潮社から刊行。

4月15日、『嫁さん』を集英社から刊行。

6月10日、『二十四の瞳』を東方社から刊行。

6月22日、「日日哀楽」を「新潟日報」他数紙に連載（40年3月12日まで、全220回）。

7月15日、『母と子の暦』を東方社から刊行。

8月5日、「雪の下」を「週刊女性」に連載（40年2月24日まで全28回）。これは「柚原小はな」の続篇で、のちに単行本刊行の際に「母と娘《こ》と」と改題する。

9月20日、これまでの児童文学の全業績を収録する『壺井栄児童文学全集全4巻』のうち、第一回配本として第3巻が講談社から刊行される。編集委員は鳥越信と古田足日。

10月25日、『壺井栄児童文学全集第2巻』刊行。

11月20日、『ジュニア版日本文学名作選5　二十四の瞳』（4篇収録）を偕成社から刊行。

11月25日、『壺井栄児童文学全集第1巻』刊行。

12月20日、『壺井栄児童文学全集第4巻』刊行され完結。

この年、喘息治療のために使った薬で肝臓を悪くして東大病院へ入院する（シ）。

昭和40年（一九六五）　満66歳

2月20日、作品集『海の音』（6篇収録）を講談社から刊行。〈壺井栄自伝作品集〉とあるように「暦」「歌」「花」「風」「空」「雑居家族」を収録したもの。

3月9日、肝炎治療の権威佐藤清一医師を紹介され、伊東の天城診療所に入院し、4月19日まで治療を受ける。同医師は肝炎一筋30余年の権威でこれが第一回の入院となる。病気は慢性肝炎、喘息、糖尿病、心臓病、尿崩病、プレドニン中毒症の6つであったが、治療の効果は覿面《てきめん》で、食欲は旺盛、夜も眠れて一人歩きできるまでに回復して退院した（佐藤清一「壺井栄先生と名誉町民章」）。退院後は、静養のため予後を殆ど軽井沢で過ごす（シ）。

8月5日、『母と娘と』（「雪の下」を改題）を新潮社から刊行。8月25日、随筆集『袖ふりあう』を三月書房から刊行。これは栄の作品集では唯一の函入り袖珍本である。

11月（10月とする年譜は誤り）17日、かねて繁治が推進役となって進めていた黒島伝治文学碑が小豆島芦の浦の生家近くの丘に完成し、除幕式が行なわれた。

10月30日、ポプラ社から『壺井栄名作集全10巻』（菊判、各巻258頁）が一挙に刊行された。児童文学の他、自伝的作品、私の花物語系統の作品が収められ、全巻に作品執筆の動機や発表の経緯などを記した。

12月10日、『アイドルブックス・20　二十四の瞳』をポプラ社から刊行。

昭和41年（一九六六）　満67歳

6月20日、『日日哀楽』を東方社から刊行。

10月、喘息と糖尿病の治療のため河北病院に入院（シ）。

11月、軽井沢の別荘に泥棒が入るが、のち盗品は殆ど戻る（戎居貞枝「姉と私と」）。

12月14日、喘息の発作で河北病院に入院し、病院で正月を迎える（繁治「六七と四二」）。

12月、郷里の内海町定例議会で二人目の名誉町民に決定する（川北四十二「壺井栄先生と、その郷里の今昔」）。

昭和42年（一九六七）　満67歳10カ月で没

1月19日、河北病院で入院中、一時危篤に陥るが奇蹟的に一命をとりとめ、東大病院中尾内科に移る（芝木好子「壺井さんの臨終」）。危篤に陥った時、栄は、白い小舟に林芙美子、宮本百合子らが乗っており、加藤国夫が船頭なので無理に乗せてもらい小豆島へ行く幻覚を見たと繁治に語っている（繁治「六七と四二」）。

1月、重体と聞き、戦前からの旧友岩本錦子が大分県臼杵から上京し、東大病院に見舞う（岩本錦子「栄先生の思い出」）。

4月6日、東大病院を退院し、伊東の天城診療所に直行して佐藤清一医師の治療を受ける。天城に入院前は嘔気と嘔吐で食欲はなく不眠状態であったが、入院翌日からハキケもオウトもなくなって食欲が出て、夜も眠れるようになって順調に回復する。内海町名誉町民章を5月3日に自宅で受けとることになったため、4月29日に一旦退院する（佐藤清一前掲文）。

5月3日に名誉町民章を受賞する予定が、選挙その他の都合でできなくなったため、5月6日天城診療所に第三回目の入院をし、5月26日に退院（同前）。

6月8日、天城診療所に第四回目の入院をし、肝臓は日増しに快方に向い、一般状態もよくなって食欲はありすぎて困る程となったので6月18日に退院。その間、6月10日に甥の研造夫婦が代理で内海町名誉町民章を受理してきてこの日早朝に届ける。名誉町民についてはかねてから推挙されていたが、本人が固辞し続けていたため、のびのびになり、重体と聞いて、地元が周囲を説得し、本人も同意したという（同前）。

6月21日、夜少し不安だからと自宅近くの熊谷医院（鷺宮3―32―5、熊谷一雄院長）に入院する。

6月22日、喘息の激しい発作が続き、家族、親戚、佐多稲子、芝木好子ら多数の人たちの徹夜の看病を受けながら死去。解剖の結果、死因は喘息の発作で痰が気管につまり窒息死をおこしたものと判明。6月23日0時58分享年67歳10ヵ月（シ、戎、昭42・6・23「朝日新聞夕刊」）。

6月25日、都立青山斎場で無宗教による葬儀（シ）。

9月30日、東京都東村山市の小平霊園に埋骨（シ）。

この年、栄の遺志で新日本文学会の旗を製作する費用を寄付する（国分一太郎「壺井さんとわれらの『旗』」）。

〈没後史―主なもの〉

昭和43年（一九六八）　没後1年

5月10日、『壺井栄全集全10巻』が筑摩書房から刊行（昭和44・2・10完結）。

昭和44年（一九六九）　没後2年

12月、繁治、青木節子と再婚。

昭和45年（一九七〇）　没後3年

9月23日、壺井栄の文学碑が郷里小豆島の内海町坂手向が丘に建立。碑面は次の通り。

桃栗三年／柿八年／柚の大馬鹿／十八年／壺井栄

昭和46年（一九七一）　没後4年

6月23日、壺井栄顕彰会発足。壺井栄賞を設定し、毎年小・中・高の児童生徒作文の表彰を行なう。

昭和49年（一九七四）　没後7年

6月23日、第一回壺井栄賞（昭和48年度）二名を発表。以後現在に至る。

昭和50年（一九七五）　没後8年

繁治没。病名はマクログロブリン血症（ワルデンストローム）。

昭和59年（一九八四）　没後17年

壺井繁治詩碑が堀越の生家裏、分教場跡地に建立。繁治の詩「石」が刻まれている。

平成4年（一九九二）　没後25年

壺井栄文学館が郷里内海町田浦に開館し、栄関係の資料の他に壺井繁治や黒島伝治のコーナーも設けられている。

平成9年（一九九七）　没後30年

4月1日『壺井栄全集　全12巻』が文泉堂出版から刊行（平成11・2・15完結）。

参考文献目録

凡例

1　参考文献目録は利用の便を考慮して、1・単行本、2・雑誌特集号、3・新聞・雑誌など（新聞・雑誌・月報・紀要・単行本の一部などに掲載収録されたもの）に分類し、年代順に記載した。ただし、紙数の制約から簡略な記述にせざるをえなかった。従って詳細は拙著『人物書誌大系26　壺井栄』（平4・10・22　日外アソシエーツ）をもあわせてご参照願えれば幸甚である。

2　記載の順序は次の通り。

単行本の場合――編著者名　書名　発行所　年月日　頁数　判型　定価　内容

新聞・雑誌等の場合――執筆者名　表題　掲載紙誌名　年月日　巻号　頁・面・総段数

3　「新潮」「群像」等の月刊誌で毎月1日発行のものはスペースの都合で発行年月にとどめ、1日の記載は省略した。

4　各種の事（辞）典類からは採録していない。

5　初出未見のものでも、単行本あるいは全集などに収録されているものについては、その事をことわった上で（初出未見、あるいは？　と記した）、採録してあるのでそれらで参照していただきたい。

6　新聞で「11面3段」とあるのは、11面に3段にわたって掲載されていることを示す。

1　単行本

壺井栄顕彰会編『壺井栄文学碑のしおり』壺井栄顕彰会刊　昭46・9・1　40頁　A5判　佐多稲子他12氏の文章と碑建立関係の記録を収める。

壺井繁治・戎居仁平治編『回想の壺井栄』私家版　昭48・6・23　302頁　A5判　七回忌を記念して編まれたもので、網野菊他76氏の文章の他にアルバム、年譜などを収録。

壺井栄顕彰会編『壺井栄先生のしおり』壺井栄顕彰会刊　昭50・1・10　48頁　A5判　なお、この本は『壺井栄文学碑のしおり』の改訂版であり、内容は全面的に変えられている。改定初版の刊行は昭49・1・10であるが、これは未見なので上記のものによった。

西沢正太郎著『壺井栄―人と作品』清水書院　昭55・10・31　227頁　生涯と作品解説からなる。

壺井栄顕彰会編『壺井栄のしおり』壺井栄顕彰会刊　昭62・4・1　72頁　A5判　三訂初版　＊昭46・9・1初版　昭49・1・10改訂初版刊　これらの三訂版で、改訂版に新たに壺井栄賞受賞作品他を追加している。

森玲子著『壺井栄』牧羊社　平3・10・25　149頁　生涯の小説ふうスケッチである。のち北溟社から新書版（平7・8・30）として刊行。

鷺只雄編『人物書誌大系26　壺井栄』日外アソシエーツ　平4・10・22　287頁　A5判　著作目録・参考文献目録・年譜・索引の四部から構成。

戎居仁平治著『壺井栄伝』壺井栄文学館　平7・1・10　192頁　四六判　伝記と年譜からなる。

佐々木正夫著『栄さんの萬年筆』四国新聞社　平8・2・4　184頁　四六変型判　栄・繁治についてのエッセイや言及のあるもの53篇を収録。

鷺只雄編『作家の自伝55　壺井栄』日本図書センター　平9・4・5　293頁　A5判　収録作品3編・年譜・解説から構成。

2　雑誌特集号

「日本児童文学」河出書房　昭42・9　13巻9号〈壺井栄追悼特集〉関英雄他16氏が執筆。

「解釈と鑑賞」至文堂　平9・10　62巻10号〈特集　壺井栄・北畠八穂の世界〉五十嵐康夫他16氏が執筆。

3　新聞・雑誌・紀要・単行本の一部などに掲載収録

◉大正15年（一九二六）

壺井繁治　乞食と犬と人間と（銚子の思ひ出）「若草」4月　2巻4号　62〜64頁

◉昭和3年（一九二八）

無　署　名　帝都二万の大衆メーデーに挙る意気―帯留で鉢巻きをした参加女性「アサヒグラフ」5・9　10巻20号　3頁

◉昭和10年（一九三五）

無 署 名　豆戦艦（8）四月の雑誌「東京朝日新聞」4・14　11面　3段　＊「月給日」評（栄は筆者を杉山平助と記す）

武野藤介　女流作家四月号新人評「女性時代」5月　6巻5号　70〜71頁　＊「月給日」評

◉昭和13年（一九三八）

三戸　斌　創作月評「文芸」10月　284頁　＊「大根の葉」評

◉昭和14年（一九三九）

中野重治　春三題（二）壺井栄「都新聞」5・4　1面4段

網野　菊　精進する女流作家「大陸新報」5・14　4面5段

大谷藤子　女流作家論（2）「河北新報」12・13　4面4段

◉昭和15年（一九四〇）

六 波 羅　〈大波小波〉出色のプラン—「新潮」「文学界」二月号「都新聞」1・23　1面3段　＊「暦」評

草 之 助　〈大波小波〉新し味を盛る—「文芸」二月号「都新聞」1・24　1面3段　＊「廊下」評

石坂洋次郎　文芸時評（3）—壺井栄への関心—「新潮」の諸作「読売新聞」1・28　5面4段　＊「暦」「廊下」評

高見　順　文芸時評（三）「河北新報」2・1　4面5段　＊「暦」「廊下」「赤いステッキ」評

谷川徹三　文芸時評（2）壺井栄の佳作「東京朝日新聞」2・4　7面4段　＊「暦」評

南弥太郎　文芸時評（4）〜（5）「やまと新聞夕刊」2・9〜10　3面3段　＊「赤いステッキ」評

無 署 名　記者便り「新潮」2月　271頁　＊「暦」評

中村武羅夫：新人作家論「月刊文章」2月　41〜44頁

丹羽文雄　壺井栄の「暦」「文学者」3月　2巻3号　189頁

浅見　渕　文芸時評「文学者」3月　2巻3号　230〜237頁　＊「暦」「廊下」「赤いステッキ」評

嵯峨　伝　創作月評「新潮」3月　106〜109頁　＊「暦」評他

I・S　「新潮」作品評「文芸」3月　225頁　＊「暦」評

N・Y　「文芸」「中央公論」作品評「文芸」3月　127頁　＊「廊下」「赤いステッキ」評

宮井一郎　文学の効用性に就いて—文芸時評「小天地」3月　20巻3号　76〜81頁　＊「暦」評

丹羽文雄　女流作家論（五）「東京日日新聞」3・15　5面

矢崎　弾　〈新刊読書評論〉壺井栄『暦』について「日本学芸新聞」3・25　82号　5面4段

山室　静　文芸月評—「文芸」「文学界」二月号「現代文学」4月　3巻3号　55〜57頁　＊「廊下」評

大井広介　文芸月評—「中央公論」「文学者」二月号「現代文学」4月　57〜58頁　＊「赤いステッキ」評

平野　謙　文芸月評—「新潮」「日本評論」「現代文学」4月　3巻3号　59〜62頁　＊「暦」評

高見　順　女流作家群像「現代」4月　21巻4号　300〜307頁

桃 太 郎　文壇時評「月刊文章」4月　6巻4号　39頁

谷本四郎　壺井栄著『暦』「協和」5月　264号　41頁

中村地平　女流新作家論「婦人画報」5月　＊「暦」評

大山定一　まつたうな小説道「大阪時事新報」5・5　4面3段　＊『暦』評
窪川鶴次郎　壺井栄『暦』〈女流作家論（一）〉「日本読書新聞」5・5　2面
街の人〈大波小波〉どう踏切る―新進作家論1壺井栄「都新聞」5・13
窪川稲子　私の交友記「日本学芸新聞」6・10　6面6段
赤木　俊〈書評〉壺井栄『暦』「現代文学」6月　40～46頁
T　生　婦人朝日七月倍大号を見る「新聞之新聞」6・12　3面8段
高見　順　文芸時評「新風」1号　7月　102～107頁
石川達三　地獄の道「文学者」7月　2巻7号　168～169頁
中村武羅夫　壺井栄氏の「暦」など「文学者」7月　2巻7号　162～163頁　＊「暦」評
無署名　笑くぼの壺井栄さん（上・下　インタビュウ）「週刊婦女新聞」7・21、28　8面4段、6面6段
無署名　改造八月号「新聞之新聞」7・25　3面5段
矢野目源一　卓上図書「文芸汎論」8月　＊「暦」評
槍騎兵「改造」八月の雑誌評「東京朝日新聞」8・3　6面4段　＊「窓」評
壺井繁治　夏と冬「日本農林新聞」8・16　初出未見
窪川鶴次郎　文芸時評「日本評論」9月　294～299頁
W・W「改造」作品評「文芸」9月　211頁　＊「窓」評
M・M「文学界」「新潮」作品評「文芸」10月　72頁　＊「柳はみどり」評
高見　順　心情の論理―文芸時評―「文芸春秋」10月
無署名　続新旧文壇人の解剖③―龍頭蛇尾の典型　壺井栄「やまと新聞夕刊」10・17　3面3段
平野　謙　自己革新について「都新聞」10・28～11・1面段不明　のち『知識人の文学』昭23・10・1に収録　＊「無花果」評
N・O「文芸春秋」作品評「文芸」12月　＊「無花果」評
中村地平　狭い範囲で「早稲田文学」12月　11頁　＊「暦」評
大谷藤子〈書評〉壺井栄氏の作品『祭着』「報知新聞」12・3　5面3段
田畑修一郎　今年の小説（3）「中央新聞」12・17　3面6段
深田久弥　創作概観『文芸年鑑』二六〇〇年版　第一書房12・20　5頁　＊「赤いステッキ」「暦」「廊下」評
K　婦人雑誌月評―「主婦之友」新年号「新聞之新聞」12・26　2面5段

◉昭和16年（一九四一）

無署名　新潮文芸賞決定「暦」と「閣下」に授賞「新聞之新聞」2・14　2面2段
大屋三郎　壺井栄著「祭着」「協和」2・15　34～35頁
窪川鶴次郎　新潮賞―壺井栄と北条秀司「読売新聞夕刊」2・15　3面4段　＊「暦」評
宮本百合子「暦」とその作者「報知新聞」2・27　5面3段
南弥太郎　文芸時評「やまと新聞夕刊」3・14　3面3段

徳田秋声・久保田万太郎・佐藤春夫・杉山平助・室生犀星・加藤武雄・中村武羅夫　第四回新潮社文芸賞選評「新潮」4月　95〜98頁

窪川鶴次郎　壺井栄の文学「新潮」4月　102〜108頁

浅井真男　壺井栄「早稲田文学」4月　21〜25頁

平野　謙　教養時評—文芸「婦人朝日」10月　158〜160頁　＊「霧の街」評

矢崎　弾　女流作家の抬頭『転形期文芸の羽搏き』大沢築地書店　12・25　275〜277頁

◉昭和17年（一九四二）

窪川鶴次郎　作家と作品—壺井栄「婦人朝日」2月　86〜90頁

平野　謙　文芸時評—「夕焼」の作者「婦人朝日」3月　81頁

窪川鶴次郎　壺井栄—女流作家素描『文学と教養』昭森社　5・20　181〜236頁　＊14人の女流作家論 栄は『暦』論

窪川鶴次郎『現代文学思潮』三笠書房　7・20　415頁　3円

池田小菊『かがみ』全国書房　8・3　290頁　2円　＊「三二」（278〜281頁）に奈良での栄とのことが書かれている

伊藤　整　壺井栄「暦」他『文学と生活　感動の再建』四海書房　10・13　261〜263頁

◉昭和18年（一九四三）

壺井繁治　郡長覚書「東京新聞」3・24〜26　3面4段

壺井繁治　〈辻詩〉鉄瓶に寄せる歌「婦人公論」6月　37頁

◉昭和21年（一九四六）

十返　一　雑誌小説評—依然低迷する小説界「文学時標」8号　5・15　2面　＊「表札」評

板垣直子　女流文学総評「婦人文庫」10月　58〜64頁

佐多稲子　解説—本質的な人間味『大根の葉』新興出版社　10・25　203〜206頁

壺井繁治　愛情のよりどころ—養女と父—「女性ライフ」12・1　1巻5号　30〜32頁

◉昭和22年（一九四七）

壺井繁治　震災の思い出「民主朝鮮」1・1　62〜65頁

無　署　名　共産党夫婦告知板「アサヒグラフ」3・5　15頁

板垣直子　近ごろの女流作家「紺青」4・1　74〜77頁

壺井繁治　メーデーの思い出「労働民報」4・22　初出未見

高見　順「浜辺の四季」評　初出未見　高見全集14所収

壺井繁治　黒島伝治の思い出「地方生活」7月　初出未見

無　署　名『時計』—壺井栄「婦人民主新聞」8・14　4面3段

水藤春夫　童話時評「童話教室」9・25　＊「あばらやの星」評

長谷川鉱平　新刊児童図書について（一）「児童」10・1

水藤春夫　童話時評—理想と現実「童話教室」11・1　1巻4号　30〜33頁　＊「大きくなったら」評

◉昭和23年（一九四八）

平野謙・荒正人・平田次三郎・杉森久英　座談会　女流作家を語る「女性改造」5月　6〜13頁

平野謙・広津和郎・平林たい子　創作合評「群像」6月

猪野省三　壺井栄「日本児童文学」6月　9〜10頁

壺井繁治　〝善意〟を生かすために—「赤いステッキ」によ

せて「日本読書新聞」6・2　2面5段
福原　壺井氏夫妻訪問記「芸苑」8月　グラビア
木内高音・関英雄・塚原健二郎　あとがき―少年文学に心をよせる人人へ『少年少女小説選集　赤いコップ』児童文学者協会編　紀元社　11・20　199～201頁
壺井繁治　若干のプロレタリア作品について「思想と科学」11・20　3号　87～94頁
佐多稲子　解説『渋谷道玄坂』新日本文学会　12・20　281～285頁

◉昭和24年（一九四九）
無署名　画家藤川栄子さん訪問「婦人朝日」5月　43～44頁
無署名　ブランコにのる栄と右文―写真「小説新潮」5月
中本たか子『渋谷道玄坂』から学ぶもの「新日本文学」7月　4巻7号　34～35頁
無署名　壺井栄著『柿の木のある家』「婦人民主新聞」7・30　2面1段
蔵原惟人　黒島伝治の「橇」と「渦巻ける烏の群」「新日本文学」9月　4巻8号　82～86頁
猪野省三　壺井栄著『柿の木のある家』「新世界月報」10・20　1号　4面2段
宮本百合子　解説『暦』光文社文庫　10・30　199～203頁

◉昭和25年（一九五〇）
宮本百合子　その人の四年間―婦人民主クラブの生い立ち櫛田ふきさん「婦人民主新聞」3・21、4・8、

無署名　壺井栄さんとシチズン時計工場の愛読者「働く婦人」1・1　再刊30号　グラビア
瀬沼茂樹　創作月評「日本読書新聞」7・12　4面7段　＊「わだち」評
中村光夫・本多秋五・三島由紀夫　創作合評「群像」11月　5巻11号　170～184頁　＊「桟橋」評

◉昭和26年（一九五一）
杉本駿彦　壺井栄論「作家」2月　33号　88～105頁
櫛田ふき　右文・かんた「婦人民主新聞」7・22　2面2段
浜名　〈書評〉『右文覚え書』「家庭朝日」8・5
佐多稲子　壺井栄著『右文覚え書』「婦人公論」10月　177頁
網野菊　壺井さん、おめでとう『母のない子と子のない母と』光文社　11・10　表紙カバーの袖表裏に
坪田譲治　解説『母のない子と子のない母と』光文社　11・10　255～256頁

◉昭和27年（一九五二）
神崎清　壺井文学の基調―「母のない子と子のない母と」「読売ウィークリー」1・20　290号　9面4段
富田博之　壺井栄「母のない子と子のない母と」「教育」2巻2号　2月　67～68頁
荒正人　文芸時評「毎日新聞」3・23　＊「かんざし」評
山本健吉　文芸時評「朝日新聞」3・24　4面6段　＊「かんざし」評　のち『文芸時評』昭44・6・30に再録
下元勉「小豆島ロケ便り」4号「民芸の仲間」50～53頁

無署名　文部大臣賞―壺井、東山、宮の三女史に「婦人民主新聞」3・30　2面2段
無署名　街の人物評論―壺井栄「中央公論」5月　35頁
平野　謙　初出未詳　＊「謀叛気」評　全集10巻に収録
中野重治　解説『現代日本小説大系55』河出書房　7月15日　343～354頁　＊「暦」評
関根　弘　壺井栄小論―探偵の事務所から「新日本文学」9月　7巻9号　84～89頁
酒井朝彦　母子のための読書漫筆「赤十字家庭新聞」9・1　119号　3面7段　＊「母のない子と子のない母と」評
無署名「母のない子と子のない母と」「週刊映画プレス」11・8　3面1段　＊映画評
無署名　読者の映画評―「母のない子と子のない母と」「婦人民主新聞」11・23　2面1段
登川直樹「母のない子と子のない母と」―日本映画評「キネマ旬報十二月上旬号」12・1　52号　59～60頁
佐多稲子　壺井栄さんのあたたかさ『二十四の瞳』光文社　12・25　袖カバーの表裏に
坪田譲治　解説『二十四の瞳』光文社　12・25　230～231頁

◉昭和28年（一九五三）

高山　毅「二十四の瞳」など「四国新聞」1・23　4面6段
網野　菊　解説『暦　妻の座』筑摩書房　1・30　207～209頁
古谷綱武　心温まる母性の文学―壺井栄の童話「二十四の瞳」「家庭朝日」2・4　8面4段
L・J・K　生きることの尊さ―壺井栄著『二十四の瞳』「サンデー毎日」2・15　48頁
無署名　新しい家庭小説―壺井栄『二十四の瞳』「週刊朝日」58巻8号　2・22　58～59頁
天地人〈人さまざま〉めざましい活躍―堂々たる児童文学　壺井栄「朝日新聞」2・24　4面6段
波多野勤子「二十四の瞳」「家庭よみうり」3・11　25頁
加藤地三　壺井栄著『二十四の瞳』「教育」4月　70～71頁
古谷綱武　再婚の悲劇―「暦・妻の座」「家庭朝日」4・5
山本健吉〈小説に描かれた現代婦人像〉「妻の座」の閑子「朝日新聞夕刊」4・19　4面6段
無署名　文学を漫歩する―『右文覚え書』「アサヒグラフ」4・29　1498号　9～11頁
佐渡谷勇　事務員壺井栄「通信文化新報」5・9　2面4段
藤田圭雄　三人の作家『日本児童文学全集12少年少女小説篇2』河出書房　6・30　5～6頁
小山　清　私の読書「週刊サンケイ」7・19　2巻28号　58頁　＊『私の花物語』評
関　英雄　解説『日本児童文学全集6　童話篇6　塚原健二郎・酒井朝彦・壺井栄』河出書房　8・1　365～376頁
天野酌久〈大波小波〉ほおかぶりの限度「東京新聞」8・30　4面4段　＊「岸うつ波」評
窪川鶴次郎　解説『妻の座　暦』角川文庫　9・30　213～220頁
中村光夫　壺井栄の「紙一重」―小説案内（上）「毎日新聞」

11・6　8面6段　＊「紙一重」評
無署名　壺井栄著『二十四の瞳』「読売新聞 学校版」11・
23　166号　7面1段

◉昭和29年（一九五四）

平野　謙　文芸時評（上）「朝日新聞」2・27　5面8段
＊「お千久さんの夢」評
鴻巣良雄　「坂道」をめぐって「日本文学」4月　50〜57頁
無署名　春日遅々小豆島ロケ―壺井栄原作「二十四の瞳」
と「暦」「四国新聞」5・17　4面10段
無署名　「二十四の瞳」「四国新聞」5・29　4面6段
大黒東洋士　子供を主題とした日米二つの作品―「二十四の
瞳」「山河遥かなり」「家庭よみうり」6・1　18〜19頁
無署名　「女の暦」完成「四国新聞」6・6　4面9段
金子正則　「女の暦」の完成「四国新聞」6・6　4面3段
佐藤静夫　〈文学に現れた婦人像22〉子ども生んでも村一番
「暦」のいね「婦人民主新聞」6・6　2面7段
無署名　壺井栄「中国新聞」6・19　5面3段
金子正則他　新東宝映画「女の暦」「四国新聞」6・21　4面
無署名　ウケに入った壺井栄「毎日新聞」6・23　6面1段
無署名　庶民的なヒューマニズム―壺井栄の「岸うつ波」
「四国新聞」6・28　6面4段
無署名　今週の書棚「長崎日日新聞」6・30　6面5段
＊「岸うつ波」評
馬　耳　壺井栄「日本読書新聞」7・5　1面3段
無署名　夫婦同業・―壺井繁治と壺井栄「?新聞」7・19？
面6段
高山　毅　解説『柿の木のある家』光文社　7・25　210〜211頁
福田清人　辛苦の女性への愛情―壺井栄著「岸うつ波」
「家庭朝日」8・4　6面5段
無署名　庶民感情を肌で触る―壺井栄「婦人タイムズ」
8・7　3面3段
エンピツ　〈大波小波〉もし長さんだったら「東京新聞」
8・25　＊「岸うつ波」評「エンピツ」は杉森久英という
無署名　『柿の木のある家』「朝日新聞夕刊」8・25　2面1段
高見　順　昭和文学の幾山河―昭和二十九年九月号の小説
「東京新聞」8・30〜9・1　5面　＊「岸うつ波」評
宮本百合子　作家の手紙―宮本百合子より壺井栄へ「文芸」
9月　11巻10号　67〜71頁　＊戦前の手紙4通を紹介
無署名　〈二十四の瞳〉映画評「婦人民主新聞」9・19、
10・3、17　＊評と反論の特集
無署名　静かなる戦争への抵抗―「二十四の瞳」映画評
「教育大学新聞」9・25　253号　2面3段
窪川鶴次郎　解説『暦』新潮文庫　9・30　105〜111頁
花田清輝　文芸時評―シラミつぶしに「新日本文学」10月
9巻10号　74〜80頁　＊「花」評
佐々木基一　佐多稲子『黄色い煙』壺井栄『月夜の傘』「産
業経済新聞」10・8　5面5段
早見鶏介　文壇御免―「ダム・サイト」論争と女流作家「毎

日新聞」10・26　5面5段

平野　謙　文壇御免「毎日新聞」10・26　5面5段

日野　啓　読書ノート　11・1「新日本文学」9巻11号　155～158頁　＊『月夜の傘』評

平野　謙　文芸時評「産業経済新聞」10・27　＊「風」評

無　署　名「二十四の瞳」の涙をはらって「新女性」11月46号　60～61頁　＊映画評

平野　謙　文芸時評「図書新聞」11・6　＊「風」評

無　舌　子　なんということもないはなし「草月」11・25　21号　64～65頁　＊「二十四の瞳」の映画評

壺井繁治　古亭主と古女房「週刊朝日」11・28　48頁

猪野省三　日本児童文学の現状「文学」12月　22巻12号　1～9頁　＊「二十四の瞳」評

来栖良夫「二十四の瞳」について「文学」12月　43～45頁

木下恵介他　べたべたしない明快な女性が僕は好きです！「スタイル」12月　130～134頁　＊「二十四の瞳」評

Tsugi Shiraishi　Mrs. Tsuboi Housewife Turned Successful Writer「Nippon Times」12・21　4面

◉昭和30年（一九五五）

柴崎雅弘・田辺南穂子　おめでとう訪問―壺井栄さん「毎日中学生新聞」1・6　1868号　1面7段

壺井繁治　解説　黒島伝治『軍隊日記』理論社　1・15　176～194頁

無　署　名　久我美子・岸恵子・有馬稲子にんじんくらぶ後援会発会式「アサヒ芸能新聞」1・23　449号　3～5頁

窪川鶴次郎　壺井栄『現代日本文学全集39　平林たい子・佐多稲子・網野菊・壺井栄集』筑摩書房　2・5　409～415頁

瀬沼茂樹　解説　同右書　420～421頁

壺井　栄　壺井栄年譜　同右書

畔柳二美　春蘭　同右書

山室　静　壺井栄著『風』『紙一重』「日本読書新聞」2・7

畔柳二美　壺井栄「紙一重」「中国新聞夕刊」2・14　2面

竹内　好　解説『日本プロレタリア文学大系8　転向と抵抗の時代』三一書房　2・28　403～418頁

無　署　名　壺井栄編『野の草のように―母の地図』―つづる母の苦しみ「朝日新聞」2・28　5面5段

戎居研造　克子に思うこと『連作小説　霧の街』光文社　カッパブックス　3・5　193～194頁

窪川鶴次郎　解説『昭和文学全集55　平林たい子　壺井栄』角川書店　3・15　364～365頁

壺井　栄　年譜　同右書　366～368頁

原　泉　小豆島のことなど　同右書　4～5頁

有馬稲子　壺井先生のこと　同右書月報55　5～6頁

戎居研造　お菓子の記憶　同右書月報55　6～7頁

無　署　名　主要研究書目・参考文献　同右書月報55　7頁

絵島すずよ　壺井栄作「風」を読んで「新読書」3・26

無　署　名　同業ご夫妻告知板「アサヒグラフ」3・30　10頁

磯野洋子「あたたかい右の手」「日本文学」4月　70～75頁

宮本鮎子　壺井栄作「坂道」を読んで「新読書」4・2
無署名　壺井栄の「風」―第七回女流文学者賞に決定「朝日新聞」4・12　5面1段
無署名　壺井栄氏「風」に女流文学者賞「毎日新聞」4・12　5面1段
無署名〈時の人〉女流文学者賞をもらった壺井栄「毎日新聞」4・13　3面3段
隅田もと子　壺井栄に期待すること「新読書」4・16　2面4段
畔柳二美　壺井栄著『風』―第七回女流文学者賞受賞作「毎日新聞」4・18　4面6段
まつした　壺井栄著『風』「読書」4・25　12号　9〜10頁
無署名　壺井栄「週刊サンケイ」5月　4巻18号　21頁
窪川鶴次郎　ある女流作家への眼―壺井栄のもつ魅力「日本読書新聞」5・2　1〜2面15段
壺井右文　おかあさん(仮題)「サンデー毎日」5・8　39頁
板垣直子　善意の文学・壺井栄の作品とその活動「出版ニュース」5・11　306号　6頁
なかのしげはる　文芸時評―壺井栄の場合―外とのつながり(2)・「新日本文学」5月　10巻5号　144〜149頁
壺井繁治　壺井文学の魅力とは「婦人タイムズ」5・21
猪野省三　解説『日本児童文学大系5　民主主義児童文学への道』三一書房　5・30　417〜437頁
なかのしげはる　文芸時評―「濁水渓」と「トコリの橋」―外とのつながり(3)・「新日本文学」6月　152〜157頁
無署名　わたしたちのチャンピオン―壺井繁治・栄夫妻「婦人画報」6・1　610号　グラビア
無署名　面白い「武州公秘話」―女流作家らが歌舞伎を見物「毎日新聞夕刊」6・14　2面4段
大宅壮一・上文八郎・出田正夫・本文次・野宗十郎・鹿島マサノ・谷口栄・中塚卓蔵・木下元義・島田謹介・小川薫　観光地小豆島を語る―大宅壮一氏を囲む座談会「朝日新聞香川版」6・14〜16　8面5段
三島由紀夫・大岡昇平・寺田透　創作合評「群像」6月　10巻6号　191〜208頁　＊「妻の座」評など
大宅壮一　日本拝見87　小豆島「週刊朝日」6・26　1862号　32〜34頁
木下恵介　二十四の瞳『年鑑代表シナリオ集　一九五四年版』シナリオ作家協会編 三笠書房　6・30　37頁
臼井吉見　解説『戦後十年名作選集 第7集』臼井吉見編　カッパブックス光文社　7・15　229〜235頁
十返　肇　壺井栄『五十人の作家』ミリオンブックス版　講談社　7・15　135〜138頁
菅　忠道　解説『日本児童文学大系4　少国民文学への転向』三一書房　7・30　373〜390頁
なかのしげはる　知恵と悦び『まないたの歌』角川小説新書　7・30　袖カバーの表に
無署名　人物案内―壺井栄「群像」9月　10巻9号　113頁
高山　毅　かいせつ『日本幼年童話全集3　童話篇3』河出

書房　11・5　271～279頁
無署名　映画案内―柿の木のある家「親と子」11・5　2巻9号　12～13頁　＊「ともしび」を映画化したもの　芸研㈱製作　東宝配給　古賀聖人監督
平野謙　小説案内「毎日新聞」11・23　5面8段　＊「裲襠」評　のち『文芸時評』昭44・8・30に再録
佐々木基一・杉浦民平・花田清輝　解説『日本抵抗文学選』花田・佐々木・杉浦編　三一書房　11・30　421～434頁
畔柳二美　壺井栄「文芸」12月　48頁
関英雄　作家論・―未明・栄・準一『児童読物と読書指導』牧書店　12月
無署名　奪い合いの『雑居家族』―出版は来年5月に持越し「毎日新聞」12・5　4面5段
無署名　心温まるオバさん―壺井栄女流作家「サンデー毎日」12・25　34巻58号　10頁
無署名「柿の木のある家」―東宝映画―「新女性」12月59号　66～67頁　＊「ともしび」の映画化評

◉昭和31年（一九五六）

無署名　柿の木のある家―誌上映画館　小学生上級版　1・1（1号）全4頁　＊「ともしび」の映画化
菊地章一　解説『裲襠』ミリオンブックス版　講談社　1・25　167～168頁
中島健蔵　日本の表情―カメラを通して見た世の中「群像」2月　11巻2号　144～147頁　グラビア
壺井繁治　小林多喜二の死「文芸」2月　13巻2号　145～149頁
板垣直子『婦人作家評伝』角川文庫　2・15　334頁
杉森久英　進歩的な女流文学―壺井栄ほか8人の短編集『静か雨』「読売新聞」2・25　10面3段
秋元みち　壺井栄著『私の花物語』「新読書」2・27　189号　3面4段
山本安英　手織り木綿のたしかさ（仮題）「壺井栄作品集全15巻内容見本」筑摩書房　春（3月頃）
上原専祿　世の中を生き抜いてゆく力を（仮題）「壺井栄作品集全15巻内容見本」筑摩書房　春（3月頃）
中野重治　知恵と悦び（仮題）「壺井栄作品集全15巻内容見本」筑摩書房　春（3月頃）
有馬稲子　愛情あふれるもの（仮題）「壺井栄作品集全15巻内容見本」筑摩書房　春（3月頃）
佐多稲子　孤独な作風（仮題）「壺井栄作品集全15巻内容見本」筑摩書房　春（3月頃）
渡辺一夫　壺井栄女史のこと「壺井栄作品集全15巻内容見本」筑摩書房　春（3月頃）
坪田譲治　小豆島のこと「壺井栄作品集全15巻内容見本」筑摩書房　春（3月頃）〈注〉これらの「内容見本」は中野重治のものを除いて「出版ダイジェスト」昭31・5・6　219号　2面8段に再録されるが、全くの重複なので再掲はしなかった。
柳原杉江　幼なじみ「文芸」3月　13巻3号　グラビア

山本健吉　昭和女流文学史―その3―思想と生活とのあいだ「新女苑」3月　226～231頁　＊平林たい子論の中で
無署名〈新刊ダイジェスト〉壺井栄著『裲襠』「読売新聞」3・3　10面6段
無署名　四千三百万円で旅館涛洋荘全館が完成「小豆島新聞」3・20　4段　＊壺井栄が30室に命名
無署名　壺井栄『美しい生き方を求めて』「国際新聞」3・25　2面2段
無署名　女流文学者一堂、いや一船に会す「別冊文芸春秋」3・28　50号　＊昭和26年　木更津で撮影のもの
無署名　壺井栄著『雑居家族』の浜子「朝日新聞夕刊」4・2
若杉光夫・佐々木基一・吉本隆明〈映画合評〉抒情的暗さから暗さの本質へ―住井する原作「夜あけ朝あけ」評「新日本文学」5月　11巻5号　176～184頁
窪川鶴次郎　解説『寄るべなき人々』新潮文庫　5・5
十返　肇「菩提樹」と「雑居家族」「週刊東京」5・5　2巻14号　62～63頁
無署名　あふれる善意―「雑居家族」(映画評)「婦人民主新聞」5・6　2面2段
山本健吉　雑居家族「壺井栄作品集しおり1」筑摩書房　5・10　1～2頁
金　達寿「雑居家族」をよんでの感想「壺井栄作品集しおり1」筑摩書房　5・10　2～3頁
安藤正彦・武田功・小野寺正人　こどもたちはこう考える―「二十四の瞳」によせて「壺井栄作品集　しおり1」筑摩書房　5・10　3～4頁
佐多稲子　壺井栄さんと郷里「壺井栄作品集しおり2」筑摩書房　5・20　1～3頁
小岩栄一　こどもたちはこう考える―「二十四の瞳」によせて「壺井栄作品集しおり2」筑摩書房　5・20　3～4頁
瓜生忠夫　黄金週間と日本映画「生活と文学」6・1　2巻6号　44～45頁　＊「雑居家族」映画評
無署名「二十四の瞳」木下恵介作品「キネマ旬報六月上旬号」6・1　93号　グラビア
上林　暁　屋根裏の記録「壺井栄作品集しおり3」筑摩書房　6・5　1～2頁
日南田さえ子　紙一重「壺井栄作品集しおり3」筑摩書房　6・5　2～3頁
無署名「雑居家族」(映画評)「いづみ」6・5　8巻6号　58頁
小沢きみえ・浦野小夜子・白鳥かつ子・小川昭子・春日浩・小池田鶴子　こどもたちはこう考える―「二十四の瞳」によせて「壺井栄作品集しおり3」筑摩書房　6・5　3～4頁
久保田正文　或る当惑の感情「壺井栄作品集しおり4」筑摩書房　6・20　＊のち『作家論』昭52・7・10に再録
黒島伝治　短命長命「壺井栄作品集しおり4」筑摩書房　6・20　2～4頁

佐多稲子　「妻の座」と「岸うつ波」「文芸」7月　62〜64頁
なかの しげはる　「暦」の世界「壺井栄作品集しおり5」筑摩書房　7・5　1〜2頁
国分一太郎　壺井文学の原型「壺井栄作品集しおり5」筑摩書房　7・5　2〜3頁
戎居研造　「霧の街」連作に思うこと「壺井栄作品集しおり5」筑摩書房　7・5　4頁
小山　清　「裁縫箱」と「三夜待ち」「壺井栄作品集しおり6」筑摩書房　7・20　1〜2頁
大井広介　「垢」について「壺井栄作品集しおり6」筑摩書房　7・20　2〜3頁
小原　元　「廊下」と今野大力「壺井栄作品集しおり6」筑摩書房　7・20　3〜4頁
舟橋聖一・井上友一郎・今日出海・壺井栄・平林たい子・十返肇　小説とモデル問題「文芸」7月　13巻11号　86〜100頁
南北　モデル〈憂楽帳のコラム〉「毎日新聞」7・22　3面4段　＊「草いきれ」評
平野　謙　今月の小説ベスト3「毎日新聞」7・24　3面7段　＊「草いきれ」「妻の座」評
荒　正人　文芸時評（上）—〃卑屈〃という自注「東京新聞夕刊」7・26　8面7段　＊「草いきれ」評
窪川鶴次郎　解説『岸うつ波』新潮文庫　7・30　215〜221頁
山本健吉　庶民的母性の作家「新女苑」7月
住井すゑ　作家や文化人の手は白い「群像」7月　162〜169頁
橋本英吉　徳永直との三十年「新潮」8月　23〜25頁
外村　繁　「風」「壺井栄作品集しおり7」筑摩書房　8・5　1〜2頁
宮本百合子　「暦」とその作者「壺井栄作品集しおり7」筑摩書房　8・5　2〜3頁　＊昭16・2・27「報知新聞」発表の再録
芝木好子　「風」について「壺井栄作品集しおり7」筑摩書房　8・5　3〜4頁
壺井繁治　〃虚名作家〃を女房にもてば「朝日新聞」8・12
酒井朝彦　善意と愛情の文学「壺井栄作品集しおり8」筑摩書房　8・20　1〜2頁
いぬいとみこ　壺井先生のこと「壺井栄作品集しおり8」筑摩書房　8・20　2〜3頁
石川邦守・田中きく子・毛利敏一・橋本孝之・田中千寿子　こどもたちはこう考える—「二十四の瞳」によせて「壺井栄作品集しおり8」筑摩書房　8・20　3〜4頁
平野　謙　今月の小説ベスト3「毎日新聞」8・22　3面7段
山本健吉　文芸時評—女流作家群の活躍「朝日新聞」8・23　5面10段　＊「草いきれ」評
兎見康三　文芸時評——出来そこないの怪談・話題作徳永直の「草いきれ」「読売新聞夕刊」8・28　3面6段
河上徹太郎　文芸時評（中）—小説と釈明と作意「東京新聞夕刊」8・31　8面5段　＊「草いきれ」評
徳永　直　草いきれ「新潮」8月〜9月　8月号　194〜219頁

9月号　189～218頁

無署名　壺井栄氏の文壇交友録「群像」9月　グラビア

ゴヂラ　〈大波小波〉『岸うつ波』に答えよ「東京新聞」9・4　8面

石井桃子「坂道」を子どもたちと一しょに読む「壺井栄作品集しおり9」筑摩書房　9・5　1～2頁

戎居仁平治　魔法瓶のなかのぜんざい「壺井栄作品集しおり9」筑摩書房　9・5　3～4頁

小糸千代子・小森梅次　こどもたちはこう考える―「二十四の瞳」によせて「壺井栄作品集しおり9」筑摩書房　9・5　4頁

無署名　小説で戦う夫と妻の座―モデル小説「草いきれ」と「妻の座」をめぐって「週刊新潮」9・10　52～55頁

高杉一郎　三段跳び「壺井栄作品集しおり10」筑摩書房　9・20　1～2頁

菊地重三郎　溢れるような浄しさの文学「壺井栄作品集しおり10」筑摩書房　9・20　2～4頁

井口仁　こどもたちはこう考える―「二十四の瞳」によせて「壺井栄作品集しおり10」筑摩書房　9・20　4頁

無署名「草いきれ」で話題の徳永直氏「図書新聞」9・22　1面8段　＊「草いきれ」評

無署名「二十四の瞳」のブロンズ像十一月四日除幕式「小豆島新聞」9・25　308号　4段

中野重治「新日本文学会ニュース」17号　＊「草いきれ」評

無署名　栄のインタビュー（「草いきれ」について）「東京中日新聞」10・？

無署名〈あんな話こんな話〉徳永、壺井モデル合戦「婦人朝日」10月　89頁　＊「岸うつ波」「草いきれ」評

中島健蔵・安部公房・平野謙　創作合評（「草いきれ」他）「群像」10月　11巻10号　220～244頁　＊「草いきれ」評

畔柳二美　妻の座について「壺井栄作品集しおり11」筑摩書房　10・5　1～2頁

まつやまふみお　ものおぼえのよい栄さん「壺井栄作品集しおり11」筑摩書房　10・5　2～4頁

山下肇　文芸時評―現実の認識と主題の確認「新日本文学」10月　11巻10号　166～171頁　＊「草いきれ」評

石垣綾子　壺井さんのこと「壺井栄作品集しおり12」筑摩書房　11・5　1～2頁

阿部艶子　壺井さんのこと（仮題）「壺井栄作品集しおり12」筑摩書房　11・5　2～3頁

曽野綾子　壺井さんのこと（仮題）「壺井栄作品集しおり12」筑摩書房　11・5　3～4頁

西野辰吉　錯誤と偽証の道「新日本文学」11月　11巻11号　100～120頁　＊「草いきれ」評

久保田正文　霧にまかれながら「新日本文学」11月　11巻11号　102～104頁　＊「草いきれ」評

大井広介　左翼文化の頽廃「群像」11月　11巻11号　144～153頁　＊「草いきれ」「妻の座」評

是也童也　〈大波小波〉バルザックかなわず「東京新聞」11・8　＊「草いきれ」評　＊「是也童也」は高橋義孝

田中澄江　〈続文学に現われた婦人像(40)〉閑子―壺井栄の「妻の座」「婦人民主新聞」11・11　2面9段　＊「妻の座」「草いきれ」評

壺井女史の話　朝日新聞香川版　11・11（日）

清水　崑　〈一筆対面〉壺井栄さん―古さ生きぬく〝童女〟「朝日新聞夕刊」11・14　1面4段

無　署　名　〝平和の群像〟除幕式―壺井栄・木下恵介・高峰秀子参列「小豆島新聞」11・15　313号　1面5段

十返　肇　小説とモデル禍「随筆サンケイ」12・1　3巻12号　48～51頁　＊「妻の座」「岸うつ波」など評

中本たか子　天真流露の美しさ「壺井栄作品集しおり13」筑摩書房　12・5　1～2頁

西野辰吉　民衆の生活のなかの叡智（仮題）「壺井栄作品集しおり13」筑摩書房　12・5　2～3頁

大田洋子　壺井栄と花「壺井栄作品集しおり13」筑摩書房　12・5　3～4頁

木下恵介　脚本「二十四の瞳」「キネマ旬報臨時増刊号」12・10　163号　145～168頁

国分一太郎　〈続文学に現われた婦人像(45)〉大石先生―壺井栄の「二十四の瞳」「婦人民主新聞」12・16　2面7段

高見順・伊藤整・山本健吉　明治 大正 昭和 出世作の展望「文芸」12・20　増刊号　393～408頁　＊デビューの頃

徳永　直　破婚問題を扱う態度について―壺井栄氏に答えながら―「群像」12月　11巻12号　148～153頁

徳永　直　壺井栄氏へ「群像」12月　11巻12号　155頁

◉昭和32年（一九五七）

小原　元　解説『現代女流文学全集②　壺井栄集』長嶋書房　1・1　319～323頁

佐多稲子　壺井栄さんとのつき合い『現代女流文学全集②　壺井栄集』長嶋書房　1・1　324～326頁

なかの　しげはる　小豆島の言葉「現代女流文学全集②　壺井栄集月報」長嶋書房　1・1　1～2頁

遠地輝武　めがね「現代女流文学全集②　壺井栄集月報」長嶋書房　1・1　2～3頁

馬場正男　解説―壺井栄・その人と作品『中学生文学全集27　壺井栄集』新紀元社　1月　270～286頁

無　署　名　年譜『中学生文学全集27　壺井栄集』新紀元社　1・30　287～290頁

古谷綱正　〈特集現代成功者列伝〉加藤シズエ・壺井栄・美空ひばり―三人の女性成功者「知性」1月　116～123頁

荒　正人　〈特集現代成功者列伝〉彼等はいかにして成功したか―その方法を分析する「知性」1月　124～127頁

武井昭夫　文芸時評―「草いきれ」と「妻の座」の同位性「新日本文学」1月　12巻1号　226～232頁

高峰秀子　「二十四の瞳」の映画化と私「壺井栄作品集しおり14」筑摩書房　1・15　1～2頁

木下恵介　正直さと強情さと「壺井栄作品集しおり14」筑摩書房　1・15　2～3頁
井上　靖　作品の明るさ暗さ「壺井栄作品集しおり14」筑摩書房　1・15　3～4頁
窪川鶴次郎　なぎさの場合「壺井栄作品集しおり15」筑摩書房　2・15　1～2頁
網野　菊　壺井栄さん「壺井栄作品集しおり15」筑摩書房　2・15　3頁
石井　立　全巻編集のあとに「壺井栄作品集しおり15」筑摩書房　2・15　4頁
竹内良夫　壺井栄『文壇のセンセイたち』学風書院　4・15　135～143頁
窪川鶴次郎　解説『風』新潮文庫　4・20　189～198頁
菊地章一　解説『海風』角川文庫　4・30　177～182頁
荒　正人　三つの女流長編―曽野綾子著『黎明』佐多稲子『体の中を風が吹く』壺井栄『草の実』「東京新聞夕刊」5・1　8面4段
無署名　著者訪問―「草の実」の壺井栄さん「東京中日新聞」6・9　?面3段
無署名　著者訪問―壺井栄「中部日本新聞」6・16　10面4段
平野　謙　今月の小説ベスト3「毎日新聞」6月19日　3面7段　＊「落ちて行く」評
山田ふみよ　農婦の心にともしび「毎日小学生新聞」6・19

平林たい子『砂漠の花　第一部』光文社　6・20　264頁
無署名「本の中に生きる女たち〉壺井栄著『忘れ霜』の初美「朝日新聞夕刊」7・14　2面6段
中村光夫　文芸時評「読売新聞夕刊」7・19　＊「月見縁」評
八木義徳　文芸手帖―婦人雑誌の連載小説展望「婦人朝日」8月　222～223頁　＊「あすの花嫁」評
窪川鶴次郎　解説『二十四の瞳』新潮文庫　9・5　227～236頁
酒井朝彦　坂道『文学教育基礎講座3』明治図書　10月
無署名　善意によりかかった明るさ―壺井栄『極楽横丁』「週刊女性」11月?　68頁
無署名　ゆきわたる善意―壺井栄著『極楽横丁』「産経時事」11・11　3面2段
窪川鶴次郎　解説『岸うつ波』角川文庫　12・5　195～201頁
壺井繁治　命名「東京新聞・夕刊」12・21、22　8面4段

◉昭和33年（一九五八）

和田芳恵　壺井栄『二十四の瞳』の大石先生「婦人朝日」1月　13巻1号　144号　180～188頁　＊のち『おもかげの人々―名作のモデルを訪ねて』昭45・1・5・10に再録
無署名〈応接間〉やさしい万人の母―「潮時計」の壺井栄先生「新女苑」1月　107頁
筈見恒夫　小豆島―二十四の瞳・女の暦「あすなろ」1月　40号　4～5頁
今田幾代　わたしの逢ってみたい人―壺井栄女史「婦人民主新聞」1・1　3面2段

窪川鶴次郎　解説『雑居家族』角川文庫　1・30　250〜257頁

国分一太郎　解説―壺井栄とその文学『新日本少年少女文学全集33　壺井栄集』ポプラ社　2・8　264〜176頁

野村兼嗣・馬場正男　読書指導『新日本少年少女文学全集33　壺井栄集』ポプラ社　2・8　277〜294頁

池田みち子　現代の恋愛の教書「壺井栄作品集しおり16」筑摩書房　3・14　1〜4頁

関　英雄　解説『壺井栄童話集』新潮文庫　3・20　230〜237頁

窪川鶴次郎　解説『母のない子と子のない母と』新潮文庫　3・25　254〜263頁

壺井繁治　八十七歳のお母さん―小林多喜二二十五周年祭によせて―「読売新聞・夕刊」4・14　3面5段

霜多正次　古い女と新しい女「壺井栄作品集しおり17」筑摩書房　4・14　1〜4頁

田宮虎彦　小豆島「壺井栄作品集しおり18」筑摩書房　5・14　1〜3頁

櫛田ふき　〝花のいのち〟に結ばれた友情「壺井栄作品集しおり18」筑摩書房　5・14　3〜4頁

関　英雄　壺井さんの童話の位置「壺井栄作品集しおり19」筑摩書房　6・14　1〜2頁

布士富美子　私の壺井栄さま覚え書　第一章「壺井栄作品集しおり19」筑摩書房　6・14　2〜4頁

平野　謙　今月の小説ベスト3「毎日新聞」6・20　8面7段　＊「暦」評　のち『文芸時評』昭44・8・30に再録

大原富枝　しんし張りする壺井栄「壺井栄作品集しおり20」筑摩書房　7・4　1〜2頁

古谷綱武　少女時代の壺井さん「壺井栄作品集しおり20」筑摩書房　7・4　2〜3頁

井汲花子　猫のことなど「壺井栄作品集しおり20」筑摩書房　7・4　4頁

小田切秀雄　解説『日本国民文学全集28　昭和名作集（二）』河出書房　7・25　355〜362頁

畔柳二美　四人の女流作家の面影「日本国民文学全集28　昭和名作集（二）月報31」河出書房　7・25　1〜2頁

吉田精一　主要研究書目年表「日本国民文学全集28　昭和名作集（二）月報31」河出書房　7・25

無　署　名　二十四の真珠文学―壺井栄著『赤い頭巾』「明るい生活」8月　5巻8号　26〜27頁

窪川鶴次郎　解説『裲襠』角川文庫　8・10　153〜158頁

壺井繁治　服装は世相を反映する「東京服飾新聞」8・25

窪川鶴次郎　解説『忘れ霜』角川文庫　9・10　237〜242頁

戸台俊一　女ばかりの時代「壺井栄作品集しおり21」筑摩書房　10・14　1〜2頁

森三千代　栄さんのこと「壺井栄作品集しおり21」筑摩書房　10・14　2〜3頁

大谷藤子　壺井栄さんと小豆島「壺井栄作品集しおり21」筑摩書房　10・14　4頁

佐古純一郎　解説―二十四の瞳『現代国民文学全集34　国民

文学名作集』角川書店　10・15　372頁

伊藤　始　リンゴの袋（壺井栄）『文学による人間形成』明治図書　10月　126～132頁

いぬいとみこ　「りんごの袋」による生活指導を読んで　『文学による人間形成』明治図書　10月　133～142頁

川原崎しづ江　人間性が作品をきめる「壺井栄作品集しおり22」筑摩書房　11・14　1頁

岡本　潤　心のゆたかなおばさん「壺井栄作品集しおり22」筑摩書房　11・14　1～3頁

壺井右文　私の母のこと「壺井栄作品集しおり22」筑摩書房　11・14　3～4頁

北原節子　壺井栄さんと水仙の花「新婦人」12月　13巻12号

◉昭和34年（一九五九）

帆　ごめん下さい―作家壺井栄さん「婦人民主新聞」1・1　2面6段　＊インタビュウ

佐多稲子　「あのとき」―あるじのいない家に集まる「東京新聞」1・17　8面5段

高橋義孝　おんなの書いた小説「群像」4月　14巻4号　169～175頁　＊「草の実」評

壺井繁治　兄の時計「船員保険」5・1　7巻5号　12～13頁

無署名　親子の〝断層〟をえぐる―壺井栄著『風と波と』「朝日新聞」5・3　14面3段

無署名　壺井栄―一頁作家論―「群像」6月　82頁

佐多稲子　壺井栄作『裲襠』「北海道新聞」6・10、11、13

壺井繁治　『現代詩の流域』筑摩書房　7・20　四六判　函入　256頁　320円

遠地輝武　僕の観察では「壺井栄作品集しおり23」筑摩書房　8・1　1～3頁

新田　潤　初台の頃の壺井さん「壺井栄作品集しおり23」筑摩書房　8・1　3～4頁

村岡花子　壺井さんと私「壺井栄作品集しおり24」筑摩書房　8・15　1～2頁

円地文子　壺井さんの渋味「壺井栄作品集しおり24」筑摩書房　8・15　2～3頁

且原純夫　「花も実も」「壺井栄作品集しおり24」筑摩書房　8・15　3～4頁

無署名　人生の楽しさ描く―壺井栄著『柚の大馬鹿』「朝日新聞」8・16　16面3段

浅見　渕　壺井栄著「おこまさん」―作者自身の心境小説「産業経済新聞」8・17　3面3段

無署名　壺井栄著『柚の大馬鹿』「随筆サンケイ」10・1　56頁

戎居発代　私は桃枝ではない「壺井栄作品集しおり25」筑摩書房　10・5　1～2頁

堀　文子　装幀者として「壺井栄作品集しおり25」筑摩書房　10・5　2～3頁

壺井繁治　三十五年の年月「壺井栄作品集しおり25」筑摩書房　10・5　3～4頁

窪川鶴次郎　「おこまさん」壺井栄―話題になった文学「婦

人民主新聞」10・25　3面9段　＊「おこまさん」評
無署名　女流作家論断「東京新聞夕刊」11月21日　8面5段
無署名　壺井栄の書き下ろし―NHK第一「朝の小説」
「朝日新聞」11・30　＊「どこかでなにかが」の紹介

◉昭和35年（一九六〇）

平野謙　今月の小説（上）「毎日新聞」1・28　7面8段
＊「転々」評　のち『文芸時評』昭44・8・30に再録
佐多稲子　壺井栄論『新選現代日本文学全集5　壺井栄集』
筑摩書房　2・20　412〜415頁
高杉一郎　解説『新選現代日本文学全集5　壺井栄集』筑摩
書房　2・20　416〜420頁
坪田譲治　壺井さんのこと「新選現代日本文学全集5　壺井
栄集　月報24」筑摩書房　2・20　1〜2頁
大谷藤子　大地の匂い「新選現代日本文学全集5　壺井栄集
月報24」筑摩書房　2・20　2〜4頁
芝木好子　壺井さんと私「新選現代日本文学全集5　壺井栄
集　月報24」筑摩書房　2・20　4〜5頁
無着成恭　壺井栄の小説のこと「新選現代日本文学全集5
壺井栄集　月報24」筑摩書房　2・20　5〜7頁
壺井繁治　小さな感想「テレビ・ドラマ」3・1　2巻3号
62〜63頁
無署名　壺井栄「二十四の瞳」「坂道」『名作の研究事典』
小峰書店　6・10　460〜461頁
壺井繁治　わが家の思い出「笑の泉」6月　初出未見
壺井繁治　東片町に移って「三友」7・3　初出未見
無署名　軽井沢の作家たち―壺井栄さん「朝日新聞」7・
27　6面3段
河盛好蔵　解説『少年少女日本文学選集19　林芙美子　壺井
栄名作集』あかね書房　8月
無署名　「二十四の瞳」の同窓会「小豆島新聞」8・10
窪川鶴次郎　解説『大根の葉』角川文庫　9・20　201〜208頁
室生犀星　黄金の針（女流作家評伝）―第10回壺井栄・網野
菊「婦人公論」10月　228〜236頁
無署名　女流作家の横顔第10回網野菊・壺井栄「婦人公
論」10月　237〜239頁　＊グラビアで二人の写真
河上徹太郎　文芸時評（上）「読売新聞夕刊」11・25　3面
8段　＊「木犀のある家」評　のち『文芸時評』昭40・
9・30に再録
山本健吉　文芸時評「中部日本新聞」11・29　10面3段　＊
「木犀のある家」評　のち『文芸時評』昭44・6・30に
再録
堀内輝三　書見台―読書案内「教室の窓」11月　9巻10号
36〜37頁　＊「ふたごのころちゃん」紹介

◉昭和36年（一九六一）

無署名　おらが郷土さのこの人を　第2回―作家壺井栄
「RNC」9号　1・20　16〜17頁　＊インタビュウ
高山毅　解説『世界名作全集50　風の中の子供　二十四の
瞳　三太物語』平凡社　2月　657〜670頁

久保田正文　壺井栄『人と作品　現代文学講座8』明治書院　2・20　141～143頁
和泉あき　作品解説「大根の葉」「暦」「柿の木のある家」「あたたかい右の手」「坂道」「二十四の瞳」『人と作品　現代文学講座8』明治書院　2・20　143～148頁
室生犀星　壺井栄『黄金の針』中央公論社　4・5　170～177頁　＊初出は昭35・10「婦人公論」
平野　謙　日本文学報国会の成立「文学」5月　1～8頁　＊〈特集戦争下の文学・芸術（一）〉で
無　署　名　作家の顔―壺井栄先生「傑作小説」五月特別号　三世社　5・1　2巻3号　＊グラビア写真（15～18頁）
芝木好子　壺井栄さんの文学「傑作小説」五月特別号　三世社　5・1　2巻3号　201～202頁
壺井繁治　36年間の同伴者として「吉屋信子・壺井栄小説読本」「傑作小説」五月特別号　三世社5・1　2巻3号　203～206頁
尾崎秀樹　大東亜文学者大会について「文学」5月　9～27頁　＊〈特集戦争下の文学・芸術（一）〉で
久保田正文　『日本学芸新聞』をよむ―一九四二年から一九四三年まで―「文学」8月　114～115頁　＊〈特集戦争下の文学・芸術（二）〉で
鳥越　信　日本少国民文化協会について「文学」8月　122～131頁　＊〈特集戦争下の文学・芸術（二）〉で
無　署　名　「明日ある限り」のロケ「小豆島新聞」8・10　471号　4段
窪川鶴次郎　解説『二十四の瞳』角川文庫　9・30　208～213頁
無　署　名　年譜『日本文学全集40　壺井栄集』新潮社　10・20　471～482頁
十返　肇　解説『日本文学全集40　壺井栄集』新潮社　10・20　483～491頁
窪川鶴次郎　おどろくべき記憶力「日本文学全集40　壺井栄集月報」新潮社　10・20　1～3頁
芝木好子　軽井沢の壺井さん「日本文学全集40　壺井栄集月報」新潮社　10月20日　3～4頁
無　署　名　「小さな花の物語」のロケ「小豆島新聞」11月　480号　5段
久保田正文　「文学報国」をよむ―Annus Mirabilis のこと―「文学」12月　78～85頁
佐多稲子　壺井栄さんの見舞いに「東京新聞夕刊」12・7
芝木好子　壺井栄「日本読書新聞」12・18　1面7段

◉昭和37年（一九六二）

無　署　名　「草の実」のロケ終る「小豆島新聞」2・15　5段
畔柳二美　解説『草の実』角川書店　3・20　228～233頁
牧　里花　壺井栄の「二十四の瞳」「読書の友」4・5
林　悦三　壺井栄「大根の葉」をめぐって「国語通信」4・10　48号　18～25頁
無　署　名　新しいテレビ小説「あしたの風」の原作者―壺井栄さん「NHK」4・15　3巻8号　48号　グラビア　1頁

佐多稲子　壺井栄さんのこと「NHK」4・15　48号　1頁
佐多稲子　わかき日の壺井さん「少年少女日本文学全集15　壺井栄・林芙美子集月報」講談社　4・25　1〜2頁
与田準一　解説『世界童話文学全集16　日本文芸童話集』講談社　5・1　314〜322頁
鳥越　信　解説『少年少女世界文学全集49　現代日本童話集』講談社　5・20　408〜420頁
無署名「あすの花嫁」「小豆島新聞」8・20　4段
小松伸六　壺井栄「解釈と鑑賞」9月　27巻10号　52〜58頁
古屋信二　善意に満ちた人生相談の書―壺井栄著『若い娘たち』「週刊女性」9・16　6巻38号　52〜58頁
無署名　いまみても新たな感激が―「二十四の瞳」「週刊サンケイ」10・15　584号　76頁　＊木下恵介の映画評
無署名　女流作家のとらえた繊細な感情「週刊サンケイ」10・22　585号　82〜83頁　＊『若い樹々』評
進藤純孝　沈澱した生活のおり「新婦人」11月　17巻11号　190〜191頁　＊『若い樹々』評
無署名　この人たちのことばから人生を学ぶ「週刊女性」11・7　22〜27頁　＊栄は壺井繁治の「石」をあげる
◉昭和38年（一九六三）
無署名　この不屈の青春「週刊女性」1・2　58頁
藤田圭雄　壺井栄論　福田清人・滑川道夫・鳥越信編『児童文学概論』牧書店　1・18　167〜174頁
河上徹太郎　文芸時評（上）「読売新聞夕刊」1・25　8面5段　＊「石垣」評　のち『文芸時評』昭40・9・30に再録
丸山良子　壺井栄論「日本児童文学」2月、3―4月合併号、5月
大原富枝　解説―素朴な強靭さ『あしたの風』角川文庫　3・15　291〜296頁
三芳悌吉　束髪について「週刊女性」8・21　134頁　＊「柚原小はな」の挿絵担当者の弁
菅　忠道　解説『少年少女日本文学全集15　壺井栄・林芙美子集』講談社　10・15　368〜377頁
滑川道夫・増村王子　読書指導―壺井栄の作品『少年少女日本文学全集15　壺井栄・林芙美子集』講談社　10・15　385〜392頁
山本健吉　文芸時評（中）「東京新聞夕刊」10・27　8面8段　＊「日めくり」評
坪田譲治　児童文化財を大切に―雑誌「びわの実学校」で思う「東京新聞夕刊」11・24　?面7段
河上徹太郎　文芸時評（下）「読売新聞夕刊」12・27　7面7段　＊作家評　のち『文芸時評』昭40・9・30に再録
◉昭和39年（一九六四）
前沢　泰　壺井栄「坂道」の主題をめぐって「教育科学国語教育」4月　65号　29〜37頁
鳥越　信　主題把握に疑問「教育科学国語教育」4月　65号　38〜42頁
石黒　修　教材研究と批判をめぐって「教育科学国語教育」

4月　65号　43〜47頁
鴻巣良雄　前沢論文をよんで「教育科学国語教育」4月　65号　48〜52頁
無署名　壺井栄著『日めくり』「週刊サンケイ」4・13　666号　47頁
無署名　年譜『昭和文学全集ルビーセット19　佐多稲子・壺井栄集』角川書店　4・20　431〜438頁
窪川鶴次郎　解説『昭和文学全集ルビーセット19　佐多稲子・壺井栄集』角川書店　4・20　439〜442頁
芝木好子　この頃の壺井さん『昭和文学全集ルビーセット19　佐多稲子・壺井栄集』付載　佐多稲子・壺井栄アルバム　角川書店　4・20　13〜15頁
鳥越　信　壺井さんの少年文学雑感『昭和文学全集ルビーセット19　佐多稲子・壺井栄集』付載アルバム　角川書店　4・20
平野　謙　作品解説『日本現代文学全集83　佐多稲子・壺井栄集』講談社　5・19　411〜416頁
小田切秀雄　壺井栄入門　同右書　421〜424頁
古林　尚　年譜　同右書　436〜444頁
古林　尚　参考文献　同右書　446頁
坪田譲治　壺井さん　同右書月報　3〜5頁
壺井繁治　四十年の連れ合い　同右書月報　5〜7頁
芝木好子　お二人のこと　同右書月報　7〜8頁
無署名　『柚原小はな』の壺井栄さん「週刊女性」5・20　40頁
無着成恭　壺井栄「二十四の瞳」共同通信社文化部編『昭和の名著』弘文堂　6・5　164〜165頁
飯野芳子　壺井栄著『日めくり』「読書の友」6・10　4面
無署名　小豆島と孤独な女と「新刊展望」6・15　26頁
坪田譲治　壺井栄の作品の秘密「壺井栄児童文学全集全4巻内容見本」講談社　夏頃
鳥越　信　壺井栄の児童文学について「なかよしだより」9・10
坪田譲治　母の書いた童話『壺井栄児童文学全集第三巻』講談社　9・20　296〜300頁
鳥越　信　解説　同右書　301〜318頁
国分一太郎　壺井さんの文学と教養性　同右書月報　1〜5頁
坪田理基男　「二十四の瞳」を連載したころ　同右書月報　5〜6頁
壺井右文　母のこと　同右書月報　6〜7頁
壺井繁治　生活の歌　同右書第二巻　10・25　300〜305頁
古田足日　解説　同右書第二巻　10・25　306〜318頁
佐多稲子　歩きながらのおしゃべり　同右書第一巻月報　10・25　1〜2頁
横谷　輝　壺井栄の文学について　同右書第二巻月報　10・25　2〜6頁
山口大二　同郷のよしみ　同右書第二巻月報　10・25　6〜7頁
山室　静　作者と作品について『ジュニア版日本文学名作選

5　二十四の瞳』偕成社　11・20　302〜310頁
古田足日　壺井栄の児童文学の基礎『壺井栄児童文学全集第一巻』講談社　11・25　302〜306頁
鳥越　信　解説　同右書第一巻　307〜318頁
山主敏子　戦後のころ　同右書第一巻月報　1〜3頁
鴻巣良雄「坂道」との出会い　同右書第一巻月報　3〜5頁
丸山良子　壺井栄の文学について　同右書第一巻月報　5〜6頁
三芳悌吉　スガルと壺井さん　同右書第一巻月報　6〜7頁
瀬沼茂樹　解説『日本青春文学名作選　17』学習研究社　12・10　323〜331頁
無署名　年譜『日本青春文学名作選　17』学習研究社　12・10　332頁
古田足日　解説『壺井栄児童文学全集第四巻』講談社　12・20　293〜305頁
鳥越　信　壺井栄年譜　同右書第四巻　306〜309頁
鳥越　信　壺井栄児童文学著作目録　同右書第四巻　310〜317頁
鳥越　信　壺井栄児童文学関係文献目録　同右書第四巻　317〜318頁
いぬいとみこ　近ごろの壺井先生―ハトと出雲そば　同右書第四巻月報　講談社　12・20　1〜3頁
松谷みよ子　先生とよべない先生　同右書第四巻月報　講談社　12・20　3〜4頁
菅　忠道　壺井さんの文学によせて　同右書第四巻月報　講談社　12・20　4〜7頁
鳥越　信　編集をおわって　同右書第四巻月報　講談社　12・20　7〜8頁

◉**昭和40年**（一九六五）

井伏鱒二　壺井邸の籐の間「木」4月
横谷　輝　壺井栄の文学「日本児童文学」7月　11巻6号　19〜35頁
手塚英孝　今野大力について「アカハタ」7・12　8面6段
古田足日　作者と作品について『新日本児童文学選4　柿の木のある家』偕成社　7・20　172〜178頁
鳥越　信　児童文学を顧みる「新刊展望」8・15　192号　16〜20頁
永見　恵　壺井栄「二十四の瞳」（「文学作品に見る敗戦前後」）「アカハタ」8・31　8面3段
鳥越　信　解説『世界の童話12　日本童話集』講談社　9・18　240〜242頁
河上徹太郎『文芸時評』垂水書房　9・30
国分一太郎　解説『壺井栄名作集1　花はだれのために』ポプラ社　10・30　249〜254頁
坪田譲治　解説『壺井栄名作集2　柿の木のある家』ポプラ社　10・30　249〜258頁
関　英雄　解説『壺井栄名作集3　おかあさんのてのひら』ポプラ　10・30　249〜254頁
山主敏子　解説『壺井栄名作集4　坂道』ポプラ社　10・30

249〜254頁

滑川道夫　解説『壺井栄名作集5　母のない子と子のない母と』ポプラ社　10・30　267〜271頁

馬場正男　解説『壺井栄名作集6　二十四の瞳』ポプラ社　10・30　250〜255頁

網野　菊　解説『壺井栄名作集7　母のアルバム』ポプラ社　10・30　250〜255頁

山室　静　解説『壺井栄名作集8　右文覚え書』ポプラ社　10・30　249〜255頁

国分一太郎　解説『壺井栄名作集9　私の花物語』ポプラ社　10・30　249〜254頁

いぬいとみこ　解説『壺井栄名作集10　大根の葉』ポプラ社　10・30　234〜239頁

古林　尚　年譜『壺井栄名作集10　大根の葉』ポプラ社　10・30　244〜258頁

鳥越　信　解説『二十四の瞳　他二篇』旺文社文庫　11・10　263〜279頁

木下恵介　私を駆り立てたひたむきなもの『二十四の瞳　他二編』旺文社文庫　11・10　280〜283頁

坪田譲治　壺井家を訪ねて『二十四の瞳　他二編』旺文社文庫　11・10　284〜287頁

鳥越　信　代表作品解題『二十四の瞳　他二編』旺文社文庫　11・10　288〜292頁

鳥越　信　参考文献『二十四の瞳　他二編』旺文社文庫　11・10　293頁

鳥越　信　年譜『二十四の瞳　他二編』旺文社文庫　11・10　294〜300頁

石森延男　解説『少年少女新世界文学全集38　現代日本名作集』講談社　11・18　381〜382頁

古谷綱武　壺井栄の人と作品『アイドル・ブックス20　二十四の瞳』ポプラ社　12・10　290〜300頁

◉昭和41年（一九六六）

壺井繁治　夫とは二心異体「中日新聞・夕刊」1・20　4面5段

鳥越　信　母性的な暖かい人がら「高二時代」2月　2巻11号　140〜141頁

上野　瞭　ないないづくし—斜視的壺井栄論「日本児童文学」5月　12巻5号　97〜104頁

佐藤忠男　壺井栄「二十四の瞳」、安心して泣ける教養小説—戦後ベストセラー物語29「朝日ジャーナル」5・8　35〜40頁

上笙一郎　二十四の瞳「解釈と鑑賞」11・5　臨時増刊号　31巻14号　174〜176頁

小松伸六　解説『若い樹々』角川文庫　11・10　226〜231頁

壺井繁治『激流の魚』光和堂　11・10　182頁

◉昭和42年（一九六七）

横谷　輝　壺井栄—児童文学人と作品13「週刊読書人」2・6　661号　6面8段

後藤　直　ユニークな反戦文学—壺井栄「二十四の瞳」—

〈戦後の民主主義文学6〉「民主文学」3月　130〜135頁
壺井繁治　六七と四二「素面」22号　4・10　17頁
国分一太郎　解説『母のない子と子のない母と』旺文社文庫
　5・10　275〜290頁
坪田譲治　母親の肌ざわりを読む　同右　291〜294頁
芝木好子　軽井沢の壺井さん　同右　295〜297頁
鳥越　信　代表作品解題　同右　298〜302頁
鳥越　信　参考文献　同右　303頁
鳥越　信　年譜　同右　304〜310頁
河口満子　景子「公明新聞」5・19　8面5段
無署名　壺井栄さん死す「朝日新聞」6・23　15面2段
無署名　壺井栄さん「東京新聞」6・23　15面1段
佐多稲子　シンの強い人だった「東京新聞」6・23　15面1段
無署名　壺井栄さん「東京新聞夕刊」6・23　7面1段
芝木好子　壺井さんの臨終「東京新聞夕刊」6・23　8面4段
平林たい子　庶民的な味わい　壺井栄さんをいたむ「読売新
　聞夕刊」6・23　7面5段
坪田譲治　壺井栄さんを悼む「朝日新聞夕刊」6・23　10面2段
佐多稲子　〝がんばり〟続けた壺井さん―臨終のかたわらで
　「毎日新聞夕刊」6・23　11面4段
中野重治　壺井栄さんを悼む「朝日新聞夕刊」6・24　9面4段
平野　謙　壺井栄さんの思い出「毎日新聞夕刊」6・24　5
　面4段
佐多稲子　壺井栄さんを悼む「鹿児島新報」6・24　6面4段
無署名　壺井栄さん死去「四国新聞」6・24　11面3段
佐々木正夫　惜しい作家をなくした「四国新聞」6・24　11
　面2段
薄井八代子　惜しい作家をなくした「四国新聞」6・24　11
　面1段（談話）
窪川鶴次郎　瀬戸の海の素朴さ―壺井栄さんをしのぶ「愛媛
　新聞」6・24　3面3段
薄井八代子　壺井栄先生の思い出「四国新聞」6・26　7面
　4段
大原富枝　壺井栄さんの死―築いた〝女〟の庶民文学「産業
　経済新聞夕刊」6・27　7面6段
久保田正文　壺井栄の文学の一面「東京新聞夕刊」6・29
　8面6段
松本正雄　壺井栄さんをおもう「アカハタ」6・30　6面4段
三木春海　嗚呼壺井さん「小豆島新聞」6・30　3面7段
無署名　小豆島の大恩人―作家壺井栄女史逝く「小豆島新
　聞」6・30　3面5段
無署名　壺井栄さん「瀬戸内海」7・1　65号　45頁
佐多稲子・布士富美子・松本員枝　座談会　壺井栄さんの思
　い出―反戦を語りかける作品「婦人民主新聞」7・2
関　英雄　壺井栄さんを悼む「読書の友」7・3　5面6段
佐多稲子　壺井栄さんの死をいたむ「日本のこえ」7・4
　4面8段
櫛田ふき　壺井栄さんをおもう「新婦人しんぶん」7・6

739号　2面5段
櫛田克巳　最後まで誠実に生きた作家「週刊朝日」7・7　150頁　＊無署名だが、のち『回想の壺井栄』（48・6・23）に再録の際、櫛田の署名入りとなっているのでそれに従った。
国分一太郎　早過ぎた壺井さんの死「図書新聞」7・8　917号　6面4段
無署名　ある発言「サンデー毎日」7・9　15頁
進藤純孝　ふるさとびと壺井栄「週刊読書人」7・10　3面2段
無署名　名誉町民壺井栄氏が永眠「うちのみ」7・10　16巻7号　1面7段
鹿島マサノ　栄さんの追憶によせて「うちのみ」7・10　16巻7号　1面6段
秋山ちえ子　告別式「毎日新聞夕刊」7・10　2面3段
佐多稲子　壺井栄さんの死「新日本文学」8月　22巻8号　156～157頁
山口大二　壺井栄著書目録「日本古書通信」8月　9頁
山口大二　壺井栄さんの署名本「日本古書通信」8月　8頁
佐多稲子　壺井栄さんの魂と詩と…「婦人倶楽部」8月　48巻9号　212～215頁
佐多稲子　庶民のこころに暖かい火をともして…「二十四の瞳」の作者壺井栄さんの生涯「主婦と生活」8月　230～232頁
壺井繁治　妻・壺井栄のこと「群像」8月　226～227頁
坪田譲治　後記「びわの実学校」8・25　24号　40頁
松田ふみ子　文壇一の女房関白「新評」9月　160～164頁
山田清三郎　壺井栄のこと「文化評論」9月　134～136頁
久保田正文　解説『日本文学全集27　岡本かの子　壺井栄』新潮社　9・15　535～543　＊のち『作家論』52・7・10に再録
佐多稲子　弔辞「婦人公論」9月　190～191頁
佐多稲子　歳月重ねたつきあい「小説新潮」9月　25頁
佐多稲子　壺井栄さんのいない軽井沢「毎日新聞夕刊」9月6日　3面4段
戎居研造　わが母・壺井栄「婦人公論」9月　186～191頁
江藤　淳　壺井栄さんを悼む「小説新潮」9月　260～261頁
佐多稲子　壺井栄さんのひとつの思い出「少年少女日本の文学？　月報」？
壺井繁治　雑話（二）「風」10・20　25号　2～3頁
佐多稲子　あんまり近すぎて「素面」10・25　24号　4頁
壺井繁治　軽井沢にて「素面」10・25　24号　8頁
佐々木克子　夏水仙「素面」10・25　24号　24～25頁
武田寅雄　壺井栄論「松蔭女子学院大　文林　2号」12月　95～114頁

◉昭和43年（一九六八）

無署名　文学のふるさと紀行―小豆島「朝日観光」1・10　15号　1面8段
壺井繁治　年譜『現代文学大系39　網野菊・壺井栄・幸田文

集』筑摩書房　1・10　465〜471頁　＊このあと刊行される『日本文学全集39　網野菊・壺井栄・幸田文集』（筑摩書房　45・11・1）は内容、頁数まで同一の異装版なので当該年月日の項には記さなかった。

小松伸六　人と文学―壺井栄『現代文学大系39　網野菊・壺井栄・幸田文集』筑摩書房1・10　481〜487頁

大谷藤子　壺井さんと私「現代文学大系39　網野菊・壺井栄・幸田文集月報62」筑摩書房　1・10　3〜4頁

佐多稲子　壺井さんとの旅「現代文学大系39　網野菊・壺井栄・幸田文集月報62」筑摩書房　1・10　4〜6頁

鳥越　信　母性の文学・庶民の文学『リンゴのふくろ』大日本図書　2・20　75〜77頁

坪田譲治「二十四の瞳」について『二十四の瞳』新学社文庫　5・1　3頁

平林英子　壺井栄の人と作品　同右書　256〜268頁

半田茂雄　読書のしかた―壺井栄「二十四の瞳」の読解と鑑賞　同右書

無署名　年譜　同右書　287〜288頁

佐々木基一　解説『日本の文学49　佐多稲子・壺井栄』中央公論社　5・4　504〜517頁

佐多稲子・佐々木基一　対談　佐多・壺井文学の周辺　同右書月報52　1〜9頁

中野重治　ほとんど物質的な糧「壺井栄全集　全十巻　内容見本」筑摩書房　5月

早船ちよ　あつい味噌汁―庶民的作家「壺井栄」―「同右の内容見本」筑摩書房　5月

小野十三郎　あたたかな抱擁力ときびしい拒絶の精神「同右の内容見本」筑摩書房　5月

寒川道夫　庶民に語りかけるおばさん文学「同右の内容見本」筑摩書房　5月

佐多稲子　すべてをこめたまじわり「同右の内容見本」筑摩書房　5月

小田切秀雄　解説『壺井栄全集1』筑摩書房　5・10　313〜322頁　＊のち『昭和の作家たちII』54・1・16に再録

芝木好子　壺井さんの文学「壺井栄全集1月報1」筑摩書房　5・10　1〜2頁

国分一太郎　壺井さんとわれらの「旗」「壺井栄全集1月報1」筑摩書房　5・10　2〜4頁

いぬいとみこ　童話と小説と「壺井栄全集1月報1」筑摩書房　5・10　4〜6頁

壺井繁治　鷺宮雑記1「壺井栄全集1月報1」筑摩書房　5・10　6〜8頁

佐多稲子・小田切秀雄　対談　壺井栄さんの人と仕事「新刊ニュース」146号　5・15　6〜13頁

壺井繁治　ひと言「御苦労」「壺井栄全集　内容見本」筑摩書房　5月

小田切秀雄　解説『壺井栄全集2』筑摩書房　6・11　295〜304頁

平林たい子　壺井栄さんの思い出「壺井栄全集2月報2」筑摩書房　6・11　1頁

マツヤマフミオ　装幀とさしえのことなど「壺井栄全集2月報2」筑摩書房　6・11　1〜3頁

岩本錦子　栄先生の思い出「壺井栄全集2月報2」筑摩書房　6・11　3〜5頁

壺井繁治　鷺宮雑記2「壺井栄全集2月報2」筑摩書房　6・11　5〜7頁

瀬沼茂樹　作家と作品―壺井栄『日本文学全集76　壺井栄　芝木好子』集英社　6・12　406〜422頁

壺井繁治　信州への春旅「素面」6・18　26号　8頁

小田切秀雄　解説『壺井栄全集3』筑摩書房　7・10　327〜335頁

藤田圭雄　壺井さんとオリーヴ「壺井栄全集3月報3」筑摩書房　7・10　1〜2頁

井汲花子　栄さんの形見のことなど「壺井栄全集3月報3」筑摩書房　7・10　2〜4頁

佐藤清一　壺井栄先生と伊東「壺井栄全集3月報3」筑摩書房　7・10　4〜7頁

壺井繁治　鷺宮雑記3「壺井栄全集3月報3」筑摩書房　7・10　7〜8頁

壺井繁治　人間壺井栄「図書新聞」7・13　4面3段

関　英雄　壺井栄の児童文学『新編児童文学論』「新評論」7・20　257〜269頁　＊初出は42・9「日本児童文学」

小田切秀雄　解説『壺井栄全集4』筑摩書房　8・10　317〜323頁

坪田譲治　昔のはなし「壺井栄全集4月報4」筑摩書房　8・10　1〜2頁

網野　菊　壺井栄さん「壺井栄全集4月報4」筑摩書房　8・10　2〜4頁

戸台俊一　ある年輪「壺井栄全集4月報4」筑摩書房　8・10　5〜7頁

壺井繁治　鷺宮雑記4「壺井栄全集4月報4」筑摩書房　8・10　7〜8頁

小田切秀雄　解説『壺井栄全集5』筑摩書房　9・11　349〜359頁

大原富枝　晩年の壺井さんを想う「壺井栄全集5月報5」筑摩書房　9・11　1〜3頁

松永伍一　壺井栄とバナナと私「壺井栄全集5月報5」筑摩書房　9・11　3〜4頁

和泉あき　壺井さんの作品と私「壺井栄全集5月報5」筑摩書房　9・11　5〜7頁

壺井繁治　鷺宮雑記5「壺井栄全集5月報5」筑摩書房　9・11　7〜8頁

小田切秀雄　解説『壺井栄全集6』筑摩書房　10・8　279〜289頁

大谷藤子　壺井栄さんのこと「壺井栄全集6月報6」筑摩書房　10・8　1〜3頁

亀井光代　大石先生を演じて「壺井栄全集6月報6」筑摩書房　10・8　3〜4頁

鹿島まさの　栄様と私「壺井栄全集6月報6」筑摩書房　10・8　4〜7頁

壺井繁治　鷺宮雑記6「壺井栄全集6月報6」筑摩書房　10・8　7〜8頁

壺井繁治　「文芸解放」のことなど「素面」10・10　27号　8頁

小田切秀雄　解説『壺井栄全集7』筑摩書房　11・11　327〜337頁

松谷みよ子　壺井さんのゆたかさ「壺井栄全集7月報7」筑摩書房　11・11　1〜2頁

戎居研造　「小豆飯」を想う「壺井栄全集7月報7」筑摩書房　11・11　3〜5頁

壺井繁治　鷺宮雑記7「壺井栄全集7月報7」筑摩書房　11・11　5〜6頁

畑山元徳　名作をたずねて―壺井栄の「二十四の瞳」「四国鉄道」11・25　12号　50〜52頁

小田切秀雄　解説『壺井栄全集8』筑摩書房　12・11　313〜322頁

菊地重三郎　壺井さん訪問「壺井栄全集8月報8」筑摩書房　12・11　1〜2頁

小松伸六　「えくぼのある文学」のきびしさ「壺井栄全集8月報8」筑摩書房　12・11　3〜5頁

佐藤さち子　壺井栄さんのえくぼ「壺井栄全集8月報8」筑摩書房　12・11　5〜6頁

壺井繁治　鷺宮雑記8「壺井栄全集8月報8」筑摩書房　12・11　7〜8頁

◉昭和44年（一九六九）

小田切秀雄　解説『壺井栄全集9』筑摩書房　1・10　305〜314頁

北畠八穂　「大根の葉」の緑素は「壺井栄全集9月報9」筑摩書房　1・10　1〜3頁

関　英雄　壺井文学と私「壺井栄全集9月報9」筑摩書房　1・10　3〜5頁

佐々木克子　想い出の写真に寄せて「壺井栄全集9月報9」筑摩書房　1・10　5〜7頁

壺井繁治　鷺宮雑記9「壺井栄全集9月報9」筑摩書房　1・10　7〜8頁

鳥越　信　「母のない子と子のない母と」他『母のない子と子のない母と』偕成社

古林　尚　年譜『壺井栄全集10』筑摩書房　2・10　283〜302頁

小田切秀雄　解説『壺井栄全集10』筑摩書房　2・10　305〜314頁

横谷　輝　壺井栄の童話が示唆するもの「壺井栄全集10月報10」筑摩書房　2・10　1〜3頁

古林　尚　年譜のこと「壺井栄全集10月報10」筑摩書房　2・10　3〜5頁

戎居貞枝　姉と私と「壺井栄全集10月報10」筑摩書房　2・10　5〜7頁
壺井繁治　鷺宮雑記10「壺井栄全集10月報10」筑摩書房　2・10　7〜8頁
小林茂夫　解題（二）『日本プロレタリア文学選2』新日本出版社　2・25　385〜395頁
壺井繁治　オルゴール「素面」3・3　29号　22頁
平林たい子・大原富枝　対談　女流文学の道程「日本の文学48　平林たい子・大原富枝月報63」5・5　1〜9頁
越智　釧「壺井栄」の研究―語りの一考察「国文学研究会報（愛媛大学）」5・12　31号　1〜6頁
山本健吉『文芸時評』河出書房新社　6・30
山室　静　壺井栄の生涯と作品『カラー版日本の文学15　壺井栄』集英社　7・28　285〜299頁
滑川道夫　壺井栄の人と文学『少年少女現代日本文学全集10　壺井栄名作集』偕成社　8・5　272〜285頁
滑川道夫・加藤達馬　作品の読み方、味わい方『少年少女現代日本文学全集10　壺井栄名作集』偕成社　8・5　286〜297頁
無署名　壺井栄の年譜『少年少女現代日本文学全集10　壺井栄名作集』偕成社　8・5　298〜301頁
平野　謙『文芸時評（上）』河出書房新社　8・30
横谷　輝　壺井栄の「二十四の瞳」「赤旗（日曜版）」8・24　16面8段

小田切進　解説『日本文学全集18　宮本百合子　壺井栄』新潮社　10月
尾崎秀樹　解説『二十四の瞳・暦・大根の葉』金園社　12・20　251〜255頁
延原政行　注釈　同右書　239〜250頁
金園社編集部　年譜　同右書　256〜257頁

◉**昭和45年**（一九七〇）

白川　悟　小豆島―ロマンと文学のふるさと「RNCエリア情報」1・1　75号　50頁
佐多稲子　解説―「二十四の瞳」作者壺井栄『世界の名作図書館・23　壺井栄・太宰治・林芙美子』1・4　290頁
壺井繁治　七十にもなって…「東京新聞・夕刊」3・9　8面5段
無署名　壺井栄文学碑建立へ「RNCエリア情報」5・15　77号　48〜49頁
壺井繁治　水軍の夢を追って「日本の旅情」5月　初出未見
無署名　きょうから壺井栄文学展「四国新聞」9・12　13面4段
無署名　壺井栄をしのぶ映画の会「四国新聞」9・16　14面3段
武上ツヤ「二十四の瞳」をたずねて「四国新聞」9・20　7面4段
無署名　あす「壺井栄を語る会」「四国新聞」9・21　10面2段

壺井繁治　わたしと小豆島「赤旗日曜版」10・18　9面6段
壺井繁治　方言・訛りなど「ちくま」10・20　19号　8〜9頁
壺井繁治　小豆島の文学碑〈近事近辺〉欄「ほるぷ新聞」12・5　86号　1面5段
鳥越　信　壺井栄さんと「二十四の瞳」『二十四の瞳』明治図書　6・1　250〜260頁
菊地　勲「二十四の瞳」の作品をめぐって『二十四の瞳』明治図書　6・1　261〜262頁
菊地勲・小国美恵子・鍛治恭吾・山口新・山崎完治・山田千春・米倉修治　座談会「二十四の瞳」を読んで『二十四の瞳』明治図書　6・1　263〜271頁
小田切秀雄　解説『日本短篇文学全集29　加能作次郎　宮地嘉六　相馬泰三　徳永直　壺井栄』筑摩書房　7・30　262〜264頁
横谷　輝　解説『柿の木のある家他十五編』旺文社文庫　10・1　227〜243頁
宮脇紀雄　誰にも親しまれる壺井文学　同右書　244〜246頁
鹿島まさの　遠い遠いなつかしい思い出　同右書　247〜249頁
鳥越　信　代表作品解題　同右書　250〜254頁
鳥越　信　参考文献　同右書　255頁
鳥越　信　年譜　同右書　256〜262頁
無署名　壺井栄文学碑完成「うちのみ」10月10日　19巻9号　1面全段
壺井繁治　川合仁の思い出『私の知っている人達』川合仁藤書房　10・30　12〜13頁
川合　仁『私の知っている人達』藤書房　10・30　398頁
佐藤さち子　花のなかの碑—小豆島に建った壺井栄文学碑「婦人民主新聞」10・30　3面6段
壺井繁治　黒島伝治素描—全集刊行によせて「民主文学」11・1　60号　156〜161頁

◉昭和46年（一九七一）

壺井繁治　私の青春（上）「民主青年新聞」1・20　11面6段
壺井繁治　私の青春（中）「民主青年新聞」1・27　6面6段
壺井繁治　私の青春（下）「民主青年新聞」2・3　11面6段
鳥越　信　壺井栄『日本児童文学史研究』風涛社　1・31　293〜375頁　＊これまでの論考・著作目録・年譜など11本を収録
山根　巴　壺井栄の童話覚え書「解釈」3月　17巻3号　7頁
岡田純也　近代日本児童文学に関する主要研究文献目録「解釈」3月　17巻3号　56〜68頁
小田切秀雄『小田切秀雄著作集第7巻　日本近代文学の思想と状況』法政大学出版局　4・20　422頁
生井公男　壺井栄の文学紀行『現代日本の文学22　宮本百合子　壺井栄』学習研究社　5月　9〜16頁
本多秋五　小豆島への旅　同右書　35〜48頁
草部和子　評伝的解説　同右書　465〜480頁
壺井繁治・まつやま ふみお　対談　ふるさとのにおい—壺井栄の青春を語る　同右書　6〜12頁

紅野敏郎　壺井栄主要文献一覧　同右書　13頁
湧田　佑　壺井栄旅行ガイド―「二十四の瞳」と小豆島　同右書　14〜15頁
壺井繁治　この二十年間「素面」9・1　40号　15頁
壺井繁治　無名時代の林芙美子「日本文学全集22　月報」9月　新潮社
木村幸雄　壺井栄における〝家〟の問題「国文学」11月　16巻14号　87〜91頁
瀬沼茂樹　現代名作集文学入門『日本文学全集グリーン版別巻1　現代名作集』河出書房新社　12・20　379〜389頁
小久保実　年譜　同右書　376頁

◉昭和47年（一九七二）

井沢　淳　美しい夢の島の物語―「二十四の瞳」の上演に寄せる　東宝現代劇特別公演「二十四の瞳」プログラム　7・3日　20〜22頁
長谷川泉「二十四の瞳」の童心　東宝現代劇特別公演「二十四の瞳」プログラム　7・3　24〜25頁
伊藤助松　語注『二十四の瞳』講談社文庫　7・15　211〜218頁
壺井繁治　解説　同右書　219〜234頁
古林　尚　年譜　同右書　235〜243頁
平林たい子　庶民的な味わい　壺井栄さんをいたむ「別冊新評」8・10　5巻3号　353〜354頁　＊「読売新聞」42・6・23の再録
壺井繁治　小さな感想「素面」10・3　45号　9頁

◉昭和48年（一九七三）

壺井繁治　黒島伝治随想「文化評論」2月　初出未見
高田文枝　壺井栄の童話に現われた家庭の研究「解釈」3月　19巻3号　72〜75頁
壺井繁治　雑話（22）「風」4・20　47号　44〜45頁
無　署　名　小説で戦う夫と妻の座―モデル小説「草いきれ」と「妻の座」をめぐって「別冊新評・裸の文壇史」5・10　6巻2号　144〜149頁　＊これは「週刊新潮」31・9・10の再録
小松伸六　壺井栄の文学『現代日本文学大系59　前田河広一郎・徳永直・伊藤永之介・壺井栄集』筑摩書房　5・21　428〜433頁
佐多稲子　壺井栄論　同右書　433〜437頁
小田切進　壺井栄年譜　同右書　449〜453頁
小田切進・立石敦子　著作目録　同右書　457〜458頁
高杉一郎　個人的な思い出　同右書月報90　5頁、18頁
堀江信男　前田河広一郎・徳永直・伊藤永之介・壺井栄研究案内　同右書月報90　6〜7頁
宮脇紀雄　壺井文学のふるさと「児童文芸」5月　39〜41頁
川野正雄『近世小豆島社会経済史話』未来社　5・25　417頁
壺井繁治　軽井沢から―手紙の形式による近況「四国作家」6・1　8号　28〜29頁
壺井繁治　今野大力をめぐっての思い出「文化評論」7・1

144号　137～140頁
窪川鶴次郎『昭和十年代文学の立場』河出書房新社　7・15　377頁　2000円　＊「壺井栄」を再録（初出は昭30・2・5『現代日本文学全集39』所収）
瀬沼茂樹　解説『日本青春文学館1』立風書房　7・20　241～249頁　＊但しこれは39・12・10　学習研究社版『日本青春文学名作選17』所収の「解説」の再録
佐藤　勝　壺井栄『日本の児童文学作家3』講座日本児童文学第8巻　10・15　10～52頁
瀬沼茂樹　作家と作品―壺井栄『日本文学全集76　壺井栄芝木好子集』集英社　11・8　410～426頁
小田切進　年譜　同右書　443～447頁
池田みち子　芝木さん、壺井さん　同右書月報50　1～2頁
久保田正文　昭和二十六年一月二十一日夜　同右書月報50　2～3頁　＊のち『作家論』52・7・10に再録
加太こうじ　三代のヒロイン―「二十四の瞳」の大石先生（上・中・下）「日本経済新聞夕刊」11・20～22　9面6段

◉昭和49年（一九七四）

小田切進　壺井栄「二十四の瞳」『日本の名作』中央公論社中公新書　2・25　234～237頁
壺井繁治　人生を語る素朴な花たち『わたしの花物語』童心社　3・25　90～93頁
壺井繁治『激流の魚―壺井繁治自伝―』立風書房　4月（奥付の年月日記載脱落）＊41・11・10光和堂刊の再刊
壺井繁治　黒島伝治随想「文化新聞」10・15　3面7段
佐々木正夫　鷺の宮の壺井繁治先生へ「四国作家」12・20　9号　126～127頁

◉昭和50年（一九七五）

佐伯彰一　解説―語り芸術としての小説　女流文学者会編『現代の女流文学8』毎日新聞社　3・20　359～369頁
＊「補襠」評
『回想・川合仁』刊行会編『回想・川合仁』私家版　4・20　174頁
井沢　淳「二十四の瞳」の魅力　東宝現代劇特別公演「二十四の瞳」プログラム　7・5　22～23頁
長谷川泉「二十四の瞳」の哀歓　東宝現代劇特別公演「二十四の瞳」プログラム　7・5　24～25頁　＊タイトルは変わったが47・7・3初出のものと同文
小田切進「二十四の瞳」と小豆島『美しい日本の旅14　四国』学習研究社　8月　★頁
大岡秀明　壺井栄「現代日本児童文学作家案内　付各種児童文化総リスト」すばる書房盛光社「日本児童文学」別冊9・20　21巻13号　217～218頁
壺井繁治　作家・壺井栄（上）「文学新聞」11・15　4面10段
壺井繁治　作家・壺井栄（中）「文学新聞」12・15　4面10段

◉昭和51年（一九七六）

水上　勉　解説『土とふるさとの文学全集1　土俗の魂』家の光協会　1・20　517～528頁

鳥越　信　『新編児童文学への招待』風涛社　1・31　298頁
山室　静　解説『二十四の瞳』偕成社文庫　1月（日付なし）284〜290頁　＊39・11・20発表のものの縮約
無　署　名　語注『二十四の瞳』偕成社文庫　1月（日付なし）276〜283頁
壺井繁治　作家・壺井栄（下）「文学新聞」3・15　4面9段
巌谷大四　矢田津世子・壺井栄〈物語女流文壇史16〉「婦人公論」4月　61巻4号　326〜335頁
和田芳恵　『おもかげの人々―名作のモデルを訪ねて』光風社書店　5・10　272頁　880円
進藤純孝　壺井栄の暦「公明新聞」5・18　8面2段　＊のち『作品展望昭和文学』（上）52・9・15に収録
山根　巴　作品にみる児童像―壺井栄の作品のなかの児童像「解釈」7月　22巻7号　30〜33頁
進藤純孝　壺井栄の二十四の瞳「公明新聞」10・14　8面2段　＊のち『作品展望昭和文学』（下）52・9・15に収録

◉昭和52年（一九七七）

巌谷大四　『物語女流文壇史　下』中央公論社　6・30　231頁
久保田正文　『作家論』永田書店　7・10　2800円　＊栄について既発表の4篇収録
苗羽小学校・坂手小学校創立百年祭記念誌部　百年史　7・20　221頁　二六・五×一八・七㎝
鳥越　信　『日本児童文学史年表　2』講座日本児童文学別巻　明治書院　8・25　468頁
進藤純孝　「暦」（上巻　195〜198頁）「二十四の瞳」（下巻　145〜148頁）『作品展望　昭和の文学』上下　時事通信社　9・15
根本正義　昭和児童文学試論（9）―昭和10年代の児童文学と昔話「童話」11月　283号　89〜103頁
大藤　幹夫　壺井栄「国文学」12月　22巻16号　148〜149頁

◉昭和53年（一九七八）

長谷川泉　「二十四の瞳」の哀歓『近代日本文学の測溝』教育出版センター　1・31　379〜382頁　＊50・7・5発表の同題の論考の再録
中西靖忠　壺井栄の誕生「高松短大研究紀要8号」3月　37〜75頁
田中清之助　壺井栄とその文学『あしたの風』（A―児童・夏子もの）ポプラ社文庫　4月（日付なし）182〜193頁
無　署　名　壺井栄の年譜『あしたの風』（A―児童・夏子もの）ポプラ社文庫　4月（日付なし　194〜197頁
佐多稲子　鷺の宮の縁―佐々木克子さんをしのんで「素面」6・25　69号　16〜17頁
山口大二　〈私のコレクション〉壺井栄の署名本「出版ニュース」7・11　7月中旬号　1117号　23頁
櫛田ふき　『たくさんの足音―その一つが歩んだ道』草土文化　9・10　222頁　四六版　1300円
小田切進　壺井栄解説『日本児童文学大系22　北川千代・壺井栄集』ほるぷ出版　11・30　440〜452頁

小田切進　壺井栄年譜　同右書　463～472頁
小田切進　壺井栄参考文献Ⅰ　一般文献　同右書　474～483頁
鳥越　信　壺井栄参考文献Ⅱ　児童文学上の文献　同右書　483～484頁

◉**昭和54年**（一九七九）

小田切秀雄　壺井栄『昭和の作家たちⅡ』レグルス文庫　第三文明社　1・16　88～105頁　＊Ⅱは「解説」43・5・10の再録
篠崎君子　『あたたかい右の手』の作品把握と教材化―教師自身のメンタリティを問いながら―「文学と教育」2月107号　21～25頁
高橋春雄　「潮流」の周辺「相模国文」6号　3・10　21～31頁
三島義雄　異色の女流作家壺井栄『郷土に輝く人々第三集』青少年育成香川県民会議刊　3・20　253～284頁　＊のち「香川の農協」（58・2～4）、「内海町農協だより」（平2・4～3・6）に転載。
司代隆三　『二十四の瞳』と壺井栄の文学『二十四の瞳』ポプラ社文庫　6月（日付なし）231～238頁
小田　実　大きな小説―壺井栄「大根の葉」「文芸」9月251～259頁　＊のち『赤いステッキ』55・12・10に再録

◉**昭和55年**（一九八〇）

小林栄子　解説『大根の葉・暦』新日本文庫　1・20　197～210頁
村松定孝　プロレタリア文学と四人の女流作家―宮本百合子・佐多稲子・平林たい子・壺井栄―（四）『近代女流作家の肖像』東京書籍　5・15　184～200頁　＊「四」に壺井栄論がある
馬場正男　解説―壺井栄・その人と作品『母のない子と子のない母と』ポプラ社文庫　8月（日付なし）248～268頁
無署名　語注　同右書　245～247頁
無署名　年譜　同右書　269～270頁
浜野卓也　壺井栄『研究資料現代日本文学2・小説・戯曲Ⅱ』明治書院　9・25　390～393頁
無署名　二十四の瞳―半世紀ぶり同窓会　朝日新聞　10・26　面四段　＊岩井シンを招いての会
小田　実　大きな小説『赤いステッキ』ぶどう社　12・10　211～225頁　＊「文芸」54・9の再録
戎居研造　〝赤いステッキ〟の道―発代の日記から―『赤いステッキ』ぶどう社　12・10　226～238頁
柏谷　学　「二十四の瞳」と「三太物語」より「児童文芸」12・25　臨時増刊号　26巻14号　80～84頁

◉**昭和56年**（一九八一）

赤羽　学　壺井栄の『二十四の瞳』と唱歌「文芸研究」96集　1・30　1～12頁
浦西和彦　黒島伝治「二銭銅貨」―貧しさゆえの悲哀『読書案内〈中学・高校〉』日本文学協会編大修館書店　11・16　30～34頁

◉昭和57年（一九八二）

上笙一郎　「二十四の瞳」壺井栄『日本の近代文学―名作への招待』上笙一郎編著　岩崎書店　4・30　142〜147頁

長谷川啓　壺井栄「母のない子と子のない母と」日本文学協会編『読書案内（小学校編）』大修館書店　5・20　254〜258頁

鳥越　信　壺井栄―人と作品・「餓鬼の飯」鑑賞『鑑賞日本現代文学35　児童文学』角川書店　7・31　102〜124頁

関　英雄　壺井栄の児童文学『鑑賞日本現代文学35　児童文学』角川書店　7・31　310〜318頁

鳥越　信　参考文献目録『鑑賞日本現代文学35　児童文学』角川書店　7・31　366〜367頁

森　暁子　伝記　壺井栄「メディアＲＳＫ」57・12・1〜58・10・1　286〜292号　隔月刊　但し58・1・1　新年特別号287号は臨時号でこれには載せていない　＊のち『壺井栄』（平3・10・25）として刊行

◉昭和58年（一九八三）

宮脇茂樹　文芸の径14「二十四の瞳」情愛あふれる分教場「四国新聞」1・3　25面全部

三島義雄　異色の女流作家―壺井栄（その1〜3）「香川の農協」2月〜4月

佐々木正夫　壺井栄の文学世界を探る「成人大学講座の歩み―うちのみ―」内海町教育委員会　5月　7〜11頁

石岡佐知子　壺井栄文学の本質「香川大学国文研究」9・20　8号　108〜114頁

壺井繁治詩碑建立準備会　詩人壺井繁治の人と作品　10・25　1〜10頁

国岡彬一　壺井栄論「解釈と鑑賞」11月　48巻14号　31〜36頁

◉昭和59年（一九八四）

西田良子　壺井童話のリアリズム「日本児童文学」4月　30巻4号　36〜43頁

◉昭和60年（一九八五）

鷺　只雄　壺井栄の著作初出年譜稿（1）「都留文科大学研究紀要22」3・1　59〜88頁

浦西和彦『日本プロレタリア文学の研究』桜楓社　5・15　323頁

五十嵐康夫　壺井栄「解釈と鑑賞」9月　50巻10号　33〜36頁

半田美永　壺井栄「伊勢の的矢の日和山」祖父の墓石を訪ねて―」99・3・31『伊勢志摩と近代文学』和泉書院　p144〜145（初出昭60・2・8）

浜森太郎　台所の親和力―壺井栄「石うすの歌」小論「日本文学」12・10　34巻12号　76〜84頁

◉昭和61年（一九八六）

鷺　只雄　壺井栄の著作初出年譜稿（2）「都留文科大学研究紀要24」3・10　1〜18頁

三木弘子　「二十四の瞳」―戦争と不況が我々にもたらすもの「園田国文」園田学院女子短大　3・15　7号　58〜61頁

渡辺綱雄　壺井栄の処女長編小説「芸文東海」6・5　7号　37～38頁
武田寅雄「二十四の瞳」の作者壺井栄『小豆島と五人の作家』明治書院　7・25　1～53頁
●昭和62年（一九八七）
佐多稲子　小豆島再訪「四国作家」1・1　11号　28～29頁
林　真　壺井栄著作年表補遺「解釈」2月　33巻2号　40～41頁
生田美恵子「二十四の瞳」―貫く人間愛「文芸」園田学園女子短大　3月　18号
茨木倫子　二十四の瞳「文芸」園田学園女子短大　3月　18号　4頁
木下恵介『シナリオ　二十四の瞳』新潮文庫　5・25　212頁
木下恵介　あとがき『シナリオ　二十四の瞳』新潮文庫　5・25　207～212頁
西沢正太郎　二十四の瞳『日本文芸鑑賞事典16』ぎょうせい　6・17　461～468頁
井上ひさし　解説『児童文学名作全集5』福武文庫　7・15　457～461頁
鷺　只雄　壺井栄の著作（単行本）目録稿「都留文科大学研究紀要　27」10・1　1～26頁
●昭和63年（一九八八）
久保田正文　壺井栄・人と作品『昭和文学全集8　野上弥生子　宮本百合子　林芙美子　平林たい子　壺井栄　幸田文』小学館　9・1　1057～1060頁
古林　尚　壺井栄年譜　右同書　1083～1086頁
戎居士郎　今に生きる遠い青春の日々「硯池」19輯　大阪府立池田高校国語科誌　11・20　1～8頁
●平成2年（一九九〇）
高田知波「赤いステッキ」解説　高田知波・北田幸恵・金子幸代『近代文学　ヒロインの系譜』双文社　4・1　315～316頁
永畑道子　名作「二十四の瞳」までの修羅―壺井栄『花を投げた女たち―その五人の愛と生涯』文芸春秋　7・25　215～259頁
鷺　只雄　壺井栄の著作初出年譜稿（3）―補遺編「都留文科大学研究紀要　33」10・1　55～62頁
落合恵子　再検討と再解釈『女性作家十三人展』日本近代文学館　10・20　69頁
保昌正夫　大きな夕ガをはめる『女性作家十三人展』日本近代文学館　10・20　70頁
無署名　アルバム『女性作家十三人展』日本近代文学館　10・20　69～72頁
香川大学教育学部附属高松小学校創立百周年記念事業実行委員会　香川大学教育学部附属高松小学校百年史　同校刊　10・21　477頁　二六・五×一九cm
●平成3年（一九九一）
永畑道子　昭和女性史（100）―「二十四の瞳」「東京新聞」

2・3　16面6段

北田幸恵　研究動向―壺井栄「昭和文学研究22」　2・25　107～110頁

鷺　只雄　壺井栄論（一）―第一章　小豆島「都留文科大学研究紀要　34」　3・1　1～22頁

鷺　只雄　壺井栄論（二）―第二章　結婚（上）「都留文科大学研究紀要　35」　10・1　21～36頁

森　玲子　『壺井栄』牧羊社　10・25　四六判　149頁　＊「メディアＲＳＫ」に57・12から58・10まで隔月6回連載

◉平成4年（一九九二）

三枝和子　心に残っている本―「母のない子と子のない母と」ハイミセス　1・18　51号　221頁

鷺　只雄　未発表の壺井栄と壺井繁治の書簡七通―昭和七年八月獄中の夫と妻の往復書簡「昭和文学研究26集」　2・25　120～130頁

鷺　只雄　壺井栄論（三）―第二章　結婚（下）「都留文科大学研究紀要　36」　3・1　1～22頁

鷺　只雄　壺井栄論（四）―第三章　激流「都留文科大学研究紀要　37」　10・1　152～176頁

◉平成5年（一九九三）

鷺　只雄　壺井栄論（五）―未発表の壺井栄と繁治の往復書簡21通翻刻（大正14～昭和6）「都留文科大学研究紀要38」　3・1　170～190頁

山崎　怜　続・村山籌子（一九〇三～一九四六）をめぐって「香川大学一般教育研究43」　3月　p31～93

鷺　只雄　壺井栄論（六）―未発表の壺井栄と繁治の往復書簡11通翻刻（昭和7年8月～9月）「都留文科大学研究紀要　39」　10・1　146～170頁

川西寿一　郷土作家三人の名を後世に「壺井栄文学館だより1」　11・1　1頁

佐々木正夫　岬の文芸教室「壺井栄文学館だより1」　11・1　3頁

万屋秀雄　「二十四の瞳」と「ビルマの竪琴」の読者について「日本文学」　11・10　54～55頁

◉平成6年（一九九四）

藤森節子　『女優原泉子―中野重治と共に生きて』（1・15　新潮社　253頁）

鷺　只雄　隠された真実―壺井栄における作家転身の意味「言語と文芸110号」　2・15　129～199頁

鷺　只雄　壺井栄論（七）―未発表の壺井栄と繁治の往復書簡19通翻刻（昭和7年9月～8年5月）「都留文科大学研究紀要　40」　3・1　136～164頁

佐々木正夫　壺井栄と小豆島の文学者たち「まなぶ」423号　3・1　9～15頁

鷺　只雄　鑑賞のてびき―壺井栄「二十四の瞳」『二十四の瞳』新潮文庫付録　6・1　1～6頁

鷺　只雄　壺井栄論（八）―未発表の壺井栄と繁治の往復書簡21通翻刻（昭和8年5月～9月）「都留文科大学研究

紀要 41」10・1 177～204頁

◉平成7年（一九九五）

新名主健一 壺井栄論―「石臼の歌」を中心に「鹿児島大学教育学部研究紀要 46」2・28 15～23頁

鷺 只雄 壺井栄論（九）―未発表の壺井栄と繁治の往復書簡25通翻刻（昭和8年9月～9年3月）「都留文科大学研究紀要 42」3・1 133～164頁

金井景子 まなざしとことばとのキャッチボール『真夜中の彼女たち―書く女の近代』6・25 130～174頁 四六判 筑摩書房

鷺 只雄 壺井栄論（十）―補訂「都留文科大学研究紀要 43」9・27 1～18頁

◉平成8年（一九九六）

鷺 只雄 壺井栄―改作の問題をめぐって「解釈と鑑賞」4・1 51～54頁

佐々木正夫 佐々木正夫の新讃岐の文学散歩②～③ 壺井繁治「四国新聞」4・20・27日 8面6段

津田 孝 宮本百合子と今野大力―その時代と文学 5月 新日本出版社 四六判

無署名 鷺只雄さん―衝撃的な新資料も発見 壺井栄の素顔に迫る「山梨日日新聞」5・11 13面5段

藤井 豊 壺井栄と聖書「小豆島新聞」6・30 3面6段

鷺 只雄 壺井栄論（11）―第三章 激流（2）「都留文科大学研究紀要 45」10・25 21～42頁

無署名 壺井栄から佐多稲子宛書簡―昭和36年8月9日付「くれない」8号 12・1 90～91頁

無署名 鷺宮を愛し、人を愛した作家壺井栄「なかの区報 1325号」12・15 8面7段

◉平成9年（一九九七）

鷺 只雄 女性の自立一貫して追究―『壺井栄全集』の刊行に寄せて「山梨日日新聞」3・25 11面4段

佐々木正夫 佐々木正夫の新讃岐の文学散歩 55～57 作家壺井栄 上中下「四国新聞」5月3日、10日、17日 8面6段

桐原良光 獄中から「愛する栄よ」―壺井夫妻の往復書簡発見「毎日新聞」5・11 27面7段

鷺 只雄 壺井繁治・栄夫妻の獄中往復書簡の魅力「毎日新聞夕刊」5・29 8面6段

佐々木正夫 壺井栄のこと「図書」580号 9・1 24～27頁

鷺 只雄 壺井栄の書簡―習作期をめぐって「解釈と鑑賞」10・1 84～88頁

鷺 只雄 壺井栄参考文献目録「解釈と鑑賞」10・1 89～98頁

◉平成10年（一九九八）

無署名 壺井栄、女心の一歳〝若作り〟―〝自筆年譜と食い違い〟「読売新聞」1・5 30面6段

中野武彦 壺井繁治・栄ご夫妻の思い出「四国作家27」2・20 110～114頁

小田切秀雄　日本文学の百年113―壺井栄と野上弥生子―『暦』と『迷路』「東京新聞夕刊」6・5　5面2段

鷺　只雄　壺井栄論（12）―第三章　激流（3）「都留文科大学研究紀要　49」10・20　23～58頁

平岡敏夫　文学作品の中の住まい36　カボチャ提灯に灯―「二十四の瞳」の庭畑「読売新聞」10・29　27面5段

◉平成11年（一九九九）

平出義明　詩人今野が命の希望託した小金井桜「朝日新聞」1・10　33面2段

無署名　壺井栄の誕生日戸籍と違った「東京新聞夕刊」2・4　10面2段

無署名　壺井栄は一八九九年生まれです「朝日新聞」2・21　26面3段

無署名　壺井栄の誕生日戸籍簿と違う「山梨日日新聞」2・5　5段

半田美永　壺井栄「伊勢の的矢の日和山」―祖父の墓石を訪ねて　3・31　144～145頁　半田美永編『伊勢志摩と近代文学』和泉書院所収

戎居研造　佐多稲子の家「四国作家」5・20　102～104頁

古田足日　人間の成長への信頼の思想「赤旗」8・4　9面7段

◉平成12年（二〇〇〇）

田中真澄　今野大力、つけたり中野重治「乏しき時代」の詩人たち　11・1「文学界」331～336頁

◉平成13年（二〇〇一）

小林裕子　百合子と佐多稲子・壺井栄　岩淵宏子・北田幸恵・沼沢和子編『宮本百合子の時空』翰林書房　321～355頁　6・20

須波敏子　壺井栄「大根の葉」論―子供と小豆島方言の発見「四国学院大論集106」12月

◉平成16年（二〇〇四）

谷　暎子『占領下の児童書検閲[資料編]―プランゲ文庫・児童読み物に探る』04・5・3　新読書社

鷺　只雄　壺井栄―その生涯と「母のない子と子のない母と」をめぐって　10・1　302～311頁　小学館文庫『母のない子と子のない母と』所収

鷺　只雄　壺井栄論（13）―第四章　文壇登場「都留文科大学研究紀要60」10・20　39～57頁

◉平成17年（二〇〇五）

鷺　只雄　壺井栄論（14）―第五章　暦のころ「都留文科大学研究紀要62」10・20　41～64頁

◉平成18年（二〇〇六）

鷺　只雄　壺井栄論（15）―第六章　戦時下の文学（1）「都留文科大学研究紀要63」3・20　51～74頁

勝又　浩　パロディーとしての私小説―徳永直「草いきれ」について「私小説研究7」3・31

鷺　只雄　壺井栄論（16）―第六章　戦時下の文学（2）「都留文科大学研究紀要64」10・20　1～17頁

笠松郁子　文学作品のよみとかたり手―壺井栄『石うすの歌』のばあい「解釈と鑑賞」1・1　21～30頁

◉平成19年（二〇〇七）

鷺　只雄　壺井栄論（17）―第六章　戦時下の文学（3）「都留文科大学研究紀要65」3・20　51～77頁

中野記偉　壺井栄の「算勘」①「小豆島新聞」7・30

中野記偉　壺井栄の「算勘」②「小豆島新聞」8・30

鷺　只雄　壺井栄論（18）―第七章　戦時下のくらし「都留文科大学研究紀要66」10・20　1～17頁

◉平成20年（二〇〇八）

鷺　只雄　壺井栄論（19）―第八章　敗戦の混迷の中で（前篇）「都留文科大学研究紀要67」3・20　41～62頁

◉平成21年（二〇〇九）

鷺　只雄　壺井栄論（20）―第八章　敗戦の混迷の中で（後篇）「都留文科大学研究紀要69」3・20　25～39頁

鷺　只雄　壺井栄論（21）―第九章　文壇復帰「都留文科大学研究紀要70」10・20　13～36頁

◉平成22年（二〇一〇）

鷺　只雄　壺井栄論（22）―第十章　流行作家（1）「都留文科大学研究紀要71」3・20　1～29頁

◉平成23年（二〇一一）

鷺　只雄　壺井栄論―作家誕生の秘密2010・8・7「都留文科大学国文学科創立五十周年記念講演会での講演　3・20「都留文科大学国語国文学会　会報117」6～12頁（要旨）

あとがき

本書は二〇一〇年六月に〈論文博士〉用に提出した学位請求論文「壺井栄研究―評伝とその文学世界」に基づき、大幅に縮約改稿したものである。

礎稿は勤務する大学の紀要に約二十年に亘って連載したものが殆どで他に新聞や雑誌に発表した論考を加えた。

私の卒業したのは東京教育大学文学部文学科国文学専攻(現在の筑波大学の前身)であるが、論文審査ということになれば私の研究テーマからすると小田切秀雄氏とその学統が最も適任であることは衆目の一致する所なので、法政大学大学院にお願いしたところ快諾を得ることができ、二〇一一年三月幸いに学位を授与されることとなった。

面倒で厄介な審査の労をとって下さった勝又浩、立石伯、中沢けいの三先生はじめ関係の先生方、事務局の方々、並びに法政大学当局に厚く御礼と感謝を申し上げる。

次に本書の成るまでにご援助、ご協力たまわった方々に御礼を申し上げておきたい。

本書はもと吉田精一先生から「鷺君、壺井栄の全集を作ってみないかね」と全集編纂のお勧めがあって開始したもので、一九七九年の春であった。当初は無論、全集を作るだけで作品や作家にこんなにのめりこみ、半生をかけた仕事になるなどとは夢にも思わなかった。

壺井栄の研究は非常に遅れていたので、まず正確詳細な著作年表の作成と伝記の調査から始めた。日本最大の図書館である国会図書館に懇願して書庫への入室許可をもらい、一日中立ったままで雑誌を一冊ずつ繰って栄の作品の有無を確認する作業を数か月間続けたのも今となっては楽しい思い出である。

むろん国会は探索の一部であり、国公私立の図書館、個人の蔵書、古書店からの購入などで、従来知られているものの約三倍、千五百点を収集して編集にあたり、同時にヴァリアント(本文の異同調査)の作成に入った。

ところが何とか編集を終え、刊行の段に至って出版界の情勢の変化から大部の全集の出版は困難というアクシデントで刊行が延期となり、更に私の大患―腎不全から人工透析となり、見かねた姉からの生体腎移植による劇的な生還という一幕もはさまったが、全集の規模を縮小(栄が流行作家になってからはエンターティンメンツが多いので、短篇小説については一九五八年までに発表されたものは全て収録し、それ以後については精選した。同様に長篇小説(未完・中絶も含む)については一九五五年までに発表されたものは全て収録し、以後は精選した。童話(児童文学)の価値は高いので全作品を収録し、うち十数点は従来未知の作品である)して全十二巻として一九九七年四月から文泉堂出版より刊行となり、九九年三月に無事完結した。困難な事業を完成させた文泉堂出版の谷地秀祐社長の労を多としたい。

ただ、その間に吉田先生が他界され、ついに新全集を手にしていただけなかったことが悔やまれてならない。

資料の発掘と伝記調査の過程で初めて明らかになったことは沢山ある。詳しくは本書に記した通りだが、二、三ふれておくと、栄は生前、自分には文学少女時代はなかったと繰り返し否定しているが、これは事実に反しており、小豆島時代には文学仲間と同人誌「白（い）壺」を出して文学修業をしているからである。

また、繁治と結婚してからも創作意欲は衰えず、獄中の夫あて書簡に何度も小説を書きたいと言い、実際に五十枚の習作を残してもいる。

作家論は大胆な仮説がなければおもしろくないという派に私は与するものだが、本書では従来の、貧しい一家を支えて乏しい給料の九割までを家計に入れる、まじめで、けなげで、孝行娘、二宮金次郎の女性版とでもいうほかない栄像を排して、新しい栄像―男から男へと次々に乗り換え、大胆に新しい恋に身を踊らせて行く恋多き女、栄という新しい像を提示しているが、ちなみに壺井繁治は栄にとって黒島伝治、大塚克三に次ぐ三番目の恋人であった。

私見によれば栄の青春は裏切りの連続である。最初の恋人であった黒島伝治には裏切られ、親友の岡部小咲には出しぬかれて伝治を奪われている。これについては栄は繰り返し伝治との仲を否定するが、小生の岡部小咲書簡の分析と検討によって栄の主張はもろくも崩れ去るのである。

次に画家大塚克三（のち舞台装置家として大成）と愛し合い、彼の実家の芝居茶屋のおかみになることも覚悟するが、最終的には大塚から君にはおかみは無理として破談となり、別れの記念に二人で別府温泉のミドリヤ旅館に正月をはさんで二十日程滞在する奔放さ、大胆さも栄は持っていた。

三人目が繁治で、これは蛮勇をふるって男のところに押しかけて一緒になった典型的な押しかけ女房で、夫は生活無能力者といっていい詩人であり、更に左翼運動にのめりこんで逮捕・拘留・入獄を繰り返したのちに転向して挫折してしまう。

まことに無残な青春というほかないが、それに追い打ちをかけるように青天の霹靂ともいうべき繁治の恋愛事件が起こる。しかも相手は同じ組織の同僚として信頼し、親しくつきあってきた詩人の中野鈴子（中野重治の妹）と知って栄は愕然とする。しかし、栄は鈴子を手の跡がつくほどハリトバシて身を引かせる。

これを契機に栄は作家としての本格的な転身をとげて行ったと思われる。破産による一家の離散・相次ぐ肉親の死・たび重なる裏切りによる傷は文学によるほかは現世ではいやされぬものだからである。従って巷間に流布されている栄の主婦から作家への転身は、佐多稲子の童話執筆の慫慂によるものとする通説は、私見によれば、余りにもキレイゴトに過ぎるものであって、事実の一部ではあっても全てではない。換言すれば善良でお人好しでニコニコ顔のおばさんの半面に隠された、血で血を洗う地獄の中から這い上がってきたもう一つの顔を結果として隠蔽することになっていたといわなければならないからである。

さて、今回文泉堂版全集に初めて収録された栄書簡と日記はご遺族の加藤真澄氏が作品や資料の散佚を何よりも危惧されて収録に熱意を示された結果であり、本書はその恩恵を最大限に享受して成り立っているものであることを明記して感謝の意を表したい。その真澄氏も今は故人となられたのは無念である。ご冥福をお祈りしたい。また、御子息の加藤公市氏からは変らぬ御支援と御厚情をいただいている。記して感謝申し上げる。

資料の調査・閲覧・コピーにあたっては古林尚・鳥越信氏の両先学の業績を基本とし、これに鷺や林真氏のものを加え、前記の国公私立の図書館、各社・各機関の資料室のお世話になった。個人でご所蔵の方では吉田文雄・原正子・関井光男・滑川道夫・曽根博義・藤本寿彦・福田久賀男・山内祥史・猪熊雄治・大久保典夫・松本徹・中村友・櫛田克己・桑原隆の各氏からは調査・コピー・紹介・教示をいただだいた。

栄の小豆島時代の調査については、安藤和子・川西寿一・川野正雄・木村勝二・久留島久子・佐藤恒雄・須波敏子・炭山九十九・滝川正巳・田中仁・平井忠勝・藤井豊・松岡裕之・三木慎哉・吉川照美氏からは懇切なご教示をいただいた。

また、栄の郷里小豆島町（当時は合併前で内海町であった）川西寿一町長から坂下一朗町長に至るまで全面的な協力支援を惜しまれなかった。特にその衝にあたられた照木秀公氏、壺井栄文学館長の佐々木正夫氏（当時）と館員の方々には特段のご配慮をいただいた。

以上、ご芳名を記して（鬼籍に入られた方には謹んでご冥福をお祈りする）厚くお礼を申し上げる。

最後に、私事にわたって恐縮ながら、一九八七年の大患後は妻璋恵がパソコンで資料の整理と原稿の浄書にあたっており、本書の原稿も全て彼女の浄書によるものであることを記して、多年の労に感謝しておきたい。

本書の刊行にあたっては翰林書房の今井ご夫妻のお世話になった。心からお礼を申し上げる。

二〇一一年五月

鷺　只雄

初出一覧

本書の論考は約三十年の長期に亘る成果であり、これを主として勤務する大学の研究紀要に約二十年に亘って発表してきた。そのため、この礎稿を一本にするに際しては大幅な縮約と構成の変更及び修補が必要であった。従ってその過程を全章に亘って記すのは煩雑なので本書に改稿・修補・吸収したものを以下に記しておきたい。なお、世界的同時性に配慮して年月は西紀で表記し、最初の二桁（19・20）は省略した。また、漢数字と洋数字の混用が見られる場合には洋数字に統一した。

「壺井栄論(1)―第一章　小豆島」
（「都留文科大学研究紀要第34集」91・3・1）
「壺井栄論(2)―第二章　結婚（上）」（「同上紀要第35集」91・10・1）
「壺井栄論(3)―第三章　結婚（下）」（「同上紀要第36集」92・3・1）
「壺井栄論(4)―第四章　激流(1)」（「同上紀要第37集」92・10・1）
「壺井栄論(5)―未発表の壺井栄と繁治の往復書簡21通翻刻（一九二五〜一九三一）」（「同上紀要第38集」93・3・1）
「壺井栄論(6)―未発表の壺井栄と繁治の往復書簡12通翻刻（一九三一・八〜九）」（「同上紀要第39集」93・10・1）
「壺井栄論(7)―未発表の壺井栄と繁治の往復書簡19通翻刻（一九三二・九〜一九三三・五）」（「同上紀要第40集」94・3・1）
「壺井栄論(8)―未発表の壺井栄と繁治の往復書簡21通翻刻（一九三三・五〜三三・九）」（「同上紀要第41集」94・10・1）
「壺井栄論(9)―未発表の壺井栄と繁治の往復書簡25通翻刻（一九三三・九〜三四・三）」（「同上紀要第42集」95・3・1）
「壺井栄論(10)―補訂」（「同上紀要第43集」95・9・27）
「壺井栄論(11)―第三章　激流(2)」（「同上紀要第45集」96・10・25）
「壺井栄論(12)―第三章　激流(3)」（「同上紀要第49集」98・10・20）
「壺井栄論(13)―第四章　文壇登場」（「同上紀要第60集」04・10・20）
「壺井栄論(14)―第五章　『暦』のころ」（「同上紀要第35集」91・10・1）
「壺井栄論(15)―第六章　戦時下の文学(1)」（「同上紀要第63集」06・3・20）
「壺井栄論(16)―第六章　戦時下の文学(2)」（「同上紀要第64集」06・10・20）

「壺井栄論(17)―第六章　戦時下の文学(3)」
（「同上紀要第65集」07・3・20）
「壺井栄論(18)―第七章　戦時下のくらし」
（「同上紀要第66集」07・10・20）
「壺井栄論(19)―第八章　敗戦の混迷の中で（前篇）」
（「同上紀要第67集」08・3・20）
「壺井栄論(20)―第八章　敗戦の混迷の中で（後篇）」
（「同上紀要第69集」09・3・20）
「壺井栄論(21)―第九章　文壇復帰」
（「同上紀要第70集」09・10・20）
「壺井栄論(22)―第十章　流行作家(1)」
（「同上紀要第71集」10・3・20）
「未発表の壺井栄と壺井繁治の書簡七通―昭和7年8月獄中の夫と妻の往復書簡」
（93・2「昭和文学研究26集」昭和文学会）
「隠された真実―壺井栄における作家転身の意味」
（94・2「言語と文芸」110号　おうふう）
「壺井栄論―改作をめぐって」
（96・4「解釈と鑑賞」61巻4号）
「壺井栄の書簡―習作期をめぐって」
（97・10「解釈と鑑賞」62巻10号）
「壺井栄と村山籌子《かずこ》」
（98・10『壺井栄全集第10巻月報』文泉堂出版）
「壺井栄―その生涯と『母のない子と子のない母と』をめぐって」
（04・10・1　小学館文庫『母のない子と子のない母と』）
「第十五章　死とその前後」（書きおろし）

【ひ】

【ふ】

【な】

【に】

【ね】

【の】

【は】

索　引

＊作品名・新聞・雑誌は「　」で、単行本は『　』で示した。ルビは全て省略。
＊スペースの都合で長いものは短縮した。例「あしたの風（A―児童・夏子もの）
→「あしたの風」A

【著者略歴】
鷺　只雄（さぎ　ただお）
1936年福島県いわき市生まれ。東京教育大学（現在の筑波大学）文学部卒。磐城高校教諭、福島高専講師、都留文科大学教授を経て、現在同大名誉教授。文学博士。
主要編著書に、『中島敦』（77　文泉堂出版）、『梶井基次郎・中島敦』（78　有精堂）、『中島敦論』（90　有精堂）、『芥川龍之介』（92　河出書房新社）、『壺井栄』（92　日外アソシエーツ）、『和歌文学大系29　桐の花　酒ほがひ』（98　明治書院　「酒ほがひ」の校訂・全注釈・補注・解説を担当）『芥川龍之介と中島敦』（06　翰林書房）『壺井栄全集　全12巻』（97〜99　文泉堂出版）、『中島敦全集　全3巻・別巻１』（01〜02　共編　筑摩書房）、『ラルース　世界文学事典』（83　共著　角川書店）など。
（現住所）〒220-0012
横浜市西区みなとみらい4-10-2-S1702

評伝　壺井　栄

発行日	**2012年５月25日**	初版第一刷
著　者	**鷺　只雄**	
発行人	**今井　肇**	
発行所	**翰林書房**	
	〒101-0051　東京都千代田区神田神保町2-2	
	電　話　03-6380-9601	
	FAX　03-6380-9602	
	http://www.kanrin.co.jp	
	Eメール● Kanrin@nifty.com	
印刷・製本	シナノ	

落丁・乱丁本はお取替えいたします

ISBN978-4-87737-323-8